GAROTAS PERDIDAS

Jennifer Baggett | Holly C. Corbett | Amanda Pressner

GAROTAS PERDIDAS
*Três amigas, quatro continentes
e uma viagem nada convencional
ao redor do mundo*

Tradução de
Maria Clara De Biase Fernandes

Título original
THE LOST GIRLS:
Three Friends. Four Continents.
One Unconventional Detour Around the World.

Copyright © 2010 by Jennifer Baggett,
Holly C. Corbett e Amanda Pressner.

Todos os direitos reservados. Nenhuma parte desta obra pode ser reproduzida sem a permissão escrita do editor.

Direitos para a língua portuguesa reservados
com exclusividade para o Brasil à
EDITORA ROCCO LTDA.
Av. Presidente Wilson, 231 – 8º andar
20030-021 – Rio de Janeiro – RJ
Tel.: (21) 3525-2000 – Fax: (21) 3525-2001
rocco@rocco.com.br
www.rocco.com.br

Printed in Brazil/Impresso no Brasil

mapas
MAUREEN RUBIN PRESSNER

preparação de originais
LIGIA DINIZ

CIP-Brasil. Catalogação na fonte.
Sindicato Nacional dos Editores de Livros, RJ.

B133g Baggett, Jennifer
Garotas perdidas: três amigas, quatro continentes e uma viagem nada convencional ao redor do mundo/Jennifer Baggett, Holly C. Corbett, Amanda Pressner; tradução de Maria Clara De Biase Fernandes. – Rio de Janeiro: Rocco, 2011.
14x21cm

Tradução de: The lost girls: three friends, four continents, one unconventional detour around the world.
ISBN 978-85-325-2649-6

1. Baggett, Jennifer – Viagens. 2. Corbett, Holly C. – Viagens. 3. Pressner, Amanda – Viagens. 4. Mulheres viajantes. 5. Mulheres jovens – Nova York – Biografia. 6. Escritos de viajantes americanos. I. Corbett, Holly C. II. Pressner, Amanda. III. Título.

11-1550
CDD–910.41
CDU–910.4

Para nossos pais, por sempre nos apoiarem em nossas jornadas, não importa o quanto fossem ilógicas ou longas.

E a todas as outras Garotas Perdidas que tentam encontrar seus caminhos.

Aviso: quando terminamos nosso primeiro rascunho de *Garotas perdidas*, percebemos que para publicá-lo em uma fonte que não exigisse uma lente de aumento para ser lida – e torná-lo leve o suficiente para ser levado em um avião sem incorrer em taxas por excesso de bagagem – provavelmente teríamos de cortar algumas coisas. Então começamos a enxugar nossa história, uma tarefa que exigiu muitas sessões de *brainstorm* até tarde da noite, acompanhadas de vinho tinto e sushi, e alguns dias de trabalho em que sequer trocamos nossos pijamas.

Embora tenhamos contado a história de nossas aventuras da maneira mais exata possível (os coautores têm um modo maravilhoso de manter você honesto!), ocasionalmente fundimos personagens, reordenamos eventos e condensamos tempo para evitar que seus olhos se cansassem. Muitos nomes de pessoas e lugares (inclusive do ashram indiano) foram mudados e alguns dos detalhes identificadores foram alterados para proteger os inocentes – e os não tão inocentes –, mas os personagens e as histórias em si são totalmente reais. Realmente subornamos o oficial para atravessar a fronteira cambojana, dormimos com baratas no Quênia, entramos em um avião juntas e embarcamos em uma jornada ao redor do mundo. A viagem acabou sendo a maior aventura de nossas vidas – e essa é a verdade mais importante de todas.

Mas agora vamos parar de divagar e deixar que você mesmo leia sobre isso.

"O mundo é redondo, e o lugar que parece o fim pode ser o começo."

– Ivy Baker Priest

Sumário

Prólogo: Garotas Perdidas, Vila Massai de Oronkai, Quênia 15
1. Jen, Cataratas do Iguaçu, Argentina/Brasil
   (quase dois anos antes) 21
2. Amanda, Nova York (março-agosto) 33
3. Holly, Nova York (março, três meses antes da viagem) 54
4. Jen, Aeroporto de Lima/Cusco, Peru (junho) 71
5. Holly, Trilha Inca, Peru (julho) 88
6. Jen, Selva Amazônica, Peru (julho) 106
7. Amanda, Lima, Peru (agosto) 123
8. Jen, Rio de Janeiro, Brasil (agosto) 141
9. Holly, Salvador, Brasil (agosto) 152
10. Amanda, Nova York (agosto-setembro) 167
11. Jen, Kiminini, Quênia (setembro) 185
12. Amanda, Kiminini, Quênia (setembro) 203
13. Holly, Kiminini, Quênia (setembro) 225
14. Jen, Kiminini, Quênia (outubro) 242
15. Holly, Norte da Índia (outubro) 251
16. Jen, Sul da Índia/Shraddha Ashram (novembro) 264

17. Holly, Índia/Shraddha Ashram (novembro) 282
18. Amanda, Goa, Índia (novembro) 297
19. Jen, Vientiane, Laos (dezembro) 316
20. Amanda, Laos (dezembro) 329
21. Holly, Índia/Shraddha Ashram (novembro) 348
22. Amanda, Ilhas da Tailândia (dezembro) 356
23. Holly, Boston, Massachusetts/Camboja
  (dezembro-janeiro) 369
24. Jen, Sapa, Vietnã (janeiro) 382
25. Amanda, Hanói, Vietnã (janeiro) 396
26. Jen, Bangcoc, Tailândia (fevereiro) 416
27. Holly, Bali (março) 435
28. Amanda, Ilha Norte, Nova Zelândia (março) 450
29. Jen, Ilha Sul, Nova Zelândia (março-abril) 468
30. Amanda, Sydney, Austrália (abril) 484
31. Holly, Sydney, Austrália (abril) 501
32. Jen, Hunter Valley, Austrália (maio) 515
33. Holly, Austrália (maio) 526
Epílogo: Santa Catalina, Panamá (mais de dois anos depois) 534
Agradecimentos 539

GAROTAS PERDIDAS

A rota das Garotas Perdidas

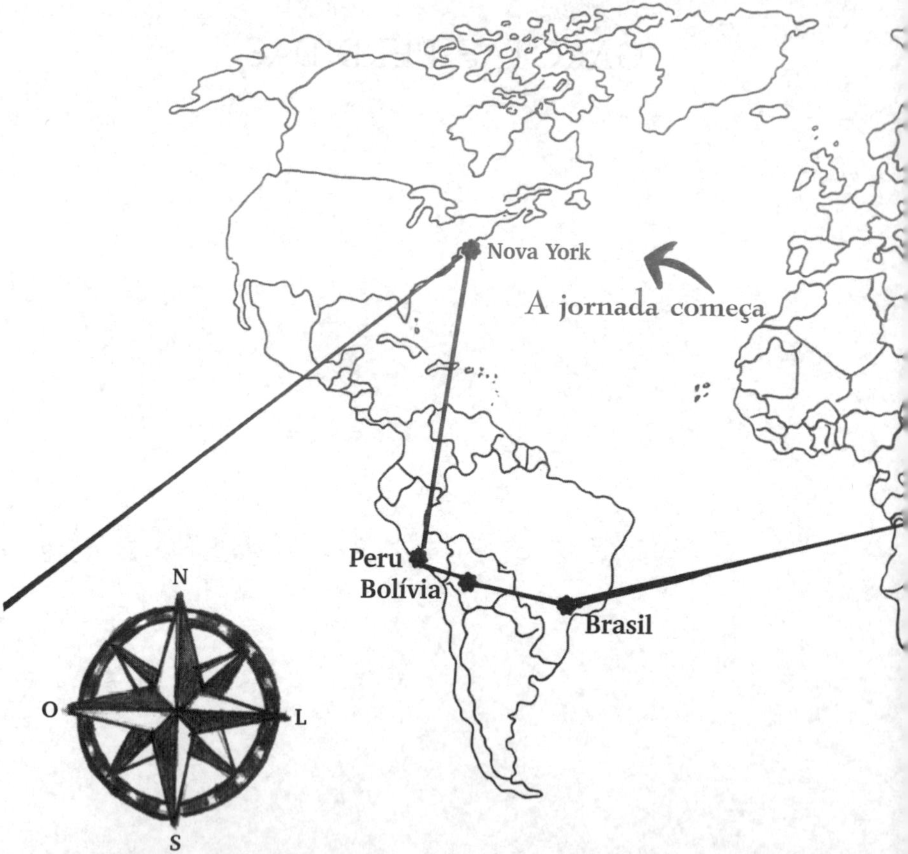

ao redor do mundo

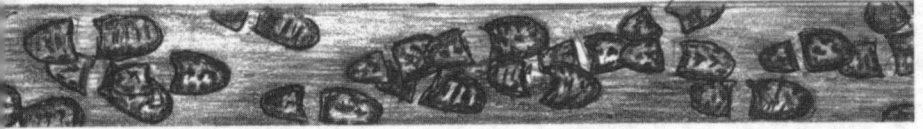

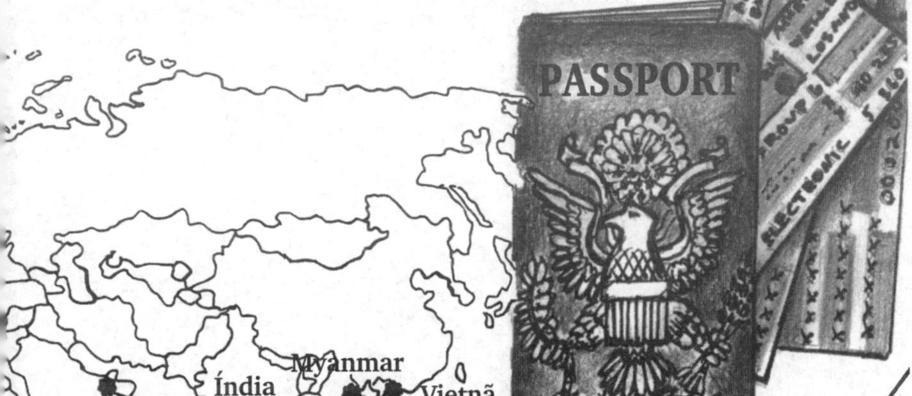
PASSPORT
United States of America
Myanmar
Índia
Vietnã
Emirados Árabes Unidos
Laos
Camboja
Tailândia
Quênia
Indonésia
Austrália
Nova Zelândia
Nossa última parada

PRÓLOGO

Garotas Perdidas

VILA MASSAI DE ORONKAI, QUÊNIA

Não estávamos certas do que tínhamos acabado de ouvir ou se de fato o ouvíramos, mas nós três sentimos uma mudança palpável na atmosfera. Um a um nossos passos se tornaram mais lentos até pararem. Ficamos paralisadas na clareira coberta de capim do lado de fora de nossa cabana, observando pequenos grupos de pessoas descendo a encosta da colina para o vale abaixo. Algumas seguravam cajados e a maioria estava envolta em faixas brilhantes nas cores escarlate, berinjela, cereja e azul-celeste. O tecido pressionado contra seus membros longos se ondulava atrás como dúzias de velas triangulares infladas pelo vento.

Nós três tínhamos visto muitas cenas incomuns durante as quatro semanas em que fomos voluntárias na zona rural do sudoeste do Quênia – galinhas viajando no banco de passageiros em vans *matatu*, gafanhotos à venda como lanche, crianças ajudando bezerros a nascer durante as férias escolares –, mas nunca nada tão extraordinário quanto isso. Breves fragmentos de palavras, quase como cânticos, se espalhavam pelos campos ao nosso redor. Quando os sons ficaram gradualmente mais altos, pulsando em um ritmo de chamar e repetir, Emmanuel e sua mulher, Lily, coordenadores de nosso programa, saíram da cabana e pararam ao nosso lado.

Eles sorriram quando viram nossas expressões e explicaram o que estávamos testemunhando: as pessoas descendo a colina eram massai, uma tribo seminômade do leste da África que era uma das mais coloridas – e certamente mais reconhecíveis – dessa parte do mundo. Muitas eram amigas e vizinhas, mas outras tinham viajado longas distâncias, algumas dois dias, para chegar à fazenda de nossos anfitriões.

Emmanuel e Lily, ambos membros dos massai, haviam sugerido que chegássemos nessa semana em particular de outubro para que nossa visita coincidisse com uma cerimônia tradicional realizada no alto de uma colina perto da casa deles. Havíamos chegado conforme o programado – mas ainda não tínhamos a menor ideia do que esperar.

– Está quase na hora – disse Lily baixinho. – Venham, vamos nos preparar.

Ela nos conduziu de volta para a cabana e nos mostrou uma pequena mesa coberta com joias feitas à mão. Escolheu três colares ovais elaborados com muitas fileiras de contas turquesa, cobalto e azul-real e nos fez um sinal para os colocarmos. Enquanto ajudávamos umas às outras a colocar e prender as peças pesadas em nossos pescoços, o cântico do lado de fora ficava ainda mais alto e agora era acompanhado pelo som ritmado de um tambor. *Kung-ka-kung-ka-kung-ka.* Ele reverberou por todo o vale e nossas pulsações se aceleraram para acompanhar o ritmo.

– Estamos prontas. Vamos – disse Lily, fazendo um sinal para que seguíssemos Emmanuel para fora e em uma subida que começava nos limites da propriedade deles. Caminhamos por vários minutos, ofegantes, subindo a colina rochosa. Quando o estreito caminho convergiu para uma trilha mais larga, acompanhamos o passo de vários massai que iam na mesma direção que nós.

Embora tivéssemos observado sua migração a distância, não estávamos preparadas para o que encontraríamos depois de passar pelo último conjunto de árvores. Um grupo maciço de homens, mulheres e crianças, literalmente centenas de pessoas do lugar, estava reunido em uma clareira no alto da colina.

As mulheres usavam tiras de tecido amarelo-claro e bege amarradas sobre vestidos folgados em um profundo tom de terra e acessórios como colares de contas, pulseiras e brincos pendurados. Suas cinturas finas estavam circundadas por cintos de pele de animais com conchas de cauri, e suas cabeças adornadas com tiaras delicadas feitas de cobre, couro e contas. Muitos dos homens usavam camisetas e camisas de malha esportivas sob as roupas de cores vivas que havíamos visto na colina, mais cedo. Também usavam joias – gargantilhas, braceletes, brincos – e toucas de pele. O volume das vozes ao nosso redor aumentou até atingir uma intensidade febril e depois, quase de uma vez, parou totalmente.

– Agora venham, a cerimônia está quase começando – sussurrou Emmanuel, fazendo um sinal para nos sentarmos.

Momentos depois, os homens da tribo começaram a tradicional dança dos guerreiros *moran*, pulando para o ar em movimentos verticais quase impossíveis. Então, quando o ritual masculino terminou, vimos as mulheres se movendo para formar um grande semicírculo na clareira.

Quando elas começaram a balançar o corpo e bater palmas, raios de sol iluminaram as contas em suas joias e se refletiram na faixa de cobre na cabeça de uma jovem. Era difícil saber ao certo, mas ela parecia estar no final da casa dos vinte, mais ou menos a nossa idade. Embora seu rosto estivesse tingido de ocre, uma tinta vermelha oleosa que o cobria como uma base líquida, sua expressão ainda revelava a ligação que tinha com as outras mulheres.

Durante vários minutos, elas cantaram e bateram palmas em uníssono, suas vozes se sobrepondo umas às outras para formar uma única e poderosa trilha sonora. Dando-se as mãos, balançaram em um grande círculo, suas palavras se tornando cada vez mais insistentes e intensas. Elas deram muitas voltas, gritando e emitindo sons agudos enquanto ganhavam velocidade. O clima era eletrizante, a dança a forma mais alegre de expressão. Estávamos inclinadas para frente sobre nossas mantas, absorvendo a energia que aumentava e chispava como uma nuvem carregada, quando subitamente três mulheres saíram da formação e agarraram nossas mãos.

Todas nós fomos pegas de surpresa (talvez as mulheres quisessem chamar outra pessoa), mas não havia nenhuma dúvida: tínhamos sido convidadas a nos juntar a elas. Aceitando sem dizer uma só palavra – apenas nos entreolhando rapidamente –, nos permitimos ser puxadas para a órbita rápida dos massai. É claro que não sabíamos os passos ou como cantar, mas isso não importava. Girando coletivamente como em um carrossel fora de controle, nos esforçávamos ao máximo para balançar nossos quadris e mover nossos pés como as outras mulheres. Elas nos observavam do outro lado do círculo, jogando suas cabeças para trás em ataques de riso histérico provocados por nossos movimentos toscos e engraçados de garotas estrangeiras que pareciam mais desajeitadas (e tontas) a cada passo.

Então, justamente quando pensávamos que a dança ia terminar, as mulheres começaram a nos dar um abraço de corpo inteiro e rostos colados. Elas repetiram a celebração de amor várias vezes, uma a uma, até nossos rostos, queixos e testas ficarem totalmente manchados de ocre. Somente quando recuamos e olhamos de relance umas para as outras – para os enormes colares, as contas e listras vermelhas em nossos rostos – percebemos o que todos já deviam saber. Não tínhamos subido até ali para assistir à cerimônia, mas para sermos iniciadas.

Se ainda não estávamos convencidas disso, Lily fez a confirmação final.

– Agora vocês são massai! – gritou ela, seu rosto radiante enquanto as outras mulheres davam vivas. Lily foi a última a atravessar o círculo e nos abraçar, certificando-se de que cada centímetro de nosso corpo ficaria vermelho.

Com nossos pulmões ardendo e essa notícia inesperada, nenhuma de nós conseguiu falar. Qual era a coisa certa a dizer quando você era literalmente levado para o círculo interno a fim de se juntar às fileiras de belos peregrinos espirituais? A vida que havíamos deixado para trás em Nova York – que nos consumia – agora parecia uma história antiga e distante como uma estrela.

Quando nós três descemos a colina naquela tarde, caminhamos em relativo silêncio. Nossa iniciação nos massai havia sido puramente cerimonial – um presente de Lily, Emmanuel e seus amigos da tribo. Mas nos lembrou do quão longe tínhamos chegado desde que deixamos nossos apartamentos, empregos e entes queridos nos Estados Unidos para viajar pelo mundo.

Quando começamos a planejar essa aventura, quase dois anos antes, nós três – amigas nos meados da casa dos vinte – partilhávamos o desejo de dar um passo gigante para longe de nossas vidas voltadas para objetivos, a fim de obter uma consciência maior de quem éramos – e do que realmente queríamos de nossas vidas. Até então, tínhamos conseguido atingir os marcos que, supostamente, dão à mulher jovem uma orientação para um propósito: sair da casa dos pais. Formar-se na universidade. Arrumar o primeiro emprego. Se apaixonar.

Mas, quando fomos rapidamente na direção do próximo grande passo (o que envolve hipotecas, casamentos e dois ou três filhos), todas nós nos perguntamos: os caminhos que estávamos seguindo eram os certos para nós – ou simplesmente mantínhamos o rumo porque achávamos que *deveríamos* manter? O caminho mais frequentemente percorrido era o que queríamos seguir?

Achando difícil ter uma visão mais clara vivendo e trabalhando em Nova York, decidimos fazer uma viagem pouco convencional de quase 100 mil quilômetros ao redor do mundo, que nos levaria a quatro continentes e mais de uma dúzia de países. Nós nos apelidamos "As Garotas Perdidas" – um termo que descrevia nossa incerteza em relação ao futuro e um estado emocional que acreditávamos representar o de muitas pessoas da nossa geração – e decidimos passar um ano no fim da casa dos vinte perambulando pelo planeta. Buscávamos respostas, mas, como aprenderíamos ao longo do caminho, as que encontramos raramente tinham a ver com as perguntas que tínhamos feito.

Se pudéssemos voltar no tempo, talvez disséssemos a nossos eus mais jovens para não se preocuparem tanto. Não se preocuparem com coisas pouco importantes – ou até mesmo importantes. Que a vida real é o que acontece enquanto você está ocupado tentando mapear seu futuro. Ou talvez na verdade não disséssemos nada. Essas lições poderiam ter tornado os últimos anos antes dos trinta um pouco mais fáceis, mas não as trocaríamos por nossa iniciação na estrada do mundo.

CAPÍTULO UM

Jen

CATARATAS DO IGUAÇU, ARGENTINA/BRASIL
QUASE DOIS ANOS ANTES

Estávamos cercadas por todos os lados por uma imensa cortina de água branca. As cataratas se arremessavam sobre um íngreme rochedo formando piscinas verde-jade no chão da floresta do Parque Nacional do Iguaçu e abafando todos os sons, exceto um: o de nossas botas de caminhada pisando no metal da plataforma de observação na base das cataratas.

Holly, nossa velocista, seguia à frente na direção da saída, com Amanda e eu logo atrás. Com nossos pés envoltos em redemoinhos de névoa ascendente, atravessamos a passarela final e subimos uma escada íngreme, nossa respiração ofegante e nossas risadas ecoando nas paredes de basalto. Diminuindo um pouco o meu ritmo para tirar as gotas de água do rosto, olhei para meu relógio. Tínhamos menos de dez minutos para chegar ao topo, ou poderíamos ficar presas no Brasil a noite toda.

Segundo o guarda-florestal (que subira correndo segundos antes para ver por que três norte-americanas malucas ainda tiravam fotos despreocupadamente quando o parque estava quase fechando), só havia mais um ônibus partindo naquela tarde. Portanto, a menos que tivéssemos trazido equipamento de camping ou dinheiro extra para subornar os policiais da fronteira brasileira, era melhor estarmos nele. É claro que teria sido útil se nosso motorista de táxi tivesse mencionado a uma hora de diferença no fuso horário entre os lados argentino e brasileiro do

Iguaçu quando nos conduziu semi-ilegalmente através da fronteira, mas então qual teria sido a graça? Provavelmente deveríamos ter levado um pouco mais a sério esse problema iminente na viagem. Mas, considerando-se que todas nós tínhamos feito tudo menos vender a alma a nossos patrões para realizar essa pequena aventura, não deixaríamos algo como um possível escândalo na imigração nos desanimar.

Na verdade, nossa fuga de Nova York, uma semana antes, tinha parecido nada menos que a fuga de uma prisão. Quando Amanda e eu dissemos pela primeira vez a nossos amigos e colegas de trabalho que planejávamos tirar dez dias de folga – seguidos – para viajar de mochila nas costas pela Argentina, eles nos olharam com sobrancelhas seriamente arqueadas. "Uau, eu não tirei mais de uma semana de folga nem quando me casei", observou uma conhecida. "Tomara que não coloquem ninguém nos seus empregos antes de vocês voltarem."

Somente Holly, outra editora assistente que trabalhava com Amanda em uma revista feminina, pareceu partilhar nosso entusiasmo com fugir do inverno congelante e dos projetos intermináveis que nos prendiam às nossas escrivaninhas. Embora Holly e eu só tivéssemos nos visto algumas vezes e não soubéssemos ao certo se nos daríamos bem durante um único dia na estrada, quanto mais dez, ela só fez duas perguntas antes de entregar o dinheiro para a passagem:

– Qual será a companhia aérea e quando partiremos? – Quanto a mim, adorei ter uma nova participante em minha busca por um "mundo real" mais autêntico do que o que estávamos prestes a deixar para trás em Manhattan.

Depois de me mudar para a cidade, quase quatro anos antes, para trabalhar em uma rede nacional de televisão, fui atirada em um mundo de apartamentos claustrofóbicos, aluguéis exorbitantes, jornadas de trabalho de 14 horas, eventos de mídia obrigatórios e profetas do dia do juízo final nas estações de metrô. Logo aprendi que a cidade havia provocado um novo tipo de luta darwiniana: somente os mais dedicados à carreira e socialmente adaptáveis sobreviveriam. Para lidar com a pressão, em geral as pessoas seguiam um de dois caminhos: o primeiro com Xanax, terapeutas e cigarros, e o segundo com ioga Bikram, feng shui e chá verde.

Meu método de sobrevivência pessoal? Fuga. Até mesmo agora, pingando suor e correndo de modo frenético para atravessar a fronteira, sentia aquela explosão familiar de alegria que me dominava sempre que fazia reserva em um voo internacional ou acrescentava um novo selo ao meu passaporte.

E, embora cair na estrada tivesse sido um desafio, Holly, Amanda e eu fazíamos o possível para viver intensamente cada segundo de nossa viagem. Tínhamos chegado uma semana antes na "Grande Maçã" da América do Sul, a cosmopolita Buenos Aires, e passado nosso tempo perambulando pelas vielas de paralelepípedos, saboreando jantares suntuosos de bifes de *lomo*, enchendo nossas sacolas com compras nos mercados de rua e nos esfalfando em sessões de tango que duravam até o céu noturno se tingir de cor-de-rosa.

Apesar de nosso caso de amor com a cultura apaixonante e a forte vibração de Buenos Aires ter apenas começado, nós três estávamos prontas para ir além da vida na cidade. Era hora de rumar para a selva. Após um voo de duas horas pela Lan Peru, nosso pequeno avião aterrissou na cidade fronteiriça de Puerto Iguazú, demos adeus às sandálias de tango com tiras e calçamos botas de caminhada.

Olhando para minhas próprias botas, imundas devido à caminhada daquele dia, fiquei surpresa com ainda conseguir correr, ainda mais subindo o último lance de escadas. Quando finalmente saímos da grande sombra da floresta tropical para a estrada principal, avistamos o ônibus a cinquenta metros de distância, lotado de passageiros. Em uma cena digna de uma comédia pastelão, o ônibus começou a ir embora no exato momento em que chegamos. Holly, que, àquela altura eu já sabia, corria maratonas por diversão, saiu em disparada erguendo um braço bronzeado acima de sua cabeça, enquanto Amanda e eu gritávamos para o ônibus parar. Graças aos deuses da selva tínhamos conseguido chegar à estrada, o motorista nos viu pelo espelho retrovisor e freou abruptamente. Ofegantes e com nossas roupas encharcadas, entramos no ônibus cheio de turistas alegres, todos batendo palmas por nossa delirante vitória. Desabando nos únicos bancos vazios, Amanda, Holly e eu dividimos a única garrafa de água que nos restara, rindo e nos felicitando por nossa chegada no último minuto.

Quando tomei outro gole de água e recuperei o fôlego, percebi que me sentia mais feliz e centrada do que havia meses. Subitamente a ideia de voltar para casa em alguns dias provocou um arrepio de pavor em todo o meu corpo. Ao contrário de Amanda e Holly, que tinham desejado desesperadamente um alívio de seus empregos caóticos e impiedosos na revista, eu recentemente havia conseguido um novo e excitante cargo de coordenadora de marketing de uma emissora de TV focada em música, que estava ansiosa por retomar.

Pela primeira vez em minha vida adulta, minha carreira e situação em geral estavam realmente nos trilhos, progredindo – mas com respeito à minha vida amorosa as coisas não eram tão tranquilas. Na verdade, eu me preparava para um possível desastre.

Após namorar Brian por quase três anos, ainda não me sentia segura para gritar para todos ouvirem: "Aleluia! É ele!" Embora muitas almas solidárias me lembrassem de que eu ainda era muito jovem, um número crescente de observadores começara a reagir à minha indecisão. "Saia de cima do muro", diziam, usando a frase que eu mais detestava. Quero dizer, talvez eu simplesmente ficasse confortável sentada em cima do muro por mais tempo do que as outras pessoas. Uma garota não pode apenas gostar da sensação de cerâmica fria sem ser julgada?

Embora meu romance com Brian não tivesse seguido o roteiro cinematográfico tradicional – garoto vê garota, eles se olham nos olhos, se abraçam e ficam loucamente apaixonados –, ele tinha surgido de algo mais forte: uma amizade verdadeira. Nós nos conhecemos em um almoço de negócios no meio do meu "ano de caloura" em Nova York. Assistente de vendas de rede de televisão encontra cliente anunciante – um clichê do setor que sempre nos fez rir. Logo passamos de simples conhecidos a colegas de happy hours e verdadeiros confidentes que organizavam sessões de fotos de fim de tarde no Central Park, se matriculavam em aulas de salsa e jantavam em cafés fofos com jardins na rua dos Restaurantes.

Antes de nos darmos conta, estávamos em um relacionamento sério. E, à medida que os meses se transformavam em anos, nunca houve um momento de pausa na progressão natural de um nível para o próximo. Tornar-se Exclusivo. Conhecer os Pais. Planejar Férias. Falar Sobre Viver Juntos. Eu tive sorte, derrubando o mito urbano de Manhattan de que era quase impossível encontrar na cidade um homem doce e bem empregado que não tivesse medo de compromisso.

Mas nos últimos meses havíamos chegado ao proverbial muro do relacionamento. Não tínhamos nenhum motivo para romper, mas também nenhum real catalisador que nos movesse para frente. Sabia que Brian e eu teríamos de acabar enfrentando a questão do nosso futuro, mas com 26 anos (pelo menos nos próximos poucos preciosos meses), eu estava mais do que satisfeita em seguir o caminho seguro – que não incluía aquele ônibus. Quando nos aproximamos da saída do parque, o motorista caiu em um buraco na estrada, jogando a mim e aos meus pensamentos para fora do banco, no corredor.

Felizmente, ao que parecia os deuses das viagens decidiram nos dar outra chance: no estacionamento, avistamos o motorista do mesmo táxi barulhento que nos conduzira através da fronteira usando uma série de estradas secundárias poeirentas, e o convencemos a fazer exatamente a mesma coisa na direção contrária. Alguns *por favores*, vinte pesos argentinos (cerca de sete dólares) e nos pusemos a caminho.

Mesmo depois de nossa louca corrida pela selva, nenhuma de nós estava pronta para dar o dia por encerrado. Quando chegamos ao hotel – localizado dentro do parque nacional no lado argentino –, Holly propôs uma alternativa melhor.

Seus olhos verdes brilharam e um sorriso travesso surgiu em seu rosto.

– Ei, agora que voltamos uma hora no tempo, vocês querem ir à cachoeira Garganta Del Diablo? Quando eu falei com o *concierge* esta manhã, ele disse que não demora muito para chegar lá e a vista é a melhor.

– Eu *definitivamente* topo. Schmanders? – perguntei, usando o apelido de Amanda na universidade.

– Por que não? – disse ela, tirando os cachos louros de seu pescoço e os prendendo em um rabo de cavalo frouxo. – Pelo menos sabemos que não podemos ficar presas deste lado!

Depois de passar uma nova camada de filtro solar (minha pele clara tende a ficar sardenta e queimar mesmo à luz do pôr do sol), peguei minha mochila e descemos correndo a trilha.

Eufóricas com nossa aventura do dia, Amanda, Holly e eu desfilamos por outro conjunto de passarelas elevadas do Iguaçu, seguindo as placas para a Garganta Del Diablo. Passamos sobre terrenos pantanosos e sob coberturas verdes viçosas até finalmente chegarmos à plataforma principal do parque. Em vez de olhar para a força estrondosa da água de baixo, desta vez estávamos bem acima das cataratas – no mesmo ponto de observação vantajoso dos tucanos de peito vermelho que vimos voando através da floresta tropical. Dessa altura, tínhamos uma visão total das cataratas se precipitando com estrondo do rochedo em forma de ferradura para o abismo nevoento abaixo e nos envolvendo em um arco-íris perfeitamente circular.

– Sabem de uma coisa? Eu não teria me importado se ficássemos presas no Brasil – disse Holly, alongando uma de suas pernas esguias apoiada na grade. – Prefiro isso a revisar matérias todos os dias da semana.

Amanda fez uma careta e se deixou cair no banco onde eu estava sentada, perto do principal ponto de observação.

– Não vamos falar de trabalho, está bem? Nem posso pensar na pilha de papéis e e-mails esperando para me comer viva quando eu voltar.

– Ah, vai, Amanda. Você sabe que preferiria estar sentada em sua escrivaninha trabalhando naquele artigo salvador de vidas que está escrevendo sobre... o que mesmo? – caçoei, tirando uma barra de granola parcialmente devorada para dar mais ênfase às minhas palavras. – "Os lanches mais saudáveis? Os com sabores mais artificiais?"

– "Os novos lanches mais magros" – disse ela com um ar deprimido, agarrando a barra e fingindo que ia jogá-la no abismo.

– Mas eu ficaria feliz em comer alimentos gordurosos para sempre desde que pudesse fazer isto aqui. Aposto que os latino-americanos não têm nem uma palavra para "prazo" ou "ataque de ansiedade".

– Concordo com você – disse Holly, vindo se sentar perto de nós. – Mas pelo menos conseguimos fugir por uma semana. Isso é muito mais do que a maioria das pessoas consegue. E, mesmo se tivermos de trabalhar até a meia-noite, todas as noites por um mês, valerá a pena.

– É. Não consigo acreditar que conseguimos fazer isso. Principalmente você, Hols. Quer dizer, você nem mesmo tinha economizado para a viagem, como Jen e eu.

Holly deu de ombros e revirou os olhos de brincadeira.

– Bem, achei que a viagem valia o sacrifício de comer barras Luna no almoço todos os dias e levar garrafas térmicas em minha bolsa para as happy hours.

Pelo que eu havia ficado sabendo sobre Holly nessa semana, tive a sensação de que ela não estava exagerando em tudo que tinha feito para conseguir viajar. Embora eu tivesse tido minha cota justa de frugalidade desde que me mudei para Nova York, felizmente nunca tive dívidas. Tinha conseguido até reservar uma pequena parte de meu modesto salário na televisão para férias no exterior. Holly, por outro lado, nunca teve dinheiro extra para poupar e aceitara trabalhos estranhos – catadora de cerejas, analista de cores de cosméticos, testadora de tintas que podiam causar envenenamento por chumbo, limpadora de banheiros de dormitórios de universidades, entregadora de pizza – desde que era mais nova para fazer frente às suas despesas. Contudo, de algum modo conseguira visitar quase o dobro de países que eu, ou porque ganhou bolsas de estudo no exterior ou porque pagou as viagens do seu próprio bolso. Ela priorizava a aventura e a descoberta em vez de a estabilidade e a estrutura – outro motivo para Amanda e eu ficarmos tão felizes por ela ter conseguido se juntar a nós no último minuto.

– Realmente temos de voltar? Não podemos apenas montar acampamento e ficar? – implorou Amanda.

– OK, está decidido – disse eu, levantando-me para encarar as garotas. – Vamos construir uma casa numa árvore bem aqui e viver como a família suíça Robinson.

– Sim, e poderíamos entrar escondido no hotel à noite e roubar as sobras dos carrinhos de serviço de quarto – acrescentou Holly.

Logo todas nós embarcamos na fantasia de nos mudarmos da selva de pedra para uma selva de verdade. Nossa pele brilharia com a pureza do ar; teríamos corpos magros e esculpidos por caminhadas durante 24 horas por dia sete dias por semana; homens brasileiros atraentes apareceriam magicamente e se apaixonariam por nós – todos excelentes motivos, que descartamos, para nos instalarmos aqui.

– Bem, não sei se já disse isso para você, Hol, mas Jen conhece meus planos. Se eu for promovida a editora associada, vou começar a economizar dinheiro e depois sair da revista e tirar alguns meses para viajar – disse Amanda, animada com a ideia. – Convidei Jen para ir comigo, mas seria muito mais divertido se você também fosse. Seria como esta semana, mas infinitamente melhor.

– Ah, eu com certeza vou dedurar você pro seu chefe – brincou Holly, descruzando as pernas e as balançando no banco. – Na verdade, também tenho um segredo. Ando fazendo entrevistas para empregos, e uma revista já pediu minhas referências. Provavelmente vou antes de vocês. Mas se realmente forem viajar... Bem, talvez eu acompanhe vocês durante parte do tempo.

Apesar do que eu havia ficado sabendo sobre Holly, ainda estava chocada.

– Está falando sério? Realmente iria conosco, Holly?
– *Você* realmente iria comigo? – perguntou Amanda, agora olhando para mim seriamente.
– Ah, por favor! Você gosta mais do seu emprego do que da própria vida. *Nunca* deixaria seu emprego, ou Nova York – eu disse, atormentando-a como só uma grande amiga pode fazer.
– Mas desafio você a largar o trabalho, porque seria ótimo se voltasse a nos dar a honra de sua presença em eventos sociais.
– OK, não sei exatamente quando eu partiria ou por quanto tempo, mas me sinto melhor tendo uma rota de fuga de emergência, só para garantir – retrucou Amanda, pegando sua mochila no banco e indo até a grade para ter uma visão melhor do sol poente. – É pegar ou largar, certo?

Embora eu tivesse testemunhado sua rápida ascensão na escada profissional, também sabia que, quando Amanda Pressner se comprometia a fazer algo, nada a detinha – e ai do espectador inocente que ficasse em seu caminho. Para começar, ela era a única das minhas cinco amigas da universidade que não desistira de nossa viagem à Europa, após a formatura. Havia dito que depois se mudaria para Manhattan para trabalhar em entretenimento e o fez sozinha, sem ajuda ou conexões nepotistas. Quando todos lhe disseram que era impossível conseguir um cargo editorial em uma revista sem antes ter algo publicado, ela não deu a mínima e o conseguiu assim mesmo. Então, se Amanda estava dizendo que futuramente faria uma viagem, sem dúvida a faria.

– Sabem de uma coisa? A menos que haja uma mudança drástica em minha vida quando vocês estiverem prontas para partir, eu me nomeio sua parceira no crime – anunciei.

Quando eu disse isso, percebi que estava falando sério. Por algum motivo, essa viagem à Argentina aumentara meu desejo de fugir da realidade de Nova York. E, se as coisas não melhorassem com Brian, eu poderia sentir necessidade de fugir da cidade de todo jeito.

Na segurança de outro continente, a ideia de deixar para trás tudo que era familiar para viver como nômades parecia quase possível. Se todas as nossas promoções e transições profissionais ocorressem conforme o planejado, teríamos uns 18 meses para poupar – e poderíamos esticar nosso orçamento de viagem para quase um ano se fôssemos para países mais baratos. Com tanto tempo, poderíamos atravessar vários continentes e talvez aceitar trabalhos estranhos ao longo do caminho ("Minha amiga ganhou dez dólares por dia colhendo frutas em uma fazenda costa-riquenha", disse Holly) ou nos oferecer como voluntárias em uma organização em troca de alojamento ("Eu poderia conseguir alguns frilas", acrescentou Amanda). E esperávamos até então estar em um ponto em nossas carreiras em que poderíamos partir sem cometer suicídio profissional.

– E no ano que vem todas nós estaremos com 28 anos, que é a fase da vida chamada "Retorno de Saturno" – disse Holly, apressando-se a acrescentar: – Isso é astrologia. Eu editava a seção de horóscopo da revista.

Ela explicou que entre os 28 e trinta anos Saturno completa o ciclo através de seu mapa astral, marcando o fim da juventude e início da idade adulta. E traz com ele finais grandiosos e novos começos.

– Então esse seria o momento perfeito para viajarmos juntas – disse Holly em uma voz baixa e conspiratória. – Vamos fazer isso, meninas.

Não foi aquele papo da Nova Era que me fez sentir arrepios na espinha. Foi a parte da Idade. A menção de nossos aniversários de 28 anos me despertou uma lembrança, uma conversa inocente que tivera com minha mãe, mais ou menos um ano e meio atrás, e de repente pareceu assumir uma importância épica. A cena passou pela minha mente com assustadora nitidez...

Minha mãe e eu estávamos sentadas a uma mesa na calçada, em minha cantina preferida no bairro, sorvendo margaritas geladas. Como de costume, conversamos durante horas sobre os assuntos de sempre: meu emprego, a extrema importância de maximizar a contribuição para meu plano de aposentadoria 401(k), o último projeto de reforma da casa de meu pai, as terríveis consequências de eu não ter seguro para meu apartamento alugado e, é claro, Eu, Brian e O Futuro.

Só estávamos juntos havia 16 meses, e eu já tinha ouvido perguntas como: "Há casamento à vista? Você não deveria sair com outras pessoas, se não houver? Sabia que é mais seguro ter filhos na casa dos vinte?" *Ótimo! Já não sou uma boa mãe, e ainda nem estou grávida.*

Quando expressei minhas frustrações com toda aquela pressão, minha mãe me deu uma sugestão brilhante:

– Talvez você se sentisse melhor se escolhesse uma idade, qualquer uma que quisesse. E fizesse um pacto de só curtir o namoro e não pensar muito em nada até chegar a ela.

Hum, seria um alívio me salvar de uma enrascada durante algum tempo. Afinal de contas, ainda na casa dos vinte, eu era apenas um bebê de acordo com os padrões de Nova York. Poderia ter mais alguns anos de indecisão, certo? Por isso, joguei no ar a idade de 28 anos.

– Isso me daria bastante tempo para relaxar e me divertir. Se até lá eu e o Brian ainda estivermos juntos, definitivamente teremos de equacionar as coisas. E, se não estivermos, terei de fazer algo realmente radical, como me mudar para o Colorado, ser instrutora de esqui, viajar com uma banda de rock ou maximizar meu 401(k) pela primeira vez em minha vida – brinquei.

– Isso é sério – respondeu minha mãe dando uma risada. – Você deveria realmente poupar 10% do seu salário – acrescentou, sem poder resistir.

Agora, em pé no meio de uma floresta tropical argentina, eu não podia evitar a sensação de que a ideia da viagem ao redor do mundo tinha surgido por um motivo: nós três viajando juntas, falando sobre a possibilidade de ir para o exterior *logo após meu aniversário de 28 anos*; a lembrança de um pacto improvisado que eu fizera durante uma refeição tex-mex. Considerando-se o estado turbulento de minha vida amorosa e minha total incapacidade de tomar uma decisão, estava claro que eu me aproximava de uma bifurcação crítica na estrada. Bem, sejamos sinceros:

eu tinha acampado nesse ponto do caminho muito tempo atrás e ainda estava sentada assando marshmallows.

Eu secretamente esperava um sinal que me apontasse a direção certa, mas nunca esperara fazer uma viagem ao redor do mundo. Tinha uma sensação estranha e inexplicável de que tudo parecia de algum modo predestinado, como se qualquer caminho que eu tivesse escolhido me levasse exatamente a esse ponto. Talvez aquilo fosse algo que eu deveria fazer.

Sentada com Amanda e Holly no alto das cataratas, no meio da selva, tive uma visão de como seria nossa vida juntas na estrada. Foi um vislumbre de um futuro que nos aguardava ao alcance de nossas mãos, esperando que ousássemos agarrá-lo.

Eu realmente poderia passar um ano inteiro viajando pelo mundo com essas garotas?

Por mais que aquilo parecesse loucura, sabia que a resposta era sim.

CAPÍTULO DOIS

Amanda

NOVA YORK
MARÇO-AGOSTO

Os nova-iorquinos mais "reais" dizem que você não se torna um deles enquanto não vive na cidade por pelo menos dez anos. Alguns dizem que por uma vida inteira. Segundo o New York State Unified Court System, eu conseguiria me tornar uma nova-iorquina em menos de sete anos, e era hora de demonstrar minha gratidão visitando o tribunal de justiça.

Havia meses eu enviava para o centro da cidade justificativas para não participar de júris para os quais fora convocada, convencida de que se fizesse isso várias vezes acabariam desistindo de mim. Mas descobri que o governo não era um corretor da bolsa indeciso que no final do dia aceitava uma sugestão. Independentemente do quanto eu recusasse a proposta de um encontro, Tio Sam não aceitaria não como resposta.

Nosso pequeno ritual de cortejo chegou ao fim em uma noite de terça-feira, em março. Cheguei em casa, o pequeno apartamento que Jen e eu dividíamos com nossa amiga Beth, e examinei a pilha de cartas que ameaçavam escorregar da mesa da frente. Ali, entre um cardápio de comida vietnamita e a conta de TV a cabo, havia um envelope vermelho e preto onde se lia: URGENTE – ÚLTIMA CONVOCAÇÃO.

Abrindo o envelope, me atirei no futon e tentei descobrir como poderia me livrar daquilo mais uma vez. Foi quando ouvi

a chave girando na fechadura. Jen nem teve a chance de colocar no chão as três sacolas que carregava antes de eu reagir.
– Simplesmente não tem como! – esbravejei, andando de um lado para outro de nossa sala de estar de três metros, enquanto Jen pendurava calmamente seu casaco de lã cor-de-rosa com detalhes em couro envernizado. – *Não* posso faltar ao trabalho agora. Já estou tão sobrecarregada que comecei a cometer erros estúpidos. Escrever errado quando tenho de fazer mudanças na tela. Hoje nossa diretora de pesquisa me chamou de lado para me lembrar de como adicionar observações a uma matéria a ser publicada.
– Ah, isso é péssimo. Mas estou certa de que eles sabem o quanto você anda ocupada. O que escreveu errado? – perguntou ela, tirando a neve de seus cabelos cor de mel.
– Segurança. Dá para acreditar? Escrevi seg-rança e o revisor só percebeu quase na hora de a matéria ser impressa. A Claire definitivamente *não* ficou bem impressionada com isso.

Minha nova chefe, Claire, uma editora veterana de revistas femininas, havia assumido o caderno de nutrição depois que minha antiga supervisora, Kristen, fora chefiar o novo departamento de saúde sexual. Enquanto Kristen trabalhava lado a lado comigo para me ajudar a me tornar uma boa redatora e me destinava artigos de fundo em vez de trabalhos sem importância apenas para preencher meu tempo, Claire parecia acreditar que os assistentes deveriam conquistar seu lugar enviando mensagens e preenchendo formulários. Dizer que nós duas não estávamos em sintonia profissional seria um eufemismo. Sempre achei que se ela tivesse podido me substituir em vez de me herdar, não teria hesitado nem por um segundo em fazer isso.

– Bem, eu não ficaria muito chateada por ter de participar de um júri. Todo nova-iorquino tem de fazer isso em algum ponto – disse Jen, pegando um burrito de micro-ondas no fundo do congelador. – Provavelmente você nem será escolhida.

– Sim, mas e se eu for? E se for escolhida e acharem que não tentei o suficiente me livrar disso e decidirem dar o cargo de editora associada para outra pessoa?

Ela me olhou do modo divertido como me olha quando deixo de ser lógica e me torno totalmente irracional, o que acontece com frequência.

– Garanto que, na remota possibilidade de ser escolhida, eles não darão o cargo para outra pessoa. Você tem se esforçado muito. Além disso, não podem proibi-la de participar de um júri. Por isso, não se estresse.

Suspirei. Jen provavelmente estava certa. Em todo caso, eu não parecia ter outra escolha. Como insinuava a convocação, era cumprir meu dever cívico ou ir para a cadeia.

Sentada na sala de tribunal, duas semanas depois, eu tentava parecer o mais patética possível. Tinha feito questão de ir com roupas de jogging, cabelos sujos e sem nenhuma maquiagem. Talvez o juiz pensasse: "Essa garota nem se deu ao trabalho de usar rímel – como pode estar qualificada para se sentar no banco dos jurados?"

Olhando de relance para os nova-iorquinos entediados ao meu redor, perguntei-me quem entre nós seria escolhido. Havia escapado por pouco no dia anterior e esperava escapar pela tangente uma segunda vez. Cada hora que passava sentada ali, tentando evitar atrair atenção, era mais uma em que não respondia aos e-mails que, sem dúvida, tinham se multiplicado na minha caixa de entrada como uma linhagem de vírus de gripe resistente. A esta altura a pilha de provas brilhantes que eu ainda tinha de ler provavelmente havia aumentado e escorregado para debaixo da minha escrivaninha.

Talvez eu não devesse ter ido para a Argentina.

Quando esse pensamento traiçoeiro passou pela minha cabeça, tentei sufocá-lo. De que adiantava fazer a viagem de sua vida se fosse para você se arrepender dela ao voltar para casa? Em Iguaçu, quando pensamos em transformar as férias de nossos sonhos em uma aventura com um ano de duração, eu tinha ficado animada com a ideia de me desligar de meu telefone celular, meu computador e, na verdade, de toda a minha vida. Mas no segundo em que me sentei na cadeira da minha escrivaninha, a realidade me atingiu com força. De algum modo, nos dez dias em que fiquei fora, atrasei em pelo menos um mês meu trabalho. Voltar por mais um ano? Sim, certo. No terceiro fim de semana tremendo dentro de uma torre de escritórios vazia tentando pôr o trabalho em dia, entendi por que editores mais experientes brincavam dizendo que não valia a pena tirar férias.

Quando o inverno terminou e veio a primavera, o ritmo de trabalho não diminuiu. Na verdade, se intensificou. As vendas de anúncios aumentaram e tínhamos mais páginas para escrever e distribuir. O buraco que eu cavara enquanto estava na Argentina se transformou em um fosso e depois uma trincheira sem fundo.

O mesmo estresse que antes me motivava a sair da cama de manhã agora me perseguia debaixo das cobertas, à noite. Eu ficava acordada, com meu ritmo cardíaco acelerado e minha mente agitada elaborando listas de coisas a fazer. O estresse se tornara meu companheiro inseparável, um feio e pequeno gnomo saturado de cafeína que usava meu peito como um trampolim e minha cabeça como um ringue de boxe e só ia embora quando eu estava exausta o suficiente para dormir.

Apesar do conselho de amigos de estabelecer limites ("Diga à sua chefe que não pode dar conta de mais nenhuma tarefa. Apenas saia pela porta todos os dias às 18 horas, não importa o que aconteça."), admitir que eu havia tentado dar um passo maior do que as pernas seria um enorme erro. Eu trabalhava com cinco outras assistentes ambiciosas, tão ansiosas por se destacar quanto eu. Todas nós sabíamos que, para atingir o cobiçado nível de editora associada (e se você não o quisesse, podia ir embora agora), teríamos de ir além das atribuições de nosso cargo, assumindo quaisquer responsabilidades extras que pudéssemos convencer os chefes de departamento a nos delegarem.

A competição entre nós seis era amigável, mas feroz. Quando a pressão se tornava muito forte, nos solidarizávamos, mas ainda lutávamos por tarefas como hienas lutariam por um antílope abatido. Ironicamente, talvez devido à experiência partilhada, às noites trabalhando até tarde e à intensidade da situação, criamos uma forte amizade, um laço feito de sangue, suor e molho de soja trazido da rua.

Dessas jovens mulheres, Holly sempre foi minha maior confidente. Embora ainda tivesse mais a fazer do que nós – auxiliava três executivos além de editar suas próprias páginas para o caderno de "felicidade" –, eu nunca a tinha visto ter um ataque de nervos ou chorar no banheiro feminino como a maioria das outras funcionárias mais jovens. Ela enfrentava as exigências do trabalho com bom humor e uma atitude de "posso fazer" (pelo menos quando havia chefes por perto), mas nunca estava ocupada demais para uma rodada de cafeína ou se juntar a mim em uma sessão de protesto. Até mesmo conseguiu me tirar do escritório algumas vezes para fazer aulas de ioga e pilates, dizendo que acabaríamos mais produtivas mentalmente se nos cuidássemos fisicamente.

Quando a lista de coisas a fazer realmente ficava longa, Holly e eu trabalhávamos até tarde, fazendo intervalos para relaxar comendo sushi e fantasiando sobre passar noites de sextas-feiras fazendo algo diferente de ficar sentadas às nossas escrivaninhas. Correr na roda editorial como um hamster podia ser quase divertido com Hol por perto. Mas assim que voltamos da Argentina ela arranjou um emprego em uma revista feminina mais humana e tranquila. Fiquei feliz por ela (e, sim, com um pouco de inveja), mas principalmente perplexa quando Hol começou a me convidar para ir à academia ou a vendas de mostruários de designers na hora do almoço. Ela já havia se esquecido de onde tinha trabalhado?

Com o passar das semanas, a ansiedade que eu escondia no escritório começou a aumentar. Eu me irritava com o funcionário da delicatéssen se ele acidentalmente pusesse maionese em meu sanduíche ou alguém passasse na minha frente na roleta do metrô. Sempre havia tido o pavio um pouco curto, mas em alguns dias me sentia a um passo de subir na instalação de arte em Union Square e abrir fogo contra os skatistas lá embaixo.

Então, logo antes de a primavera finalmente chegar, aconteceram duas coisas. O único cargo de editor associado da revista, a posição diretamente acima da minha, ficou vago. E fui forçada a sair do escritório para servir ao júri.

Apesar de todas as minhas intenções de mentir, quando o juiz finalmente me olhou nos olhos e começou a fazer perguntas, ouvi-me dizendo a terrível verdade. Eu nunca tinha sido presa. Nunca havia sido vítima de um crime de ódio. Nunca fora perseguida (se não fossem levados em conta anos de drama de ex-namorado). E, sim, eu morava em Manhattan e não tinha nenhum plano imediato de sair de lá.

Quase não me surpreendi quando, às 16:45, o funcionário do tribunal leu meu nome na lista dos jurados escolhidos.

O juiz garantiu a nós 12 que o caso não duraria muito, apenas cerca de uma semana, no máximo. Depois de apresentarmos nosso veredicto sobre uma pessoa relativamente estranha, estaríamos livres para voltar às nossas vidas regularmente programadas. Aquilo parecia bastante fácil.

Enquanto ele falava, ocorreu-me que minha nova jornada de trabalho no palácio de justiça teria uma duração inimaginavelmente curta de oito horas – e eu poderia deixar o prédio para almoçar. Não conseguia me lembrar da última vez em que havia ido a algum lugar, além de à cafeteria da empresa. Dois anos comendo seus gordurosos *wraps* de frango e suas saladas de macarrão ensopadas de óleo me fizeram ganhar sete quilos e pneus respeitáveis na cintura. A ironia era que, ao mesmo tempo, eu ensinava a milhares de mulheres: "Diminua um tamanho de roupa em dez dias!" e "Emagreça dormindo!". Descobri que minha gordura extra também não tinha escapado aos olhos de falcão das editoras com quem eu dividia meu escritório na torre do prédio. Quando saí para comer algo naquele primeiro dia, perguntei-me se servir ao júri poderia ser um mal que viera para o bem.

Apesar da minha grande má vontade anterior, fiquei surpresa em descobrir que realmente adorava ser jurada. Saía da cama todas as manhãs após o terceiro cochilo em vez de o décimo, me vestia rapidamente (quem ia ligar se eu usasse calças cargo e casaco com capuz?) e seguia pela linha expressa do metrô para o centro da cidade cantarolando músicas em meu Ipod mini.

O julgamento acabou não sendo como os em *Ally McBeal* ou *Boston Legal,* mas não me importei. O tédio era um sentimento tão pouco familiar que, na verdade, foi bem-vindo. Durante as horas que passei no banco dos jurados, minha atenção oscilou como um sinal de rádio AM, meus pensamentos inevitavelmente indo à direção de Uptown.

Enquanto os testemunhos eram ouvidos em segundo plano, lembrei-me de como tinha sido difícil, após anos passados em estágios e empregos insatisfatórios, descobrir o que eu queria fazer com minha vida. Quando realmente descobri, tornei-me quase maníaca em minha tentativa de trabalhar em revistas. Fui entrevistada para o que pareciam centenas de cargos antes de finalmente convencer minha chefe de que, com 25 anos, ainda não era velha e experiente demais para o trabalho pesado exigido de uma assistente editorial (e ganhar 24 mil dólares por ano).

Foi justamente quando minha carreira começou a entrar nos trilhos que meu relacionamento com Baker – o primeiro e único homem por quem havia me apaixonado profundamente – começou a se deteriorar. Tivemos um início apaixonado e tumultuado e, ao longo de três anos, nos separamos tantas vezes que foi um milagre termos conseguido voltar a ficar juntos. Quando finalmente terminamos depois de altos e baixos em férias no México e um subsequente bate-boca no meio de Times Square, acho que ele e eu sabíamos que esse rompimento teria de ser o último. Naquele dia Baker desapareceu na multidão de pedestres na rua 42 e não nos falamos por alguns meses.

Ainda assim, eu sabia exatamente para onde Baker tinha ido. Alguns anos antes de nos conhecermos, ele havia planejado fazer uma viagem com mochila nas costas por vários países e só ficara em Manhattan tempo suficiente para dar ao nosso relacionamento em fase inicial uma chance de florescer. Contudo, Baker tinha ficado cada vez mais inquieto, ansioso por seguir em frente. "Vamos sair de Nova York já", insistira. "Apenas peça demissão, arrume sua mochila e vamos embora."

Aquele era um plano absurdo – quem, na casa dos vinte, abandona tudo para se tornar um andarilho? –, mas uma parte de mim ansiava por partir e ver o mundo com ele, determinar se os problemas em nosso relacionamento tinham tudo a ver com a extrema pressão da vida em Nova York, em vez de com uma incompatibilidade insuperável entre nós dois.

Eu adorava a possibilidade de aventura. Ainda estava apaixonada por Baker. Mas, no final, ele não conseguiu se contentar com um futuro na cidade e eu não consegui me resolver a partir. Por isso o deixei ir. Depois de todo aquele tempo, não precisava de uma passagem aérea ou um carimbo em meu passaporte para saber que não estávamos destinados a realizar certas jornadas juntos.

Quando Baker foi embora, eu me perguntei como pude ter pensado em deixar Nova York quando tinha apenas começado a me estabilizar.

Com as cinzas do meu relacionamento ainda quentes, atirei-me de cabeça no novo cargo que me esforçara tanto por obter. Não havia horas trabalhadas ou tarefas – não importava o quão fossem corriqueiras ou pouco relacionadas com minha carreira – suficientes para prender minha atenção e preencher o vazio em minha vida. Meus superiores pareciam felizes por sua nova assistente de nutrição ter pouco mais para fazer além de passar suas noites e fins de semana resolvendo problemas de trabalho.

Com o passar do tempo, a dor diminuiu, mas minha dedicação à revista não. Nesse ínterim, ocorreu-me que, ao contrário do que acontece no relacionamento com um homem, quanto mais tempo e energia eu dedicava ao meu trabalho, maior a satisfação e recompensa que obtinha dele. Levei apenas um ano para conseguir minha primeira promoção (uma mudança sutil, porém importante, de assistente editorial para editora assistente) e, quando minha chefe me deu a boa notícia, insinuou que não demoraria muito para eu dar o próximo salto – desde que continuasse a exceder as expectativas de todos.

O desafio havia sido lançado. Eu me tornei tão dedicada ao meu trabalho que me dispus a reduzir todas as outras prioridades para destinar mais tempo ao escritório e atingir o próximo nível.

Algum dia me senti em conflito por não viajar para a praia com minhas amigas, culpada por faltar noite após noite a happy hours com elas ou ansiosa com o fato de que não me restava muito tempo para encontros com homens, quanto mais para tentar um novo relacionamento? Não se passou um dia em que não me sentisse. Mas eu havia começado mais tarde do que a maioria. Se algum dia quisesse ser vista como algo mais do que uma editora júnior que resgatava correspondências, atendia telefonemas e dizia sim a tudo, não podia me dar ao luxo de fazer corpo mole agora. E se conseguisse ser promovida a editora associada e subisse mais um degrau para o topo, realmente não importaria do que abri mão para chegar lá. Ainda estava muito longe do meu trigésimo aniversário. Então haveria muito tempo para a família, amigos e novos namorados, certo?

No último dia do julgamento, quando verifiquei minhas mensagens, havia um correio de voz de minha editora executiva, Helene, dizendo que queria falar sobre o cargo de editora associada assim que eu voltasse. Algo em sua voz me confundiu. Eu não soube dizer se ela estava manifestando seu eu tipicamente reservado ou se algo estava errado – mas mal podia esperar até segunda-feira para descobrir.

Eu me forcei a ouvir até o fim os argumentos conclusivos e a deliberação do júri que levou meia hora (inocente, por unanimidade! Agora vamos!) sem deixar muito óbvio o quanto queria correr. Desci atabalhoadamente os degraus da frente do tribunal de justiça, mergulhei na plataforma de metrô e passei pelas portas do trem N imediatamente antes de se fecharem.

Quando cheguei ao trabalho, com meu corpo cheio de adrenalina, alguns olhares de esguelha no elevador me lembraram de que não estava de uniforme – usava calças de plush desbotadas e uma camiseta de mangas compridas –, mas estava preocupada demais para me importar com as pessoas estarem olhando.

Passando rapidamente pela recepção, vi que meu andar inteiro parecia uma cidade fantasma. Telas de computador estavam ligadas e havia provas tipográficas sobre escrivaninhas – mas nenhum editor. Eu andei ao redor até avistar nossa gerente de escritório ao telefone em seu cubículo.

– Onde está todo mundo? – perguntei.

– Na sala de conferências – respondeu ela, apontando para o corredor.

A sala estava totalmente cheia tanto do pessoal da edição quanto do de vendas. Entrei sem ser percebida e fiquei atrás, olhando para as outras assistentes. Nossa editora-chefe, Beth, tinha acabado de apresentar a próxima edição, para o staff ter uma ideia de como o conteúdo de toda a revista funcionava junto. Nós já havíamos visto várias dessas apresentações, mas nunca com champanhe e morangos cobertos de chocolate, reservados para chás de bebê e panela e, ocasionalmente, promoções.

Então aquilo me ocorreu. Eles iriam anunciar a promoção? Agora? Subitamente fiquei aflita por estar tão malvestida em uma sala cheia de editores de moda.

– Uma edição impressionante. Mais uma vez, agradeço pelo grande esforço. Sei que todos vocês têm páginas com que se ocupar, lugares para ir – disse Beth. – Mas, antes que saiam daqui, espero que se juntem a mim para comemorar outra boa notícia. Hoje estou muito orgulhosa de anunciar a promoção de uma de nossas mais esforçadas assistentes.

Olhei de relance para Claire, que imediatamente desviou os olhos – e então eu soube. Não havia nenhuma dúvida em minha mente de que, quando Beth chegasse ao final de seu discurso, seria o meu nome que anunciaria. *Ah, meu Deus, tenho de sair daqui.*

Mas simplesmente não tinha como escapar sem ser notada. Não havia tempo. Quando todos ergueram suas taças, Beth disse o quanto estava orgulhosa de Elizabeth Morton; ninguém faria um trabalho melhor do que ela como a nova editora associada da equipe. Enquanto todos bebiam, eu silenciosamente sufocava. Forcei minha garganta a não se fechar e interromper meu suprimento de oxigênio: desejei que meus olhos não se enchessem de lágrimas e ordenei ao meu corpo para não tremer de um modo visível.

Misericordiosamente, a reunião terminou e, no primeiro segundo possível, dirigi-me em linha reta para a porta. Ao sair correndo, infeliz pequeno hamster que eu era, senti uma mão em meu braço me conduzindo pelo corredor para um escritório. Era minha antiga chefe, Kristen.

Pela primeira vez na minha vida altamente verbal, não consegui falar. Sabia que se abrisse minha boca torrentes de lágrimas e emoções reprimidas viriam à tona.

– Sinto muito, foi um modo horrível de descobrir – disse ela.

– Olhe, sei que Helene queria falar com você antes de vir, na segunda-feira, e ficar sabendo por outra pessoa.

– Mas realmente não entendo, só achei... – eu disse. – Por quê?

– Bem, acho que Helene e Claire simplesmente têm algumas... preocupações. Sei que ambas queriam falar com você em algum momento, na semana que vem. Não pensamos que viria aqui hoje.

– Por favor, apenas me diga o que está acontecendo. Realmente prefiro saber por você, para pelo menos estar preparada.

Ela suspirou.

– Bem, não é o fim do mundo. Mas não foi muito profissional você não ter vindo trabalhar na semana passada. Todos acham que deveria ter cumprido com suas responsabilidades e tarefas, servindo ao júri ou não.

– Quer dizer que ninguém cobriu meu caderno? – Eu estava arrasada. – Deveria vir à noite? Depois de servir ao júri?

Ela não disse nada, mas seu silêncio o confirmou.

– Não entendo. Por que Claire simplesmente não me disse que eu precisava estar aqui? – Quando as palavras saíram da minha boca, percebi que já sabia a resposta. Minhas chefes não podiam legalmente exigir que eu trabalhasse depois de servir ao júri, mas uma editora dedicada teria feito isso espontaneamente.
– Só acho que você deveria se reunir com elas – disse Kristen gentilmente. Aquilo insinuava que as coisas poderiam ser um pouco piores para mim do que simplesmente não ser promovida.

Passaram-se um fim de semana e dois dias úteis de agonia, mas na quarta-feira seguinte finalmente fechei a porta de correr do escritório de Helene e afundei na cadeira perto da de Claire. Helene, conhecida em nosso staff por ser direta, mas justa, não perdeu segundos preciosos.
– Então, queremos que você entenda que não está sendo dispensada...
Dispensada?!
–... mas, devido ao seu desempenho recente, estamos começando a questionar se realmente está comprometida com sua posição na revista.
Eu virei rapidamente a cabeça para a esquerda a fim de observar Claire, que olhava fixamente para frente.
– Claire me disse que, desde que ela é nossa gerente, você está focada em projetos maiores, mas negligenciando seus deveres de assistente. Ela disse que a clipagem não é feita diariamente e a correspondência não tem sido aberta e distribuída a tempo todas as manhãs. Isso é correto?
Eu sabia que seria inútil explicar que com o enorme número de tarefas a realizar – editar um caderno mensal de receitas, escrever páginas de colunas e capas, conduzir o programa de estágio – às vezes os telefones não eram atendidos no primeiro toque e eu tinha de deixar a clipagem e abertura de caixas para os fins de semana.
Fiz um sinal afirmativo com a cabeça, desalentada.

– Bem, então está certo. Tenho aqui uma lista das várias áreas em que... – ela olhou de relance para Claire – achamos que seu desempenho deixou a desejar. Você terá um mês para melhorar nessas áreas. Se não conseguir, teremos de discutir se esta revista é realmente o lugar certo para você.

Eu imediatamente soube o que estava acontecendo. Estava sendo posta à prova, a formalidade legal exigida antes de uma empresa mostrar a porta da rua aos indesejáveis. Ali, quando era dado um mês às pessoas para melhorarem, isso era a deixa para procurarem outro emprego.

Enquanto Helene lia a lista devagar, fazendo comentários após cada ponto, senti minha temperatura corporal subindo a cada palavra dela. O medo foi substituído por emoções menos gentis. Helene encerrou sua apresentação e me perguntou se eu tinha alguma pergunta ou algo que gostaria de dizer – entenda-se, antes de o relógio começar a correr.

O que eu *poderia* dizer? Que realmente era muito esforçada? Que minha nova chefe mesquinha simplesmente não gostava de mim? Que eu não podia ser posta à prova ou perder esse emprego porque a revista era toda a minha vida agora? Por favor, por favor não me demitam? Eu tinha perdido as rédeas do meu próprio futuro. Elas estavam lá, penduradas diante de mim, mas fora do meu alcance. Só podia pensar em um modo de recuperá-las – e então o usei.

Quando abri minha boca, em vez da explosão do tipo Chernobyl que eu temia, proferi palavras que, misteriosamente, pareciam vir de outra pessoa:

– Helene, agradeço por me informar sobre as áreas em que eu poderia melhorar. Baseada em seu feedback nos últimos dois anos, eu realmente achava que estava fazendo um bom trabalho, até mesmo excedendo suas expectativas. Essa foi a primeira vez em que ouvi que não estou.

Eu me virei para a minha nova chefe, que continuava sem olhar para mim.

– Claire, não ficou claro para mim por que você não falou comigo antes. Se eu soubesse que queria que algo fosse feito de um

modo diferente, teria tentado corrigi-lo. Mas agora estou com a sensação de que já é tarde demais para fazer as mudanças que deseja.
 Eu ousei continuar falando, sabendo que, se parasse, nunca voltaria a ser suficientemente insensata para dizer o que disse a seguir.
 – Helene, realmente gostei de trabalhar com esta equipe, e aprendi muito nesta revista. Não creio que eu precise de um mês inteiro para me organizar. Por favor, considere esta conversa meu aviso prévio de duas semanas.

Dez minutos depois, eu estava sentada no quiosque de sanduíches de Bryant Park esperando minha amiga e ex-colega de trabalho Stephanie, para quem havia dado um telefonema de emergência em minha fuga do prédio. Quando ela chegou lá, meu rosto já havia derretido como giz na calçada depois de uma chuvarada, as listras em tons carvão, bronze e pastel indo na direção da sarjeta.
 – *Me-niiii-na!* O que diabos aconteceu com você? – Ela estava boquiaberta quando se aproximou. – Parece que foi atropelada por um ônibus ou algo no gênero.
 De fato, eu me sentia como se tivesse sido empurrada para frente de um tanque M15, mas não fiquei surpresa por ela ter chamado minha atenção para isso. Steph nunca havia sido do tipo de dourar a pílula, um dos principais motivos de eu gostar de sair com ela. Mesmo agora, enquanto eu contava aos soluços a história de alguns dias deploráveis, ela me deu sua opinião sincera sobre toda a situação.
 – Foi horrível você ter sido posta à prova em vez de promovida. Mas, falando sério, por que está tão chateada? – perguntou.
 – Bem, para começar, acabei de perder meu emprego.
 – Droga, sim, perdeu. Mas foi porque quis perdê-lo.
 Eu tentei corrigi-la, mas ela me interrompeu.
 – Ah, vai – disse ela em um tom familiar que indicava que não usaria de rodeios. – Foi você quem deu seu aviso prévio. Diga

para mim que realmente queria ficar, estava disposta a fazer tudo que pedissem para manter seu emprego.

– Não, mas eu não queria... – Eu afundei o salto do meu sapato na calçada.

– Olhe, sei que agora essa situação parece realmente péssima, mas daqui a algumas semanas perceberá que foi muito melhor ter sido assim. Aquele lugar estava tornando você *infeliz*. Sempre estava trabalhando ou estressada porque deveria estar trabalhando. Eu quase não via mais você, e estava apenas quatro andares acima.

Ah! Ela tinha razão, mas aquilo ainda doía. Eu baixei os olhos para os pontinhos pretos de goma petrificada no calçamento úmido, sentindo uma onda de calor subir por meu pescoço.

– Mas sabe qual é a melhor parte disso tudo? – disse ela. – Você recebeu essa oportunidade realmente boa e inesperada. É sua chance de cortar o cordão umbilical com o trabalho, descobrir algo mais para fazer em sua vida além de armar um acampamento-base em seu cubículo.

– Você quer dizer, como não arranjar outro emprego? O que mais devo fazer?

– Qualquer coisa, desde que seja diferente do que tem feito todos os dias nos últimos anos. Assista a algumas aulas na New School. Faça aquela grande viagem com Holly e Jen da qual falou. Mande e-mails para editores e comece a trabalhar como freelancer. Você não me disse que quer escrever sobre viagens?

– Ela me olhou, na expectativa.

– Algum dia, mas não há como fazer isso agora. Você precisa ser como o próximo Bill Bryson para receber uma missão de uma grande revista de viagens. Eu precisaria de muito mais experiência antes de ao menos pensar em vender uma reportagem para uma dessas revistas impressas em papel brilhante.

– E como vai obter essa experiência ficando aqui? – insistiu Steph. – Você realmente tem de *sair* da ilha para poder escrever sobre o mundo.

Sair de Nova York? Só de pensar naquilo eu ficava em pânico. Tinha acabado de perder meu emprego e achava que não conseguiria perder minha cidade também.

– Independentemente do que você decidir fazer a partir de agora, a parte mais difícil terminou. Pode não ter planejado ir embora, mas se tornou boa demais para sua cadeira à escrivaninha. É tão óbvio que deseja se desafiar, experimentar coisas novas! Não acha?

Eu ainda estava abalada demais para ver o quadro geral.

– Acho. Talvez.

– Não diga bobagens. É claro que está – disse ela, olhando para o mostrador de seu enorme relógio. – Droga! Tenho uma entrevista que já remarquei 15 vezes. Mas não se preocupe. Se você começar a questionar se fez a coisa certa, apenas se pergunte: "Realmente preciso trabalhar para uma chefe que quer que eu melhore minha capacidade de abrir cartas?"

Aquilo teria sido engraçado se não fosse tão verdadeiro. Steph me deu um rápido abraço e atravessou correndo a Sexta avenida logo antes de o sinal ficar verde. Havia uma frota de táxis alinhada no cruzamento, e ela sumiu.

O desemprego pareceu uma fuga para um spa comparado com minhas últimas duas semanas na revista. Quando usei o número da FedEx para despachar minhas coisas para cinco quilômetros ao norte, Upper West Side (meu último ato de rebeldia) e organizei meus arquivos para a próxima assistente (para provar que eu era superior a tudo aquilo), vi-me no purgatório do local de trabalho sem nenhuma responsabilidade que pudesse realmente considerar minha. Claire, que se sentava a um metro de mim, só falava comigo quando era absolutamente necessário. Em meu último dia, ela se forçou a me dar adeus com os lábios cerrados e se afastou sem dizer mais nenhuma palavra.

Eu sabia que precisava pôr algum tipo de plano B em ação. O bom-senso dizia que deveria atualizar meu currículo e esquadrinhar os sites de empregos, mas descobri que simplesmente não suportava a ideia de fazer uma entrevista. A verdade era que me sentia totalmente desanimada com a possibilidade de assumir outra posição em tempo integral. Se aceitasse um emprego e não correspondesse às expectativas, o motivo não seria um chefe insensível ou erro de comunicação sobre um serviço ao júri – o problema seria eu.

Então decidi abdicar da relativa segurança de um emprego e da garantia de um seguro-saúde para tentar escrever como freelancer, começando com nada mais do que meu velho laptop e alguns cartões pessoais obtidos na Vistaprint. Passei meus dias totalmente livres escrevendo e-mails para editores de outras revistas para lhes perguntar se, por acaso, teriam pequenos artigos que precisavam ser redigidos. Tive muitas ideias, as anotei e disparei e-mails. Várias semanas se passaram sem uma única resposta ou tarefa, durante as quais comecei a me tornar parte de nosso futon. Com frequência minhas companheiras de quarto voltavam para casa tarde da noite e me encontravam exatamente na mesma posição em que tinham me deixado, com os olhos vidrados no computador em meu colo. Justamente quando eu estava pensando em me tornar garçonete, suplente ou doadora de sangue – qualquer coisa para evitar a real procura de um emprego – consegui meu primeiro trabalho como freelancer, uma matéria para uma revista infantil sobre histórias bizarras de heroísmo de animais de estimação.

Logo depois, uma editora de uma revista feminina me pediu para escrever duas páginas sobre modos surpreendentes pelos quais seu namorado poderia estar deixando você aborrecida (dica: atrito envolvido). Então um jornal de circulação nacional me pediu uma matéria sobre como as mensagens de texto estavam mudando a cara dos encontros e relacionamentos. Em alguns meses, tinha garantido trabalho suficiente para sobreviver e ainda guardar um pouco de dinheiro para um momento de dificuldade. Não estava escrevendo muito sobre viagens, mas minha carreira como freelancer tinha decolado.

E também minha vida social, que, nos dois últimos anos, estivera em um estado crítico, mal respirando, mas teve uma rápida melhora quando saí do escritório. Pela primeira vez desde que podia me lembrar, passava meu tempo livre participando da vida de amigos, em vez de trabalhando em minha lista interminável de coisas a fazer. Aceitava convites para assistir a aulas de ioga e filmes. Chegava a tempo nas happy hours em vez de arranjar desculpas para não ir. Aperfeiçoava minhas habilidades na sinuca, jogava dardos e redescobria como flertar. Ia a encontros com homens inadequados e depois lamentava com minhas amigas a impossibilidade de encontrar um homem decente em Manhattan. Meus dias eram despreocupados e calmos, minhas noites intensas e imprevisíveis. Com muita frequência voltava para casa tarde da noite, mas não tinha mais dificuldade em sair da cama de manhã. Eu me sentia como se tivesse voltado a me mudar para Nova York. Mas, embora aproveitasse totalmente essa recém-descoberta liberdade e estivesse mais certa do que nunca de que havia tomado a decisão correta ao não procurar outro emprego, sabia que isso não poderia ser o ponto final de minha transição. Tinha de haver algum outro destino, algum motivo para as coisas terem sido exatamente como foram.

Repetidas vezes, eu descobria que meus pensamentos se voltavam para viagens, o vírus da vida errante transmitido para mim por Baker, e os planos que fizera com Jen e Holly na Argentina. Permiti-me pensar no que aconteceria se nossa ideia de viajar ao redor do mundo de mochila nas costas – que parecera tão efêmera meses atrás – algum dia se concretizasse. O que exatamente seria preciso para isso? Eu realmente poderia deixar a vida que havia construído em Nova York para viajar de mochila nas costas como uma estudante?

Na teoria, achava que sim. Meu contrato de aluguel terminaria em cerca de um ano. Eu não tinha um emprego em tempo integral. Apesar de minha grande atividade social, ainda não havia conhecido um homem com quem quisesse ter um relacionamento sério. Não sabia se deveria me sentir feliz ou deprimida por, aos 26 anos, não ter muito mais que me prendesse do que tinha quando era recém-formada.

Considerando minha existência livre de compromissos, sabia que haveria poucas vezes em minha vida em que faria mais sentido viajar. E eu poderia ter decidido fazer isso sozinha – ou pelo menos ter ido para a América Central por alguns meses para andar pelas florestas tropicais, fazer um curso de idiomas e comer tantos *frijoles negros* quanto meu sistema digestivo pudesse suportar –, se Jen e Holly não tivessem selado um acordo comigo.

Nós três estávamos passeando pelas barracas no mercado das pulgas da rua 26, uma de nossas atividades favoritas aos sábados, quando perguntei às minhas amigas se haviam remotamente pensado em pôr em prática aquela ideia maluca de viajar pelo mundo que tivéramos nas Cataratas do Iguaçu.

– Na verdade, nos últimos tempos tenho pensado muito nisso – admitiu Jen.

– Eu também – disse Holly, erguendo os olhos de uma bandeja de anéis de granada que estivera examinando. – Eu não estava falando totalmente sério quando disse que iria, mas, por algum motivo, isso realmente não parece tão absurdo. Seria realmente tão ridículo tirarmos alguns meses de folga antes de nos prendermos?

– De forma alguma – disse Jen, enquanto passávamos por uma arara de vestidos vintage. – Para início de conversa, mesmo se começássemos a planejar isso agora, não conseguiríamos pôr o pé na estrada antes do próximo verão. A essa altura Brian e eu estaremos com 28 anos, e, se não tivermos resolvido nossa situação, com certeza vou pular fora.

– Ah, é verdade, sua idade limite – disse eu. – Olhe, você e o Brian vão resolver as coisas. Até lá estarão juntos há quase quatro anos. Tenho certeza de que ele só está com você há tanto tempo porque vê em você uma possibilidade de casamento.

– Essa é a questão – disse ela brandamente, com um tom estranho surgindo em sua voz. – E se eu *não* quiser ser uma possibilidade de casamento? E se isso não der certo e eu ficar solteira de novo, o que vai acontecer?

Holly, sempre a primeira a encontrar um raio de esperança em todas as situações, se manifestou.

– Bem, então você *poderia* passar seu tempo planejando a maior aventura de sua vida – disse ela, pondo um chapéu mole com uma aba enorme na cabeça de Jen. – Quero dizer, em que você preferiria gastar dinheiro, em escalopes de frango borrachudos para 150 convidados e um vestido de noiva branco ou uma passagem de avião ao redor do mundo?

– Tenho de responder a isso agora? – Jen riu enquanto atirava o chapéu de volta para Holly. Ela o pôs sobre seus cabelos curtos com reflexos cor de vinho, inclinou a cabeça e deu um sorriso bobo para Jen.

– Bem, talvez se jogarmos nossas cartas direito possamos ter os escalopes de frango e o mundo – disse eu, pondo o chapéu de volta na barraca. – Só que não nessa ordem.

Nós fizemos nossas compras e finalmente saímos para o sol do final da tarde.

– Ei, garotas – disse Jen, entrando no meio de nós. – Sobre essa viagem, vocês sabem, estou bem certa de que quero fazê-la. Talvez não durante um ano inteiro, mas adoraria voltar à América do Sul. E talvez ir ao Quênia. Vocês não têm de fazer isso comigo, mas sempre quis trabalhar como voluntária lá.

– É claro que faremos isso com você! – apressou-se a dizer Holly, seus olhos verdes brilhando. – Também sempre quis conhecer o Quênia! E a Tanzânia. E Ruanda. Vocês acham que poderíamos visitar os gorilas enquanto estivermos lá?

– Esperem, vocês estão falando sério? – perguntei, virando-me para ver a expressão nos rostos de minhas duas amigas. Isso é realmente uma opção? Estamos falando sobre uma grande mudança de vida. Largar empregos. Deixar namorados. Viver com uma mochila nas costas, dormir em beliches e lavar nossas calcinhas em uma pia suja de albergue. Para não mencionar ficarmos juntas meses a fio. Estamos realmente prontas para enfrentar tudo isso?

Houve uma longa pausa e meu coração começou sua trajetória descendente. Hol e Jen olharam uma para a outra e depois para mim.

– Bem, eu estou falando totalmente sério – disse Jen. – Nós já viajamos juntas e sabemos o que teremos de enfrentar, lavar calcinhas e tudo. E não vamos embora para sempre para *viver* com os gorilas ou algo no gênero.

– Tudo que sei é que nunca teremos outra oportunidade como essa – disse Holly. – Eu já viajei com mochila nas costas sozinha. Já fiz isso com um namorado. Não perderia por nada a chance de viajar com vocês duas. Quero dizer, se não decidirmos fazer essa aposta agora, quando faremos?

– Bem, se você topa – disse eu, quase com medo de acreditar no que estava ouvindo, ou dizendo –, eu também topo.

– Eu também – disse Jen, com um sorriso incontido em seu rosto enquanto olhava alternadamente para mim e Holly. – Então acho que agora a única pergunta é... quando vamos partir?

CAPÍTULO TRÊS

Holly

NOVA YORK
MARÇO, TRÊS MESES ANTES DA VIAGEM

Amanda já estava esperando na porta da EJ's Luncheonette por mim e Jen, protegendo-se dos ventos de março que sopravam entre os prédios com força suficiente para empurrar homens adultos para trás.

– Holly! – gritou ela, erguendo os olhos da revista de fofocas sobre celebridades que estava lendo e me dando um abraço. Amanda tem um modo de fazer você se sentir a pessoa mais importante do mundo com a alegria que demonstra com sua presença.

Eu gostava disso nela quase tanto quanto admirava sua autoconfiança. Amanda era uma das únicas assistentes que expressava suas ideias em reuniões de pauta para mulheres em uma posição hierárquica bem mais alta, enquanto eu frequentemente guardava as minhas para mim mesma temendo ser criticada. Era ela quem dizia ao cara que pusesse um banco de bar entre nós em uma happy hour que não estávamos interessadas, enquanto eu gaguejava uma conversa educada.

Embora Amanda e eu não dividíssemos mais um escritório, víamo-nos mais agora do que quando trabalhávamos juntas, e nos tornamos amigas íntimas que se encontravam todos os fins de semana para uma aula de ioga ou um brunch no domingo.

Quando nós nos soltamos, eu perguntei:

– O que você acha que o correio de voz de Jen significa?

Os olhos de Amanda, azuis com traços de avelã, revelaram preocupação.
– A mensagem só dizia para vir aqui para uma reunião de emergência sobre a viagem. Ah, Deus, acho que ela mudou de ideia. Talvez não vá. – Senti um aperto no peito. Não tinha pensado nisso.

Eu havia demorado muito para chegar a um ponto em que sentia que estava realmente pronta para parar com o que estava fazendo em minha vida e explorar o mundo. Logo me mudaria de cidade para cidade e país para país, e o único lar que conheceria seria minha mochila. Se, como diz o velho ditado, o lar é realmente onde o coração está, o que isso significava para mim? O lar é um lugar físico, familiar, em que você pode ficar de pijama até o meio-dia e comer manteiga de amendoim direto do pote? Ou é mais como um sentimento, saber onde encontrar segurança em um mundo imprevisível?

Nos últimos quatro anos, eu havia considerado Nova York o meu lar. Por isso, de certo modo, lar para mim não era um endereço específico. O motivo de Nova York parecer tão certa era ser como uma centena de países espremidos em uma única ilha. Era o lugar em que corretores de Wall Street esbarravam em ajudantes de garçom mexicanos no metrô; o cheiro de falafel se misturava com o de dim sum em East Village; e carruagens puxadas por cavalos dividiam com bicicletas de corrida caminhos no Central Park. Eu me apaixonei pela energia de Manhattan. E depois me desapaixonei. E a seguir me apaixonei de novo. Nova York era como um relacionamento viciante – quando era bom, era realmente ótimo. Mas, quando era ruim, fazia-me sentir com uma sobrecarga sensorial que ameaçava me empurrar para baixo até eu perder o contato comigo mesma. Até mesmo os lugares para onde tipicamente me retirava em busca de solidão – parques com cheiro de grama recém-cortada ou o volumoso futon que ocupava toda a minha sala de estar – pareciam cheios e confinadores. Às vezes eu só precisava de mais espaço.

Quando, com 24 anos, mudei-me pela primeira vez de Marcellus, Nova York, para Manhattan, aceitei o cargo de editora assistente de "felicidade" em uma revista feminina de circulação nacional. Embora sempre tivesse me interessado por psicologia, subitamente tinha de pesquisar e escrever sobre autorrealização o dia inteiro, todos os dias. Meu trabalho era examinar a felicidade e perguntar: o que *é* exatamente felicidade? É algo que você deveria deixar acontecer naturalmente, sem pensar, como sua respiração ou seus batimentos cardíacos? Ou algo que deveria buscar, como o emprego dos seus sonhos ou o amor de sua vida? Então eu passava 11 horas por dia em um cubículo procurando essas respostas. Escrevia matérias como "Descubra o que motiva você: Seja mais feliz das 9h às 17h" e "Aumente sua alegria com um diário de gratidão". Logo meus momentos favoritos no escritório eram os passados tendo ideias sobre como transformar aspirações em realidade e lendo os últimos estudos em jornais de psicologia.

Eu ficava no trabalho por muito tempo depois de os telefones pararem de tocar e as luzes serem apagadas, correndo para cumprir prazos de matérias sobre como acabar com o estresse em cinco minutos. Eu pesquisava truques para controlar a fome emocional ("Tome um banho!" ou "Telefone para um amigo!"), nenhum dos quais encontrava tempo para usar. Então abria a gaveta de comida de minha escrivaninha para me acalmar com barras de chocolate Snickers e pipoca caramelada.

Quando eu me esquecia de para que trabalhava tanto, tentava seguir o conselho dos especialistas em felicidade que entrevistava pensando em todos os motivos para ser grata. Se não tivesse me mudado para Nova York, nunca teria sido capaz de trabalhar em uma das maiores editoras do país (e do mundo). Provavelmente estaria preenchendo formulários tediosos em vez de ser paga para ler as obras literárias mais recentes sobre felicidade (o que eu faria de graça). Talvez estivesse cobrindo pequenos acidentes de trânsito locais, como quando estagiei em um pequeno jornal da universidade, em vez de entrevistando mulheres sobre o que torna a vida significativa ou testando técnicas de meditação guiada em DVDs.

Eu aprendia ainda mais do que aprendera na universidade escrevendo matérias que alcançavam milhões de mulheres e sendo paga pela empresa para ir a almoços e festas em carros de luxo pretos.

Tudo parecia certo em minha vida, mas havia uma corrente de inquietude em minhas veias que nada que eu fizesse – de aceitar trabalhos de redação extras para ocupar minha mente a treinar para maratonas a fim de exercitar meu corpo ou ir a churrascos em terraços com minhas amigas para relaxar – podia extinguir.

A pessoa que mais entendia meu desejo de encontrar um sentido mais profundo em tudo aquilo era Elan, meu namorado, que morava comigo. A simples presença dele já me deixava mais relaxada – quando eu realmente o via. Como estudante de pós-graduação em teatro, ele cumpria um programa igualmente rígido, com um horário de aulas que constantemente mudava. O fato de nós dois passarmos muitas horas tentando realizar nossos sonhos individuais também era um fator de união entre nós. Muitas pessoas poderiam se sentir negligenciadas por um parceiro que canalizava mais tempo e energia para sua carreira do que para o relacionamento, mas Elan e eu achávamos que isso era um sacrifício necessário nesse ponto de nossas vidas.

Eu o havia conhecido anos antes, na festa de aniversário de uma amiga em uma boate enfumaçada em West Village. Lembro-me de que foi em uma noite de sexta-feira. Tinha trabalhado até as oito e não estava com a mínima vontade de sair. Minha irmã Sara, que morava comigo e duas das minhas amigas da universidade em um apartamento com o formato de um vagão de trem, praticamente me arrastou com as duas mãos para a rua por achar que eu estava passando tempo demais no escritório. Eu olhei para trás, para nosso volumoso futon, enquanto a porta se fechava às nossas costas, sem desejar nada além de usar minhas calças de moletom e afundar no divã comendo pipoca. Não esperava conseguir ficar até a meia-noite, muito menos encontrar um amor que tiraria meu fôlego. Mas Nova York faz isso. Pode esgotá-lo e, então – justamente quando você acha que vai desabar –, o reanima com a melhor noite de sua vida.

Magnetizada pelo olhar intenso e profundo e pelos cachos anarquistas de Elan, eu e ele nos afastamos dos amigos com que viéramos para passar horas conversando a sós no canto da pista de dança. Lembro-me de que nossas vozes ficaram roucas; estávamos ansiosos por contar um ao outro nossas histórias. Eu me inclinei para mais perto de Elan a fim de ouvi-lo acima da música, sentindo o cheiro de seu suor e a carga elétrica que enviava através de mim até meus dedos dos pés.

Quando ele telefonou, três dias depois (que pareceram uma eternidade), passamos todo o fim de semana seguinte juntos. Beijamos-nos como se não pudéssemos parar em um banco vazio no Central Park, tomamos lattes em um café na calçada em Little Italy e deitamos no terraço do meu apartamento em Upper East Side tentando encontrar as estrelas mais brilhantes não eclipsadas pelas luzes da cidade. Em menos de três semanas, ele disse que me amava. Eu me sentia do mesmo modo. Aquilo foi instantâneo, uma força contra a qual eu não poderia lutar, mesmo se quisesse. Era como se nos conhecêssemos há muito tempo.

Três anos se passaram rápido. Ainda estávamos juntos e dividindo um apartamento na área *hipster* de Williamsburg, no Brooklyn. Dávamos longos passeios de bicicleta, parando em uma rua de paralelepípedos perto de Manhattan Bridge, na Jacques Torres, minha loja de chocolates favorita. Passávamos cinco horas em noites de quarta-feira namorando no divã e assistindo a DVDs de *Lost* antes de eu cair no sono em seus braços. Colhíamos tomates na horta que ele cultivava em nosso pátio para preparar o jantar em noites de domingo (que dividíamos em Tupperwares para usar em almoços durante a semana). Também brigávamos por motivos comuns nos relacionamentos, como ele chegar tarde e não telefonar ou um de nós cancelar um encontro para trabalhar. Às vezes eu me perguntava quando pararíamos de nos concentrar principalmente em nossas carreiras e o relacionamento viria em primeiro lugar. Ainda assim, as coisas rotineiras, aqueles pequenos momentos comuns, pareciam mais intensos com Elan por perto.

— Você já contou ao Elan sobre a viagem? – perguntara Jen, alguns meses atrás. Eu havia caminhado do Brooklyn para a cidade em uma tarde enlameada pela neve derretida para encontrá-la na Adventures in Travel Expo, no Javits Center, e fazermos mais um planejamento de nossa expedição. Desde que eu havia sido promovida em outra revista, finalmente dominara a arte de equilibrar trabalho e vida. Estava tão apaixonada por Elan como antes. Mas ainda assim fui.

— *É claro* que sim! – respondi, surpresa. Não me ocorrera não contar. Mas, quando vi o rosto deprimido de Jen, desejei não ter sido insensível demais. – Hum, quero dizer, sim, falamos sobre isso. Você contou ao Brian?

— Não exatamente – disse ela, coçando nervosamente seu braço. Era a primeira vez que Jen e eu ficávamos a sós, sem Amanda, que estava fora da cidade, e aquilo parecia um primeiro encontro. Mas em vez de decidir se iríamos passar das bebidas para um jantar completo, ambas avaliávamos se poderíamos assumir o compromisso de conversar, comer e dormir com essa nova pessoa durante 365 dias consecutivos.

— Eu insinuei que talvez quisesses viajar para a América do Sul neste verão com você e Amanda – continuou Jen. – Mas ainda não contei ao Brian que realmente vou. Como Elan reagiu a isso?

— Surpreendentemente bem.

— Sério? Como você tocou no assunto com ele?

É claro que não tinha sido fácil contar a Elan sobre a viagem. Toquei nesse assunto em uma manhã preguiçosa de domingo quando ele estava deitado perto de mim em nossa cama, com um braço sobre seus olhos castanhos para protegê-los da luz que se infiltrava pelas venezianas de plástico. Com todos os ângulos agudos e a pele lisa de uma daquelas estátuas romanas que eu estudara nas aulas de história, o rosto de Elan ainda me hipnotizava. Podia olhar para ele um milhão de vezes, tentar gravar seus traços permanentemente em minha mente, mas então ele se virava e a forma de seu nariz ou curva de seus lábios parecia mudar e eu o via como se fosse pela primeira vez. Sempre gostei disso nele: justamente quando pensava que o conhecia, de repente o via de uma posição favorável totalmente diferente.

Eu desejei ficar em silêncio com minha cabeça escondida no porto seguro do ombro de Elan. Aquele era um dos momentos lindos e simples em que as coisas realmente eram como eu desejava que fossem. Senti o peito de Elan subindo e descendo enquanto ele respirava ritmicamente e ouvi o silvo do aquecedor tentando esquentar o ar gelado que penetrava pelas finas paredes de nosso apartamento.

Reunindo coragem para lhe contar sobre meus planos de uma longa viagem, preparei-me para a alta possibilidade de um rompimento. Ou, mais provavelmente, saber que se ele realmente quisesse que eu ficasse eu ficaria. Mas, em vez de terminar comigo imediatamente, as duas características que eu mais admirava em Elan – sua independência e mente aberta – prevaleceram.

– Essa parece ser a oportunidade de sua vida. Acho que talvez seja uma das melhores coisas que poderia fazer – disse baixinho após alguns momentos torturantes de silêncio, com minha mão apertando firmemente a dele debaixo do cobertor. Por uma fração de segundo uma dúvida surgiu em minha mente: *se ele realmente me amasse, não me deixaria ir.* Então ela se dissipou tão rápido quanto surgiu. Eu estava totalmente doida? Na verdade, meu namorado estava *apoiando* minha grande aventura, e eu pondo em dúvida seu amor.

– Hol, se duas pessoas estão destinadas a ficar juntas, ir atrás de seu sonho não é um motivo para mudar isso – disse ele, pondo seu braço ao redor da minha cintura e me puxando mais para perto. Elan tinha dito que um dia poderia aceitar um papel que o levasse para longe. E provavelmente haveria muitas vezes na vida em que um de nós desejaria perseguir um grande objetivo. Elan parou por um segundo enquanto meu corpo relaxava contra o dele, aliviado. Explicou que, no final, isso só fortaleceria nosso relacionamento porque teríamos realmente entendido quem éramos e o que queríamos fazer.

Então eu o amei ainda mais, totalmente grata por me dar a oportunidade de explorar sem me negar seu amor. Na verdade, concluímos que meu tempo na estrada seria a chance perfeita para ele ir atrás de seu próprio sonho se mudando temporariamente para Los Angeles a fim de tentar sua carreira de ator. Tudo aquilo parecia fazer total sentido.

Enquanto eu tentava explicar o caminho sinuoso que Elan e eu havíamos percorrido para chegar a esse entendimento, Jen permaneceu incomumente muda. Aquilo me fez perceber que, até aquele momento, ela não deixara um milésimo de segundo de silêncio pairar entre nós – nem mesmo parando para respirar entre as frases. Então eu deixei.

Finalmente ela disse:

– Hum, isso foi realmente muito evoluído da parte dele. Sei que Brian não será tão compreensivo. – Ela puxou sua bolsa agora transbordando de folhetos para ainda mais alto em seu ombro.

– Como estão as coisas entre vocês? – perguntei, aceitando uma filipeta de uma operadora de turismo para safáris no Quênia.

– Sinceramente, temos brigado tanto nos últimos meses que nem sei se ficaremos juntos até o verão – disse ela, seus olhos azuis sombrios e suas sobrancelhas franzidas de preocupação.

– Ah, Jen, sinto muito – disse eu, mordendo meu lábio. – É por causa da viagem?

– É por causa de tudo! Estou com esse homem há mais de três anos e o amo muito, mas como você sabe quando encontrou a pessoa com quem deve ficar para sempre? Todos ficam me perguntando quando ele vai me propor casamento!

Eu fiquei em silêncio por um segundo, sem realmente saber o que dizer. Embora nunca tivesse ansiado pelo proverbial vestido branco e sinos do casamento, podia definitivamente entender a pressão que ela estava sentindo. Minha própria mãe questionou meus motivos quando assinei um segundo contrato de aluguel com Elan sem a segurança de um anel em meu dedo. "Ele vai assumir a responsabilidade por alguma coisa quando você já lhe deu tudo de graça?", perguntou. Eu lhe disse que as regras do amor e casamento tinham mudado desde sua geração e eu estava vivendo minha vida como queria. Como não sabia o que dizer para Jen, não disse nada e apertei seu ombro para fazê-la saber que eu entendia.

De certa forma, não pareceu estranho entrar direto nesse assunto pessoal com Jen, que não tendia a reprimir sentimentos. Antes de nossas férias na Argentina, no ano passado, só a vira algumas vezes em happy hours. Ela mantinha seu cabelo castanho-dourado liso, geralmente usava pelo menos uma peça em um tom de rosa e tinha a mesma altura que eu, 1,64 metro (OK, eu tenho 1,61 metro) sem seus saltos de 7,5 centímetros. Mas não parecia uma típica garota comportada: ria e falava alto e tendia a expressar a versão não censurada de seus pensamentos. Desde então aprendi um pouco mais sobre ela, como que era uma viciada em filmes com um talento dramático. Com sua voz ressonante e seus gestos de grande efeito, eu a via como uma Katharine Hepburn moderna. Embora Amanda fosse definitivamente segura de si, suas emoções imprevisíveis lhe davam um ar de vulnerabilidade, enquanto a tendência de Jen à total franqueza a fazia parecer não temer quase nada. Portanto, também parecia que ela se comprometeria a participar de uma aventura tão grande.

– Venham para a Índia! – disse uma mulher com as mãos pintadas com henna e um sári escarlate, erguendo um folheto com um símbolo "Om".

– Eu *realmente* quero ir para a Índia! – eu disse para Jen, animadamente.

– Você já esteve lá? – perguntou ela.

– Sim, uma vez, na universidade, durante aquele programa de estudos no exterior chamado Semester at Sea. Mas só vi a parte meridional e realmente quero ir a uma escola de ioga perto da cordilheira do Himalaia.

E então as infinitas possibilidades da viagem começaram a seguir quase todos os caminhos em minha mente enquanto continuávamos a percorrer o labirinto de estandes. Jen me contou que ela e Amanda tinham se conhecido em seu dormitório de calouras e se dado bem imediatamente, mas que só depois que partiram em uma viagem pela Europa, após a formatura, se tornaram realmente amigas. E após uma incrível excursão de quatro semanas por seis países, tinham prometido ser companheiras de viagem por toda a vida.

Jen recitou todos os contratempos que elas tinham enfrentado – ficar totalmente perdidas nos arredores de Veneza e desamparadas em uma estação na Antuérpia após entrarem no trem Eurorail errado, serem atacadas por mosquitos assassinos em um passeio de bicicleta em Bruges e pegas por um irado francês furtando pães e geleia de um hotel após o horário do café da manhã.

– Eu sempre disse que nunca poderíamos ir para a Tailândia juntas ou acabaríamos sendo acidentalmente atiradas em uma prisão, como as personagens de Claire Danes e Kate Beckinsale em *A viagem*. E nem mesmo nossa amizade valeria isso – brincou Jen, balançando seus cabelos para lhes dar mais volume.

Imaginei como teria sido se eu as tivesse encontrado naquela época, em minha própria viagem pela Europa após a formatura. Então minha mente avançou rapidamente para nós três ganhando o mundo, vendo gnus enquanto andávamos pelo Serengueti, ou sentadas perto de monges em um templo budista no Tibete.

Enquanto caminhávamos, Jen e eu pegávamos folhetos para planejar o itinerário da viagem e fazíamos perguntas aos representantes de cada país, como qual era o melhor período do ano para visitá-lo e se o país exigia visto para entrada. Todos os estandes pelos quais passávamos representavam outra nova aventura possível. Minha imaginação começou a orbitar o planeta em uma velocidade maior do que a da luz – Peru, Seicheles, China! Eu queria ver tudo. Enquanto pensava em como poderíamos pegar um navio da América do Sul para a Antártica, Jen pôs sua mão com um delicado anel cor-de-rosa em meu ombro, e pela primeira vez em nosso pouco tempo de conhecimento me pareceu maternal.

– Humm, e se reduzirmos isso apenas um pouco? Há algum lugar para o qual você *não* deseje ir?

Eu sorri envergonhadamente. OK, havíamos voltado ao território do primeiro encontro, mas senti que estávamos preparadas para a longa jornada. Quando Jen e Amanda tiveram a ideia da viagem de um ano ao redor do planeta, eu soube que de algum modo elas mudariam meu modo de ver o mundo, mesmo sem realmente acreditar que seríamos loucas o bastante para fazer isso juntas. Eu me sentia dividida em relação a trocar uma vida de conforto e segurança pelo grande desconhecido, mesmo depois de ter contado a Elan sobre a viagem. Mas enquanto Jen e eu percorríamos aquela exposição que vibrava com música, comida e bandeiras exóticas, comecei a acreditar que a viagem poderia realmente acontecer. Isso acendeu o desejo de viajar frequentemente apagado em meu íntimo. Há um ditado budista que diz: "Salte e a rede aparecerá." Eu não sabia qual era a inquietude que me movia, mas me senti compelida a dar o salto. E só podia ter fé em que haveria uma rede para me pegar se eu caísse.

Agora, vendo a preocupação nos olhos de Amanda enquanto os ventos de março continuavam a soprar do lado de fora da EJ's, em segundos me convenci de que a viagem não aconteceria e aquilo tudo era bom demais para ser verdade. Então Amanda olhou para além de mim e eu me virei e vi Jen se aproximando, seus olhos escondidos atrás de óculos escuros.

– Você vai desistir da viagem, não é? – lamentou Amanda assim que Jen se aproximou o suficiente para ouvi-la. Subitamente fiquei tão preocupada com Amanda quanto estava com Jen, porque ela retorcia os dedos em pânico. Amanda podia ser como um caleidoscópio de emoções, mudando repentinamente da excitação para o nervosismo e mau humor.

Jen deixou escapar uma pequena risada, mas não havia nenhuma alegria nela.

– Não, na verdade farei justamente o oposto. – Ela tirou seus óculos escuros e vi seus olhos inchados e seu rosto com marcas

vermelhas. – Brian e eu tivemos uma grande briga. Eu lhe contei sobre a viagem e ele perdeu a cabeça – disse ela.
– Sinto muito, Jen. – Eu coloquei instintivamente meu braço ao redor dela.
– O que aconteceu? O que ele disse? – perguntou Amanda, pondo seu braço ao redor do outro lado de Jen. Jen se apoiou resignadamente em nós, mas depois se aprumou e foi resolutamente na direção da entrada do restaurante.
– Vamos nos sentar em uma mesa para conversar.

Quando empurramos as portas duplas de vidro e o sino tocou para anunciar nossa entrada, sentimos o ar quente com cheiro de canela. Uma vez lá dentro, olhei de relance para Jen. Notei que suas roupas estavam incomumente amassadas e a imaginei vestindo-as depois de pegá-las no chão de Brian em uma fuga apressada. Seus olhos estavam com a aparência sofrida e injetada de quem sabia que estava prestes a perder seu melhor amigo. Eu não queria que ela sentisse o inevitável vazio que se segue à saída de um homem – que foi a última pessoa com quem você falou antes de dormir todas as noites durante anos – de sua vida. Embora eu não estivesse presente quando ela e Brian se conheceram, percebia o quanto ela gostava dele.

Eu segurei a beira da cadeira almofadada, preparando-me para Jen começar a chorar, mas ela me surpreendeu. Em vez de contar cada detalhe do ocorrido como costumava fazer, apresentou-nos a versão resumida de suas últimas 24 horas com Brian. Após uma noite passada em claro, lágrimas e conversas (às vezes gritos), ambos haviam decidido viver um dia de cada vez e ver como se sentiam depois que ela viajasse pelos primeiros dois meses. Até então não tomariam nenhuma decisão precipitada.

– Viver um dia de cada vez provavelmente é a melhor coisa a fazer – eu disse, apertando a mão dela e pensando que uma separação gradual poderia ser menos dolorosa do que um rompimento rápido. Viajar proporcionaria tanto a Jen quanto a Brian distanciamento físico e emocional, que poderia ajudá-los a descobrir o que realmente queriam.

Então eu lhe dei o mesmo conselho que dera para mim mesma muitas vezes:

– Você sempre poderá mudar de ideia e voltar para casa se chegar à conclusão de que isso é o melhor a fazer depois de algum tempo na estrada.

Amanda rapidamente acrescentou:

– E, embora isso pareça batido, se for para vocês realmente ficarem juntos, você descobrirá. Mesmo se *fizer* a viagem durante o ano inteiro. Ele poderia ir visitá-la. Você poderia voltar aqui algumas vezes, se for preciso. Ou talvez vocês pudessem se encontrar em algum lugar no meio do caminho.

– Sim, acho que só preciso parar de pensar nisso e voltar ao planejamento da viagem – disse Jen, com a voz um pouco trêmula.

– Tem certeza? – perguntou Amanda. – Realmente quer fazer isso agora?

Jen assentiu com a cabeça, por isso peguei meu laptop e o coloquei perto das canecas de café já pela metade. Depois tirei de minha sacola um monte de folhetos que tinha pegado na exposição, canetas, cadernos de notas e os guias de viagem *Lonely Planet* e *Let's Go*.

– Pensem nisso, esse pode ser o ano em que realizaremos nossos sonhos – disse eu entusiasticamente. – A maioria das pessoas nunca tem uma chance como essa na vida. Imaginem todas as coisas que desejam fazer e lugares que querem ver. – Eu me interrompi por um minuto, mordendo meu lábio inferior enquanto pensava. – Tenho uma ideia. Cada uma de nós pode fazer uma lista de sonhos e depois compararemos as anotações. Eu realmente quero aprender a meditar na Índia. Anotem tudo, sem se censurarem.

Eu parei quando vi Jen e Amanda olhando fixamente para mim. *Elas acham que estou maluca? Ou sou apenas uma hippie sonhadora?*

Mas então Jen diminuiu meu constrangimento com outro de seus sorrisos.

– Acho que essa é uma ótima ideia – disse, enquanto Amanda concordava com a cabeça.

Eu tirei três folhas de papel de meu caderno de notas de espiral e entreguei para elas, junto com canetas. Então nós nos ocupamos escrevendo e sonhando tanto que mal notamos quando a garçonete pôs em nossa mesa panquecas polvilhadas com açúcar de confeiteiro e omeletes rodeadas de salsichas. Enquanto a comida esfriava, eu finalmente ergui os olhos de minhas anotações e perguntei:

– Então, o que vocês escreveram?

Jen começou com:

– Sempre quis fazer um safári no Quênia. E decididamente quero fazer algum tipo de trabalho voluntário lá.

Amanda entrou na conversa.

– Sempre quis praticar meu espanhol e percorrer a Trilha Inca no Peru.

As duas se viraram para mim.

– Vocês já sabem que quero estudar em um ashram na Índia. Sempre quis ver o Angkor Wat no Camboja e subir em uma geleira na Nova Zelândia. E se vou dar a volta ao mundo, *tenho* de fazer um curso de mergulho. – Fiz uma pausa para respirar e percebi que as duas me olhavam fixamente de novo. – Acho que poderemos fazer tudo isso se viajarmos para sempre – brinquei, e elas riram.

Até aquele dia, nós três só tínhamos fantasiado sobre para onde queríamos ir. Mas com o peso de guardar um grande segredo de Brian tirado dos ombros de Jen, aquele parecia o momento certo para tornar nossos sonhos realidade. Então, no conforto de nosso restaurante favorito, começamos a traçar um itinerário. E foi assim que nosso louco esquema começou a criar raízes na realidade.

Nas horas seguintes, tivemos muitas ideias sobre uma rota exata e o número de semanas que gostaríamos de passar em cada país. Calculamos quanto dinheiro precisaríamos poupar para cobrir todas as despesas, de voos e vacinas a alojamento e suprimentos. Como, de nós três, era eu quem dispunha de menos recursos, o dinheiro era a minha maior preocupação (depois de deixar Elan). Para compensar isso, vinha canalizando o aumento salarial obtido com minha promoção para uma conta de poupança separada. Afinal de contas, não poderia gastar meu aumento se não o visse. Além disso, achava que, com ou sem viagem, era uma boa ideia ter um pé-de-meia. E, junto com meus trabalhos extras como freelancer e o corte de luxos como comer fora, nos últimos oito meses poupara mais dinheiro do que imaginava ser possível: quase 6 mil dólares. Nesse ritmo, teria 10 mil dólares quando partíssemos.

A tarefa aparentemente assustadora de coordenar uma viagem tão grande se revelou mais fácil do que esperávamos depois que dividimos as tarefas por três. Durante toda a nossa sessão de planejamento, nossos papéis individuais também começaram a criar raízes. Como a sonhadora do grupo, eu dava ideias de para onde ir e o que fazer. Amanda, a reguladora, se encarregava de reduzir as opções. E Jen, a organizadora, cuidava dos detalhes. Fiquei impressionada com a obsessão de Jen por gráficos e planilhas enquanto a observava digitando cronogramas e usando planilhas no Excel para registrar os gastos estimados da viagem para termos uma ideia do nosso orçamento.

Os poucos livros que conseguimos encontrar sobre viagens ao redor do mundo nos preveniram contra tentar planejar com muita antecedência. E minha filosofia era não nos prendermos a um itinerário rígido porque não tínhamos como saber que coisas interessantes descobriríamos ao longo do caminho. Por isso, decidimos seguir os guias e planejar o ano com alguma flexibilidade, concentrando-nos apenas nas primeiras regiões do mundo a visitar.

Quando Amanda teve a ideia de fazer essa viagem, sua única motivação era explorar a América do Sul e a cultura latina, de modo que esse era o local lógico por onde começar. Sem querer nos estender demais, escolhemos dois países que queríamos muito visitar, o Peru e o Brasil, e reservamos um total de dois meses para ambos.

– Então vamos começar comprando nossas passagens aéreas para a América do Sul – disse Amanda, e Jen assentiu com a cabeça.

Eu me senti invadida por uma onda de pânico. Depois que comprássemos passagens, a viagem seria 100% real e não teria como voltar. Realmente deixaria minha vida como a conhecia – e o homem que amava – durante um ano inteiro. Mas também passaria esse tempo vivendo um sonho, em vez de sentada atrás de uma escrivaninha. Além disso, tínhamos falado tanto sobre essa viagem que eu não podia recuar agora.

Pegando veladamente carona em um sinal Wi-Fi, nós usamos nossos cartões de crédito e demos o primeiro de muitos passos financeiros previstos. Por menos de quatrocentos dólares cada uma, compramos passagens aéreas de ida para Lima, escolhendo arbitrariamente uma partida em junho no voo mais barato disponível.

Ter um plano pareceu tirar a mente de Jen de seus problemas com Brian. Ela nos implorou para levarmos isso um passo adiante e fazermos o depósito obrigatório para reservar espaços em uma operadora da Trilha Inca. Talvez Jen precisasse de um incentivo maior para não desistir da viagem. Talvez achasse que se colocasse seu dinheiro onde havia planejado tenderia menos a mudar de ideia. Talvez, para nós três, esse fosse o único modo de realmente darmos o salto.

América do Sul

Soprando zarabatanas com a tribo Yagua

PERU
Iquitos/Bacia Amazônica
Lima
Machu Picchu
Cusco
BRASIL
Salvador
Lago Titicaca
BOLÍVIA
Rio de Janeiro

Percorrendo a trilha Inca

Aproveitando a vida no Rio

CAPÍTULO QUATRO

Jen

AEROPORTO DE LIMA/CUSCO, PERU
JUNHO

— Ainda... nenhuma... mochila? – exclamou Holly, com uma expressão de espanto em seu rosto corado. A esteira de bagagens se movia em vão, atormentando-nos ao apresentar sempre as mesmas três malas abandonadas e caixas deformadas com os avisos escritos em letras vermelhas ESTE LADO PARA CIMA e FRÁGIL.
— OK, Corbett. Dê-nos sua opinião. O que está acontecendo? – perguntou Amanda, sua pequena filmadora portátil posicionada para captar todas as ações e emoções do há muito esperado início de nossa viagem ao redor do mundo.

Até agora, havíamos explorado uma atordoante série de terminais internacionais, salas de embarque e aviões lotados, mas ainda não puséramos os pés em solo estrangeiro. Não importava. Tínhamos 364 dias de incrível aventura e emoções infinitas à nossa frente. Isto é, presumindo-se que conseguiríamos sair do Aeroporto Internacional Jorge Chávez.

— Bem, acabamos de aterrissar aqui em Lima e já temos um problema de bagagem perdida – explicou Holly, fazendo pose para nosso vídeo inaugural no Peru.
— Só estou curiosa, Holly. Por que você acha que *nossas* mochilas chegaram aqui e a sua não? – perguntou Amanda, fingindo perplexidade.

– Eu já disse a vocês. Tentei tirar a vacina da minha mochila durante nossa curta parada em Miami, mas não me deixaram – respondeu Holly, referindo-se à última dose de vacina contra o tifo que pretendia guardar em sua bagagem de mão, mas tinha esquecido no bolso lateral de sua bagagem despachada.

– Isso é loucura. Por que os farejadores de drogas mais experientes da América suspeitariam de um pequeno frasco de líquido sem identificação acondicionado em uma garrafa térmica? – perguntei, jogando meu braço sobre os ombros dela para suavizar meu sarcasmo. – Mas não se preocupe. Prometo que conseguiremos sua mochila de volta.

– Definitivamente, Hol. Vou cuidar disso – disse Amanda, virando a câmera para si mesma para encerrar a filmagem.

Enquanto Amanda marchava para o balcão de atendimento, Holly e eu nos sentamos no chão sujo de ladrilho, descansando lado a lado, encostadas em uma fileira de carrinhos de transporte de bagagem abandonados, com sorrisos cansados em nossos rostos. Depois de todas as fantasias, todo o planejamento e todas as rápidas despedidas, o dia esperado finalmente havia chegado. Não deixaríamos nada nos derrubar.

Sentada ali com Holly, mal podia compreender tudo que tinha acontecido desde a última vez em que estivéramos na América do Sul juntas. Eu havia voltado de nossas férias na Argentina renovada e cheia de esperança, e me atirado de cabeça em meu novo emprego. Em pouco tempo minha carreira decolou, mas, infelizmente, as coisas com Brian ficaram piores do que nunca. Nossas pequenas discussões se tornaram brigas particularmente violentas e, mais vezes do que consigo me lembrar, fizemos ameaças furiosas de ficar um tempo separados ou romper totalmente. Mas, como nenhum de nós estava realmente disposto a desfazer nossa parceria segura e confortável, acabávamos nos beijando, fazendo as pazes e deixando nossos confrontos em segundo plano durante semanas a fio.

Cada vez que isso acontecia, eu acreditava que as respostas simplesmente *teriam* de surgir no decorrer do ano, mas enquanto os meses corriam se tornou dolorosamente claro que nenhuma fada dos relacionamentos jogaria um pó mágico sobre nós. Subitamente, a viagem ao redor do mundo sobre a qual Amanda, Holly e eu tínhamos fantasiado nas Cataratas do Iguaçu pareceu minha salvação de um futuro precário e incerto. Eu namorava o mesmo homem há quase meia década e ainda não estava certa de que o "até que a morte nos separe" algum dia sairia de nossas bocas. Talvez um pouco de distanciamento – de Brian, de Nova York, do *status quo* – fosse o único modo de saber com certeza.

Eu ansiava por me sentir tão inspirada e viva como tinha me sentido quando fizera a mudança radical para Manhattan com apenas duas malas e um pequeno espaço no chão da sala de estar de Amanda. E, como nunca quis ter a sensação de que tinha aberto mão de algo para me casar e estabelecer, esse era o agora ou nunca para fazer algo drástico. Por isso, desde o momento em que disse às garotas que iria, nem por um momento vacilei em meu compromisso com a viagem.

Isso não significava que o longo caminho para a partida não tivesse sido acidentado. Mas, desde que havia encaixotado minhas coisas em Manhattan, semanas atrás – pondo tudo que restara de meus bens materiais na minivan de meus pais –, só havia me sentido eufórica e entusiasmada com a futura viagem. E, embora imaginasse que sentiria medo ou tristeza, e até mesmo o remorso pudesse mostrar sua cara feia, nesse momento me contentava em fingir que Amanda, Holly e eu só estávamos embarcando em outras férias extraordinárias na América Latina. Felizmente, Amanda voltou com boas notícias: a bagagem de Holly estava no próximo voo de Miami e seria entregue em nosso albergue naquela noite. Com isso, nós três finalmente escapamos da área de bagagens e nos dirigimos à primeira de nossas muitas filas na alfândega.

Depois de dois dias de uma exploração superficial de Lima – o ponto central escolhido para nossa experiência peruana de seis semanas – vimo-nos de volta ao aeroporto. Com o cansaço da viagem em grande parte aliviado e três mochilas seguramente dentro da barriga de um minúsculo avião local, Amanda, Holly e eu começamos a jornada de 560 quilômetros para Cusco. Empoleirada entre as nuvens no alto dos Andes, a antiga Cidade do Sol era muito mais impressionante do que havíamos imaginado. Chegamos ao centro da cidade justamente quando a luz da alvorada começava a se infiltrar pelos picos congelados da montanha. Saindo do encardido ônibus do aeroporto para a Plaza de Armas banhada pelo sol, sentimo-nos como Dorothy e Totó descobrindo o tecnicolor. Um caleidoscópio vibrante de fontes pintadas de esmeralda, jardins de flores recém-podadas se abrindo em todas as cores, vendedores de pirulito e munchkins de bochechas rosadas envoltos em xales em patchwork girava ao nosso redor.

A catedral de Cusco em estilo barroco e a histórica igreja de La Compañia de Jesús guardavam a agradável praça de paralelepípedos. Bandeiras listradas com as cores do arco-íris pairavam acima de portais em matizes de cobalto e pavão. Avós encolhidas em trajes quéchua tradicionais persuadiam lhamas a pousar para fotos com turistas em troca de alguns soles. Uma coisa era certa: Cusco era um lugar mágico.

Ansiosas por nos livrarmos de nossos armários portáteis de 18 quilos e explorar o local, pegamos nosso *Let's Go Peru* para encontrar o caminho para o albergue Loki, um suposto paraíso de mochileiros em que eu havia reservado vagas semanas antes. Seguindo um mapa rudimentar, caminhamos devagar pelas vielas de paralelepípedos até chegarmos a uma escada íngreme e desgastada que se estendia infinitamente na direção do horizonte muito azul. A incríveis 3.400 metros acima do nível do mar, mais ou menos, Cusco podia deixar até mesmo o mais forte atleta olímpico ofegante. Com o peso de nossas mochilas e o ar da montanha 35% mais rarefeito, Amanda, Holly e eu sentimos dificuldade em respirar antes mesmo de arranharmos as solas de nossas botas de caminhada novas. Embora tivéssemos reservado duas semanas para nos aclimatarmos antes de tentar desbravar a Trilha Inca, nesse ponto eu torcia sinceramente para que esse tempo fosse suficiente.

– Alguém está com a impressão de que vai morrer? – perguntei, ofegante. – Quero dizer, já faz algumas semanas que não vou à academia, mas isto é ridículo.

– Não se preocupe, não é só você. Eu corria 10 quilômetros por dia antes de partirmos, e agora mal posso caminhar – respondeu Holly.

– É. Jen, onde fica esse lugar? Ainda falta muito para chegarmos? – acrescentou Amanda.

Nesse momento ouvimos um ruído surdo e pedras sendo esmigalhadas atrás de nós. Conseguimos nos desviar em segurança quando um táxi enferrujado passou rapidamente e parou com um ranger de freios 15 metros acima. Da densa nuvem de poeira surgiu um grupo de jovens gringos que tirou sem esforço suas mochilas do porta-malas e desapareceu por uma porta escondida.

– Meninas, acho que estamos no caminho certo – disse eu, com uma recém-descoberta explosão de energia me impelindo na direção da linha de chegada.

Embora fosse um pouco arriscado fazer reservas em um albergue desconhecido, felizmente para nós o Loki era um oásis no alto da montanha, com TV no quarto, bar e uma enorme área comum que oferecia a cálida acolhida e lareira de que precisávamos pela pechincha de oito dólares e cinquenta centavos por pessoa, por noite. Era cedo demais para irmos para nossos beliches, por isso guardamos nossas mochilas em um armário com cadeado e descemos a colina em busca de um dos aconchegantes cafés que avistáramos mais cedo, na praça. Impressionadas com o bombardeio de revendedores de entradas e vendedores empurrando cardápios, instalamo-nos rapidamente em uma exótica cabana de madeira que anunciava uma lareira quente e cinco cardápios com preço fixo de 12 soles. Não imaginaríamos que uma refeição de quatro dólares fosse remotamente satisfatória, mas por menos do custo de um latte na Starbucks nos banqueteamos com uma grossa sopa de vegetais, *pollo a la plancha* (frango grelhado) com arroz e batatas fritas, e *frutas tropicales*.

Durante toda a refeição, sorvemos religiosamente canecas fumegantes de *mate de coca*, chá local feito com folhas de coca e água fervente que nosso guia de viagens recomendava como uma cura natural para o mal das montanhas. Quando a conta chegou, surpreendentemente nos sentíamos menos tontas e enjoadas. Pelo menos até Holly voltar do banheiro, nos entregar o rolo de papel higiênico e higienizador de mãos que tínhamos levado e anunciar que estávamos lidando com uma situação de "uma estrela".

Durante nossa breve permanência em Lima, desenvolvemos nosso próprio sistema de avaliação de banheiros, definindo um raro "quatro estrelas" como um com água corrente, papel higiênico, sabonete e toalhas de papel. Infelizmente, até agora uma a duas estrelas parecia ser o padrão, por isso acrescentamos alguns importantes mandamentos: (1) Não deixarás o albergue sem algo para limpar teu traseiro e teus dedos; e (2) Esperarás até o final da refeição para usar o banheiro e/ou anunciar suas estrelas para não tirar o apetite de ninguém.

Com imagens de intoxicação alimentar dançando em nossas cabeças, fomos dar uma volta na terra caótica de Cusco antes da hora de nosso check-in no Loki. Embora não pudéssemos comprar nem mesmo um par de luvas de lã nas lojas caras ao longo da praça, não havia mal nenhum em vermos vitrines como qualquer turista. Desejando escapar do vento terrivelmente forte do inverno peruano, entramos na Werner & Ana, uma aconchegante butique cheia de cachecóis, chapéus, suéteres feitos com a pele macia da onipresente alpaca do Peru, um animal adorável que poderia ser o filho bastardo de uma lhama e um carneiro.

Determinadas a praticar nosso espanhol, gaguejamos cumprimentos e saudações à pequena proprietária da loja, Ana, e seu amigo Didie, um belo habitante local que aparentava estar na casa dos vinte, antes de eles começarem a falar inglês.

– Então, vocês têm *las alas* para esta noite, certo? – perguntou Didie.
 – Sinto muito, *no comprendemos* – disse Amanda, tentando entender o que ele dissera.
 – Todos os anos há uma festa muito grande e famosa no clube Fallen Angel, nesta noite. O dono é meu amigo e me deu passes extras para entrar – disse ele, tirando pulseiras de papel vermelho de seu bolso. – Estão aqui. Fiquem com três para poderem ir à festa.
 – Ah, sim. *Muchas gracias* – respondeu Amanda, aceitando graciosamente as tiras vermelhas e as colocando em seu bolso.
 – Mas o que era aquilo que você disse, *las alas*? – perguntei.
 – Ahh, são as asas. Sabe, como as de um anjo – respondeu ele, fazendo movimentos de voo com seus braços. – Todos devem ter asas para entrar, por isso vocês precisarão comprá-las ou fazê-las.
 Mais tarde, ainda rindo da estranha cena ocorrida, subimos ofegantes a ladeira na direção do albergue. Aquela festa misteriosa era uma coisa real? Se fosse, era seguro irmos? Entrando no Loki, obtivemos nossas respostas. Espalhadas sobre todas as superfícies disponíveis na sala de TV havia pilhas de malhas de balé, cabides de arame, penas e bastões de cola. Nas poucas horas em que estivéramos ausentes, hordas de mochileiros sonolentos haviam saído da hibernação e estavam construindo febrilmente o que só poderia ser interpretado como... *las alas*.
 – Alôôôô, panteras – chamou uma voz casual vinda da porta.
 – Vocês devem ser novas aqui no Loki.
 Virando-nos ao mesmo tempo para localizar a fonte de tamanha cafonice, as garotas e eu vimos um sério e perfeito dom-juan totalmente equipado com óculos de aviador, uma camiseta Hanes encolhida e o que parecia ser uma quantidade infinita de gel nos cabelos.
 – Sim, acabamos de chegar. E deixe-me adivinhar. Você quer fazer o papel de Charlie? – retrucou Amanda.
 – Ah, touché, garotas, touché! Sou Anthony, mas seria muito melhor se me chamassem de Charlie – respondeu ele, seus

dentes clareados se sobressaindo em sua pele muito bronzeada.
– Mas, falando sério, bem-vindas ao Loki. Este é um lugar muito animado. Cheguei há quatro semanas e talvez nunca vá embora.
– Sim, todos nós estamos tentando nos livrar do cara, mas ele simplesmente não se manca! – interrompeu um bonito inglês com feições infantis, empurrando Anthony para o lado. – Mas nós lhe dissemos que ele podia vir conosco comprar roupas para esta noite. Querem vir também?

Após descarregarmos as mochilas em nosso dormitório, Amanda, Holly e eu nos reunimos com nossos novos companheiros de albergue e nos dirigimos para a porta. Apertando-nos dentro de um táxi que passava, seguimos direto para o bairro das piñatas, onde se dizia que os comerciantes tinham estoques imensos de acessórios de anjos prontos para essa noite de festividades.

A nós, Anthony e o inglês James se juntou um amigável grupo de rapazes e moças de todo o mundo, inclusive Stuart, um irlandês sarcástico e paquerador, Andrew, um alemão pensativo e de fala mansa em suas férias de verão da universidade, Nate e William, dois hilários fumantes de maconha e jogadores de rúgbi de Liverpool (que nunca consegui levar a sério), e Lara, uma animada portuguesa com aparência de modelo que falava sobre a maquiagem glamourosa e os produtos para o cabelo que encontrara na cidade.

O grupo ficou surpreso em descobrir que (a) éramos norte-americanas, não canadenses, como eles pensavam, (b) tínhamos ousado nos aventurar além dos destinos caribenhos ou europeus comuns e (c) havíamos tirado um ano inteiro de folga para visitar principalmente os países do terceiro mundo.

– Uau, acho que para os norte-americanos isso é impressionante. Parece que vocês têm a cabeça um pouco fechada em relação a esse tipo de viagem, não é? – disse Nate.

Eu não soube ao certo se deveria ficar lisonjeada ou ofendida, mas, antes de ter uma chance de questionar, Anthony disse do banco da frente:

– Ei, vocês sabem que também sou norte-americano? Do Queens, o que nos torna vizinhos, garotas!

– Ah, por favor, não nos culpe por isso – brinquei, enquanto Anthony ria e fingia dramaticamente cravar um punhal em seu coração.

Felizmente, logo o táxi parou na avenida Del Sol, onde começamos nossa caçada por acessórios etéreos. Após conseguir trajes divinos suficientes para garantir nossa entrada na festa, voltamos ao Loki para nos transformarmos das deslocadas do albergue em habitantes da cidade celestial. Usando nossas vestes de gala – asas diáfanas e brilhantes, rostos dramaticamente pintados e o único vestido que cada uma de nós trouxera – Amanda, Holly e eu saímos para o ar gelado da noite. Junto com uma multidão alada, passamos pela porta gótica do Fallen Angel e entramos no mundo dos mortos de salas com os temas do Céu, Inferno e Purgatório, uma casa de shows com decoração que poderia rivalizar com qualquer uma em Manhattan.

Quando chegamos, fomos imediatamente conduzidas para uma espécie de porão coberto de tijolos banhado por uma luz vermelha e cheio de sofás de couro psicodélicos em forma de coração, almofadas com estampa de zebra e candelabros de ferro forjado. Porcos alados de porcelana pendiam do teto acima de banheiras com tampo de vidro, que serviam como mesas, e aquários cheios de peixes-anjos vivos. Com coquetéis com o brilho de néon na mão, seguimos a multidão de pessoas do lugar, expatriados e outros mochileiros através de um labirinto de corredores escuros até a pista de dança. Um Adônis de alumínio de três andares montava guarda enquanto drag queens seminuas cheias de glitter, penas e traços quilométricos de delineador brincavam de provocar os presentes.

Formando um círculo unido, dançamos durante horas, fazendo intervalos para nos reabastecer de bebidas ou enfrentar filas intermináveis para um dos dois banheiros avant-garde: o Mal, representado por um emaranhado de arame farpado, rosas espinhosas e brocados com motivos de corações dilacerados, e o Bem, coberto do chão ao teto com pedacinhos de espelhos e banhado por uma luz azulada sobrenatural.

Voltando para a pista de dança depois de encher meu copo, ouvi Holly gritando meu nome de cima. Erguendo os olhos, eu a vi desfilando com uma dúzia de drag queens. *Bem, isso era uma surpresa.* Embora eu tivesse conhecido Holly muito melhor nos meses que antecederam a viagem, sua energia ilimitada e seu espírito livre nunca deixaram de me impressionar. Se essa noite era uma indicação de como seria nossa vida na estrada, talvez eu nunca quisesse voltar para casa.

– Venham, anjos loucos! Subam aqui e dancem! – gritou Holly para mim e Amanda.

Rindo histericamente, nós demos as mãos a Holly e subimos para a plataforma. Saltitando e rodopiando na noite, voltamos para o albergue somente depois que todas as penas caíram de nossos corpos celestiais.

Um sol diabólico gargalha no céu. Uma bola gigante de metal retorcido e vidro rola pelo deserto árido. Brian aparece cavalgando um cacto saguaro enorme com uma expressão de pesar em seus olhos lacrimejantes. Subitamente o rosto dele se derrete e escorre pelo cacto, como em um relógio de Salvador Dalí, formando uma poça de espelhos na areia. Abro minha boca para gritar, mas as palavras se evaporam no ar ao passarem pelos meus lábios secos.

Bang, bang, bang! Squiiiinch! Bang! Squiiiinch!

Trazida de volta à realidade pelo som atordoante de perfuração de concreto e um galo aparentemente enlouquecido, abri os olhos em pânico. Por um momento, não tive nenhuma ideia de onde estava, até avistar Holly do outro lado, dormindo profundamente na parte de baixo do beliche de nosso dormitório. Sobre a borda de madeira de minha cama havia uma grande garrafa de água, um pequeno prato com uma faca para manteiga, dois pãezinhos e um pouco de geleia, junto com um bilhete de

Amanda: "Achei que vocês poderiam precisar disto. Estou na rua usando a internet. Encontro vocês no café do Loki ao meio-dia."

Empurrei o bilhete para o lado e puxei o tosco cobertor de lã sobre meu rosto. Não sei se foi devido à ressaca do ponche de rum que martelava ferozmente minha cabeça ou às visões assustadoras do meu sonho, mas subitamente ansiei por voltar para a cama quente de Brian em Nova York em vez de lutar contra o enjoo nesse dormitório congelante. Tinham se passado meses desde que eu lhe contara a novidade sobre a viagem, mas ainda me lembrava vividamente dos detalhes.

Era uma manhã típica de sábado na cidade. Brian e eu estávamos aconchegados sob o edredom dele, decidindo no par ou ímpar quem enfrentaria a friagem do inverno para trazer bagels e café. Embora ele tivesse perdido, concordei em acompanhá-lo. Mas só se parássemos na pet shop para eu visitar meu cãozinho maltês favorito, uma bola de pelo de um quilo e meio que Brian apelidara de o supremo canalizador de testosterona. Como sempre, ele cedeu, mas me lembrou de que os feios e babões buldogues eram muito mais divertidos e insistiu em que também visitássemos o parque de cães.

– Está bem. Mas vou ter de pegar emprestado *meu* casaco favorito para me aquecer – retruquei, referindo-me ao moletom mais macio dele.

Passeando pelo East River com luvas felpudas e rindo das roupas de tricô ridículas que os donos forçavam seus animais de estimação a usar, senti uma súbita tristeza. Embora nem todas as nossas lembranças recentes fossem dignas de Norman Rockwell, não suportava a ideia de perder Brian. Se ao menos pudesse ter parado o tempo, encerrado aquele momento em um globo de neve de tamanho natural em que sempre estaríamos juntos, exultantes e apaixonados, beijando-nos em um banco com flocos brilhantes de neve girando ao nosso redor!

Eu havia *tentado* falar com Brian sobre a viagem em várias ocasiões, quando fazíamos planos para o verão ou em uma de nossas conversas intermináveis sobre nosso futuro como casal. Mas sempre fora mais fácil para nós dois evitar a ideia distante até ela ficar mais perto de se tornar realidade. Somente quando Amanda e eu marcamos o quadradinho de "não renovação" no contrato de aluguel do nosso apartamento, caí em mim. Realmente ia fazer aquilo. Não podia mais, de sã consciência, esconder meus planos de Brian. A conversa mais difícil de minha vida adulta precisava acontecer, e rápido.

Naquela semana, a culpa e tristeza me envolveram como a nuvem de pó e moscas que sempre seguia o Chiqueirinho, em Charlie Brown. O medo e desespero aumentaram até finalmente eu não conseguir esconder mais a verdade. Naquela noite, no meio do jantar, comuniquei minha decisão de viajar, atirando com repugnância meu rolinho primavera comido pela metade de volta em sua caixa, como se tivesse alguma culpa de nosso iminente sofrimento.

O rosto de Brian se tornou pétreo, seus olhos azuis da cor de centáureas duros como fendas no carvão. Olhando deliberadamente para um ponto vago do outro lado da sala e não diretamente para mim, ele calma e friamente disse que achava que estávamos rompendo para sempre. Meu rosto temporariamente firme suportou o golpe profundo por uma fração de segundo antes de romper em lágrimas e soluços de tristeza. O dano estava feito. Eu havia partido em pedaços minha fantasia do globo de neve, transformando as estatuetas sorridentes de Brian e Jen em um monte deprimente de vidro quebrado e flocos de neve falsos.

Não sei se foi devido ao meu estado de profunda angústia e choque, mas minha tristeza rapidamente se transformou em frustração. Por que eu sempre tinha de fazer o papel de má? Quantos anos Brian deixaria esse relacionamento se arrastar antes de *ele* tomar uma decisão? Por que esperava que nossos problemas se resolvessem milagrosamente sozinhos? Por que todo o peso de pensar em "nós" sempre caía em meus ombros?

Antes que eu o percebesse, estávamos cara a cara em uma batalha épica, com ataques de raiva infantis, choro histérico, gritos e explosões emocionais que se prolongaram até tarde da noite. Mas a despeito de todos os motivos lógicos pelos quais deveríamos ter rompido imediatamente, quando o dia raiou havíamos negociado um tratado de paz, determinando em termos um tanto vagos que ficaríamos juntos até minha partida, aproveitaríamos o verão para reavaliar nosso relacionamento e tomaríamos uma decisão quando eu voltasse para Nova York, entre a América do Sul e o Quênia.

– Ah, meu Deus, Jen. Que horas são? Onde está Amanda? – gemeu Holly, me puxando de volta para o presente como um anjo caído no fim da festa.

– Ela foi a um cibercafé, mas vai nos encontrar dentro de... uns 45 minutos – respondi, quando meu cérebro finalmente registrou os números em meu relógio esportivo. – Mas ela nos deixou um minicafé da manhã – acrescentei, forçando-me a sair debaixo de meu encaroçado colchão.

Atravessei o dormitório com a garrafa de água e o prato e me sentei no chão perto da cama de Holly. Enquanto roíamos os pães duros, contei os detalhes de meu sonho insano, um ritual que havia cumprido com Amanda todas as manhãs, durante nossa viagem à Europa após a formatura. Holly assentiu educadamente com a cabeça demonstrando seu interesse e analisou bondosamente cada cena de meu subconsciente. Embora eu não tivesse nenhuma dúvida de que fazer essa viagem era a melhor coisa para mim, sentia falta de Brian. Sabia que Holly entendia isso em um nível pessoal, e só tê-la ali para me ouvir era um grande e surpreendente conforto. Quando acabamos de comer o resto da geleia, eu estava pronta para enfrentar um novo dia na estrada.

Por acaso, nossa chegada a Cusco coincidira com o frenético encerramento do Inti Raymi, um antigo festival que reverenciava o deus sol – e, nos tempos modernos, fazia Mardi Gras parecer uma parada de regresso ao lar de uma cidade pequena. Depois de nos encontrarmos com Amanda, nós nos juntamos a milhares de peruanos e turistas de todo o mundo na Plaza de Armas, onde apresentações de dança, manifestações coloridas, fogos de artifício e música ao vivo começavam ao amanhecer e iam até tarde da noite.

Amanda, Holly e eu nos sentamos de pernas cruzadas nos degraus de pedra de uma igreja na beira da praça, cercadas por um grupo de famílias locais que conversavam alegremente com as garotas norte-americanas perto delas. Vendedores ambulantes se espremiam entre os corpos muito juntos, segurando algodão-doce, cartões-postais e o muito necessário chocolate quente. A aura mística da cidade e a cordialidade de seus habitantes nos deixaram realmente encantadas com Cusco. Quando erguemos nossos copos de papel com chocolate quente e brindamos aos primeiros bem-sucedidos dias na estrada, comecei a me sentir melhor em relação à minha separação de Brian. Com Amanda à minha esquerda e Holly à minha direita, estava mais certa do que nunca de que não ficaria sozinha na estrada.

Nossa primeira semana no Loki pareceu uma iniciação para os Andes. Passamos quase todos os dias explorando Cusco com nossos novos amigos, comparando guias de viagem para não deixar de ver nenhum lugar histórico, mercado de artesanato ou restaurante. À noite, quando o calor deixava o vale junto com o sol poente, nós combatíamos o frio dançando ao som de uma banda em um dos pontos de encontro de gringos, como Mama Africa, Ukuku's Pub Cultural e Mythology.

Quando a exaustão e o frio cortante do inverno peruano no alto das montanhas nos atingiam, Amanda, Holly e eu voltávamos a pé para o albergue e vestíamos todas as roupas de tecido de secagem rápida que possuíamos, além de uma barreira felpuda de suéteres de alpaca, chapéus e luvas comprados no mercado inca. Tínhamos de fazer isso para evitar ulcerações no frigorífico que era o dormitório que dividíamos com cinco pessoas, uma das quais conseguia acordar todo mundo com a ressonância e pungência de seus puns de duração épica.

Mas, depois de uma semana visitando monumentos religiosos, caminhando e andando a cavalo pelas ruínas próximas e fazendo viagens de um dia ao Vale Sagrado, nossas férias peruanas começaram a perder seu brilho. Acordadas mais uma vez antes do nascer do dia por um colega de quarto fazendo suas malas com a delicadeza de um hipopótamo furioso, as garotas e eu nos arrastamos até a sala do café da manhã para pegar um pouco de Nescafé, pedir um *smashie* de queijo grelhado (uma invenção fantástica envolvendo um sanduíche prensado e muita manteiga) e discutir o estado atual das coisas.

Estávamos sentadas ao redor da mesa, comendo em silêncio, quando Holly disse que ainda tínhamos uns 350 dias sobrando e, mais imediatamente, a Trilha Inca para subir. Ela achou que nos sentiríamos mais preparadas para a trilha se nos hospedássemos em um hotel próximo que anunciava quartos particulares e água quente – e sem terremotos gasosos balançando a parte de cima dos beliches às três horas da manhã. O mais importante era que isso evitaria que pegássemos o horrível vírus que entrava sorrateiramente nos beliches à noite e derrubava os mochileiros como antílopes feridos – em geral bem antes de percorrerem a trilha. Infelizmente, pouco tempo depois de irmos para o Niños Hotel, rua acima, descobrimos que não tínhamos nos mudado rápido o suficiente.

– Mas deveríamos começar a caminhada amanhã – lamentei para o médico, sentada na cama perto de Amanda. Ela estava ardendo em febre, que não baixava havia dias. – Acha que há uma chance de ela estar bem o suficiente para ir?

Ele se virou para olhar para Holly, encolhida na outra cama em posição fetal.

– Ela talvez possa ir. Você já tomou esse Cipro?

– Sim, ontem à noite – gemeu Holly de sua cama.

– Então provavelmente estará boa amanhã – disse ele. – Vou dar uma injeção em sua amiga e se ela não se sentir melhor deverá ficar aqui.

Quando o homem remexeu em sua maleta preta de médico antiquada na mesa de cabeceira, Amanda tentou se virar para olhar para mim.

– O que está acontecendo?

Eu me sentei no lado da cama e afastei os cabelos dela da testa.

– Não se preocupe, querida. Encontramos um médico que vai lhe dar uma pequena injeção para você melhorar.

Os olhos de Amanda subitamente ficaram enormes, e eu quase sorri. Mesmo no final da casa dos vinte, ela ainda tinha medo de injeção.

– Mais tarde vou sair para comprar as coisas que ele recomendou para você e Holly se sentirem melhor. Ela está com intoxicação alimentar ou algo do gênero e ele não está certo do que você tem. Provavelmente é alguma infecção bacteriana. Ainda não sabemos.

Eu me levantei e atravessei o quarto para abrir espaço para o médico. Ele rasgou o papel da embalagem para tirar a seringa. O rosto de Amanda revelou um medo abjeto.

– Quer que eu segure sua mão? – perguntou Holly baixinho de sua cama.

– Não, você também está doente. Eu vou ficar bem – disse Amanda. Ignorando seu protesto, Holly se levantou, caminhou até Amanda e pôs uma das mãos sobre a mão dela.

O homem abaixou um pouco o cós das calças do pijama de Amanda e passou álcool em sua nádega direita. Quando Amanda fechou os olhos com força, Holly apertou os dedos dela para confortá-la.

– Essa agulha é nova, não é? – perguntei ao médico, que parou para me olhar, carrancudo.

– É claro que sim. Agora relaxe os músculos – disse ele para Amanda.

Ela se encolheu e eu prendi a respiração até ele retirar a agulha. Quando aquilo terminou, Holly voltou para sua cama e se meteu de novo debaixo das cobertas.

O médico me deu algumas instruções, além de uma lista de líquidos e remédios que eu deveria comprar para ajudar minhas amigas a se sentirem melhor. Quando fechei a porta da frente silenciosamente atrás de mim, as duas já tinham adormecido.

No meio da noite – ou, na verdade, bem no início da madrugada seguinte – ouvi o som de alguém se levantando devagar na escuridão e ligando o chuveiro no banheiro. Apertei meu relógio e olhei para o mostrador verde brilhante. Sábado, 4:51. Quando Amanda saiu do banheiro, 15 minutos depois, Holly e eu já estávamos totalmente despertas.

– Como está se sentindo, doentinha? – sussurrei. – Acha que precisamos nos reprogramar?

Todas nós sabíamos da realidade da situação: não poderia haver nenhuma reprogramação. Devido às grandes restrições quanto ao número diário de excursionistas permitido na Trilha Inca, tínhamos de ir agora – ou esperar até nossa próxima viagem ao redor do mundo.

Amanda respirou profundamente.

– Bem, sei o que minha mãe diria. Não se esforce. Pode se sentir melhor agora, mas piorará se tentar fazer coisas demais. Deixe as garotas irem na frente.

Eu olhei para Holly e lhe dei um meio sorriso triste. Estava certo. Embora Holly tivesse começado a se sentir melhor na noite passada, não havia como percorrermos a Trilha Inca sem Amanda – ou forçá-la a tentar ir conosco. Apesar de termos planejado isso há vários meses, era melhor nos certificarmos de que todas nós estávamos saudáveis. Tínhamos um ano inteiro pela frente e certamente haveria desafios maiores a enfrentar, mais montanhas latino-americanas a subir.

Holly abriu a boca para dizer algo, sem dúvida para tentar fazer todas nós nos sentirmos melhor em relação àquilo. Foi quando Amanda a interrompeu.

– Mas quando foi que vocês me viram não arriscar ou dar ouvidos a minha mãe? – Ela deu um sorriso largo. – É melhor começarmos a preparar as coisas, garotas, ou vamos nos atrasar.

CAPÍTULO CINCO

Holly

TRILHA INCA, PERU
JULHO

Eu estava vivendo outro dos meus sonhos: caminhar pelas montanhas dos Andes com minhas amigas para ver as ruínas sagradas de Machu Picchu (também conhecida como a Cidade Perdida dos Incas). Desde que havia estudado o Peru na aula de história do ensino médio, queria ir para aquele lugar em que selvas misteriosas encobriam templos de pedra e os incas adoravam o sol. Esperava que minha primeira experiência na Trilha Inca fosse mais mística do que comercial. Mas, desde o momento em que nosso ônibus de excursão chegou e nossas grossas botas de caminhada pisaram no início da trilha, fomos rodeadas por mulheres quéchua nos empurrando tudo, de chapéus de lã a bastões de caminhada e barras de chocolate recheadas, insistindo em que precisávamos dessas coisas para sobreviver à jornada. Depois de consultarmos nosso guia turístico peruano, Reubén, sobre o que *realmente* era essencial, compramos bastões de caminhada, porta-garrafas de água, meias de alpaca, folhas de coca e, sim, Snickers suficientes para alimentar um exército inca.

– *Señora.* – Uma mulher quéchua puxou a manga da blusa de secagem rápida de Amanda.

– *Gracias, no necesito algo más.* – Obrigada, não preciso de mais nada, disse Amanda, em uma tentativa de se livrar dela.

– *Pero, señora* – insistiu a mulher, firme em seu apenas um metro e meio de altura. Mas o olhar de Amanda já estava longe,

nos Andes à nossa frente. Sem se dar por vencida, a mulher acenou com um objeto firmemente fechado em sua mão.
– Aquele não é seu cinto de dinheiro? – perguntei a Amanda, fazendo-a voltar à realidade.

Amanda olhou imediatamente para a mulher, ao mesmo tempo em que apalpava debaixo de sua blusa. A mulher estendeu a mão para lhe entregar o valioso cinto, que devia ter escorregado de seu esconderijo. Amanda o pegou com os olhos arregalados, sorriu para a mulher e depois remexeu em seu passaporte e no rolo de soles amarrotados.

Estudei o rosto queimado de sol da mulher e percebi que provavelmente ela ganhava menos dinheiro em um ano inteiro do que a quantia que Amanda levava ao redor da cintura. Fiquei quieta observando Amanda lhe oferecer uma propina, que a mulher recusou com um violento sacudir de cabeça. Esse deve ter sido um exemplo real de um conceito chamado *ayni* sobre o qual li em um guia para turistas. É a versão quéchua do carma, segundo a qual se você ajudar as pessoas algum dia elas farão o mesmo por você. Amanda praticamente a esmagou com um abraço enquanto o rosto da mulher se abria em um sorriso irreprimível.

Como ela não aceitou a recompensa de Amanda, nós compramos outro saco de folhas de coca em nome do *ayni* antes de irmos ao encontro de nosso guia.

– Ei, pessoal! Tenho uma pergunta para vocês! – Como logo ficamos sabendo, essa exclamação era o código de Reubén para reunir o grupo para uma avaliação. Com seus óculos de aviador, suas calças North Face e seu discreto boné de beisebol preto, o homem de 31 anos parecia mais bem equipado para um papel em um filme da série *A identidade Bourne* do que para seu trabalho atual de guiar um bando de peregrinos.

Nosso grupo de 12 formou um semicírculo na frente de Reubén enquanto ele apontava um bastão de caminhada para um mapa da trilha pintado.

– OK, prestem atenção. Estão vendo que a Trilha Inca *es* apenas uma. Se ficarem nela, será iimpossiível se perderem. – Jen,

Amanda e eu nos entreolhamos e sorrimos afetadamente. Impossível? Já tínhamos conseguido pegar um desvio errado em nossa volta para Cusco de um passeio pelas colinas ao redor, apesar de um cusquenho ter insistido em que só havia uma estrada que levava para a cidade. Éramos capazes de fazer o impossível.

Então Reubén apontou para uma ponte sobre um rio turbulento.

– Vocês se lembram do nome desse riio que atravessa o Vale Sagrado dos Incas?

Lembrar? Acho que nunca nem ouvi falar nele, pensei, perguntando-me se minhas aulas de geografia no ensino médio o tinham mencionado e eu havia me esquecido. Desejei ter lido mais do guia para turistas.

– É o rio Urubamba – disse Shannon, uma irlandesa de 28 anos com pernas compridas e cabelos pretos brilhantes.

– Você está 100% corrrreta! – disse Reubén. – Exxx-celente!

Fiquei bastante surpresa por Shannon parecer saber de cor tudo sobre a trilha. Até agora, ela tivera a resposta para todas as perguntas triviais de Reubén. Mesmo com nosso plano flexível, eu nunca conseguira ler tudo que queria sobre a viagem. Em vez disso, distraíra-me explorando as ruas de paralelepípedos de Cusco em minha rotina diária e o artesanato com as cores do arco-íris dos mercados, ou olhando para a lareira na área comum de nosso albergue e conversando com outros viajantes.

Shannon me olhou enquanto Reubén continuava seu discurso improvisado e lhe dei um sorriso amigável. No ônibus, havia me sentado em um lugar vazio ao lado dela. Enquanto observávamos o mundo se fundir em camadas de verde do lado de fora da janela, falamos sobre como era bom passar uma manhã de terça-feira indo para velhas ruínas incas em vez de para um escritório. Logo a conversa se aprofundou e fiquei sabendo que ela era parte de um trio de mulheres no final da casa dos vinte que eram basicamente versões irlandesas de nós mesmas. Unidas por um desejo de explorar e em uma encruzilhada em suas carreiras, seus relacionamentos e suas vidas em geral, elas viajavam para ter um tempo para pensar sobre o rumo que tomariam a seguir.

Finalmente o discurso terminou e era hora de começar a caminhada. A trilha tinha a extensão de uma maratona de 42 quilômetros, mas a excitação da jornada me empurrou através da ponte sobre o rio que marcava o início. Não tinha ido muito longe quando o som de passos ligeiros fez com que eu me virasse para ver quem se aproximava. Afastei-me para dar passagem ao carregador com uma camiseta amarela, que trazia atada às costas uma volumosa carga de suprimentos coberta quase do tamanho do seu corpo.

– *Gracias* – disse, enquanto passava rapidamente.

Os carregadores eram os homens que tornavam a caminhada possível, levando nas costas cargas de até uns trinta quilos – inclusive barracas, sacos de dormir e alimentos. A maioria era do grupo indígena quéchua. Alguns mal pareciam ter 18 anos, com peitos estufados e joelhos salientes. Outros pareciam estar na casa dos cinquenta ou sessenta, com rugas profundas na pele escura devido a uma vida de exposição ao sol e vento. Quase todos tinham pés calejados protegidos apenas por sandálias de couro. Apesar de suas cargas pesadas, conseguiam correr à nossa frente para montar acampamento e preparar refeições.

Reubén me contou que muitos carregadores ganhavam menos de cinco dólares por dia, mas o governo recentemente aprovara uma lei exigindo que as empresas lhes pagassem pelo menos 42 soles, ou 15 dólares por dia. Eu me compadeci deles, porque não podia imaginar alguém me pagando o suficiente para carregar em minhas costas durante quatro dias fogões a gás, louça, barracas e alimentos para mais de uma dúzia de pessoas no que parecia ser uma sessão interminável de StairMaster. Apesar de ter tentado me aclimatar a altitudes de até 4 mil metros correndo em escadas em Cusco durante toda a semana, já estava ofegante com o peso de 2,70 quilos de minha mochila. Reubén deve ter me ouvido arquejar, porque veio para o meu lado e disse:

– Hoje é o dia fácil! Só são sete quilômetros para Wayllabamba e acamparemos lá à noite.

– La Labamba? – perguntei, confusa, minha mente tentando encontrar algo familiar para fazer a associação. Reubén deu uma risadinha e eu me perguntei se nunca se cansava de os turistas perguntarem coisas que deviam parecer óbvias para ele.

– Não, Wah-lee-BAM-ba – disse Reubén lentamente para enfatizá-lo, e eu me senti como uma menina de cinco anos perguntando à sua professora: "Por que o céu é azul?" ou "Por que os meninos não usam saias?"

Ainda me sentindo como uma aluna da escola primária, caminhei ao lado dele por quase uma hora, ouvindo suas histórias. O que eram as pilhas de folhas de coca e milho colocadas ao longo do caminho sagrado?

– São *pago*, ou oferendas para a Mãe Terra. Doar para os deuses e os outros ajuda a manter o equilíbrio com os espíritos, a natureza, o próximo e consigo mesmo – disse Reubén. Ele explicou que os quéchuas acreditavam que a conexão com os elementos da natureza... ar, água, terra e sol ou luz... os aproximaria do divino, ou Pachakamaq.

– Os incas também faziam coisas como cobrir cálices e paredes de pedra com ouro, que simbolizava a luz do deus sol – disse ele.

As histórias de Reubén pareciam contos de fadas para mim, como se os incas tivessem vivido guiados por magia, energia e coisas invisíveis. Mas provavelmente esse era seu modo de encontrar ordem em um mundo misterioso. Se eu dissesse aos incas que os cristãos fazem coisas como beber vinho para simbolizar o sangue de seu salvador, eles poderiam achar que isso era algum tipo de feitiçaria. Eu não sabia ao certo em que acreditava enquanto percorria aquela trilha, mas sabia que procurava algo mais sólido e profundo ao qual me agarrar. Afinal de contas, a maioria das religiões não era um conjunto de histórias e rituais, um modo de encontrar sentido nas coisas que não entendemos, descobrir significado no caos?

Com um pai vindo de uma longa linhagem de irlandeses e uma mãe com raízes na Itália e Polônia, eu tive a criação católica padrão que prescrevia os sacramentos da primeira comunhão e crisma. Mas desde criança pensava sobre religião – tanto a católica em que fora criada quanto outras religiões. Na verdade, tinha implorado a minha mãe para me deixar me converter ao episcopalianismo depois de ir à igreja com a família da minha melhor amiga e ficar sabendo que esse grupo particular de cristãos rebeldes permitia às mulheres exercer o sacerdócio.

Aos 13 anos de idade, não conseguia entender por que Deus me negaria a chance de liderar uma congregação só porque tinha nascido sem pênis. "E quanto às oportunidades iguais? Você sempre me diz que as garotas podem ser *tudo*!", eu disse, mas minha mãe era muito apegada às suas tradições e não permitiu que eu me convertesse. "O que seus avós pensariam?", perguntara. Então eu tinha honrado minha mãe, assistido durante dois anos a aulas de religião depois da escola e cumprido as horas de serviço comunitário exigidas como voluntária em um hospital, para ser confirmada por minha paróquia na Igreja Católica.

Lembro-me de ter perguntado à minha professora por que a Igreja deixava alguns grupos de fora, como mulheres e gays. E ela me respondeu que isso vinha das pessoas, não de Deus. "A Igreja Católica é uma instituição composta de seres humanos, que são imperfeitos. Mas Deus é perfeito", disse.

Reubén e eu ficamos em silêncio enquanto meus olhos percorriam o mesmo mundo natural em que os incas tinham encontrado divindade: capim alto sibilando ao vento; o rio Wayllabamba cortando a rocha e a terra; a luz do sol se infiltrando através da névoa fina como se ela fosse uma cortina no céu. Não havia ruínas sagradas a serem vistas naquele primeiro dia. Só havia vastidão e os sons de minha respiração, água correndo e pés pisando no chão.

Depois de uma fácil caminhada de pouco mais de três ou quatro horas, chegamos ao nosso primeiro destino. Embora Wayllabamba signifique "planície coberta de capim" em quéchua, uma descrição melhor poderia ser "granja ecológica com uma destilaria improvisada". Quando chegamos, encontramos porcos grunhindo, galinhas cacarejando e cabras balindo para os intrusos, e as barracas vermelhas que nossos carregadores tinham armado em um pasto antes tranquilo. Ao redor da clareira havia uma pequena aldeia.

Quando o governo restaurou a Trilha Inca, os quéchuas que já viviam ali permaneceram. E, embora os animais talvez não estivessem felizes em nos ver, os aldeões aproveitavam ao máximo a oportunidade de ganhar dinheiro extra vendendo guloseimas para os turistas. O consumismo tinha chegado até mesmo aos arredores da Cidade Perdida dos Incas: as choças de madeira improvisadas ao longo do caminho tinham estoques de balas, Coca-Cola e outras bebidas sobre as quais dizia-se que ofereciam muito mais do que um choque de cafeína.

– *Quieres chicha?* – perguntou um homem de rosto vermelho da janela da caixa de madeira que lhe servia de loja.

– *No, gracias* – disse eu firmemente, lembrando-me de que Reubén tinha nos prevenido sobre a chicha, uma forte bebida alcoólica feita de milho e fermentada com saliva.

– *Solamente uma Snickers, por favor* – disse eu, pagando-lhe alguns soles para acrescentar outra barra de chocolate recheada às três que já estavam em minha mochila.

É claro que parte da aventura de uma viagem é provar coisas exóticas, mas optei pelo caminho seguro porque ainda estava ingerindo pílulas do antibiótico Cipro como Tic Tacs. Realmente queria ser corajosa como Jen e comer tudo que pusessem no meu prato. No fundo me sentia culpada por minha total falta de curiosidade de experimentar uma bebida que continha saliva de outra pessoa, iguarias peruanas como porcos-da-índia e a carne das adoráveis alpacas com olhos de corça – mas os recursos na trilha eram poucos e distantes e era preciso TSPPH (trazer seu próprio papel higiênico). Alguns riscos simplesmente não valiam a pena.

Quando passamos os pratos umas para as outras no jantar, enchi o meu de arroz e batata suficientes para alimentar um adolescente em fase de crescimento.

– Hol, está se sentindo melhor? – perguntou Amanda, parando momentaneamente de comer e olhando de relance para minhas grandes porções.

Depois de engolir um bocado de arroz, respondi:

– Estou começando a voltar à minha velha forma. E você?
– Seja o que for que o médico me deu, foi como uma droga milagrosa do mercado negro. Na verdade me sinto melhor do que antes de adoecer – disse Amanda, escavando um pequeno monte de batatas.

Nós três acabamos de jantar, colocamos os pratos no depósito de louça para lavar e prendemos lanternas em nossas cabeças para projetar um cone de luz em nossas barracas. Só eram oito horas da noite, mas o esforço de respirar naquela altitude e de toda a caminhada nos fez desabar em nossos sacos de dormir.

A temperatura tinha caído bem abaixo do ponto de congelamento e quanto mais calor corporal conseguíssemos obter, melhor. Poderíamos dormir em barracas separadas, mas pusemos nossos sacos de dormir – todos os três – dentro de uma barraca para duas pessoas e depois puxamos nossos chapéus de alpaca para cima de nossos ouvidos. Paramos abruptamente quando ouvimos algo roçando na barraca.

– O que foi isso? – sussurrei, virando minha lanterna de cabeça na direção do barulho. O intruso grunhiu enquanto batia com os cascos no plástico fino.

– Jesus, é um porco! – exclamou Amanda.

– Estamos na Trilha Inca ou na fazenda de Old MacDonald?
– disse Jen, dando tapas na barraca e gritando: – Saia daqui, vá embora! – Ouvimos o capim farfalhar quando o animal se retirou, provavelmente em busca dos restos do nosso jantar.

Todas nós estávamos totalmente despertas agora.

– Uma vez um urso rasgou com as garras minha barraca quando minha família estava acampando nas montanhas Adirondacks – eu disse, contando às garotas a primeira de muitas histórias da infância na estrada. – Meu cachorro, Corby, o enxotou para cima de uma árvore para me salvar.

– Seu cachorro enxotou um urso para cima de uma árvore?
– perguntou Jen. – E, espere, o nome do seu cachorro era *Corby*?

– Sim, e daí? Eu nunca te contei isso? – brinquei, fazendo-me de ofendida.

– Corby *Corbett*? – Jen deu uma risadinha. – Isso é tão bobo quanto o gato branco de Amanda se chamar Whyte Kat. Vou começar a chamar você de Corby.

– Tudo bem, *Baggy* Baggett.

– Ei, e eu? – interrompeu Amanda.

– Você pode ser *Pressy* Pressner – exclamou Jen, e rimos. Atribuí nossa euforia às folhas de coca que havíamos mascado nas últimas horas para evitar o mal das montanhas. (Ressalva: a cocaína realmente provém das folhas de coca, mas, segundo Reubén, são necessárias centenas de quilos de folhas para produzir um quilo da droga. Qualquer efeito que pudéssemos ter sentido ao mascar folhas de coca era puramente medicinal.)

Quando recuperamos o fôlego, Amanda tirou de sua mochila um cobertor de alumínio de emergência contra a hipotermia e o estendeu sobre nós três para melhorar o isolamento térmico. Tentando me aproximar delas para me aquecer, fiquei feliz por termos optado por dormir juntas. Estávamos cobertas da cabeça aos pés: três mulheres aconchegadas dentro de uma barraca para duas pessoas no alto dos Andes. Em vez de sob o brilho elétrico familiar dos arranha-céus, divagamos sob um céu com um tipo diferente de luz: a mesma constelação que um dia guiou os incas, o Cruzeiro do Sul.

Fiquei deitada lá por muito tempo depois de a respiração de Jen e Amanda se tornar profunda e serena, perto delas, mas sozinha com meus pensamentos. As luzes brilhantes e buzinas davam às noites de Nova York uma sensação de movimento, em vez de quietude. Eu não sabia como o silêncio podia parecer profundo quando a escuridão chegava à encosta de uma montanha. Na grande quietude, minha mente divagou para meu primo mais velho Adam, que morrera inesperadamente de falência cardíaca dois anos antes, com apenas 28 anos. Pensei em como nossos eus infantis – que haviam passado horas fazendo a torta de lama perfeita ou subindo no galho mais alto de árvore no pomar de maçãs atrás da casa dos meus avós – desejariam que eu tivesse essa aventura sob o Cruzeiro do Sul. Perguntei-me se a vida pareceria mais confortadora se eu acreditasse, como os incas acreditavam, que aquelas estrelas me mostrariam o caminho.

Na manhã seguinte, nosso carregador, Ramón, estava do lado de fora de nossa porta (ou melhor, da aba com zíper de nossa barraca) com chá de coca, antes de os primeiros raios de sol romperem a escuridão gelada.

– *Buenos días, muchachas* – sussurrou ele com uma animação que me pareceu muito imprópria naquele horário desumano. Nós três ficamos bem juntas, bebendo nosso chá em silêncio e relutando em deixar o calor de nossos sacos de dormir.

Quando nos reunimos na barraca de refeições para um pesado café da manhã de panquecas de quinoa, ovos e mingau, Reubén nos informou de que hoje era o dia mais difícil: oito horas de subida constante para o ponto mais alto, de aproximadamente 4 mil metros, em Warmiwanusca, a "Passagem da Mulher Morta". Eu estava preocupada demais com minha própria sobrevivência para perguntar a Reubén de onde vinha esse nome.

Reubén pediu nossa atenção com sua agora familiar exclamação:

– Ei, pessoal! Tenho uma pergunta para vocês! – Seguiu-se um silêncio na expectativa de sua próxima pergunta de conhecimentos gerais. – Quem se lembra do nome do homem que redescobriu a Cidade Perdida dos Incas, Machu Picchu?

Eu tomei fôlego para falar quando Shannon gritou:

– Hiram Bingham! Era um professor de Yale que descobriu as ruínas em 1911, durante uma expedição.

– *Muy, muy bien*, Shannon – disse Reubén. – O motivo de Machu Picchu ter sido construída é um mistério. Alguns dizem que era o centro do Império Inca. Outros, que era um antigo local de peregrinação que marcava uma das extremidades do caminho do sol. Quando vocês percorrerem a trilha, imaginem-se como incas fazendo sua própria peregrinação para esse lugar espiritual.

Acredito que minhas amigas e eu realmente estávamos em uma peregrinação, uma busca do que é mais importante. Não sabia se Jen e Amanda estavam tão felizes em ser peregrinas quanto eu, mas minha vida em Nova York, tão carente em espiritualidade, tinha me deixado ávida por me sentir mais conectada, fosse com um poder superior ou simplesmente com o mundo ao meu redor. Em minha primeira grande viagem, antes da formatura, no programa Semester at Sea, inscrevi-me em um curso de religiões do mundo para aprender como as pessoas ao redor do planeta encontram sentido na vida. Explorei templos xintoístas no Japão, mesquitas muçulmanas no Marrocos e templos budistas em Hong Kong. Uma de minhas lembranças mais vívidas é a do primeiro dia em que caminhei pelas ruas de paralelepípedos de Istambul, prendendo a respiração quando ouvia uma forte voz masculina cantarolando nos alto-falantes da cidade. Uma multidão de homens parava, estendia tapetes no chão e rezava coletivamente na direção de Meca em uma espécie de intervalo sagrado. As nuvens acima projetavam sombras na cena embaixo, provando que o mundo ainda girava, embora eu achasse que momentaneamente havia parado. Desde então, ansiara por voltar a lugares em que rituais sagrados fossem partes tão visíveis da vida diária, como eram para aqueles homens.

Contemplar o divino se revelava uma distração útil do esforço de subir um caminho espremido entre blocos de pedra e um íngreme penhasco – e do conhecimento de que a distância entre a vida e a queda para uma morte trágica era de uns 15 centímetros.

– Por quanto tempo vocês disseram que iriam viajar? – perguntou Shannon. Ela estava atrás de mim, poupando-me de imaginar uma de nós caindo pelo lado da montanha.

– Vamos viajar por um ano – respondi, subitamente suando sob o sol forte que atravessava meu casaco de *fleece*.

– Este é nosso primeiro país – disse Amanda de seu lugar na frente da fila, com Jen alguns passos atrás dela. Parei para tirar uma camada de roupa e elas tiveram a oportunidade de fazer o mesmo. Protegendo meus olhos do sol, olhei para as pessoas à frente em um pico, parecendo formigas marchando. Seis mulheres, contando conosco, tinham formado um grupo à parte na trilha, e aquele pico parecia muito acima de nós.

— Há quanto tempo *vocês* estão viajando? — perguntou Amanda.

Desde que deixei Nova York, as perguntas feitas em um primeiro encontro inicial tinham mudado de "*Onde você trabalha?*" para "*Onde esteve?*" e "*Há quanto tempo está viajando?*". Na Nova York agitada e movida pelo sucesso, a maioria das pessoas queria saber se um conhecido recente era, digamos, um banqueiro de Wall Street ou um artista gráfico. Mas, no circuito dos viajantes, seu tempo na estrada e o número de países que havia visitado definiam você como um viajante em férias, andarilho novato ou mochileiro experiente.

— Estamos completando seis meses na América do Sul — respondeu Shannon. As outras em seu trio, Elizabeth e Molly, tinham ficado atrás de nós, depois de descansarem um pouco mais.

— É difícil encontrar tempo para viajar, especialmente se você tem um namorado. Vocês todas são solteiras? — perguntou Jen.

— Eu estou namorando há quase sete anos — respondeu Shannon, após uma breve pausa.

— Holly e eu estamos com nossos namorados há mais de três anos — disse Jen devagar, para conservar seu precioso fôlego. — Shannon, você acha que acabará se casando com ele?

O bastão de caminhada de Shannon bateu surdamente em um ritmo constante enquanto ela passava por cima das pedras, e sua respiração estava entrecortada entre as palavras. Talvez estarmos em movimento tornasse mais fácil nos abrirmos tão rapidamente porque Shannon respondeu:

— Todos me perguntam isso, mas nunca sei como responder porque realmente a decisão não é minha. — Ela pareceu física e emocionalmente cansada. Contou que seu namorado estava na faculdade de medicina e sempre adiava as conversas sobre casamento. Então acrescentou: — Só não sei por quanto tempo devo esperar. — Shannon prendeu seus cabelos pretos em um rabo de cavalo longo enquanto caminhava, e notei gotas de suor em seu pescoço.

Ouvindo-a, ocorreu-me que Elan e eu também nunca havíamos realmente tido uma grande conversa sobre casamento, fora uma ou duas menções a um futuro distante. O casamento não havia passado por nossas cabeças quando nos conhecemos, ele com 23 anos e eu com 25. Mas os anos passaram rápido e entendi que a pressão para atingir esse marco da vida adulta não poderia ser evitada. Perguntei-me se essa pressão, combinada com a carreira dele de ator, que algum dia provavelmente o enviaria para longe, reduziria qualquer que fosse aquela força que mantém um casal junto. Esperei que não. Esperei que, por mais que isso pudesse parecer um clichê, o amor realmente vencesse tudo.

Atenta a possíveis causadores de torções em tornozelos como raízes de árvores e pedras soltas, achei graça em nosso grupo estar na Trilha Inca discutindo assuntos da crise dos 25 anos como compromisso, que aparentemente ultrapassavam as fronteiras norte-americanas. Depois de conhecer as garotas irlandesas, podia apostar que elas também enfrentavam as mesmas dúvidas que nós. Por quanto tempo devo namorar um homem antes de me casar? Quero ter filhos? Como ganhar a vida fazendo o que adoro?

Conversar passou a exigir um grande esforço quando a subida se tornou mais íngreme e o ar mais rarefeito. Por mim, tudo bem. Não queria pensar mais no futuro. Ficar preocupada com coisas como casamento, empregos e outras que apenas *poderiam* ocorrer eram distrações do que realmente acontecia naquele momento. Estávamos quase no quilômetro 20, e minha mente se concentrava no ritmo dos bastões de caminhada batendo nas pedras irregulares; no cheiro doce de folhas em decomposição; na vaga ardência em minhas coxas enquanto repetidamente erguiam minhas pernas; nas luzes dançando diante de meus olhos quando a luz do sol se infiltrava através de meus óculos de sol; no gosto salgado de suor quando eu passava a língua pelos meus lábios secos.

Eu me forcei a tirar da cabeça quaisquer pensamentos sobre o resto de minha vida e me contentei em olhar para baixo, concentrada na tarefa de pôr um pé na frente do outro. Só parava periodicamente para recolocar as camadas de roupas que havia tirado, quando a temperatura caía e o vento batia em meu rosto. Após cerca de duas horas de subida íngreme, mas constante, estava tão concentrada em dar um passo de cada vez que me assustei com vivas vindos do alto da montanha à frente.

Essa deve ser a Passagem da Mulher Morta! Avistei uma crista rochosa envolvida em nuvens e aninhada entre dois picos. Bandos de caminhantes davam gritos de incentivo para aqueles que ainda subiam.

– Vocês estão quase aqui. Só faltam mais alguns passos!

Virando-me, vi pontinhos formados por pessoas abaixo no que, da minha posição privilegiada no alto, parecia ser um caminho vertical. Endorfinas naturais devem ter inundado meu corpo após horas de subida, porque minhas coxas de repente ficaram totalmente entorpecidas. Mas meus pulmões não. Todo o meu peito ardia com o esforço de inalar o máximo possível do oxigênio precioso naquela altitude.

– Mais alguns minutos e estaremos na metade do caminho! – gritei para Jen, que caminhava firmemente um metro e meio à minha frente. Normalmente eu estaria na frente, tentando forçar meu corpo ao máximo correndo na direção da linha de chegada invisível. Mas naquele dia queria ir mais devagar e absorver o panorama. Desde o ensino médio, mais de uma década antes, imaginava como seria percorrer essa trilha. Queria prolongar aquele momento para que não acabasse muito rápido. Amanda havia chegado ao topo segundos antes e se apressara a pegar a câmera de vídeo. Embora Jen tivesse desejado realizar a jornada sem parar para documentá-la, eu estava feliz por Amanda estar se esforçando para eternizar nossa primeira grande conquista juntas – especialmente porque nunca pensei em parar e registrar o momento. Não queria me esquecer da vista do topo de nossa primeira montanha, onde o próprio céu parecia tão grande que tornava menores até mesmo os cumes cobertos de neve que se projetavam de vales salpicados de flores selvagens.

Em nosso terceiro dia, cerca de 24 horas depois e 1.500 metros abaixo do ponto mais alto da caminhada, chegamos ao último local de acampamento. Era quase luxuoso comparado com o pasto transformado em destilaria em que tínhamos acampado em nossa primeira noite, ou o acampamento de nossa segunda noite na base da Passagem da Mulher Morta, onde estava tão frio que cristais de gelo se formaram em nossa barraca. Nosso grupo se juntou ao que pareciam ser centenas de outros grupos no alojamento, onde era possível comprar banhos de chuveiro inserindo-se moedas em um timer de metal. Embora ainda faltassem nos banheiros algumas coisas que sempre considerei essenciais (papel higiênico, sabonete, um pouco de limpeza com água sanitária), foi ótimo simplesmente podermos tirar a sujeira de nossos cabelos embaraçados e grudados na cabeça.

Quando nós nos sentamos para nosso último jantar, foi como uma noite de Natal. A expectativa na atmosfera era tão palpável que era praticamente possível segurá-la nas mãos. Na manhã seguinte começaríamos a caminhar às 4:30 para chegar ao nosso destino final, Machu Picchu, a tempo de ver os primeiros raios de sol iluminarem as ruínas.

Contudo, não esperaríamos o dia seguinte para comemorar. Reubén organizou uma cerimônia de gratificação, e os carregadores ficaram em pé em um semicírculo do lado oposto à nossa turma de caminhantes. Os homens com pés calejados calçados em sandálias contaram timidamente suas histórias, que Reubén traduziu para o inglês para nós. Reubén disse que Ramón tinha começado esse trabalho com 16 anos e que, aos 54 anos, seu pai, que também trabalhava nessa trilha, era o mais velho da equipe. Eu tinha notado que Ramón geralmente estava sorrindo. Ele sorria enquanto carregava um peso do tamanho do seu corpo; sorria agachado sobre uma panela preparando nosso jantar; sorria animando os turistas cujos equipamentos carregava. A vida dele podia não ter sido fácil, mas ainda assim ele sorria.

Além de oferecer dinheiro, os caminhantes também doaram coisas de que não precisariam mais, como camisas e lanternas. Reubén pôs um número em cada item e escreveu os números em pedaços de papel a serem retirados de seu boné preto. Cada portador foi convidado a pegar um, e todos batiam palmas quando alguém pegava um número que correspondia, digamos, a um tubo aberto de pomada antibiótica. Os rostos dos carregadores se iluminavam e eles entoavam *"Gracias!"* ao receber as doações. O entusiasmo deles em receber roupas sujas me deixou com um nó na garganta. Longe do glamour e da ambição de Nova York, pensei que frequentemente as pessoas que possuíam menos bens materiais pareciam mais felizes. Os carregadores de gigantescas cargas alheias não pareciam concentrados no que lhes faltava. Em vez disso, ficavam gratos pelas pequenas coisas que recebiam – até mesmo por uma pomada antibiótica usada. E seus olhos, embora enrugados e um pouco castigados pelo clima, pareciam ter mais brilho do que o de qualquer homem que eu já havia visto em Wall Street usando um terno Armani. Desejei ter mais para doar do que um mero saco de folhas de coca, mas viver com uma mochila nas costas não deixava muito espaço para itens variados.

Em nossa última manhã, o café da manhã não foi farto como nos dias anteriores. Em vez disso, devoramos rapidamente à luz das estrelas mingau polvilhado com canela, juntamos nossos pertences e contamos com nossas lanternas de cabeça para nos guiar.

A terra estremeceu com as centenas de pés trilhando o caminho. Nós nos movemos o mais rápido possível através dos campos cobertos de capim e depois das florestas com folhas em forma de leque que farfalhavam ao vento. Enquanto as estrelas desapareciam aos poucos no céu brilhante, o que fazíamos era uma corrida contra o sol.

Caminhamos os últimos quilômetros ao lado da montanha, entramos em uma floresta de nuvens e depois subimos cerca de cinquenta degraus para ter nossa primeira visão de Machu Picchu emoldurada pela porta do sol, ou Intipunku. Os incas eram arquitetos geniais, tendo disposto as paredes de pedra nesse portão de acordo com o ângulo dos solstícios de verão e inverno. Nesses dois dias do ano, o sol ficava perfeitamente alinhado para inundar a abertura do portão com um forte raio de luz. Quando nos aproximamos, a luz foi um convite para seguirmos em frente.

Menos de três horas depois de ter partido, nosso grupo se sentou de pernas cruzadas sobre um terraço de pedra para apreciar o momento que caminháramos 42 quilômetros para testemunhar: os primeiros raios espreitavam por detrás das ruínas dispersas de Machu Picchu. Quando o sol passou do cor-de-rosa para o dourado e azul-violeta, a luz empurrou sombras através das pedras fazendo-as parecerem seres vivos.

A cidade secular mudou de forma diante dos nossos olhos, a luz do sol fluindo como água através do labirinto de passagens retangulares, escadas e prédios situados em um platô emoldurado pelo pico de uma montanha coberta de nuvens. Os antigos incas não tinham rodas, por isso a força puramente humana usada para construir esse monumento era tão impressionante quanto a própria arquitetura.

Apesar do fato de que Amanda e eu estivéramos doentes apenas dias antes e de todas nós termos passado as últimas noites dormindo no solo pedregoso dos Andes, os olhos de minhas amigas brilhavam e elas pareciam radiantes. O sol subitamente se ergueu no céu, iluminando todas as sombras na antiga cidade.

– Dá para acreditar que as pessoas construíram este lugar com as *mãos*? – sussurrou Shannon ao meu lado, sempre bem informada.

Embora as ruínas me parecessem um milagre, eu não pensava na engenharia brilhante dos incas enquanto observava o sol subindo ainda mais no céu. Pensava em minha própria jornada para Machu Picchu e em como não seria a mesma se a tivesse realizado sozinha. Meus pensamentos se voltaram rapidamente para os últimos três dias. A mulher quéchua que havia devolvido o cinto de dinheiro para Amanda. Como a voz de Reubén tinha se tornado mais baixa quando ele apontou para as oferendas para os deuses deixadas ao longo da trilha. Como o rosto de Ramón se iluminara durante a cerimônia de gratificação dos carregadores.

Não consigo me lembrar de exatamente quanto tempo fiquei sentada ali, pensando que meu eu adolescente nunca teria acreditado que eu faria isso. Foi tempo suficiente para a exaustão da caminhada de 42 quilômetros ser sentida por Jen e Amanda, que estavam apoiadas uma na outra e usando óculos escuros para tentar, sem sucesso, esconder seus olhos se rendendo ao sono. Reubén se levantou de um pulo na frente delas, fazendo um sinal para nós nos reunirmos para outro discurso.

– Ei, pessoal! Tenho uma pergunta para vocês!

Nosso grupo de peregrinos se aproximou vagarosamente dele, que continuou:

– Vocês vão ganhar uma barra de Snickers se souberem me dizer: o que significa a lei espiritual quéchua do *ayni*?

– Significa reciprocidade – disse eu em voz alta, feliz por finalmente conseguir responder a uma pergunta de conhecimentos gerais. – Algo como: é dando que se recebe.

– Exxx-celente! – disse ele, atirando-me o chocolate.

Meu estômago roncou e me dei conta de que não tínhamos comido nada desde que tomáramos o mingau, horas antes. Pronta para abrir a embalagem e devorar o chocolate, subitamente parei.

– Ei, Jen, Amanda, vocês estão com fome? – perguntei, partindo a barra em três. Entreguei um pedaço para cada uma delas e nós comemos em silêncio, seguindo Reubén em uma excursão pela Praça Sagrada.

CAPÍTULO SEIS

Jen

SELVA AMAZÔNICA, PERU

JULHO

Enquanto descíamos o rio Amazonas, Amanda, Holly e eu olhamos pela amurada do famoso barco de três andares *Amazon Queen*, à procura de piranhas nas profundezas. Diziam que essas lendárias assassinas aquáticas eram abundantes naquela área, mas ainda não tínhamos avistado nem um único dente afiado abaixo da superfície.

– Ei, Hol, por que você não experimenta a água? – brinquei, empurrando-a para frente com meu ombro. – São só alguns dedos.

– Ah! Eu rio da cara desses peixes assassinos – disse ela, me empurrando de volta. – Acho que Amanda é que deveria pôr a mão dentro... sabe como é, já que tive de me sentar sozinha no avião a caminho daqui.

Depois de um mês viajando juntas, Amanda, Holly e eu tínhamos criado um agradável relacionamento fraternal, e caçoávamos umas das outras e nos provocávamos tão naturalmente como se tivéssemos sido criadas na mesma casa. Eu ainda me maravilhava com o fato de que não só tínhamos nos comprometido a fazer a viagem como também nos tornado mais próximas – em vez de querer nos estrangular – depois de passar tantas ótimas horas juntas.

Nas primeiras semanas da viagem, tivemos mais aventuras e momentos de união do que eu esperava ter no ano inteiro.

Percorremos a Trilha Inca, surfamos nas montanhas de areia em Huacachina, fomos salvas por um sacerdote em uma minivan em um deserto do cânion Colca, visitamos as vilas flutuantes do lago Titicaca, comemos alpaca em Cusco e por pouco não fomos derrubadas das costas de cavalos selvagens na zona rural de Lima. Agora estávamos embarcando em uma jornada de cinco dias através do coração da Amazônia.

Só a quantidade de atividades bombeadoras de adrenalina que havíamos acabado de experimentar – e que ainda nos aguardavam no futuro – quase eclipsara qualquer saudade de casa de minha parte. Fora uma briga dramática com Brian envolvendo gritos e choro em um cibercafé em Arequipa (esse não foi meu momento de turista de que mais me orgulhei), conseguimos adiar todas as conversas sérias sobre o relacionamento e decidimos discutir o assunto "nós" para quando eu deixasse o Brasil e voltasse à cidade de Nova York por duas semanas, em agosto.

Até esse dia chegar, pretendia me concentrar totalmente na viagem e viver o momento. Peguei minha câmera e comecei a tirar fotos sobre a amurada. Embora não houvesse nativos lambuzados de tinta pescando nos barrancos como poderíamos esperar, nosso tranquilo cruzeiro pelo Amazonas fornecia uma visão geral cênica do que estava por vir: floresta tropical verde-esmeralda, vilas sonolentas às margens do rio, vastos crepúsculos lembrando sorvetes coloridos e uma interminável cacofonia de gritos de macacos, palreios de papagaios e melodias semelhantes às das cigarras.

Quando chegamos ao nosso hotel com tudo incluído (realmente não havia muitas opções de alojamento para turistas na Amazônia), fomos levadas para bangalôs exóticos cobertos com sapê para nos refrescarmos antes de encontrar Cliver, nosso guia local e babá de turistas durante 24 horas, sete dias por semana. Enquanto sorvíamos drinques doces feitos com rum e suco de frutas por meio de canudinhos de palha de bambu enrolada, Cliver nos entreteve com curiosidades da selva e recitou uma lista rápida de coisas imperdíveis. Determinadas a realizar o máximo de atividades que pudéssemos fisicamente aguentar, traçamos um itinerário que incluía todas as excursões oferecidas pelo hotel – caminhada noturna pela floresta tropical, passeio pelo topo das árvores através de pontes suspensas oscilantes, amizade com macacos selvagens e pesca de piranhas.

Pessoalmente, eu estava tão animada com outra pessoa se encarregar da nossa programação que pouco me importava o que fizéssemos. Desde que estivéssemos cercadas pela natureza, longe da civilização e de todos os incômodos cibercafés que eu havia passado a detestar, ficaria feliz em acampar na selva.

– Ei, Cliver, li que há Wi-Fi aqui no hotel. É verdade? – perguntou Amanda.

Sem pensar, revirei os olhos, mas rapidamente virei minha cabeça, esperando que Amanda não tivesse me visto fazer isso. Embora eu adorasse a enorme quantidade de tempo livre que apenas havíamos começado a aproveitar, ela não parecia muito adaptada à grande redução no ritmo e na organização de nossos dias. Eu não entendia bem aquilo: embora Amanda tivesse sido a mais determinada de nós a deixar seu trabalho altamente estressante, também era a mais determinada a ficar em contato com o mundo que deixáramos para trás. Todas as pessoas em nossas vidas sabiam que estávamos viajando, mas ela ainda escapulia e lia seus e-mails todos os dias.

– Ah, é claro, é mesmo um pouco compulsivo, mas agora que temos tanto tempo para apenas relaxar, qual é o mal de entrar na internet de vez em quando? Vocês sabem que sou viciada nisso – brincou ela.

Independentemente de se a culpa era dos antigos IBMs ou da conexão discada ultralenta, o fato é que a hora que Amanda dizia planejar passar no cibercafé se transformava em várias horas. E quando ela decidiu que queria vender matérias para editores quando voltasse para Nova York, nosso itinerário diário foi frequentemente traçado segundo seu desejo de fazer pesquisas on-line e estar disponível entre as nove e 17 horas. Entre a recém-descoberta ambição de Amanda de escrever sobre viagens e a coluna mensal que Holly fora incumbida de escrever da estrada, via-me deixada para fazer o que quisesse com mais frequência do que esperava – ou queria. Justamente quando tinha criado coragem para falar de minhas frustrações com Amanda, ela me deu uma notícia que me fez parar.

– Como as fugas de amigas estão se tornando um tema quente, propus um "Guia das Garotas para Cusco" a uma antiga colega de trabalho que agora está em uma empresa de guias para turistas. Seria uma espécie de *flip book* com fotos de lugares amigáveis para as mulheres que eles poderiam pôr on-line – explicou Amanda, suas palavras saindo rápidas.

– Uau, essa é uma ótima ideia – disse Holly.

– Obrigada. A editora também gostou e – ela se interrompeu, inclinando-se para frente com um sorriso conspirador – é aí que vocês entram. Ela quer que vocês o escrevam comigo.

– Espere, quer dizer você e Holly, certo? – disse eu. – Até agora só escrevi propostas de marketing, o que duvido que me qualifique para esse tipo de trabalho.

– Não, ela quer que você escreva também. Eu lhe disse tudo sobre nossa viagem e ela acha que isso seria mais interessante vindo de nós três. Se fizermos um bom trabalho, poderia até mesmo se tornar uma série on-line regular. E, é claro, ganharíamos para isso – Amanda se apressou a acrescentar. – Não muito, mas o suficiente para pagar algumas noites de sono por mês.

Dava para perceber que Amanda esperava que eu me animasse com aquela oportunidade, mas ainda estava em dúvida sobre se um trabalho de escrita em grupo era uma boa ideia. Após alguns dias de reflexão, concordei, ainda hesitante. Sabia que aquilo era importante para Amanda, por isso não quis detê-la. Além do mais, como a responsável pelo orçamento de nossa viagem, sabia que o dinheiro extra viria em boa hora.

Mas, quando Cliver respondeu: – Sim, temos internet sem fio em todo o hotel –, fiquei com o coração um pouco apertado.

Embora o projeto do grupo ainda pairasse sobre nossas cabeças, a última coisa em que eu queria pensar na Amazônia era em trabalho. Essa parte de nossa viagem era exatamente o tipo de experiência inusitada que me fizera deixar Nova York. Talvez quando nos instalássemos na selva Amanda se esquecesse da internet – pelo menos por um pouco.

Pela primeira vez em semanas, não acordamos ao som de marretas despedaçando concreto, buzinas tocando, cães selvagens latindo ou galos cantando, mas com algo que tínhamos esquecido que existia: o silêncio.

Afastando as cortinas de tecido, vi a vastidão exótica de árvores envoltas em trepadeiras, flores tropicais e araras com as cores do arco-íris empoleiradas em um caramanchão ao lado da piscina. Finalmente descansada (e incomumente animada àquela hora da manhã) pulei da cama para me juntar às garotas, que se vestiam para nossa primeira aventura. A caminhada matutina nos levaria ao Canopy Walkway, que Cliver afirmara respeitosamente ser um dos mais longos circuitos de arvorismo do mundo.

Repletas de medicamentos contra malária, com nossos cantis de água cheios até a boca e um tubo de filtro solar com fator de proteção trinta no bolso lateral da mochila de Holly, sentimo-nos bem preparadas para entrar na selva e explorar os arredores enevoados. Após descermos por uma trilha sinuosa ladeada de palmeiras, chegamos à base da primeira de 14 pontes suspensas estreitas amarradas com cabos de aço e cordas grossas, e começamos a longa subida pela escada. Nosso guia para turistas não estava brincando quando disse que essa experiência não era para pessoas medrosas.

As tábuas estreitas de madeira eram suspensas a mais de trinta metros do chão. Rangiam e balançavam a cada passo e nós, com os olhos arregalados, nos sentimos mais como personagens de um filme de Indiana Jones do que como um trio de turistas. Embora eu pudesse ver as redes instaladas sob as pontes para evitar que os transeuntes caíssem no chão da selva, atravessar as tábuas sem equipamento profissional exigia nervos de aço – e toda a minha concentração. Na primeira ponte, as garotas e eu nos movemos com a velocidade de um caracol, literalmente estudando as cordas enquanto avançávamos. Mas a cada novo desafio me tornei mais corajosa e rápida, até atravessar as pontes sem usar minhas mãos para me equilibrar. Entre nossas acrobacias dignas do Cirque Du Soleil, Amanda, Holly e eu nos demorávamos sobre as plataformas no topo das árvores, tentando captar digitalmente a visão aérea que somente nós – e uma família de macacos-aranha – podíamos ter.

Quando finalmente chegamos à terra firme, voltei a mim aos poucos da experiência de "quase-morte". Felizmente, Cliver tinha outra aventura para nós. Ia nos levar para conhecer um xamã curandeiro local chamado Luis, que vivia bem dentro da selva.

Especialista em remédios da floresta tropical, Luis era o homem que os aldeões locais procuravam para curar qualquer coisa, de dor de dente a resfriado ou mordida de cobra venenosa. Chegamos à sua clínica improvisada – um pavilhão ao ar livre com chão de terra – e nos instalamos em bancos instáveis de madeira, esperando Luis dar o que Cliver descreveu como "uma lição muito especial sobre plantas que melhoram enjoo e doenças".

– E também há uma bebida especial para, como dizer... hum, fazer vocês entrarem num clima sexy – acrescentou Cliver com um sorriso travesso. – O gosto não é bom, mas se sentirão muito felizes depois.

Antes de qualquer uma de nós poder responder a esse comentário, um homem encolhido com rugas profundas e uma cabeleira grisalha selvagem surgiu diante de nós na clínica. Ele se instalou atrás de uma frágil bancada coberta de frascos vazios, cestas cheias de folhas, raízes e ervas, e vidros sem rótulo cheios até a borda de líquidos de cor vermelha e caramelo.

Com Cliver traduzindo o quéchua nativo de Luis para um inglês compreensível (embora um pouco suspeito), as garotas e eu aprendemos que: a raiz de mimosa podia ser usada como contraceptivo; o chá de *paico* matava parasitas intestinais; e a seiva escarlate da árvore-do-dragão tinha o poder de curar cortes e diminuir a coceira de mordidas de mosquito. Mas a informação mais impressionante que Cliver nos deu foi que quase um quarto dos produtos farmacêuticos ocidentais de hoje, inclusive alguns tratamentos contra o câncer, provinha de plantas da floresta tropical. Essa descoberta nos fez sentir um respeito totalmente novo pelo meio ambiente e a importância de sua preservação.

Quando a lição terminou, Cliver nos apresentou a Luis, e finalmente descobrimos o significado de sua afirmação enigmática sobre remédios da floresta tropical que podiam nos fazer entrar no clima. Dando um gole generoso de uma garrafa com o que parecia ser água suja, Cliver explicou que pondo de molho a casca da árvore *chuchuhuasi* no rum de cana-de-açúcar local (*aguardiente* ou cachaça), o xamã criara um poderoso afrodisíaco. E, como Cliver ia visitar a namorada dele mais tarde, queria estar preparado.

– Isso é informação demaaais, Cliver! – observei, enquanto ele cruzava os braços sobre o peito e nos fazia um sinal afirmativo lento e travesso com a cabeça. – De qualquer maneira, os efeitos provavelmente estão só na sua cabeça.

– O que é, não acredita em mim? – respondeu ele sem tentar conter um grande sorriso. – Talvez queira experimentar e me provar que estou errado?

– Ah, sim, Jen. Dê um gole e veja o que acontece – incitou Holly, em uma clara retaliação à minha má conduta no episódio das piranhas. – Vamos, eu a desafio!

– E eu também – acrescentou Amanda, tirando a garrafa das mãos de Cliver e a empurrando para as minhas. – Se isso funcionar, terá uma ótima história para contar para seus netos... ou, talvez, seu futuro marido.

– Se eu beber esta droga, posso não viver o bastante para me casar e ter filhos, quanto mais netos – disse eu, cheirando a fórmula acre e recuando quando o vapor fez minhas narinas arderem.

– Vamos, Baggy, essa é uma daquelas coisas ousadas que você *diz* que não tem medo de fazer – disse Amanda, sem me deixar desistir.

– Atirar-me de um avião é uma coisa. Beber uma substância potencialmente tóxica é outra muito diferente – retruquei, mas já levando a garrafa aos lábios. – Está bem. Vou fazer isso.

Antes de poder mudar de ideia, dei um enorme gole. Após olharem por um segundo sem conseguir acreditar, Cliver, Amanda e Holly reagiram com gritos entusiásticos, abafando meus gritos e gemidos teatrais. Eu nunca tinha provado ácido sulfúrico, mas não poderia ter um gosto pior ou queimar mais do que aquilo. Quando nós nos despedimos do xamã e deixamos o pavilhão da clínica, Holly e Amanda me encheram de perguntas obscenas.

– Você se sentiu estranhamente atraída por aquela árvore? Ou talvez aquela aranha? – perguntou Amanda no segundo em que ficamos fora do alcance do ouvido de Cliver.

– E quanto àquele macaco lá em cima... Está parecendo bem sexy agora, não é? – provocou Amanda, cutucando-me do lado.

Eu não o admiti, mas uns vinte minutos depois, um calor e formigamento peculiares começaram a se espalhar por todo o meu corpo. Fosse culpa do teor alcoólico da beberagem ou do poder de sugestão da magia, quando voltamos para o hotel estava ansiosa por tomar um banho de chuveiro gelado.

Embora Amanda, Holly e eu adorássemos as oportunidades de atividade física que a Amazônia oferecia, foi um dos passeios culturais o que mais despertou nosso interesse. Em nosso terceiro dia, Cliver nos levou para conhecer os yaguas, uma tribo indígena conhecida por sua experiência em caçar com zarabatanas. Não só iríamos observá-los atirar dardos diminutos a uma distância de dez metros e acertar um alvo impossivelmente pequeno como, segundo Cliver, nos ensinariam a fazer exatamente o mesmo.

Após uma enérgica caminhada em um ambiente 100% úmido, chegamos ofegantes e pingando suor à entrada da pequenina aldeia, lar dos esquivos *ribereños* (ribeirinhos). O pouco fôlego que me restava foi imediatamente perdido pela visão desse estranho novo mundo. A princípio demorei um segundo para avistá-los, mas espiando pelas entradas de ocas escuras, tecendo em silêncio ou descansando à sombra de árvores, estavam as figuras mais intrigantes que já tínhamos visto.

De baixa estatura, peles admiráveis cor de terra e tinta vermelha esfregada em seus rostos, os yaguas ainda pareciam viver em um tempo antes de enormes faixas amazônicas serem desmatadas e os sempre invasivos gringos trazerem o comércio e o "progresso" para a região. Os homens usavam perucas intrincadas e saias longas feitas de capim seco, enquanto as mulheres usavam saias vermelhas e colares pendurados que cobriam uma pequena parte de seus seios.

Enquanto nos conduzia para uma grande oca ao lado de um denso juncal, Cliver explicou que os yaguas só contavam com as plantas da floresta tropical para fazer suas roupas e criavam tecidos com as fibras da palmeira *aguaje*, o buriti, e a tinta vermelha (*achiote*) do fruto da árvore *Bixa orellana*, o urucuzeiro.

Nós nos sentamos em bancos esculpidos à mão e observamos, pasmas, os anciãos yaguas formarem um círculo apertado e começarem a cantar e dançar ao redor da sala, com seus troncos balançando e seus quadris se movendo de um lado para outro enquanto andavam. Um a um, os outros se juntaram a eles, enchendo o ar de sons reconfortantes de tambores e flautas. Em voz baixa, Cliver nos disse que a tribo estava realizando uma dança tradicional em homenagem ao deus da chuva e nos incentivou a participar quando as mulheres mais jovens da tribo nos puxaram de nossos bancos.

Depois de várias voltas pelo chão de terra com nossos novos amigos, fomos levadas para fora para nosso próximo desafio: dominar a arte de soprar zarabatanas. Sem dizer uma só palavra, o chefe apontou para uma estaca de madeira em uma grande clareira. Observamos os homens inserindo dardos (varetas com tecido macio em uma das pontas) no bocal de tubos longos, fazendo pontaria e soprando. Em segundos, a pontas acertavam bem no centro do alvo. Quando os yaguas realmente saíam para caçar, mergulhavam os dardos em curare, um veneno natural de ação rápida que paralisa a presa. Mas, felizmente, pulavam esse passo na presença de turistas.

Uma após outra, as garotas e eu içamos o pesado tubo para nossos ombros, gritamos: – Preparar, apontar, fogo! –, e disparamos. Um leve sopro foi suficiente para lançar nossa munição zunindo pelo ar. Após apenas algumas tentativas fracassadas, finalmente atingimos a estaca.

Quando devolvemos as zarabatanas para os anciãos e começamos nosso caminho de volta, Holly perguntou a Cliver se realmente era uma boa ideia forasteiros visitarem a tribo yagua. Embora nós três considerássemos nossa interação com os nativos uma oportunidade maravilhosa e única na vida, não sabíamos se nossa presença beneficiava a comunidade – ou se de algum modo contribuía para a extinção de sua cultura tradicional.

Cliver explicou as repercussões caso *não* levássemos nossos dólares para a aldeia yagua.

– A verdade, minhas amigas, é que o único modo de impedir que os nativos desmatem a floresta tropical para obter terra cultivável ou madeira é lhes mostrar que podem ganhar mais dinheiro protegendo-a – disse ele, olhando para as copas das árvores. – Se eles puderem ganhar a vida mostrando sua cultura para turistas como vocês, ficarão mais motivados a preservá-la.

Nós descobrimos que havia outro lado para essa história (alguns viajantes lamentavam que os nativos estivessem vendendo barato sua cultura e tornando seus costumes uma brincadeira para os visitantes), mas também esperávamos que houvesse alguma verdade no que Cliver dissera. Queríamos acreditar que as máscaras, os colares e as bonecas da fertilidade que acabáramos de comprar como suvenir realmente ajudariam a preservar o estilo de vida e manter vivas as tradições dos nativos. Mas o futuro da própria floresta tropical amazônica só o tempo poderia dizer.

No dia seguinte, nós três quisemos fazer uma pausa nas atividades pré-programadas para a selva, por isso perguntamos a Cliver se havia um lugar seguro próximo que pudéssemos visitar sozinhas. Nada formal ou turístico, apenas um lugar real com pessoas reais.

– É claro, *princesas* – respondeu ele. – Ainda há muitos lugares assim por aqui. Eu levarei vocês.

Pulando para dentro de um dos barcos-táxi a motor do hotel, partimos rapidamente para o povoado de Indiana, alguns quilômetros rio acima. Fundada como uma missão franciscana, Indiana tinha se transformado em uma grande comunidade ribeirinha com seu próprio mercado, escola secundária e um pequeno hospital. Era meio-dia e o cais na beira do rio fervilhava com a atividade de uma típica cidade portuária. Pescadores queimados pelo sol transportavam sua produção diária enquanto mulheres descarregavam cestas de vegetais de cores brilhantes e crianças se agrupavam ao redor de carrinhos de doces. Fora alguns olhares curiosos, ninguém realmente prestou atenção em nós quando saímos do barco, passamos pelas pessoas em terra e caminhamos para o centro da cidade.

Como Indiana era tão ameaçadora quanto uma convenção de fãs de *Jornada nas estrelas,* decidimos seguir sozinhas e dar ao nosso guia um descanso da interminável tarefa de responder a todas as nossas perguntas. Combinamos de nos encontrar na praça principal em cerca de uma hora, sincronizamos nossos relógios esportivos e nos separamos.

Após um mês na estrada, já conhecíamos os hábitos e interesses umas das outras quase tão bem quanto os nossos próprios. Por exemplo, eu sabia que Holly precisava correr todos os dias e ir frequentemente ao mercado. Amanda ficava inquieta depois de alguns dias sem entrar na internet, escrever ou blogar. Quanto a mim, bem, só queria me envolver em qualquer atividade prazerosa que não exigisse tecnologia. Durante grande parte do tempo, nossos interesses se cruzavam, mas ficávamos totalmente à vontade com uma separação quando isso não ocorria. Assim sendo, antes de Holly abrir a boca, Amanda e eu já sabíamos o que diria.

– Então, hum, garotas, acho que vou dar uma corrida rápida e depois uma olhada em algumas das barracas, está bem?

– Está ótimo, Corby. Jen e eu vamos caminhar sozinhas e encontrar você aqui às 15 horas. Só não se perca, OK?

– Sim, e se cuide, Hol – acrescentei, sabendo muito bem que ela podia correr mais do que qualquer um. Não que fosse precisar.

Indiana se revelou muito mais pastoril do que a maioria das paisagens amazônicas que havíamos visto até agora. Em vez de tucanos e araras disparando pelas copas das árvores, avistamos galos magricelas ciscando a terra em pequenas clareiras. Não se viam tamanduás, mas havia muitas vacas nos pastos. Levando nossa caminhada muito a sério, Amanda e eu atravessamos cuidadosamente lamaçais, pulamos cercas de arame farpado que delimitavam fazendas e observamos alguns touros inquietos (gritando e correndo se eles faziam movimentos súbitos). Ao longo do caminho, praticamos nosso espanhol com o enxame de crianças que nos seguiram de perto durante grande parte do passeio.

Quando voltamos para nosso ponto de encontro, vimos Holly e Cliver conversando com três rapazes em motocicletas. Eram amigos de Cliver que tinham se oferecido para nos levar em uma excursão pela área por apenas dez soles, ou três dólares.

– Sou totalmente a favor de pagarmos por um passeio de moto. Vocês topam? – perguntei a Amanda e Holly.

Em segundos, estávamos segurando fortemente nas cinturas de nossos motociclistas enquanto eles atravessavam estradas de terra esburacadas e pontes estreitas e instáveis. Quando ficou claro que nosso destino não era morrer na estrada, relaxei um pouco. Percorremos quilômetros, passando velozmente por casas simples de fazendas, grandes campos pontilhados de flores e de vez em quando um bar, antes de frear ruidosamente em um posto de gasolina improvisado. Pagando ao frentista alguns soles por garrafas de água cheias de um líquido amarelado, nossos condutores encheram seus tanques, viraram na direção contrária e começaram o caminho de volta. Chegamos ao centro da cidade ao cair da noite. Estávamos sem fôlego devido ao passeio, mas exultantes.

– Gostaram da excursão, *princesas*? – perguntou-nos Cliver, quando as motos pararam, rangendo os pneus. – Que tal agora tomar Cusqueñas geladas no bar do meu amigo?

– Adorei essa ideia – respondi.
– Bem, hum, Cliver, preciso ir para o hotel – interrompeu Amanda, subitamente parecendo ansiosa. – Há algum modo de eu voltar e as garotas ficarem?
– Bem, como só temos um barco, temos de voltar juntos – disse ele, enxugando a testa com uma bandana. – Está preocupada com alguma coisa?
– Não, nada de errado. Eu só... só tenho de escrever um pouco e usar a internet antes de minha editora nos Estados Unidos sair do trabalho, à noite – disse ela hesitantemente, se apoiando em um pé e depois no outro. – Mas não quero fazer Jen e Holly irem embora agora.
– Por mim tudo bem se voltarmos – disse Holly, tentando claramente amenizar uma situação potencialmente desconfortável, como sempre fazia. – Também estou um pouco cansada e talvez deva trabalhar em minha próxima coluna.
– Estão falando sério, garotas? Agora? – perguntei, desapontada por ter de ir embora justamente quando as coisas estavam começando a acontecer.

Eu sabia que isso não deveria ser um grande problema, mas não conseguia entender por que Amanda sempre queria interromper nossos programas para ir trabalhar. Não que eu não pudesse sair com Holly ou os muitos mochileiros disponíveis em nossos albergues, mas desde que conhecia Amanda ela trabalhava sem parar a pleno vapor, tendo aceitado vários estágios na universidade e todos os serviços de freelancer em Nova York que dava conta de fazer. Francamente, eu tinha ficado um pouco surpresa quando ela sugeriu interromper sua carreira por todo um ano para viajar – e ainda mais por realmente ter feito isso. Porém, nos últimos meses, percebera que Amanda não pararia de escrever enquanto viajássemos e, na verdade, poderia querer trabalhar todos os dias do ano pela frente.

Enquanto meu lado egoísta só a queria por perto, meu lado amigo queria que encontrasse felicidade e satisfação em outras fontes. Mas esse não era o momento nem o lugar para falar sobre isso, e fiquei calada. Na metade do caminho, no rio, subitamente me senti exausta e aliviada por estar voltando. Mal podia esperar para descansar à beira da piscina do hotel com um bom livro e uma bebida gelada na mão.

Nesse exato momento, Amanda perguntou: – Quando eu acabar com os meus e-mails, vocês querem trabalhar no artigo do guia para turistas?

– Hum, deixe-me pensar... não – respondi.

– Bem, quero dizer, prometemos entregá-lo na semana que vem, então por que não trabalhar nele agora, quando não há mais nada para fazer? – disse Amanda.

– O que você quer *dizer*, com mais nada para fazer? – exclamei, sentindo a armadilha da irritação se fechar sem aviso. – Estamos no meio da selva amazônica. E provavelmente é a única vez em que estaremos.

– Eu sei, mas você poderia dizer isso em relação a toda a viagem – respondeu Amanda. – E concordou em que aceitássemos o trabalho, mas nunca realmente quis *fazê-lo*.

– Sim, eu sei, mas essa pode ser a única vez em nossas vidas que não teremos de trabalhar. Não acha que deveríamos descobrir outras paixões ou novos desafios? – perguntei, com minha voz ainda calma, mas se elevando uma oitava.

– Sim, acho que este é o momento para nos libertarmos das coisas que nos prendiam ou experimentar algo que nos assuste – acrescentou Holly.

– Sabem, eu até viajaria sozinha por alguns dias, embora essa ideia me deixe totalmente surtada – propus, tentando tornar a conversa mais produtiva. Evitava a todo custo viajar e ficar sozinha, e esperava que Amanda entendesse que isso seria um sacrifício para mim.

– Eu realmente quero aprender mais sobre hinduísmo e meditação, por isso talvez deva me inscrever naquele programa de treinamento com um mestre de ioga na Índia sobre o qual li – disse Holly, lançando ainda outra missão de paz.

Amanda ficou em silêncio, e então continuei: – Quero dizer, você realmente quer trabalhar na estrada? Essa pode ser a primeira e última vez em sua vida adulta em que não terá nenhuma responsabilidade e nada além de tempo em suas mãos. Você já é uma redatora bem-sucedida. Então por que não desistir disso por algumas semanas e descobrir quais são as outras coisas que adora fazer? A viagem poderia ser mais divertida assim.

Amanda virou rapidamente a cabeça na minha direção e me deu o que só posso descrever como um olhar fuzilante.

– É muito injusto você me pedir isso, Jen. É como se eu sugerisse que você renunciasse à sua paixão por cinema.

– Ah, por favor. Não é a mesma coisa – disse eu, atordoada com a ferocidade da reação dela. – Os filmes são uma paixão divertida. Escrever pautas de matérias é trabalho. Ora, vamos. Tente ter um *baixo* rendimento pelo menos uma vez na vida.

Pronto. Eu tinha passado dos limites.

A tensão era pesada o suficiente para afundar nossa escuna. E, considerando-se que estávamos em águas infestadas de piranhas, eu precisava resolver a situação rapidamente.

– Sabe do que mais, esqueça o que eu disse. Foi estúpido – disse, saltando do barco para o cais, em que chegamos na hora H.

Amanda e eu éramos amigas íntimas havia anos e raramente brigávamos, por isso aquele incidente foi constrangedor. Por um lado, eu sabia que tinha sido infantil da minha parte, Deus me livre de me queixar tanto de ter de ajustar *meu* programa de viagem à carreira jornalística de minha amiga, mas ainda não conseguia evitar me ressentir um pouco de ter sido seduzida por uma viagem e as coisas terem mudado quando pusemos os pés na estrada. Só queria superar o ocorrido e poder discordar, mas isso estava provando ser mais fácil de dizer do que fazer.

No dia seguinte, acordamos com o coração um pouco pesado, deprimidas por ser nosso último na Amazônia. Mas logo nos animamos com o passeio daquela manhã à ilha dos Macacos, lar de oito espécies diferentes de macacos cuidados e protegidos por um projeto de preservação da vida selvagem. Concebida como o zoológico perfeito, a ilha oferece aos turistas aventureiros a chance de interagir diretamente com seus habitantes (que, supostamente, são amistosos com as pessoas).

Enquanto avançávamos lentamente pela floresta a caminho do local, podíamos ouvir seus gritos e guinchos distintivos propagando-se através das árvores. Balançando em galhos, correndo pelos campos e pulando sobre uma enorme plataforma, havia mais animais selvagens do que em Times Square na hora do rush. Sem um pingo de cautela ou preocupação, as garotas e eu disparamos na direção do cercado principal como crianças correndo para pegar o melhor balanço no playground. Claramente acostumados aos seres humanos, os macacos nem mesmo se esquivavam. Na verdade, moviam-se furtivamente na nossa direção, esperando que tivéssemos comida para lhes dar. Os responsáveis pela manutenção nos entregaram frutas brancas macias que pareciam bananas para alimentar nossos novos amigos peludos e, é claro, atraí-los para uma foto memorável.

Com nossas câmeras preparadas, Amanda, Holly e eu nos revezamos atraindo *los monos* para nossos braços. Ficamos agradavelmente surpresas com o quanto eles eram dóceis. Isto é, até, do nada, um dos macacos maiores pular para a cabeça de Holly. Possivelmente confundindo-a com alimento, a pequena fera enlouquecida agarrou os cabelos e mordiscou o ombro dela. Holly gritou e girou em círculos, tentando se livrar do macaco.

Tendo ataques de riso, fomos ajudá-la, mas assim que a livramos das mãos fortes do macaco ele simplesmente concentrou sua atenção em outra vítima: eu! Gritei quando o audacioso macaquinho subiu no meu braço e começou a mordiscar minha mão. Quis tirá-lo de mim o mais rápido possível, mas Amanda teve outra ideia. – Isso é incrível! Fique assim para eu poder filmar!

– O quê? Está maluca? – consegui gritar, às voltas com meu oponente peludo.

– Ora, vamos, Jen. Só mais alguns segundos e terei esse momento filmado. Será uma ótima postagem em nosso blog.

– Ah, bem, se é assim... O que não se faz em nome da arte? – gritei em meio aos guinchos do macaco.

– Fique o mais quieta que puder, Jen – começou Amanda. Ela estava no meio da sua frase quando a mãe de todos os macacos desceu se balançando pelas vigas e pulou em suas costas. Ela gritou, atirando para longe a câmera de vídeo, que felizmente Holly pegou antes de atingir o chão. Em vez de desligá-la, Holly se virou para filmar a luta de Amanda com a fera.

– Ahh, Jen, venha me ajudar! – gritou Amanda, sem conseguir se livrar do animal atrás dela.

Eu ri, andando devagar em sua direção com um pedaço de fruta na mão.

– Não sei não, Amanda, tenho tentado tirar peso de suas costas durante toda a viagem. Tem certeza de que agora está pronta para eu fazer isso? – zombei, perguntando-me se ela tinha entendido que me referia ao trabalho, não à vida selvagem.

– Sim, sim, só venha aqui me ajudar! – gritou Amanda, meio rindo e meio choramingando.

OK, então Amanda não tinha entendido, mas de qualquer modo fui para trás dela e fiz o possível para livrá-la de sua nova amiga peluda. Esperava que em algum ponto ela visse as coisas da minha perspectiva, mas se isso não acontecesse ainda assim estaria por perto pronta para ajudá-la.

CAPÍTULO SETE

Amanda

LIMA, PERU
AGOSTO

— OK, pode abrir os olhos. Mas não se emocione demais – preveniu Jen, pondo uma pesada sacola azul em minhas mãos estendidas.
— Você conseguiu! Parabéns pelos seus 28 anos! – Holly parecia quase tão empolgada como se fosse seu próprio aniversário. Segundos antes, ela e Jen tinham me mandado fechar os olhos – bem! – enquanto davam os toques finais ao meu presente.
— Puxa! Hum, vocês não deveriam ter se preocupado – disse eu, rindo, enquanto abria o papel de seda e pegava uma tiara infantil cor-de-rosa, azul e prateada brilhante com brincos pendurados combinando. – Isto é *justamente* o que eu queria.
— Tivemos de gastar um dólar inteiro na loja de festas e é um conjunto, por isso guarde essas peças no mesmo lugar – disse Jen, zombando da minha tendência a me esquecer de onde havia colocado chaves, telefones e bijuterias de plástico.
— Isso não é tudo! Continue olhando – disse Holly, sentando-se perto de mim na cama.
Pondo de lado duas pequenas garrafas de Inca Kola, um refrigerante amarelo suspeito com gosto de chiclete, pus a mão de novo na sacola e peguei um par de delicados sapatos de salto alto pretos.
Fiquei realmente emocionada. Em meu esforço para ser prática, comprometer-me com o verdadeiro espírito mochileiro de

"aventureira despojada", só havia trazido três pares de sapatos: tênis de caminhada, Tevas e sandálias Reef. Embora no início me orgulhasse de meu desprendimento monástico de bens materiais (e, secretamente, de minha mochila ser a mais leve de todas), perdera, junto com o peso extra, minha capacidade de me sentir feminina.

Na direção oposta, Holly não havia assumido uma percepção arbitrária do que um "verdadeiro viajante" deveria levar – e não acreditava em aliviar a carga apenas para poupar sua espinha dorsal. Sempre que mudávamos de local, suas pernas fortes de corredora se curvavam sob o peso de romances de viagem, guias de mochileiros, barras energéticas, hidratantes e cosméticos que ocupavam todos os espaços vazios em sua mochila. Sempre que Jen ou eu lhe perguntávamos por que havia trazido tantas coisas, ela sorria e dizia: – Só porque estamos sem casa não temos de parecer sem-teto, certo?

Sua resposta irônica sempre me fazia balançar a cabeça e sorrir – ela só estava em parte brincando. Embora eu tivesse trabalhado com Holly durante quase dois anos na revista, só recentemente percebera que ela tinha um senso de humor excêntrico e malicioso – o que, é claro, significava que combinava perfeitamente com Jen e comigo. Juntas éramos capazes de rir das situações mais bizarras de nossa viagem e concordávamos em que éramos mais engraçadas quando exaustas (o que, considerando-se o estilo de dormir tarde/acordar cedo de nossa viagem, correspondia a 99% do tempo).

Em minha tentativa recente de aprender a dissipar o estresse com humor – e humildade –, Holly havia se tornado meu guru. Após observá-la abrandar dos mais rabugentos funcionários do governo às mais antipáticas companheiras de quarto (e geralmente fazer valer sua vontade), aprendera que se podia conseguir muito mais com calma e sinceridade do que deixando o mau humor prevalecer. Ainda faltava muito para eu ter metade da calma de Hol, mas de alguma forma era mais fácil ser flexível quando ela estava por perto. Além de Jen, eu não podia pensar em uma única amiga com quem preferisse estar em meu primeiro aniversário no Hemisfério Sul.

Quando vimos que meus novos sapatos glamourosos realmente cabiam em mim, Jen me disse para me vestir: ela e Holly iam me levar para jantar fora para comemorar.

Eu abri o zíper de minha mochila para examinar seu conteúdo. Há um inegável benefício em pôr seu guarda-roupa em uma mochila de 57 litros: você realmente não pode passar 45 minutos experimentando roupas quando só tem seis para escolher. Ao procurar debaixo das calças incrustadas de lama e blusas com cheiro de repelente de insetos que havia usado na selva, encontrei a única peça de vestuário não utilitária que me permitira trazer: um vestido de jérsei de algodão preto com decote em V e tiras torcidas em estilo grego. Eu o desenrolei, sacudi para tirar as rugas e coloquei cuidadosamente sobre a parte de baixo do beliche, perto da tiara e dos sapatos de salto alto, e esperei minha vez de tomar banho.

Certa vez li que a vida noturna em Lima girava quase exclusivamente em torno do processo de comer e beber, em vez de festas em pubs e clubes. A elite jovem da cidade frequenta novos restaurantes como um modo de ver e ser vista – por que se esconder nas sombras quando você pode obter exposição máxima no novo bar de tapas da moda? Até agora, nenhum lugar que tínhamos visitado expressara essa ideia de um modo mais elegante do que o T'anta.

De nossa mesa situada junto à parede de trás do restaurante, eu podia ver que o lugar estava cheio de boêmios hipsters. As moças, bonitas e de pernas esguias, quase não usavam maquiagem, mas ostentavam cabelos curtos rebeldes com luzes nas cores champanhe e de papel pardo. Vestiam-se para o tempo imprevisível da costa peruana, com cachecóis de lã pendurados e blusas de ombro caído sobre vestidos com bainhas assimétricas ou jeans, e se posicionavam estrategicamente sob as lâmpadas de calor.

— Como você ficou sabendo deste lugar? – sussurrei para Jen, depois de uma garçonete nos entregar nossos piscos sours. – E conseguiu fazer uma reserva?

Ela sorriu enigmaticamente. – Ah, isso não importa. Tenho minhas conexões especiais.

Nós três tínhamos tomado nossa primeira rodada de bebidas verdes espumantes quando Holly pediu licença para ir ao banheiro. Imediatamente abaixei meus olhos para procurar nosso rolo de papel higiênico em minha bolsa e, quando os ergui, vi Holly de olhos arregalados afundando de novo em sua cadeira.

— Eu... não tenho certeza... posso estar ficando doida, mas vocês não acham... ali, que poderia ser? Bem, talvez não. Mas acho que ele realmente parece...

— O quê? Do que você está falando? – perguntei, inclinando-me para frente para dar uma olhada.

Senti um nó no estômago antes mesmo de identificar o homem que avistara do outro lado da sala. Como não havia reparado nele? Era a única pessoa em Lima que realmente conhecia – mas não tinha nenhuma vontade de voltar a encontrar.

— Acho que acabei de ver Carlos – disse ela, dizendo o nome dele com um segundo de atraso.

Droga. Eu me recostei de novo em minha cadeira, meu cérebro procurando possíveis rotas de fuga. Não parecia haver nenhuma. Estávamos sentadas no fundo do restaurante, por isso eu teria de passar diretamente por ele para sair. Não poderia apenas me esconder debaixo da mesa até ele ir embora?

— Carlos? Aqui? Não pode ser – disse Jen, virando-se para olhar para trás e olhando rapidamente para frente de novo, com uma das mãos sobre a boca. – Ah, meu Deus, *é* ele.

— Só podia ser com você, Amanda – disse Holly, balançando a cabeça. – Juro que esse tipo de coisa só acontece com você.

Eu dei mais uma olhada em Carlos e gemi. Ela tinha razão. A maioria das mulheres podia visitar um país estrangeiro com 28 milhões de pessoas e não dar de cara com o único homem que havia dispensado apenas uma semana atrás, mas não eu.

Nos últimos anos, tinha me tornado uma especialista em deparar com homens que esperava nunca ver de novo, geralmente em espaços claustrofóbicos como elevadores e caixas automáticos. Homens irritantes cujos telefonemas eu não tinha retornado. Vínculos que nunca deveriam ter sido estabelecidos. Ex-namorados que podia jurar que tinham saído do estado anos atrás. Holly sempre brincava dizendo que eu tinha uma espécie de energia cármica sobrenatural ou um poder de atração que me forçava a reencontrar repetidamente homens do meu passado. – Ou o universo está lhe dizendo que você ainda tem algo a aprender com eles – observara ela – ou alguém lá em cima sente um prazer doentio em ver você constrangida.

Pragmática inata, nunca acreditei que "os deuses" tinham lançado um feitiço romântico em mim. Achava que encontrar homens com quem havia tido um relacionamento no passado era apenas uma questão de geografia. Vivendo em uma ilha não muito maior do que um campus de universidade, encontrar homens de quem não queria mais saber não era só uma questão de tempo? É claro que essa teoria dificilmente explicaria por que um deles estava sentado a menos de seis metros de distância de mim em um restaurante ao qual eu nunca tinha ido, a 16 mil quilômetros de casa.

Eu tinha conhecido Carlos exatamente uma semana antes, durante uma breve parada em Lima antes de irmos para a Amazônia. Depois que garantimos nossos vistos brasileiros e arrumamos nossas mochilas para a selva, fomos à procura do Café Del Mar, um restaurante e clube de jazz recomendado por Anthony em Cusco.

Tudo no lugar tinha sido feito em uma escala impressionante, do teto de 12 metros à parede maciça estocada no chão às vigas com bebidas alcoólicas de alta qualidade. Luzes âmbar quentes projetadas por trás faziam as garrafas brilharem e transformavam os bartenders em silhuetas que se moviam rapidamen-

te. Tínhamos nos instalado em um sofá de veludo *devoré* e notávamos o quanto estávamos malvestidas quando um garçom veio patinando nos entregar uma mensagem.
– *Perdóname, señoritas. Alguien quiere comprarles una botella de champaña. ¿Aceptan ustedes?*
– Acho que ele está dizendo... que alguém quer nos oferecer uma taça de champanhe – disse Jen.
– De jeito nenhum – disse Holly, olhando ao redor. – Quem?
– *¿De quien? ¿Quien lo nos compra?* – perguntou Jen ao garçom. – Quem quer comprar para nós?
– Aposto cem soles como são aqueles dois – disse Holly, fazendo um gesto na direção de dois homens com camisas sociais no bar, a apenas três metros de nós.
– *¿Champaña es de ellos?* – perguntou Jen ao garçom, fazendo um gesto sutil com sua mão. Ele de algum modo interpretou o movimento como um sinal para ir embora e voltar para nossa mesa não com uma taça, mas com uma garrafa de champanhe. Sei que poderíamos ter tentado mais, ou pelo menos um pouco, evitar que ele a abrisse, mas pensamos: parte do objetivo de viajar não era conhecer pessoas novas?

O garçom despejou o líquido espumante pelos lados de três taças, e em minutos os homens se aproximaram, parando em nossa mesa quase como se tivessem tido aquela ideia no último minuto. Carlos e Daniel, como se apresentaram em inglês, admitiram ser nossos benfeitores secretos e perguntaram se podiam se juntar a nós.

– Não se preocupem – brincou Carlos, enquanto nos afastávamos para abrir espaço. – Temos outro lugar para ir esta noite, por isso não terão de nos aturar por muito tempo.

Com cabelos fartos e ondulados que iam até logo abaixo de seus ouvidos, olhos castanhos profundos e uma voz arrastada baixa e rouca, Carlos definitivamente me pareceu o mais intrigante dos dois homens. Então, quando ele optou por se sentar ao meu lado no sofá – deixando o loiríssimo Daniel escorregar para a cadeira do outro lado da mesa –, não me opus.

Ele pôs seus óculos sobre a mesa com um leve *plim* e se virou para me olhar diretamente. Em Nova York, esse seria o início da entrevista do primeiro encontro – uma investigação casual, porém cuidadosamente planejada, em que uma pessoa determina se a outra tem a combinação certa de qualidades desejáveis (curriculum, título, potencial de renda, formação familiar, círculo social, localização geográfica e atratividade) para garantir uma conversa prolongada. Um ritual de namoro e acasalamento que a princípio me intimidava, mas finalmente tinha aceitado como um risco ocupacional de conhecer pessoas novas em Nova York.

Mas Carlos não parecia interessado em minhas qualidades teóricas. Queria saber minha opinião sobre uma grande variedade de temas, como... política peruana. Problemas sociais. Acontecimentos atuais. Eu tinha acompanhado a apertada corrida presidencial entre os candidatos Alan García e Ollanta Humala? O que os norte-americanos pensavam da ligação de Humala com o ditador venezuelano Hugo Chávez e Fidel Castro? Tentei não parecer tão ignorante quanto me sentia.

Confessei que só tinha ficado sabendo de detalhes da eleição no país dele um mês atrás, sem mencionar que pouquíssimos norte-americanos eram capazes de localizar o Peru em um mapa, quanto mais expressar opiniões sobre seus líderes. Senti-me totalmente perdida, como se tivesse decorado as respostas para um teste de inglês e tivessem me entregado um teste de admissão para a faculdade de medicina – em espanhol.

Felizmente, Carlos não desafiou minha ignorância. Explicou-me pacientemente o básico, dando-me o tipo de insight sobre seu país – sua corrupção política, as agendas de seus partidos e a conexão pessoal dele com sua história violenta – que eu nunca obteria em um guia para turistas. Depois de falarmos sobre assuntos complexos, disparei minha própria artilharia pesada, mencionando um tema que hesitara em discutir com estranhos no Peru.

– É claro que você pode me perguntar o que quiser – disse ele, pondo uma de suas mãos sobre a minha.

– Bem, então vou perguntar. Desde que cheguei aqui, encontrei papel higiênico em talvez seis dos banheiros. Quero dizer, o que as pessoas fazem? Levam seu próprio papel higiênico de casa? Ou hum... simplesmente não o usam?

Ele demorou um segundo para entender, e depois ficou muito vermelho. Jogou a cabeça para trás e tossiu com força para esconder uma risada.

– Ah, sim, entendo sua confusão. No Peru, às vezes as pessoas levam o papel com elas. Por quê? Precisa usar um pouco agora?

Foi a minha vez de ficar vermelha.

Quando Carlos pediu licença para se levantar da mesa e pegar nossa conta, eu me virei para as garotas e percebi que estavam envolvidas em uma pesada conversa paralela.

– Mas não entendo – dizia Daniel. – Por que vocês reelegeram o presidente George Bush? Ele toma decisões erradas, não é?

Ah, puxa vida! Mordi meu lábio e ouvi Jen tentar explicar a diferença entre o vermelho e azul dos estados. No pouco tempo em que estava fora do meu país, já tivera de defender a nossa própria contagem de votos (se não o próprio presidente) várias vezes para viajantes de todo o mundo.

Carlos voltou e nos salvou com uma proposta. Ele e Daniel iam à inauguração de uma nova boate na cidade – gostaríamos de acompanhá-los? Depois de algumas considerações no banheiro (que, felizmente, tinha papel higiênico), as garotas e eu aceitamos.

Quando chegamos, logo ficou claro que aqueles homens não eram novatos no circuito de boates de Lima. Entrelaçando seus dedos nos meus, Carlos passou com nós três por uma grande fila de garotas com roupas colantes e homens usando óculos escuros Gucci cuidadosamente colocados sobre cabelos penteados para trás. Ele se moveu para o lado para falar com um dos seguranças e depois subiu conosco por uma longa escada. Lá em cima, nós cinco nos vimos em um pequeno balcão VIP diretamente sobre a pista de dança principal.

Abaixo de nós, um mar de corpos rodopiavam ao som de música saída de enormes alto-falantes. Bem acima, um DJ comandava todo o salão com música hard house. Uma infinidade de tiras de tons saturados penduradas em tubos balançavam e brilhavam na corrente de ar ascendente criada por tanto calor e movimento.

Todos na boate estavam ficando bêbados – e ninguém mais rapidamente do que Carlos e Daniel. Entre danças conosco, iam ao bar se reabastecer de bebidas. Na ausência deles, as garotas e eu descobrimos que essa área VIP estava cheia de homens – em sua maioria suados, frenéticos e desacompanhados. Tentamos fazer com que não prestassem atenção em nós, dançando umas com as outras em um círculo bem fechado, a formação clássica de mulheres em boates de todo o mundo, mas nossas manobras de evasão, retirada e salvamento não foram tão eficazes no Peru quanto eram em nosso país. Apesar de nossos melhores esforços, logo estávamos cercadas.

– ¡Que jodienda! ¡Estoy sudando como un puerco! Está quente aqui, não? – Carlos logo voltou e dispersou o grupo. Os homens se afastaram alguns metros, esperando o momento propício, quando ele fosse embora de novo.

Carlos dançou com nós três por alguns minutos antes de voltar sua atenção apenas para mim e me puxar para o meio da multidão quando uma versão tecnopop de "Hips Don't Lie" encheu o ar. Por alguma razão, não parecíamos conseguir escapar de Shakira. Tínhamos ouvido repetidamente essa música em todos os cibercafés, lavanderias automáticas, albergues, bares e boates de Lima ao lago Titicaca.

Enquanto dançávamos, Carlos se aproximou, apertando insistentemente meu corpo contra o dele. Sua camisa estava encharcada de suor e ele exalava um forte cheiro de uísque. Quando abaixou suas mãos, recuei. Ele me deixou fazer isso e depois me puxou de novo, fechando os braços ao redor do meu corpo de modo a me impedir de escapar.

Olhei para ele e vi que estava sorrindo, mas seus olhos pareciam opacos e obscuros. Tive a impressão de que estava dançando com uma pessoa totalmente diferente daquela com quem viera.

Sem nenhum preâmbulo, Carlos se inclinou para apertar seus lábios contra os meus, sua língua entrando e girando agressivamente em minha boca. Eu me virei para trás com força, soltando-me totalmente de seus braços.

– Ei, para onde foi Daniel? – perguntei, procurando algo para dizer enquanto resistia à tentação de enxugar o rosto com as costas da mão.

– Não sei ao certo – respondeu Carlos, seus olhos se estreitando. – Queria que ele talvez dançasse com você?

– Não, é só que, bem... talvez devêssemos ir para outro lugar.

Ele encolheu os ombros e deu um passo na minha direção, abraçando-me de novo. Eu definitivamente não gostei do rumo que as coisas estavam tomando, mas não sabia bem como sair daquela situação. Sem precisar olhar para meu relógio, percebi que tínhamos chegado à hora das bruxas, aquela hora difícil da noite em que os níveis de álcool no sangue aumentam e as personalidades se revelam. Poucas coisas boas poderiam resultar de ficar ali. Justamente quando estava contemplando minhas opções, a mão de Carlos deslizou para baixo da minha blusa e ele se inclinou para outro beijo, desta vez primeiro com a língua.

– Ei, Carlos... na verdade, acho que talvez... talvez devêssemos apenas ir para casa.

Um sorriso vagaroso e sonso se espalhou pelo seu rosto. Ele pôs o braço ao redor de mim de novo, sua mão firme nas minhas costas me puxando na direção de sua boca aberta.

Eu me afastei bruscamente.

– Não foi isso que eu quis dizer, Carlos.

– O quê? – perguntou ele, com as sobrancelhas franzidas. – O que está errado?

– Nada. Não se preocupe com isso. Acho que vou procurar as garotas e ir embora. Foi ótimo conhecer você. Mas está na hora de irmos para casa. Sozinhas.

– Não... você está querendo ir embora? – Ele balançou a cabeça e me lançou um olhar vidrado. – Por favor, não vá. Estou gostando tanto de você! Quero conhecê-la ainda melhor. Meus pais saíram neste fim de semana. Temos a casa inteira só para nós.

– Espere... você ainda mora com seus pais? – Eu não podia acreditar. Ele devia ter uns trinta anos.
Carlos olhou para mim, sua testa suada franzida, claramente confuso. – Sim, é claro. Todos os homens moram com os pais até se casarem. Venha, eu prometo... não há ninguém em casa. *Estamos solo*. Estamos sós.
Eu não tinha a mínima intenção de ir a lugar algum com Carlos. Quando me virei e fui procurar as garotas, ele me seguiu, confuso com meu comportamento. Eu não tinha me divertido? Por que não queria ir para casa com ele?
– Mas você é uma *norte-americana* – disse ele atabalhoadamente, como se isso explicasse tudo. – Pensei que fosse, como se diz... toca e vai?
– O quê? O que isso quer dizer? – perguntei, virando-me para ele.
– Sabe, você toca – disse ele, fazendo um gesto com as mãos explicitamente sexual. – E então vai. Certo?
Fiquei boquiaberta e tomei fôlego, pronta para repreendê-lo, quando outra mão agarrou meu pulso. Era a de Jen.
– Venha, querida. Vamos embora. Venha.
Ela me puxou na direção das escadas, e descemos com Carlos nos seguindo desajeitada e apressadamente. Ele nos alcançou do lado de fora da porta e tentou pegar minha mão de novo.
– Por favor, pode ficar com isto? – gaguejou, com uma voz que quase me fez sentir pena dele. – Só fique com isto e me telefone quando voltar para Lima.
Eu me virei e olhei para o cartão em sua mão. Jen acenou para um táxi enquanto Holly ficava perto de mim.
– Amanda, sinto muito se eu disse ou fiz a coisa errada – disse ele. – Não queria aborrecê-la. Gostaria de vê-la de novo. Vou levar você e suas amigas para sair quando voltarem da selva. Vamos andar de parapente. Jantar. Fazer qualquer coisa. Vai entrar em contato comigo?
Não respondi, mas o deixei pôr o cartão em minha mão antes de entrar no táxi.

Abri a janela para pegar ar e relaxar. O que tinha acabado de acontecer? Recapitulei a noite para Jen e Holly.

– Detesto dizer isso, mas ele estava apenas sendo um homem – disse Jen, tentando esclarecer as coisas. – Não importa onde estejamos no mundo, eles sempre vão tentar, certo?

Talvez. Observei as luzes da cidade passando rápido do lado de fora da janela, sentindo-me exausta e desapontada com como as coisas tinham terminado. Realmente gostei de Carlos antes da boate. Por que ele teve de ser tão agressivo comigo?

Ao entrarmos pela porta da frente de nosso albergue, deixei o cartão de visita de Carlos cair na lixeira. Não queria falar com ele nunca mais.

Então por que, exatamente uma semana depois, vi-me fingindo não vê-lo quando ele empurrou sua cadeira para trás e começou a vir em nossa direção?

– Ah, não... Acho que ele está vindo. O que devo fazer? – Abaixei os olhos para as minhas empanadas. – O que digo?

– É só agir com naturalidade que tudo ficará bem – disse Holly casualmente, observando-o com suas pálpebras abaixadas.

– Provavelmente ele nos viu sentadas aqui e agora se sente obrigado a dizer alguma coisa.

Ao dar os últimos passos na direção de nossa mesa, Carlos empurrou um tufo de cabelos pretos para trás da orelha e abaixou as mangas de sua camisa. Parecia... nervoso.

– Oi, garotas. Vejo que voltaram da selva. – Carlos veio para o meu lado da mesa. – Bela coroa, *reina*.

Eu tinha me esquecido de que estava usando a tiara de plástico reluzente e os brincos combinando. Minha mão se ergueu instintivamente para tirá-los, mas parei a tempo.

– Ah, o que... isto? Foi um presente das minhas amigas. Quero dizer, normalmente não usaria algo assim para sair, é só que... – Pude me ouvir gaguejando. – Na verdade, hoje é meu aniversário.

– Sim, sim, lembro-me de que você disse isso na semana passada. Parabéns. Querem ir de novo a uma boate esta noite? – perguntou ele.

– Não, depois da última vez, chega de boates por algum tempo. – Não quis parecer tão áspera, mas o comentário foi como um tapa.

– Ah, entendo. É claro. – Carlos mudou rapidamente de assunto e voltou sua atenção para Jen e Holly. – Então, me falem sobre sua viagem à Amazônia. Gostaram dessa parte do país?

As garotas disseram que sim, educadamente.

Carlos voltou a olhar para mim.

– E quanto a você? Qual foi sua parte favorita?

Minha parte favorita? Assisti aos videoclipes em minha memória de curto prazo, tentando me lembrar de um único acontecimento importante em nossa estada no Amazonas. Deu um branco na minha mente. Tudo em que podia pensar era na transformação de Carlos na boate de médico em monstro e em como eu o deixara em pé na beira da calçada.

Ao perceber que não haveria nenhuma resposta, Holly se meteu pelo meio para salvar a difícil conversa, compensando-a com histórias animadas de pontes suspensas balançantes, sapos de árvore assassinos e roedores de tamanho incomum. Jen ajudou a preencher a lacuna, distraindo Carlos com imagens de nós três alimentando os macacos e na carona de motocicletas em Indiana. Logo os três estavam rindo enquanto eu ficava sentada ali, tentando assimilar o fato de que aquele homem sociável era o mesmo que tanto ofendera minha sensibilidade na semana anterior.

Quando Carlos pegou a câmera e rolou as imagens pela tela, deixei meus ombros caírem apenas um pouco. Tudo bem, talvez ele só *tivesse* se aproximado para ser educado, tirar um pouco da má impressão da outra noite – não, como havia pensado, para me importunar. Comparado com outros reencontros desagradáveis que eu havia experimentado no passado, as coisas definitivamente poderiam ter sido piores. Além disso, a qualquer momento ele voltaria para a sua mesa e nós...

– Então, garotas – disse ele, pondo a câmera na mesa. – Eu disse aos meus amigos ali tudo sobre as garotas norte-americanas

viajantes e agora eles estão muito curiosos em relação a vocês. Gostariam de conhecê-los?
Três pares de olhos se fixaram em mim, e tentei encontrar um modo gentil de dizer não.
– Ah, bem, isso é realmente gentil, mas não queremos interromper seu jantar...
– Não, não, nós já terminamos.
O que eu poderia dizer? – Está bem... claro.
Nós abandonamos nossos pratos quase vazios e seguimos Carlos. A conversa entre seus amigos, um grupo animado de artistas e designers, pouco a pouco parou. Eles se mexeram em suas cadeiras e fiquei aliviada em ver que Daniel não estava no grupo.
– Ah, essas são as norte-americanas – anunciou um homem com uma jaqueta que parecia feita de material de tapeçaria. – É melhor vocês tomarem cuidado com esse cara. Ele é problemático.
– Nós já descobrimos isso – disse eu, olhando de relance para Carlos.
– Olá, eu sou Anabella – disse uma morena de olhos escuros com sobrancelhas retrô em um visual Brooke Shields. – Prazer em conhecê-las.
Holly estendeu a mão, mas a garota a ignorou e lhe beijou as duas bochechas.
O processo se repetiu ao redor da mesa, abraços e beijos substituindo apertos de mão enquanto éramos apresentadas para todo o grupo.
– Venha se sentar perto de mim – disse Anabella, puxando Holly. – Preciso saber *tudo* sobre Nova York. Vou visitar a cidade no outono.
Em minutos, minhas duas amigas estavam absortas em conversas – Holly com Anabella e Jen com um rapaz de cabelos desgrenhados que usava óculos pretos hipster –, e Carlos e eu nos vimos constrangidos, em uma extremidade da mesa, sem olhar direito um para o outro.
– Então você se divertiu no Peru? Espero que não seja a última vez que visita o país.

– Não, não será. Definitivamente, vou voltar em algum momento. – Desviei os olhos dele, observando um garçom tirando os pratos da mesa e equilibrando habilidosamente o peso ao voltar para a cozinha.
– Quando você vai embora?
– Amanhã. Primeiro vamos para o Rio e depois viajaremos pelo Brasil por algumas semanas.
– Bom, bom. O Brasil é um país muito bonito. Apenas tome cuidado ao sair no Rio. Os homens brasileiros, você sabe, são ainda mais insistentes do que os peruanos.
Eu finalmente esbocei um sorriso.
– É mesmo? Isso é difícil de imaginar.
Nós ficamos olhando para o grupo por um minuto antes de Carlos falar novamente.
– Amanda – começou ele, virando-se ligeiramente em minha direção. – Não pretendo tocar em um assunto desagradável. Mas sei que aborreci você na outra noite e... me sinto péssimo por isso. Nós nos divertimos no Café Del Mar, não foi? Mas depois que fomos para a boate... não sei o que aconteceu.
– Também não sei bem o que aconteceu – respondi, cruzando os braços sobre o peito. – Em um minuto estávamos dançando e no outro estávamos... e então você tentou... Bem, isso não importa.
– Não, realmente importa. Fale para mim.
– Quero dizer, nós tínhamos nos conhecido apenas quatro horas antes e você já estava insistindo para que eu fosse para sua casa. Realmente acredita no que disse sobre as mulheres norte-americanas? Sobre tocar e ir? Porque espero que saiba que nem todas são assim. – É claro que, se ele soubesse, não poderia culpá-lo totalmente. Vários mochileiros ingleses e australianos haviam confirmado que as norte-americanas tinham a fama no exterior de ser como as garotas dos filmes eróticos de *Girls Gone Wild*.
– Não, não, Amanda... é claro que não acredito. Eu não deveria ter dito aquilo – disse ele, agora me olhando diretamente.
– Passei a semana inteira querendo falar com você, dizer alguma coisa para me desculpar, mas não sabia como encontrá-la. E agora você está bem aqui. Isso é uma loucura, não é?

Eu balancei a cabeça.
– Sim, é muita loucura mesmo.
– Você acha que estávamos destinados a nos ver de novo?
Pensei sobre isso, mas não respondi. Conversamos por mais alguns minutos, desfazendo o mal-estar restante entre nós. Quando ele e seus amigos pagaram a conta e se prepararam para ir embora, fiquei um pouco triste em vê-lo partir.
– Estou realmente feliz por termos nos encontrado, *reina* – disse ele, dando-me um leve abraço.
– Sabe de uma coisa, Carlos? Eu também.
As garotas e eu nos despedimos de Carlos e seus amigos quando eles saíram do restaurante e depois voltamos para nossa própria mesa, a fim de reprocessar os acontecimentos da hora anterior.
– Então, do que vocês estavam *falando*? – apressou-se a perguntar Holly.
– Vocês dois pareciam bem à vontade – zombou Jen. – Será que afinal de contas você é do tipo "toca e vai"?
Justamente quando eu estava contando para elas tudo que tinha acontecido, Anabella voltou correndo pela porta da frente e se sentou à nossa mesa. – Ah, que bom que ainda estão aqui! Meus amigos e eu conversamos e decidimos que vocês não podem comemorar sua última noite em Lima ou o grande aniversário apenas no T'anta. Jantar é bom, mas não muito especial. Se concordarem, gostaríamos de levá-las a uma festa.
– Uma festa? Quando? – perguntou Jen. – Vamos embora amanhã.
– Estou sabendo, sua maluquinha. Agora, na minha casa – disse ela com um sorriso. – Vou esperar vocês terminarem e depois as levarei de carro. Vocês não iam acertar o caminho mesmo.
A ideia de uma festa de aniversário improvisada me pareceu extravagante (quem fazia algo assim para uma pessoa que acabara de conhecer?), mas mais uma vez pensei: parte do objetivo de viajar não era conhecer pessoas novas?
Vinte minutos depois, estávamos espremidas no carro ultracompacto de Anabella subindo as ruas íngremes que cortavam as

colinas a leste da cidade. Avistei silhuetas de casas envidraçadas construídas diretamente nos penhascos que não se pareciam em nada com os prédios de concreto decadentes de outras partes da cidade. Pelo visto, acabáramos de chegar à Hollywood de Lima.
Em comparação, a casa de Anabella era relativamente modesta. Seu apartamento ocupava o andar térreo de um prédio de dois andares empoleirado sobre o vale. Quando ela nos levou para dentro de uma sala tenuemente iluminada, tudo que pude ver foram as luzes da cidade descendo pela encosta da colina e se dissolvendo em uma névoa dourada perto do oceano.
A turma do restaurante surgiu logo atrás de nós, junto com algumas pessoas que ainda não conhecíamos. Em minutos o balcão da cozinha americana de Ana ficou cheio de vinho, cerveja, bebidas alcoólicas e misturadores. Uma coisa era certa: nossos novos amigos sabiam comemorar. Tinham conseguido preparar uma festa em menos de uma hora.
– Um brinde às norte-americanas – disse Carlos. – Especialmente à aniversariante.
– Sim, estamos muito felizes por vocês passarem sua última noite em Lima conosco – acrescentou Ana, erguendo sua taça de vinho. – *Salud!*
– *Salud!* – Todos ergueram suas taças e brindaram.
Talvez devido à fartura de álcool ou apenas porque pessoas na casa dos vinte de qualquer nacionalidade raramente precisam de uma desculpa para festejar, Holly, Jen e eu conseguimos nos integrar perfeitamente ao nosso novo grupo de amigos peruanos. Considerei um bom sinal quando Marcus, o homem com a jaqueta de tapeçaria, tirou a tiara de minha cabeça e a colocou em sua própria.
– Passou da meia-noite. O aniversário terminou. Agora eu sou o rei da festa, não é?
– Ah, me deixa tirar uma foto! – disse Holly, procurando a câmera em sua bolsa. Mas, antes de ter uma chance de fazer isso, um dos outros rapazes agarrou a tiara e a colocou na cabeça. Então outro a experimentou. Logo todas as pessoas tinham expe-

rimentado a minha coroa, com Holly documentando cada novo visual extravagante.

Levei minha taça de vinho para uma cadeira perto da janela. Observei por um segundo as garotas dançando ao estilo latino-americano e depois voltei minha atenção para a vista lá fora.

Uau – o quanto tudo isso era ridículo? Apenas algumas horas antes eu estava em um albergue que cobrava oito dólares por noite com Jen e Holly, satisfeita em ter um jantar comedido e tomar algumas taças de vinho. Agora nós três estávamos comemorando meu aniversário com uma dúzia de estranhos em um apartamento chique em algum lugar bem acima de Lima. Sabia que se não tivesse reencontrado Carlos nós três não estaríamos nessa situação surreal. E, se toda a nossa interação tivesse ocorrido em Nova York, em vez de na América do Sul, provavelmente eu não teria nem dado outra chance a Carlos. Teria sido muito fácil recusar seu convite, dizer que outros planos me impediam de ir à festa de sua amiga.

Mas essa é uma das peculiaridades inesperadas das viagens, especialmente das longas. Eu realmente *não* tinha outros planos. Agora minhas únicas amigas eram aquelas ao meu lado 24 horas por dia, sete dias por semana. Sem um horário apertado ou uma grande rede social em que me esconder, subitamente me senti livre para apostar em novas possibilidades. Olhei através da sala, observando minhas amigas rindo histericamente das tentativas de Marcus de dançar tango com Jen. Pelo menos por essa noite, o risco tinha valido a recompensa.

CAPÍTULO OITO

Jen

RIO DE JANEIRO, BRASIL
AGOSTO

Sentadas em bancos de bar com listras coloridas lembrando balas no hotel Copacabana Palace, Amanda, Holly e eu pensamos sobre nosso provável futuro como andarilhas no Rio de Janeiro.

– Talvez pudéssemos entrar disfarçadamente no centro de negócios e dormir lá esta noite – sugeriu Amanda. – Dei uma olhada na sala quando estava checando meus e-mails e tem muitos sofás confortáveis.

Eu sorri fracamente da piada dela. Amanda, que no momento trabalhava em um artigo sobre destinos de lua de mel na América do Sul, havia nos conseguido duas noites grátis no lendário hotel em frente à praia por meio de seus contatos na imprensa. Os lençóis de quatrocentos fios, mordomos particulares e serviços de quarto quase foram suficientes para me fazer reconsiderar minha posição sobre trabalhar na estrada. Mas agora, após 48 horas de êxtase, o tempo de luxo de nossa fuga havia se esgotado.

– Sim, mas mesmo se pudéssemos fazer isso, saberiam que não somos mais hóspedes aqui. E definitivamente suspeitarão se ainda estivermos por perto após a happy hour – suspirei, perguntando-me se poderíamos acampar nas espreguiçadeiras brancas ao redor da piscina.

– Está certo, Jen, você fica aqui e continua a procurar albergues on-line enquanto Holly e eu damos uma volta pelo bairro tentando encontrar algo que possamos pagar. – Amanda se levantou abruptamente e pegou sua sacola de viagem no chão. – Juro que vi um lugar chamado Yellow Banana ou algo assim quando o táxi nos deixou aqui.

– Não há nada com um nome nem de longe parecido no guia de viagens, mas talvez tenhamos sorte – disse Holly logo antes de pegar o *Lonely Planet* e sair pelo saguão.

Antes de aterrissar no berço do samba, da caipirinha e de biquínis tão diminutos que exigiam sua própria técnica de depilação, muitos viajantes nos disseram para limitar nossos dias no Rio de Janeiro e ir rapidamente para as praias mais primitivas ao norte do país. Seguindo seus conselhos, fizemos reserva em um voo para Salvador, Bahia, que partiria em três dias, e pretendíamos visitar o máximo possível de locais icônicos do Rio nas próximas 72 horas. Infelizmente, já tínhamos passado a metade de um dia apenas tentando encontrar um lugar para passar a noite. Aparentemente, todos os hotéis, albergues e locais que ofereciam leito e café da manhã na cidade tinham sido reservados semanas atrás. Desse jeito, teríamos de nos aventurar nas favelas – os bairros pobres tornados conhecidos pelo filme *Cidade de Deus* por suas gangues violentas e péssimas condições de vida – para encontrar um quarto.

Eu esperava que não tivéssemos de recorrer a isso, mas como sempre fazíamos planos às pressas, esperávamos até chegar a uma nova cidade para arranjar hospedagem. Não que não tentássemos pensar adiante. Mas, durante nossas viagens no Peru, descobrimos que era inconveniente – e frequentemente inútil – reservar acomodações com antecedência. Na metade do tempo mudávamos de ideia e íamos para outra cidade no último minuto. Em outras ocasiões deparamos com um lugar que não estava nas páginas do *Lonely Planet*, mas pelo qual sentimos amor à primeira vista. Para não mencionar que os hóspedes sem reservas às vezes obtinham vantagens de cancelamentos, negociavam preços melhores e, o que era mais importante, viam os quartos muitas vezes ótimos nos folhetos, mas péssimos na realidade. Desta vez tivéramos sorte: graças a Amanda, tínhamos nos hospedado em um dos hotéis mais luxuosos e famosos do mundo – e a experiência fora ainda melhor do que o esperado. Infelizmente, era hora de voltarmos à nossa vida de mochileiras pobres.

Uma hora depois, quando minha intensa busca em sites como HostelBookers.com e Hostelworld.com não resultou em nada além de letras X em vermelho (que indicava não haver vagas), procurei o *concierge* e lhe perguntei se ele podia telefonar para alguns hotéis inferiores, mas mais baratos, na área, para ver se tinham vagas. Quis me esconder debaixo do tapete persa quando sua mão com luva branca discou o primeiro número. Após meia dúzia de negativas, eu estava prestes a me afogar em um balde de gelo dourado próximo.

Vamos encarar isto: a Operação "Yellow Banana" pode ser nossa última tentativa, pensei, continuando minha busca online sem muita esperança. Quase uma hora depois, as garotas voltaram com a primeira boa notícia do dia – o albergue Mellow Yellow ficaria feliz em nos encaixar.

Como mais tarde constatamos, nossa nova descoberta tinha um lado paradisíaco que não envolvia candelabros de cristal, chocolates colocados sobre travesseiros ou serviço de quarto. O Mellow Yellow representava a essência do mochileiro lendário. Ocupando um espaço sinuoso de cinco andares, o albergue tinha todas as qualidades essenciais de uma *fraternity house*:* um grande bar e restaurante, salão com sinuca e futebol de mesa, pufes e uma Jacuzzi. Para não falar no churrasco de dez dólares com direito a tudo que você pudesse comer e beber e irreverência suficiente por parte de seus hóspedes internacionais para criar o último MTV *The Real World: Rio de Janeiro*. Nós empilhamos nossas mochilas em um canto e fomos para a sala de jantar no andar de cima. Não demorou muito para encontrarmos muitos colegas "*mellow yellowers*" e todos nós planejarmos os lugares quentes do Rio de Janeiro para ir depois do jantar.

---

* Residências ocupadas por estudantes organizados em "fraternidades" em universidades norte-americanas. (N. da T.)

Felizmente, estávamos tão cansadas de dançar a noite toda na Casa Rosa – uma discoteca da moda em uma casa cor-de-rosa estilo Tudor no charmoso bairro de Laranjeiras – que a falta de espaço pessoal em nosso quarto (um duplo "convertido" em triplo) não chegou a nos incomodar. De todo modo, provavelmente esse era o único lugar barato no Rio, por isso não tínhamos outra escolha.

Fora corridas vespertinas à praia de Ipanema – onde estávamos sentadas na areia observando as pessoas e tomando água de coco –, Amanda, Holly e eu tínhamos permanecido no luxuoso confinamento autoimposto em Copacabana durante nossos primeiros dias no Rio. Com o pouco tempo que nos restava para explorar a capital mundial do carnaval, nós nos forçamos a acordar e sair da cama o mais cedo possível.

Depois de nos revigorarmos tomando suco de açaí em uma lanchonete do bairro, Amanda, Holly e eu passamos horas na feira hippie de Ipanema procurando vestidos de verão baratos e joias e conversando com comerciantes locais. Ao passearmos pelas ruas da cidade – que pareciam muito mais seguras e elegantes do que havíamos esperado – paramos periodicamente para ouvir uma banda de bossa nova tocando na calçada, entrar em uma galeria de arte e provar bolinhos de chuva e pipoca doce de vendedores ambulantes. Tudo e todos no Rio se moviam com uma mistura de partes iguais de doçura e pimenta que nos cativou do mesmo modo como Buenos Aires cativara.

Depois de tirarmos fotos da icônica estátua do Cristo Redentor, em pé de braços abertos no topo do morro do Corcovado, as garotas e eu pegamos um bondinho para subir o famoso morro do Pão de Açúcar. Nós nos instalamos em uma das várias mesas no alto, admiramos a vista de 360 graus da cidade e observamos uma mulher local com um vestido de renda branca e lenço na cabeça dançar descalça através da multidão de turistas. Quando o crepúsculo pintou faixas azul-marinho e salmão no céu, descemos para o nível da rua e pegamos um táxi de volta para nosso albergue.

Naquela noite, Amanda, Holly e eu estávamos estendidas sobre almofadas cor de néon no chão de uma das salas de relaxamento do Mellow Yellow quando nosso amigo da noite anterior Morris entrou para nos perguntar sobre nossos planos para mais tarde.

– Imagino que vocês vão ao baile funk na favela, certo? – perguntou ele. – Quero dizer, têm de ir, vai ser ótimo.

Pelo pouco que tínhamos lido sobre favelas em nosso guia de viagens, não podíamos imaginar que as famosas favelas brasileiras, ocupadas ilegalmente e com frequência controladas por chefes do tráfico de drogas, seriam um lugar interessante ou remotamente seguro para se ir a uma festa. Mas aparentemente os tempos estavam mudando no Rio. Segundo Morris, apesar das condições frequentemente perigosas, as favelas se tornavam cada vez mais destinos populares de turistas e "todas as celebridades" iam às raves semanais. Ainda assim, nós nos perguntamos se esse era um daqueles Momentos Especiais Depois da Escola em que deveríamos "apenas dizer não". Quer dizer, era realmente seguro perambular por aqueles lugares antes proibidos?

Mas após consultar outros mochileiros e ouvir a mesma história, nossos temores em grande parte se dissiparam. Aparentemente os líderes da favela estavam acolhendo bem em seus guetos o número recorde de visitantes. As empresas de turismo entraram na onda e estavam organizando excursões diárias às várias "comunidades" mais conhecidas e promovendo os bailes funk populares como eventos 100% amigáveis aos gringos. Eu imediatamente imaginei um Dom Corleone brasileiro sentado no alto do morro ordenando à Família para nos conduzir através dos portões. Não podia perder a chance de ver esse estranho fenômeno social, especialmente porque o Mellow Yellow tinha alugado minivans para levar os mochileiros em massa ao baile e trazê-los de volta, e estava distribuindo pulseiras para acesso VIP ao clube por apenas dois dólares.

Depois de ir correndo para o andar térreo assinar nossos nomes na lista de saída às 22 horas (o quanto algo com uma lista de saída pode ser perigoso, certo?), voltamos ao nosso quarto para nos prepararmos para a grande noite na favela. Enquanto Amanda e eu trocávamos nossas calças cargo por saias franzidas e colocávamos um pouco de maquiagem em nossos rostos, Holly se sentou na cama com seu laptop. A princípio pensei que ela estava apenas esperando que terminássemos nossas minitransformações antes de começar a dela, mas alguns minutos depois Holly disse hesitantemente que talvez não fosse conosco.

– Nós não temos de ir se você não quiser, Hol. Faremos outra coisa – disse Amanda.

– Não, você e Amanda devem ir. É só que estou realmente com saudade do Elan, por isso queria tentar falar com ele pelo Skype e depois talvez trabalhar um pouco em minha coluna – respondeu Holly. – Além disso, estou exausta porque não dormi muito na noite passada.

– Entendo. Hoje, mais cedo, eu estava totalmente exausta. Mas de algum jeito me reanimei – observei.

– E é claro que eu não posso deixar Jen se divertir sem mim – acrescentou Amanda. – Mas só iremos ao baile se tivermos certeza de que você ficará bem aqui sozinha.

– Ah, não sei. Não vai ser fácil, mas acho que conseguirei sobreviver – disse Holly, com um olhar de alívio no rosto.

Neste ponto em nossa viagem, eu sabia que Holly precisava de um pouco mais de tempo sozinha do que eu, e presumi pela reação dela que esse era o caso. Ainda assim, sabendo o quanto Holly tinha deixado para trás no Estados Unidos, sempre me preocupava com a possibilidade de ela ficar com muita saudade de casa e abandonar a viagem. É claro que eu entenderia. Mas, após passar praticamente todas as horas dos últimos dois meses com Holly, não podia imaginar continuar nossa jornada ao redor do mundo sem ela.

Com seu espírito sempre alegre capaz de superar até mesmo as situações mais frustrantes na estrada, Holly tinha me ensinado a enfrentar contratempos com mais serenidade e a tentar aceitar as coisas que não podia controlar – especialmente conexões lentas em cibercafés e prioridades diferentes relativas à viagem.

E, embora eu tivesse uma tendência a querer ir para onde os ventos sopravam, sem um plano estabelecido ou limitações, Holly sempre tinha uma nova missão e nos motivava a levantar e seguir em frente todos os dias. Sempre tentando se desafiar fisicamente (muitas vezes com uma caminhada ou volta de bicicleta planejada na última hora), e se imergir nos lados mais culturais e educativos da viagem, Holly me inspirava a ir além dos limites de minha própria capacidade e compreensão do mundo.

– Está certo, Corby. Mas tente não sentir muita falta de nós – respondi.

– Impossível – disse ela, dando um grande sorriso, pondo o laptop sobre suas pernas e se encostando na parede.

Com apenas um pouco de dinheiro e com as câmeras guardadas em nossas bolsas, Amanda e eu nos juntamos a um enorme grupo de hóspedes do albergue – inclusive nossos novos amigos irlandeses/ingleses/australianos da noite anterior – e saímos do Mellow Yellow para nossa primeira experiência no funk da favela.

Trinta minutos depois, tínhamos atravessado os limites da cidade e estávamos começando a lenta subida por um íngreme morro. Quando entramos mais fundo na escuridão, casas dilapidadas, bares locais e barracas de comida começaram a pontilhar as estreitas ruas de terra. Subitamente nossa imaginação começou a correr conosco: e se surgissem milicianos do mato portando armas? Poderíamos ser detidas como reféns e vendidas como escravas. Éramos o único grupo de mochileiros tolos o suficiente para subir aqui? E se essa fosse uma missão suicida?

Antes de podermos perguntar se era tarde demais para voltar, fizemos uma curva fechada e alcançamos uma longa caravana de táxis e Kombis. Uma multidão de tipos com aparência de guarda-costas e figuras extravagantes – usando roupas justas, correntes de ouro, camisas regata e shorts de cores fosforescentes – enchia as ruas, seguindo na direção de um gigantesco armazém. Fios elétricos toscamente pendurados em árvores seguiam em todas as direções, iluminando o local e, ao que parecia, todas as edificações à vista.

Hordas de turistas saíam das vans e os mestres do funk da favela nos deixaram passar sem nem mesmo olhar para nós. Conduzidas para a fila de espera como gado, fomos rapidamente levadas pela corrente de frequentadores. Junto com centenas de locais, avançamos pouco a pouco por um corredor com luz negra que terminava em uma área central do tamanho de um campo de futebol. As finas paredes vibravam com as batidas graves do reggaeton. Uma quantidade imensa de pessoas pulava e balançava em um ritmo perfeito. O suor formava nuvens de vapor no espaço não refrigerado em que a regra de roupas serem opcionais estava em pleno vigor. A maioria dos homens estava sem camisa, e nove em dez mulheres preferiam biquínis a vestidos de festa – a décima optando por um top tomara que caia e shorts sensuais curtíssimos. Mas não se podia culpá-las, considerando-se o calor sufocante e a séria falta de oxigênio.

– Isso é uma loucura! – gritou Amanda. – Estou tão feliz por termos vindo!

– Eu também! Apesar de estarmos vestidas demais para a ocasião!

De mãos dadas para não nos perdermos, passamos pela multidão, mostramos os indispensáveis braceletes para o musculoso segurança na entrada VIP e fomos para o andar de cima. Amanda e eu dançamos, suamos muito no calor de 38 graus, fizemos nossos melhores movimentos (todos os quatro deles) e sorvemos coquetéis entre grandes goles de água. Não demorou muito para os rapazes do nosso grupo, a essa altura sem suas camisas, insistirem para todas as mulheres do Mellow Yellow os acompanharem em um ritmo de salsa. Passaram-se horas até que, às quatro da manhã, nos demos conta de que nossas carruagens motorizadas virariam abóboras se não entrássemos nelas em alguns minutos.

De pé na calçada do lado de fora do clube, Amanda e eu esperamos nossa van enquanto bancávamos policiais da moda

falando disfarçadamente sobre as roupas escandalosas dos transeuntes.
 – Estou tão feliz por você ter vindo esta noite! Estava com medo de que fosse desistir – eu disse.
 – E perder tudo isto? Nem pensar! Além do mais, meu eu de oitenta anos me disse que se eu não viesse me arrependeria muito de ter perdido esta noite – respondeu ela, enquanto um grupo de homens musculosos passava, sorria e assoviava antes de continuar a descer a rua escura.
 Rindo, eu me lembrei da primeira vez em que Amanda tinha mencionado seu misterioso eu de oitenta anos. Durante nossas incontáveis conversas às três horas da manhã em nosso dormitório de calouras, ela explicara que sempre que tinha dificuldade em decidir se deveria correr um risco ou não, perguntava: "O que minha versão futura de cabelos azulados, enrugada pelo sol e usando calças de vovó me aconselharia a fazer? Diria para eu ficar em casa e estudar ou sair e conhecer um homem atraente?"
 Eu entendi imediatamente o que ela quis dizer. Frequentemente justificava minhas escolhas mais impulsivas com um raciocínio parecido de "eu dormirei quando estiver morta" ou "viva cada dia como se fosse seu último". Imaginei que pessoas com desempenhos acima das expectativas, como nós, precisavam de uma desculpa, não importa o quanto fosse estranha, para desafiar as próprias convenções e simplesmente se divertir.
 – Bem, *meu* eu de oitenta anos teria me aconselhado a não ser tão arrogante com minha amiga Amanda quando ela quis ir a um cibercafé fazer pesquisas para um artigo – disse eu.
 – Do que você está falando? Não, você não foi – disse Amanda agitando sua mão, e depois acrescentou: – Quero dizer, sei que ficou frustrada comigo, por eu ter ido escrever, mas isso é algo que realmente quero fazer, para mim mesma. Só não entendo por que a incomoda.
 – O que me incomoda não é realmente você escrever. Isso tem mais a ver comigo mesma. Você viu como eu fiquei maluca nos últimos meses antes de sairmos de Nova York. Falando sério!

O que diabos eu estava pensando quando tentei estudar para as provas de seleção para a pós-graduação, trabalhar 14 horas por dia e entender aquela história do Brian? Eu realmente só precisava de algumas semanas na estrada para relaxar.
– A propósito, o que está acontecendo com você e o Brian? – perguntou Amanda gentilmente.
– Ah, sei lá. Nós trocamos e-mails e falamos pelo Skype, mas geralmente apenas sobre assuntos gerais e tentamos evitar o problema óbvio. Mas, Deus, na maioria das vezes isso é muito triste. Não consigo aguentar. Quero dizer, realmente não restou nada a que nos agarrarmos, mas é como se simplesmente não pudéssemos nos largar.
– Eu sei. Nem posso imaginar como isso deve ser difícil para vocês. Realmente terrível, Jen. Sinto muito – disse ela sinceramente.
– Tudo bem. Mesmo – respondi. – Quero dizer, esta viagem com você e Hol de algum modo faz as coisas parecerem bem. Mesmo quando estamos nos piores albergues ou viajando em um ônibus por horas e horas... não sei, simplesmente adoro isso. É como se finalmente eu descobrisse algo maior do que eu mesma em que me concentrar. Isso parece um pouco bobo, mas é o motivo de estar sempre insistindo em que a gente viva o momento e aproveite este tempo para explorar novos lados de nossas personalidades.
– Quer dizer, como nos tornarmos frequentadoras de bailes funk de favela – disse ela, apontando para um grupo de garotas em idade universitária entrando nos veículos de seus albergues.
– Olhe, eu entendo totalmente isso. Nós *estamos* fazendo essas coisas, o que é impressionante, mas não pode ser assim todos os dias – respondeu Amanda. – Não sei. Você é ligada no Brian. Eu sou ligada na minha carreira. Talvez a gente não deva desistir de tudo de uma vez.
– OK, isso é justo. Acho que realmente estou esperando muito que esta viagem me ajude a entender minha própria vida. Porque até agora não estou entendendo. Meu namorado. Ou minha carreira. Ou planos para o futuro. Não sei de *nada* – gemi.

– Bem, de uma coisa nós *realmente* sabemos... que o conjunto de malha cor de tangerina daquela garota *não* é bonito – disse Amanda, inclinando sua cabeça na direção do clube antes de voltar sua atenção para mim. – Então, as coisas estão totalmente loucas para você agora. Eu entendo. Mas Holly e eu estaremos em Nova York se precisar de nós, e depois temos de ir para o Quênia para você realizar seu sonho.

– Obrigada, Schmanders – eu disse, justamente quando nossa van chegou. – Sei que no final tudo será como deve ser.

– É claro que sim. E pense que amanhã estaremos em Salvador, com dez dias inteiros para relaxar na praia.

– Ah, aqui estão vocês. Que noite, hein, garotas? – disse nosso amigo Morris, pondo os braços ao redor de nós e nos puxando para a minivan lotada.

– É mesmo – respondeu Amanda.

– E pense que temos mais dez meses de viagem pela frente – disse eu, inclinando meu rosto na direção do vidro frio da janela enquanto descíamos rapidamente a esburacada ladeira, tentando chegar ao Mellow Yellow antes de o sol nascer.

CAPÍTULO NOVE

Holly

SALVADOR, BRASIL
AGOSTO

Eu nunca tinha visto nada como aquilo, exceto talvez na TV quando ginastas olímpicos faziam exercícios de solo. Homens haviam se reunido para dar saltos de mão ao redor de seus oponentes e golpes em tesoura nas cabeças uns dos outros. Um deles, sem camisa, balançou suas pernas abaixadas para trás a fim de evitar um golpe e depois deu meia dúzia de saltos antes de cair sobre seus pés. Tudo aconteceu tão rápido que fiquei tonta só de olhar.

Era nosso primeiro dia em Salvador, uma das cidades mais antigas do Brasil, que, em tempos passados, havia sido um dos principais portos de escravos do país e era o lar de pessoas com uma mistura de sangue africano, europeu e índio. Essa combinação genética havia abençoado muitos dos seus habitantes com corpos magros e musculosos de dançarinos e peles lisas como mogno polido. Eu me encantei com a beleza natural deles assistindo à habilidosa apresentação de capoeira – uma mistura de artes marciais e dança – do grupo de uma dúzia de homens na praia, na parte baixa da ladeira de nosso albergue.

Com os dedos dos pés enterrados na areia, fechei os olhos e inclinei meu rosto alegremente para absorver o calor do sol brasileiro, cujos raios eram muito mais fortes do que em Nova York. Momentos antes, Jen e Amanda tinham ido em direção ao mar assistir ao espetáculo e comprar água de coco por um dólar. Aqui, como no Rio, era possível tomar o líquido diretamente do coco através de um canudinho enfiado em um buraco feito em um dos lados.

– Oi. De onde você é? – Eu me virei e vi uma mulher pequena com pele cor de mel e cabelos até a cintura estendida em uma cadeira de praia atrás de mim.

– *Lo siento, yo no hablo portugués. ¿Habla español o inglés?* – Desculpe, não falo português. Você fala espanhol ou inglês?

Ela deu uma risadinha e se virou para dizer algo para outra mulher de vinte e poucos anos que usava um biquíni branco fio-dental e um homem com olhos cor de avelã, ambos ao seu lado.

– De onde... você é? – Ela tentou de novo em inglês.

– Nova York. Você é de Salvador? – perguntei-lhe.

Em vez de responder (será que não tinha entendido?), a mulher fez um gesto com a mão me chamando para me juntar a ela e seus amigos. Olhei de relance para a água para ver Jen e Amanda, que agora moviam suas pernas para frente e para trás em um arco enquanto um homem balançava os braços diante do corpo, ensinando-lhes os movimentos básicos da capoeira.

Peguei nossas mochilas e me sentei na areia perto dos três brasileiros. O homem me ofereceu uma lata de Skol, uma cerveja popular. Dei um gole e senti o líquido borbulhante refrescar minha garganta. Como não falávamos a mesma língua, ficamos sentados ali sorrindo sem jeito entre goles, até eles quebrarem o silêncio e começarem a conversar uns com os outros em português.

Mais uma vez, me senti como uma criança aprendendo a falar. Quando estava no Peru, tinha aprendido espanhol suficiente para sustentar conversas básicas, mas todas entremeadas de falhas na comunicação. (Em minha primeira semana lá, um peruano que se ofereceu para comprar uma bebida para mim em um bar pareceu muito chocado quando tentei lhe dizer que estava embaraçada por pronunciar o nome dele errado. Foi quando Amanda riu e disse: "Holly, você disse *embarazada*, o que significa *grávida*, não embaraçada!") Temi cometer uma gafe parecida ao tentar falar português.

Após vários minutos de silêncio em que fiquei sorrindo estupidamente para o grupo enquanto eles conversavam, o trio se levantou e uma das mulheres me puxou para cima.
– Ei, Holly, para onde você está indo? – perguntou Jen, voltando da aula de capoeira para estender sua toalha.
– Não sei. Mas acho que meus novos amigos querem me mostrar algo. Pode tomar conta das nossas coisas?
– Claro. – Jen se inclinou para pegar nossas mochilas e eu deixei a mulher me conduzir para longe.

Se estivesse em Nova York, nunca deixaria uma estranha me levar para um local desconhecido. Mas quando ela apontou para o final do píer, onde uma multidão havia se formado, a missão pareceu mais uma aventura do que um perigo. Eu a segui até a beira, juntando-me a ela e às pessoas do lugar sentadas com as pernas balançando. Homens, mulheres e crianças conversavam sem parar, riam à vontade e tomavam bebidas enquanto olhavam para o horizonte. O sol parecia uma bola gotejante de lava, passando do amarelo para o laranja e vermelho ao afundar no oceano e iluminar as nuvens acima. No segundo em que ele desapareceu, a multidão explodiu em palmas.

As pessoas tinham ido ali apenas para ver o sol se pôr. Aplaudi com uma energia que não sabia que tinha. Quando havia sido a última vez em que Elan e eu tivemos tempo para ver o sol se pôr em Manhattan? Os aplausos desapareceram junto com o sol, mas a multidão continuou ali. Algumas pessoas conversavam animadamente e outras pulavam na água enquanto as nuvens refletiam os últimos raios de luz. As duas mulheres e o homem com quem eu estava mergulhavam alternadamente do píer como crianças. Sem parar para pensar, eu me levantei, corri e mergulhei também.

Fiz de conta que meu mergulho na baía de Todos os Santos tinha o poder de aliviar o peso da saudade que sentia de Elan. Por um momento era apenas eu, o céu acima e a água salgada girando ao meu redor. Deixei-me afundar mais, perdendo momentaneamente a noção de qual lado ficava para cima e qual ficava para baixo.

Quando voltei à superfície, as primeiras estrelas brilhavam fracamente no céu. Vi que meus novos amigos já tinham voltado para o píer. A garota com cabelos até a cintura estava em pé olhando para o oceano e acenou ao me ver.
— Pode deixar. Consigo subir sozinha — eu disse, subindo a escada escorregadia com as ondas batendo nas minhas costas. Ela não me entendeu e pôs a mão ao redor da minha cintura. Eu me firmei nas tábuas de madeira e deixei que me ajudasse.

Squinch! Slam, crash! Após algumas horas olhando para o teto, contando de cem para trás e me imaginando aconchegada a Elan, finalmente fui dominada pelo sono. Isto é, até uma mochileira bêbada entrar tropeçando no quarto, deixar a porta bater atrás dela e depois errar um degrau na escada que levava à parte superior do meu beliche. Ela caiu atrapalhadamente no chão.
— Você está bem? — perguntei, sentando-me rapidamente e batendo minha cabeça na cama em cima. — Ai! — gritei.
— Estou... Não se preocupe! — gaguejou a garota australiana.
Ela tentou subir no beliche de novo, balançando a fraca estrutura, e desabou no colchão. Em segundos, roncos de urso ecoaram no quarto. Passei as horas seguintes me virando de um lado para outro, minha mente divagando em se eu havia poupado o suficiente para pagar meu crédito estudantil todos os meses para perder o aniversário da minha irmã lá em casa e para como poderia convencer Jen e Amanda a mudar de albergue. Elas ainda não pareciam entender que uma insone como eu não podia passar um ano inteiro em dormitórios barulhentos.
Dormir com estranhas — ou tentar — estava me tornando um zumbi ambulante. Embora eu tivesse discordado em silêncio de minhas amigas em relação aos nossos arranjos de hospedagem, estava começando a me preocupar com a possibilidade de o problema realmente não ter nada a ver com dormir, mas com querer passar nosso tempo na estrada de modos muito diferentes. Não me importava em tomar um coquetel de vez em quando, mas depois de explorar a vida noturna em Lima, boates em Arequipa e

bares de mochileiros no Rio, começava a temer que minhas companheiras quisessem transformar nossa viagem de um ano em férias de primavera. Arrepiei-me só de pensar no Mellow Yellow no Rio, onde me encolhi em um colchão da largura de um caderno de notas em um quarto do tamanho de um closet que vibrava com a música eletrônica *drum and bass* do bar do albergue, a apenas um metro de distância, enquanto as garotas ficavam no baile na favela até o amanhecer. Jen e Amanda tinham adorado o Mellow Yellow, mas ele havia correspondido à minha ideia de Albergue do Inferno.

Embora tivéssemos jurado em algum momento falar sobre nossas expectativas para a vida na estrada *antes* de viajarmos, nunca havíamos voltado a tocar nesse assunto em Nova York. Somente quando passei todos os meus minutos desperta e dormindo com Jen e Amanda soube como elas preferiam viver suas vidas – diurnas e noturnas. Temi que tivessem apenas trocado festas em Manhattan por festas na estrada, mudado de ambiente, mas não de estilo de vida.

Sentindo que estava agindo como uma princesa, um bebê ou as duas coisas juntas, eu havia tentado hesitantemente dizer a Jen e Amanda que não queria ficar em dormitórios comunitários. Quando elas finalmente pareceram me ouvir, olharam para mim desapontadas.

– Holly, queremos ficar perto de outros mochileiros. Como vamos conhecer pessoas se ficarmos em algum hotel entediante?
– argumentara Amanda.
– Sim – concordara Jen. – Além disso, os dormitórios são mais baratos e temos de esticar nosso dinheiro.

Elas definitivamente tinham razão em relação ao dinheiro. Dormitórios comunitários podiam custar cinco dólares por pessoa, enquanto um quarto triplo particular custaria dez dólares – ou mais. A diferença significava ficarmos o dobro do tempo na estrada. Eu precisava ser mais flexível? Viajar em grupo não tinha tudo a ver com transigir?

Mas finalmente, quando as primeiras luzes da manhã projetaram linhas em meu rosto através das venezianas, decidi que bastava. Não queria desperdiçar minha viagem me sentindo de ressaca e exausta. Queria me sentir saudável e livre. Enquanto olhava para o teto, com suas rachaduras amplificadas nas sombras da manhã, pensamentos triviais se transformaram em pânico. Eu tinha jogado fora uma carreira gratificante, deixado o homem que amava e sacrificado minha ideia de um lar para ficar em albergues de mochileiros?

Com os olhos turvos, mas subitamente motivada, saí da cama e comecei a colocar minha toalha de secagem rápida e outros pertences em minha mochila. Meu plano era fazer as malas e depois ler na sala de estar até Amanda e Jen acordarem e poder lhes falar sobre meu próximo movimento.

– Holly, o que você está *fazendo*? – perguntou Amanda em voz alta, pondo a cabeça para fora da parte de baixo do beliche do outro lado do dormitório.

Fiz uma pausa antes de responder. – Tenho de encontrar um lugar mais tranquilo onde consiga dormir. Estou realmente exausta.

– Espere, o quê? – Agora era Jen que tinha se sentado na cama acima da de Amanda. – Você não pode ir embora!

Eu parei por um segundo, surpresa. Eu não as estava traindo indo embora com um novo grupo de mochileiros. Só estava indo dormir em outro lugar. – Vocês sabem que adoro vocês, mas tenho tentado lhes dizer... que simplesmente não me adapto a dormitórios barulhentos. E não quero que mudem sua viagem por minha causa. Acreditem em mim, isso não é nada pessoal – eu disse, pegando minha mochila.

– Mas é pessoal, Holly. Estamos viajando juntas. Se você for, teremos de ir também – disse Amanda. Ela colocou seus pés descalços no chão de madeira e procurou sua mochila.

E, com aquilo, minhas duas companheiras de viagem arrumaram suas mochilas, nós fechamos a conta no albergue e fomos para o Centro Histórico de Salvador.

Foi uma corrida de táxi tensa. Detesto conflitos e me senti culpada por desalojar as garotas. Mas sabia que ficar calada no final das contas não beneficiaria o grupo. Tentei me distrair prestando mais atenção ao mundo do lado de fora da janela. No Centro

Histórico, ruas de paralelepípedos contornavam casas do século XVII pintadas em tons de amarelo-banana e azul-oceano. Havia centenas de igrejas ao lado de terreiros, lugares sagrados em que os fiéis misturavam tradições de duas religiões: o cristianismo português e o candomblé afro-brasileiro. Ao passarmos por tantos lugares históricos, minha irritação no albergue pareceu boba e insignificante comparada com a jornada que concordara em realizar com Jen e Amanda. Eu tinha minhas duas amigas e estava viajando pelo mundo. Qual era o meu problema? Esperei que conseguíssemos encontrar um modo de combinar minha ideia da viagem como aprendizado com o desejo das garotas de festejar e relaxar.

Ao entrarmos no Albergue das Laranjeiras Hostel, com seu saguão de madeira escura decorado como um navio antigo, olhei de relance para a animada sala em que os viajantes faziam fila para o bufê do café da manhã que incluía iogurte, produtos de pastelaria, queijos e mangas fatiadas. Em vez de um bar, vi o andar de cima aberto em que os visitantes descansavam em redes e liam guias para turistas.

– Este lugar está bom para vocês? – perguntei. Para meu alívio, as duas fizeram um sinal afirmativo com a cabeça.

Quando o homem atrás do balcão nos informou de que só tinha um quarto de solteiro e algumas vagas em um dormitório, as garotas me disseram para ficar no meu próprio quarto e que economizariam dinheiro ocupando o dormitório. Depois disso, Amanda e Jen concordaram em que sempre poderíamos ficar em quartos triplos se estivessem disponíveis.

Eu me senti grata. Talvez o dinheiro não compre a felicidade, mas nesse caso alguns dólares extras podiam comprar a sanidade. Estendi meu saco de dormir no quarto estreito, mas cheio de silêncio, onde só cabia uma cama de solteiro, e me meti alegremente dentro dele em busca de sono.

Quando Amanda e Jen bateram em minha porta, era quase noite. Eu tinha dormido o dia inteiro – algo que não me lembro de ter feito desde que tive catapora, com oito anos de idade. Só precisei de um pouco de repouso para me sentir calma novamente. Esperando que as coisas não ficassem estranhas entre nós três, convidei minhas amigas para darmos uma caminhada. Ansiava por explorar uma nova parte da cidade juntas.

Quando Amanda, Jen e eu nos sentamos a uma mesa em uma das ruas de paralelepípedos que saíam do largo do Pelourinho, me senti como se tivesse voltado no tempo. Um amigo viajante tinha recomendado que visitássemos a rua de pedestres cheia de bares e restaurantes para provar o vatapá, um ensopado amarelo feito com camarão. Embora a culinária baiana fosse deliciosa, definitivamente não convinha a quem estivesse de dieta, tendo como alguns dos principais ingredientes azeite de dendê, coco e castanha-de-caju. E para torná-la ainda mais picante, muitos pratos vinham com pimenta vermelha tão ardente que era garantido que fariam seu nariz escorrer.

Nós três pedimos pratos diferentes e os passamos umas para as outras para experimentar mais sabores. – Ei, lamento aquela coisa toda do albergue. Ainda me sinto mal por fazer com que nos mudássemos – eu disse, estendendo meu prato em sinal de paz.

– Holly, falando sério, não se preocupe com isso. Adoramos nosso novo albergue – disse Amanda, servindo-se de um pouco de arroz. – Jen e eu só não queremos que você desista da viagem e volte para casa. Por alguns minutos, nesta manhã, ficamos realmente preocupadas achando que poderia fazer isso!

– Nunca vou desistir! – eu disse, novamente surpresa por elas pensarem que eu iria embora para sempre. – Acho que não sou muito boa em me comunicar e por isso as coisas assumem proporções maiores na minha cabeça. Aquilo não teve a ver apenas com dormir. Eu estava preocupada com toda a viagem se transformar em uma festa de mochileiros – eu disse.

– Hol, isso *não* é tudo que a viagem tem sido e será, eu prometo – disse Jen. – Olhe, sei que isso pode parecer uma desculpa, mas estar em ambientes sociais e sair muito tem evitado que eu me preocupe demais com o Brian e o que vai acontecer quando voltarmos para Nova York.

– E acho que exageramos um pouco na tentativa de recriar nossa viagem à Europa após a formatura – observou Amanda. – Até agora, esse foi o melhor mês da minha vida.
– Definitivamente. *Temos* tratado a parte da América do Sul de nossa viagem um pouco como férias estendidas – acrescentou Jen.
– Eu sei, e não quero acabar com a alegria de vocês – eu disse. – Nós *deveríamos* estar nos divertindo, esse é o ponto. – Expliquei que conhecia muitas pessoas que teriam dado seus braços direitos para não ter obrigações como trabalho, aluguel e complicações românticas. – Devemos a nós mesmas fazer mais com esse tempo. É claro que poderíamos descobrir um bar diferente para beber todas as noites, mas o que aprenderíamos com isso? Em que nos faria crescer? – Finalmente consegui dizer de um modo direto o que realmente estava me incomodando: eu queria nos levar além do estilo de vida que parecia mais confortável.

Jen pôs sua mão em meu ombro. – As coisas vão mudar depois desta parte da viagem, tenho certeza disso. Logo seremos voluntárias no Quênia, onde sei que não teremos água corrente, muito menos bebidas alcoólicas ou bares de mochileiros. A viagem não vai mais ser fácil.

– Sim, e graças a Deus por isso! – disse Amanda. – Se bebermos mais *ron y* Coca-Cola Light em happy hours, acho que terei de desistir da viagem antes de Holly. Parei oficialmente com isso, a partir de agora.

– Garotas, eu *nunca* desisti! – lembrei-lhes, rindo. Então, para lhes provar que eu não era totalmente careta e não precisavam parar de se divertir para me acalmar, sugeri que fôssemos ao bar O Cravinho tomar chope, cerveja brasileira não engarrafada, e a famosa aguardente de cana-de-açúcar do país, a cachaça, aromatizada com cravo-da-índia e gengibre. Elas protestaram um pouco... mas não muito.

Ao dar um gole na caipirinha que minhas amigas e eu estávamos dividindo, meus olhos encontraram os de um homem que usava um chapéu de palha. Sua pele era mais clara do que a nossa e suas pernas compridas se projetavam debaixo da mesa na

nossa frente. Ele estava sentado com um rapaz brasileiro que usava uma camiseta rasgada e parecia ter metade da sua idade.
– De onde vocês são? – perguntou-nos o homem. Jen, Amanda e eu ficamos caladas por um momento antes de Amanda responder: – Nova York.
– É mesmo? Sou do Brooklyn.
– Eu também. Moro em Williamsburg. Ou *morava* – eu disse, inesperadamente feliz por ter encontrado alguém da minha terra após quase dois meses na estrada.
– Este é o Igo. – Ele fez um gesto na direção do rapaz, sentado em silêncio ao seu lado. – Meu nome é Sam.
Todas nós nos apresentamos e, depois de perguntar se ele queria se sentar conosco, juntamos as mesas. Sam se virou para Igo e falou em português.
– *Oi*, Igo – eu disse, sorrindo para o adolescente. Ele sorriu timidamente, mas não disse nada. Perguntei para Sam: – Como vocês se conheceram?
– Ele me pediu dinheiro e eu me ofereci para lhe pagar o jantar se praticasse o português comigo. – Naquele momento, outro rapaz se aproximou da mesa e puxou o braço de Igo. Igo disse algo para Sam em português antes de se reunir ao grupo de garotos do outro lado da rua.
– Como você aprendeu português? – perguntei, impressionada. Era muito mais comum os norte-americanos falarem espanhol e francês.
– Você já ouviu falar em capoeira? – perguntou ele, oferecendo-me uma castanha-de-caju de um cone de papel que segurava.
– Tive uma aula de capoeira em minha academia de ginástica em Nova York – respondi, pondo uma castanha-de-caju de sabor adocicado, porém salgada, em minha boca. – Mas ontem vimos homens na praia fazendo a coisa real.
Sam explicou que o esporte tinha começado quando os escravos africanos tentavam esconder de seus donos lutas entre tribos tocando tambores. – Pode-se dizer que eles transformaram isso em uma espécie de dança – disse ele. – Treinei capoeira alguns anos atrás em Nova York e comecei a aprender português durante minhas aulas.

Jen perguntou o que Sam fazia. Ele disse que tinha acabado de fazer o exame para a ordem dos advogados e quis viajar por alguns meses antes de começar a exercer sua profissão.

– Isso é ótimo, e realmente incomum – disse Amanda. – Nós conhecemos muitos israelenses, ingleses, australianos e algumas mulheres norte-americanas. Mas não conhecemos muitos norte-americanos fazendo longas viagens.

– Sim. Por que você acha que isso acontece? – perguntei, curiosa em saber a opinião dele sobre a misteriosa falta de norte-americanos na estrada.

Sam tirou seu chapéu e passou a mão sobre sua cabeça raspada antes de responder. – Não sei. Talvez seja porque tenham nos ensinado que os homens devem ser provedores. E tirar tempo de folga para viajar significa tempo longe do trabalho e, portanto, sem ganhar dinheiro. Talvez os homens tenham medo de parecer preguiçosos se tirarem férias longas.

Eu nunca tinha pensado em como o machismo ao contrário e um profundo senso de responsabilidade poderiam dissuadir muitos homens de pôr o pé na estrada. Se alguém falasse em viajantes norte-americanos, eu pensaria imediatamente em exploradores como Jack Kerouac, Bill Bryson e Paul Theroux. Mas a verdade era que a maioria dos homens provavelmente refletia a minha imagem mental de meu avô, um provedor dedicado que passou mais de trinta anos trabalhando em uma fábrica e considerava seu maior dever ganhar dinheiro suficiente para levar seus filhos ao cinema nos domingos e ajudá-los a pagar a universidade. A única vez em que meu avô viajou para o exterior foi para servir ao Exército na Segunda Guerra Mundial e ele nunca quis viajar de novo.

Minha avó, por outro lado, disse que adoraria ter viajado mais, mas havia se ocupado muito criando quatro filhos e trabalhando como garçonete à noite. Agora, se a popularidade das viagens de "fuga de amigas" for uma indicação de algo, mais mulheres norte-americanas do que nunca estão pondo o pé na estrada. Talvez seja porque as mulheres não estejam mais restritas a se descrever em primeiro lugar como donas de casa, esposas e mães. Eu me perguntei se isso era uma coincidência ou havia uma conexão direta entre a capacidade de uma mulher de trilhar praticamente todos os caminhos que escolher e seu desejo de seguir o que leva além das fronteiras norte-americanas para obter perspectiva de qual direção é melhor para ela.

Talvez essa situação realmente fosse mais difícil para os homens. Quando falamos dos nossos planos de viajar, nenhum dos nossos amigos ou colegas de trabalho acusaram Jen, Amanda ou a mim de nos furtarmos às nossas responsabilidades futuras como arrimos de família. É verdade que alguns amigos em Nova York disseram que poderíamos prejudicar nosso crescimento profissional, e a mãe de Amanda insistira em que ela nunca encontraria a Pessoa Certa se viajasse para um destino diferente todas as semanas. Mas, em geral, nossos amigos mais chegados tinham nos apoiado. Muitos até mesmo disseram que fariam o mesmo se tivessem companhia para viajar.

Eu olhei de relance para minhas amigas e depois de volta para Sam. As pessoas na vida dele também o tinham apoiado quando quis viajar? Estava prestes a lhe perguntar isso quando ele pediu outra rodada e respondeu à pergunta não feita.

– Acho que só consegui viajar por tanto tempo porque terminei a faculdade de direito e as pessoas entendem que você precisa de uma folga antes de começar uma carreira – disse ele. – Também acho que alguns norte-americanos tendem a associar férias com uma semana sentado em uma praia e festas, em vez de explorar lugares.

Considerando-se o horário apertado da maioria dos norte-americanos, faz sentido muitos deles verem as férias como oportunidades de escapar e relaxar, em vez de explorar. Isso se realmente viajam durante as duas semanas que lhes são concedidas. Quando voltavam para casa na cidade, era quase um motivo de orgulho estar superatarefado. Frases como "estou tão ocupado que nem tenho tempo para dormir" conquistavam respeito. Fiquei impressionada com Sam ter criado sua própria licença sabática.

Agora ele tinha uma proposta para nós. – Vou a uma aula de capoeira amanhã na escola de Bimba – disse. – Bimba foi um mes-

tre que ajudou a legalizar a capoeira na década de 1930. Vocês querem ir?
— Nós adoraríamos! — eu disse, virando-me para consultar Amanda e Jen. *Esse* era o tipo de coisa que eu queria passar meu ano na estrada fazendo. — O que vocês acham?
— Definitivamente sim — concordaram elas.

Sam se tornou nosso Garoto Perdido adotado durante o resto do nosso tempo em Salvador, nos acompanhando a aulas de capoeira que começavam com tambores batendo, cantos e palmas. Como ele sabia muito sobre eventos locais e falava português, pôde nos mostrar um lado da cidade diferente do que normalmente descobriríamos sozinhas.

— Vocês querem ir a um jogo de futebol esta noite? — perguntou-nos Sam certa manhã, quando saímos do estúdio de capoeira suadas e doloridas depois de uma semana de treino.

— Eu tenho de escrever um pouco — disse Amanda. — Mas vocês podem ir.

Jen e eu nos entreolhamos e sorrimos. Jen tinha jogado futebol durante a maior parte de sua vida e os brasileiros pareciam tão apaixonados pelo esporte quanto pela festa anual coletiva, o carnaval.

Mais tarde, quando nós chegamos ao estádio local, morteiros explodiam no céu. — Eles os lançam quando alguém faz um gol — explicou Sam.

Nós compramos outro cone de papel com castanhas-de-caju assadas que eu achava viciantes e um chope por apenas cerca de um dólar. Jen e eu nos demos os braços enquanto procurávamos lugares nos bancos de metal. A maioria das pessoas era formada por homens, por isso chamamos atenção. A multidão gritava, pisava com força no chão e batia palmas. Tentando me enturmar, repeti os gritos dos homens na minha frente: — Porra!

Os homens se viraram para mim com olhos arregalados e bocas abertas. Sam apenas riu.

— O que foi? — perguntei, pensando que minha pronúncia devia ter parecido ridícula.

– Holly, isso literalmente significa "esperma" – disse ele. – Você aprenderá muito português em um jogo de futebol, mas a maior parte não poderá usar em conversas diárias. – Meu rosto ficou quente e Jen deu uma cutucada em meu braço, achando graça do meu papel de boba.

– Eu não estou *embarazada*! – disse para ela, que riu de novo. Naquele momento, um grupo de policiais armados usando escudos escoltou os árbitros para fora do campo. – É o fim do primeiro tempo! – disse Sam.

– Eles levam seus esportes muito a sério – observei.

– As coisas podem ficar bastante violentas se houver uma briga. Os torcedores realmente defendem seus times – disse ele. – Não é uma boa ideia usar a camisa de um time local para assistir a um jogo, mas usar a de um time estrangeiro é garantia do início de uma conversa.

Eu guardei aquela informação em meu cérebro junto de "nunca manuseie dinheiro em público" e "não beba água da torneira".

Minha cabeça estava latejando com a batida dos tambores tocados antes de um apito assinalar o segundo tempo. O jogo parecia ser um evento tanto musical quanto esportivo. Sam sacudiu uma bandeira brasileira que trouxera e eu me deixei dominar pela estrondosa alegria da multidão.

Era a nossa última noite em Salvador e nosso grupo de quatro a passou sambando e ouvindo música ao vivo em um festival de rua. Estávamos sendo espremidos entre as pessoas quando brasileiros pegaram nossas mãos em outra manifestação de cordialidade que fez com que eu me sentisse em casa, apesar de tão longe da minha própria. Um homem me deu seu chapéu e eu rodopiei ao som da música, me misturando com a multidão. Jen, Amanda e eu exibimos nosso rebolado umas para as outras antes de duas mulheres brasileiras rirem das gringas e demonstrarem movimentos que pareciam exigir a ausência de articulações na metade inferior do corpo. Parte da beleza dos baianos estava em seus genes e comecei a achar que sua noção de ritmo também era hereditária.

Os tambores graves vibravam nas ruas de paralelepípedos e eu me senti quase como se estivesse absorvendo a energia das muitas pessoas que festejavam naquele lugar aberto. Dançando com Jen, Amanda e Sam, nossas roupas grudadas no corpo devido ao suor, percebi que não eram as festas em si que haviam me incomodado.

Como estava aprendendo com a população local, que aproveitava todas as oportunidades de se divertir, dançar, beber e festejar eram apenas alguns dos muitos modos de celebrar a vida. Embora eu ainda não quisesse que *todas* as noites da nossa viagem fossem assim, adorava quando isso fazia com que me sentisse parte dos lugares e das culturas que tínhamos ido tão longe para conhecer. Fora dos bares de mochileiros, as festas eram um modo de se conectar com a população local.

Passar menos de duas semanas em Salvador tinha tornado fácil acreditar por que era chamada de Terra da Alegria. Com uma série constante de comemorações que culminavam no carnaval, a cidade parecia festiva, como o Natal nos trópicos, e as pessoas pareciam relaxadas, como se o único lugar em que devessem estar fosse bem aquele em que estavam no momento.

É claro que nossa experiência em Salvador foi depois de o governo ter embelezado o Centro Histórico para fazê-lo ser reconhecido pela Unesco como patrimônio da humanidade. Antes de ser restaurado, menos de vinte anos atrás, o Pelourinho (local que foi supostamente o primeiro mercado escravo no Novo Mundo) era cercado de pobreza, prostituição e drogas. E as áreas adjacentes ainda estão bastante degradadas.

Pensei em Igo e nos outros garotos que vira mendigando nas ruas. Depois pensei na mulher que pegara minha mão na praia para me mostrar o pôr do sol. Talvez seu calor humano emanasse menos de felicidade no sentido clássico de entusiasmo e alegria do que de sua capacidade aparentemente coletiva de se adaptar e de apreciar as pequenas coisas, como assistir a um pôr do sol, tomar uma cerveja gelada na praia ou dançar nas ruas.

CAPÍTULO DEZ

Amanda

NOVA YORK
AGOSTO-SETEMBRO

Poucas experiências já haviam me comovido tanto e com tanta regularidade como voltar a Manhattan depois de um longo período de ausência. Mesmo se estou exausta depois de um voo noturno ou deprimida por encontrar neve suja cinzenta empilhada ao longo da rua, algo muda quando vejo o horizonte ao longe da ponte. Isso é como um disparo de adrenalina que me lembra de como tenho sorte de morar aqui e como consegui me tornar uma parte pequena, mas integrante, desse lugar icônico.

Mas, em vez de a agitação que eu esperava, nessa volta para casa tudo que senti foi um mal-estar na boca do estômago. Enquanto Holly, Jen e eu passávamos entre as pilastras prateadas da ponte da rua 59 em um táxi com o ar-condicionado quebrado, me ocorreu: *Você não mora mais aqui.*

Só para constar, eu não queria voltar quando saímos do Brasil. Sabia que Jen e Holly desejavam passar mais tempo com seus namorados antes de partirmos para a próxima etapa da viagem, e tínhamos de passar por Nova York para pegar nosso voo de conexão para o Quênia. Mas embora eu pudesse entender a lógica, não conseguia aceitar nossa volta à cidade. Não tínhamos acabado de dizer adeus a todos os nossos amigos? De tirar um tempo para ficar longe da cidade?

Eu planejava passar as próximas duas semanas escondida na casa da minha amiga Sarah. Ela e o marido, Pete, tinham acabado de comprar uma casa de arenito em uma área do Brooklyn ainda não revitalizada e insistiram em que eu ficasse com eles durante minha curta estada na cidade. Não precisaram insistir muito porque, ao contrário das garotas, eu não tinha um namorado com quem ficar. Era o Brooklyn ou nada.

Nosso táxi parou abruptamente do lado de fora do escritório de Sarah, na esquina da Madison com a rua 68, e saí para pegar minha mochila no porta-malas.

– Vejo vocês semana que vem, certo? – eu disse, entregando para minhas amigas um pouco de dinheiro para o táxi. Depois de passar nove semanas grudadas umas nas outras, pareceu bizarro irmos em direções diferentes.

– Sim, nós nos encontraremos no consulado da Índia – disse Jen. – Não vamos esperar chegarmos a Nairóbi para obter nossos vistos.

Mal tive tempo de acenar para elas antes de o táxi se afastar, deixando-me na frente da loja de Oscar de la Renta. Aquilo pareceu estranho. Embora eu ficasse à vontade com minhas sandálias Teva surradas, minha bandana e minha mochila na companhia de mochileiros, me senti desleixada e claramente deslocada ali, na parte mais elegante do Upper East Side. E, na verdade, em Manhattan em geral. Tentando evitar contato visual com uma senhora que passeava com dois yorkshires, levei minhas coisas para a próxima cabine telefônica e telefonei para Sarah.

– Schmanders! Você chegou! – gritou ela. – Onde está? Não se mexa. Vou para aí agora.

Em segundos ela desceu correndo de seu escritório e encontrou comigo na esquina. – É tão bom ver você! – disse, dando-me um grande abraço. – Imaginei que ia estar com essa mochila grande, por isso pedi ao Pete para nos buscar e levar para casa.

– Perfeito – eu disse, aliviada por não ter de ir de metrô. – Espere... Pete está dirigindo?

– Ah, eu não contei para você? Nós compramos um carro! – disse Sarah radiante.

– Parabéns, Sar! Parece que vocês estão subindo na vida.

– Sim. Realmente estamos bem. – Ela fez uma careta enquanto torcia seus cabelos longos como os de uma sereia em um coque frouxo. Como sempre, usava uma roupa chique da moda que pareceria exagerada em mim, mas ficava ótima em seu corpo de supermodelo de 1,75 metro de altura.
– Ei, garotas! Querem uma carona? – perguntou Pete, parado na calçada do outro lado da rua em um Honda Civic hatch vermelho.
– Oi, querido. – Sarah abriu a porta do lado do passageiro e deu um beijo em Pete. – Olhe quem apareceu no meu escritório. Podemos ficar com ela? Podemos?
– Hum, vou pensar – disse ele, jogando minha mochila no porta-malas. – E então, como estão as coisas, Miss Mundo Viajante? Espero que esteja com fome, porque passei metade da tarde preparando costelas.

Recentemente eu havia descoberto que, além de seu trabalho como psicoterapeuta e marido dedicado, Pete também era um churrasqueiro premiado. Nos fins de semana de verão, ele e Sarah carregavam várias grelhas e churrasqueiras para cima e para baixo de East Coast, competindo por prêmios com sua equipe, Notorious BBQ. Não vou mentir: parte do encanto de ficar com meus amigos casados era a chance de participar de seus jantares gastronômicos.

Pete não estava brincando. Assim que ele abriu a porta da frente de sua casa, vinte minutos depois, o cheiro adocicado de carne tostada e caramelizada chegou ao meu nariz e estimulou minhas papilas gustativas, me deixando com água na boca. Tive de me controlar para não rasgar o papel-alumínio que cobria os pratos, pegar um pedaço de carne de porco e devorá-lo como um animal selvagem.

– Por que você não se instala, toma um banho ou faz outra coisa enquanto nós arrumamos tudo para o jantar? – propôs Sarah. – Só vamos demorar alguns minutos.

Ao colocar minha bagagem perto do futon (já arrumado com lençóis e travesseiros), não pude evitar me sentir um pouco como a filha bagunçada de Pete e Sarah que acabara de aparecer depois de dois meses em um acampamento de verão. Tinha até mesmo uma grande mochila cheia de roupa suja.

Embora Sarah fosse dois anos mais nova do que eu, sempre havia sido a mais madura de nós. Dando uma pequena volta por seu novo lar muito adulto e conjugal, pensei em como nossas vidas tinham se tornado diferentes desde a universidade. Enquanto eu havia passado meus primeiros anos na cidade alavancando minha carreira, tinha me apaixonando por meu primeiro namorado sério (e depois me separado dele), saído com outros homens e finalmente abandonado a vida na cidade para viajar, Sarah havia vivido de forma mais cautelosa. Depois da universidade, ela se mudou para Manhattan, tornou-se designer de interiores em uma empresa no Upper East Side, conheceu o homem de sua vida, teve um casamento magnífico em Porto Rico, comprou uma casa de arenito no Brooklyn e ajardinou o quintal em que agora eu andava. A vida de Sarah parecia tão perfeitamente em ordem quanto uma vitrine da Barney's, enquanto a minha ainda parecia tão dispersa e desorganizada quanto uma prateleira de produtos em liquidação da T. J. Maxx.

Não que eu sentisse inveja das escolhas dela ou desejasse ter feito as coisas de um modo diferente. Se tivesse me casado com vinte e poucos anos, como Sarah, certamente não estaria viajando pelo mundo com duas amigas, a caminho da África, da Índia e do Sudeste Asiático. Mas às vezes, como agora, eu me perguntava como seria calçar os sapatos de Marc Jacobs de minha amiga, apenas por um dia...

Alguém havia tentado fechar a porta da frente o mais silenciosamente possível, mas o clique do metal me acordou. Saindo do futon, fui cambaleando para a cozinha e descobri que Sara havia deixado um bule de café esquentando para mim com um bilhete perto que dizia: "Vou voltar lá pelas oito. Sirva-se do que quiser na geladeira. A propósito, guardamos cigarros no congelador para as visitas, por isso fique à vontade. Divirta-se em seu primeiro dia de volta à cidade! Sar."

Engraçado. Eu não tinha fumado muito desde que éramos companheiras de quarto, durante o primeiro ano de Sarah em Nova York, mas era típico dela se lembrar dos meus gostos (e maus hábitos).

E agora? Exceto pelo ventilador de teto acima da mesa, a sala estava em total silêncio. Dei-me conta de que ficaria sozinha o dia inteiro. Era a primeira vez em meses que isso acontecia. Sentei-me em uma das quatro cadeiras vazias e pensei no que fazer.

Quando reservamos as passagens para casa, decidi não enviar e-mails para amigos avisando-lhes que voltaria. Pareceu insincero dizer para todo mundo que ficaria fora por um ano inteiro e voltar para a cidade dois meses depois. Seria melhor não ser vista e aproveitar aqueles dias para pôr em dia todo o trabalho de escrita feito na América do Sul.

Enquanto estava longe, eu tinha enchido um caderno de notas quase inteiro com ideias inacabadas para pautas, mas me sentido muito inibida em trabalhar as horas necessárias para transformá-las em artigos completos. Sabia que Holly não se importava de eu me afastar com o laptop na mochila – também tinha trazido o dela para escrever sua coluna *For Me* –, mas não podia fingir que Jen ficava indiferente a isso.

Jen e eu tínhamos acabado com um pouco da tensão entre nós no Rio, mas estava claro que ainda pensávamos de modos muito diferentes sobre trabalhar na estrada. Para mim, escrever matérias era um escape criativo, outra ferramenta para interpretar o mundo ao meu redor, mas Jen se revelara uma purista em relação à viagem. Acreditava que o melhor modo de experimentar um país era comer, respirar, dormir e viver totalmente o momento – sem a necessidade de produtos eletrônicos.

Ao me levantar para me servir de uma tigela de cereal Kashi Good Friends, pensei que talvez Jen e eu nunca chegássemos a um acordo em relação a isso. As coisas entre nós tinham chegado a um ponto crítico durante nossa última semana no Brasil, quando se aproximava o prazo de entrega de nosso artigo do site. Demoramos mais dias para terminá-lo do que esperávamos, o que nos forçou a passar tardes debruçadas sobre o laptop em vez de explorando as ilhas da costa da Bahia. Depois disso, até mesmo eu tive de admitir que aceitar um projeto tão trabalhoso enquanto viajava poderia ter sido um erro.

Eu sabia que a sugestão de Jen para que eu parasse de aceitar trabalhos, pelo menos por um tempo, fazia sentido. Talvez até mesmo tentasse fazer o que ela queria se estivéssemos em férias de duas semanas. Mas tínhamos nos comprometido a realizar essa jornada durante um ano inteiro e eu não estava preparada para cortar os laços com os contatos profissionais que me esforçara tanto para estabelecer. Realmente precisava desaparecer do radar para ter mais uma hora ou duas por dia para autoexploração? Não conseguia entender por que tinha de deixar de lado minhas aspirações a escrever sobre viagens justamente quando começava a ter viagens sobre as quais escrever.

Irritada e pronta para trabalhar, coloquei minha tigela de cereal e caneca de café na pia, perto da de Sarah e Pete, e fui pegar o laptop no fundo da minha mochila. Tinha um longo tempo ininterrupto à minha frente e estava determinada a usá-lo.

Não sei ao certo como as coisas deram tão errado, e tão rápido.

Meus primeiros dias no Brooklyn foram exatamente aquilo de que eu precisava. Adorei a recém-descoberta autonomia. Trabalhei muito – escrevi pautas, respondi a e-mails e fiz postagens em blogs, mas a novidade de tanta solidão logo perdeu a graça.

No terceiro dia, tive dificuldade em me motivar. No quinto, fiquei distraída e inquieta. Levantei-me constantemente para pegar mais café. Ou fazer um lanche. Ou lavar os pratos (para Pete e Sarah não acharem que eu não era uma boa hóspede). Em vez de escrever, chequei meu e-mail obsessivamente. Embora esperasse respostas de editores, minhas únicas mensagens eram "convites de amigos" para um site do qual nunca ouvira falar, chamado Facebook.

Quando comecei a receber essas mensagens, várias semanas antes, achei que eram apenas spam e os deletei. Agora, ávida por distração, peguei outra xícara de café, criei um perfil e aceitei as cinquenta e tantas solicitações de amizade à espera de resposta. Em minutos, abandonei todos os meus planos de trabalhar naquela sexta-feira. Fui arrastada para um buraco negro de procrastinação, devorando cada pedaço de informação que meus velhos amigos do ensino médio e da universidade tinham postado em suas homepages. Eu não falava com alguns deles desde o dia da formatura, mas agora estava ávida por todos os detalhes fantásticos de suas vidas adultas.

As primeiras fotos que vi foram da minha amiga Celeste se casando nos degraus do Don Cesar Beach Resort, perto de onde tínhamos crescido. Depois vi o rapaz bonito perto de quem me sentava no ensino médio abraçando a esposa e o filho. Minha melhor amiga na ginástica quando era criança, agora com filhos.

Examinando os perfis, me surpreendi com notícias de noivados, casamentos e bebês. Deveria ter ficado feliz com isso, até mesmo emocionada. Mas sentada ali na sala de estar vazia de Pete e Sarah senti uma espécie de aperto no peito.

De algum modo, enquanto eu tinha me distraído com outras coisas, como me firmar na cidade ou chegar ao topo da revista, as garotas com quem um dia fora a festas do pijama tinham crescido e se estabelecido. Eu sabia que a idade de 28 anos não era cedo demais para começar uma família, mas porque eu vivia na bolha da eterna juventude de Manhattan, era fácil achar que ainda tinha anos pela frente antes de me casar e ter filhos. Afinal de contas, se mulheres na casa dos trinta com uma carreira em Nova York ainda estavam saindo, sorvendo Cosmopolitans e namorando um novo cara cada semana, eu ainda tinha muito tempo para ter um relacionamento sério, certo?

Cliquei em vários outros perfis criados por amigos e colegas na cidade (que, graças a Deus, ainda estavam solteiros). Quando terminei a lista, ainda havia uma pessoa do meu passado que queria encontrar, alguém em que pensava desde nossa partida para Lima, em junho.

Queria saber o que tinha acontecido com Jason.

Começamos a namorar uns cinco meses antes do início de nossa viagem ao redor do mundo. A princípio tínhamos concordado em que aquilo não poderia se transformar em algo sério, mas ambos nos envolvemos um pouco mais do que esperávamos. Ele foi o primeiro homem com quem senti uma forte conexão desde Baker.

Em lágrimas durante nosso rompimento, Jason prometeu manter contato e disse que se nós dois ainda estivéssemos disponíveis quando eu voltasse, poderíamos tentar recomeçar de onde havíamos parado. Ele me enviou um e-mail logo depois de chegarmos ao albergue Loki, o que considerei um bom sinal. Talvez *pudéssemos* manter a porta aberta para um futuro relacionamento.

Desde então trocamos alguns e-mails com notícias, mas algo definitivamente deu errado depois que o avisei de que voltaria a Nova York em agosto. Foi aí que ele simplesmente... evaporou. Eu não sabia se andava ocupado ou não tinha recebido meu e-mail. Então enviei um segundo informando-o de um modo casual do dia em que chegaria ao Brooklyn e lhe perguntando se gostaria de sair comigo.

Silêncio digital.

Primeiro fiquei desapontada. Depois irritada. Quero dizer, nós tivemos um relacionamento e ele havia sido o primeiro a me procurar depois que fui embora. Por que estava me evitando agora?

Quando olhei a antiga página de Jason em MySpace, levei exatamente 1,3 segundo para entender por que não tinha obtido uma resposta. Lá, bem perto de uma nova foto dele vestido com uma roupa de marinheiro ridícula e bigodes falsos (o que eu sinceramente esperei que fosse uma fantasia) estavam as palavras: Status: "Em um Relacionamento." Um pouco mais de pesquisa revelou várias mensagens sentimentais de uma nova namorada, uma morena cor de rato que parecia ainda não ter se formado na universidade. E eles postaram um punhado de fotos irritantemente melosas juntos. Em uma ele estava atrás dela enquanto ela segurava um cachorrinho. Um maldito cachorrinho?!

Eu devia estar preparada para as consequências da minha bisbilhotice on-line, mas não pude evitar uma sensação de soco no estômago. Forçando-me a parar de observar os restos do meu relacionamento, apertei o botão de desligar. A prova de que Jason tinha seguido em frente desapareceu em uma tela cinzenta vazia.

Tive vontade de me estapear. Qual era o meu problema? Jason tinha todo o direito de namorar uma garota nova (e bem menos atraente) agora que eu tinha saído de sua vida. Mas o fato de ter me esquecido tão rápido doía como uma queimadura de segundo grau.

Fui para a cozinha, abri o congelador e procurei na tundra gelada de alumínio a única coisa que poderia me oferecer alívio imediato. Encontrei o maço de cigarro atrás de um pedaço de carne envolto em plástico e peguei um antes de sair da casa. Espere. Fósforos. Telefone. Encontrei ambos e fui para o quintal fumar.

– Não diga! Ele já tem uma nova namorada? – gritou Holly, enquanto eu fumava o resto do American Spirit. – Nossa, esse homem realmente devia estar louco por você.

– Como pode dizer isso?

– Bem, ele claramente teve de preencher o vazio o mais rápido possível quando você foi embora.

Holly sempre teve um jeito impressionante de torcer a verdade para me fazer me sentir melhor.

– Olhe, Amanda, ele adorava você, não há nenhuma dúvida sobre isso. Mas sabia que você ia ficar fora um ano inteiro. A maioria dos homens não teria esperado tanto tempo. Só se realmente se importassem.

– Então, se esse é o caso, ele não demorou muito para superar isso.

– Acredite em mim, ele não superou. Se tivesse superado, não teria nenhum problema em tomar uma cerveja com você em nome dos velhos tempos, não é?

Agradeço a Deus por Holly. Ela passou meia hora me animando, recusando-se a me deixar cair em total depressão. Somente depois que me considerou estabilizada e sem risco de causar mal a mim mesma (além de fumar, é claro) soltou sua própria bomba.

– Você se lembra da minha editora em *For Me*, Meghann, não é? Bem, ela me telefonou uma hora atrás, realmente chateada.

– Puxa, será que todo mundo está tendo um mau dia? O que aconteceu? – Peguei outro cigarro descongelado. Já estava me sentindo nauseada, mas acendê-lo pareceu a coisa certa a fazer.

– Aparentemente a revista fechou hoje. Acabou. Não vão publicar mais nenhum número depois deste.

Eu fiquei paralisada e deixei o fósforo apagar. – Espera... O quê? Eles estão fechando a revista? O que vai acontecer com sua coluna?

– Também vai acabar. Não vou receber mais nenhum cheque depois do próximo.

– Meu Deus, Holly. Você está bem? – Voltei correndo para dentro. – Quer que eu vá para aí? Posso ir agora mesmo. Qual é mesmo a estação de metrô em que devo saltar?

– Não, não, estou bem. Não venha – disse ela firmemente. – Já estou aqui com Elan conversando sobre isso desde que Meg telefonou. Tudo vai ficar bem.

– Tem certeza? Posso chegar aí em dez minutos. Não tem nenhum problema.

– Eu vou ficar bem. Só não sei o que fazer em relação ao dinheiro, porque essa coluna era realmente minha única fonte de renda para a viagem. Só tenho uns seis mil dólares no banco e ainda não compramos nossas passagens de volta ao mundo.

Holly estava se referindo aos bilhetes que tínhamos conseguido através de uma agência de viagens de San Francisco chamada AirTreks – voos internacionais partindo do Quênia com conexões para a Índia, Dubai, o Sudeste Asiático, Bali, Nova Zelândia e Austrália. O preço de 2.200 dólares era uma pechincha – se tivéssemos como pagá-lo.

Mal pude fazer a próxima pergunta.

– Você ainda vai poder fazer o resto da viagem?

– Não sei. É claro que *quero* ir com vocês. Mas é realmente inteligente voar para a África sem saber se terei dinheiro para voltar?

A resposta provavelmente era não, mas eu não podia nem mesmo imaginar continuar sem Holly. Nós três éramos um time agora, uma força. Simplesmente não havia como duas de nós enfrentarem o mundo sem a terceira.

– Bem, não, mas Holly – eu disse, tentando pensar em uma solução criativa. – Seja o que for que você fizer, ainda não decida ficar. Tem de haver algo que possamos fazer para ganhar dinheiro na estrada. Poderíamos trabalhar em um albergue? Colher frutas em algum lugar? – Brinquei dizendo que todas nós poderíamos vender nossos óvulos para uma clínica de fertilidade. Na verdade, eu já tinha falado com uma viajante que havia ganhado muito dinheiro com isso.

Meu cérebro tentou rapidamente calcular quanto eu tinha no banco. Havia ganhado um bom dinheiro trabalhando como freelancer e tinha uma poupança que usava para custear minhas próprias viagens. Poderia emprestar o dinheiro para Holly? Ela aceitaria?

– Holly, só me prometa uma coisa. Não importa o que decida fazer, só diga que vai se encontrar conosco na próxima segunda-feira para obter o visto para a Índia. Você sempre pode decidir depois não ir conosco, mas pelo menos deve obter o visto, só para garantir.

Houve uma longa pausa do outro lado da linha.

– Vou me encontrar com vocês – disse ela. – Mas não posso prometer nada.

Eu não precisava que prometesse. Bastava ela ir. Assim que Holly e eu nos despedimos, telefonei para Jen.

Alguns dias depois, vi-me de novo do outro lado do East River, com a bolsa do laptop pendurada transversalmente em meu corpo e marcas de travesseiro no rosto. Tinha optado por reentrar na cidade algumas horas antes, esperando que seu ritmo rápido e sua energia frenética me animassem a escrever. Jen, Holly e eu nos encontraríamos no consulado às 11 horas, por isso a ideia era tomar um café e me pôr a caminho.

Em pé no meio da multidão impaciente no balcão, senti meu nível de ansiedade aumentar. Tinha me esquecido de como uma Starbucks em Midtown podia ser hostil quando as pessoas precisavam desesperadamente de uma pequena mudança de atitude. O cheiro do estresse no local foi suficiente para me fazer apreciar os momentos de relativa calma e quietude que as garotas e eu experimentamos tomando Nescafé em albergues na América Latina.

Na parte dos fundos, onde se podia sentar, o ar vibrava em um nível ainda mais alto de ansiedade. Algumas pessoas se acotovelavam para plugar seus laptops na única estação de trabalho para quatro usuários enquanto outras as vigiavam, tentando dominar o espaço antes mesmo de os atuais ocupantes terminarem seus lattes. A situação provocou em mim uma reação de luta ou fuga, e simplesmente não estava com energia para disputar uma mesa ruim perto do banheiro.

Abrindo caminho por entre pessoas de terno, turistas excêntricos e mulheres elegantes, saí para o sol tímido de setembro e senti o frio em meu rosto. O outono estava quase chegando. Rezei para Holly não ter de passá-lo em Nova York.

Consegui encontrar um banco vazio em um átrio público próximo, abri o laptop e me dispus a fazer algo útil. A menos que você contasse o tempo que passei jogada no futon, comendo lanches processados na mercearia da esquina e forçando Pete a me ministrar sessões grátis de terapia, não tinha feito absolutamente nada de valor nos últimos dias.

Apesar do altamente energético latte da Starbucks e de minhas melhores intenções, não me saí muito melhor em Manhattan. Procrastinei, olhando para as fotos que tiramos na primeira parte da viagem, antes de desistir totalmente de trabalhar. Decidi caminhar alguns quarteirões na direção da parte elegante da cidade, até o consulado, e esperar pelas garotas.

Fiquei surpresa ao descobrir que Jen já estava lá, encostada na fachada de pedra porosa do prédio como se fosse cair se não se apoiasse. Seu cabelo louro-âmbar, normalmente cheio de vida, estava achatado ao redor do seu rosto, e por trás dos óculos de sol sua expressão parecia vazia e totalmente desanimada. Em pé perto dela, suspeitei que aquilo tinha implicações muito mais sérias do que a situação pendente de Holly em relação à viagem.

– Jenny. – Eu sondei o rosto dela, tentando descobrir o que havia do outro lado das lentes escuras. – O que está acontecendo? Você está bem?

– Sim. – Ela não pareceu sincera. Agora eu podia ver marcas de lágrimas apressadamente enxugadas.

– Tem certeza?

– Não. – Ela se acomodou, apoiando o ombro na parede e deixando sua bolsa cair na calçada. – Só sei que... quando formos para a África as coisas entre mim e Brian estarão terminadas.

– Ah, Jen. Sinto muito. – Eu me aproximei para abraçá-la.

– Tudo bem. Eu sabia que isso ia acontecer, mas agora que aconteceu... estou muito triste.

– Bem, você sabe que não tem de ir – eu disse, tentando parecer forte e convincente. – Se tiver alguma dúvida, pode ficar aqui e tentar consertar as coisas.

De repente, visualizei Jen atravessando a cidade correndo para se encontrar com Brian enquanto eu tentava viajar pela África e pela Índia sem nenhuma das minhas amigas.

– Não, esse é o problema. Eu realmente não tenho nenhuma dúvida. Quero ir, mas isso significará terminar tudo.

Eu estava tentando descobrir o que dizer, se devia ou não sugerir que poderia haver esperança para eles dois, quando Holly veio andando pelo quarteirão.

– Meninas, consegui chegar na hora! Saí vinte minutos antes para poder... – Ao chegar mais perto, Holly ficou imediatamente alarmada. – Ah, não, Jen. O que há de errado?

– Prometo que explico tudo depois, mas agora não quero falar sobre isso – disse ela baixinho, puxando a alça de sua bolsa de volta para o ombro. – Podemos apenas entrar?

– É claro que sim – disse Holly, parecendo mais forte do que da última vez em que conversamos. – Não temos de discutir nada agora. Vamos apenas entrar.

Apesar de nossos vários estados de crise, senti um grande alívio por estar novamente com elas duas. Nós abrimos a pesada porta preta e entramos. O cenário no consulado fez a Starbucks de Midtown parecer tranquila como um templo budista. Pessoas com todos os tipos de roupas estavam por toda parte, espremidas em filas que pareciam não chegar a lugar nenhum, sentadas no chão preenchendo formulários, gritando através da sala sem noção de como deviam falar em ambientes fechados. Mas nem mesmo o caos conseguiu evitar que notássemos a mulher americana muito irritada no primeiro lugar da fila reclamando com uma voz estridente que alguns papéis que enviara por fax tinham sido perdidos.

– Quem é seu supervisor? Isso é totalmente ridículo! Eu me dei ao trabalho de providenciar a assinatura, o reconhecimento de firma e o envio por fax desses formulários. Onde eles estão?

Não podíamos ouvir o que o homem do outro lado do vidro dizia, mas ele parecia imperturbável. Fez um sinal para ela se afastar para o lado e um homem indiano bastante pequeno se aproximou, empurrando seus papéis pela abertura no guichê. A mulher começou a gritar de novo, voltando-se para o homem que ousara interrompê-la antes de ter terminado.

Nós três observamos a cena por um minuto e depois nos entreolhamos.

– Minha nossa, meninas – disse Jen, parecendo ao mesmo tempo chocada e impressionada. – Estamos realmente fazendo isso? Realmente vamos para a Índia?

No momento em que ela fez essa pergunta, senti uma mudança no clima entre nós. Jen não estava apenas perguntando se íamos ou não para a Índia, mas também se estávamos prontas para assumir novamente um compromisso com essa jornada.

Quando concordamos pela primeira vez em viajar ao redor do mundo, nós três não tínhamos nenhuma ideia de como seria ficarmos todos os dias, horas e minutos na estrada com duas outras pessoas. Nunca tentáramos chegar a um acordo sobre cada uma de nossas decisões. Ainda não havíamos experimentado a gravidade de nossa escolha de deixar para trás as pessoas que amávamos.

Agora, com a América do Sul para trás e as consequências de nossos atos tão reais e visíveis quanto a mulher que gritava na nossa frente, tínhamos de enfrentar ainda outra decisão: poderíamos nos comprometer a viajar por vários meses? Estávamos prontas para deixar Nova York de novo para encontrar algo desconhecido e intangível na estrada?

Naquele momento, os objetivos em que eu havia me concentrado durante a semana inteira pareceram totalmente triviais.

A única coisa que queria agora era garantir que minhas amigas continuariam nessa aventura comigo; que veríamos o mundo juntas, sem nenhuma de nós ser deixada para trás.

Eu me virei para Holly e disse no que andava pensando desde que soube que a coluna dela terminaria.

– Olhe, sei que você provavelmente achará essa ideia maluca, mas por favor considere. Se aceitar, eu gostaria – engoli fundo – de lhe emprestar o dinheiro para comprar sua passagem ao redor do mundo.

Os olhos verde-jade de Holly se arregalaram e ela ficou boquiaberta.

– Só pense sobre isso – eu disse. – Você não tem de decidir agora. Não será o suficiente para cobrir suas despesas diárias e provavelmente você não vai querer misturar amizade com finanças. Mas mesmo se demorar um ou dois anos para me pagar, tudo bem...

– Amanda – disse ela suavemente. – Você realmente quer fazer isso por mim?

– Sim, quero. Sei que você ainda deseja muitas coisas. Como obter sua certificação em ioga em um ashram. Aprender a mergulhar. Fazer bungee jumping na Nova Zelândia.

– Eu nunca disse que queria fazer isso!

– Ah, espere. Tem razão. Foi Jen quem disse. Mas mesmo assim, pense nisso. Essa viagem não será a mesma com apenas duas de nós. Na verdade, provavelmente não funcionará sem você. Jen e eu temos falado sobre isso. Poderemos realmente matar uma à outra se você não estiver por perto.
– Sim, é verdade. Você é a conciliadora – disse Jen, sorrindo, mas ainda séria. – Sempre se diz que três é demais, mas nesse caso é o número perfeito. Nós todas contribuímos com algo para o grupo, equilibramos as características boas e más umas das outras. Por exemplo, Amanda é a motivadora e eu sou a planejadora.
– E Holly, você é a pacificadora – eu disse. – O que é mais importante do que isso?

Todas nós permanecemos em um raro silêncio enquanto esperávamos na fila longa e aflitivamente lenta. Quase uma hora se passou antes de entregarmos nossa papelada para o indiano atrás do vidro.
– Quanto tempo vocês vão ficar na Índia? – perguntou ele.
– Cerca de um mês. Um pouco menos – respondeu Jen. Ele folheou nossos passaportes e pôs os formulários dentro.
– Voltem às 16:30. Fiquem na outra fila.

Nós três saímos e começamos a nos dirigir para o Central Park. Uma vez dentro dos muros de pedra, sentamo-nos em um dos bancos verdes desocupados. Eu peguei o maço de cigarro quase vazio e comecei a acender um.
– Você está fumando? – perguntou Holly, olhando para mim.
– Nunca a vi fumar.
– Voltei a fumar esta semana – eu disse, oferecendo-lhe um cigarro. – Mas acho que vou parar.
– Não, obrigada. Também estou parando – disse ela. – É definitivamente proibido fumar no ashram, por isso é melhor eu parar agora.

Eu digeri aquele comentário por alguns segundos antes de me virar para olhar para Holly.
– O que está dizendo? – perguntei, temendo ter falsas esperanças. – Você vem?

– Bem, você realmente confirma o que disse? Sobre me emprestar o dinheiro? Isso é realmente uma opção? – Holly tirou os olhos de seus sapatos para olhar para mim.
– É claro que sim. Realmente quero fazer isso. Quero dizer, você já pagou pelo programa de voluntariado no Quênia e a Índia fica a apenas um pulo de lá. Além disso, não consigo pensar em um investimento melhor do que em você, Corby. Então me faça feliz dizendo que aceita.

Eu me senti como se estivesse propondo casamento e, de certo modo, acho que estava. Se ela dissesse sim, estaríamos todas ligadas umas às outras, na alegria e na tristeza, nos próximos nove meses e oito países.

– Está bem, querida – disse ela. – Vamos fazer isso. Eu aceito.

Quênia

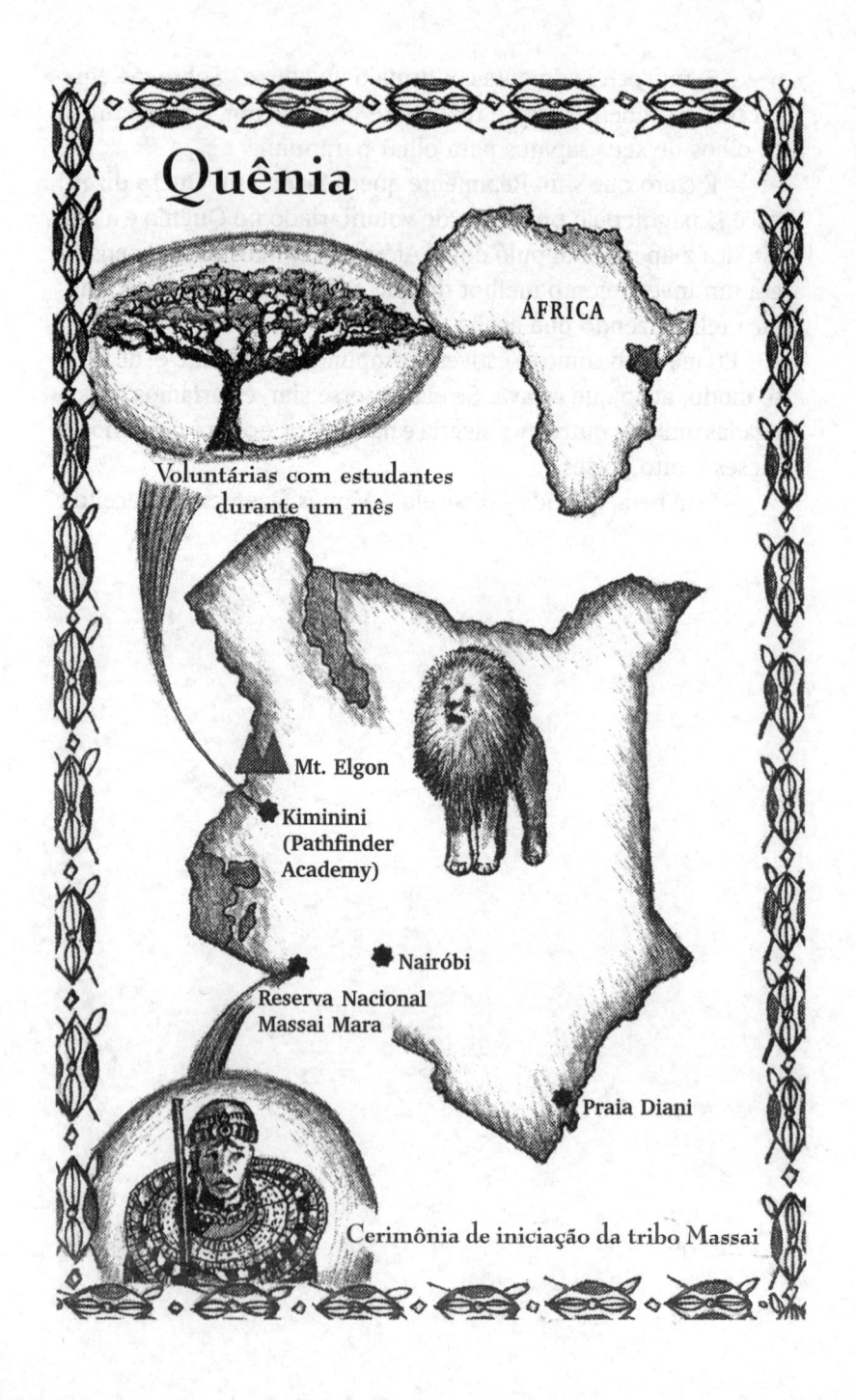

ÁFRICA

Voluntárias com estudantes durante um mês

Mt. Elgon
Kiminini (Pathfinder Academy)
Nairóbi
Reserva Nacional Massai Mara
Praia Diani

Cerimônia de iniciação da tribo Massai

CAPÍTULO ONZE

Jen

KIMININI, QUÊNIA

SETEMBRO

—*Mzungu, mzungu!* Como vão vocês... *mzungu?* – ecoou através da terra agrícola ensolarada enquanto crianças descalças corriam pelos caminhos cobertos de resíduos sólidos de lama para nos cumprimentar.

– *Msuri sana* – Amanda, Holly e eu respondemos em nosso melhor suaíli, sorrindo e acenando ao nos aproximarmos.

Era nosso segundo dia em Kiminini, Quênia, e ansiávamos por explorar o vilarejo onde passaríamos as próximas quatro semanas. Quando eu estava em Nova York, havia imaginado que o local de nosso programa de voluntariado seria uma vasta e árida savana parecida com a mostrada em *Entre dois amores*. Mas, em vez disso, era como se tivéssemos entrado dentro de uma tela pastoral vibrante pintada com campos enormes pontilhados de girassóis e nuvens que pareciam bolas de algodão.

Como *mzungu*, ou pessoa branca, ainda era uma grande novidade nessa parte do país, sabíamos que nossa presença atrairia pelo menos um pouco de atenção. Mas não esperávamos a calorosa acolhida dos pequenos embaixadores de Kiminini. Mesmo quando respondemos aos seus cumprimentos com a frase correta em suaíli *"Msuri sana"* (muito bem), as crianças que nos seguiam explodiram em risadas e gritos estridentes.

Quando chegamos à beira do vilarejo – pouco mais do que um conjunto de pequenas choças e barracas de madeira que ofereciam tudo, de pneus de bicicleta usados a sorvete de casquinha – já éramos seguidas por um cortejo. Essas crianças, que tinham de três a oito anos, vestiam roupas de segunda mão – vestidos largos, calças de pijama, shorts cáqui e camisetas com personagens de desenhos animados. A princípio nossos observadores de olhos arregalados mantiveram distância, mas finalmente se tornaram mais corajosos e começaram a caminhar logo atrás de nós. Quando nos viramos e fingimos que correríamos atrás deles, gritaram e bateram em retirada, claramente excitados com a perspectiva de serem perseguidos por três garotas estranhas, mas aparentemente amigáveis. Não demorou muito para começarem a voltar ressabiados e nos tocarem gentilmente, encorajando-nos a jogar repetidas vezes esse novo e emocionante jogo. Mas foi quando pegamos nossas câmeras que a diversão realmente começou.

Na América do Sul, aprendemos que as crianças com frequência ficam extraordinariamente excitadas ao ver uma foto de si mesmas – muitas, de áreas rurais ou empobrecidas, pela primeira vez. Quando inclinei a tela de três polegadas de minha Olympus para as crianças de Kiminini verem suas próprias imagens, elas tiveram uma reação parecida. Pularam e gritaram de alegria como se eu tivesse aberto as portas para a maior loja de doces do mundo. Formaram um círculo fechado ao meu redor, pulando atrás de mim e pedindo: – De novo, *mzungu*, de novo! – Ao mesmo tempo, Amanda pegou sua câmera de vídeo para gravar o que sabia ser um momento que eu desejaria reviver muito depois de deixar o Quênia.

– Então, Jen, essa experiência realiza todas as suas fantasias de *Flame Trees*? – perguntou ela, imitando o tom de um repórter entrevistando um campeão do Super Bowl recém-saído do campo.

– Bem, fico feliz por você ter perguntado isso, Amanda – repeti, fazendo minha melhor pose de entrevistada. Então fiz um discurso sobre a incrível sorte que tinha de estar cercada de crianças e poeira em um país que sonhara em visitar desde que ainda levava uma lancheira para a escola. Qualquer um que me conhecesse bem teria ouvido falar em *The Flame Trees of Thika*, uma minissérie da PBS pela qual tinha me apaixonado décadas atrás.

Ao contrário dos pais das minhas amigas, os meus tinham a ideia maluca de que a televisão a cabo era um luxo desnecessário sem o qual eu poderia viver. Apesar de minhas constantes súplicas para ser "como todas as minhas amigas", minhas fantasias alimentadas pelo Nickelodeon nunca se realizaram. Em vez disso, tornei-me a única criança no bairro sem um conhecimento profundo da programação de sábado à noite de *Masterpiece Theatre*.

Uma noite, meus pais me chamaram para a sala de TV para assistir a uma nova minissérie chamada *The Flame Trees of Thika*. Naturalmente, fiquei desconfiada. Mal podia pronunciar o título, quanto mais me animar com um documentário de meio ambiente sobre uma floresta em chamas. Tudo isso mudou depois da primeira cena, quando percebi que o programa era sobre uma garotinha da minha idade – ponto para minha mãe e meu pai!

Baseado na história real de Elspeth Huxley, cujos pais deixaram a Inglaterra em 1913 para começar a cultivar café no Quênia, *The Flame Trees of Thika* foi minha apresentação à vida no leste da África. No final do primeiro episódio, já estava intrigada com a cultura misteriosa do povo indígena do Quênia, os animais selvagens que vagavam livremente pelas planícies e a beleza natural impressionante do país. Desejei ser como Elspeth: misturar-me com a tribo nativa kikuyu, explorar a vasta savana cor de trigo e ter meu próprio pônei branco. Fora as festas do pijama e os treinos de futebol, cada novo episódio era o ponto alto da minha semana. Isto é, até o triste dia em que a série terminou.

Chorei incontrolavelmente quando foram apresentados os créditos finais e só fui consolada pela insistência de minha mãe em que certamente a PBS reprisaria a série e eu voltaria a assistir a *The Flame Trees of Thika* em um futuro próximo. Mas, apesar das muitas horas em que assisti à minha cobiçada cópia em VHS nos anos seguintes, a experiência visual nunca substituiu meu desejo de ver a África pessoalmente. E, agora, depois de quase duas décadas de planejamento mental da peregrinação, finalmente tinha conseguido.

Quando chegamos ao Quênia, minhas expectativas não poderiam ser mais altas. Fui atingida por uma onda de nervosismo quando nosso avião se aproximou rapidamente do aeroporto internacional Jomo Kenyatta, em Nairóbi, apenas alguns dias antes. Só podia esperar que a experiência fosse tudo que havia imaginado.

Depois de uma breve parada de duas noites na capital do país (que, felizmente para nós, não fez jus ao seu apelido de "Nairobbery"*). Amanda, Holly e eu fomos escoltadas até a rodoviária de Nairóbi por nossos coordenadores de voluntariado no local.

Após uma extensa pesquisa on-line e perguntas pessoais, optamos por um programa de um mês com Village Volunteers, uma organização sem fins lucrativos sediada em Seattle que tinha uma parceria com cidades rurais em todo o Quênia. Como nós três estávamos interessadas em educação juvenil, a fundadora da empresa, Shana Greene, recomendou que trabalhássemos com o Common Ground Program, uma organização não governamental sem fins lucrativos (ONG) que abrigava uma escola de ensino fundamental com centenas de crianças, muitas das quais eram órfãs ou tinham perdido pelo menos um dos pais devido a doenças.

Fomos prevenidas de que a jornada de oito horas para o monte Elgon, na parte ocidental do país, seria um pouco difícil. Na verdade, nosso veículo sacolejou ruidosamente em estradas destruídas pela chuva como um touro mecânico em grande velocidade, forçando quem estava em cima a se agarrar a ele como se sua vida dependesse disso – e nos forçando a trocar nossos sutiãs por tops esportivos na primeira oportunidade. A viagem pode ter sido trepidante, mas nenhuma quantidade de solavancos, esco-

---

* Combinação de Nairóbi e *robbery*, que significa roubo ou assalto em inglês. (N. da T.)

riações e cabeçadas no teto foi capaz de me fazer cair das nuvens. Esperando que Amanda e Holly não notassem, pus para tocar em meu iPod no modo de repetição "Africa", de Toto, e olhei sonhadoramente para fora da janela.

Embora fizesse quase um século que Elspeth Huxley vivera ali, as características mais distintivas do Quênia haviam resistido ao teste do tempo. Acácias delicadas, disfarçadas de pequenos guarda-chuvas, erguiam-se majestosamente de campos de milho sedosos. Estradas cor de gengibre riscavam a paisagem sinuosamente na busca eterna pelo horizonte. E uma família de zebras se reunia ao redor de um poço que refletia o céu cor de safira. Sinais esporádicos de civilização pontuavam a vasta região despovoada. Homens surgiam de trincheiras carregando martelos e facões de mato enquanto mulheres carregando grandes trouxas voltavam do mercado. Quando sacolejamos através de uma das cidades isoladas à beira da estrada, minha atenção foi desviada para uma saliência relvada na encosta. Nela havia um garotinho, talvez de três ou quatro anos, sentado sozinho balançando as pernas e cantando para si mesmo. Quando ele viu nosso ônibus, seu rosto se iluminou como uma abóbora no Dia das Bruxas, e pareceu que seus olhos de corça olharam diretamente para os meus. Em um segundo ele se pôs de um pulo sobre seus pés descalços e começou a saltar e acenar energicamente.

Fiquei paralisada e pisquei os olhos para ter certeza de que o garoto não era um produto de minha fantasia de *Flame Trees*. Mas ele continuou a olhar, sorrir e erguer os braços para o ar. Dei um sorriso de orelha a orelha e lhe acenei de volta, o que o fez correr pela encosta rindo e seguindo o ônibus até o veículo andar rápido demais para acompanhá-lo.

Eu me virei para contar a Amanda e Holly o que tinha acontecido, mas elas estavam estendidas nos frágeis bancos de plástico tentando tirar um cochilo entre os solavancos. Sorri, lembrando-me de uma de minhas cenas favoritas de *Conta comigo*, em que o personagem principal tem um encontro sentimental com um cervo perto dos trilhos do trem, que não conta para ninguém até escrever seu romance. Nesse momento, uma lágrima escorreu pelo meu rosto empoeirado e decidi guardar meu encontro com o garoto para mim mesma.

Quando nosso ônibus continuou a descer pela estrada de terra solitária, a imagem do garoto permaneceu comigo e não pude evitar interpretar a presença dele como um sinal. A partir daquele dia, eu viveria um sonho acalentado havia vinte anos, e eu soube sem sombra de dúvidas que finalmente estava no caminho certo.

Anoitecia quando chegamos às terras da Pathfinder Academy. Mesmo à luz tênue, não havia como negar que estávamos na área agrícola do país. A escola, construída com blocos de concreto de cinzas e estanho, ficava à esquerda do portão principal. À direita, avistei uma casa tradicional de pau a pique cor de terra e duas cabanas redondas com telhados de sapê. Vacas, galinhas e vira-latas perambulavam pela relva lamacenta, substituindo as girafas, os elefantes e as gazelas que havíamos romanticamente visualizado.

Joshua Machinga, nosso líder voluntário, esperava orgulhosamente do lado de fora e nos cumprimentou com um entusiástico *karibu* (bem-vindas). Ele nos apresentou a seus cinco filhos, Sandra, Tracy, John, Cindy e Shana, de dois a 13 anos de idade, e sua esposa, Mama Sandra, mulher robusta de olhos brilhantes com uma aparência jovem e uma gargalhada que ecoava por toda a fazenda. Joshua nos conduziu para dentro da casa modesta de dois cômodos da família para tomarmos chá, mas ali as xícaras de porcelana tinham sido substituídas por pequenas canecas de estanho e as lâmpadas elétricas, por antigos lampiões de querosene. Quando nos sentamos em um longo e esburacado sofá coberto com renda de crochê, notei que as paredes e o chão eram feitos de uma espécie de terra endurecida. Somente dias depois fiquei sabendo que na verdade aquilo era esterco de vaca e uma camada nova era passada com intervalos de algumas semanas para manter as coisas, hum, bem... frescas.

Sentadas ombro a ombro, Amanda, Holly e eu conversamos sobre assuntos gerais com três estudantes de medicina natural da Bastyr University, em Seattle, que haviam trabalhado em vários locais do Village Volunteers no Quênia. Segundo eles, o Common Ground era um dos programas mais modernos e prósperos, e a família de Joshua era considerada próspera pelos padrões locais – algo que dava no que pensar visto que eles não tinham água corrente e a eletricidade era muito limitada. Antes de eu poder perguntar aos voluntários mais sobre a pobreza que havia além da cerca de arame farpado que cercava a propriedade, uma morena baixinha entrou abruptamente na sala. Usava uma camiseta com os dizeres ESTA É A APARÊNCIA DE UMA AMBIENTALISTA e uma saia envelope verde estampada riscada de farinha.

– Ah, vocês devem ser as nova-iorquinas. Sou Irene, uma das outras voluntárias. Realmente estava louca para conhecer vocês, meninas! – exclamou com um sorriso, colocando um segundo prato coberto sobre a mesa. Ela limpou a mão na saia antes de estendê-la para nós. – Eu estava ajudando os cozinheiros a fazer pão chapati, e espero que esteja bom.

Em minutos, ficamos sabendo que Irene era uma estudante de Yale que tinha tirado um semestre de folga para viajar e se dedicar a atividades filantrópicas. Já havia construído um desidratador solar para a família de Joshua secar frutas que poderiam ser estocadas por mais tempo e, no dia seguinte, conduziria um projeto de plantio de árvores.

– Vou apresentar vocês ao Emmanuel, que organiza os projetos sustentáveis da fazenda, e talvez vocês também possam ajudar – propôs.

Ainda um pouco desorientada, suspirei de alívio por sermos recebidas por tantos rostos amigáveis. Esperava que Irene nos mostrasse como fazer o trabalho e ajudasse Amanda e Holly a se sentirem mais à vontade. Embora minhas amigas tivessem apoiado meu sonho de trabalhar como voluntária no Quênia, eu não podia evitar me sentir responsável pela felicidade delas ali. Aquilo era muito diferente até mesmo das piores condições que enfrentamos na América do Sul, por isso só podia cruzar os dedos e esperar não ter complicado demais as coisas para nós.

Naquele momento, uma das filhas mais velhas de Joshua entrou para pôr a mesa, seguida por três homens que carregavam caldeirões de ferro fundido borbulhantes. Joshua e Mama Sandra se sentaram em cadeiras próximas, aumentaram a luz dos lampiões e partilharam conosco o cardápio daquela noite: frango ensopado com tomate, lentilhas, batatas, dois tipos de feijão, pão achatado sem fermento e uma tigela cheia de mangas.

Como crianças da geração "We Are the World", as garotas e eu achávamos que a comida era racionada na África, por isso tínhamos posto estrategicamente barras energéticas em todas as divisões de nossas mochilas para essa parte da viagem. Mas o que estava diante de nós era um legítimo banquete. Esperamos que todos na fazenda possam desfrutar as mesmas porções generosas e que aquela refeição não estivesse sendo servida apenas para nós.

Quando tudo foi posto na mesa, Joshua pigarreou e se virou em nossa direção. – Então, damos as boas-vindas a Jenni-fa, A-men-da e Howly, nossas novas voluntárias no Common Ground e na Pathfinder Academy. Depois da refeição, as 14 garotas que são internas aqui virão entreter vocês. Elas ganharam muitos prêmios regionais por suas apresentações nas áreas de canto, dança, poesia e acadêmica – disse ele, seus ombros inclinados para trás com orgulho. – Espero que gostem.

Logo depois de terminarmos o jantar, ouvi passos leves e risadinhas vindas de fora. A cortina de chita que cobria a porta foi afastada devagar, deixando sussurros e animados "*Shhs*" atravessarem a soleira. Olhando timidamente para nós, 14 pequenas mulheres entraram, duas de cada vez, e formaram um círculo ao longo da sala. Subitamente, as internas começaram a cantar, bater palmas e balançar os quadris em um ritmo coreografado. A maioria das letras era em suaíli até elas apontarem para Irene, que gritou o próprio nome dela. Depois disso, cada décima palavra era "Irene", como a versão queniana do "jogo de nomes" do pot-pourri ("*Irene, Bean, Mo Mean, Banana Fanna, Fo Fean*").

Logo todas nós estávamos balançando os quadris, rebolando e repetindo os versos o melhor que podíamos. Esperei minha deixa e gritei "Jennifer!" o mais alto que pude. Isso fez as garotas rirem e uma delas disse: – Aah, como Jenni-fa Lopez! – Depois que elas gritaram meu nome mais nove vezes, o grupo passou para o de Amanda e Holly.

Os festejos continuaram por mais meia hora até Joshua mandar as internas de volta para seus dormitórios para se prepararem para dormir. As garotas se aproximaram uma a uma para apertar nossas mãos antes de saírem apressadamente pela porta. Depois de apenas algumas horas na Pathfinder eu não tinha nenhuma dúvida de que adoraria conhecê-las.

– Isso foi impressionante. Obrigada, Joshua – disse Holly. – As internas demonstraram muita coragem cantando na nossa frente. Vamos passar algum tempo com elas amanhã?

– Sim, com certeza. Quando as aulas delas terminarem, lá pelas três horas da tarde – respondeu ele. – Mas agora precisamos determinar onde cada uma de vocês vai dormir. Há um lugar com Irene na cabana das voluntárias e um quarto aqui na casa para mais duas.

Como a ideia de ir para lá tinha sido minha, achei que seria justo deixar Amanda e Holly juntas, por isso me ofereci para ficar com Irene. Entrando na cabana de cimento, fiquei surpresa ao descobrir que havia lâmpadas no teto e o chão era revestido com placas de linóleo. A cabana tinha duas janelas, uma pequena mesa e algumas cadeiras dobráveis. No centro, um par de camas separadas com enormes mosquiteiros pendurados acima dos colchões. Alguns insetos subiam pelas paredes, e esperei que ficassem em seus lugares. De modo geral, aquilo era muito parecido com um acampamento, exceto por uma ou duas vacas desgarradas passeando lá fora.

– Esse cobertor deve ser suficiente, mas há mais naquela prateleira se você precisar – disse Irene, explicando que o clima naquela parte do Quênia era muito mais frio do que havia esperado. Ela escolheu um livro de uma grande pilha e se acomodou debaixo do seu próprio cobertor.

Ainda havia uma fina camada de pó grudada em meu rosto e meus braços nus devido à viagem de ônibus com a janela aberta, mas eu estava cansada demais para me importar com isso. Em menos de um minuto troquei minhas roupas sujas por pijamas mais limpos e me meti dentro do meu saco de dormir macio.

– Não posso acreditar que são apenas 20:30. Parece que é muito mais tarde – eu disse, com um bocejo.

– Eu sei. Raramente vou para a cama depois das 22 horas aqui – disse Irene. – Especialmente porque Elijah, um dos funcionários de Joshua, nos acorda às seis horas da manhã para nossos banhos de chuveiro. Você quer ir primeiro amanhã?

– Ah, bem, não sei. Achei que não teríamos chuveiros – observei.

– Bem, eles são mais como banhos de esponja, mas o sistema é realmente muito eficaz. Um dos cozinheiros separa dois baldes, um com água fervente e um com morna. Há um terceiro vazio para você regular a temperatura a gosto e levar para o boxe. Provavelmente não notou, mas há um à esquerda do banheiro – acrescentou.

Como descobrimos quando chegamos, o "banheiro" a que ela se referia era um barracão com um buraco no chão, local de encontro de famílias de moscas e mosquitos. Depois de horas no ônibus sem paradas para ir ao banheiro, nossas bexigas estavam explodindo e nós nos contorcíamos como crianças do jardim da infância, desesperadas para esvaziá-las em qualquer lugar, até mesmo num barracão que acrescentou um nível totalmente novo de estrelas negativas ao nosso sistema de avaliação. Estremeci à ideia de tentar fazer algo *mais* ali, mas imaginei que resolveríamos esse problema no momento oportuno.

– OK. Por que você não vai primeiro? Assim, se eu me atrapalhar com o sistema de baldes seu banho não será arruinado – eu disse, ainda sem entender bem como aquilo funcionava (e sem ser fã de banhos muito cedo de manhã).

– Certo. Mas acredito que uma nova-iorquina experiente como você não vai se atrapalhar – brincou ela, pousando seu livro e virando de lado para olhar para mim. – Deve ser muito empolgante morar lá. Você gosta?

Eu puxei para cima o cobertor extra que havia apanhado na prateleira e lhe falei sobre o trabalho na televisão, noites em festas malucas, *brunches* aos domingos em Upper West Side e outros detalhes bobos de uma típica semana na cidade. Por sua vez, ela me falou sobre suas experiências em Yale, as festas em que as pessoas ficavam nuas em locais secretos fora do campus, sua paixão pelos estudos ambientais e seu novo e maravilhoso namorado do qual estava louca de saudades.

– Você tem um namorado? – perguntou ela, apoiando a cabeça na mão.

UUmm... NAmmmO... RaadO. As letras flutuaram pelo quarto em câmera ultralenta, encobrindo meu rosto como os anéis de fumaça da lagarta de *Alice no país das maravilhas*. Namorado. Eu havia tentado desesperadamente não pensar nessa palavra – e em Brian – desde que entramos no avião, mas agora que Irene a havia pronunciado, nem mesmo minha nova realidade queniana "cada vez mais curiosa" me impediu de reviver a triste realidade que acabara de deixar em Nova York.

Eu mal podia acreditar que, menos de uma semana antes, estava sentada no chão do estúdio de Brian, soluçando histericamente sobre um prato de pad thai de frango tentando enfrentar o inevitável fim do nosso relacionamento. Embora o rompimento fosse claramente visível no horizonte desde que anunciei meus planos de viajar, de algum modo os meses haviam escorregado pelos nossos dedos como um pedaço gasto de sabão.

Sei que a maioria das pessoas achava que éramos loucos por arrastar as coisas por tanto tempo. Mas em minha mente o motivo era simples: Brian e eu simplesmente não éramos o tipo de casal capaz de abrir mão delas de um dia para o outro. Precisávamos do equivalente emocional a, digamos, um adesivo ou chiclete de Nicorette. Com apartamentos ligados pela linha de ônibus M86, o Central Park nunca foi uma barreira suficiente para nos manter afastados por muito tempo. Mesmo depois das

piores brigas nós cedíamos facilmente à tentação, voltando rápido à fonte para apenas uma última dose, "jurávamos".
Talvez tivesse sido injusto de minha parte fugir. Mas o único modo de terminar esse relacionamento em que pude pensar foi literalmente colocar oceanos e continentes entre nós. Minha justificativa: se estivéssemos destinados a ficar juntos, encontraríamos um modo de voltar um para o outro. Se não estivéssemos, pelo menos Brian ficaria com Nova York só para ele por algum tempo e nós dois teríamos nossos espaços para chorar.
O lado lógico do meu cérebro conseguiu aceitar esse raciocínio até todas as distrações fáceis, as horas felizes, os jogos dos Yankees, os jantares fora e as horas de preguiça na cama chegarem ao fim. Era minha última noite na cidade e aquele futuro distante por tanto tempo evitado e temido tinha chegado. Finalmente era hora de enfrentar a realidade.
Enquanto eu olhava para as embalagens de comida vazias e gordurentas, o abraço e ultimato de Brian pairavam no ar como uma nuvem de chuva ameaçadora. – Se você não me prometer que voltará para casa depois do Quênia, ou pelo menos da Índia, tudo estará terminado – disse ele em voz baixa. Aconchegada a Brian na segurança do "nosso" apartamento, com meus dedos firmemente entrelaçados nos dele, pensei: simplesmente fique. Fique aqui abraçada ao homem que ama e nunca vá embora.
Meu velho eu teria aliviado a tensão com uma frase espirituosa como: "Ah, vai, amor, vou dividir meu rolinho primavera com você se voltar atrás." Por um segundo ele fingiria ficar com raiva, mas logo começaria a rir. Depois nos aninharíamos no divã e esqueceríamos que aquela discussão boba tinha ocorrido. Mas eu não podia evitar essa com uma piada.
Reuni todas as minhas forças para dizer as palavras que precisavam ser ditas: – Sinto muito, Brian. Não posso desistir da viagem. Preciso ir até o fim. – E isso foi tudo. Nós realmente terminamos. Eu o perderia. Não por alguns dias ou meses, mas provavelmente para sempre. No dia seguinte, estaria em outro avião com Holly e Amanda me preparando para enfrentar o mundo de

novo. Só que dessa vez não haveria um namorado esperando por mim em casa.

Embora nesse dia em Nova York eu tivesse derramado muitas lágrimas, soluçando histericamente pela Segunda Avenida durante toda a manhã antes da partida, meu sofrimento não parecia adequado no Quênia. Um dos principais motivos de eu ter desejado ser voluntária era não focar tanto em mim mesma e canalizar essa energia para alguém necessitado. Se havia um tempo em que meus problemas poderiam – e deveriam – ficar em segundo plano, era agora.

Por isso, muito simplesmente, contei a Irene que havia namorado o mesmo homem nos últimos anos, mas simplesmente não tinha dado certo. Notei que ela percebeu que havia mais na história, mas como ainda estávamos nos conhecendo não insistiu no assunto. Em vez disso, me deu um meio sorriso amigável, talvez para me deixar saber que entendia. Eu lhe retribuí o sorriso, grata. Depois me virei e finalmente sucumbi à exaustão.

Embora obras inesperadas no início da manhã não fossem um fator contributivo, galos diabólicos se encarregaram de continuar nossa maldição do despertar, rasgando o ar com seus gritos insistentes às cinco horas da manhã. Eu enterrei minha cabeça debaixo do travesseiro, tirando alguns cochilos até ser a minha vez de tomar um banho de balde. De algum modo, completei desajeitadamente o processo dos três baldes e consegui tirar uma quantidade surpreendente de sujeira do meu corpo. Quando saí do boxe para o sol nascente, todas as voluntárias, inclusive Amanda e Holly, já estavam sentadas na sala de estar.

Enquanto fazíamos outra refeição surpreendentemente farta de omeletes, mangas frescas, pão com geleia, manteiga de amendoim e pipoca, nossa conversa rapidamente passou para o tema de nosso voluntariado. Tínhamos preenchido um questionário detalhado sobre nossas áreas de maior interesse – com as de creche e teatro infantil no topo da minha lista – e estávamos ansiosas por ver como tudo aquilo funcionava.

Depois do café da manhã Joshua nos levou em uma breve caminhada para nos familiarizarmos com a área, que incluía a Pathfinder Academy e vários campos usados para o cultivo dos alimentos consumidos em cada refeição. Ao chegarmos à entrada principal, no lado mais distante da fazenda, fomos quase arrastadas por uma enxurrada de crianças que entravam pelos portões.

Usando uniformes azul-marinho e cor de alfazema desbotados, alguns dois números acima do certo, a supertropa que batia à altura de nossos joelhos marchou orgulhosamente na direção das salas de aula, gritando: "Bom-dia, diretor", ao avistarem Joshua. O menor do grupo, um garoto com não mais de quatro ou cinco anos, veio correndo nos olhar mais de perto. Para a minha surpresa, ele deixou cair sua pequena mochila e se esticou para um abraço. Não pude resistir. Abaixei-me sobre um dos meus joelhos e o abracei.

– Joshua, você acha que conseguiremos trabalhar com alguns dos estudantes, talvez dando aulas ou cumprindo programas depois da escola? – perguntou Amanda. – Como poderemos ajudar enquanto estivermos aqui?

Joshua explicou que os estudantes já tinham instrutores em tempo integral, mas vários dos internos ainda precisavam de patrocinadores que pudessem ajudar com o custo de instrução, uniformes e refeições. Ele gostaria de saber se nós conhecíamos pessoas nos Estados Unidos que poderiam ajudar. – Não importa com quanto. Qualquer quantia seria muito útil – acrescentou.

– Bem, ficaríamos felizes em pedir apoio financeiro aos nossos amigos e familiares e em divulgar seu programa – disse Holly.

– Estou com muito mais internas desde o ano passado, então isso será ótimo – disse Joshua.

– Nós adoraríamos saber mais sobre elas. Acha que poderíamos nos sentar e conversar com as garotas hoje, mais tarde? – perguntei.

Joshua respondeu que sim e nos deu algumas explicações sobre como elas tinham ido parar na Pathfinder. Disse que a maioria das garotas eram internas ali porque moravam a uma grande distância a pé e tinham sido atacadas a caminho ou voltando da escola. Em quase todos os casos, aqueles foram crimes de oportunidade, tentativas de estupro por parte de bêbados desocupados à beira da estrada. Algumas garotas conseguiram escapar, mas outras não tiveram a mesma sorte. – Isso acontece muito – disse Joshua. – Mas, infelizmente, não há nada que se possa fazer.

A tristeza e a revolta produziram um nó em minha garganta que desceu como uma bola de chumbo pela boca do meu estômago. O que ele queria dizer com "não há nada que se possa fazer"? Poderíamos ensinar essas garotas a se defender. Dar-lhes algum tipo de chaveiro com alarme para estourar os tímpanos daqueles canalhas. Ou organizar um programa de autodefesa.

Pelo olhar raivoso e horrorizado de Amanda e Holly, percebi que nós três estávamos sentindo, se não pensando, a mesma coisa. Estava prestes a expor minha opinião quando Joshua acrescentou: – Sim, isso é muito triste para essas garotas, mas é assim que são as coisas no Quênia. – Ele explicou que o governo não fazia muito para parar com os estupros e, na maioria das vezes, os cidadãos locais também não. Disse que o melhor que podia fazer era manter as estudantes a salvo, para que isso não voltasse a acontecer.

– É muito bom para as garotas ter voluntárias como vocês aqui como modelos. Para lhes mostrar o que poderão conseguir se continuarem na escola e estudarem muito – disse ele, conduzindo-nos de volta à casa principal. Tive a impressão de que não era a primeira vez que ele falava sobre esse problema para voluntárias.

Criadas para acreditar que uma mulher tinha o direito de proteger seu corpo a todo custo, era nosso instinto inovar e defender um modo de pensar radical para manter as internas a salvo no futuro. Mas um dos principais motivos de a organização Village Volunteers ser tão eficaz em sua missão era que desenvolvia programas tendo em mente as sensibilidades locais, em vez de tentar impor ideais ocidentais. Então, por enquanto, mordemos nossas línguas. Parecia que o melhor a fazer era observar, aprender e simplesmente estar disponível para Joshua e as internas.

Como Holly e Amanda ficariam em um quarto mínimo na casa grande até os estudantes da Bastyr irem embora, dali a alguns dias, elas passaram suas horas após a refeição comigo e Irene em nossa cabana. Deitadas diagonalmente nas duas camas, nós quatro entramos em nossos pequenos mundos – Irene e eu estudando cuidadosamente livros, Holly fazendo lançamentos no diário e Amanda passando nossas fotos mais recentes para o computador. Grupos de internas passaram por nossa porta aberta, sorriram e acenaram, mas seguiram seus caminhos. Com o passar da tarde, mais garotas vieram dizer olá ou perguntar o que estávamos fazendo. Irene nos reapresentou a todas as garotas que entraram. Eram Naomi, Nancy, Esther, Calvin e a filha mais velha de Joshua, Sandra, uma garota de 13 anos que fazia as outras se sentirem menos inibidas em entrar.

No momento em que elas avistaram o computador, qualquer timidez que tivessem imediatamente desapareceu. – O que é isso que está fazendo, srta., humm...?

– Amanda – respondi.

– Srta. A-men-da – repetiu Naomi. – Por favor, pode nos ensinar sobre essa máquina?

– É claro que sim, venha aqui e eu lhe mostrarei algumas imagens.

– I-magens? – perguntou Nancy. – Ahh, sim, foto-grafias. Entendo – disse ela, sorrindo e se aproximando para ver a tela.

Embora Joshua tivesse mencionado que quase todas as internas falavam suaíli e inglês, fiquei surpresa com o quanto elas eram proficientes nesses idiomas. Sem falar no quanto eram dedicadas aos seus trabalhos escolares e a aprender coisas novas. Elas nos falaram sobre as matérias que estudavam e depois nos fizeram perguntas sobre os livros e equipamentos eletrônicos em nosso quarto.

– Meninas, vocês já assistiram a algum filme? – perguntei, lembrando-me dos DVDs piratas que trouxéramos do Peru.

— Sim, assistimos. Um voluntário que esteve aqui antes de vocês trouxe um filme – explicou Naomi. – Não me lembro do nome, mas era muito bom.

Eu procurei em nossa coleção os poucos títulos próprios para a idade delas e escolhi *O sorriso de Mona Lisa*. Nosso público ficou exultante. Seis internas se sentaram nas camas que havíamos juntado e ficaram hipnotizadas pelas cenas de garotas – apenas um pouco mais velhas do que elas – correndo ao redor do campus coberto de neve de uma escola.

Enquanto ficávamos sentadas assistindo, as garotas conversavam animadamente e, antes que o percebêssemos, estava havendo uma espécie de festa de pijama. Sandra tinha adormecido, Calvin e Holly distribuíam pirulitos e Naomi brincava com os cabelos de Amanda, o que levou Esther e Nancy a fazer o mesmo com os meus. Elas pegaram um punhado de fios e começaram a trançá-los.

— Seu cabelo é muito engraçado, srta. Jenni-fa. Não fica onde nós o colocamos – disse Nancy, rindo. – Tem um elástico que a gente possa usar?

— Sim. Eu sei. É engraçado – respondi com um sorriso sonolento, meus olhos quase se fechando devido à massagem relaxante na cabeça. – Holly, pode pegar alguns elásticos ali nas minhas coisas, por favor?

— Não, sua *mzungu* boba. Pegue você mesma – disse ela, mas, como sempre, fez o que pedi.

— *Mzungu* boba – Nancy repetiu. – Isso também é muito engraçado, srta. Holly.

— Sabe, quando cheguei aqui e ouvi a palavra *mzungu* pela primeira vez, não sabia se devia me sentir ofendida ou não – interrompeu Irene, erguendo os olhos do livro de histórias que estava lendo para Shana, a filha de dois anos de Joshua, que havia entrado com passos vacilantes depois das internas.

— Mas ela não é de modo algum pejorativa – continuou Irene. – Na verdade, fiquei sabendo que originalmente significava "viajante", referindo-se aos comerciantes europeus que chegaram no século XIX. *Mzungu* só se tornou sinônimo de "pessoa branca" devido à cor da pele deles.

– Impressionante, Irene. Você pesquisou mesmo – disse Amanda.

– Foi Emmanuel quem me explicou isso. Mas ele foi muito mais engraçado. Disse que embora houvesse muitos colonos europeus, todos pareciam iguais para a população local. Então, mesmo se pessoas diferentes passavam, os locais pensavam que era a mesma pessoa que tinham visto antes perambulando sem rumo porque estava perdida.

– Uma pessoa perambulando sem rumo porque estava perdida, é? – observei, lançando olhares de esguelha para Amanda e Holly.

Ah, sim. Certamente nós éramos *mzungus*.

CAPÍTULO DOZE

Amanda

KIMININI, QUÊNIA
SETEMBRO

A luz do sol mal tinha atravessado as cortinas em nossa sexta manhã na Pathfinder quando senti um gato pular para a cama na direção dos meus pés. Ele pisou no cobertor, usando minhas coxas como um poste de arranhar enquanto seguia na direção da minha cabeça. Tentando ansiosamente dormir, coloquei um dos braços para fora do cobertor e tentei empurrar o gato para o chão. Mas em vez de encontrar um pelo macio minha mão encontrou um corpo penugento e ao mesmo tempo um frenético *flap flap flap* encheu o ar.

– Ahhhh! Tirem isso de mim! Tirem! – gritei, arremessando o cobertor, e um ciclone de penas brancas, amarelas e castanhas através do quarto. A galinha bateu suas asas furiosamente e soltou cacarejos nervosos antes de sair atabalhoadamente pela porta.

Perto de mim, Holly gemeu e ajustou sua máscara para dormir para aproveitar mais algumas horas de sono.

– Ora, vamos, você não pode ficar tão perturbada – disse Irene, mais tarde no café da manhã, rindo enquanto usava um canivete Swiss Army para descascar sua manga. – Além disso, são vocês que estão dormindo no ninho dela, não o contrário. Ela botava um ovo ali todos os dias até vocês chegarem.

– Está dizendo que Joshua não se importa de uma galinha usar o segundo quarto como galinheiro?

– Bem, não. A família não se importa nem um pouco. Na verdade, provavelmente eles não gostariam se ela não pudesse entrar ali para fazer seu trabalho, por isso não a tranque do lado de fora.

– Mas ela está usando nossos cobertores e roupas para fazer um ninho – gemeu Holly, que finalmente percebeu que eu não tinha falado dormindo ou tido alucinações às seis horas da manhã. – Por que ela não pode ficar do lado de fora com todos os outros animais?

– Bem, ela é uma galinha muito inteligente – disse Irene. – Descobriu como abrir e fechar a porta.

– Como um velociraptor de *O parque dos dinossauros*! – acrescentou Jen, sempre capaz de encontrar uma referência do cinema adequada para a situação. Eu a olhei, carrancuda.

– O que foi? – perguntou ela, quebrando ostensivamente a casca de um ovo cozido contra o lado da mesa e o descascando lentamente. – Não fique de mau humor. Essa não foi uma situação tão *penosa*.

Minha carranca se transformou em um olhar fulminante. Ela me respondeu com um sorriso.

Eu passei uma boa camada de geleia em uma fatia grossa de pão (depois do episódio dessa manhã, jurei me tornar uma completa vegetariana) e me perguntei se me recusar a dividir minha cama com um animal de terreiro me qualificava oficialmente como uma patricinha da cidade.

Nós três esperávamos que o voluntariado no Quênia exigisse algumas grandes mudanças de estilo de vida, mas em minha opinião até agora todas nós tínhamos nos adaptado muito bem. Nessa semana, havíamos aprendido a tomar banho jogando copos cheios de água com sabão sobre nossas cabeças, aperfeiçoado nosso método de agachar, apontar e disparar no pequeno barracão de madeira, e desenvolvido uma técnica sutil para retirar quaisquer criaturas acidentalmente cozidas junto com nosso ensopado no almoço (em nossos jantares à luz de velas, apenas cruzávamos os dedos e esperávamos o melhor). Na verdade, além de minha disputa pelo terreiro, nenhum dos desafios físicos da vida em Common Ground tinha sido tão difícil quanto achei que poderia ser. Em vez disso, o que realmente me deixava desconcertada era a falta de um objetivo claro – ou até mesmo uma vaga ideia do que deveríamos fazer durante nosso tempo ali.

Talvez tenhamos lido artigos demais sobre férias de primavera alternativas e Habitat for Humanity, mas Jen, Holly e eu havíamos imaginado que, depois de nos apresentarmos como voluntárias no Quênia, um coordenador local nos poria imediatamente para trabalhar construindo casas, cavando poços, distribuindo suprimentos – fazendo qualquer coisa para melhorar a qualidade de vida da comunidade. Jen tinha sonhado com ser voluntária no Quênia, mas nos dias que antecederam nossa chegada Holly e eu nos sentimos quase tão ansiosas quanto ela por trabalhar duro várias horas diárias e cair na cama todas as noites nos sentindo exaustas, doloridas – e satisfeitas.

Mas as coisas não tinham sido como imagináramos. Ao chegarmos, soubemos que não haveria sessões de orientação, líderes de grupo ou diretrizes de voluntariado a seguir. Depois que Joshua nos apresentou a Mama Sandra e às 14 internas, deixou nós três fazermos o que quiséssemos. Achamos que o trabalho logo seria distribuído, por isso passamos o tempo não programado nos aclimatando e aproveitando os dias para caminhar pela fazenda ou explorar Kiminini. Todos os finais de tarde, depois de jogarmos *kati*, um tipo de queimado, com as internas, íamos nos lavar e jantar. Era quando uma de nós encontrava o momento certo para repetir a pergunta que tínhamos feito para Joshua de várias formas desde que chegáramos. – Há algo que possamos fazer para ajudar?

Ele dava de ombros e nos dizia que apenas nossa presença estava tendo um impacto positivo. E talvez tivesse algo para fazermos no dia seguinte.

Jen e Holly ficavam tão perplexas quanto eu com essa resposta. Tínhamos vindo de tão longe para essa área rural do Quênia para ser voluntárias – e realmente não havia *nada* para fazermos?

Parte do motivo de termos optado pelo Village Volunteers, em vez de uma organização sem fins lucrativos maior e mais proeminente, foi nos garantirem que quase todo o pagamento mensal do programa seria transferido para as mãos das pessoas mais necessitadas. Despesas gerais e administrativas menores se traduziam em menos desperdício, mas, como estávamos aprendendo, também não havia nenhum orçamento para um coordenador orientar os novos voluntários. Tecnicamente Joshua fazia esse papel, mas estava ocupado demais supervisionando uma escola, operando uma fazenda, dirigindo uma ONG e sendo pai de cinco filhos.

Tentando descobrir se estávamos fazendo algo errado, Jen pegou seu bem organizado arquivo do Village Volunteers e examinou suas páginas. Descobriu uma parte que havíamos negligenciado ou deixado de interpretar literalmente e a leu para nós.

"O Volunteer Program não visa fornecer um horário altamente estruturado que garanta oito horas de trabalho por dia. Os voluntários com as experiências mais satisfatórias são os muito automotivados e que precisam de pouca orientação. Eles entendem que o ritmo de vida é muito mais lento do que aquele a que estavam acostumados em casa, e 'fazer uma diferença' pode ser simplesmente fazer uma criança sorrir."

Irene, que estava lendo *O fim da pobreza*,* de Jeffrey Sachs, deixou o livro de lado tempo suficiente para reiterar a mensagem: se quiséssemos causar um impacto positivo ali, não poderíamos esperar que Joshua, Shana ou outra pessoa inventasse um projeto para nós. Teríamos de descobrir nossos talentos e encontrar um modo de usá-los. Aquilo era simples e lógico – e mais fácil de dizer do que fazer.

Logo percebi que a maioria das habilidades idiossincráticas que havia aperfeiçoado em minha profissão – transformar jogos de palavras em títulos concisos ou me lembrar imediatamente do número de gramas de gordura de um determinado alimento – não tinham nenhuma aplicação prática em meu novo ambiente. Na verdade, nenhuma de nós possuía um conjunto de habilidades ideal para o voluntariado. Ao contrário dos estudantes da

---

* São Paulo: Companhia das Letras, 2005. (N. da T.)

Bastyr, não fomos treinadas para administrar vacinas ou medicamentos às famílias que esperavam horas ou até mesmo dias por tratamento na clínica médica local. E, mesmo se tivéssemos obtido nossos certificados oficiais TEFL (uma exigência para ensinar inglês como uma língua estrangeira), o que não tínhamos, a escola de Pathfinder já contava com uma equipe de jovens quenianas para fazer esse trabalho.

Nem mesmo minhas tentativas de ajudar na cozinha, embora apreciadas pelo cozinheiro, Peter, foram tão bem-sucedidas com os outros voluntários. O pão chapati que tentei fazer – claramente a tarefa mais à prova de idiotas da cozinha – ficou com a consistência de uma massa de modelar Play-Doh. As garotas procuraram ser gentis tentando tirar a substância pegajosa do céu de suas bocas, mas suas expressões disseram tudo.

Naquele dia, tomando café da manhã com elas, quis saber se eu poderia ser mais um problema para o programa de voluntariado do que uma solução. Talvez devesse desistir agora, quando já estava atrás dos demais?

– Não faça isso – disse Irene. – Olhe, você é uma jornalista. Talvez possa escrever algumas matérias sobre o Village Volunteers enquanto está aqui. Divulgar o programa seria uma das coisas mais importantes que poderia fazer.

Aquilo era uma sugestão perfeitamente razoável e algo que eu já havia considerado, mas não um tema muito apropriado para o café da manhã. Olhei de relance para Jen e vi seus olhos arregalados, como se tivesse acidentalmente engolido algo que deveria ter tirado de sua tigela. Coloquei um grande pedaço de pão na minha boca e não respondi.

Como ainda não tínhamos identificado um real objetivo ou uma rotina ali, eu já havia começado a voltar aos meus hábitos familiares – e isso significava passar cada vez mais tempo na frente do laptop. Tinha até mesmo ido para Kitale algumas vezes com Joshua para visitar um espaço apertado e excessivamente quente que abrigava alguns velhos computadores com conexão discada. Provavelmente era ridículo fazer uma viagem de uma hora apenas para ler e-mails, mas não parecia haver uma alternativa viável. Se eu deixasse passar muito tempo antes de entrar em contato com as minhas editoras, elas encontrariam outra pessoa para fazer o trabalho.

Felizmente, fomos todas salvas do embaraçoso silêncio pela volta da visitante do início da manhã. Demorei um segundo para identificar o vulto cor de neve que entrou correndo por baixo da musselina que cobria a porta da frente, mas Holly teve uma percepção mais rápida.

– Ah, não! Fora! *Fora!* – gritou ela, correndo atrás da galinha que disparava na direção do nosso quarto. Um coro de cacarejos e alvoroçar raivoso de penas deixaram clara a intenção da ave. No final, foi Holly a primeira a recuar e se retirar para a segurança do sofá.

Alguns minutos depois, a ave saiu empertigada do quarto e atravessou calmamente o chão coberto de esterco, voltando para o quintal. Erguendo-nos de um pulo, corremos para espiar pela porta do quarto. Lá, como Irene havia previsto, estava um grande ovo branco – bem em cima do travesseiro de Holly.

Ao passarmos mais tempo com as garotas na Pathfinder, o que mais me surpreendeu foi que agiam como estudantes típicas dos Estados Unidos – contavam piadas, sussurravam segredos, faziam travessuras e implicavam umas com as outras. Segundo Joshua, quase todas tinham perdido pelo menos um dos pais devido à malária, AIDS ou à falta de assistência médica, e todas haviam sido tiradas de suas casas para viver ali. Considerando-se essas circunstâncias desafiadoras, era notável que a maioria fosse tão expansiva e parecesse tão bem adaptada. Elas até mesmo formavam panelinhas e representavam papéis arquétipos de que ainda me lembro dos tempos do ginásio. Nesse grupo, a bela Calvin era a mulher alfa com um grupo de amigas que seguiam todos os seus movimentos e prestavam atenção a todas as suas palavras. Naomi, a pequena atleta veloz era definitivamente quem você queria do seu lado sempre que alguém pegava a bola para jogar *kati*. No grupo também havia a tagarela (Constance), a irmã mais velha (Sandra), a palhaça (Tracey) e a encrenqueira (Diana).

Era a desajeitada e desengonçada Barbara que involuntariamente fazia o papel da estranha. Mais alta do que as outras, tinha um problema físico que a fazia mancar, por isso era tão tímida que as garotas raramente a convidavam para brincar com elas de pique ou salão de beleza, ou sequer andavam mais devagar para que não fosse a última da fila para o jantar.

Para ajudar todas as garotas a se conhecerem melhor e encorajar algumas das mais tímidas a participar, inventamos um jogo chamado "Minhas Coisas Favoritas". Consistia em nos sentarmos em um círculo e nos revezarmos dizendo as coisas de que gostávamos, como refeições, jogos e escola. Quando Holly explicou isso às internas, algumas pareceram confusas.

– Mas srta. Holly. Eu não een-tendo – disse Alice, que estava usando o mesmo vestido de tafetá amarelo com narcisos que usava desde que chegamos. – O que é essa terceira palavra, fa-vo-ri-tas?

Não havia nos ocorrido que, para elas terem coisas favoritas, precisavam ter escolhas: o que queriam comer e fazer, para onde queriam ir. A palavra não lhes fora ensinada em suas aulas de inglês, por isso lhes perguntamos se elas sabiam o que significava a palavra "melhor".

– Por exemplo, sua cor *melhor* é vermelho ou azul? – explicou Holly. – Vermelho ou verde?

As garotas fizeram um sinal afirmativo com a cabeça para mostrar que entendiam, e então nos revezamos expressando nossas preferências.

– OK, Nancy, qual é sua melhor atividade? – perguntou Jen à interna que usava um vestido largo de chita cor-de-rosa, uma das garotas da panelinha de Calvin. – O que você faz depois da escola?

– Minha melhor a-tii-vidade é... lavar pratos.

Jen sorriu. – Ah, isso é bom, mas queremos dizer... O que você gosta de fazer para se divertir? Depois da escola, quando está brincando com suas amigas?

– Sim, eu entendo – disse Nancy, parecendo confusa. – Gosto de... limpar talheres?

Achei que ela não tinha entendido a pergunta, mas quase todas as internas deram respostas parecidas: *Arear talheres. Varrer o chão. Carregar água. Alimentar as galinhas.* Os "melhores alimentos" das garotas incluíam milho, arroz, feijões e pão chapati. Nenhuma delas mencionou doces ou lanches, embora estivessem disponíveis a menos de um quilômetro na estrada em Kiminini.

Nós mudamos o jogo e perguntamos às garotas o que elas queriam ser quando crescessem. Várias disseram que queriam ser fazendeiras, enfermeiras ou freiras, mas algumas tinham planos mais grandiosos.

– Eu gostaria de ser uma secretária em Nairóbi. Ou policial!
– gritou Diana, erguendo-se de um pulo e cruzando os braços como uma rígida policial.

– Se eu pudesse estudar nos Estados Unidos – disse Alice, parecendo sonhar com a possibilidade –, iria para a universidade e me tornaria médica.

– Sim, sim, eu também – respondeu Constance, assentindo vigorosamente com a cabeça. – Mas gostaria mais de ser uma cirurgiã. Isso é possível na América!

À menção daquela terra do nunca mística e distante o tom da conversa mudou. Subitamente várias garotas decidiram que precisavam ir nos visitar depois de saírem da Pathfinder e quiseram que lhes falássemos sobre os Estados Unidos.

Como era viver na América? Todos se vestiam de um modo tão esquisito quanto nós? Como eram os astros de cinema e rappers na vida real? Éramos amigas de Madonna e Beyoncé?

– Então vocês gostam de música norte-americana, é? – perguntei. – Só um segundo... Volto logo.

Corri para a cabana das voluntárias e voltei pouco depois com meu iPod cor-de-rosa e minhas novas caixinha de som, uma compra feita por impulso em meu último dia em Nova York.

Criei uma pequena lista de reprodução de músicas dançantes de sucesso e aumentei o volume. O aparelho produziu apenas alguns decibéis de música, mas isso foi mais do que suficiente. Ao ouvirem os primeiros acordes de "Crazy in Love" as internas, que estavam sentadas com as pernas cruzadas, se levantaram e começaram a dançar.

Aquilo virou um alegre pandemônio. Elas pularam, giraram e balançaram os braços loucamente às batidas de J-Lo, Jay-Z e Christina Aguilera. Nós quatro fomos puxadas por suas pequenas mãos ansiosas e rodopiamos juntas na relva entre o dormitório delas e a cozinha. Notando que algo estava acontecendo, Mama Sandra saiu da casa. Fiquei muito aliviada quando, em vez de nos fazer parar, ela deu uma estridente gargalhada. Pelo menos sabíamos que não estávamos corrompendo as garotas com música inapropriada.

Apenas para dar vexame, apresentei uma coreografia em estilo livre de hip-hop.

– Srta. Amanda, pare! Por favor, faça isso de novo! – gritou Naomi. – Me mostre essa dança para eu poder imitar.

De todas as internas, Naomi era definitivamente a mais ansiosa por aprender. Jen e eu achávamos que, em outras circunstâncias, era quase certo que ela seria algum tipo de atleta – corredora, jogadora de futebol ou talvez até mesmo uma pequena ginasta.

Repeti a versão do que acabara de fazer e Naomi imitou quase perfeitamente os meus movimentos. Logo todas queriam fazer o mesmo. Até mesmo Barbara se aproximou para se juntar ao grupo, e Irene a ajudou a repetir devagar os passos que eu dava.

Quando minha lista de reprodução terminou, vaga-lumes iluminavam o anoitecer. A pedido das internas, pressionei o botão de repetir e começamos tudo de novo.

– OK, garotas, acho que Mama Sandra quer que todas entrem para jantar – ouvi Holly dizer. A noite estava quase negra como piche lá fora.

As internas se retiraram, mas somente depois que prometemos fazer aquilo de novo amanhã. E no dia seguinte. E no dia depois desse. Nossas aulas de dança noturnas tinham oficialmente começado.

Alguns dias depois, nós quatro estávamos entocadas lendo na cabana de Jen e Irene quando ouvi uma batida na porta.

– *Karibu!* – disse Irene em suaíli instruindo a pessoa a entrar.

Houve uma pausa e depois Naomi abriu a porta e espiou para dentro. – Srta. Amanda? Já está pronta para vir agora? Há muitas alunas esperando.

Eram 17:45 e faltavam 15 minutos para o início da aula de dança, mas Naomi parecia temer que não fôssemos. Eu havia presumido que deixaria de ser uma novidade ouvir as mesmas músicas e repetir passos parecidos, mas as internas se tornavam mais dedicadas dia após dia. Tínhamos transferido nossas lições para uma sala de aula na Pathfinder, um dos poucos prédios com eletricidade. Assim poderíamos continuar a dançar após o cair da noite.

Naomi esperou que nós quatro nos calçássemos e depois seguiu à nossa frente para a sala de aula. Ela tinha razão; quase todas as internas já estavam lá. Barbara e Sandra afastavam as mesas e cadeiras para um canto nos fundos enquanto as garotas mais novas esperavam.

– *Habari*, meninas, obrigada por virem tão cedo – eu disse, olhando ao redor. – Vocês deixaram essa sala parecendo um verdadeiro estúdio de dança. Estão prontas para começar?

Enquanto elas davam em coro suas respostas, tirei o iPod de minha bolsa e o coloquei no quadro-negro. Mesmo antes de me virar, soube exatamente o que ouviria a seguir.

– Shah-kee-rah! Shah-KEE-rah! – gritaram as garotas, não menos ansiosas por ouvir "Hips Don't Lie" emanando do diminuto alto-falante do que ficariam por assistir à cantora ao vivo no Madison Square Garden. Eu havia tocado a música pelo menos oitocentas vezes, mas as garotas nunca se cansavam dela.

– Ainda não, garotas – eu disse, assumindo meu papel de professora. – O que vem antes disso, no começo da aula de dança?

– O aquecimento! – gritou Naomi, feliz por saber a resposta.

– Está certo. OK, vamos começar. Todas em pé com os pés afastados na distância dos quadris. Ergam os braços acima da cabeça e inspirem profundamente – eu disse, guiando as garotas em uma série de alongamentos suaves e movimentos de baixo impacto. – Agora deixem o ar sair devagar... Bom... Vamos repetir isso.

Esse aquecimento – algo que havia feito umas poucas vezes com as internas – era uma versão integral do que eu fizera centenas de vezes na infância. Quando tinha cinco anos, minha mãe matriculou a mim e a minha irmã em aulas de ginástica, a atividade perfeita para duas garotas com energia contida suficiente para demolir sua casa perfeitamente arrumada.

Nós duas nos sobressaímos no esporte, por isso, quando atingimos a idade apropriada, minha mãe nos mandou para Houston para sermos treinadas por Bela Karolyi, técnica das medalhistas de ouro olímpicas Nadia Comaneci e Mary Lou Retton. Fui bem-sucedida sob a forte pressão, mas quando uma lesão nas costas me tirou da competição não quis desistir totalmente do esporte.

Ainda não posso acreditar que, quando eu tinha 14 anos e era mais nova do que algumas daquelas internas, uma academia de ginástica local me contratou para dar aulas. Dava três por dia, todos os dias, depois da escola. Meus alunos não só me ouviam como também me *adoravam*, o que me deixava espantada na época. Continuei a dar aulas de ginástica durante todo o ensino médio e parte da universidade, mas decidi parar no meio do segundo ano, quando me ocorreu que muito em breve entraria no "mundo real" e deveria começar a me preparar para ele.

Enquanto muitas das minhas amigas na Florida State iam a festas ou relaxavam na praia, procurei o centro profissional da universidade para obter informações sobre estágios. Nas férias de primavera do segundo ano, deixei de fazer uma viagem a Cancún com minhas irmãs de fraternidade e voei para Nova York, onde consegui um estágio de verão na Miramax Films. Depois de oito semanas vendo cortes preliminares de filmes, fazendo clipagens de artigos da revista *Variety* e reconhecendo celebridades no escritório, soube que tinha de fazer duas coisas depois de me formar: me mudar para Nova York e arranjar um emprego na área de entretenimento.

Quase imediatamente depois de obter meu diploma, foi exatamente isso que fiz. Quando consegui um emprego na cidade, há muito já havia tirado "professora de ginástica" do meu currículo. Minha paixão por trabalhar com crianças fora bem guardada junto com meus álbuns de colagem do ensino médio e minhas velhas sapatilhas de balé. Na verdade, enterrei tão bem esse lado meu que anos depois, quando Irene nos fez seu discurso sobre "talentos e habilidades", não me ocorreu que um dia eu havia sido professora e mentora de muitas garotinhas. Somente quando minhas colegas voluntárias e eu começamos a passar várias horas todos os dias com as internas, lembrei-me do outro trabalho em que já havia sido muito boa e comecei a achar que, afinal de contas, poderia ter algo a oferecer ao programa Common Ground.

Durante as aulas dessa noite, quis experimentar uma coisa um pouco diferente. Depois de apertar o botão para REPETIR Shakira 801 vezes, parei o iPod e fiz um anúncio.

– Agora quero que todas vocês se enfileirem no canto da sala e olhem para mim. Não mexam seus pés ainda, só olhem para mim – disse para as garotas quando elas imediatamente começaram a imitar o que eu estava fazendo. Expliquei que, em vez de lhes mostrar os movimentos, queria que *cada uma delas* se revezassem ensinando à classe. Elas ficaram boquiabertas e pareceram muito nervosas.

– É como seguir o líder – eu disse. – Todo mundo começará aqui no canto, e uma pessoa atravessará a sala dando os passos que quiser. Pode ser qualquer coisa. Pisadas fortes como as de um elefante. Investidas para o lado. Pular na ponta dos pés. Então todo mundo imitará esses passos até chamarmos a próxima pessoa para liderar.

Depois que Jen, Irene e eu fizemos uma demonstração, as garotas entenderam rapidamente. Coloquei a música para tocar e elas riram histericamente quando fui primeiro, jogando a cabeça para frente e para trás em uma versão do andar pomposo das galinhas. Naomi foi a seguinte e andou rapidamente com passos curtos pondo um pé sobre o outro e sacudindo os ombros. Depois veio Diana, seguida por Nancy e Barbara que, entendendo o espírito da coisa, fez movimentos de funk e impressionou as outras garotas. Uma a uma, cada aluna teve sua chance de liderar. Qualquer vergonha que pudessem ter de ser o centro das atenções desapareceu depois da primeira rodada. Na segunda, já dominavam totalmente a situação.

O ímpeto e a energia na sala começaram a aumentar e em um determinado ponto se tornou impossível dizer quem era a líder e quem seguia atrás. Agora nós, professoras e alunas, nos movíamos em um grande círculo, levantando uma nuvem de poeira na sala como uma tempestade chegando. As garotas gritavam e riam, totalmente absortas no momento.

Não parecia importar se não se podia mais ouvir a música que vinha do pequeno alto-falante ou se a luz falhava, mergulhando a sala por alguns segundos na semiescuridão. Totalmente energizadas, as garotas pareciam criar sua própria música e luz. Nada do que tinha lhes acontecido antes de chegarem à Pathfinder e do que viria depois parecia importar agora. Naquele momento, elas podiam baixar a guarda e se soltar – ser apenas garotinhas.

Não sei por quanto tempo dançamos em um frenesi até ficarmos todas suadas e suficientemente exaustas para desabar no chão umas sobre as outras. Levantando a cabeça para olhar ao redor da sala, meus olhos encontraram os de Naomi, que parecia totalmente ofegante.

Ela me deu um sorriso, que retribuí. Sabia que provavelmente havia uma regra contra uma professora ter uma aluna favorita, mas eu tinha. Naomi definitivamente era minha "melhor" aluna.

– Ufa. Nós. Vamos fazer isso. De novo. Amanhã? – perguntou ela, como se eu pudesse subitamente desistir.

Fingi pensar na pergunta por um momento antes de responder.

– Sim. Vejo vocês aqui às seis.

Nos dias que se seguiram, Jen, Holly, Irene e eu vimos algumas mudanças notáveis em "nossas" garotas. Muitas eram tímidas quando as conhecemos, e lhes faltava um sentimento de coesão. Mas finalmente, uma a uma, todas começaram a se abrir, se tornar mais confiantes. Dentro do contexto das aulas de dança, assumiam riscos e, em sua maioria, apoiavam os esforços umas das outras, independentemente de quem liderava e quem seguia.

É claro que elas ainda se provocavam. Mas isso parecia amigável, um modo de se unirem, e não algo destrutivo.

Nós quatro, que àquela altura já éramos professoras de dança, queríamos manter o progresso depois de nossa partida, deixar para trás algo mais duradouro do que algumas rotinas. Pusemos nossas cabeças para trabalhar juntas, mas no final foi Jen quem teve a ideia de escrever uma peça.

Talvez fosse muito mais fácil pegarmos um roteiro na Web, como o de *Alice no país das maravilhas* ou *Cinderela*, mas rejeitamos rapidamente essa opção. O que as internas realmente aprenderiam com um conto de fadas sobre uma criada magicamente transformada em princesa?

Em vez de adotar a história de outra pessoa, decidimos escrever nosso próprio roteiro – um com uma poderosa heroína. Queríamos mostrar às garotas que elas possuíam a força para superar as adversidades e fazer grandes mudanças em seu mundo – sem a necessidade de um vestido bonito ou uma fada madrinha. Com a ajuda de Shana Greene e algumas pesquisas on-line, descobrimos que poucas mulheres no Quênia – ou em qualquer outro lugar – incorporavam mais o espírito do autofortalecimento do que Wangari Maathai.

Conhecida como a "Mãe das Árvores da África", Maathai foi fundadora do Movimento do Cinturão Verde, um grande esforço conjunto para ajudar as mulheres a conservar o ambiente e melhorar sua qualidade de vida plantando árvores. A organização de Wangari Maathai as ajudou a plantar mais de 40 milhões de árvores nas terras de suas fazendas, escolas e igrejas, esforços que reverteram um pouco do desmatamento que ameaçava o futuro do Quênia.

O que nós admirávamos em Maathai não eram apenas seus esforços ambientais inovadores, mas o fato de ela lutar muito por aquilo em que acreditava. Apesar de ter sido presa várias vezes por suas crenças políticas (era defensora de eleições multipartidárias e dos direitos das mulheres) e espancada pela polícia por suas tentativas de proteger o ambiente, Maathai nunca abandonou suas convicções. Somente depois de décadas de luta finalmente foi inocentada. Em 2002, foi eleita para o parlamento do Quênia por uma incrível maioria de 98% dos votos e, em 2004, tornou-se a primeira mulher africana a ganhar um Prêmio Nobel da Paz.

Esperávamos que esse fosse o tipo de modelo que sensibilizaria as internas, uma supermulher da vida real da qual podiam se orgulhar, e que talvez um dia seguissem. Depois que Shana nos enviou vários documentos com informações sobre Maathai, nós quatro passamos noites após as aulas de dança escrevendo nossa obra. Embora achássemos que poderia ser difícil transformar a biografia de Maathai em um roteiro adequado e atraente para crianças, a vida dela era cheia de momentos dramáticos e de ternura que contribuíam para uma história muito interessante com papéis mais do que suficientes para todas as internas.

Depois de uma semana escrevendo, finalmente a peça *A Tree Grows in Kenya** (ou pelo menos uma cópia dela) ficou pronta, mas ficamos frustradas com as copiadoras de Kitale. Nenhuma delas parecia capaz de imprimir mais de uma página de cada vez, o que tornava a impressão do roteiro uma tarefa desanimadora. Irene e Jen se ofereceram para ir à abafada papelaria e se revezar tirando cópias e separando manualmente 18 roteiros.

– Não faz sentido nós quatro ficarmos aqui esperando a tinta secar – disse Jen. – Por que você e Hol não vão à mercearia, ao

---

* *Uma árvore cresce no Quênia.* (N. da T.)

cibercafé ou algo no gênero e se encontram conosco no ponto da *matatu* lá pelas 16:30?
– Está falando sério? – perguntei. – Isso seria ótimo. Tem certeza? Realmente tenho seis coisas que preciso enviar, e enquanto estivermos na cidade seria...
– Só não demore muito – me preveniu. – Não podemos partir depois das 16:45 se quisermos chegar a tempo das audições.
– É claro, sem problemas. Encontraremos você no ponto da *matatu* daqui a meia hora – eu disse, correndo para pegar minha bolsa e ir para o café.
– Amanda.
Parei.
– Falando sério, já estamos com pouco tempo. Sei que você tem coisas para fazer, mas há dias prometemos às garotas começar exatamente às seis.
– Sim. Eu entendo. Se por algum motivo algo acontecer, pegarei a próxima *matatu* logo depois de vocês... em no máximo 45 minutos.
Virei-me para confirmar que ela estava de acordo com isso e vi seu semblante se anuviar, apenas por um segundo. Então, tão rápido como viera, a emoção se foi.
Ela suspirou e me entregou o cartão de memória do computador.
– Ei... obrigada – eu disse, parando a caminho da saída.
Jen não respondeu. Ela se virou de novo para a pilha de papéis e começou a separá-los.

O céu já estava azul-marinho, quase preto, quando peguei o táxi-bicicleta *boda boda* mais ou menos no último quilômetro para o Common Ground. Eu tinha deixado meu relógio na cabana das voluntárias, por isso não sabia exatamente o quanto estava atrasada. Mas sabia que, independentemente do que o mostrador Indiglo pudesse ter dito, as notícias não seriam boas.

Como Jen havia previsto, fiquei mais na cidade do que prometera – pelo menos mais uma hora, ou talvez mais. Isso fez com que me sentisse péssima. Provavelmente as garotas tinham esperado o máximo possível por mim antes de pegarem a *matatu* de volta para a fazenda.

Agh. Eu sabia que deveria ter terminado mais rápido, voltado a tempo. As audições daquela noite estavam entre as coisas mais importantes que planejáramos durante nosso tempo na Pathfinder Academy, e eu as estava perdendo.

Pensando novamente naquilo, achei que não era realmente minha culpa. Como poderia saber que depois de tanto tempo sem trabalho receberia um e-mail de uma editora de revista dizendo que tinha adorado minha ideia de "Remédios Tradicionais de Todo o Mundo que Curam"? Ou que o único modo de ela poder me destinar esse trabalho seria eu lhe enviar exemplos adicionais e nomes de possíveis especialistas até o dia seguinte? Ao ler aquilo, tentei escrever um memorando com algumas ideias, mas estava com muita pressa e me esqueci de salvar o documento. Quando a luz faltou, como quase sempre acontecia, perdi metade do trabalho. Ao repetir o processo e clicar em "enviar" em meu e-mail, me dei conta de que minhas amigas já tinham ido embora havia muito tempo. Acho que simplesmente não percebi o tempo passar até sair e ver que a noite já tinha caído.

Precisei de dez minutos (e de pagar o triplo do preço normal) para convencer o motorista do *boda boda* a me levar para a Pathfinder na semiescuridão, mas finalmente consegui. Com o coração batendo forte e a respiração acelerada, passei praticamente correndo pelo guarda na entrada da fazenda e segui para o complexo de construções.

Do lado de fora, na escuridão, era fácil ver a sala de aula bem iluminada. As garotas seguravam os roteiros que Jen e Irene tinham imprimido, e algumas estavam em pé no meio da sala lendo as falas. Tentei ser o mais discreta possível ao me esgueirar para dentro e silenciar minha respiração, mas todas pararam o que estavam fazendo e me olharam. Então Irene pediu gentilmente que voltassem a prestar atenção aos seus roteiros e elas continuaram o que estavam fazendo. Apesar da minha mortifi-

cação, uma pequena parte de mim se emocionou ao ouvir as internas lerem as palavras que tínhamos escrito para elas.
— Srta. Amanda! Você está bem? Está segura agora — sussurrou Naomi, claramente preocupada, vindo se sentar perto de mim quando deslizei para uma cadeira atrás de uma das escrivaninhas de madeira. — Estávamos achando que você não viria. Estamos quase terminando por hoje.

Terminando? Elas não poderiam estar terminando. Erguendo os olhos para o relógio acima do quadro-negro, senti um arrepio percorrer meu corpo: 19:42. Ah, meu Deus, eu basicamente havia perdido tudo — além de deixar as garotas preocupadas por ter ficado fora após o escurecer.

Permaneci em silêncio durante todo o jantar, apenas ouvindo Jen, Holly e Irene discutirem como tinham sido as audições e qual interna seria certa para qual papel.

Depois que limpamos nossos pratos e fomos lá para fora, puxei Jen para um lado.

— Ei, você tem um segundo? — perguntei delicadamente. Eu a conhecia bem o suficiente para saber que estava chateada.

— Sim... O que houve?

Nós ficamos na semiescuridão segurando os lampiões de querosene que levávamos para as cabanas todas as noites. Pude ouvir a movimentação tranquila do gado no pasto logo atrás das cabanas das voluntárias. No início, tinha sido um pouco desconcertante viver tão perto dos animais, mas agora a presença deles — os passos suaves e mugidos profundos — era reconfortante.

As palavras saíram em uma torrente confusa. — Jen, nem sei por onde começar. Sei que você me lembrou da hora do início das audições. Não posso acreditar que a perdi. Sinto tanto por você, Irene e Holly...

— Ei, você não tem de sentir por nós. — A voz de Jen foi dura e ela transferiu seu peso de um pé para o outro. A luz do lampião projetou sombras compridas em seu rosto, tornando sua expressão quase indecifrável. — Quero dizer, teria sido ótimo para as internas você estar ali, mas, sinceramente, não é preciso quatro pessoas para fazer audições para 14 garotas. Nós conseguimos fazer isso sozinhas.

— Eu sei, mas realmente queria muito estar ali, assistir às garotas lendo os papéis. — Afastei o redemoinho de insetos atraídos pela luz em minha mão.

— É mesmo? Sem querer ofender, Amanda — disse ela calmamente —, mas acho que não queria.

Isso me fez erguer a cabeça.

Dei um passo para frente e segurei o lampião mais alto.

— É claro que queria. Só que algo inevitável aconteceu, uma editora tinha algumas perguntas para mim que eu precisava responder imediatamente, e não podia esperar mais três dias.

— Estou certa de que era importante. Sempre é. Mas a verdade é que esta noite você fez uma escolha. Entre essa coisa premente do trabalho, fosse o que fosse, e as audições que tínhamos preparado para as garotas durante toda a semana. E uma simplesmente foi mais importante do que a outra.

Tentei pensar em uma resposta, encontrar um modo de mostrar a Jen que as internas significavam mais para mim do que um e-mail estúpido, mas não consegui. Eu *tinha* escolhido uma editora desconhecida e sem rosto que poderia decidir me destinar uma matéria, em vez de 14 internas com quem passara todos os dias desde que chegara ao Common Ground. Prometera às garotas que apareceria, chegaria lá a tempo, e elas acreditaram em mim. Não bastava que Jen, Irene e Holly tivessem ido por mim. Eu havia sido a única de nós quatro a desapontá-las.

Eu não só tinha priorizado minhas necessidades profissionais em vez das garotinhas que passaram a confiar em mim como também desapontara minha melhor amiga. Não precisava ver o rosto dela na escuridão para saber disso.

Ouvi Holly reclamando e batendo em coisas debaixo do seu mosquiteiro antes de ela ligar sua lanterna de cabeça e afastar a rede de náilon do seu corpo.

– Ei, você está acordada? – sussurrou, enquanto eu acendia minha lanterna de cabeça em resposta. Acordada? Eu estava acesa como um bastão luminoso. Sentia-me como uma drogada que achava que havia baratas andando por todo o seu corpo. Só que os insetos que Holly e eu imagináramos que se moviam debaixo de nossos lençóis eram muito, muito reais.

As estudantes da Bastyr tinham desocupado a cabana naquela manhã, por isso Hol e eu finalmente conseguimos ir para lá e ter nossas próprias camas em um quarto particular e livre de galinhas. Infelizmente, parecia que tínhamos novas visitantes. No segundo em que as luzes se apagaram, ouvi o roçar de pequenas patas de baratas correndo próximas. Descendo pelas paredes. Perto dos meus pés. Da minha cabeça.

Corri na direção da parede e acendi a lanterna de cabeça. Holly deu um grito de fazer gelar o sangue enquanto batia na cabeceira da cama com uma revista enrolada. – Ah, meu Deus, elas estão por toda parte! Não podemos dormir assim! O que vamos fazer?

Eu não entendia como, já que três pessoas haviam dormido nesse quarto logo antes de nós, ninguém tinha notado que os estrados de madeira das camas estavam infestados de baratas. Quando uma lata inteira de spray Doom não conseguiu matar todas elas, tentamos ser corajosas, tolerar as *mendes* (baratas) que as internas pareciam chocadas por nós temermos. – Não temos medo delas. Elas não lhes farão mal – Naomi dizia sempre para mim. Mas essa noite, enquanto Holly e eu levitávamos acima de nossos colchões e tentávamos não gritar alto o suficiente para que Joshua e Mama Sandra viessem correndo, concluí que um pouco de medo provavelmente era saudável.

– Vamos para a cabana de Jen e Irene – eu disse, sacudindo por bons motivos minha blusa de moletom e a vestindo.

– Eu estava rezando para você dizer isso! – disse Holly, apressando-se a calçar seus sapatos.

Nós batemos de leve na porta e entramos na outra cabana. As garotas estavam lendo tranquilamente em suas camas não contaminadas.

– Eu vou lá dar uma olhada – disse Jen. – Se as coisas realmente estiverem tão ruins, vocês podem ficar aqui esta noite. Vamos dar um jeito nisso.
– Vou com você – eu disse.
Jen colocou sua lanterna de cabeça antes de ir lá para fora.
– As cabeceiras estão realmente infestadas?
– Sim, e é horrível – eu disse, aliviada por Jen e eu estarmos falando sobre algo além de computadores, e-mails ou audições perdidas. Mesmo se fosse sobre insetos na minha cama.
– Isso não lembra você daquela vez em Belize? – disse Jen.
– Do bombardeio de baratas?
– Ah, sim, totalmente! – Ri. Belize foi o primeiro lugar onde Jen e eu passamos férias juntas depois de arranjar "empregos de verdade" em Nova York. Gastamos um dinheirão em um alojamento na selva em Cayo District e nos instalaram em uma cabana coberta de sapê com um galho de árvore no teto. Isso não teria sido um problema se no galho não houvesse um ninho de baratas. Não importava o quão rápido as matávamos, mais surgiam e caíam no chão. Então, como se nosso pânico incitasse o delas, as baratas começaram a *voar* direto para nossas cabeças. Nós saímos para a varanda e gritamos por uns bons cinco minutos antes de um guarda ir acordar a mulher do dono na casa principal.
– Isto é a *selva*, meninas. Temos coisas vivas aqui – disse ela, irritada por interrompermos seus belos sonhos e tê-la feito descer para ver qual era o motivo de tanto estardalhaço. Ela mal tinha acabado sua frase quando a maior de todas as baratas pousou em seus cabelos, fazendo-a ter ataques de terror. A última coisa de que me lembro é de que fiquei do lado de fora vendo a mulher rechaçando algumas baratas antes de finalmente sair e trocar nosso quarto.
Agora Jen olhava para os estrados de nossas camas, cheios de baratas reluzentes, e disse algo que me fez abandonar o quarto para sempre.
– Uau... Provavelmente elas também estão nos colchões. Droga. Eu não tinha pensado nisso.

– OK, vocês vão ficar em nossos quartos. As camas são um pouco maiores do que as de solteiro, por isso acho que dá para dormirmos com a cabeça na direção dos pés uma da outra. Não é o ideal, mas realmente vocês não podem dormir aqui.
– Tem certeza? Quero dizer, isso não seria muito invasivo?
– Invasivo? – Ela parou e projetou sua lanterna de cabeça diretamente no meu rosto. – Você é ridícula, sabia?

Nós entramos novamente na cabana dela e rimos. Holly não havia se preocupado com ser invasiva. Já havia se enfiado debaixo das cobertas de Jen, posto sua máscara para dormir e abaixado o mosquiteiro.

– Hum, Irene, eu nunca teria pedido isso se a situação das baratas não fosse realmente ruim, mas não se importa se eu dividir...
– Não se preocupe. – Irene afastou seu mosquiteiro. – Juro que isso não chegaria nem perto de ser estranho ou pessoal demais em Yale.

Quando nos acomodamos o melhor que pudemos com nossos pés nos rostos umas das outras, Jen apagou a luz e finalmente conseguimos dormir um pouco.

CAPÍTULO TREZE

Holly

KIMININI, QUÊNIA
SETEMBRO

A mulher me estendeu sua mão ossuda com articulações rígidas e protuberantes como nós de um velho carvalho. Segurei-a e minha pele branca contrastou com a negra dela. Era a primeira vez que tocava em uma pessoa com AIDS. Bem, pelo menos que eu soubesse. Achei que me sentiria assustada, mas em pé ali com a mão dela na minha, não me senti.

– *Habari* – eu disse. Ela retribuiu meu sorriso, mostrando um buraco em sua boca onde antes havia dois dentes da frente. Então pôs seu braço ao redor de mim e me levou para dentro da pequena casa com um telhado de metal corrugado.

Havia 12 mulheres amontoadas na sala principal. Algumas usavam lenços amarrados na cabeça, outras colares de contas, e todas estavam com saias compridas que cobriam seus tornozelos. Não havia nenhuma mobília fora uma mesa baixa e cinco cadeiras de madeira vazias. As mulheres pararam de falar quando Jen, Amanda, Irene e eu abaixamos nossas cabeças para passar pela porta. – *Habari!* – disseram elas em uníssono.

– *Msuri sana!* – Nós quatro demos a resposta agora automática, ficando tão perto umas das outras que nossos ombros se tocaram. As mulheres ficaram apenas nos olhando na expectativa.

– Devemos dizer alguma coisa? – sussurrei para Jen depois de alguns segundos de embaraçoso silêncio. Antes de ela poder responder, a primeira mulher rechonchuda que eu já tinha visto no Quênia além da curvilínea Mama Sandra se aproximou e pegou a mão de Amanda.

– Obrigada por virem visitar o grupo de viúvas de Masaba. Meu nome é Rose, e sou a secretária. – Nós nos apresentamos e Rose perguntou: – Joshua lhes falou sobre o nosso objetivo?

– Ele disse que vocês são um grupo de apoio para mulheres que perderam seus maridos e começaram negócios usando microfinanças – anunciou Irene para nosso público atento. Sempre podíamos contar com Irene para assumir o comando. Eu ainda não tinha visto nada intimidá-la, nem mesmo matar uma galinha para nosso jantar. "Se eu não for capaz de matar uma galinha, não deveria comer carne", declarara, com um monte de penas voando ao nosso redor na cabana da cozinha. Como Amanda, eu tinha me tornado vegetariana no mês em que estivéramos vivendo tão perto de nosso alimento.

De fato, Joshua explicara que muitas das mulheres haviam perdido seus maridos para a AIDS, e também se tornado soropositivas. O Common Ground e o Village Volunteers ajudaram com pequenos empréstimos a fim de que pudessem começar seus próprios negócios para se sustentar e talvez até mesmo mandar seus filhos para a escola.

– Vamos comer primeiro e depois lhes mostraremos o quiosque – disse Rose, fazendo um sinal para nos sentarmos nas frágeis cadeiras. Algumas das mulheres tinham armado pequenos estandes na frente de suas casas para vender produtos de primeira necessidade como arroz, sal e ovos para seus vizinhos. Três delas desapareceram atrás de uma porta nos fundos e vi uma panela preta sobre um fogo aberto antes de a porta se fechar de novo. A mulher voltou minutos depois segurando uma pilha de pratos, talheres e tigelas de cerâmica cheias de ugali, couve e feijões.

– Eu não tinha a menor ideia de que elas cozinhariam para nós – sussurrou Jen.

– Sim, Joshua não mencionou isso – concordou Amanda. Nesse ponto, estávamos acostumadas a ir com a corrente. Joshua nos levava no que chamava de "excursões", mostrando orgulhosamente seus muitos projetos nas vilas próximas. Isso frequentemente exigia paradas em fazendas em que ele ensinara a uma família como aumentar a produção dos alimentos que eles cultivavam, em vez de ter de se fiar nos alimentos dos mercados. Assim que os fazendeiros viam Joshua se aproximando, paravam de trabalhar e acenavam vigorosamente. – Venha se sentar à minha casa – convidavam. E então Joshua e nós quatro nos sentávamos na beira de cadeiras em pedaços ou, se não houvesse uma quantidade suficiente delas, no chão, enquanto nossos anfitriões ficavam em pé à nossa frente. Se não havia um homem por perto, às vezes ele repousava em uma sepultura cavada na beira do quintal. Em algumas ocasiões as famílias nos convidavam para tomar chá, mas geralmente não tinham comida ou bebida para oferecer. Nosso almoço com o grupo de viúvas era inesperado. Nós nos sentimos honradas e um pouco sem graça de dar todo aquele trabalho.

Sentadas nas cadeiras de madeira perto de Rose, usamos uma concha para pôr pilhas de feijões e couve em cima do ugali, rico em amido. O resto das mulheres comeu em pé, conversando em pequenos grupos enquanto Rose nos dizia seus nomes e contava suas histórias. – Aquela é Mary. Tem 12 filhos. O marido dela morreu de AIDS no ano passado, como a outra esposa dele.

Eu ouvira falar que os homens quenianos às vezes tinham mais de uma esposa, mas nunca conhecera um homem casado com mais de uma mulher ao mesmo tempo.

– Ele tinha duas esposas. E, quando uma mulher se torna viúva, perde tudo. A família do marido pode ficar com a casa, as vacas e até mesmo os filhos dela.

– Sério? – perguntou Amanda, compartilhando do meu espanto.

– Sim, e quando seu marido morre, o irmão dele pode herdar você. – Esse é outro modo de a AIDS se espalhar, porque uma mulher cujo marido morreu da doença provavelmente também está infectada e pode passá-la para o irmão dele. Por isso o grupo de viúvas era tão importante: instruía seus membros sobre a doença e também ajudava as mulheres a juntar o dinheiro delas para ter mais poder de compra e negociação. Dava-lhes mais liberdade. Pensei no quanto minha vida seria diferente se tivesse nascido ali em Kitale, em vez de ao norte de Nova York.

Rose parou para se servir de uma concha de ugali. Então se virou para mim. – Quantos filhos você tem?

– Nenhum – respondi.

Ela arregalou os olhos, surpresa. – Qual é sua idade?

– Vinte e oito anos.

– Nem mesmo um? Nenhum? – insistiu.

– Hum, não que eu saiba – respondi, tentando minimizar o fato de que certamente estava em uma posição inferior segundo os padrões quenianos de que, quanto mais filhos você tem, mais elevado é seu status social. Na verdade, é tradicional que as mulheres mudem totalmente de nome quando têm seus primeiros filhos, adotando os das crianças. Por exemplo, a esposa de Joshua se chama Mama Sandra devido à sua filha mais velha. No início eu me sentia um pouco estranha chamando uma mulher adulta de "Mama", mas logo aprendi que isso é um sinal de respeito.

– Quantos filhos você tem? – perguntou Amanda a Rose.

– Apenas seis – respondeu ela.

– E quantos anos você tem? – perguntou Jen, entrando na conversa.

– Vinte e sete.

Rose perguntou a Jen, Amanda e Irene quantos filhos elas tinham, e as garotas balançaram suas cabeças para indicar que não tinham nenhum. Rose pôs as mãos sobre a boca, tentando evitar rir. – Nem um bebê entre vocês todas? – A expressão divertida dela se tornou chocada.

– Não se preocupe, Rose. Teremos bebês assim que voltarmos para a América – eu disse, esperando que minha promessa diminuísse sua preocupação. As outras três garotas concordaram animadamente com suas cabeças.

Em outra excursão para uma clínica médica, alguns dias depois, conhecemos a Irmã Freda, como os locais respeitosamente a chamavam. Conduzindo Jen, Amanda, Irene e a mim através de sua fazenda, ela tirou abacates dos galhos com movimentos rápidos de sua mão. A Irmã Freda usava um uniforme branco de enfermeira e uma cruz prateada pendurada perto do estetoscópio ao redor de seu pescoço. Seu rosto, cor de ébano, não tinha nenhuma ruga, por isso ela parecia estar no início da casa dos quarenta. Mais tarde fiquei sabendo que, na verdade, estava no final da casa dos cinquenta. Ela terminou seu trabalho do dia, que incluía tratar de doentes de vilas próximas que não podiam ir para o hospital em Kitale. Se não os ajudasse, provavelmente muitos morreriam.

Joshua havia insistido em que parássemos para conhecer a Irmã Freda. Embora ainda estivéssemos dando aulas de dança e fazendo ensaios com as internas todas as noites, Joshua também queria que passássemos nossos dias aprendendo sobre algumas das outras organizações parceiras do Common Ground, como o grupo das viúvas e essa clínica.

Ansiosas por explorar o mundo fora dos portões da Pathfinder, as garotas e eu acenamos para um *boda boda* e nos sentamos de lado com nossas saias. Nossos motoristas nos deixaram no ponto da *matatu*, que era apenas uma esquina de rua de terra onde uma multidão de locais esperava a chegada da próxima van. Nós nos amontoamos ao lado de aldeões que seguravam no colo bebês ou galinhas (ou ambos). A van desacelerou apenas o suficiente para podermos saltar e nós avançamos com dificuldade por uma estrada vermelha entrelaçada de rios de lama e margeada de campos de milho.

Uns três quilômetros abaixo, avistamos uma placa de madeira com os dizeres: CLÍNICA MÉDICA DA IRMÃ FREDA. Fizemos a curva e entramos em uma clareira cheia de pessoas.

– Ah, meu Deus – eu disse ofegante. – *Todas essas pessoas estão esperando uma consulta médica?*

A fila que contornava um prédio caiado estava cheia de homens esqueléticos, mulheres esfarrapadas segurando nos quadris bebês com olhos encovados e crianças com barrigas inchadas, um claro sinal de desnutrição. Os aflitos se amontoavam na porta da frente e ao longo da calçada, lotando a estrada lamacenta. Seu sofrimento se revelava diante de nós envolvendo tudo ao redor até se tornar brutalmente real. Eu tinha visto os rostos dos carregadores da Trilha Inca se iluminarem após eles receberem tubos abertos de pomada antibiótica durante a cerimônia de gratificação. E Igo, o menino de rua brasileiro, sorrir como se fosse Natal quando Sam lhe pagou um jantar naquele bar na calçada. Mas agora, pela primeira vez na viagem, vi a pobreza esmagadora em uma escala maior. A casa de Joshua podia não ter eletricidade e água corrente, mas ele e sua família tinham o que comer. As internas tinham uniformes escolares e camas para dormir. Subitamente entendi que ficar na fazenda de Joshua era como viver em uma bolha protegida – longe da fome e doença que eram a realidade de algumas outras áreas rurais quenianas.

Quando chegamos, a Irmã Freda saiu para nos cumprimentar, parando ao longo do caminho para dar um tapinha nas costas de uma criança ou pôr a mão na testa de um velho. Quando se aproximou de nós, ignorou nossas mãos estendidas e nos puxou para um abraço. Apesar da extrema miséria ao seu redor, ela irradiava calma e paz.

– Deus as abençoe por virem! – disse ela, antes de fazer um gesto para a acompanharmos em uma excursão pelo complexo de prédios.

– Não queremos afastá-la dos seus pacientes – disse Amanda, refletindo minha preocupação.

– Tenho médicos voluntários hoje que cuidarão deles – disse ela, e então a seguimos.

O choque começou a diminuir e eu me senti estranhamente distanciada, como se minhas emoções tivessem temporariamente desaparecido. Em casa, o sofrimento significava algo muito diferente para mim. Podia usar a palavra "dor" para descrever uma amiga que tinha sido despedida e estava preocupada com o pagamento de seu aluguel. Descrever-me como "arrasada" depois de descobrir que havia sido enganada por um namorado. Achar que a vida não podia ser pior para o homem sem-teto que mendigava nas escadas do metrô. Mas o pensamento: "Meu vizinho morrerá hoje?", ou "*Eu* morrerei hoje?", não passava pela minha mente como podia passar pela de alguém esperando na fila da clínica da Irmã Freda.

Para lidar com isso, assumi meu papel de repórter e comecei a disparar perguntas.

– Quais são os fundos necessários para o funcionamento da clínica? O governo ajuda? – perguntei à Irmã Freda ao caminharmos pela fazenda atrás do prédio.

– Não entendi muito bem sua pergunta. – Ela fez uma pausa e colheu outro abacate antes de continuar. – Não recebo dinheiro do governo, mas consigo um pouco do que preciso com a produção desta fazenda. – Ela vendia café, milho, banana, abacate, pera, couve e vegetais locais, como *dodo* e *sutcher sucker*, em um mercado do lugar. A fazenda também a ajudava a economizar no custo dos medicamentos, porque ela cultivava plantas usadas em remédios tradicionais.

– Mas o governo tem de ajudá-la um pouco, certo? – perguntei, incrédula. Uma pequena fazenda não podia render o suficiente para o funcionamento de uma clínica que atendia a centenas de pessoas.

A Irmã Freda riu da pergunta e explicou que não ajudava, mas ela usava todo o dinheiro de uns poucos pacientes pagantes para comprar medicamentos e ajudar a pagar os salários dos médicos. Também disse que algumas igrejas nos Estados Unidos apoiavam seu trabalho.

– A verdade é que a maioria dos meus pacientes são pobres e não podem pagar nem um centavo – acrescentou ela. Tinha visto homens morrerem de AIDS, deixando esposas e filhos vivendo em choças improvisadas e catando lenha e alimentos nas favelas fora de Kitale. Ela acreditava que era tanto sua responsabilidade quanto de qualquer outra pessoa ajudar aqueles que não podiam ajudar a si mesmos. – *Alguém* tem de salvá-los. Por que não eu? Continuei a fazer perguntas e fiquei sabendo que a Irmã Freda não estivera em uma posição muito melhor do que muitas das suas vizinhas. Como era comum ocorrer com as mulheres da área rural do Quênia, antes de ela completar 15 anos sua família a casara com um homem que Freda não conhecia. Aos 19, já tinha quatro filhos. Mas seu marido tinha muitos casos extraconjugais, o que a colocava em risco de contrair HIV. A Irmã Freda teve coragem suficiente para pedir o divórcio e cortar os laços com seu marido. Muitas mulheres no Quênia dependiam dos homens para apoio financeiro, por isso se mantinham casadas. Só que no Quênia apoio financeiro não significava comprar anéis de brilhante e pagar prestações de carros, mas ter uma cabana para chamar de lar com o chão coberto de esterco e alguns chapatis para alimentar as crianças.

Ainda assim, a Irmã Freda deixou seu marido e não lhe pediu ajuda, mas conseguiu ir para a escola de enfermagem porque seus pais e sua irmã a aceitaram em casa e cuidaram dos seus filhos. Então ela foi trabalhar em um hospital particular em Kitale cuidando principalmente de pacientes ricos. Conseguiu o que para mim era certo ter, sendo norte-americana: ganhar a vida como uma mulher sozinha, sem marido.

Apesar de ter atingido uma posição mais confortável, a Irmã Freda não conseguia apagar de sua mente as imagens dos pobres se arrastando todos os dias para o hospital, sem conseguir chegar até ele, alguns morrendo ao longo da estrada. Ela queria fazer mais para ajudar. Em vez de apenas balançar a cabeça e reclamar da situação, ela levantou dinheiro e abriu uma clínica móvel para tratar daqueles que não podiam viajar para o hospital, muito menos pagá-lo. Depois de dez anos, sua clínica móvel se tornara o hospital completo pelo qual caminhávamos, graças a donativos, às poupanças pessoais dela e a Richard – seu amigo de longa data e segundo marido. Ela tinha até mesmo começado um programa de alimentação para as centenas de crianças pobres e criado uma ala separada para os órfãos que eram literalmente abandonados à sua porta. Quando a clínica cresceu, ela deixou seu cobiçado cargo no hospital em Kitale e alguns de seus antigos colegas de lá se ofereceram como voluntários.

A Irmã Freda era a pessoa mais parecida com Madre Teresa que eu já havia conhecido, e não pude evitar perguntas sobre como ela tinha feito tanto. Enquanto eu falava, ela apenas apertava a cruz ao redor do seu pescoço, e percebi que nunca havia achado que trabalhava sozinha. – É um milagre. Quando estou com muitos problemas, sem remédios e com um paciente morrendo, rezo por ajuda do Senhor e Ele me atende, talvez enviando alguém para pagar uma conta vencida ou um visitante para fazer uma doação – explicou. – Deus sempre está aqui ouvindo nossas preces.

Em uma terra em que a AIDS fora considerada epidêmica, muitas pessoas não têm o que comer e garotas frequentemente se casam antes dos 16 anos e têm poucas chances de uma educação superior, talvez o único modo de seguir em frente seja se apoiar na fé. Observei Irmã Freda sorrindo apesar de presenciar tanto sofrimento. Ela era a prova viva de como algo tão intangível quanto a fé – em Deus por ouvir suas orações, em si mesma por ter coragem para se divorciar de seu marido e arranjar um emprego, e na bondade das pessoas por doarem seu tempo e dinheiro – pode dar o poder de fazer uma real diferença. A Irmã Freda levava sua fé além das paredes de madeira da igreja onde realizava serviços religiosos aos domingos, partilhando-a com as pessoas esquecidas à beira da estrada. Ela me encheu de esperança.

Uma criança com andar vacilante, tranças rebeldes e cara da boneca Repolhinho entrou na sala escura que servia como a creche dos órfãos. Havia sete adultos no espaço de cerca de um por dois metros, com a Irmã Freda, outra enfermeira e a supervisora Agnes em pé ao lado de Jen, Amanda e Irene perto da porta. Eu estava sentada na beira de uma cama estreita fazendo anotações enquanto a Irmã Freda contava a história de como o orfanato havia começado.

Quando levantei a cabeça, a criança fixou seus olhos cor de carvão nos meus. Depois passou pela Irmã Freda, por Agnes e todas as outras pessoas no quarto e foi se pendurar nas minhas pernas, escondendo sua cabeça nas dobras da minha saia.

– Oi – eu disse, puxando-a para meu colo. Ela usava uma blusa listrada dois números acima do seu sob um vestido jeans praticamente rasgado em tiras. Ela pôs seus pequenos braços ao redor do meu pescoço e olhou em meus olhos.

A Irmã Freda riu, fascinada, enquanto Agnes observava.

– Nunca vi Esther se aproximar de uma pessoa estranha assim! – disse Irmã Freda. Mas ela não parecia uma estranha para mim. Ao segurar sua mãozinha na minha, tive o sentimento mais peculiar que já experimentara. Embora ilógica, a sensação de reconhecimento era praticamente palpável. A máscara de repórter profissional por trás da qual eu estivera me escondendo caiu no segundo em que a criança e eu nos tocamos.

Quando soube como Esther tinha ido parar lá, tive a impressão de que o ar me faltava. Uma mulher que poderia ser a avó dela, ou talvez apenas outra aldeã, a deixara na clínica quando ela tinha oito meses. Sua mãe tinha "problemas mentais", explicou a Irmã Freda, e havia afogado a irmã mais velha de Esther em uma banheira antes de desaparecer no mato.

Quando Esther chegou, era subnutrida e um caso quase perdido de malária. Também era deformada – suas pernas eram viradas na direção da cabeça devido a ter sido carregada nas costas da mãe dias a fio. A aldeã a entregou para a Irmã Freda com as palavras de despedida: "Se puder salvá-la, salve-a. Mas se isso não for possível, paciência."

– Nós lhe demos medicamentos contra malária e alimentação saudável – contou-nos a Irmã Freda. – As enfermeiras e eu trabalhamos com ela por mais de nove meses para treinar suas pernas a abaixarem, e a ensinamos a andar. No início ela apenas pulava em um pé só. – Mas, para a Irmã Freda, "salvar" Esther não significava apenas lhe dar alimento e atendimento médico. Ela também a encheu de amor e lhe deu educação. Eu sabia que se a Irmã Freda não tivesse entrado em cena Esther poderia ter morrido.

Quando a Irmã Freda se dirigiu para a porta indicando que era hora de uma visita pelas instalações médicas, entreguei relutantemente Esther para Agnes para seguir Jen e Amanda. Fiquei surpresa quando senti o pequenino corpo se enrijecer e Esther afundar seus dedos nos meus cabelos tentando se segurar em mim, enquanto lágrimas rolavam pelo seu rosto. – Ela não quer que você vá embora. Pode levá-la na visita – incentivou a Irmã Freda. – Você gosta de crianças, não é?
– Sim – respondi baixinho. Sempre havia gostado delas, do modo como tornam uma aventura até mesmo a exploração de um monte de terra, de sua capacidade de se esquecer de tudo, menos o que estão fazendo no momento, e sua tendência a dizer exatamente o que sentem quando o sentem. Sempre soube sem sombra de dúvidas que queria ter filhos. Mas nunca tinha segurado uma criança que já sofrera tanto em sua pouca vida. Ela era uma sobrevivente, e só tinha três anos.

Nosso grupo entrou na clínica de paredes nuas e chão de concreto. Hordas de pessoas, de crianças a outras que pareciam já ter vivido três existências, esperavam pacientemente em um corredor tão estreito que você podia tocar nas duas paredes com os braços abertos. Elas estavam sentadas em bancos de madeira ou apoiadas na parede. Crianças mais velhas seguravam bebês em seus braços enquanto irmãos e irmãs mais jovens formavam círculos ao redor delas. Estavam doentes e cansadas, e ainda assim esperavam. Muitas não tinham nenhum dinheiro; a clínica da Irmã Freda era sua única esperança.

Avancei através da multidão com Esther em meu quadril, enquanto ela acenava para os pacientes como uma embaixadora da boa vontade. A Irmã Freda abriu orgulhosamente as portas para nos mostrar onde as cirurgias eram feitas, em mesas que se pareciam mais com espreguiçadeiras. Também havia uma sala do tamanho de um closet cheia de prateleiras que servia como a farmácia, mas as prateleiras só estavam cheias pela metade com frascos e seringas. Uma assistente usando um jaleco branco

estava ocupada fazendo o inventário das drogas em um caderno de espiral. Aquela era uma tarefa que não demoraria muito.
— De que tipo de medicamentos vocês precisam? — perguntou Jen. Ao contrário de Amanda e de mim, que suavam ao ver sangue e agulhas, Jen se sentia totalmente à vontade em hospitais. Tanto sua mãe como seu pai tinham diplomas de enfermagem, por isso ela havia crescido exposta ao jargão médico, e era tão fascinada por hospitais quanto por aeroportos e parques de diversão. Tudo fez muito sentido quando descobri que Jen adorava ter pessoas ao seu redor. Durante a viagem, raramente, se não nunca, quis dormir em um quarto só dela ou se sentar sozinha em uma cafeteria, como eu fazia.

Os olhos da Irmã Freda brilharam à pergunta de Jen, e ela respondeu que precisavam desesperadamente de solução salina e remédios contra malária. Jen prometeu trazer suprimentos de uma farmácia em Kitale. Então Amanda se virou para mim com um grande sorriso. — Esther dormiu rápido — sussurrou, acariciando as bochechas rechonchudas da criança. Apesar de toda a agitação ao redor, Esther havia fechado os olhos e ressonava em meu pescoço. Absorta na visita, eu nem mesmo havia notado o entorpecimento em meu braço resultante de segurá-la durante a última hora. Ela definitivamente não era mais subnutrida e, na verdade, parecia sólida como um tijolo.

— Vamos para casa comer — convidou-nos a Irmã Freda. Nós nos despedíamos apertando as mãos das pessoas da equipe e atravessamos a relva pontuda até uma cabana pintada de branco. Um gato esbarrou em nós quando abrimos a porta.

— Olá, garotinho — disse Amanda, abaixando-se para coçar-lhe as orelhas. Esther tinha acordado e passava os dedos na ponta do meu rabo de cavalo, cantarolando baixinho. A Irmã Freda disse que eu podia devolvê-la para Agnes antes de comermos para que ela ficasse com as outras crianças. Mas, quando a coloquei no chão, ela começou a chorar. Seus gritos me fizeram sentir como se houvesse estalactites de gelo dentro do meu peito. Fiquei tensa, sem saber o que fazer. Agnes pareceu impaciente. Instruiu-me a me afastar, dizendo que Esther ficaria bem. Então me virei na direção da cabana da Irmã Freda e os gritos de Esther se tornaram mais baixos a cada passo que eu dava.

Pensei no quanto Agnes devia se sentir frustrada, tendo de consolar uma criança abandonada à qual devolvera a saúde depois que uma ocidental que lhe dera algumas horas de atenção voltasse à sua vida confortável.

Nunca havia me dado conta de quantas oportunidades tivera apenas por nascer nos Estados Unidos. Descobri que até mesmo minhas corridas diárias eram um privilégio, principalmente após ver a atenção que uma mulher corredora despertava. Quando eu corria por estradas vermelhas passando por campos de girassóis, homens gritavam para mim, surpresos: – Irmã, para onde vai? Aonde quer chegar? – Grupos de crianças corriam atrás de mim como crianças norte-americanas corriam atrás de um caminhão de sorvete, e garotinhas com pernas descobertas salpicadas de lama perguntavam: – Por que está treinando, irmã?

– Para vencer os garotos – respondia eu, rindo. Elas gritavam e vibravam à ideia de uma mulher vencendo um homem, e logo eu tinha seguidoras dignas de um Lance Armstrong.

Contudo, foi um comentário de Joshua que realmente me fez ver o quanto eu era sortuda.

– Minhas filhas valem tanto quanto minhas vacas – disse ele um dia sem rodeios enquanto caminhávamos para uma fazenda vizinha. – Elas se casarão e irão embora viver com seus maridos. É meu filho que ficará para me ajudar com a fazenda e começar uma família. – E era desse modo que as coisas funcionavam.

Ainda assim, Joshua incentivava muito suas filhas e as garotas sob sua proteção. Uma noite, após terminar uma refeição de chapati e feijões em sua sala de estar, ele chamou as internas. As garotas se enfileiraram ainda usando seus uniformes escolares, porque eram as únicas roupas que possuíam além de seus vestidos de domingo.

Então Joshua começou o que logo ficamos sabendo que era seu discurso motivacional padrão, dizendo às garotas que o modo de ser bem-sucedidas era estudar muito e ficar longe dos garotos. Ele olhou seriamente para cada menina enquanto falava.

Quando seus olhos encontraram os de Naomi, ela disse com seus olhos castanhos brilhando à luz do lampião de querosene:
– Nós não falharemos.

Joshua era definitivamente uma dádiva de Deus para essas garotas: não só cuidava de sua própria família e fazenda como também acolhia crianças que de outro modo não teriam uma chance de receber instrução. Era um exemplo vivo para elas de que uma pessoa podia fazer uma diferença.

Depois que as meninas saíram, Amanda comentou que achava que Naomi tinha muito talento para a dança.
– Essa garota tem um problema – observou Joshua.
– O que quer dizer com isso? – perguntou Amanda, surpresa.
– Ela é bonita, e são as garotas bonitas que se casam jovens. Outras, como Barbara, conseguirão continuar na escola e estudar – explicou ele. – As bonitas não vão longe. Somente uma mulher feia poderia se tornar presidente!

Infelizmente, nem todas as garotas podiam escolher se frequentariam a escola ou não. Algumas moravam longe demais para caminhar em segurança, outras não podiam pagar livros e uniformes e outras ainda precisavam trabalhar nas fazendas de suas famílias ou cuidar de pais com malária ou HIV.

Além de se casar jovens, outra opção muito real para algumas garotas era a prostituição. Como geralmente não tinham a chance de ir para a escola ou de ter uma família que cuidasse delas, não restavam muitas opções para as órfãs além de casar cedo ou vender seus corpos para sobreviver. Tudo isso passou pela minha cabeça enquanto eu ouvia os gritos de Esther se tornando mais baixos a distância.

Quando abri a porta da cabana da Irmã Freda, Jen e Amanda estavam pondo a mesa. Eu só tinha apanhado alguns pratos para não pensar no aperto em meu peito quando Jen se virou para mim e disse:
– Realmente quero trazer suprimentos médicos da cidade.
– Vou com você quando quiser! – eu disse, feliz com a chance de ver Esther de novo. Olhei pela janela para o quintal agora vazio onde a havia segurado apenas alguns minutos antes.

Poucos dias depois, um pequeno corpo veio do nada de encontro ao meu e um par de braços envolveu minhas pernas, quase me derrubando. Recuperei o equilíbrio, me virei e vi Esther sorrindo para mim com os braços estendidos. Ri e a ergui na direção do céu.

– Então nos encontramos de novo – eu disse, apertando-a contra meu peito.

Agnes veio correndo pelo quintal atrás da criança que fugira do playground assim que me viu entrando pelos portões da Irmã Freda.

– Ela se lembra de você! – disse Agnes, surpresa.

– Oi, Agnes – cumprimentei-a, posicionando Esther no meu quadril. Jen estava perto de mim com as sacolas de suprimentos que prometera para a Irmã Freda. Após passarem a tarde em Kitale comprando remédios e resolvendo coisas, Irene e Amanda tinham pegado uma van *matatu* de volta para a Pathfinder Academy. Eu havia ficado com Jen para fazer a entrega especial à Irmã Freda.

A simples presença da Irmã Freda me energizava e fazia com que eu me sentisse em paz. E eu não tinha parado de pensar em Esther desde que nos conhecemos. Pensava nela antes de dormir. Quando acordava. Quando via as internas ensaiarem a peça que havíamos escrito.

– Nós queremos entregar estes suprimentos para a Irmã Freda – anunciou Jen.

– Ela está na clínica. Levarei vocês até lá. – Agnes passou conosco por aldeões que esperavam atendimento. Esther, ainda junto ao meu quadril, torcia os brincos de granada que eu sempre usava. A fila do lado de fora da clínica era menor hoje.

A Irmã Freda estava inclinada sobre uma mesa, aplicando uma injeção em um menino com não mais de três anos, sentado sem se encolher. Um sorriso surgiu em seu rosto quando nos viu em pé à porta. – Vocês voltaram! – disse ela, radiante. – E você

encontrou Esther – acrescentou, acenando para a criança em meus braços.
– Esther a encontrou primeiro – observou Agnes, contando como ela havia corrido direto para mim.
Jen estendeu os braços com as sacolas pesadas contendo suprimentos.
A Irmã Freda agradeceu dizendo: – Deus atendeu às nossas preces de novo! – Depois instruiu uma enfermeira a levar os suprimentos para a "farmácia".
Na *matatu* que nos trouxera, Jen havia me dito que os medicamentos custaram um décimo do que custariam nos Estados Unidos.
Pensei comigo mesma que a maioria dos quenianos não poderia pagar os preços norte-americanos – nem mesmo os preços quenianos. O triste era que muitos norte-americanos também não podiam pagar por remédios, apesar de viverem em uma das nações mais ricas do mundo.
– Venham, vamos lhes dar algo em troca – disse a Irmã Freda, nos levando para seu jardim. Esther emitia sons leves em meu pescoço quando seu pequeno corpo balançava a cada um dos meus passos no terreno irregular. Notei que ela tinha lama em seu vestido de jeans e que cheirava a sol, relva e terra.
– Irmã Freda? – eu disse. – Há algo que eu queria lhe pedir. É sobre Esther. – Jen seguia atrás de nós, conversando com uma das enfermeiras.
– Sim? – disse ela, olhando para mim na expectativa.
– Eu gostaria de patrocinar Esther, ajudar com seus custos de alimentação, roupas e educação.
Ela parou de andar e me envolveu em um abraço comovente. Senti meu rosto ficar cor de romã. Meu pequeno gesto não era um sacrifício. A Irmã Freda havia deixado seu bem remunerado emprego no hospital para dedicar suas economias – e sua vida – a curar doentes e pobres. Ela e Joshua eram heróis da vida real. Pessoas que, dia após dia, tentavam curar, educar e salvar o próximo. Deram-me algo de que eu nem mesmo sabia que precisava: fé em que uma pessoa podia realmente fazer uma diferença.

Porém, é fácil se impressionar com tanta pobreza e se afastar totalmente. Sim, eu tinha visto os infomerciais do Christian Children's Fund com Sally Struthers preconizando o contrário, implorando que os telespectadores salvassem apenas uma criança. Mas agora, que eu segurava em meus braços o pequeno corpo quente de Esther, viva e respirando, não podia simplesmente mudar de canal. *Podia* fazer alguma coisa.

Dali a seis meses, provavelmente eu teria voltado para casa e para minha cama segura bem longe da clínica da Irmã Freda. Até então uma pequena coisa que podia fazer era colaborar com um pouco de dinheiro e deixar Esther nas mãos da Irmã Freda – e de Deus. Prometendo a mim mesma arcar com sua educação até ela se formar, rezei para que Esther não tivesse de se casar jovem ou recorrer à prostituição para sobreviver. Após encontrá-la, esperei que tocar a vida de uma pessoa fosse suficiente – ou pelo menos um começo.

Quando Jen e eu deixamos a fazenda, nossos braços estavam cheios de abacates, um presente da Irmã Freda. Ao passar pelos portões da clínica, perguntei-me se algum dia voltaria àquele lugar e a ver Esther.

CAPÍTULO CATORZE

Jen

KIMININI, QUÊNIA
OUTUBRO

Com sabão nos braços até a altura dos cotovelos, eu estava sentada de pernas cruzadas na relva, lavando à mão uma saia com estampa de elefante. – Mama Sandra, olhe quantos baldes tenho! Não está orgulhosa de mim?

Ela espiou por detrás de um lençol no varal e deu uma gargalhada. – Ah, sim, srta. Jenni-fa. Agora você é uma mulher queniana – disse ela, antes de rir de novo.

Desde nossa chegada à Pathfinder, Amanda, Holly e eu tínhamos feito e dito inúmeras coisas que fizeram Mama Sandra rir. Mas, na primeira vez em que tentei lavar roupa, juro que ela quase rompeu um vaso sanguíneo de tanto gargalhar.

Como eu não tinha mais roupa de baixo limpa (ou calcinhas de biquíni para emergências) em minha mochila e minhas saias estavam tão duras de poeira e fuligem que poderiam se dobrar como uma tábua de passar, a lavanderia de Jen começou a funcionar no meio da nossa estada de um mês. Em incontáveis ocasiões eu tinha visto Mama Sandra e as internas lavando suas roupas lá fora, por isso conhecia o processo geral. Tirar água do poço, pegar um balde vazio e sabão, sentar na relva e esfregar. Sem problemas.

Durante um intervalo à tarde, sentei-me em um pedaço de relva vazio e escolhi o primeiro item da minha pilha, uma das muitas tangas Champion de secagem rápida. Mergulhei-a cuidadosamente em um balde com água e sabão e a esfreguei com delicadeza durante alguns minutos. Depois a enxaguei em um segundo balde de água limpa, me levantei, a pendurei no varal e repeti o processo com a seguinte. Não demorou muito para eu ouvir risos abafados no quintal. Ergui os olhos. Naomi e Nancy estavam olhando estranhamente para mim e rindo.

– Olá, minhas lindas. O que houve? – perguntei, sorrindo na direção delas.

– Srta. Jenni-fa, o que é isso que você está lavando e onde estão seus outros baldes? – perguntou Naomi.

– Hummm, são minhas calcinhas – eu disse, o que só levou a mais risos e perguntas como "Por que são tão pequenas?", "Como cabem em você?" e "As de Amanda e Holly são do mesmo tipo?".

Contornei o melhor que pude as perguntas engraçadas (e muito travessas) delas, mas o dano estava feito. Agora eu era um alvo oficial de escrutínio durante a lavagem de roupas. Quando sacudi uma saia ensaboada, Mama Sandra se aproximou, observou por alguns segundos e depois se dobrou de rir.

– Jenni-fa, me deixe fazer isso para você – disse ela, pegando uma peça suja no chão.

– De jeito nenhum, Mama Sandra. Você já faz muito aqui para ajudar Joshua e as crianças. Nós devemos tornar *sua* vida mais fácil, não o contrário.

– Sim, mas você nunca limpará isso assim. Ficará aqui até a noite – acrescentou ela com outra risada.

Por mais que eu tentasse convencê-la de que realmente era capaz de lavar minhas próprias roupas, ela não aceitou um não como resposta e convocou as tropas para trazerem mais baldes. Aparentemente, menos de quatro era inaceitável. Antes que eu o percebesse, Mama Sandra e suas ajudantes estavam lavando, esfregando, enxaguando e torcendo vigorosamente minha roupa de baixo em uma fileira de baldes de plástico, metódica e graciosamente como um balé coreografado.

Boquiaberta, esquadrinhei imediatamente a fazenda em busca de uma árvore ou uma vaca atrás da qual pudesse me esconder. Felizmente, minha mortificação durou pouco. Depois de dizer as palavras mágicas: "Minha experiência queniana seria muito mais gratificante se eu aprendesse a lavar roupa como você", Mama Sandra cedeu. Revendo mais uma vez o procedimento correto, ela me deixou lavar minhas roupas, mas ficou me olhando como um falcão a cada esfregada que eu dava.

Talvez eu estivesse delirando devido a ficar agachada ao sol quente por tanto tempo, mas depois de lavar roupa ao lado de Mama Sandra durante uma hora pensei ter visto movimentos afirmativos de cabeça em sinal de aprovação por parte de vizinhos e outros transeuntes. Com a lavagem finalmente de acordo com os padrões mais rígidos, dali em diante tudo seria uma gota no balde. Ou, nesse caso, muitos baldes.

Agora, agachada no mesmo local duas semanas depois, e sendo uma lavadeira muito melhor, eu não podia acreditar que nosso tempo no Common Ground estava quase terminado. Desde minha lavagem inaugural de roupa de baixo tínhamos testemunhado o nascimento de um bezerro (ao qual Joshua dera o nome de HAJI, em homenagem a Holly, Amanda, Jen e Irene), plantado centenas de novas mudas no jardim, aperfeiçoado nossa técnica de enrolar chapatis e lido livros do dr. Seuss em aulas na Pathfinder.

Mas de longe nossa mais gratificante experiência e contribuição foi o projeto *A Tree Grows in Kenya*, durante o qual vimos até mesmo as internas mais tímidas se transformarem em atrizes corajosas e talentosas. A tímida Barbara havia atirado a fábula "devagar se vai longe" pela janela da sala de aula, saindo de sua concha para os holofotes. Enquanto algumas garotas simplesmente decoraram e recitaram suas falas, Barbara havia incorporado o personagem do presidente Moi, transmitindo emoções e maneirismos que ampliaram o horizonte do roteiro. Como mães orgulhosas, Amanda, Holly, Irene e eu contivemos nossas lágrimas, encorajamos e batemos palmas junto com o resto do elenco.

A cada ensaio da peça e sessão noturna de dança tínhamos nos aproximado mais de nossas mulherzinhas. Nossa cabana logo se tornou um refúgio de suas aulas rigorosas e tarefas a cumprir, proporcionando um fórum amigável para expressarem suas sensibilidades pré-adolescentes. Fosse assistindo a um DVD ou ajudando no dever de casa, o tempo com as internas se revelou nossa maior recompensa como voluntárias. Embora a princípio estivéssemos um pouco céticas, parecia que nossa simples presença havia tido um impacto positivo nelas, conforme sugerira o site do Village Volunteers. E, como uma última prova de nossa afeição, planejamos preparar sacolas de doces e um jantar especial para as garotas e toda a equipe.

Como agora era a manhã antes da nossa partida, tínhamos de correr contra o relógio para preparar tudo a tempo – ir rapidamente ao supermercado, evitar a tempestade diária do final da tarde e preparar a refeição – antes do cair da noite.

Depois que lavei minhas últimas peças de roupa e Holly voltou de sua corrida matutina, nós nos juntamos a Amanda e Irene e a contagem regressiva oficialmente começou. Agora profundas conhecedoras do horário das *matatus*, fomos ao nosso supermercado favorito em Kitale em tempo recorde. Pegamos um carrinho e revimos a lista de ingredientes de que precisaríamos para preparar nossa refeição surpresa. Embora houvesse um oceano entre nós e o Taco Bell, a generosa oferta de abacates da Irmã Freda tornou clara nossa missão: apresentar à nossa família da Pathfinder os prazeres do guacamole e da cozinha texana e mexicana.

Dadas as nossas poucas opções de gêneros alimentícios, tínhamos planejado uma estratégia: chapatis finamente enrolados se dobrariam em tortilhas, feijão-vermelho e arroz se tornariam recheio de burritos, tomate, cebola, abacate, molho de pimenta e limão em várias combinações serviriam para fazer guacamole e salsa. Até mesmo planejáramos uma sobremesa de fatias de banana com canela moída e açúcar, cozidas até dourar e borbulhar.

Queríamos que os presentes das internas fossem uma mistura de itens divertidos e práticos, por isso pegamos tudo, de elásticos de cabelo, pirulitos, pulseiras de plástico e massa de modelar a lápis de cor, giz de cera e pequenos conjuntos de talheres. Nós quatro percorremos os corredores em menos de meia hora e voltamos para a Pathfinder justamente quando as aulas estavam terminando. Sabendo que as internas ficariam ocupadas na sala de estudo por pelo menos mais uma hora, espalhamos seus presentes em nossas camas para separá-los. Após embrulhar o presente de cada garota em papel celofane cor-de-rosa e amarrá-lo com uma fita branca, pusemos todas as 14 sacolas fora de vista e saímos para comandar a cozinha.

Logo após nossa chegada ao Common Ground, notamos que a equipe desaparecia durante horas a fio em cabanas escuras e cheias de fumaça que, depois ficamos sabendo, eram as áreas de preparação de alimentos. Com um único fogão a lenha e caldeirões cheios de água do poço à sua disposição, eles precisavam trabalhar incansavelmente o dia inteiro apenas para pôr o almoço e jantar na mesa para todos. Sabendo disso, não podíamos em sã consciência deixar que nos servissem nossas refeições em um prato (de estanho) sem nos oferecermos para ajudar.

Embora finalmente estivéssemos dominando a arte de enrolar massa e fatiar mangas, até agora nunca nem mesmo havíamos tentado preparar uma refeição inteira. Mama Sandra e as chefs não ficaram nem um pouco assustadas com nossa experiência. Mas o cardápio que sugerimos... Bem, isso as deixou confusas. Pela expressão de seus rostos, você diria que estávamos falando a língua do pê quando explicamos por que amassávamos abacates e acrescentávamos temperos à mistura.

– Apenas espere, Mama Sandra. Você vai adorar o guacamole – disse Amanda, picando e misturando os ingredientes.

– Sim, e além disso a receita de Amanda é a melhor. Ela faz isso o tempo todo em casa. Embora, acredite, a quantidade que tem de abacate naquela tigela custe uns vinte dólares – acrescentei, o que foi o maior choque de todos para Mama Sandra, um abacate podia ser comprado em uma barraca em Kiminini por cerca de dez centavos de dólar.

– Jen, alerta contra baratas no chapati – interrompeu Holly, olhando para minha estação de trabalho.

– Ah, obrigada – eu disse, espantando algumas da mesa perto da massa que estava enrolando. Elas caíram no chão e correram de volta para a parede a fim de se reunirem com seus parentes. Examinei a mesa de compensado com minha lanterna de cabeça para me certificar de que estava limpa e depois voltei à minha tarefa.

Pouco tempo atrás, um incidente como esse teria provocado convulsões espasmódicas e gritos e nos feito correr para a saída mais próxima. Não que eu subitamente estivesse gostando de ter os únicos sobreviventes plausíveis de precipitação radioativa do planeta rastejando em minhas mãos ou mergulhando como cisnes em minhas refeições. Mas como as baratas faziam parte da paisagem tanto quanto a lama ou a relva, nossos ataques de nervos provocados pelos insetos começaram a parecer bobos. É claro que Amanda e Holly continuavam a dormir com a cabeça na direção dos meus pés e dos de Irene para evitar os insetos em suas próprias camas. Mas, quando todas as paredes da cozinha e a maioria das superfícies disponíveis pululavam de baratas em uma patrulha de 24 horas por dia sete dias por semana, algumas passageiras clandestinas na comida não eram o fim do mundo.

Embora as internas normalmente jantassem em seus dormitórios, nossa experiência texana e mexicana exigia uma linha de ação diferente. Montando um bufê na área de preparação de alimentos, criamos uma amostra de burrito para que elas pudessem ver como era feito. Depois lhes pedimos para fazer o mesmo, enquanto aceitávamos pedidos individuais como garçonetes e colocávamos comida em seus pratos. Nós todas fomos lá para fora e nos sentamos em cadeiras de plástico para comer. Como estudantes esperando nervosamente os resultados de exames finais, Amanda, Holly, Irene e eu observamos ansiosamente todos comerem. Gostariam de nossa refeição? Mama Sandra acharia nossa mistura de abacate ruim?

Logo nossas preocupações se dissiparam, quando até mesmo as internas mais apreensivas sorriram e levaram colheres cheias de comida às suas bocas. Mama Sandra praticamente caiu de sua cadeira quando provou pela primeira vez o guacamole, e as cozinheiras já se serviam de uma segunda porção.

– Gostou, srta. Naomi? – perguntou Amanda, dando um abraço na garotinha. – Nós não falhamos?
– Não, vocês não falharam. Gostamos muito de tudo isso que prepararam. Obrigada, srta. Amanda.

Depois que o resto de guacamole foi raspado da tigela e a produção de burritos se encerrou, todas nós fomos para a casa principal para as últimas despedidas antes de dormir. Preparando-se para nossa partida, Joshua tinha organizado outra apresentação especial para que víssemos nossas garotas em ação mais uma vez.

Começando com o jogo de nomes, que a essa altura sabíamos de cor, nós giramos pela sala juntas, com uma sinfonia de pequenas vozes se juntando às nossas. Quando as internas fizeram movimentos das aulas de dança de Amanda, rimos. Quando recitaram poemas que as havíamos ajudado a escrever, aplaudimos. E quando sorriram para nossas câmeras, também sorrimos. Mas, quando abriram suas sacolas de presentes, choramos. Não só porque isso marcou nosso último adeus como também porque, de todos os itens incluídos, foi dos talheres que elas gostaram mais. Não das bugigangas cuidadosamente escolhidas. Não dos doces. Mas dos utensílios básicos. Com os olhos brilhando, as garotas seguraram os talheres junto a seus peitos e nos agradeceram por seus primeiros conjuntos.

Desde nossa chegada à Pathfinder, sempre nos surpreendíamos com como as garotas eram corajosas e alegres mesmo tendo tão pouco, mas nunca havíamos imaginado o quanto seria difícil deixá-las. Escondendo minhas lágrimas nas sombras dos lampiões de querosene, eu as observei sorrindo e gritando ao ver suas guloseimas, honrada por ter estado na presença dessas jovens notáveis ainda que por pouco tempo.

Em Manhattan, os problemas pessoais que perturbavam minha vida pareciam enormes. Sim, teoricamente aprendi que, comparada com a maioria das pessoas no mundo, minha situação era boa. Mas, na verdade, não tinha a menor ideia de como era sortuda. Não que eu nunca mais fosse me estressar com minha carreira, me aborrecer com uma amiga ou derramar lágrimas em um relacionamento. De fato, podia quase garantir que faria isso. Mas, se esses eram meus maiores problemas, tinha sido abençoada e não poderia mais ficar cega aos menos afortunados no mundo ou em meu país. E, embora nosso tempo como voluntárias estivesse quase acabado, jurei levar comigo essas lições.

Ao olhar para Amanda e Holly, igualmente emocionadas, tive uma sensação profunda de orgulho e gratidão por tê-las ao meu lado. Sem hesitação ou queixas, elas compartilharam de todo o coração meu sonho de visitar o Quênia como se fosse delas, encorajando-me a transformá-lo em realidade. E não só aceitaram meu desejo de trabalhar com crianças em uma parte mais pobre e rural do país como floresceram como mentoras, o que tornou a experiência muito mais significativa e bela do que eu poderia ter imaginado.

Na manhã seguinte, quando nós nos despedimos chorosamente de Joshua, Mama Sandra, Irene e todas as internas, Amanda, Holly e eu prometemos permanecer em contato e prosseguir em nossos esforços para encontrar patrocinadores para as garotas. Com nossas mochilas em uma van com destino a Masai de Oronkai, acenamos vigorosamente para fora da janela até a Pathfinder desaparecer de vista.

Índia

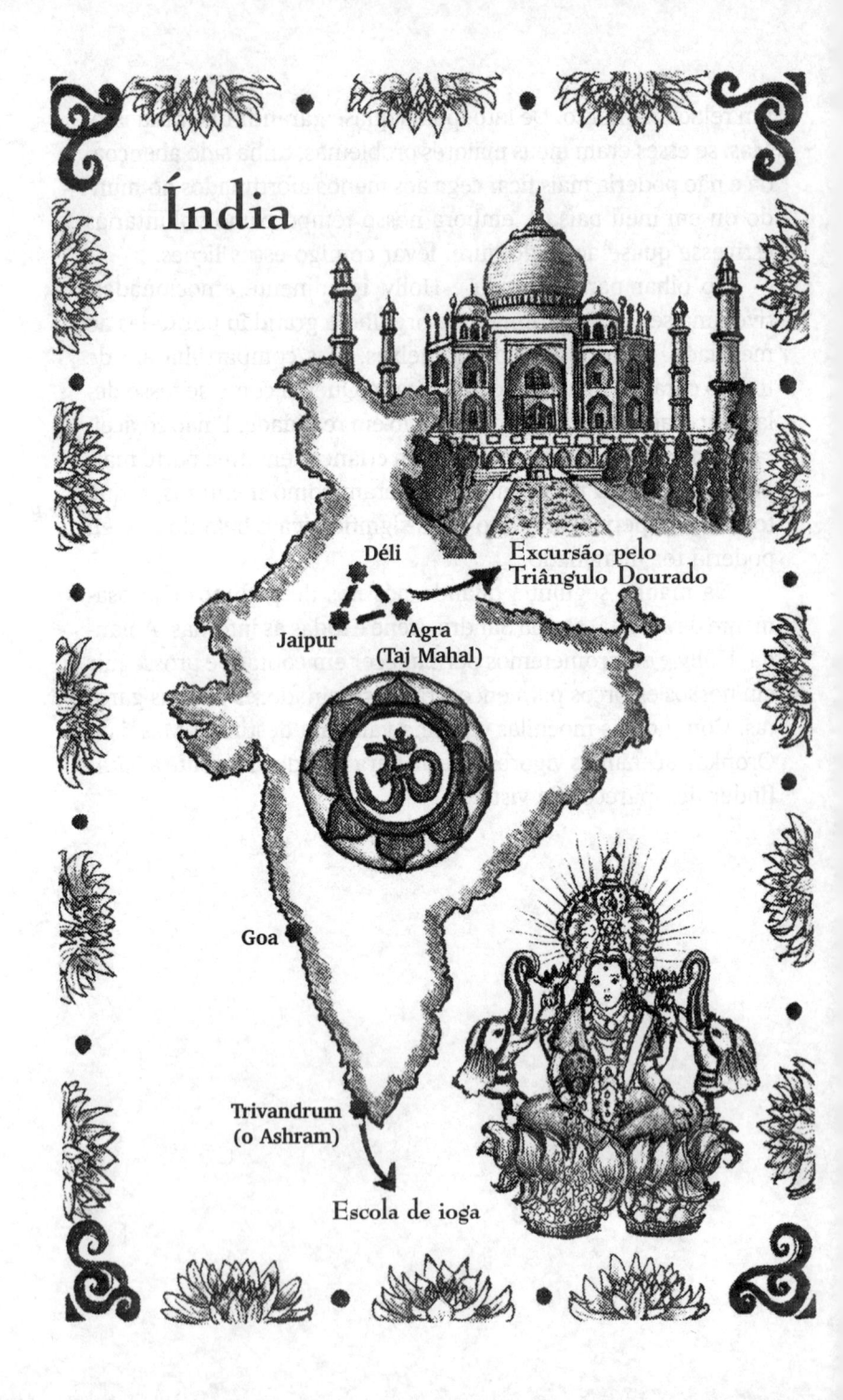

Déli
Excursão pelo
Triângulo Dourado

Jaipur
Agra
(Taj Mahal)

Goa

Trivandrum
(o Ashram)

Escola de ioga

CAPÍTULO QUINZE

Holly

NORTE DA ÍNDIA
OUTUBRO

Desejei fechar os olhos para não ver o acidente, mas minhas pálpebras pareciam ter sido grudadas bem abertas. O jipe à nossa frente deu uma guinada para evitar atropelar uma vaca que, pelo visto, achava que uma rodovia cheia de riquixás, motocicletas e carros era um bom lugar para um cochilo à tarde. Na Índia, as vacas são consideradas sagradas e com frequência perambulam livremente. A cena frenética passou a se desenrolar em câmera lenta enquanto eu via o jipe atingir um homem, uma mulher e uma criança em cima de uma motocicleta.

A batida catapultou a mãe e a criança, que estavam atrás, para fora da moto. Em vez de usar seus braços para aparar a queda, a mulher abraçou instintivamente o bebê preso ao seu peito. Ela deu um salto-mortal antes de se estatelar de costas no chão. Quase imediatamente depois de cair, a mulher milagrosamente se levantou e afastou as camadas de tecido que prendiam a criança ao seu peito para ver se havia se machucado. O bebê parecia ileso. Contudo, o homem não teve a mesma sorte. A motocicleta tombou de lado com as rodas ainda girando e as pernas dele ficaram presas debaixo do metal fumegante.

O tráfego foi interrompido e a vaca se afastou, irritada por seu cochilo ter sido perturbado, e agarrei a maçaneta da porta para pular para fora.

– Não saia! É perigoso – ordenou Sunil, o motorista e guia de nossa excursão pelo Triângulo Dourado, que incluía Déli, Agra e Jaipur. Suas sobrancelhas pretas pareciam duas lagartas peludas e se torciam incontrolavelmente, fazendo-o parecer uma versão indiana de Groucho Marx.

– Perigoso? Mas o acidente acabou – disse Amanda. Jen fez um sinal afirmativo com a cabeça concordando, pronta para sair do carro e ver o que poderíamos fazer para ajudar. Não que soubéssemos *o que* exatamente fazer, não tínhamos um telefone celular para pedir socorro e, mesmo se o tivéssemos, não sabíamos qual era o equivalente indiano ao 911.

– Não saia! – repetiu Sunil firmemente. – Agora vão bater no motorista do jipe.

Ter Sunil como nosso guia era como ver a Índia através do reflexo de um espelho deformante; não tínhamos como saber quais explicações de sua cultura nativa eram reais e quais eram distorcidas. Estávamos bastante certas de que a maioria dos avisos de Sunil – que as mulheres não deveriam andar sozinhas após o anoitecer devido ao alto risco de estupro e que não deveríamos comer em hotéis porque os donos frequentemente envenenavam os hóspedes para que ficassem por mais tempo – era exagero.

Subitamente, dúzias de homens se materializaram em uma turba furiosa à beira da estrada. Saíram de barracões de madeira próximos, carrinhos que vendiam alimentos ou veículos, erguendo mãos fechadas para esmurrar a porta do jipe do motorista. Ao mesmo tempo, um grupo menor cercou a família ferida, levantando a motocicleta para libertar o homem preso.

Os vigilantes continuaram a chegar. Se, apenas minutos antes, a confusão de veículos brigando por espaço na rodovia me parecera anarquia, a multidão que aumentava e as motocicletas negligentemente abandonadas deram à cena um ar de total ilegalidade. Os homens conseguiram abrir a porta do motorista e puxá-lo para fora do veículo, embora ele tentasse se agarrar ao volante como se fosse um salva-vidas.

Apertei os olhos para ver o que estava acontecendo e Amanda imediatamente começou a gravar o drama com sua câmera de vídeo.

– Acabamos de testemunhar nosso primeiro acidente de trânsito na Índia e... – *BANG!* O punho de um homem bateu na janela perto do rosto dela, bloqueando as lentes.

– Talvez você devesse colocar a câmera de lado – disse Jen quando outro punho bateu no vidro fino, fazendo o carro balançar. Minhas mãos agarraram o braço de Jen, o medo gelando meu coração e a confusão anuviando meu cérebro. Eu não tinha nenhuma experiência anterior em acidentes de trânsito na Índia e a mínima ideia do que aconteceria. Isso fez a cena parecer ainda mais assustadora.

BI-BI! FOM-FOMMMMM! Sunil buzinou como louco, tentando prosseguir apesar do bloqueio da multidão. Buzinou mais alto e pisou no acelerador. O barulho fez os homens se dispersarem um pouco e Sunil conseguiu passar por eles. Afastou-se rapidamente, deixando para trás o cheiro acre de borracha queimada.

Como nosso carro não tinha cintos de segurança, nós três só podíamos segurar nas maçanetas. Vimos Sunil passar entre caminhões que se dirigiam diretamente para nós, assim como vacas ociosas na rodovia – nenhuma das quais conhecedoras do conceito de pistas separadas.

Quando finalmente recuperamos o controle de nossas cordas vocais – esperando que o mesmo pudesse ser dito do controle de Sunil do volante –, perguntamos por que alguém deixaria a cena de um acidente.

– Se você atinge alguém, deve fugir rápido. Se não fizer isso, vai apanhar. Na Índia você só tem cinco segundos – disse ele. – Se não fugir rápido, as pessoas baterão em sua cabeça até você ter de ir para o hospital.

Achei difícil engolir aquela história. – Quer dizer que você *deve* fugir quando provoca um acidente? – perguntei.

– Sim! Se demorar muito, a multidão vai bater em você – explicou ele.

Não acreditei nem por um segundo que um motorista responsável por um acidente pisaria no acelerador para fugir dos vigilantes da rodovia. A lógica ditava que a polícia prenderia

o motorista e o protegeria da multidão furiosa. Jen, Amanda e eu trocamos olhares céticos.
– O motorista apanhará até morrer? – perguntei, decidindo ver até onde ele levaria aquilo.
Sunil me deu um olhar pelo retrovisor que demonstrou que ele me considerava extremamente incivilizada. – Não, ele tem muito sangue. E precisa pagar a conta do hospital e a motocicleta quebrada.
– Mas e se ele não tiver dinheiro? – perguntou Amanda.
– Ficarão com seu jipe como pagamento e ele terá de ir para casa de ônibus.
Incrédula demais para responder, observei o mundo se tornar um borrão do lado de fora da janela do carro – passar em ondas de mulheres em sáris de cores brilhantes e nuvens de fumaça com cheiro de curry de fogos para cozinhar perto da rodovia. Famílias se empilhavam sobre uma única motocicleta como em um espetáculo circense. A Índia fazia com que eu me sentisse mais viva porque as visões, os cheiros e os sons competiam entre si até aguçarem todos os meus sentidos. O país era o mais diferente do meu que eu já visitara. Surpreendia-me com pequenas coisas, de comer masala dosas em vez de panquecas e bacon no café da manhã a contrastes maiores como ser uma sociedade baseada no sistema de castas, em que as pessoas nascem com certos papéis, totalmente diferentes da noção da Declaração de Independência de que "todos os homens são criados iguais" – mesmo se essa ideia nem sempre era praticada no meu país.
Na Índia, o sistema de castas persiste – apesar de declarado ilegal – em tradições como casamentos arranjados. Os pais em busca de casamentos para seus filhos tipicamente procuram alguém da mesma casta, desconsiderando outros fatores, como idade, altura e educação. Os pais de Sunil, por exemplo, tinham lhe arranjado um casamento com uma mulher que, como ele, era membro da mais alta casta, a dos brâmanes.
Quando ouvi falar pela primeira vez em casamentos arranjados, durante o Semester at Sea, tinha apenas 21 anos e era idea-

lista, e achei essa ideia aflitiva e muito pouco romântica. Mas, após ouvir inúmeras amigas em Nova York estressadas com seus namoros, percebi que poderia ser um alívio outra pessoa tomar a decisão por você. Além disso, os casamentos arranjados realmente duram mais. Na América, os por amor tendem mais a acabar em divórcio do que os casamentos indianos. É claro que a taxa de divórcio mais baixa podia provir mais dos direitos das mulheres do que de felicidade conjugal. Como as mulheres indianas pareciam depender mais de seus maridos para ter uma posição social e econômica do que as norte-americanas, talvez o divórcio não fosse uma opção tão viável.

Vencida pela curiosidade, perguntei a Sunil sobre seu próprio futuro casamento. Sunil estava com 28 anos, a mesma idade que nós, e sua noiva tinha 25. Ele nos havia convidado para o casamento, que seria naquela primavera, no Himalaia, mas a essa altura já estaríamos no Sudeste Asiático.

Quando ele explicou que a celebração de seu casamento duraria quatro dias e haveria duas dúzias de trocas de roupas, Jen arregalou os olhos, fascinada. Ela adorava se vestir bem e ir a festas black-tie e casamentos, por isso a ideia de estender festividades por dias em vez de apenas horas deve ter sobrecarregado seu cérebro de fantasias. Mas para nós três era muito mais difícil engolir a ideia de que Sunil teria de esperar pelo casamento para ver pessoalmente sua noiva pela primeira vez. Isso dava um sentido totalmente novo a "se guardar para o casamento".

– Então você acha melhor os casamentos arranjados ou por amor? – perguntei.

– Os dois são bons, mas um casamento arranjado é muito mais bem-sucedido. – Ele contou que teve um relacionamento amoroso na universidade, mas seus pais o fizeram rompê-lo.

– Se eu desafiasse meus pais e me casasse com ela por amor, não herdaria nada. – Sunil achava que os casamentos por amor tendiam mais a dar errado porque há muita pressão decorrente de ser privado de sua família e herança.

– O que as mulheres fazem quando não querem se casar? – perguntou Amanda, e eu ri. Geralmente a única de nós que tinha mais coragem, Amanda nunca achou que alguém tinha de fazer algo só porque todas as outras pessoas o estavam fazendo. Sunil nos deu outro olhar pelo retrovisor que sugeriu que nos considerava incivilizadas, ou talvez apenas malucas.

Nossa chegada a Déli, apenas alguns dias antes, havia sido como aterrissar em outro planeta. Nada era comum para nós, e ficamos emocionadas por estar em um lugar que parecia tão... bem, estranho. Aventurando-nos fora de nosso hotel sombrio de 12 dólares por noite, entramos direto em um beco lateral caótico, repleto de riquixás, mulheres fritando arroz com cominho em panelas à beira da calçada e crianças pequenas seminuas se esfregando com sabão na sarjeta. Montes de crianças agarraram nossas saias, tentando nos vender tudo, de cartões-postais a pulseiras e chicletes. O ar cheirava a curry, fumaça de automóveis e jasmim das grinaldas que as mulheres vendiam nas ruas, e canções apresentadas por astros de Hollywood invisíveis de voz metálica e ondulante vinham de rádios pousados em janelas abertas. Aquilo era ao mesmo tempo impressionante e desorientador.

Aprendemos rapidamente que três mulheres brancas passeando sem a companhia de homens atraíam muito mais atenção na Índia do que em qualquer outro lugar que tínhamos visitado até agora. Estávamos em Déli havia apenas um dia quando vários homens esbarraram "acidentalmente" em nossos seios enquanto andávamos pelas calçadas congestionadas. E logo trocamos um tipo de aventura por outro.

Fomos a uma agência de turismo pegar alguns mapas para nos orientarmos e saímos de lá com Sunil, que nos arrastou para uma excursão com tudo incluído. Embora esse não fosse nosso modo usual de viajar, estávamos um pouco desnorteadas com nosso novo ambiente. Foi um alívio deixar um guia decidir que templos visitar e hotéis reservar.

Com Sunil no banco do motorista, nosso primeiro destino foi justificadamente um dos maiores monumentos ao amor de todos os tempos: o Taj Mahal. Nenhuma de nós o havia visitado antes e, como muitos turistas, não queríamos deixar a Índia sem ver o lendário lugar. Além disso, com Elan do outro lado do mundo, há tempos eu não experimentava um pouco de romance, e ansiava por apreciar esse famoso testemunho da devoção eterna de um homem à sua amada.

Reza a história que Shah Jahan mandou construir o mausoléu de mármore depois que sua esposa favorita (aparentemente ele tinha outras) morreu, para que um símbolo de seu amor durasse para sempre. Supostamente se apaixonou à primeira vista por ela, que lhe deu 14 filhos. (Se isso não é um motivo para amar sua esposa, não sei o que é.) Às margens do rio Yamuna, o Taj precisou de uns 20 mil trabalhadores e mais de 17 anos para ficar pronto.

Atravessar Agra vindo de Déli e a caminho do Taj foi como cavar a terra para encontrar o tesouro escondido – a cidade era suja e imersa em pobreza. O ar cheirava a mato queimado e suor. Macacos e cães marcavam seus territórios sobre montes de lixo e homens defecavam à beira das calçadas. O Taj era o diamante não lapidado, e, para ajudar a proteger seu mármore delicado da poluição, como de fumaça de automóveis, os veículos tinham de estacionar longe do local.

Assim que nós três deixamos a segurança do carro de Sunil (bem... seguro agora que não estava em movimento), fomos cercadas por mais sofrimento do que eu já havia visto até mesmo na fila de doentes que esperavam do lado de fora da clínica da Irmã Freda. Em nossa caminhada para o Taj, crianças pequenas descalças com corpos esqueléticos cobertos de trapos levaram dedos à boca pedindo comida. Um homem se arrastou pelo caminho empoeirado segurando o que parecia ser sua própria perna nas mãos. Crianças agarraram nossas roupas e bolsas, implorando para que comprássemos seus cartões-postais.

Meu primeiro instinto foi o de me aproximar de Amanda e Jen para bloquear o sofrimento, porque me sentia assustada e desconfortável. Mas agora os rostos de Esther e da Irmã Freda estavam comigo. Ter tido a chance de falar com elas, passar a conhecê-las um pouco, havia me feito superar meu instinto de fuga, e desejei saber como fazer isso aqui de novo, mesmo como turista. Era possível ver naqueles à minha frente mais do que pedintes – pessoas como eu?

Forcei-me a andar mais devagar, fazer contato visual com uma garota, provavelmente com cinco anos, que segurava um punhado de cartões-postais. Quando ela os estendeu para mim esperançosamente, parei e lhe perguntei seu nome. – Padma – respondeu-me. Eu me inclinei para ver sua coleção de imagens do famoso mausoléu em horas diferentes do dia, fingindo examinar cada uma delas cuidadosamente. Depois escolhi três e lhe entreguei algumas rupias. A garota gritou: – Obrigada! – Ela entrelaçou seus dedos nos meus para apertar minha mão. Sorri-lhe e, subitamente, havia um bando frenético de crianças se apertando contra mim vindas de todos os lados e empurrando cartões-postais e chicletes na direção do meu rosto. Dessa vez abri caminho entre elas, correndo para alcançar Jen e Amanda. Olhei para trás e vi as crianças ao redor de Padma.

Prossegui ao lado de Jen e Amanda e nós nos juntamos à longa fila de peregrinos – indianos, europeus e asiáticos – que passavam pela entrada de arenito. Crianças descalças e homens usando camisas brancas agarravam as pessoas enfileiradas oferecendo serviços de guia.

Nós atravessamos os portões com inscrições do Alcorão, um legado deixado pelos governantes muçulmanos conhecidos como moguis. Uma vez dentro, contemplamos um espaço aberto imaculado, quilômetros de gramado bem cuidado e jardins em plena floração; o mausoléu de arenito que abrigava o corpo da rainha se refletia serenamente em um lago retangular. Cada prédio parecia simétrico, uma imagem espelhada do outro.

Clicamos ininterruptamente nossas câmeras para captar o jogo de luzes produzido pelo pôr do sol, o arenito passando de branco lótus para amarelo desmaiado e depois o alaranjado do cravo-de-defunto. Então uma sombra baixou sobre minhas lentes.

Ergui os olhos e vi um grupo de turistas indianos em pé diante de nós.

– Podem tirar uma foto, senhora? – perguntou um Ashton Kutcher indiano com óculos de aviador.

– É claro que sim – respondi, estendendo a mão para pegar sua câmera. Mas ele a entregou para seu amigo e fez um gesto para Jen e Amanda se aproximarem.

– Acho que ele quer uma foto *nossa* – disse Amanda, surpresa. Ficamos sem jeito perto do homem, que pôs seu braço casualmente ao redor dos meus ombros. Seu amigo tirou a foto e nos agradeceu. Sem saber o que dizer, nós sorrimos para eles antes de ir embora.

– Isso foi estranho – disse Jen.

A mesma coisa nos aconteceria pelo menos mais meia dúzia de vezes. Pais quiseram tirar fotos de nós segurando seus filhos de olhos pintados com carvão, grupos de garotas adolescentes usando bindis nos cercaram para posar com o reflexo do lago ao fundo, uma família de seis pessoas se posicionou perto de nós por ordem de altura.

– Agora sei o que é ser uma celebridade da lista D – brincou Amanda. Quando perguntamos a Sunil por que tantos indianos queriam tirar fotos conosco, ele deu uma explicação vaga de que tirar fotos com ocidentais em lugares famosos era um suvenir valioso que podiam mostrar a seus amigos, uma espécie de símbolo de status. O engraçado é que nós nos sentíamos do mesmo modo tirando fotos perto deles.

Sunil acabou assumindo o papel de guarda-costas, negando mais pedidos de fotos. – Nunca terminaremos esta excursão se vocês continuarem parando para tirar fotos – resmungou, como se fôssemos suas filhas e não clientes.

A mulher de sári vermelho se curvou para tirar seus sapatos e a divisão em seus cabelos tinha um tom igualmente vermelho. Assim como as mulheres ocidentais usam alianças de casamento, algumas indianas usam uma pasta vermelha forte para simbolizar que são casadas. Sorri timidamente para ela e olhei para minhas próprias sandálias de dois dólares. Tirei-as, como era o costume antes de entrar em um templo. Jen e Amanda tiraram suas sandálias de dedo. Ambas usavam saias à altura dos tornozelos compradas no labirinto de lojas nas ruas de Déli. Nós três ficamos em pé na entrada do santuário em forma de flor de lótus, chamado de Casa de Adoração Baha'i, ajeitando nossos xales para garantir que nossos ombros ficariam cobertos.

Lá dentro o silêncio era pesado quando seguimos a mulher e nos sentamos em um banco de mármore frio. Não posso dizer por quanto temos ficamos naquele espaço etéreo, saboreando a quietude que nos envolveu depois de tantos dias imersas em buzinas, músicas de Bollywood e vendedores ambulantes apregoando seus produtos.

Sunil nos havia levado ao templo depois que eu o bombardeei com perguntas sobre a diferença entre as divindades hindus que vira na última vez em que estive na Índia, como Ganesha com sua cabeça de elefante e Shiva com seu colar de cobras. Eu tinha sido atraída pela miscelânea de templos, mesquitas, santuários e igrejas e me sentia como se tivesse entrado em uma meca espiritual desligada deste mundo sempre que via um sinal de devoção diária, como frutas colocadas em um santuário doméstico ou uma barraca na rua lotada de guirlandas para oferendas religiosas.

Ver essas conexões com um poder superior em toda a Índia havia me feito querer me apegar a ele como um cobertor de segurança na primeira vez em que a visitara. O modo como muitos indianos praticam pequenos atos de fé no meio de, digamos idas ao mercado, lembrava-me de que a vida é inerentemente significativa e, em si, sagrada. Quando experimentei mais de como pessoas em todos os lugares encontravam conforto na fé, alguns momentos se fixaram em minha mente como uma colagem: as bugigangas deixadas pelos carregadores na Trilha Inca como oferendas para os deuses; a Irmã Freda apertando a cruz ao redor de seu pescoço; minha avó dedilhando o rosário que sempre levava para a missa.

Ecoando a mensagem de Gandhi, Sunil se recusou a se prender a uma só religião. – Sou hinduísta, muçulmano e budista. Deus é encontrado em todas as crenças – disse. Portanto, fazia sentido ele nos levar para a Casa de Adoração Baha'i, que acolhe todas as pessoas, independentemente de sua religião. A maioria dos indianos é hinduísta, e a proteção de diferentes divindades me pareceu como um grande arco-íris de deuses e deusas, cada qual representando uma extensão diferente de um único Ser universal. Os hinduístas acreditam que Deus está em todos os lugares e viveram durante séculos perto de cristãos, muçulmanos, budistas, siques, jainistas e judeus do subcontinente.

Quando nós nos levantamos e saímos na ponta dos pés, o templo branco em forma de pétala subitamente me lembrou o Epcot Center da Disney. Nós olhamos para o caminho central em busca de um carrinho de comida. Gotas de suor pingaram de meu nariz quando o sol bateu em nossas cabeças.

– Um sorvete realmente seria ótimo agora! – comentei, sabendo que o mais provável seria encontrarmos petiscos como *bhaja* (fritada de vegetais) e *vadai* (roscas condimentadas).

– Aquele homem está vendendo mangas em palitos! – Jen apontou na direção de um carrinho parado perto do estacionamento e nós praticamente saímos correndo pelo caminho de concreto. Amanda entregou ao vendedor algumas rupias, que me lembravam o dinheiro colorido do jogo Banco Imobiliário, exceto pelo fato de que cada nota estava estampada com o rosto de Gandhi. O vendedor lhe entregou três mangas em palitos e, enquanto procurávamos um lugar para nos sentarmos e saboreá-las, nos esquivamos de outros vendedores anunciando pulseiras e castanhas-de-caju assadas.

A essa altura, havíamos desenvolvido uma estratégia altamente eficaz para fugir de vendedores agressivos. Após lermos que os guias frequentemente recebiam comissão para levar turistas a lojas, não nos espantamos quando Sunil nos puxou para uma rua cheia de lojas para "conhecermos seus amigos". Sabendo que aquilo era parte da transação guia/cliente, assistimos educadamente a demonstrações de como fazer mosaicos e sáris de seda antes de sermos cobertas de tecidos e joias em abordagens de vendas não muito sutis.

Contudo, isso não significava que tínhamos de comprar alguma coisa. As garotas e eu fizemos muitas tentativas malsucedidas de detê-los com evasivas. As afirmações de Amanda de que "Essas saias não fazem o meu estilo" foram rebatidas com "Sem problemas, senhora! Podemos costurá-las no estilo que quiser!" *Droga!*

– Infelizmente não tenho mais nenhum espaço em minha mochila – disse Jen, tentando outra saída.

– É por isso que oferecemos frete internacional a preços baixos! – retrucou o especialista em vendas. Vencidas de novo!

Usando o método de tentativas e erros, finalmente descobrimos a desculpa que realmente funcionou:

– Este sári laranja fluorescente é... hum... maravilhoso, mas terei de perguntar ao meu marido antes de comprar qualquer coisa. – Isso imediatamente parou o ataque dos vendedores, e eles se limitaram a pôr firmemente um cartão de visitas em minha mão e me pedir para voltar com meu marido.

Mas a mesma novidade que achei tão excitante também fez com que me sentisse como uma criança aprendendo a agir no mundo. Até mesmo as interações mais mundanas eram motivos para um colapso na comunicação: a princípio pensei que quando os indianos balançavam a cabeça de um lado para o outro significava "não", quando na verdade significava "sim". E me sentar perto de um homem em um riquixá logo se transformou em uma versão da dança das cadeiras quando ele foi para o outro lado se sentar longe e depois repetiu o processo quando Amanda se sentou perto dele. Aparentemente, é íntimo demais uma mulher solteira se sentar perto de um homem.

Então eu estava feliz em descansar um pouco e simplesmente sentar de pernas cruzadas na grama macia perto do templo, chupando o suco das mangas.

– Com licença, senhora? – Ergui minha cabeça apertando os olhos devido ao sol do meio-dia e vi a mulher com o sári vermelho em pé acima de nós, dessa vez com um homem ao seu lado. – Podem tirar uma foto?
– É claro que sim! – respondi, estendendo a mão para pegar a câmera dela. A mulher rapidamente a entregou ao homem antes de se sentar ao nosso lado. Lá estava eu de novo me esquecendo de minhas habilidades sociais.

Amanda tirou sua Olympus da pequena bolsa de pano cujo preço havia pechinchado mais cedo, naquele dia, e se levantou.
– Pode tirar uma com a nossa também?

CAPÍTULO DEZESSEIS

Jen

SUL DA ÍNDIA/SHRADDHA ASHRAM
NOVEMBRO

— Não se mexa – eu disse, quando um bando de baratas passou correndo pela parede do vagão do trem na direção da cabeça de Amanda. Ela ficou imóvel no banco pegajoso, apertando os olhos e se preparando para meu ataque. Peguei nosso *Lonely Planet: Southern India* e parti para a matança. Em um movimento fluido de kung fu, atirei o guia, que passou pelo rosto de Amanda e acrescentou mais carcaças à nossa crescente coleção. Ao mesmo tempo, Holly se ergueu de um pulo e afastou alguns insetos a caminho de nossos lanches variados, enquanto Amanda tirava sua sandália de dedo para matar uma a uma as recém-chegadas pelo parapeito da janela.

Nesse ponto da viagem, as garotas e eu tínhamos nos tornado razoavelmente acostumadas com as condições do terceiro mundo, aprendido a tolerar uma grande variedade de insetos rastejantes e acomodações que deixavam muito a desejar. Mas nada poderia ter nos preparado para nossa primeira viagem em um trem noturno pelo subcontinente indiano estorricado pelo sol.

Tínhamos chegado a Bangalore alguns dias antes e, pela primeira vez desde que deixamos Nova York, corríamos para cumprir um prazo. Nossa missão: tínhamos menos de 24 horas para levar Holly a Trivandrum para seu primeiro dia de um programa de treinamento de mestre de ioga com um mês de duração.

Com quase 8.100 quilômetros de chão para cobrir, planejáramos pegar um voo doméstico para economizar tempo, mas, após ouvir em noticiários que terroristas estavam tendo como alvo aeroportos do sul da Índia, decidimos que seria mais seguro ir de trem. Além do mais, esse era um modo de viajar infinitamente mais barato e autêntico.

Se ao menos soubéssemos que o 6526 Bangalore-Kanyakumari Express não só concorria ao Guinness World Record como o trem expresso mais lento do mundo como estava seriamente necessitado de um exterminador.

Como tínhamos reservado nossas passagens no último minuto, todos os bilhetes da primeira e segunda classe haviam sido vendidos, por isso tivemos de nos instalar no vagão-dormitório da terceira classe. Por dez dólares, imaginamos que a cabine não teria ar-condicionado, mas não contávamos com o exército complementar de baratas. Assim que ocupamos nossos lugares, um rio de criaturas de seis pernas desceu pelas paredes para os assentos.

– Eu me sinto como se estivéssemos jogando aquele jogo que havia no Chuck E. Cheese's. Lembram? Aquele em que você batia nas toupeiras peludas roxas que saíam de seus buracos – eu disse, examinando ansiosamente a área, pronta para atacar ao primeiro sinal de movimento.

– Hum, obrigada por manchar a imagem de um dos meus passatempos favoritos na infância – brincou Holly, inspecionando nossa cobiçada sacola de alimentos em busca de passageiros clandestinos. – Argh! Isso é nojento!

– É a nossa praga das baratas. Juro que nos seguiram desde o Quênia – disse Amanda, dando gritinhos e sacudindo violentamente seus cabelos cacheados para eliminar a chance de haver algum inseto neles. – E parece que somos as únicas neste trem que estão incomodadas de dormir com um milhão de insetos.

Na Índia, muitas vezes Amanda, Holly e eu nos sentimos como se estivéssemos em um circo de três picadeiros, constantemente nos apresentando para divertir e desconcertar os locais. Nesse trem não era diferente. Quando enxurradas de famílias embarcaram, elas pararam, boquiabertas, à visão de três mulheres brancas em uma histeria coletiva devido a alguns pequenos insetos.

Incapazes de reprimir nosso instinto de matar baratas, ignoramos os olhares óbvios – pelo menos a princípio. Mas finalmente o constrangimento e a pura exaustão de pularmos a cada dois segundos nos forçou a uma silenciosa submissão. Se quiséssemos sobreviver ao resto da viagem claustrofóbica de 17 horas, teríamos de nos sentar, permanecer calmas e fingir que não havíamos entrado em um episódio de *Fear Factor: India*. Dessa vez a absoluta falta de espaço pessoal nessa parte do mundo nos beneficiou. Quando centenas de passageiros se imprensaram em cada centímetro quadrado disponível da locomotiva – abriram camas dobráveis nas paredes para enchê-las de pacotes de tecidos, baús enormes e cestas de piquenique –, as indesejáveis baratas fugiram para seus esconderijos. Com nossa pele não mais arrepiada (pelo menos não tanto), nós nos entrincheiramos em nossas cabines, entrando no ritmo do trem que chacoalhava nos trilhos.

Quando a noite caiu, Holly se instalou em um dos compartimentos para dormir que lembravam um caixão de defunto, com a máscara e o fone de ouvido firmes em seus lugares. Assim como a maioria dos outros passageiros, ela logo adormeceu, deixando Amanda e a mim entregues aos nossos hábitos noturnos de corujas. Com nossas lanternas de cabeça, ficamos em frente uma da outra na parte inferior de beliches para saborear a leitura de raras revistas impressas em papel brilhante que conseguíramos surripiar de um saguão de hotel.

– Ei, ouça isto – sussurrei. – Querida *Marie Claire India*: estou em um casamento arranjado há quase cinco anos e, embora respeite meu marido, detesto ter sexo com ele. Na maioria das noites, sinto-me fisicamente doente quando temos relações sexuais. Tenho pensado em deixá-lo, mas isso destruiria minha família. Há algo que eu possa fazer para aprender a gostar de ter sexo com ele?

– Uau, ela realmente disse isso? – perguntou Amanda, puxando a página para baixo para olhar. – É terrível. Deve se sentir uma prisioneira. Acho que isso torna nossos problemas com os homens insignificantes. Pelo menos precisamos ter uma ligação física antes de entrar em uma igreja.

— É verdade. Embora eu ache que, estatisticamente, com frequência os casamentos arranjados dão mais certo do que os por amor, por isso de certa forma talvez não estejamos em melhor situação. Ei, você poderia escrever sobre isso. Algo como "Namoro ao Redor do Mundo: você teria mais sorte em outro país?"
— Boa ideia, mas, não, obrigada — respondeu Amanda com uma voz estranhamente séria.
— Ora, vamos! Essa é uma ótima ideia. Quero dizer, eu leria o artigo — sussurrei entre os roncos estrondosos e as tosses roucas que enchiam o vagão.
— Embora sem dúvida esse tema seja impressionante — ela se interrompeu e respirou profundamente —, decidi que não vou mais vender matérias.
— O que quer dizer? — perguntei afastando um inseto imaginário do meu pescoço.
— Na verdade eu planejava falar com você sobre isso. Acho que finalmente estou pronta para abandonar a ideia de me tornar uma jornalista internacional. Pelo menos por algum tempo.
— Isso é uma pegadinha? — perguntei, esperando evitar com uma piada outra conversa potencialmente tensa.
— Não, estou falando sério. Tenho pensado muito sobre isso nos últimos dias, e não sei mais se essa é a coisa certa para mim. Quero dizer, enviei dúzias de memorandos com ideias, cartas de apresentação e propostas. E perdi um zilhão de horas isolada em cibercafés. Para quê? Nenhuma de minhas editoras nem mesmo me procura mais, por isso ultimamente tenho me sentido como se tudo isso tivesse sido para nada — respondeu ela, examinando a pilha de revistas à sua frente.
— Olhe, eu realmente não deveria ter falado com você como falei naquele dia na Pathfinder — eu disse, lembrando-me da discussão que tivemos no Quênia. — Pelo menos você tem algo que quer fazer, ao contrário de mim. Só estou fugindo totalmente da vida real. Quero dizer, quem sou eu para dizer a você o que é melhor?
— Eu sei, mas, sinceramente, acho que *seria* melhor eu desistir de trabalhar por algum tempo e apenas tentar aproveitar a

viagem sem nenhum tipo de missão ou objetivo. Falando sério, nas próximas semanas, decidi que vamos viajar do *seu* modo. Ao projetar no rosto de Amanda a luz de minha lanterna de cabeça, vi que ela realmente estava sendo sincera. Eu não queria que ela abandonasse seus objetivos profissionais na estrada devido a um sentimento de culpa, mas não pude evitar me sentir aliviada. Sabia que dali a uma semana nós nos separaríamos de Holly e viajaríamos em dupla por quase um mês, por isso não queria que houvesse nenhuma tensão não resolvida entre nós.

– Está bem, você venceu – eu disse, erguendo uma de minhas mãos em sinal de rendição. – E, ei, nunca se sabe. Talvez goste tanto da vida de mochileira que desista de trabalhar pelo resto da viagem.

– Não me provoque, Baggett – disse ela zombeteiramente, lançando-me um falso olhar mal-humorado.

– Jamais – eu disse, rindo, antes de voltar minha atenção para as alegrias e desventuras de outras mulheres nas páginas banhadas pelo luar de *Marie Claire India*.

– Chai, chai, chai... café, café, café, chai, chai – ecoou nas paredes de metal, tirando-me de meu sono aparentemente efêmero.

Abri um dos olhos e espiei para fora da proteção de meu saco de dormir de seda para ver quem diabos estava fazendo tamanha algazarra. Um homem magro como um trilho de trem e coberto da cabeça aos pés de linho branco manobrava no corredor apertado um carrinho de mão com uma chaleira alta de prata e copos de plástico. Ele dava alguns passos e parava para trocar uma bebida fumegante por cinco rupias (cerca de dez centavos de dólar), enquanto lançava no ar quente, úmido e cheirando a canela as mesmas palavras pronunciadas em um tom nasal.

Do outro lado do corredor avistei o rosto revigorado de Holly, que conversava animadamente com uma família de oito pessoas. Ela olhou para mim e sorriu.

– Então você sabe se há chai neste trem? – perguntei sarcasticamente, gemendo enquanto afastava o tecido ensopado de suor da metade superior do meu corpo.
– Finalmente você acordou! Amanda e você estão mortas para o mundo há horas. Eu estava começando a ficar preocupada.
– Só fomos dormir às três da manhã. Que horas são?
– Acho que quase dez, mas não tenho certeza. Meu relógio ainda está no horário do Quênia. Quantas horas à frente estamos agora?
– Não sei. Três? Quatro? A que horas chegaremos a Trivandrum?
– Não antes das duas da tarde – respondeu ela.
– Bem, nesse caso vou voltar para a cama – respondi, procurando meu iPod em minha mochila transformada em travesseiro.
– O quê? De jeito nenhum. Você tem de me fazer companhia – protestou Holly.
– Desculpe, não consigo ouvir você – respondi docemente antes de pôr o fone de ouvido e virar para o lado.

Eu estava quase dormindo quando senti uma mão nas minhas costas. Levantei-me sobressaltada e bati com a cabeça no beliche acima. Uma garotinha com cabelos pretos e cacheados e muitas pulseiras cor-de-rosa reluzentes deu um pulo para trás e uma risadinha. A menina chamou seu irmão bebê para se juntar a ela e os dois se aproximaram de mim, puxando o fio em meus ouvidos. Ah, bem, de qualquer modo está muito quente e barulhento para dormir, pensei, sentando-me.

– Vocês querem ouvir? – perguntei, puxando o fone do ouvido direito e o estendendo para eles.

Espantados ao perceber que saía música de um aparelho tão pequeno, eles deram gritinhos e se inclinaram para frente, apertando suas cabeças uma contra a outra. A princípio se contentaram em dividir o fone, mas não demorou muito para a rivalidade entre irmãos se manifestar e se seguir um cabo de guerra. Do outro lado do corredor, mãe, pai, avós e primos estavam sentados rindo de suas tentativas agressivas de brincar com o brinquedo ocidental.

Estou certa de que qualquer psicólogo infantil teria me censurado por aceitar o mau comportamento deles, mas, em vez de me arriscar a destruir minha principal forma de entretenimento na estrada, decidi que era mais fácil cedê-la, dando a cada um deles um fone de ouvido. Com a pequena dupla delinquente aconchegada em segurança em um canto do assento, cantarolando em voz baixa ao som de *Monster Ballads, Volume 2*, me senti livre para andar pela cabine com Amanda, que finalmente havia acordado.

Ao passarmos devagar pelos corredores entre filas de assentos, deparamos com muitas cenas estranhas e exóticas. Homens usando calças boca de sino de poliéster e jaquetas do tempo de *Os embalos de sábado à noite* fumavam cigarros enrolados à mão nos vestíbulos entre os vagões. Mães envoltas em sáris Day-Glo punham pães *naan* com manteiga em mãos estendidas. Bebês de olhos pintados com kajal gritavam em sintonia com o ranger de freios.

Apesar de que eu teria aceitado de bom grado um espaço na primeira classe, duvidei de que ele fosse um décimo tão interessante quanto a terceira classe do trem. E, embora não tivesse gostado de dormir com baratas (nem quisesse fazer isso de novo), senti uma pontada de orgulho: tínhamos suportado aquilo, feito como a população local, e nesse processo conquistado uma insígnia de mérito muito importante como mochileiras.

Talvez fossem os raios de sol suaves projetando sombras quentes nas paredes ou a ausência de insetos visíveis, mas nosso compartimento pareceu muito mais convidativo durante o dia. Encontrei um assento perto de uma janela aberta e me sentei nele pelo resto da viagem. Quando o trem passou por Kerala, as fotos brilhantes que eu havia visto da pitoresca região – de vastas florestas de mangue, praias com areia dourada, águas paradas cor de esmeralda e campos de coqueiros – se materializaram diante dos meus olhos. Sendo o estado mais limpo e instruído da Índia (com taxas de alfabetização chegando a 90%), Kerala é um destino turístico famoso que ansiávamos por explorar.

Três horas (e uma bateria de iPod descarregada) depois, nosso trem finalmente chegou a Trivandrum. Situada entre encostas verdejantes na extremidade sul do país, a capital do estado – conhecida como um centro de arte, literatura e política – era o ponto de desembarque em nossa excursão por Kerala. Nossa primeira parada: o Shraddha Ashram, um dos inúmeros centros espirituais do subcontinente que, segundo seu web site, ficava a apenas uma hora de carro da estação de trem.

Nós avançamos com dificuldade através da multidão de turistas, vendedores de comida e cambistas, e saímos da estação para as ruas caóticas da cidade. Com nossas mochilas nos ombros, começamos a lenta travessia de um mar de residentes, comerciantes, cachorros sem dono, autorriquixás e motoristas de táxi esperando para pular sobre nós. Em menos de um minuto, o suor escorria de nossas testas para nossos corpos e dedos dos pés sujos. Um homem jovem alvoroçado, garantindo-nos que conhecia o caminho para o "muito sagrado e especial Shraddha", jogou nossas coisas no porta-malas de seu táxi e nós seguimos por uma estrada de terra esburacada – esperando estar a caminho da iluminação.

Antes de planejarmos nossa viagem, eu realmente não sabia muito sobre ashrams, muito menos havia pensado em viver em um deles. Mas, com o entusiasmo de uma líder de torcida espartana, Holly havia nos instruído sobre os muitos benefícios físicos e espirituais que o centro de ioga/meditação fornecia. Embora o rigoroso programa de treinamento de mestre com duração de trinta dias no qual ela se inscrevera parecesse para mim e Amanda uma forma de punição cruel e incomum, ficamos suficientemente animadas para comprar um pacote mais moderado de uma semana. Por que não? Onde mais poderíamos nos misturar com deuses celestes serpentiformes? Isso era a Índia – terra de poderosas divindades hindus, berço da ioga, epicentro religioso do mundo (além disso, um pouco de exercício e alimentação saudável não fariam mal nenhum antes de rumarmos para o norte, as praias em Goa, em busca de prazeres mais terrenos).

Depois de uma jornada com uma duração surpreendentemente exata de uma hora, subimos por uma ladeira de cascalho até a entrada do Shraddha. Todo o barulho e congestionamento da cidade ficaram para trás e foram substituídos por um sereno e vasto paraíso de florestas verdes e flores tropicais exuberantes.

Situado acima de um lago cintilante nos contrafortes dos Ghats ocidentais, o ashram certamente oferecia a seus devotos uma vista espetacular. Contudo, como logo ficamos sabendo, fumo, álcool, drogas, carne, peixe, ovos, alho, cebola, telefone celular, camisa sem manga e manifestações públicas de afeto (para citar apenas algumas coisas) eram terminantemente proibidos no local, e imaginei que isso tinha de ter alguma compensação.

Quando seguimos o caminho margeado de palmeiras, um "Om" profundo ecoou nas copas das árvores como o som assustador de uma guerra. Mas em vez de uma milícia furiosa, vimos centenas de iogues serenos usando calças presas com cordas e camisetas folgadas deslizando no alto da colina em direção a um pavilhão ao ar livre.

Chegamos à recepção e uma loura brincalhona acenou para nós do final do balcão, perto de pilhas de folhetos coloridos. Ela explicou que os estudantes tinham acabado de terminar sua segunda aula de *asana* (ioga) e estavam indo jantar. Quando terminamos de preencher a papelada de praxe, fomos convidadas a nos juntar ao grupo ou apenas relaxar até o *satsung* (meditação silenciosa e recitação) noturno.

Após assinarmos rapidamente dúzias de formulários, fomos para nosso dormitório com lençóis, fronhas e mosquiteiros fornecidos pelo Shraddha. Enquanto Holly dava uma olhada no grande manual de treinamento de mestre, Amanda e eu revimos a programação diária:

> 5:30: sino de despertar
> 6–7:30: satsung
> 7:30: hora do chá
> 8–10h: aula de asana
> 10h: brunch
> 11–12:30: carma ioga/serviço abnegado
> 13:30: hora do chá
> 14–15:30: palestra

16–18h: aula de asana
18–19h: jantar
20–21:30: satsung
22:20: luzes apagadas

Apesar de todos os pensamentos rebeldes que passaram pela minha cabeça ("Não há a mínima chance de eu acordar tão cedo! Duas sessões de satsung são realmente necessárias? Palestra uma ova!"), estava intrigada com a cultura ashram e realmente animada com a ioga, o brunch, o jantar e as sessões de chá. E, graças ao preço muito baixo de 11 dólares por dia incluindo refeições, aulas e alojamento, Amanda e eu pudemos economizar dinheiro suficiente para uma excursão com direito a mergulho em Goa.

Embora eu achasse que a adaptação a uma vida tão frugal poderia ser difícil, os primeiros dias foram surpreendentemente tranquilos e gratificantes. É claro que meu pé ficou dormente durante a meditação matutina, me causando uma queda epilética, e fui repreendida por estudantes virtuosos por desrespeitar os avisos de SILÊNCIO durante as refeições, mas saí-me muito bem na mais avançada das duas aulas de ioga, quase cheguei a gostar da comida vegetariana sem graça e decorei alguns versos do cântico "Shri Ganesha". Sim, eu estava bem a caminho de atingir a transcendência.

V*ocê pode fechar a conta quando quiser, mas nunca poderá sair!*
A frase da canção de The Eagles ecoou em minha cabeça quando o indiano magro, alto e de olhos arregalados bloqueou o portão de saída, recusando-se a deixar Amanda e a mim passarmos. Embora o sol já tivesse dissipado a névoa do início da manhã, pude sentir uma bruma deformada do Hotel California descer sobre o chão sagrado. De alguma forma, nossa tentativa inocente de trocar o satsung por um passeio sozinhas em meio à natureza nos tornara reféns.

– Você não pode nos impedir de sair – explodiu Amanda, sem poder acreditar. – Só vamos dar um passeio!
– Não, primeiro vocês precisam de um passe do swami – respondeu o perplexo guarda em "hindlês", um fogo contínuo hindu entremeado de palavras inglesas.
– Bem, neste momento o swami está ocupado conduzindo o satsung – respondeu Amanda sucintamente. – E gostaríamos de ir agora.
– Ah, Cristo, o sol mal nasceu e já preciso de uma bebida – sussurrei baixinho. Nesse ritmo, estava começando a achar que algumas mimosas poderiam me levar mais rapidamente ao nirvana do que cânticos e posições de cabeça para baixo. Mas agora nunca testaria essa teoria porque parecia que Amanda e eu estávamos presas ali para sempre, ou pelo menos até reencarnarmos como besouros de estrume capazes de passar por baixo da cerca sem serem vistos. Droga! Se ao menos eu tivesse me dado ao trabalho de ler a lista épica de regras do Shraddha, saberia que minha liberdade pessoal era uma violação direta de seu rígido código moral.
– Se vocês saírem será para sempre. E ainda terão de pagar – gritou o guarda, balançando maniacamente sua cabeça e brandindo seu cassetete desgostosamente.
– Está dizendo que vai nos expulsar por tentarmos dar um passeio? – perguntou Amanda.
– Vocês são mulheres muito más! Vão! – vomitou nosso captor, deixando-nos sem fala.
Normalmente um comentário desse tipo não pesaria em meus ombros fortes de tanto carregar minha mochila. Afinal de contas, esse guarda do ashram excessivamente zeloso estava longe de ser o pior adversário que enfrentamos na estrada. Mas, quando nossa pequena discussão se transformou em uma batalha bollywoodiana, um incontrolável sentimento de raiva e pânico começou a surgir em mim. Tinha ido ali para relaxar, clarear minhas ideias e experimentar a harmonia interior (ou algo assim), não para ser repreendida por um membro da equipe com uma prancheta que me mantinha presa contra a minha vontade.

Subitamente, não consegui respirar. As paredes de cimento começaram a se fechar ao meu redor, a gola de minha blusa esportiva se apertou como um nó e o rosto do guarda se tornou distorcido como o de um palhaço em um espelho deformante de parque de diversões. Apesar de ter vivido por meia década em uma cidade cujos habitantes tomavam Paxil e Xanax com seus martínis depois do trabalho, nunca havia tido um autêntico ataque de ansiedade. Mas, no calor desse momento bizarro, comecei a reagir.

– Isso é absolutamente ridículo! – gritei, com uma voz estridente capaz de encrespar o plácido lago. – Só estamos tentando dar uma droga de um passeio, ficar em contato com a natureza e encontrar um pouco de *paz*, se é que me entende! Não pode nos manter trancadas neste lugar maluco! Não vou mais tolerar isso! – Dando as costas para o atônito guarda, saí imediatamente de cena, com meus braços balançando como os de uma criança petulante no meio de um ataque de raiva.

Cortei caminho através do gramado cuidadosamente aparado, meu peito tenso e trêmulo enquanto lágrimas ameaçavam transbordar de meus olhos. Ouvi Amanda me chamando, mas me recusei a parar. Passei aos tropeções pelo Jardim da Serenidade, derrubando inadvertidamente algumas estátuas de Shiva e Krishna em meu caminho. Perfeito, outra blasfêmia para se somar ao meu carma já enorme. Antes que um bando de gafanhotos zangados pudesse atacar, subi correndo a escada para o sombrio e úmido dormitório de estudantes e desabei em meu catre.

Para um espectador inocente, meu comportamento poderia ter parecido um pouco instável. OK, muito instável. Mas não era preciso um guru (ou psiquiatra) para entender que minha reação exagerada veio de um lugar muito mais profundo. Após apenas alguns dias de treinamento espiritual, até eu estava suficientemente iluminada para perceber que a verdadeira fonte de minha explosão emocional não foi o enrugado indiano bloqueando a saída do ashram, mas um norte-americano muito mais alto em meu país.

Menos de 12 horas antes, eu tinha dado uma rápida passada na cabana de internet, perto da recepção do ashram, e encontrado um e-mail de Brian em minha caixa de entrada. Embora compreensivelmente nossas conversas tivessem sido tensas, ainda fazíamos um esforço para manter contato periodicamente e tentar lidar com nosso rompimento do melhor modo possível a tamanha distância. Embora saber dele me causasse um aperto no coração e baque no estômago, estava mais do que disposta a suportar o sofrimento para mantê-lo de certo modo em minha vida. Mas a última mensagem de Brian deixou claro que ele não se sentia da mesma forma.

Do modo mais gentil possível, Brian explicou que era difícil demais para ele manter uma comunicação comigo e me pediu um tempo – sem mensagens por e-mail ou telefonemas – para se refazer. Na hora, eu simplesmente me desconectei e fingi que o e-mail não existia. Não que estivesse em um processo de total negação. Havia visto os avisos por algum tempo, mas esperara que tivessem sido escritos com tinta que desaparece. E, depois de alguns meses afastados, Brian se sentiria diferente em relação a tudo e talvez algum dia pudéssemos voltar a ser amigos.

Estatelada no catre rangente, fui atingida pela realidade. Eu tinha perdido meu melhor amigo, provavelmente para sempre, e não havia nada que pudesse fazer a esse respeito. Talvez o guarda do ashram estivesse certo. Talvez eu *fosse* má. Tinha me convencido de que seria mais fácil para Brian se ficássemos juntos até eu viajar, mas agora podia ver o quanto isso fora egoísta. Em um esforço para adiar a dor da separação, eu o havia iludido e talvez magoado mais do que se tivesse rompido totalmente assim que soube que deixaria Nova York. O pior de tudo é que era eu quem tinha seguido em frente – experimentando coisas novas, conhecendo pessoas em todos os dias de minha aventura – enquanto ele ficara para trás juntando seus cacos.

Subitamente me senti doente. Nos últimos dois meses, havia conseguido reprimir as emoções relacionadas com o rompimento, fingindo que se eu não estava em Nova York nada disso era real. Agora, sentada sozinha no dormitório do Shraddha, senti um vazio na base do estômago, como uma polpa pegajosa dentro de uma abóbora recém-cortada. Poderia fugir para os lugares mais distantes do planeta, mas nunca dos meus problemas. Todos os medos irracionais que acreditava ter superado de repente voltaram. E se eu nunca mais encontrasse alguém que amasse mais do que a Brian? Quando voltasse da viagem, estaria com 29 anos. E se estivesse velha demais para começar minha vida amorosa? E se nunca encontrasse o Homem Certo ou me casasse e tivesse filhos? E se me transformasse em uma velha cercada de gatos e outras coisas assustadoras, como panos de crochê e bibelôs empoeirados?

É claro que eu me lembrava de ter tido uma reação parecida quando meu primeiro namoro sério, com Rick, terminou. Mas naquela época era uma garota ingênua de 22 anos, não uma mulher de 28 anos praticamente decadente. Morava com meus pais em Maryland e tive um enorme apoio de amigos e familiares. Se estivesse nos Estados Unidos agora, minhas amigas teriam organizado uma sessão de intervenção de emergência: comédias românticas, uma caixa cheia de lenços de papel e uma panela inteira de brownies com cobertura extra de chocolate (os de verdade, não a droga de baixa gordura). Ou eu poderia telefonar para um dos meus melhores amigos e ele estaria em minha porta em um segundo, pronto para se instalar no divã e assistir a uma comédia ou me levar para dançar às três da madrugada.

Mas aqui, no ashram, tudo que eu tinha era um folheto sobre Respiração Correta e Massagem Ayurvédica, um colchão encaroçado e algumas passas como sobremesa – se tivesse sorte. Justamente quando estava caindo mais fundo no meu abismo de desespero, uma voz inesperada me puxou de volta.

– Também está matando a aula de meditação? – perguntou a garota simpática que dormia no catre perto do meu. Já havíamos conversado algumas vezes nos vinte minutos que nos davam entre as sessões de cânticos e o apagar obrigatório de luzes, mas não conseguia me lembrar do nome dela. – A propósito, meu nome é Laura – disse ela, poupando-me de lhe perguntar de novo.

– E o meu é Jen. E, sim, também sou uma desertora do Shraddha – respondi, saindo do catre.

Nós duas rimos e Laura admitiu que estava ali quase que exclusivamente pela ioga. Dava para acreditar nisso. Com músculos abdominais comparáveis aos de Gwen Stefani, ela parecia levar sua prática muito a sério.

– Você faz ioga há muito tempo? – perguntei, pensando na quantidade insana de exercícios abdominais e cardiovasculares que precisaria acrescentar ao meu repertório de treino para conseguir ao menos um único músculo abdominal de aço como o dela.

Laura se sentou diante de mim. – Na verdade, há quase sete anos. Comecei logo depois do meu divórcio e isso realmente me trouxe de volta à vida. Agora tenho meu próprio estúdio em Los Angeles, que, ironicamente, está sendo dirigido pelo meu ex-marido enquanto faço turismo pelo Sudeste Asiático e Índia – acrescentou, pegando uma camiseta larga, uma exigência para nossa sessão de ioga matutina.

– Uau, está falando sério? Ter seu próprio negócio *e* um bom relacionamento com seu ex é maravilhoso – eu disse, procurando meu relógio esportivo em minha mochila.

– Sim. Bem, na verdade precisamos de um *longo* tempo para fazer as pazes um com o outro, mas finalmente percebemos que nos daríamos muito melhor como amigos. Felizmente para mim, eu só estava com 27 anos quando nos separamos, por isso tinha muito tempo para recomeçar. – Fiz mentalmente o cálculo e me surpreendi. Havia presumido que Laura não era muito mais velha do que eu, mas ela tinha 34 anos. Se esse era o efeito da ioga no processo de envelhecimento, eu poderia mudar de ideia e viver no ashram para sempre.

– E realmente todos os meus melhores casos amorosos foram na casa dos trinta – acrescentou ela.

– É mesmo? É reconfortante ouvir isso. Estou com 28 anos, recentemente solteira pela primeira vez em quatro anos e um pouco preocupada com isso – confessei, estranhamente à vontade conversando com essa relativa desconhecida sobre minha crise pessoal. – Não porque não fosse a coisa certa a fazer, mas porque é difícil dizer adeus a um namorado em qualquer circunstância.

– Entendo completamente. Sei como os rompimentos são devastadores, mas depois realmente fica mais fácil. E o lado bom é que você não tem de lidar com advogados de divórcio – respondeu Laura. – Mas você realmente está em uma ótima posição agora. Eu a invejo por estar começando essa fase de sua vida, porque é a melhor. Pode viajar por alguns anos, namorar quem quiser e ainda ter muito tempo para se casar quando voltar. Ou não, se for esperta – acrescentou piscando um olho.

Clang, clang, clang, tocou o sino da pós-meditação, indicando o intervalo de meia hora do chá.

– Ah, é melhor eu ir antes de a turma descer. Mas eu a verei na aula de asana – disse Laura.

– Com certeza. E obrigada pela conversa estimulante – respondi.

Enquanto eu observava Laura seguindo pelo corredor para o banheiro comunitário, perguntei-me se ela tinha atravessado meu caminho por uma razão. Não que eu estivesse sendo influenciada pelo ashram, mas nosso encontro parecia coincidência demais. Afinal de contas, talvez eu *tivesse* feito algo certo em uma vida anterior.

Nesse momento Amanda pôs a cabeça para fora da fina "parede" de pano que separava nossos catres.

– Você está bem? – perguntou.

– Sabe de uma coisa? Na verdade estou – respondi. – Só tive uma crise temporária por causa de uma besteira. O guarda foi apenas a gota d'água em meu estresse, mas estou me sentindo muito melhor agora.

– Só você, Jenny B – respondeu Amanda, rindo e se sentando perto de mim. – Fico feliz em saber que está bem. Mas apenas para garantir, trouxe uma surpresinha para você – disse ela, procurando no bolso de sua calça. – Ah-ah! – Em sua mão havia duas pequenas barras Kit Kat do estoque de chocolate que tínhamos comprado às escondidas para Holly.

Embora ser forçada a permanecer dentro dos muros do Shraddha houvesse provocado minha queda livre emocional, paradoxalmente o ashram me ajudou a me pôr em pé de novo (e minha cabeça também, se você contar a posição vertical que finalmente dominei). Não era como se a tristeza e o pânico tivessem desaparecido milagrosamente. Mas cercada por centenas de pessoas, todas buscando quietude e paz mental, finalmente comecei a absorver essa energia.

Assim que parei um pouco de me concentrar em mim mesma, descobri que não era a única que lutava contra demônios interiores. Muitos dos estudantes enfrentavam algum tipo de crise pessoal ou profissional. Alguns admitiram abuso de álcool, pílulas ou cocaína. Em casos mais tristes, lamentaram a perda de um ente querido. Mas, independentemente de seus motivos, a maioria considerava o Shraddha um lugar ideal para obter clareza e buscar refúgio.

Embora os swamis em mantos de algodão substituíssem homens de jalecos brancos, de certo modo a cultura do ashram não era muito diferente da de um centro de reabilitação de drogas ou saúde mental. O que, de certa maneira, o tornava muito mais atraente para mim. Sei que essa é uma estranha confissão, mas livros e filmes sobre clínicas de tratamento de dependência química ou hospitais psiquiátricos – histórias como *Garota, interrompida*, *Um milhão de pedacinhos*, *Um estranho no ninho* e *Extermínio* – sempre haviam alimentado uma de minhas fantasias de fuga. Aquela em que por uma vez perco o autocontrole em minha vida demasiadamente ocupada e organizada, fujo da sociedade e de todas as suas pressões e simplesmente relaxo e me recupero com os outros pacientes. Um produto de minha imaginação hiperativa? É claro que sim. Mas, desde que cheguei ao ashram, comecei me perguntar se essa viagem ao redor do mundo não era minha própria versão subconsciente de terapia.

Depois de uma semana no Shraddha, algo interessante aconteceu: realmente comecei a deixar para lá. Deixar para lá meus arrependimentos em relação ao passado e temores sobre o futuro. Deixar de tentar descobrir exatamente quem eu era ou deveria ser. Talvez fosse a onda constante de endorfinas, a ausência de substâncias em minha corrente sanguínea prejudiciais ao fígado ou as horas obrigatórias de silêncio, mas com o passar dos dias começou a surgir uma versão mais calma e feliz de mim. Foi uma evolução lenta e sutil. Mas, quando minhas pernas se ergueram em sua primeira posição de meio gafanhoto, tive uma sensação maravilhosa de controle sobre meu corpo. Em outra ocasião, sentada de pernas cruzadas na plataforma de ioga ao lado do lago com os olhos fechados e as mãos na posição de chin mudra, subitamente consegui silenciar minha mente por dez minutos. Mas a habilidade mais valiosa e significativa que obtive no ashram foi a de enviar diariamente uma oração para o universo para que Brian encontrasse a felicidade e romance em sua vida.

Quando Rick me desejara o mesmo logo após romper o relacionamento, eu tinha ficado arrasada demais para entender a magnitude do que ele queria dizer. Mas, quando as feridas foram curadas e voltamos a ser amigos, percebi o quanto era abençoada de ter tido alguém em minha vida que me amou o suficiente para me deixar ir. E só podia esperar que algum dia Brian entendesse isso também. Porque eu realmente o amava de todo o meu coração e sabia que nós dois precisávamos de tempo para nos restabelecermos e seguirmos em frente. Era isso que faria por mim mesma e o que sempre desejaria para Brian. Porque ambos merecíamos amor em nossas vidas – onde quer que o encontrássemos de novo.

CAPÍTULO DEZESSETE

Holly

ÍNDIA/SHRADDHA ASHRAM
NOVEMBRO

Ainda estava escuro quando alcancei os duzentos outros estudantes que se dirigiam ao átrio de orações ao ar livre para o satsung matutino. Com todos usando o uniforme obrigatório de treinamento para mestre – camisetas amarelas para simbolizar aprendizado e calças brancas para indicar pureza –, formamos uma massa homogênea de iogues.

A umidade do ar tropical aderiu à minha pele como um sári. O verde estava por toda parte: folhas de palmeira apontavam para o céu como dedos, e tufos de grama faziam cócegas em nossos pés por cima das sandálias de dedo. Subimos os degraus, tiramos em silêncio nossas sandálias no alto e passamos por um dos muitos arcos que levavam ao átrio de orações.

O cheiro de óleo de limão atingiu meu nariz quando me sentei de pernas cruzadas no chão de pedra. Usávamos esse repelente natural de mosquitos religiosamente, mas ele não parecia deter nem um pouco os chupadores de sangue, especialmente quando estávamos em uma posição de vela ou outra em que não podíamos afastá-los facilmente. O swami principal usava a saia envelope típica cor de laranja e uma camiseta que cobria sua barriga protuberante. Ele se sentou na posição de lótus em um palco decorado com fotos dos gurus fundadores do Shraddha. As fotos emolduradas estavam enfeitadas com guirlandas de flores cor de laranja, e velas acesas eram os únicos pontos de luz.

Olhei para o swami através da escuridão do início da manhã e o ouvi começar uma meditação guiada que pareceu quase familiar após sete dias no ashram.

– Fechem os olhos... inspirem profundamente, expirem completamente... Concentrem-se em seu terceiro olho, a área entre suas sobrancelhas ou o centro do seu coração... Observem seus pensamentos como se fossem um espectador externo... Deixem que passem enquanto sua mente começa a ficar em silêncio... Agora tentem repetir o mantra com cada expiração para dar à sua mente um lugar para repousar... Se vocês não tiverem um mantra, usem o mantra universal, Om. – Um profundo silêncio desceu sobre o átrio de orações.

Mesmo após uma semana de disciplina forçada, tentar "silenciar minha mente", como o swami havia instruído, estava me deixando mais nervosa do que tranquila. Na verdade, sentia-me fisicamente doente. Só precisei de cinco minutos sentada de pernas cruzadas para o suor gotejar entre minhas omoplatas, meu pé direito ficar dormente e sentir uma dor subindo por minha espinha dorsal. Sem nada para me distrair, minha mente entrou em um estado de intensa atividade.

Papai provavelmente mandaria examinar minha cabeça se soubesse que me apresentei voluntariamente para me sentar no chão todos os dias durante um mês inteiro e ouvir um homem usando uma saia.

Apenas inspire, expire...

Talvez eu esteja sendo egoísta gastando dinheiro para meditar, em vez de ajudar Esther imediatamente.

Eu VOU silenciar minha mente. Agora minha mente está em silêncio.

Estar aqui é como estar em um campo de treinamento de recrutas. Mas aposto que até mesmo em um campo de treinamento de recrutas eles alimentam você primeiro.

Ah, Deus, Holly. Cale a boca!

Eu me pergunto o que vamos comer no café da manhã. Se a comida é tão saudável, por que o swami é tão gordo?

Meu tagarelar interior era apenas isso – ruído inútil. E eu parecia ter perdido o controle de volume. Não havia esperado que um ashram fosse uma happy hour espiritual, mas imaginara que fosse um espaço sagrado em que eu poderia iniciar uma meditação diária e rotina de ioga. Em Nova York, eu não tinha nenhum ritual significativo para me conectar com algo maior do que mim mesma, ou pelo menos mais profundo do que uma ida enlouquecida para o trabalho de manhã usando o metrô, um almoço à minha escrivaninha e uma escapada de vez em quando até a academia de ginástica. Mas minhas expectativas românticas em relação à vida no ashram não correspondiam exatamente à realidade – parecia mais que eu estava em guerra comigo mesma. Em vez de evoluir, sentia que estava regredindo.

Meu primeiro contato com a ioga foi quando estava treinando para a maratona de Nova York, alguns anos atrás. Tinha lido que seus alongamentos profundos ajudavam a melhorar músculos doloridos e na recuperação depois de longas corridas. Para mim, a ioga tinha mais a ver com alongamento muscular do que com a espiritualidade que a acompanhava. Bem, pelo menos no início.

Contudo, acabei adorando o período de relaxamento no final de cada aula. Depois de uma hora torcendo meus membros em posições aparentemente impossíveis, equilibrando-me sobre uma perna e expandindo meus pulmões com respiração abdominal profunda, finalmente poder me deitar em uma esteira deixava meus músculos vibrando e minha mente agradavelmente silenciosa. Queria poder invocar esse silêncio à vontade, encontrar um centro sólido em um mundo sempre em mudança, um lugar de paz para o qual saberia como retornar quando a tristeza ou o medo ameaçassem tirar meu equilíbrio.

Eu sabia que a experiência do ashram envolveria dias inteiros em que as únicas coisas que teria para fazer seriam me sentar em silêncio, ouvir palestras sobre como se conectar com o divino e praticar posições de cabeça para baixo – que não pareciam muito difíceis depois que dividi minha cama com baratas no Quênia. Embora soubesse que isso não seria como uma ida a um spa, pensei

que seria revigorante – como mergulhar em uma piscina gelada e depois me enrolar em uma toalha quente. Mas o mais chocante foi como meu corpo e minha mente estavam se rebelando. Eu não estava apenas desconfortável, sentia-me péssima. Por isso, após uma semana, em vez de começar cada dia em um silêncio tranquilo, sentava-me esperando impacientemente que a meditação terminasse e o swami interrompesse minhas divagações cantarolando em sânscrito para Ganesha, o deus com cabeça de elefante considerado capaz de remover obstáculos no caminho espiritual. "*Jaya Ganesha, Jaya Ganesha, Jaya Ganesha Pahimam...*"
Mesmo então, com meus joelhos doendo de ficar sentada de pernas cruzadas tentando cantar em uma língua que mal conseguia pronunciar – muito menos entender –, cansava-me rápido. Envergonhada, fingia participar movendo silenciosamente meus lábios.

Eu não era a única a enfrentar dificuldades. Notei que muitos dos outros estudantes tinham sob os olhos círculos iguais aos meus, e também não pareciam conseguir evitar se contorcer durante a meditação. Sentada do lado oposto ao meu estava Chloe, uma dançarina desenvolta e professora de pilates do Brooklyn com olhos azul-bebê e pernas muito longas. Ela tinha caminhado diretamente para mim no primeiro dia, quando eu estava sentada em uma saliência de pedra fora do átrio de orações, durante a hora do chá.

– Ouvi dizer que você também é de Williamsburg – disse, sentando-se ao meu lado. Sei que eu deveria estar concentrada na vida no ashram, mas em uma terra tão desconhecida era confortador me lembrar das corridas no McCarren Park ou bandas que ouvi no Union Pool. Então a campainha tocou para indicar o período de tolerância entre as palestras e mergulhamos em um mar de estudantes que não queriam se atrasar.

– Você se sente como se estivesse participando de uma seita? – sussurrara Chloe. – Falando sério, pense nisto: eles nos privam de sono e nos deixam com fome para nos subjugar. E nos mantêm tão ocupados que não temos muito tempo para conversar uns com os outros. – Eu *tinha* me preocupado com a possibilidade de estar participando de algum tipo de seita indiana com um horário militar e guarda parado no portão. As palavras de Chloe fizeram com que não me sentisse só.

Agora Chloe estava tirando um calendário de seu caderno de notas. Alguns anos mais nova do que eu, ela parecia infantil com seu corpo magricela, cabelo castanho picotado e sardas espalhadas pelo cavalete de seu nariz. Eu a observei pondo cuidadosamente um X sobre cada dia que havíamos passado no ashram.

– Quantos dias ainda faltam? – sussurrei.

– Vinte e um – respondeu ela desanimadamente. Outro estudante se virou para nos lançar um olhar severo que nos dizia para começarmos a cantarolar ou ficar quietas. Pude jurar que seus olhos apresentavam um vermelho demoníaco, mas atribuí isso a uma imaginação hiperativa... ou privação de sono.

Estiquei minhas costas e tentei me concentrar no discurso espiritual que acabara de começar. Segundo o swami, o maior obstáculo no caminho espiritual dos estudantes é uma ideia preconcebida do que a ioga *deveria* ser.

– Ioga é mais do que apenas posições físicas, é alcançar a unidade de corpo, mente e espírito através da autodisciplina – disse-nos. Poderíamos dominar a autodisciplina praticando os "cinco princípios da ioga": exercício apropriado (posições físicas, como a de árvore); respiração apropriada (aka pranayama – o controle da respiração ajuda a controlar a mente); relaxamento apropriado (como deitar em savasana, ou a posição do cadáver, no final da aula); dieta apropriada (comida vegetariana não processada); e pensamento positivo e meditação. OK, a mensagem parecia fácil de entender: abandonar minhas expectativas e refrear meus apetites. Aprender a controlar meu corpo para controlar minha mente. Se eu sabia o que fazer, por que isso era um desafio tão grande?

Quando o longo e último satsung terminou, recebemos um "lanche" – uma pequena xícara de chá e cinco uvas ou uma colher cheia de rodelas de banana – antes de uma aula de ioga de duas horas. Meu estômago roncou em protesto enquanto ficávamos na posição de cachorro olhando para baixo. Adormeci durante o relaxamento final, sonhando com ovos e bacon.

Outro sino me despertou, avisando que finalmente era hora de ir para a sala de jantar ao ar livre para o café da manhã, cinco horas após termos acordado. Eu estava caminhando com Chloe e Marta, uma polonesa da minha idade que parecia uma boneca de porcelana com seus olhos azuis afastados e suas maçãs do rosto proeminentes.

– Ei, Hoooolly! *Om shanti!* – Eu me virei, ouvindo as risadinhas inconfundíveis de Jen e Amanda. Senti uma onda de alívio.

– Oi, garotas – eu disse, acenando com a mão para me despedir de minhas novas amigas Chloe e Marta e me dirigindo para a saliência de pedra onde minhas velhas amigas estavam sentadas esperando por mim. – Vocês mataram a meditação matutina de novo. Pecadoras!

– Nós realmente não conseguimos acordar. Somos apenas humildes turistas praticando ioga, por isso ninguém está anotando a nossa presença – disse Amanda alegremente. Ela se referia ao fato de que os aspirantes a mestre recebiam um número e tinham de registrar sua presença.

Eu as peguei pelas mãos e puxei colina abaixo na direção da sala de jantar. – Vamos, estou morrendo de fome! – Havia um aviso de "Coma em silêncio", mas primeiro centenas de pessoas cantarolavam as mesmas duas palavras, "Hare" e "Krishna" a plenos pulmões. Nós começávamos nossas duas refeições diárias com esse cântico, também conhecido como o "Grande Mantra", um ato de devoção que ajudava a purificar nossos corações e mentes antes de nutrirmos nossos corpos.

Nós encontramos três lugares vazios na esteira de bambu do comprimento do chão de pedra da sala de jantar. Na frente de cada lugar havia um prato. Justamente quando nos sentamos, o grupo cantarolou "Om" e se calou, como se alguém tivesse tirado da tomada um enorme aparelho de som. O único ruído era o produzido pelo estanho quando o iogue encarregado da cozinha punha arroz em nossos pratos de metal.

– Qual é a primeira coisa que você vai comer quando sair do ashram? – sussurrei para Jen, soando para mim mesma como uma prisioneira prestes a ser posta em liberdade sob fiança. Era o último dia do curso de uma semana das garotas. Apesar de ter sido uma opção minha permanecer no ashram, senti um pouco de inveja por elas amanhã estarem tomando cerveja na praia.
– Silêncio, poor faavooor! Poor faavooor, coomaam em silêncio! – bramiu o chefe da cozinha, um homem chamado Vera, de pantalonas, barba prateada e olhos expressivos como os de um sábio indiano.

Ao olhar para Jen pelo canto do meu olho, não achei que era fruto da minha imaginação o fato de ela parecer um pouco mais, bem... calma. Sua pele estava mais brilhante e sua boca de algum modo se suavizara. O programa de treinamento de mestre não nos deixava nenhum tempo livre, por isso eu não havia conseguido descobrir o que acontecera depois que Brian lhe enviou o e-mail. Ela havia respondido? Estava bem com tudo aquilo?

A conversa com Jen teria de esperar. Outro homem me serviu um fino ensopado de lentilha e me atirou dois chapatis. Antes de experimentar a comida vegetariana simples, eu achava que poderia ser insossa, mas na verdade era deliciosa. Nada era processado e fazia tanto tempo que eu não ingeria apenas alimentos sem aditivos que tinha me esquecido de como era o sabor "fresco". Após apenas uma semana no ashram, sentia-me mais leve. E não era apenas a pele de Jen que brilhava: notei que a minha estava mais clara e brilhante. Eliminar carne, conservantes e cafeína me fez parecer como se uma lâmpada tivesse sido acesa de baixo da minha pele.

Então vi uma mulher com cabelos louros desgrenhados sentada na minha frente e abaixei rapidamente meu olhar. Os olhos dela estavam inchados, úmidos e muito vermelhos. Só de olhar para eles os meus arderam. Imaginando que aquele devia ser um caso sério de conjuntivite, peguei meus pratos e fui lavá-los na pia ao ar livre, esfregando minhas mãos com um cuidado extra.

– Agora tenho de me apresentar para minha carma ioga. Acho que verei vocês na nossa última ceia esta noite – disse relutantemente para Jen e Amanda antes de me dirigir ao dormitório para realizar meu "serviço abnegado". O manual de treinamento de mestre dizia: "O serviço purifica a mente e nos faz perceber a Unicidade de tudo." Todos os iogues tinham um serviço a fazer. Isso nos ajudava a manter a humildade, a lembrar de dedicar um tempo diariamente em retribuição e a nos aproximar de Deus. Pensei nas aulas de religião dominicais e no que diz a Bíblia: "O Filho do Homem não veio para ser servido, mas para servir." Algumas pessoas tinham de servir comida, outras juntar folhas com um ancinho e outras ainda fazer a chamada.

Meu serviço abnegado era limpar banheiros. Tinha achado que meus dias limpando banheiros alheios haviam terminado na universidade, depois que deixei meu emprego nos dormitórios. Mas aqui estava eu, uma década depois e do outro lado do mundo, de novo ajoelhada esfregando uma privada de porcelana. Só que dessa vez dava graças a Deus por ter uma privada para esfregar – isso era melhor do que lavar o chão de cimento em volta de um buraco cheio de mutucas como o que eu usava no Quênia. E estava grata por algo pelo qual nunca havia imaginado que ficaria, água corrente – por poder encher meu balde na pia em vez de ter de andar até o rio. Não sei ao certo se a tarefa de limpar banheiros estava purificando minha mente (ou qualquer outra parte de mim), mas aprendi que, embora pudesse ser fácil me queixar de estar realizando uma tarefa digna de *Trabalho sujo*, isso não a tornaria mais rápida. Retribuir é bom se posso me concentrar no objetivo, não na tarefa em si.

Após uma hora de serviço abnegado veio uma palestra sobre o Bhagavad Gita, seguida de uma rara hora livre (para fazermos nosso dever de casa), uma palestra de uma hora e meia sobre a filosofia da ioga, outra aula de ioga de duas horas e outro satsung (meditação-cântico-palestra) antes de as luzes se apagarem, às 22:20.

Como me sentar imóvel estava sendo um desafio maior do que eu havia imaginado, só tinha um desejo: o de correr. Sempre achei mais fácil clarear minha mente estando em movimento, o ritmo constante desviava o foco de minha cabeça para meu corpo. Além disso, os swamis disseram que um corpo forte levava a um espírito forte. Embora eu me sentisse culpada correndo ali porque isso provavelmente tinha menos a ver com a filosofia da hatha ioga de alongamento confortável e mais com o que nosso manual de treinamento definia como "movimentos rajásicos ou violentos que aumentam a adrenalina e estimulam a mente", tecnicamente aquele não era um ato de rebeldia.

Ansiosa por aproveitar minha hora "livre", vesti uma camiseta e calças compridas apesar dos 100% de umidade para evitar ofender os locais com meus joelhos nus, e me dirigi aos portões. Um guarda bloqueou meu caminho e me olhou ceticamente.

– Senhora, por favor mostre seu passe.
– Como assim, meu passe? – eu disse, confusa.
– A senhora precisa de um passe da recepção. – Ele apontou para o prédio de tijolos à sua esquerda, balançando a cabeça de um lado para outro. Sem querer perder um segundo, subi as escadas do prédio para pedir a permissão por escrito da indiana atrás do balcão.

– Por que precisa sair? – perguntou ela.
– Hum, eu gostaria de dar um passeio, por favor – respondi, torcendo um pouco a verdade. Sabia por minhas experiências na América do Sul e África que a população local não via a corrida como uma atividade própria de uma dama, ou talvez algo que queimasse propositalmente calorias não fosse um passatempo preferido em lugares em que tantos sofriam de escassez de alimentos.

– É melhor levar um bastão grande – avisou uma voz feminina com um sotaque claramente americano. Eu me virei e vi Chloe.
– Um bastão? Mas por quê? – perguntei. Ela explicou que cães raivosos eram comuns nas vilas e tinha ouvido histórias de cães que despedaçaram estudantes que saíram.

– Ela está certa, e se eu fosse você não iria sozinha – disse Marta, que a acompanhava. Embora Chloe e eu tivéssemos instantaneamente partilhado nossas histórias pessoais, como Shannon e eu fizemos na Trilha Inca, o passado de Marta era mais misterioso para mim. Por isso, fiquei surpresa ao saber que não era a primeira vez em que ela vinha ao ashram e que o visitara no último outono. Fazia parte de um grupo de centenas de estudantes que praticavam meditação caminhando quando um cão apareceu furtivamente atrás dela, cravou os dentes em sua panturrilha e fugiu correndo. Marta teve de ir rapidamente para um hospital local tomar vacina antirrábica.

– Ah, meu Deus! Por que você voltou? – perguntei, depois que ela ergueu suas calças brancas para me mostrar uma cicatriz denteada onde antes havia uma perna perfeita.

– Porque acredito que ainda tenho uma lição a aprender. E é por isso que estou aqui, para aprender – disse Marta. A amizade dela com Chloe era uma de opostos. Chloe era uma rebelde do ashram que zombava quando o swami dizia que nossos egos ameaçavam sabotar nossos caminhos espirituais ("Não é o meu ego que está me fazendo querer comer em vez de meditar. São aquelas quatro horas de ioga que fiz ontem!"). Marta, por outro lado, era a personificação de uma devota, nunca perdendo aulas e passando nosso único dia livre estirada na grama estudando o Bhagavad Gita.

Não consegui chegar a uma conclusão sobre se a volta de Marta tinha sido corajosa ou imprudente. Ainda assim, sua história me lembrou de abrir a mente para as lições do ashram (que eu esperava incluírem mais do que apenas "como rechaçar animais raivosos").

– Obrigada pelo conselho, mas acho que vou me arriscar, e levar um bastão! – observei, eu mesma sendo imprudente. Então peguei o passe da mulher indiana do outro lado do balcão e corri para a saída.

A verdade é que eu estava acostumada a pessimistas em todo o mundo me apresentarem todos os tipos de motivos para não praticar minha corrida diária. Havia ouvido todas as desculpas – de predadores do sexo masculino a motoristas imprudentes e quedas de rochas. Achava que as preocupações dessas pessoas tinham mais a ver com seus medos do que com a realidade, como os avisos de meus pais de que eu seria vítima de um ataque terrorista se me afastasse muito das fronteiras dos Estados Unidos.

Se acreditasse nelas, quase todos os lugares do mundo seriam perigosos. Mas descobri que um dos meus modos favoritos de explorar era a pé. Conheci habitantes locais, deparei com jardins inesperados, vi dúzias de jogos de futebol improvisados e descobri outros momentos da vida diária que nunca teria tido a oportunidade de ver se tivesse parado de correr. Sentia-me isolada do resto da Índia dentro daqueles portões do ashram. E até agora nunca tinha me metido em encrencas.

Após entregar meu passe para o guarda, desci correndo os degraus de pedra salpicados de musgo e parei embaixo para escolher o galho mais forte que pudesse encontrar no chão da floresta. Deixando o ashram, pensei na história de Siddhartha e me perguntei o que ele devia ter sentido ao fugir do palácio real para ver como o resto do mundo vivia. Com meu iPod em uma das mãos e um bastão na outra, segui em frente.

Aquele era um país das maravilhas tropical, exceto pelo fato de que havia montanhas e lagos em vez de praias e oceanos. A terra seca na beira da estrada refletia a luz do sol e sombras de palmeiras que formavam uma cobertura no alto. O ashram se situava em uma colina do outro lado de um lago e a alguns quilômetros de distância da vila mais próxima. A estrada circundava o lago e descia a colina na direção de uma represa, onde havia um grupo de pequenas cabanas. Olhei para a margem. Mulheres em sáris vermelhos e amarelos lavavam e colocavam roupas para secar nas pedras cinzentas achatadas. O ar úmido e quente encheu meus pulmões. Cheirava a musgo, esterco de vaca e folhas queimadas. Senti minhas bochechas ficando coradas devido ao sangue sendo bombeado em minhas veias e à força do sol.

Desci a colina e passei por uma escola. Crianças que jogavam bola dentro de um pátio com portão pararam e gritaram: "Oláááá!" Sorri e acenei para elas enquanto meus pés batiam na terra e me impeliam para frente. Atravessei uma ponte bem acima da represa e entrei em uma floresta do outro lado que parecia clara e tranquila. O caminho era cheio de samambaias que chegavam à altura dos joelhos. Continuei pela estrada de terra até chegar às cabanas de madeira pintadas em tons de marrom e azul-pavão que havia visto na ida de carro para o ashram. Lojas ao ar livre vendiam bananas e refrigerantes em garrafas de vidro. Homens usavam machados para cortar lenha na frente de suas casas. Crianças descalças com rostos empoeirados gritaram e correram em círculos quando me viram. Mulheres com baldes de água em suas cabeças pararam para me olhar e lhes sorri, com gotas de suor ocasionalmente me cegando.

Totalmente entretida em explorar a vida da vila fora dos muros do ashram, quase não vi o cachorro correndo na minha direção pela beira da estrada. Ele estava com o pelo coberto de lama, caninos à mostra e saliva branca espumante pingando de sua boca. Com o sangue em minhas veias inundado de adrenalina, meu instinto de sobrevivência prevaleceu.

– Fique longe! – gritei, minha voz soando algumas oitavas abaixo do que o normal e esganiçada. Ah, Deus! No que tinha me metido?

Comecei a brandir o bastão na minha frente como se fosse um facão, querendo manter o cachorro a distância e assustada demais para pensar no quanto devia estar parecendo ridícula. Por que tinha achado que uma droga de bastão seria uma defesa contra um animal raivoso? Meu movimento poderia constar de algum tipo de lista de Lonely Planet chamada "As Coisas Mais Estúpidas a Fazer Viajando".

O cachorro hesitou momentaneamente antes de cravar os dentes no bastão. Bati o galho no chão com toda a força que pude. Ele se encolheu, mas não por muito tempo.

Eu devia ter dado ouvidos a Marta e ficado onde estava. Provavelmente teria de ir para o hospital tomar vacina antirrábica. Embora adorasse correr, definitivamente não valia a pena morrer por isso. Quando o cachorro avançou para mim de novo, um homem de pele acobreada e bigode preto parou sua motocicleta, pegou uma pedra e a atirou na cabeça do animal. Ele uivou quando a pedra bateu em seu crânio com um ruído surdo. Transeuntes haviam se reunido do outro lado da estrada para assistir ao desenrolar da cena, muito mais interessados na desgraça da estrangeira do que em seus próprios afazeres. Pegando outra pedra e balançando o braço, o homem gritou algo que não pude entender tão alto que o cão recuou um pouco.

Visivelmente trêmula, me afastei do vira-lata, mantendo meu rosto voltado para o animal e o bastão na minha frente no caso de ele fazer algum movimento súbito.

– Obrigada por me salvar! – disse para o homem, que ainda olhava atentamente para o cachorro perambulando pela beira da estrada. Por mais que eu estivesse apavorada, aquele foi um momento que me encheu de esperança. Como aquele com o sacerdote peruano que nos salvara no deserto no cânion de Colca, esse era um dos muitos encontros que me lembravam de que o mundo é cheio de anjos da guarda.

Ele me deu um sorriso.

– Pode ir agora – disse, balançando a cabeça de um lado para o outro daquele modo agora familiar. Provavelmente estava no final dos seus vinte anos, e parecia curioso sobre por que eu havia me aventurado tão longe na vila e talvez até mesmo estar se desculpando pelas tentativas de ataque do cão. Avancei com cuidado justamente quando o animal se agachou perto do chão como se fosse pular, com os dentes novamente à mostra. Até mesmo meu salvador pareceu com medo.

– Ele sabe que você é diferente. Acho melhor ir por ali – disse ele, apontando na direção da qual eu viera. Não precisou me dizer isso duas vezes. Agradecendo-lhe de novo, andei de costas na estrada por uns bons quatrocentos metros. Depois me virei e corri o mais rápido que pude para o ashram, rezando para o carma estar do meu lado... mas ainda segurando meu bastão para me proteger.

Amanda e Jen se sentaram perto de mim em minha cama no dormitório. Suas mochilas prontas apoiadas na parede ao lado eram um desagradável lembrete de que logo não estariam mais ali e eu ficaria sozinha no ashram.

– Ah, garotas, este é o melhor presente que já recebi! – brinquei, apertando contra meu peito a sacola de chocolate contrabandeado, praticamente hiperglicêmica só de sentir seu cheiro adocicado.

– Sabíamos que você não sobreviveria a um mês inteiro sem sobremesa – disse Amanda, apertando meus ombros. Eu estava aprendendo rápido que às vezes os pequenos prazeres da vida são os mais estimulantes, e que a falta deles pode tornar os dias terríveis.

– Tem certeza de que quer ficar aqui, Hol? Você poderia ir para Goa conosco e relaxar na praia – propôs Jen. Perguntei-me como seria ficar quase um mês sem as duas extensões de mim mesma conhecidas como Jen e Amanda. Era a primeira vez que nos separávamos na viagem. E, embora eu nunca tivesse pensado em *não* ficar na escola de ioga só porque minhas amigas iriam para a praia, o fato de me sentir tão perdida sem elas mostrava o quanto nos tornáramos unidas. Havíamos cuidado umas das outras quando tivemos intoxicação alimentar. Dormido na mesma cama em direções opostas. Éramos as primeiras pessoas com quem falávamos de manhã e as últimas com quem conversávamos antes de dormir à noite.

Eu havia contado a Jen e Amanda sobre o incidente com o cachorro à tarde, e sabia que elas estavam preocupadas. Mas também sabia que, se Deus quisesse, haveria muitos outros momentos para relaxar na praia durante a viagem e agora esse não era o momento certo para mim. Melhor, eu precisava me comprometer a ficar e aprender. Embora ainda não soubesse exatamente o quê.

– Isso parece ótimo, mas o site do ashram diz claramente "não devolvemos dinheiro" – observei, recusando a proposta de Jen.

– Provavelmente é porque qualquer pessoa em seu juízo perfeito pediria seu dinheiro de volta – brincou Amanda.

Pude ver pelos olhos de Jen e Amanda que elas hesitavam em me deixar para trás nessa terra de divindades com cabeça de elefante, swamis vomitando lições sobre carma e cães raivosos.

Mas também percebi, pelo modo como elas já se dirigiam para a saída, que estavam loucas para levantar acampamento.

– Bem, é melhor a gente ir embora antes de pegar o vírus estranho que anda solto por aí. Fique longe dos doentes, Hol! – brincou Jen.

Tinha sido descoberto que a loura que eu vira com olhos inchados e demoniacamente vermelhos na sala de jantar na verdade não tinha conjuntivite, mas um supervírus tão contagioso que quase um terço dos estudantes já o pegara. Aquilo doía só de olhar, por isso os infectados se escondiam por trás de óculos escuros enquanto os outros os evitavam o máximo que podiam. Nossos mestres não pareceram muito surpresos com o surto. Na verdade, disseram que era normal adoecer: toda essa vida saudável purgava toxinas no processo de purificar o corpo. Os swamis disseram que era comum nos sentirmos mal enquanto nossos corpos eliminavam anos de venenos acumulados antes de nos sentirmos melhor. Apenas por precaução, eu havia comprado na clínica ayurvédica no local água de rosas para os olhos, que supostamente evitava a infecção, mas ardia pra burro.

– Estou ótima. O que são mais três semanas em toda a minha vida? – eu disse, com minha garganta inesperadamente se fechando. Qual era o problema comigo? Eu tinha escolhido ir para a escola de ioga. Não era *eu* quem queria menos festa e mais exploração? Não era *eu* quem havia preferido o aprendizado ao relaxamento?

Felizmente o soar dos sinos substituiu o estranho silêncio. Prometendo ser forte, despedi-me rapidamente de Jen e Amanda com um abraço. Então me afastei solenemente com a desculpa de que não queria chegar atrasada à palestra da tarde. A verdade era que simplesmente não podia ficar ali vendo-as ir embora.

CAPÍTULO DEZOITO

Amanda

GOA, ÍNDIA
NOVEMBRO

Eu estava com as pernas ardendo e a bexiga quase explodindo quando corri pelas ruas de Trivandrum e subi as escadas da estação de trem. O simples fato de não ter conseguido um único rolo de papel higiênico, um guardanapo ou qualquer outro tipo de papel só aumentava meu medo de molhar as calças antes de encontrar um banheiro. Jen e eu havíamos esgotado nosso estoque de emergência de papel higiênico áspero de folha única no ashram e em nossa pressa de nos despedirmos de Holly nos esquecêramos de repô-lo.

Avancei através da multidão de viajantes indianos agrupados na plataforma e voltei para o banco duro de madeira onde, minutos antes, deixara Jen tomando conta de nossa bagagem. Ela não estava lá – e tampouco a bagagem. Esquadrinhando toda a estação de trem (mesmo com meu 1,62 metro conseguia ver por cima da maioria das cabeças ali), tentei permanecer calma. Ela tinha ido a algum lugar. Não pegaria o trem para Goa sem mim, certo?

Quando subi no banco para ter uma visão melhor (um movimento que atraiu olhares sérios dos transeuntes), ouvi o som inconfundível da voz de Jen vindo de uma grade acima da minha cabeça do outro lado da parede. Desci de um pulo, encontrei a porta onde se lia SALA DE ESPERA DAS MULHERES e entrei.

No ambiente claustrofóbico cheirando a amônia, uma dúzia de mulheres indianas e suas crianças conversavam e faziam gestos animados na direção do espetáculo que ocorria no banheiro vizinho. Dentro, uma indiana roliça espremida em seu sári estava guiando – ou melhor, empurrando – uma garota branca perplexa para uma minúscula cabine. Jen protestou quando a mulher pôs uma ducha na mão direita dela. Era parecida com o tipo conectado à maioria das pias de cozinha, mas embutida na parede perto de um espaço para se agachar e claramente destinada a lavar algo diferente de pratos.

– Amanda! Você voltou! – Jen ficou visivelmente aliviada ao me ver. – Passe o papel higiênico antes de eu receber uma demonstração de como usar esta coisa.

Eu estava prestes a confessar que tinha falhado em meu único objetivo de compra quando a mulher pôs sua mão ao redor da de Jen e acionou a ducha, fazendo um jato de água sair da mangueira e atingir a parede de azulejos atrás. Jen pulou e as espectadoras no banheiro riram da reação dela.

Eu também poderia ter rido, exceto pelo fato de que tinha coisas mais urgentes a fazer. Corri para a cabine ao lado da de Jen, fechei a porta e assumi aquela posição familiar: com um pé de cada lado da bacia, as calças firmes em minhas mãos (para não arrastarem no chão) e as pernas travadas em uma posição agachada. Não era o modo mais relaxante de urinar, mas melhor agora do que em um vagão de trem sacolejante e infestado de baratas.

– Então você não conseguiu o papel higiênico? – disse Jen do outro lado da parede. Ela se interrompeu e perguntou em voz baixa: – Vai usar essa coisa?

Pensei na mangueira à minha direita e na alternativa. Então peguei a ducha e a segurei na minha frente. Havia alguma chance de esse processo ser higiênico? A essa altura isso era importante?

– Vou, se você também usar! – respondi, fechando os olhos enquanto esguichava água em mim mesma. Ufa! Estava morna. Na verdade... quase refrescante. Usei a ducha mais algumas vezes e então sacudi a parte inferior do meu corpo como um cachorrinho se secando depois de passar correndo por um chafariz.

Quando Jen e eu nos encontramos do lado de fora de nossas respectivas cabines, rimos como duas crianças que tinham acabado de aprender a usar o banheiro feminino. O fundilhos de nossas calças de ioga de algodão fino estavam ensopados de água.

– É por isso que vocês devem usar sári – disse a mulher, apontando para seu sári azul elétrico e depois para nossos traseiros.
– Seca mais rápido.
Jen agradeceu o conselho. Nós pegamos nossas mochilas e corremos para o trem antes que ele pudesse sair da estação ruidosamente sem nós.

Chegamos a Goa na manhã do Dia de Ação de Graças, um feriado que agora me parecia incongruente. Estávamos a 13 mil quilômetros e dez fusos horários de casa. Normalmente nesse feriado eu ia para a casa da minha tia, em Peekskill, Nova York, ajudar minha família a devorar uma ave de nove quilos e duas dúzias de acompanhamentos antes de capotar com o grupo diante de um jogo de futebol ou da eterna maratona de James Bond na Spike TV. Agora, enquanto Jen e eu sacolejávamos em um riquixá da estação de trem para a costa, era o cheiro de sândalo e eucalipto, não de peru assado e torta de abóbora, que chegava aos nossos rostos levado pela brisa salina.

– Ei, você sabia que os hippies ocidentais usavam Goa como um refúgio nos anos 60? – perguntou Jen, erguendo os olhos de *Lonely Planet: Southern India*. – Para ganharem dinheiro suficiente para se locomoverem, vendiam suas guitarras, jeans e outras coisas, e foi assim que começou o grande mercado das pulgas em Anjuna. Podemos ir lá na quarta-feira?

– Hum, deixe-me ver minha agenda – eu disse, abrindo uma agenda imaginária. – Ando muito ocupada... Mas espere. Alguns compromissos foram cancelados no último minuto, por isso estou totalmente livre a partir de agora até... junho próximo. Devo agendar o seu?

Jen fingiu me bater com o guia de viagens.
– Ei, tome cuidado com isso. Você lavou essa coisa depois do trem das baratas, não é? – eu disse, desviando-me do guia.
– Não tem mais pedaços de insetos esmagados aí?
– É claro que lavei. Esfreguei com água sanitária – disse Jen, rindo de mim. – Ei, por que não olha mais de perto?
Quando ela balançou o guia perigosamente perto do meu rosto, me senti aliviada em vez de enojada. Finalmente estávamos começando a agir como as palhaças que éramos na universidade. Naquele tempo, nos divertíamos muito apenas apostando corrida de carrinhos pelos corredores de uma Wal-Mart 24 horas ou nos vestindo como Britney Spears antes de seus ataques de fúria (mais ou menos na época de "Slave 4 U") e a imitando em seus videoclipes. Acho que eu tinha como certo que nossos alteregos – Schmanders e Jen-Ba – se manifestariam nessa viagem, que o simples ato de deixarmos Nova York redefiniria os rumos de toda a nossa amizade. Nós costumávamos ser bobas e amalucadas. Sempre dizíamos que se tivéssemos nos conhecido na infância, em uma caixa de areia em vez de no primeiro dia na universidade, teríamos conquistado o parquinho juntas. Como era irônico, agora que havíamos decidido conquistar o grande mundo real juntas, termos divergido sobre a questão muito adulta do *trabalho*.
Quando saí do ashram, fiquei aliviada por não voltar a pautas e e-mails. De certo modo, sempre tinha entendido e até mesmo respeitado a opinião de Jen sobre escrever na estrada. Que tempo melhor haveria para pousarmos nossos lápis e experimentarmos o mundo sem distrações? Mas, somente depois que perdi as audições das garotas na Pathfinder e me lembrei do sofrimento quando um adulto desaponta você, realmente entendi a lição que Jen vinha tentando me ensinar. Trabalhar constantemente não só estava causando um afastamento entre nós como também me impedindo de me concentrar totalmente nos lugares que visitava e estabelecer conexões com as pessoas que conhecia. E se eu voltasse para casa apenas para descobrir que enquanto

havia estado ocupada escrevendo sobre viagens na verdade deixara de perceber o sentido exato de viajar?

Quando eu disse a Jen pela primeira vez que daria um tempo no trabalho, achei que poderia ser difícil me livrar dessa compulsão. Mas, quando me comprometi a desligar o laptop, ficar incomunicável foi mais fácil do que eu esperava. Somente depois que chegamos ao Shraddha percebi minha falta de timing: justamente quando tinha me permitido ser um espírito livre como Holly, entrara em uma situação em que a disciplina total era exigida. Agora, de novo na estrada, via-me ansiosa por seguir em frente, pronta para viver totalmente no presente sem me preocupar com meu passado ou futuro.

Segundo muitas pessoas em busca de prazer que visitaram Goa antes de nós, não há um lugar melhor para experimentar o lado não espiritual da Índia. Tecnicamente o nome do menor estado do país, a palavra Goa é usada pela maioria dos mochileiros para se referir a uma série de pequenas cidades litorâneas onde você pode escolher sua aventura. Cada uma delas tem sua própria série de sutilezas e excentricidades, e a região oferece atrações para todos os gostos.

A julgar pelo cenário do lado de fora da janela de nosso riquixá, Jen e eu tínhamos acabado de entrar no território do Verão do Amor – ou seu equivalente indiano. Cabanas de bambu ao longo das ruas empoeiradas eram banhadas em tons pastel psicodélicos, mulheres vendiam saias enrugadas, incenso de patchuli e rosários de madeira por trás de mesas frágeis, cafés em meio a árvores atraíam transeuntes anunciando em quadros-negros tudo, de pão naan com alho a falafel e pizza de frango com molho barbecue.

– Onde vamos nos encontrar com Sarah? – perguntou Jen.

– Em um lugar chamado Magdalena's Guesthouse – eu disse, conferindo uma anotação feita às pressas na margem do meu diário. – Ela disse que estaria lá logo depois do almoço.

Sarah, uma das poucas amigas de casa que acabaríamos encontrando na estrada, era uma estudante de jornalismo inteligente e extrovertida que eu havia orientado em meus últimos meses na revista. Nós nos conhecemos durante seu estágio e mantivemos contado até mesmo após sua volta para a universidade e minha desagradável saída do emprego. Alguns meses depois de se formar – justamente quando Jen, Holly e eu começávamos a segunda etapa de nossa viagem –, Sarah enviou um e-mail dizendo que aceitara uma posição como educadora sobre HIV em uma ONG em Mumbai. Por acaso iríamos à Índia? Quando vimos que nossos caminhos se cruzariam, Sarah e eu marcamos imediatamente um encontro em um local que ambas estávamos loucas para conhecer: Goa.

Quando o motorista deixou Jen, a mim e nossas empoeiradas esteiras de ioga na entrada do Magdalena's, eu não sabia se estávamos no lugar certo. O conjunto de prédios de concreto sem pintura era guardado de modo pouco convincente por um bando de cachorros subnutridos. Varais de roupa estendidos no pátio se curvavam com o peso de roupas ainda molhadas.

Ao subir pela entrada para carros de cascalho, fiquei aliviada quando fiz uma curva e vi Sarah sentada em uma varanda, tomando uma cerveja Kingfisher com dois rapazes de aparência suja.

– Ah, meu Deeeeeeus! – A silhueta de Sarah quase se tornou um borrão quando ela atravessou correndo o pátio e nos abraçou. – Vocês conseguiram! Estou tão feliz por estarem aqui!

– Feliz Dia do Peru! – eu disse, rindo do entusiasmo dela. Também por encontrar e me relacionar com Sarah sob outro prisma, além de o da eficiência e natural extroversão.

– Vocês vão *adorar* seu quarto – disse ela, pegando nossas mochilas e nos conduzindo através da varanda onde estivera sentada. – Não tenho certeza, mas acho que poderia ter sido Norman Bates quem fez meu check-in mais cedo.

– Ah, puxa vida! É assim tão ruim? – perguntou Jen.

– Bem, temos uma lâmpada exposta, alguns colchões vagabundos e isso é tudo. Ah, e não tenho certeza de que a porta realmente tranca. Mas se vocês detestarem o quarto podemos encontrar outro lugar para ficar, sem problema.

– Não vão ainda – disse um dos rapazes, um mochileiro inglês magricela usando um bermudão. Ele pôs seus pés bronzeados na grade. – Não encontrarão nada melhor na praia.

– Não por três libras por noite – acrescentou seu colega, um rapaz de cabelos loiros com uma camiseta Quicksilver cinza suada. – Além disso, estamos na porta ao lado para proteger vocês, o que é um ponto a favor daqui.

Sarah balançou a cabeça e nos apresentou.

– Amanda e Jen, estes são Cliff e Stephen, nossos novos vizinhos extremamente modestos.

Stephen, o rapaz de camiseta cinza, nos estendeu duas cervejas como um presente de boas-vindas e nós pusemos nossas mochilas no chão para aceitá-las. Depois dos primeiros goles, ficamos sabendo que eles estavam tirando uma longa folga de seus empregos na área de finanças em Londres. Os dois tinham seis semanas de férias – remuneradas.

– É mesmo? Então por que escolheram ficar *aqui*? – perguntei sem pensar.

Cliff não se ofendeu e disse que eles preferiam albergues superbaratos a acomodações mais caras.

– Como poderíamos encontrar viajantes legais como vocês se estivéssemos em uma suíte chique?

Se eu tinha qualquer dúvida sobre se preferiria um quarto quatro estrelas a uma pousada dilapidada e possivelmente infestada de roedores, um olhar para dentro de nosso banheiro resolveu a questão. Estávamos decidindo quem enfrentaria o bolorento chuveiro primeiro quando Stephen bateu à nossa porta para nos dizer que ele e Cliff iam para a praia. Queríamos ir com eles? Estávamos com mais de 24 horas de poeira de estrada em nossos corpos e, considerando a alternativa, um mergulho nas ondas pareceu um modo ideal de nos lavarmos.

A praia Vagator não se parecia muito com as praias que tínhamos visitado no Rio, com faixas de areia branca como açúcar que serviam como passarelas para os mais belos corpos brasileiros. Aqui o cenário era tudo, menos ostentoso. Grupos de palmeiras ocupavam uma larga faixa de areia brilhante em forma de croissant. Guarda-sóis sombreavam espreguiçadeiras na frente de bares com telhado de sapê. Garçons serviam aos turistas copos estreitos com lassi de manga e ponche de rum. O cenário era bastante idílico, exceto por uma coisa: no meio de tudo, um grupo de vacas gordas adoradoras do sol havia esticado seus largos corpos morenos em uma das melhores partes da areia, totalmente indiferentes às pessoas que andavam ao seu redor.

– Elas realmente são consideradas sagradas aqui – sussurrou Sarah enquanto passávamos por elas na ponta dos pés. – Ninguém pensaria em expulsá-las.

Aquele era o rebanho de vacas com o ar mais feliz e satisfeito que eu já tinha visto.

Assim que passamos pelas vacas sagradas, mulheres carregando cestas de frutas e garotas cheias de tecidos, guirlandas e joias se aproximaram de nós, tentando nos vender coisas.

– Por favor, senhoras, vocês são muito bonitas, mas ficarão ainda mais com um lenço! Ou talvez uma pulseira? Um colar? Não precisam comprar agora. Apenas experimentem. É de graça.

Não dissemos nada, mas senti um aperto no coração. Muitas daquelas garotas eram ainda mais novas do que as na Pathfinder. Qual era a coisa certa a fazer aqui? Evitá-las, tratá-las como se fossem invisíveis ou lhes entregar algumas rupias e incentivá-las a continuar vendendo?

– Ei, senhorita, talvez queira uma destas bonitas saias? Elas são boas. – Não pude evitar parar quando ouvi a frase dita em um sotaque londrino oriental perfeito. Virei-me e vi uma adolescente de pernas e braços magros e compridos. Ela me estendeu um braço cheio de saias tingidas e torcidas em cordas. – Uma linda saia para uma linda senhora?

Balancei a cabeça, mas ela continuou a me seguir pela praia. Quando outras mulheres se afastaram para encontrar alvos mais fáceis, ela não desistiu e seguiu nosso grupo até um bar sob um toldo verde vivo e branco. Eu não ia comprar nada dela, mas achei que não faria mal algum lhe oferecer algo para comer.

Rebecca, como se apresentou, pareceu surpresa em ser o centro das atenções e falou sobre sua vida como uma das garotas da praia de Goa. Explicou que desde que seus pais tinham morrido, um ano antes, vendia bugigangas e roupas em Vagator para sustentar sua irmã e seu irmão pequenos, ganhar dinheiro suficiente para alimentá-los e mandá-los para a escola. Era difícil sair todos os dias e pedir às pessoas para comprarem coisas, mas pelo menos as férias estavam chegando, o que significava mais clientes e mais vendas.

– Você é importunada pelas pessoas na praia? – perguntou Sarah. – Tem medo de caminhar para casa à noite?

– Às vezes. É por isso que eu e outras vendedoras voltamos para casa juntas. Uma vez um homem tentou me tocar e eu fiquei firme em pé e lhe disse para ir embora! – disse ela com uma risada estridente, representando a cena.

Eu não tinha certeza de que a história sobre seus pais era verdadeira, mas definitivamente acreditava em uma coisa: Rebecca era uma jovem batalhadora. Esperei que seus instintos de algum modo a mantivessem a salvo do perigo que enfrentava todos os dias se aproximando de estranhos na praia. Podia imaginar como seria fácil agarrá-la e levá-la embora e me perguntei se alguém procuraria uma garota de 15 anos desaparecida.

Quando Rebecca terminou de comer, olhei em minha carteira para ver se tinha dinheiro trocado suficiente para comprar uma das pulseiras que estava vendendo, mas ela me fez um sinal de que isso não era necessário.

– Se não tiver o dinheiro hoje, não se preocupe.

– Você estará aqui amanhã? – perguntei, pondo assim mesmo algumas rupias na mão dela.

– É claro que sim, estarei aqui amanhã e depois de amanhã. Quando me vir, compre uma saia, pulseira ou o que quiser. Só se lembre de mim. Rebecca.

Nossa turma recém-formada de cinco decidiu celebrar aquele Dia de Ação de Graças americano, indiano (e inglês) no mesmo lugar em que havíamos almoçado. Entre rodadas de coquetéis de frutas tropicais e conversas um tanto profundas (discussões como sobre a necessidade de leis para o trabalho infantil na Índia e o tema sempre popular da ausência de férias obrigatórias remuneradas na América), a hora do almoço se tornou uma lânguida tarde. Nós cinco nos revezamos relaxando correndo para as ondas, nos apropriando do trampolim posto na frente do restaurante para crianças pequenas e caminhando pela areia compactada até uma velha fortaleza no final da praia. Começamos um jogo de vôlei, um esporte em que sempre fui péssima, mas hoje, quanto mais suada e cheia de areia ficava, mais livre me sentia (e melhor jogava!). Não poderia ter escolhido uma semana mais adequada para mergulhar no mundo dos mochileiros errantes.

– Ei, Jen, acho que você poderia estar certa sobre uma coisa – confessei, enquanto voltávamos para nossa mesa com Sarah e desabávamos nas cadeiras. – Isto *definitivamente* é mais divertido do que ficar em cibercafés cheirando a mofo.

– Realmente? Tem certeza? Vi alguns na estrada principal para a cidade – provocou ela. – Ainda poderá arranjar algumas horas de trabalho antes de ir para a cama.

– Nem pensar. Parei com isso – eu disse, subitamente ciumenta do meu recém-descoberto tempo livre.

– OK, senhoras, para onde vamos esta noite? – perguntou Cliff quando voltou com Stephen da praia. – Qual é o plano?

Stephen explicou que todas as noites em Goa você podia se divertir em qualquer bar ou boate – e nas últimas semanas eles tinham conhecido todos esses lugares. Haviam fumado narguilé na sala dos fundos do Tito's, comprado o serviço de garrafa no Shore Bar, dançado ao som de música trance na Paradiso e nadado nus com centenas de outras pessoas na piscina do Club Cubana. A piscina não estava aberta esta noite, mas os rapazes se ofereceram para nos levar a um lugar ainda melhor para conhecer a cultura underground de Goa. Todas nós concordamos e fomos tomar banho e trocar de roupa antes de nossa grande saída noturna.

Após algumas horas de bar em bar eu estava pronta para dançar, mas fiquei chocada quando Jen e Sarah não quiseram.

– Estão brincando? – Fiquei surpresa. – Não querem ir?

– Bem, sim, queremos, mas talvez não esta noite – disse Jen.

– Quero dizer, bebemos muito a tarde toda e... Sarah e eu estamos mortas de cansaço.

– Amanhã seremos estrelas do rock, eu prometo – disse Sarah.

Fiquei desapontada, mas não fazia sentido forçá-las. Cliff, Stephen e eu pusemos as garotas em um riquixá e saímos para o nosso próximo destino.

Cerca de uma hora depois nos aproximamos da entrada da Paradiso, uma grande boate com diferentes níveis incrustada nos penhascos de calcário acima do mar da Arábia. Passamos pela corda de veludo, andamos por uma passagem escura cortada na rocha e saímos em uma parte ao ar livre iluminada por lanternas.

Aos nossos pés, mulheres locais haviam coberto quase todos os centímetros do chão com esteiras de palha. A maioria arrumava doces e balas de menta para vender ou fervia pequenas panelas de chai em minúsculos fogareiros. Os frequentadores da boate, usando camisas de algodão finas, calças largas e vestidos de verão coloridos, se espalhavam nas esteiras, apoiados em seus cotovelos, fumando cigarros enrolados à mão e tomando coquetéis em pequenos copos plásticos. O cheiro inconfundível e penetrante de haxixe misturado com o adocicado de tabaco pairava como incenso sobre a multidão.

A boate era acima do nível do chão, mas a grande salinidade do ar, as paredes de rocha exposta e a escuridão a faziam parecer uma enorme gruta. As batidas eletrônicas agitadas da música trance de Goa ecoavam no espaço cavernoso, e os frequentadores se moviam às ondas sonoras como uma enorme medusa. Observando à margem, senti a energia entrando em meus músculos e saindo pela ponta dos meus dedos. Avançamos por uma multidão de corpos em um movimento que parecia eterno ao som de uma música sem começo ou fim.

– Estou pensando... – gritou Stephen por cima da música, observando a multidão. – Não sei se conseguirei ficar aqui esta noite somente comendo e bebendo.

Cliff concordou com a cabeça, enxugando o suor do rosto com a manga de sua camiseta.

– Concordo totalmente. Isto aqui está lotado.

– Bem, se vocês estão desanimados, uma amiga minha acha que pode nos conseguir algo um pouco mais forte. – Stephen olhou diretamente para mim. – Sabe o que eu quero dizer, não é?

Sim, eu sabia. Graças à pesquisa de Jen em *Lonely Planet*, sabia que era tão fácil conseguir drogas quanto chai em Goa e os viajantes as consumiam com igual naturalidade. Eu não tinha planejado especificamente me aprofundar nesse lado da cultura local, mas tampouco queria atrapalhar os planos de ninguém. Dei de ombros em resposta à pergunta, o que os rapazes interpretaram como um sinal de que eu estava pronta para o que desse e viesse.

Voltamos para a área superior em que as mulheres vendiam chai sentadas em suas esteiras e Stephen me apresentou a Anna, uma alemã magra com cabelos rastafári duros como palha de aço, unhas roídas e uma saia surrada de algodão que aderia aos seus quadris ossudos.

– Este é meu namorado, Jack – disse ela, apontando para o primeiro indiano robusto que eu já havia visto. – Ele vai conosco.

– Vai conosco? Vai conosco para onde? – perguntei, quando começamos a tomar o rumo da saída. – Para onde vamos?

– Perto daqui – disse Anna alegremente. – Só tenho de fazer uma parada para visitar meu cara.

Agarrei o antebraço de Cliff e o olhei com uma expressão de "o que está acontecendo?".

– Sei para onde vamos – garantiu-me ele, segurando minha mão. – Está tudo bem.

Anna conduziu nosso grupo para as portas da frente da Paradiso, passou pelas luzes elétricas e subiu por uma estrada que pouco a pouco se tornou um caminho de terra. Afastando-nos da praia, entramos em uma parte de Goa em que eu estava certa de que os mochileiros não deviam entrar. À luz pálida do luar, só pude ver os contornos de minúsculos abrigos, cabanas toscas feitas de madeira, papelão e metal corrugado. Aquela era uma espécie de favela entre as árvores. O que estávamos fazendo ali?

Mais acima, sem medo ou hesitação, Anna afastava lonas impermeáveis e tecidos finos transparentes que cobriam entradas, sussurrando o nome de um homem chamado Devraj. Pude ouvir sons abafados e vozes dentro das cabanas, mas Anna as ignorou. Era uma mulher em uma missão. Tentei me manter calma, convencida de que a voz áspera dela agiria como um megafone, atraindo a polícia para uma fácil batida no local.

Para meu alívio, Anna finalmente encontrou o homem que procurava. Juntos, nós cinco abaixamos nossas cabeças para entrar em uma cabana caindo aos pedaços, uma sala com homens macilentos jogados uns sobre os outros como uma ninhada de gatinhos abandonados. Quando perceberam nossa presença, eles se mexeram, esfregaram seus olhos sonolentos e olharam para nós, espectros brancos e estranhos que éramos. O ar ali era denso e úmido como o interior de uma máquina de lavar louça e nos envolveu com o cheiro almiscarado e forte de corpos demais imprensados uns contra os outros.

Devraj, um homem encolhido com uma barba cinza emaranhada e olhos fundos, não perdeu tempo e foi direto ao ponto.

– Vocês querem pílula vermelha ou azul?

Ele se ajoelhou na nossa frente, mostrando as opções em suas mãos nodosas e cheias de calos, um sucedâneo de Morfeu em meu mundo indiano de *Matrix* cada vez mais bizarro.

Cliff pagou cinco dólares por algumas pílulas vermelhas (que Anna nos havia garantido que seriam "relaxantes" e "puras") e me deu uma. Por um segundo, convenci-me de que tudo aquilo era uma armação. A qualquer momento a polícia sairia da escuridão para levar os idiotas ocidentais (ou talvez apenas a mim) para apodrecer em uma prisão.

Olhei fixamente para Anna e Jack, e depois Cliff e Stephen jogaram suas pílulas para trás e as tomaram com uma única garrafa de cerveja passada entre eles. OK, então não seríamos presos, mas ainda assim... Eu queria fazer isso? Poderia ter desistido, fingido tomar a pílula, a deixado cair no chão, a entregado para a garota alemã suja ou apenas corrido de volta na direção do oceano, mas fiquei olhando para a pílula, dividida entre o medo e o fascínio. O que exatamente aconteceria se eu parasse de pensar tanto em tudo e a tomasse?

– Acho que talvez seja melhor você tomar metade. – Anna fez uma pausa longa o suficiente para dar um trago no cigarro que ela e Jack dividiam. – Esse troço é bem forte.

Olhei para a pílula vermelha em minha mão e depois de novo para Anna. Afundei a unha do meu polegar na marca de borboleta em cima e vi a pílula se dividir bem ao longo das asas. Fiquei sentada ali, olhando para as metades tentando descobrir qual era a menor. Desejando que meu cérebro se desligasse de todos os pensamentos racionais, peguei a garrafa de cerveja na mão estendida de Jack e me permiti me aventurar no desconhecido.

Anna não tinha mentido – a coisa que tomamos me relaxou totalmente. As horas seguintes se passaram em uma névoa morna e incandescente. De volta a Paradiso, nosso grupo alugou um pedaço da esteira de palha de uma das vendedoras de chai. Quando as primeiras ondas de sensações me atingiram, olhei para o rosto da mulher indiana e jurei sentir sua desaprovação. Ela despejou o líquido leitoso em xícaras de estanho e eu o observei atentamente chegando ao fundo. Ninguém bebeu.

À medida que a boate ia se enchendo, pessoas vinham se juntar a nós, amigos de Anna, estranhos que queriam doces, pessoas procurando um lugar para relaxar. Nós conversamos com nossos novos amigos sobre assuntos extremamente importantes, nenhum dos quais consigo lembrar agora. Olhei para o chão interminável de concreto, com tapetes parecendo remendos em sua superfície nua, e me perguntei sobre o que os outros grupos conversavam naquele momento. O que estavam pensando? Queria descobrir, precisava saber o que estava sendo discutido, mas estava grudada em meu canto, alternando ondas incríveis de calor e sensações de estar sendo sugada para o chão.

Minutos ou horas depois, não sei, olhei ao redor para todos os rostos estranhos. Não reconheci ninguém. Onde estavam os rastafáris? Onde estavam os novos amigos que acabara de conhecer? Como podiam todos ter ido embora? Meu relógio marcava 3:08.

Traços de realidade começaram a penetrar na névoa. Cliff e Stephen já tinham voltado para casa – tentaram me levar junto, mas eu lhes disse que queria ficar. Não consegui encontrar Anna e Jack e, mesmo que tivesse conseguido, o que faria? Arranjar uma carona com meus traficantes de drogas? Estava no meio da noite e não tinha a menor ideia de como voltar. Então me lembrei dos riquixás estacionados na frente da boate.

Saí na direção dos motoristas e quase imediatamente fui cercada por homens puxando minhas roupas, me segurando e insistindo em voz alta para que entrasse em seus veículos. Ouvime gritando enquanto recuava para o portão.

Quase ao mesmo tempo, fiquei totalmente lúcida e lamentei ter permanecido sozinha em uma boate numa praia indiana até depois das três horas da manhã sem um modo seguro de voltar. Não tinha celular, o número do telefone de nossa pousada e nenhum modo de entrar em contato com ninguém que pudesse me resgatar. Voltei para a boate, procurando freneticamente em seus vários níveis um rosto conhecido.

Vários minutos de desespero se passaram enquanto eu cambaleava entre as pessoas. Em uma multidão de jovens, estava irremediavelmente só. Comecei a fazer perguntas para grupos de garotas: "Vocês vão embora daqui a pouco? Para que cidade vão?", consciente de que devia estar parecendo psicótica. A maioria deu de ombros ou me ignorou totalmente. Então, pelo canto do olho, vi um rapaz com quem havia falado por alguns confusos minutos em uma das esteiras de palha. Ele estava no meio de uma conversa, mas mesmo assim o interrompi.

– Oi. Você se lembra de mim? Queria saber se poderia ir comigo para minha casa esta noite – eu disse, apressadamente. – Não, não é o *que* está pensando, é só que... me perdi dos meus amigos e não posso voltar de riquixá sozinha. Poderia me fazer o enorme favor de ir comigo para Vagator?

Ele deu de ombros. Seu albergue ficava a algumas ruas dali e não estava querendo ir embora.

– Olhe, eu lhe darei todas as rupias que sobrarem em minha carteira depois de pagar o riquixá. Prometo.

Ele me olhou com o entusiasmo de quem encararia uma vasectomia. Precisei de vários minutos e uma confirmação visual do dinheiro – cerca de vinte dólares –, mas de algum modo o arrastei para fora e entramos juntos no vespeiro dos motoristas de riquixá. Com um homem do meu lado a transação e a volta para casa transcorreram sem incidentes.

Quando saí do meu banco para o chão, o rapaz da boate me seguiu.

– Ah, sim! Aqui está o dinheiro. Obrigada por vir comigo – eu disse, pondo as notas amarrotadas em suas mãos. Ele as aceitou, mas não fez nenhuma menção de ir embora.

– Bem, já que estou aqui, posso entrar com você? – perguntou ele.

Eu nem mesmo respondi. Virei-me e corri para a porta da frente do Magdalena's, passei pelos cachorros espalhados pela entrada para carros e fui direto para meu quarto (que, felizmente, minhas amigas não tinham conseguido trancar). Uma vez lá dentro, bati a porta e desabei perto de Sarah na cama. Sem me dar ao trabalho de trocar minhas roupas de festa, entrei debaixo da coberta e puxei a aba suja ao redor dos meus ombros.

A noite estava quente, mas eu tremia.

Minha ressaca no dia seguinte não chegou aos pés da que tive no último ano da faculdade (na noite em que aprendi que beber Jägermeister e Goldschläger direto do gargalo é uma receita para intoxicação alcoólica), mas foi definitivamente uma das minhas cinco piores.

Estava tão mortificada por ter perdido a consciência e ficado com o cheiro de uma destilaria que me forcei a ir para a praia com Sarah e Jen. Deitada em uma cadeira com uma toalha dobrada sobre minha cabeça, me senti um pouco melhor, mas me desculpei repetidamente com Sarah. Um dia tinha sido supervisora dela na revista e agora era uma pessoa trêmula e nauseada que havia perdido a realeza na noite anterior. Eu a desapontara totalmente?

– É *claro* que não – insistiu Sarah. – Em primeiro lugar, vamos deixar uma coisa clara. Estamos longe, muito longe daquela coisa de estagiária e chefe. Agora somos apenas boas amigas. Sabe disso, não é?

Eu assenti com a cabeça.

– Em segundo, e isto talvez não saiba, você *merece* se divertir. Realmente merece. Lembre que todo mundo enlouquece um pouco em algum ponto e, a julgar pela sua noite de ontem, você não caía na farra há muito tempo.

– Isso eu posso garantir – acrescentou Jen.

– Obrigada, Sar – eu disse, grata por ela tentar fazer com que eu me sentisse melhor. – Só lamento estar me sentindo um trapo. Acho que não sou mais aquela garota conservadora que vocês conheceram.

– Falando sério, graças a Deus! Sabe, sempre achei você legal e a respeitei como mentora, mas ontem... foi como sair com uma pessoa diferente da que conheci em Nova York.

– E isso é ruim? – perguntei. Sarah riu.

– De jeito nenhum! Agora é como se finalmente você tivesse se permitido relaxar – disse ela. – Acredite em mim, isso é bom.

Sorri por baixo do tecido felpudo e senti algo esbarrar em minha cadeira.

– Ei, são minhas garotas americanas! Como vocês estão hoje?

– Reconheci a voz de Rebecca. De repente fiquei mortificada de novo, especialmente quando ela levantou a ponta da toalha e riu ao ver minha expressão.

– Aaaah... A noite foi uma doideira? – perguntou Rebecca de um modo que me fez rir e me encolher ao mesmo tempo. Nenhuma garota de 15 anos deveria entender o significado dessa frase.

Jen entrou na conversa e explicou que eu tinha comido frango tandoori estragado e não estava me sentindo bem, o que Rebecca pareceu aceitar.

– Bem, não vou incomodar você por muito tempo, só queria dizer oi e... Ah, fiz uma coisa para você.

Olhei para cima e a vi segurando uma pequena pulseira, do tipo com nós que eu costumava fazer às dúzias quando era criança. Era vermelha, cor de laranja e branca, trançada em V. Mais uma vez, quando tentei pegar minha bolsa de pano, ela me fez um sinal de que isso não era necessário, dizendo que tinha feito a pulseira para mim como uma lembrança do almoço do dia anterior. Eu lhe agradeci algumas vezes, segurando minha pulseira da amizade enquanto ela corria para longe de nossas cadeiras como uma criança a caminho do recreio. Eu a vi desaparecer no declive da praia para ir vender mais bugigangas para turistas, agora sentindo mais do que tudo admiração. Minha nova amiga Rebecca tinha um trabalho – e uma vida – mais difícil do que qualquer garota jovem deveria precisar suportar, mas ainda assim corria rindo como se não tivesse nenhuma preocupação no mundo.

Sudeste Asiático

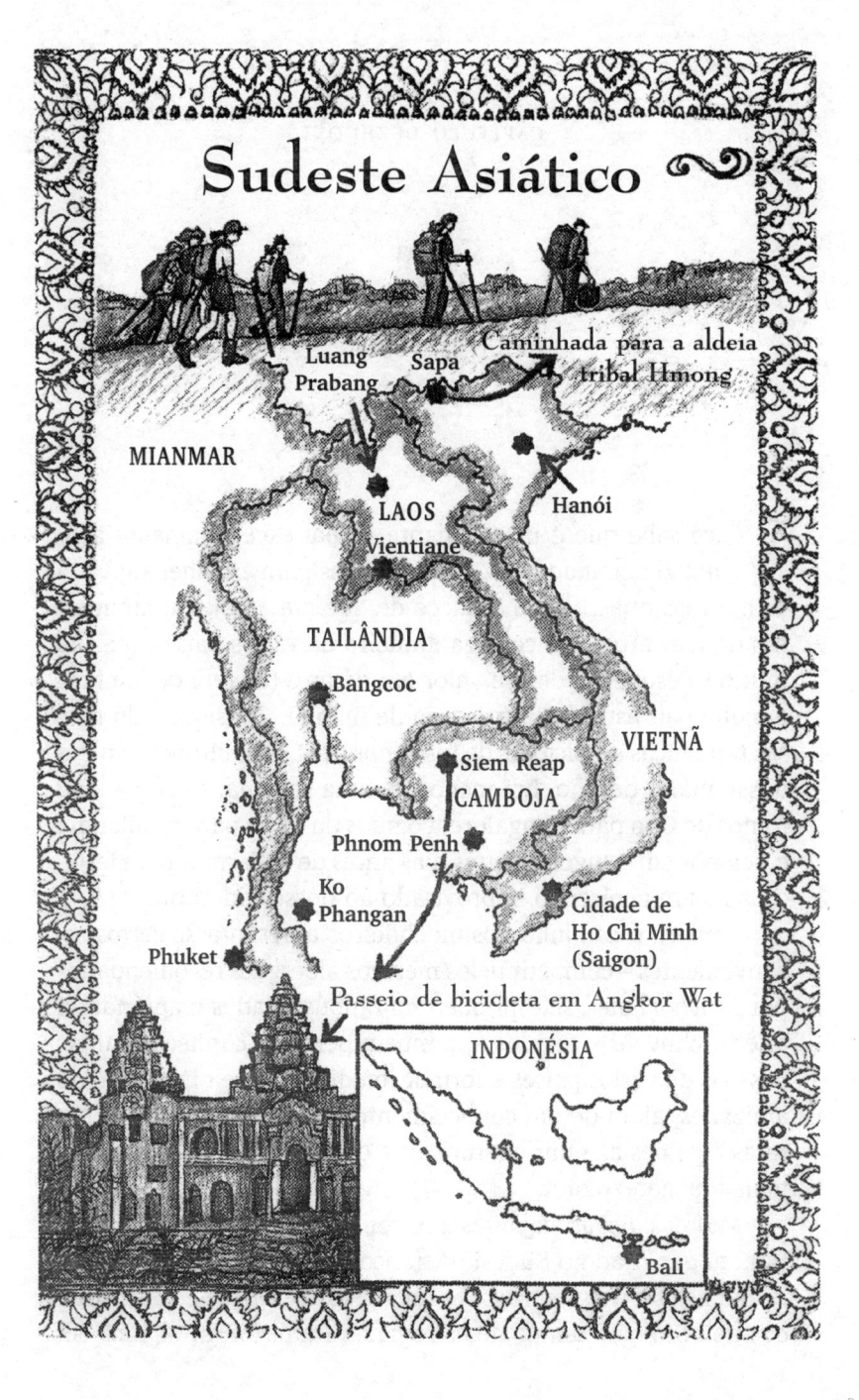

Luang Prabang
Sapa
Caminhada para a aldeia tribal Hmong

MIANMAR

LAOS
Vientiane
Hanói

TAILÂNDIA
Bangcoc

Siem Reap
CAMBOJA
VIETNÃ

Phnom Penh

Ko Phangan
Cidade de Ho Chi Minh (Saigon)

Phuket

Passeio de bicicleta em Angkor Wat

INDONÉSIA

Bali

CAPÍTULO DEZENOVE

Jen

VIENTIANE, LAOS
DEZEMBRO

Você sabe que é uma viajante global excessivamente aclimatada quando (a) tem seis roupas para escolher, mas usa as mesmas duas, (b) se esquece de que dia é hoje ou até mesmo do mês atual, (c) carrega dinheiro de vários países, mas há muito se esqueceu de seu valor em dólar e (d) tem de lembrar em que país está quando acorda de manhã. Considerando nossas mudanças ambiciosas de fusos horários, esse último item era nosso maior desafio. Em menos de uma semana, Amanda e eu fomos de Goa para Bangalore, voamos da Índia para a Tailândia e ficamos em Bangcoc alguns dias antes de viajarmos para leste, o Laos, um acréscimo improvisado ao nosso itinerário.

Embora o caminho dos mochileiros apresentasse certos inconvenientes – competir pelos mesmos albergues recomendados por *Lonely Planet*, se espremer em ônibus lotados e aprender a tolerar chuveiros gelados –, também permitia conhecer muitas pessoas de vários países e formar imediatamente um círculo de amizades, além de um conhecimento de tudo, de refeições baratas a golpes comuns em turistas e que cantos do planeta valia mais a pena explorar.

Muitos colegas viajantes que conhecemos na Índia também tinham explorado o Sudeste Asiático, por isso Amanda e eu os enchemos de perguntas sobre lugares imperdíveis e como dividir melhor nosso tempo nessa região. Muitos foram rápidos em apontar as ilhas do sul da Tailândia, o Angkor Wat no Camboja e a baía de Halong no norte do Vietnã, mas o lugar que todos indicaram com mais entusiasmo foi o Laos. E essa reação estava longe de ser "um lugar legal se você conseguir se adaptar" ou "eu me diverti lá, mas você poderia deixar de visitá-lo". Todos que haviam passado até mesmo pouco tempo no Laos expressaram sua adoração e devoção eternas e sugeriram que fôssemos correndo – não andando – para a fronteira mais próxima.

Apesar do fluxo mais constante de turistas nos últimos anos, o Laos ainda era um destino relativamente inexplorado e realmente representava uma chance de sair do circuito turístico tradicional. Como um dos últimos cinco países comunistas – junto com China, Vietnã, Cuba e Coreia do Norte –, o Laos só tinha sido aberto a visitantes estrangeiros nos meados da década de 1990.

Por isso, embora Amanda e eu só tivéssemos duas semanas antes de nos encontrarmos com nossa amiga Beth em Phuket, estávamos determinadas a conhecê-lo, começando por sua capital, Vientiane.

Com fotos de passaporte sobressalentes para nossos pedidos de visto, um *Lonely Planet: Southeast Asia on a Shoestring* de segunda mão e um punhado de bahts tailandeses para trocar, Amanda e eu pegamos um trem noturno para Nong Khai, na fronteira norte da Tailândia. Felizmente, o sistema ferroviário tailandês era agradavelmente tranquilo e organizado, enquanto o indiano era caótico. Exaustas de nossa rápida travessia do continente, no segundo em que nossas cabeças bateram nos travesseiros dos beliches de plástico fomos vencidas pelo sono e continuamos a dormir tranquilamente por quase dez horas.

Com promessas de mansões francesas decadentes, calçadas sombreadas por buganvílias, antigos monastérios budistas e barracas vendendo macarrão fumegante à nossa espera em Vientiane, Amanda e eu estávamos animadas como garotinhas no Disney World enquanto esperávamos na fila por nossos carimbos de saída da Tailândia. Após viajarmos pela Friendship Bridge sobre o rio Mekong rumo ao Laos, trocamos duas fotos e 35 dólares americanos por um visto de trinta dias. Um oficial estoico em um uniforme ao estilo soviético inspecionou nossa bagagem e depois nos fez um sinal para irmos para o outro lado, onde nos juntamos a outros turistas e negociamos uma passagem barata para a cidade. Quarenta e cinco minutos de sacolejos depois, nossa van saiu da empoeirada rodovia para um bulevar ensolarado e margeado de árvores.

Ao entramos no centro de Vientiane, deparamos com uma encantadora mistura de arquitetura francesa provinciana e religião oriental. Turistas com rostos animados tomavam cappuccinos em cafés na calçada, lojistas atraíam os recém-chegados com peças de seda feitas à mão e estátuas de Buda elaboradas, e monges recém-barbeados com mantos cor de laranja saíam dos portões dourados de um templo. Tudo e todos ao redor se moviam em um ritmo suave, como se o tempo tivesse desacelerado. Seguindo-lhes o exemplo, prendemos nossas mochilas firmemente nas costas e começamos uma lenta descida pela rua principal, retribuindo os sorrisos e cordiais cumprimentos "*Sabaydee*" dos habitantes locais.

Nossa primeira providência para relaxar: experimentar a cozinha tradicional no Makphet ("pimenta chili"), um restaurante confortável com piso cerâmico marfim, paredes verde-limão e portas de vidro abertas. Instaladas em uma mesa de cerejeira, fomos imediatamente recebidas não por um, mas por três garçons amigáveis com aventais de tecido listrado que nos presentearam com copos altos de água com gelo e folhas frescas de hortelã e um grande cardápio de pratos locais populares, todos frescos e preparados diariamente.

– Ei, olhe para isso, todas as saladas vêm com uma garantia de que estão livres de bactérias. E eles têm arroz-doce. Adorei este lugar – disse Amanda.

Amanda sabia tão bem quanto eu que, depois de meses escovando nossos dentes com água da torneira e experimentando pratos locais em carrinhos de rua, nossos estômagos tinham se

tornado de ferro. Mas a parte da sobremesa foi realmente sensacional.
 – Eu sei. É maravilhoso. Estou tão feliz por termos decidido vir! E mal posso esperar para explorar esta cidade – eu disse, tomando um muito necessário gole da bebida gelada.
 – Esta é sua primeira vez em nosso país? – perguntou o garçom mais sorridente (se é que isso era possível). – Vocês são muito bem-vindas em Vientiane. Eu me chamo Sommai – acrescentou ele, perguntando nossos nomes antes de anotar os pedidos.
 Logo ficamos sabendo por Sommai que havia mais no Makphet do que os olhos podiam ver. Dirigido pela Friends International, o restaurante treinava jovens sem lar para cozinhar e servir mesas, além de lhes oferecer instrução e outros conjuntos de habilidades necessárias. Sabendo que o Laos era um dos países mais pobres da Ásia, ficamos felizes em pagar uma refeição com vários pratos e deixar uma gorjeta extragrande. Um pequeno gesto, é claro, mas em vez de darmos dinheiro para mendigos – algo que os guias de viagem e viajantes geralmente não aconselhavam fazer –, preferimos destinar nossos dólares a uma boa obra de uma organização respeitável sem fins lucrativos. Em muitos países em desenvolvimento que havíamos visitado, estava se tornando rapidamente uma tendência pousadas, lojistas e cafeterias funcionarem também como organizações de caridade, por isso sempre que podíamos dormir, comprar e comer por uma boa causa, fazíamos isso.
 Depois do tranquilo banquete de macarrão com brotos de feijão e pimentão, repolho recheado com carne de porco e molho chili, mangas e bebidas feitas com *kah-feh nyen* (café gelado), Amanda e eu fomos para as ruas quentes e acolhedoras em busca de alojamento. Passamos por barracas com bananas penduradas, guirlandas de flores e gravuras de elefantes em tons vibrantes de aquarela até encontrarmos um charmoso chalé revestido de tábuas de madeira verde-azulada que anunciava quartos duplos por 50 mil kips. Ainda tínhamos de obter dinheiro local no único caixa automático de todo o país (que, felizmente, ficava em Vientiane), mas o dono ficou feliz em nos dar a chave do quarto

dizendo que podíamos "descansar agora e pagar depois". Pela pechincha de cerca de cinco dólares recebemos um quarto espaçoso, surpreendentemente arrumado com cortinas florais, cobertas combinando e vista para a calçada.

Estendida em uma das duas camas de solteiro, fechei os olhos por alguns segundos. Quando os abri, Amanda não estava mais ali. Ao procurar meu relógio na bolsa, olhei para o mostrador por quase cinco minutos antes de meu cérebro finalmente se dar conta do fuso horário certo. Uau, eu tinha dormido por quase uma hora. Levantei-me de um pulo, em pânico, até me lembrar de que não tinha de ir a nenhum lugar e nada para fazer. "Puxa, realmente adoro minha vida", pensei, andando para a janela e levantando as cortinas. Raios suaves de luz entraram, iluminando um bilhete que eu não havia visto perto do meu travesseiro: "Jenny B, não quis acordar você. Fui pegar dinheiro e dar uma olhada na cidade. Volto em cerca de uma hora! ☺ AP."

Feliz em esperar no quarto aconchegante, empilhei alguns travesseiros na cabeceira da cama e peguei minha última obsessão, comprada em um sebo, *But Inside I'm Screaming*, sobre uma jornalista que havia tido um colapso nervoso diante da câmera e se internado em um centro psiquiátrico de quatro estrelas. Perdida em um mundo de crises ilusórias, inspeções de camas e coquetéis de pílulas em copos de papel, não notei a fechadura girando.

– Menina, espere só até ver quanto dinheiro que eu tenho – disse Amanda, irrompendo pela porta.

– Jesus! Você me deu o maior susto.

– Ah, me desculpe. Mas você tem de ver isto – respondeu Amanda, tirando um monte de notas azuis e brancas de sua carteira e as espalhando na cama.

– Estou me sentindo como uma traficante de drogas – acrescentou, antes de puxar dramaticamente seus óculos de sol para cima dos olhos, cair de costas e rolar sobre o dinheiro.

Embora ela provavelmente tivesse sacado no máximo duzentos dólares, as notas de kip só eram distribuídas em valores pequenos, fazendo com que aquilo parecesse muito dinheiro para os ocidentais.

Eu ri. – Hum, parece que a traficante usou drogas de novo. Puxa vida, Pressner, já não decidimos que isso não é bom para os negócios? Afinal de contas, o que você *fez* na última hora?

– Nada – respondeu Amanda em um tom misterioso antes de se levantar e começar a pular na cama, uma atitude típica dela (além da de fazer poses dramáticas diante de barracas de frutas e exibições de dança de *Thriller* de Michael Jackson *versus Ace Ventura*). Embora eu já a tivesse visto realizar esse ritual dúzias de vezes – desde os tempos de nosso dormitório de calouras até a nossa última noite no Peru –, esse bis em particular simbolizou muito mais para mim: minha amiga espirituosa estava de volta e melhor do que nunca. Foi um grande alívio vê-la se divertindo em vez de correndo para ir trabalhar em um cybercafé.

Teoricamente, Amanda, Holly e eu deveríamos poder perseguir nossos próprios objetivos de viagem *e* coexistir pacificamente. Mas, considerando-se que comíamos, dormíamos, respirávamos, escovávamos nossos dentes e urinávamos a dez metros uma da outra, a realidade da vida na estrada era que tudo que uma de nós fazia afetava as outras duas. De modo geral, tínhamos conseguido equilibrar nossas necessidades individuais com as do grupo e em 95% do tempo nos entendíamos perfeitamente bem. Mas meus velhos hábitos de rolar os olhos e fazer críticas dissimuladas não poderiam ter tido uma morte mais lenta e dolorosa. Somente depois de nossa briga no Quênia eu finalmente havia enfrentado meu problema de atitude. Afinal de contas, tinha sido Amanda quem orquestrara a viagem e começara nosso blog, por isso quem era eu para criticá-la por trabalhar?

A ironia era que em algum ponto entre meu pequeno despertar no ashram, as férias maravilhosas em Goa e meu atual caso de amor com o Laos, eu tinha perdido a vontade de controlar a lista de prioridades de nossa viagem. Quero dizer, quem era eu para dizer a Amanda e Holly como viver? Eu mesma tinha muitos problemas não resolvidos. Talvez fosse hora de aprender a me virar sozinha. Usar meu ano no exterior como uma chance de superar meu medo de ficar só, talvez até mesmo viajar sozinha por alguns dias (ou algumas horas). Só porque Amanda era minha melhor amiga isso não significava que tínhamos de fazer tudo juntas, certo? Sentada ali em nossa pousada ensolarada em Vientiane sem ter nenhuma preocupação no mundo, pensei em partilhar meu novo ponto de vista com Amanda. Mas pensei: por que estragar aquele momento de pulos na cama com uma conversa profunda? Então fiz a próxima melhor coisa a fazer: pulei sobre meu próprio colchão ao lado dela até nós duas ficarmos ofegantes.

Não demorou muito para Amanda e eu nos fundirmos com a cultura tranquila do Laos como marshmallows com chocolate quente, nós nos distraímos em nossos primeiros dias em Vientiane explorando barracas nas calçadas em busca de bijuterias feitas com ratã e casca de coco, e camisolas delicadas, lendo à sombra de árvores bodhi, conversando com donos de butiques badaladas e tirando fotos do stupa dourado Pha That Luang ao entardecer. Justamente quando achávamos que a vida não poderia ser melhor, descobrimos um caminho inesperado para o paraíso: a massagem.

Apesar dos muitos salões baratos em cada esquina, a maioria dos expatriados e turistas que conhecemos na cidade depositavam total confiança em uma sauna herbal ou centro de massagem ao ar livre na floresta, onde se podia conseguir uma sauna a vapor maravilhosa e uma massagem de sessenta minutos por quatro dólares. Intrigadas com suas histórias, Amanda e eu acenamos para um motorista de tuk-tuk (autorriquixá) e lhe pedimos para nos levar para Wat Sok Pa Luang, o templo místico na floresta (*wat paa*) que marcava a entrada do "spa".

Depois de uma viagem poeirenta de trinta minutos através de campos de flores e arrozais, nosso pequeno veículo a motor finalmente parou ruidosamente em um arco dourado ladeado de bananeiras, e Amanda e eu ficamos sozinhas na zona rural isolada.

Seguindo uma intrincada série de cartazes escritos à mão e vários gestos ambíguos dos monges residentes, seguimos tranquilamente pela longa estrada de cascalho, passando por cabanas modestas, redes franjadas e ocasionalmente um animal de quintal. Estávamos prestes a desistir quando ouvimos uma voz vinda de cima nos dizendo para onde ir. – Vocês querem sauna e massagem? Venham aqui!

Aninhada uns dez metros acima de nós, na copa das árvores, havia uma rústica plataforma de madeira sobre estacas cheia de turistas em roupas de banho e roupões de seda. Subindo devagar por uma frágil escada, Amanda e eu nos enfileiramos atrás de outros hedonistas querendo fazer seus tratamentos. Uma mulher de bochechas rosadas com uma prancheta nas mãos estava sentada em um banco de madeira perto da grade distribuindo roupões de seda. Depois de trocarmos de roupa atrás de uma cortina, entramos em um anexo externo que servia como sauna.

Uma onda de vapor adocicado e quente nos atingiu no rosto enquanto procurávamos às cegas um banco vazio, andando cuidadosamente na ponta dos pés ao redor de brasas sibilantes colocadas em potes no chão e tentando desesperadamente não nos sentarmos por engano no colo de alguém. Finalmente encontramos um banco vazio e nos recostamos na parede prontas para perder suando pelo menos dez quilos. Não demorou muito para formarmos poças no chão, envoltas da cabeça aos pés em uma mistura mágica de lima kaffir, manjericão, capim-limão, alecrim, menta, cânfora e o que cheirava a uma erva "especial" para dar aos clientes um estímulo extra. Ei, quem éramos nós para negar a eficácia dos antigos métodos de cura do Laos?

Quando não pudemos mais suportar o calor escaldante saímos aos tropeções e nos deixamos cair pesadamente em uma das seis macas de massagem a centímetros de distância umas das outras na varanda de trás, fazendo o possível para evitar os corpos suados espalhados no espaço comunitário. Durante a hora seguinte, fomos puxadas e esticadas como balas de caramelo por jovens massagistas enérgicos. Tapas, golpes e estalos encheram o ar enquanto nossos corpos, tornados extraordinariamente maleáveis pela sauna a vapor, eram ajustados um a um e depois de algum modo novamente moldados em sua forma original.

O que parecia e soava como tortura medieval na verdade era a massagem mais deliciosa que eu já tinha recebido na estrada – e, constantemente atraída pelos preços baixos na América do Sul, no Quênia e na Índia, tinha experimentado algumas. Cheia de endorfinas, agradeci gentilmente ao terapeuta e fui para a área de espera, onde Amanda já estava sentada tomando chá quente e conversando com uma das mulheres que administravam o lugar.

– Isso foi maravilhoso. Temos de voltar amanhã – eu disse.

– Eu sei, gostaria que tivéssemos descoberto este lugar antes. A propósito, esta é Noy. Ela estava acabando de me dizer que sua tia, que é uma monja budista, foi uma das fundadoras deste spa.

As bochechas de Noy brilhavam, sem dúvida devido aos efeitos curativos do vapor, enquanto ela continuava a dobrar recatadamente o sarongue do spa sobre sua barriga ligeiramente arredondada.

– Espero que tenha gostado da massagem – disse Noy, fazendo um sinal para eu me servir de uma xícara de chá.

– Muuuito. Obrigada, uhh... *kop chai* – respondi, sentando-me no banco perto de Amanda.

– Podemos deixar o dinheiro aqui com você? – perguntou Amanda, fazendo o possível para secar ao ar a nota de kip que segurava na mão.

– Sim, podem. Obrigada. E, como tenho o endereço do hotel de vocês, nos encontraremos para tomar o café da manhã na cafeteria ao lado. Pode ser às 8:30?

– Sim, nós a encontraremos lá – respondeu Amanda. Noy fez um sinal afirmativo com a cabeça e sorriu antes de se afastar.

– Marcou um encontro para amanhã? – perguntei.

– Essa é uma longa história. Conto para você depois – disse Amanda, enquanto Noy voltava com nosso troco.

Após pagarmos a conta incrivelmente barata, nós nos juntamos à multidão de outros clientes satisfeitos que voltavam para a entrada do monastério. Enquanto esperávamos para pegar um tuk-tuk, Amanda e eu entramos em uma conversa com duas garotas locais, um casal francês e (para nossa grande surpresa) um rapaz norte-americano bonito chamado Carter que sugeriu que terminássemos o dia bebendo em um bar próximo ao ar livre.

Vinte minutos depois, nosso novo grupo (que incluía o motorista do tuk-tuk) estava sentado de pernas cruzadas sobre esteiras de bambu em um bar à beira d'água, vendo o sol desaparecer no rio Mekong. Acabando com garrafas enormes de Beer Lao, fizemos as perguntas de sempre em um encontro de mochileiros: De onde você é? Onde esteve? Para onde vai? Carter, que já estava na Ásia havia alguns meses e simpatizou logo de cara com Amanda, estava conversando com ela e pegando sua câmera para lhe mostrar suas fotos de viagem favoritas.

Sempre que Amanda e eu estávamos em uma situação em que só havia um homem solteiro (felizmente algo raro no mundo dos albergues), brincávamos sobre tirar a sorte para ver quem flertava primeiro. Mas a verdade era que, embora gostássemos de "tipos" parecidos, frequentemente ficava claro desde o início qual de nós tinha chances: Jogador de Futebol (eu), Fotógrafo (Amanda), Fanático por Cinema (eu), Músico de East Village (Amanda), O Garoto da Casa ao Lado (eu), O Loiro Vagabundo do Esqui (Amanda) – todos alvos fáceis. Mas, mesmo quando isso não era tão estereotipicamente óbvio, em geral nossas idiossincrasias individuais resolviam a questão. Apesar de que há anos nós duas não ficávamos solteiras ao mesmo tempo em Nova York, usávamos nosso próprio sistema na estrada, fazendo docilmente o papel de vela e saindo de fininho no momento certo.

Por isso, quando havia começado a surgir um clima entre mim e Adam, um belo programador de computadores inglês em nossa pousada em Goa, o horário de Amanda ficara milagrosamente cheio de atividades solo. Considerando-se há quanto tempo não tínhamos nenhum tipo de romance sem compromisso, fiquei muito grata por sua retirada estratégica, mas, sendo sua única amiga na estrada, também me preocupei com a possibilidade de ela se sentir deixada de lado. Prometi a mim mesma recompensá-la na primeira oportunidade. E agora parecia que não teria de esperar muito.

Mais tarde naquela noite, quando voltávamos para o centro de Vientiane, Carter sugeriu que Amanda ("bem, quero dizer você e Jen") o acompanhasse a Vang Vieng, uma minúscula cidade de montanha no norte.

– Falando sério, vocês duas realmente deveriam ir. Esse é um reduto muito legal de mochileiros onde todos ficam o dia inteiro descendo o rio em câmaras de ar de pneus e depois vão a festas à noite – acrescentou ele, passando a mão por seus cabelos castanho-avermelhados.

– Bem, tínhamos planejado ir para Luang Prabang daqui a alguns dias, por isso realmente não sei – disse Amanda, olhando de relance para mim com uma expressão esperançosa.

– Parece muito divertido – interrompi. – Quando você vai?

– Depois de amanhã, no ônibus das nove horas. Na verdade, Vang Vieng fica a caminho de Luang Prabang, por isso se quiserem passar por lá adoraria ir com vocês. Falando sério, seria muito legal, sabiam?

Foi então que percebi quem Carter me lembrava. Tinha pensado nisso a noite toda, mas subitamente ficou óbvio. Ele era o ex-namorado de Amanda, Baker, reencarnado. É claro que, considerando o relacionamento longo e tumultuado deles, guardei isso para mim mesma. Mas agora estava bastante certa de que estaríamos naquele ônibus.

De volta à pousada eu procurava em minha mochila os itens menos sujos para usar na cama quando Amanda saiu do banheiro, cumprindo sua rotina noturna de andar, falar e escovar os dentes. Enquanto ela escovava seus molares posteriores, nós discutimos a possibilidade de aceitar a proposta de Carter. Uma rápida olhada em nosso *Lonely Planet* confirmou o que ele havia dito sobre Vang Vieng ser "legal", por isso concordamos em deixar para decidir o que fazer na noite seguinte.

– Também temos de falar sobre amanhã de manhã – disse Amanda, apagando a luz do banheiro e subindo na cama. – Você se lembra da Noy, do spa?

– Ah, sim, do seu encontro no café da manhã? Bem, você sabe que não há quem me faça levantar às oito horas, mas vá em frente e se divirta.

– Talvez ela nem apareça, mas se aparecer disse que me levaria para visitar sua tia, a monja que fundou o spa. Não sei ao certo quanto tempo vou demorar e, bem...

Sentindo a hesitação em sua voz que geralmente precedia notícias que ela temia que fossem me desapontar, eu a interrompi, dizendo que poderia demorar quanto quisesse e eu não via nenhum problema em andar sozinha pela cidade. Torcendo a ponta do seu edredom, ela se apressou em me explicar que, na verdade, queria se encontrar com a monja para conversar sobre remédios fitoterápicos, só no caso de decidir "se você não ficar chateada" aceitar escrever uma matéria que tinham acabado de lhe oferecer. Era o grande prêmio, um trabalho da maior importância sobre remédios de todo o mundo pelo qual receberia três mil dólares. Ela o havia proposto meses atrás, quando ainda estávamos no Quênia, mas até agora não tivera resposta da editora.

– Não sei se será uma boa ideia aceitar o trabalho, mas de qualquer modo acho que seria legal conversar com a monja – disse ela.

– A-*man*-da. Você realmente acha que eu ficaria chateada se você aceitasse o trabalho? Só queria que aproveitasse a viagem e não perdesse muito tempo em cybercafés, mas agora que realmente recebeu uma proposta acho que deve aceitá-la. Esse é um sonho seu que deve realizar – respondi, fazendo o possível para amenizar a situação.

– Sim, acho que sim, mas o momento não poderia ser pior. Quero dizer, tenho me divertido muito apenas viajando, principalmente aqui. E as coisas entre nós finalmente estão ótimas e eu não queria estragar tudo. Além do mais, isso vai exigir muita pesquisa.

Eu não podia acreditar que ela estava mesmo pensando em não escrever aquela matéria em parte por minha causa. Não sabia se deveria ficar comovida ou correr para o monastério mais próximo e implorar a um monge que limpasse minha consciência. A verdade era que, mesmo se eu ocasionalmente tenha me sentado no banco da oposição, quando a situação era crítica sempre ficava do lado de Amanda. Sabia que mais tarde ela poderia lamentar não ter aceitado seu primeiro grande trabalho na estrada, e nunca poderia deixar isso acontecer.

– Bem, estou dizendo que você tem de aceitar o trabalho. E isso é tudo. Nem que eu precise sair em busca de todos os curandeiros em todas as aldeias que possam ser suas fontes. Não quero ouvir mais nenhuma objeção – eu disse firmemente.

– Está bem, está bem. Escreverei a matéria, mas com uma condição – disse ela com um sorriso tímido. – Que primeiro a gente vá com Carter para Vang Vieng.

– Mas é claro, querida. Você tem de se divertir um pouco antes de ser forçada a se entocar com seu computador – respondi, puxando a corrente do abajur ao lado da cama.

Foram precisos quase seis meses, um subcontinente e três continentes para chegarmos a esse ponto, mas aqui, no Laos, tudo finalmente pareceu bem entre nós de novo.

CAPÍTULO VINTE

Amanda

LAOS

DEZEMBRO

Na manhã depois que Jen e eu visitamos Wat Sok Pa Luang, sentei-me em um café no distrito histórico de Vientiane, esperando a mulher que dirigia o spa na árvore para tomarmos o café da manhã. Admito que a nova-iorquina em mim ficou desconfiada quando Noy se ofereceu para me levar à zona rural para conhecer sua tia. Ela me pediria dinheiro depois? Eu ficaria desamparada em uma parte do Laos em que ninguém me entenderia? Mas adorava a ideia de me aventurar ainda mais longe do circuito turístico. Agora, meia hora depois da marcada, estava mais preocupada com a possibilidade de levar um bolo do que com o passeio.

Tinha acabado de pedir minha segunda xícara de café do Laos (uma deliciosa mistura adoçada com leite condensado em vez de creme e açúcar) quando Noy apareceu em sua motocicleta e se dirigiu para a cadeira em frente da minha. Ela disparou uma série de frases estridentes para o garçom, que se moveu rapidamente em resposta, e depois se virou para me dar total atenção.

– Sinto muito pelo atraso, mas foi uma noite e tanto! – disse ela com um olhar culpado. – Muita Beer Lao... Quase não consegui acordar!

Eu lhe agradeci por vir apesar de ter dormido tarde e lhe perguntei como pôde tirar a manhã de folga para ser guia de turismo de uma norte-americana que acabara de conhecer.

Noy deu de ombros.

– Foi fácil, porque o spa só abre às duas – respondeu ela separando as gemas dos ovos que o garçom pusera à sua frente. Noy não estava com pressa, por isso tomei meu café com calma enquanto nossa conversa passava do tema dos negócios (ela estava decidida a poupar dinheiro suficiente para abrir seu próprio spa de luxo na cidade) para o da família (seus pais a achavam independente e voltada demais para sua carreira para atrair um homem) e o tema universal que parece unir mulheres em toda parte: relacionamentos.

Com 27 anos, Noy achava que já estava passando da hora de se casar, mas detestava a ideia de casamentos arranjados e esperava algum dia encontrar um homem que correspondesse às suas sensibilidades e ambições modernas. Eu lhe disse que muitas garotas norte-americanas pensavam da mesma maneira – especialmente eu.

Talvez Noy se sentisse suficientemente à vontade para desnudar sua alma ou apenas achasse que nunca me veria de novo, mas quando subi na garupa de sua motocicleta, quase duas horas depois, ela estava se aprofundando em seu arquivo pessoal, contando-me coisas que até mesmo eu precisaria de uma ou duas taças de vinho para contar a uma estranha. Noy me falou sobre os homens com quem havia se envolvido trabalhando no templo na floresta. Sua atual obsessão era um norte-americano de meia-idade chamado Alan, que tinha prometido voltar para vê-la. Até agora não voltara. Perguntei-me com que frequência essa história se repetia, quantos iam ao spa na floresta presumindo que as massagistas – ou pelo menos a muito amistosa proprietária solteira – poderiam lhes garantir algum tipo de final feliz.

Surpreendi-me sentindo novamente raiva do modo como as mulheres que havíamos encontrado na viagem eram tratadas e dos abusos sofridos por elas. Embora eu sempre tivesse sido a favor de direitos iguais para homens e mulheres, nunca realmente me considerara uma feminista.

Quase imediatamente depois de ter idade suficiente para saber o que isso significava, havia desprezado esse termo, detestado as associações com militantes de cabelos muito curtos que mastigavam granola e não raspavam os pelos do próprio corpo. Então, no início da casa dos vinte, quando os homens que conheci começaram a esperar que as mulheres os convidassem para encontros, pagassem a conta e fossem bastante liberadas sexualmente para não esperar que lhes telefonassem depois, realmente *culpei* o feminismo por arruinar o que de outro modo teria sido um sistema perfeito.

Mas quanto mais eu viajava e aprendia sobre os papéis das mulheres em todo o mundo e como às vezes elas eram impotentes, mais entendia o quanto havia sido ingênua e alienada. É claro que não tinha entendido a importância do feminismo, a luta de um século de duração para conquistar meu direito ao voto, à igualdade salarial, à proteção contra assédio e ao controle sobre meus órgãos reprodutores. Quase todo o trabalho tinha sido feito pelas gerações de mulheres que me precederam.

Quando Noy abasteceu a moto e saímos do distrito histórico, Vientiane não se pareceu mais com a vila colonial francesa que inicialmente tanto me encantara. Havia concessionárias de automóveis, oficinas e lojas de bebidas ao longo da via principal. O trânsito era horrível. Famílias inteiras se empoleiravam como num desfile de carnaval em cima de motocicletas, com o pai na frente, a mãe segurando um filho atrás e uma criança pequena espremida no meio. Homens mal-encarados nos olhavam enquanto passávamos. Noy me gritou para manter minha bolsa firme entre nós porque os locais tinham o mau hábito de roubá-la. Fiz o que ela disse e durante 45 minutos o vento tornou a conversa impossível.

Passamos por muitos hectares de terras cultivadas antes de finalmente chegarmos a Wat Pahakounoy, o templo budista em que vivia Meekow, a tia de Noy. Quando ela entrou no pátio para cumprimentar sua sobrinha, perguntei-me se Noy havia se enganado sobre sua idade. A mulher miúda e careca com pele cor de damasco seco e mãos enrugadas saindo das mangas de um manto branco-neve parecia ter mais de sessenta anos. Seu rosto era severo, sem nenhum sinal de sorriso, e eu não soube dizer se ela estava aborrecida porque Noy havia aparecido com uma ocidental sem avisar – ou porque a ocidental tinha ido a um mosteiro de camiseta regata e calça capri. Afastei-me enquanto as duas mulheres conversavam, fingindo interesse em um gato enroscado na aba de um chapéu de bambu.

Noy voltou e me conduziu na direção do jardim.

– Minha tia concordou em lhe mostrar o lugar. Depois que fizer arroz para os monges, nós voltaremos e ela falará sobre as ervas para a sauna.

Bem, aquilo era promissor. Pelo menos ela não tinha me chutado para fora.

Juntas, andamos pela área de vegetação densa, passando por templos construídos sobre plataformas suspensas vários metros acima do chão e monges que nos olharam por meio segundo antes de desviarem os olhos. Minha imodéstia pareceu produzir uma onda de pânico entre os homens santos. Estava me censurando por ter descumprido as regras de trajes respeitosos quando notei que a fina camiseta branca e os jeans de Noy não escondiam muito seu corpo curvilíneo.

Se havia algo errado, Noy não o percebeu. Guiou-me pacientemente ao longo dos estreitos e sinuosos caminhos de terra entre árvores, apontando para os prédios destinados a estudo e meditação e identificando os usados para dormir e comer. Perguntei-lhe se já tinha pensado em seguir os passos da tia e entrar para o serviço religioso.

– Eu? Não! Nunca poderia ser uma monja! É claro que isso é considerado uma grande honra, mas não é exigido das mulheres. Os garotos devem cumprir no mínimo um ano de serviço religioso, quando são muito jovens. – Ela explicou que ser monja exige uma enorme disciplina. Embora os monges possam fazer uma refeição por dia preparada com os alimentos que recebem dos aldeões, as monjas comem o que sobra depois que os monges terminam, se sobrar alguma coisa. Às vezes as mulheres passam dias sem comer, mas espera-se que preparem as refeições para os homens.

– E sabe do que mais? – sussurrou Noy, parecendo horrorizada. – Elas não podem fazer sexo, nunca.

Noy se recompôs enquanto nossos passos nos levavam de volta à clareira de onde viéramos. Sua tia estava lá nos esperando. Ela nos fez um sinal para subirmos para uma plataforma de meditação construída acima de um jardim em plena floração. Embora não estivesse realmente sorrindo, seu rosto parecia ter se suavizado um pouco e ela fez um gesto indicando que eu deveria me sentar aos seus pés.

A monja olhou para mim, mas falou com Noy, que atuou como intérprete. – Ela perguntou o que você quer saber, por que veio aqui vê-la.

Sob o olhar duro da mulher, quase me esqueci do motivo, mas minha sensibilidade de repórter entrou em ação. Através de Noy, expliquei que estava escrevendo um artigo para uma revista norte-americana e esperava aprender mais sobre as ervas curativas usadas no Wat Sok Pa Luang. Como ela havia aprendido tanto sobre plantas medicinais?

Noy explicou que quando a tia Meekow tinha 16 anos havia servido como enfermeira na "grande guerra" e se apaixonado por um soldado. Eles queriam se casar, mas o soldado era de uma família rica e ela era uma órfã que vivia na pobreza. Os pais dele não permitiram o casamento. Com o coração partido, ela decidiu se tornar uma monja, mas seu tio a proibiu de fazer isso. Era jovem e bonita demais para desistir do amor, de casamento e filhos. Mas Meekow não mudou de ideia. Treinou durante mais de um ano na escola e provou sua devoção meditando diariamente por seis meses, às vezes até vinte horas por dia.

– Ela acabou desmaiando devido a tanto esforço, por isso seu tio percebeu que estava falando sério – disse Noy. – Finalmente lhe deu permissão... e ela se tornou monja.

Contudo, somente depois que Meekow teve como mestre um dos monges ela aprendeu sobre as propriedades medicinais das plantas que cresciam em seus jardins. Quando o monge lhe ensinou tudo que pôde, ela foi para as montanhas viver sozinha, coletar mais plantas e criar uma mistura especial de ervas com um enorme potencial de cura. Essas plantas – capim-limão, eucalipto, menta, alecrim, lima kaffir e manjericão sagrado – eram algumas das agora usadas para produzir o vapor no templo na floresta.

– Minha tia está dizendo que os monges usam remédios herbais há milhares de anos para curar enjoo e doenças. Também ajudam a relaxar e meditar melhor.

– Que tipos de doenças se pode tratar com ervas? – perguntei, finalmente pegando em minha bolsa o pequeno bloco laminado que usava para anotar matérias. – Há um modo de alguém recriar o tratamento de vapor em casa?

A tia Meekow ficou olhando para minhas mãos enquanto eu escrevia, mas não se calou como achei que poderia fazer. Em vez disso, explicou detalhadamente como as plantas podiam ser usadas para tratar tudo, de ansiedade a problemas reprodutivos.

As duas mulheres passaram mais vários minutos respondendo às minhas perguntas e a monja até mesmo me deixou tirar uma foto sua. Eu quis dar a ela e ao monastério uma pequena retribuição pelo tempo que havia passado comigo. Abri minha bolsa para doar 60 mil kips, cerca de seis dólares. Esperava que pelo menos um pouco desse dinheiro fosse destinado à alimentação das monjas.

A tia Meekow aceitou as notas e se inclinou na minha direção, os cantos de seus lábios mal se curvando para cima em um pequeno sorriso enquanto se reerguia. Também lhe prestei reverência tentando manter meu próprio sorriso sob respeitoso controle, e comecei a me levantar.

Foi quando senti a mão da velha monja no meu ombro, ergui os olhos e vi que sua expressão tinha se suavizado de novo. Ela me fez sentar e falou com Noy por vários segundos, gesticulando em minha direção. De repente fiquei nervosa.

Noy se virou para mim e me lançou um olhar estranho.

– Minha tia me perguntou se você já esteve aqui antes e eu lhe respondi que provavelmente não. Certo?

– Certo, esta é minha primeira vez... Nunca estive aqui.

– Minha tia está dizendo que alguma coisa em você é familiar. Esta não será a última vez que virá aqui. Você voltará, estudará com ela e aprenderá sobre ervas medicinais.

Eu sorri e mordi meu lábio. Isso era algo que todos os conselheiros espirituais e curandeiros no Sudeste Asiático diziam para turistas como eu?

– Ela está dizendo que pode ver que você tem muita força de vontade. É dedicada e trabalha duro todos os dias.

Isso era verdade.

– Está dizendo que é melhor se dedicar ao trabalho, permanecer focada. Lamento dizer, mas os homens são muito ruins para você, só trazem problemas para sua vida. Não é uma boa ideia se casar. É melhor ficar longe dos homens. Trabalhe duro. Não se distraia com amor e sexo.

As palavras da tia Meekow tiraram minha serenidade. Trabalhar duro? Não me casar? Ela estava me dando um conselho – ou prevendo o futuro?

– Ei, ei – disse Noy, sem dúvida notando a expressão em meu rosto. – Não se preocupe. Minha tia sempre diz que os homens são ruins... para você, para mim e para todas. Eu nunca lhe dou ouvidos!

Forcei um sorriso e tentei não pensar demais naquela conversa. Como a maioria das mulheres que conhecia, a tia Meekow provavelmente dava conselhos com base em suas próprias experiências.

Erguendo os olhos para a monja, tentei imaginá-la como uma linda jovem, a pessoa que tinha sido antes de o tempo e a desilusão marcarem seu rosto. A princípio havia achado romântico ela se dedicar ao serviço religioso porque lhe tinha sido negado o único homem que amara. Agora essa decisão parecia quase impulsiva, e entendia por que seu tio tentara fazê-la mudar de ideia. Perguntei-me se ela já havia ficado acordada à noite, pensando nas escolhas que fizera quando adolescente. Tinha se arrependido? Pensado que seu amado poderia ter seguido em frente e se casado com outra enquanto ela se isolara do mundo?

Em algum lugar próximo ouvi sinos tocando e a tia Meekow indicou com um gesto que nossa conversa havia terminado. Ela se levantou devagar e fiz o mesmo.

– *Khawp jai* – agradeci-lhe, usando uma das frases em laosiano que aprendera. O leve sorriso voltou ao seu rosto e ela me fez um sinal afirmativo com a cabeça em resposta.

As duas mulheres desceram os degraus que levavam da plataforma de meditação para o chão e entraram no jardim. Noy ficou em pé com sua tia, falando baixinho enquanto a velha monja escolhia meticulosamente plantas. Ela as entregou para Noy, que as colocou dentro de sua bolsa de lona e se inclinou para frente em uma mesura.

– Está pronta para ir? – perguntou-me Noy. – Está ficando tarde.

Eu estava pronta. Com o sol em seu ponto mais alto no céu, saímos do monastério por uma arcada de pedra e passamos por agricultores trabalhando na colheita. Noy e eu não conversamos muito no caminho de volta para Vientiane. Mais uma vez o vento tornou a conversa impossível e depois das palavras da tia Meekow fiquei grata por estarmos em silêncio. O aviso de hoje contra os homens não era o primeiro que eu havia recebido nos últimos tempos.

Quando Jen, Holly e eu revelamos pela primeira vez nossos planos de viagem para nossas amigas, várias delas ficaram obcecadas com a ideia de que uma de nós conheceria um homem local, se apaixonaria loucamente e cruzaria o mundo para se casar e ter um monte de filhos com ele. Elas estavam certas de que seria mais fácil encontrar um namorado decente, digamos, na Guiana Francesa ou na distante Mongólia do que em Nova York.

Somente meu ex, Baker, que finalmente havia voltado para os Estados Unidos depois de anos viajando pelo Caribe e pela América Latina, teve algo negativo a dizer sobre romances na estrada. "Seja o que for que você fizer, NÃO transe com caras que conhecer em albergues! Simplesmente diga NÃO!", prevenira-me repetidamente por e-mail. Eu tinha bufado e rolado os olhos na tela do computador ao ler sua opinião: como um grupo, os mochileiros eram os cachorros mais sujos e safados do planeta. Andavam em bandos selvagens salivantes de um país e de um albergue para outro, arrastando-se para dentro de beliches e sacos de dormir com o máximo possível de garotas de países diferentes antes de voltar para casa, para as namoradas sérias com quem tinham falado pelo Skype o tempo todo.

Fiquei tentada a desprezar esse conselho obviamente preconceituoso até seguir o caminho dos mochileiros e testemunhar grandes orgias ocorrendo por toda parte. No Loki, Mellow Yellow ou qualquer albergue com um bar, era quase certo depararmos com uma cena que parecia uma combinação de férias de primavera, Mardi Gras e *The Real World* da MTV. Como eu não tinha nenhuma vontade de ficar nua em um dormitório de albergue ou voltar para casa com o tipo de suvenir do qual você só podia se livrar com antibióticos, seguira a contragosto a regra de "não ter sexo com mochileiros". Ainda assim, no fundo era uma romântica. Sabia que quebraria a regra no segundo em que conhecesse um homem que realmente me encantasse. E, secretamente, esperava encontrá-lo.

Mas enquanto nosso vagão-dormitório sacolejava ruidosamente a caminho de Goa e nenhum bom candidato havia se materializado, comecei a me sentir irritada e muito frustrada. O que havia acontecido com o amor extraordinário que estava destinada a encontrar nesse ano? Onde estavam todos os homens exóticos me implorando para fugir com eles?

Passando rapidamente pela zona rural do Laos, ocorreu-me que havia semanas – não, meses! – eu não me sentia seduzida ou ao menos interessada por um homem. É claro que tinha tido alguns falsos começos. No Brasil, minha tentativa com um irlandês bonito e musculoso no Mellow Yellow deu errado quando ele me disse, com um sussurro envergonhado, que só tinha um testículo e não podia ir mais longe (nem mesmo minha insistência em que aquilo não importava conseguiu convencê-lo). Depois disso, em Diani Beach, Quênia, eu tinha ficado seriamente interessada em um tenente atlético do exército com quem saí algumas noites, mas quando as coisas começaram a esquentar ele teve de partir com sua brigada para construir estradas no norte do Quênia. E, é claro, não havia acontecido absolutamente nada entre mim e Jason quando voltei para Nova York, em agosto.

Se eu soubesse que os convites de Carlos para ter sexo na casa dos pais dele no Peru seriam o mais perto que eu chegaria de um caso amoroso na estrada, talvez tivesse pensado mais seriamente em aceitar a proposta.

Mas, agora que as coisas com Carter poderiam ir além de uma simples amizade, estava feliz por nada antes ainda ter dado certo. Se a oportunidade se apresentasse, pretendia seguir meu coração, sem dar ouvidos a ex-namorados ou monjas budistas. Obviamente, eles tinham motivos ocultos.

No dia seguinte, contei minha experiência religiosa para Carter quando ele foi comigo e com Jen pegar o ônibus do início da manhã para Vang Vieng.

– Então essa mulher achou que você deveria voltar para estudar com ela no monastério? – perguntou Carter enquanto o ônibus subia as montanhas fora de Vientiane. – Isso tornaria você... uma monja em treinamento?

– Acho que não foi isso que ela quis dizer – observei, rindo.

– Além do mais, algo me diz que a esta altura da minha vida eu não seria qualificada para a vida religiosa. Mas ela me deu um conselho bem específico.

– Qual? – perguntou ele, seus olhos azuis brilhantes fixos nos meus.

– Disse para eu ficar longe dos homens. Aparentemente, nenhum de vocês presta.

– Bem, fico feliz por você não ter seguido o conselho dela – apressou-se ele a dizer. – Foi uma ótima surpresa ver você e Jen esta manhã. Eu não tinha certeza de que você viria.

Eu havia pensado o mesmo em relação a ele. Apesar da propaganda que Carter tinha feito de Vang Vieng, não tinha certeza de que ele nos encontraria na estação de ônibus do norte na hora que sugerira. Os mochileiros são famosos por fazer – e depois mudar – os melhores planos, mas ele chegou pontualmente, foi ao guichê comprar passagens para nós e nos ajudou a pôr nossas pesadas mochilas no compartimento de bagagens do ônibus.

Apesar das paradas não programadas que fizemos nas barracas de arroz à beira da estrada (uma parte obrigatória das viagens de ônibus no Sudeste Asiático), ainda era cedo quando chegamos a Vang Vieng. A cidade era muito pequena, com apenas algumas ruas de terra atravessadas por outras ainda menores e limitada a oeste pelo rio Nam Song. Toda a área ficava dentro de um anel de picos cor de esmeralda ligados uns aos outros como as ancas de dragões adormecidos com nuvens em suas costas.

A maioria das pousadas e dos restaurantes na rua principal pareciam novos, o som agudo metálico de martelos batendo em pregos confirmava que a construção ainda estava em andamento. Apenas recentemente esse lugar havia se tornado um destino de mochileiros e a população local fazia o possível para suprir a demanda de camas, comida e bebida baratas.

Ao caminharmos pelo centro da cidade na direção de nossa pousada, consegui ver dentro de bares ao nível do chão grupos de mochileiros de cabelos lisos aninhados em almofadas sob mesas de madeira pondo distraidamente batatas fritas, crepes e garfadas de macarrão brilhante em suas bocas. Seus olhos estavam vidrados em grandes telas onde eram projetados intermináveis episódios de *Friends, Uma família da pesada* e *Os Simpsons*. Em toda a diminuta cidade, seriados norte-americanos e filmes inéditos piratas eram exibidos com um som alto, hipnotizando todos que passavam como uma forte lufada de vento proveniente de um campo de papoulas. Demore-se tempo suficiente para pedir uma cerveja ou pilha de panquecas de banana e você ficará prostrado até alguém tirar a tomada da TV à noite.

Nós resistimos ao canto de sereia dos seriados para conhecer o não menos viciante segundo motivo de uma parada em Vang Vieng: a descida radical do rio em câmaras de ar. Nos últimos anos, os habitantes construíram um parque aquático completo ao longo de um trecho sinuoso do Nam Song – uma cama de gato de tirolesas, pêndulos e bares de bambu improvisados nas margens íngremes do rio.

Por apenas 30 mil kips (cerca de três dólares), você pode alugar uma câmara de ar gigante e sacola à prova d'água, ir de tuktuk ou van alguns quilômetros rio acima e brincar de bate-bate na água com outros viajantes enquanto flutua lentamente de volta na direção da cidade. Durante o percurso, ouvirá uma interminável mistura de rock vindo de alto-falantes invisíveis e o grito constante de "Beer-Lao-Beer-Lao-Beer-Lao!" Basta acenar com a mão ou piscar um olho que um dos homens em pé ao longo das margens o puxará com um bastão. Se você estiver comprando sua primeira ou décima sexta cerveja de cinquenta centavos de dólar, receberá acesso ilimitado à tirolesa ou aos pêndulos armados nesse posto avançado particular.

A única coisa que realmente não se deve fazer aqui? Acender um baseado. Quando Jen, Carter e eu alugamos nosso equipamento junto com os outros turistas, vimos uma placa que dizia: PARA ECONOMIZAR DINHEIRO, NÃO FUME MACONHA NO RIO. OBRIGADO!

– Entenderam? – disse Jen, orgulhosa como se tivesse descoberto o enigma da esfinge. – A placa não diz: "Fique fora da cadeia!" ou "Evite a prisão!". Isso significa que você terá de subornar a polícia para se livrar da encrenca, por isso não fume.

– Adoro os laosianos – disse Carter. – Sempre atentos às nossas carteiras.

Dependendo do tempo em que ficássemos nos bares às margens do rio, o percurso à nossa frente poderia demorar duas ou cinco horas. Sem perda de tempo, arrastamos nossas boias para o rio.

– Ei, todo mundo! O último a chegar paga a primeira rodada! – gritou o impetuoso dinamarquês que viera em nossa van rio acima. Dando uma corrida e um pulo, ele soltou seu melhor grito de Tarzan antes de cair sobre sua boia e virá-la, o que produziu gritos e assovios dos outros mochileiros. Nós nos pusemos a caminho.

Nossa caravana flutuante não tinha percorrido cem metros de rio quando, ensopadas de água e sedentas, fomos atraídas pelo posto avançado de Beer Laos e saímos da água de novo. Depois de nos revezarmos na tirolesa, pusemo-nos novamente a caminho – somente para parar em outro bar sobre a água com uma tirolesa ainda mais longa e íngreme. O processo de beber-subir-pular-mergulhar se repetiu em outro bar duzentos metros abaixo, e depois em outro.

Enquanto continuávamos a descer o rio, senti uma leve batida à minha direita e sorri, sabendo sem olhar quem havia esbarrado, acidental ou propositalmente, em minha câmara de ar.

– Ei, amigo, fique em sua própria pista – brinquei, virando-me para empurrar alegremente Carter. Mas no último segundo, bem quando nossas boias começavam a se afastar, Carter pegou minha mão e me puxou de volta para ele. Meu coração imediatamente começou a produzir sua própria versão dos saltos-mortais que eu tinha acabado de praticar no pêndulo.

Apertando minha mão, Carter se recostou na boia e me deu o tipo de olhar semicerrado e meio sorriso que somente um homem sexy e atraente pode dar tão bem. Seguindo a deixa dele, também me recostei, virando meu rosto na direção do céu para pegar o sol que se infiltrava em raios cor de âmbar e mel através das árvores acima de nós.

Aquela estava se revelando uma tarde lânguida e praticamente perfeita, do tipo que eu achava que só existia em comerciais de Country Time Lemonade e amaciantes de roupas. Nós flutuamos de mãos dadas, ficando atrás do resto do grupo na parte mais lenta do rio. Na quase quietude, fechei os olhos e deixei meus outros sentidos atentos. Aos sons sobrepostos de batidas na água e risadas ao meu redor. Aos arrepios que surgiam sempre que a brisa soprava um pouco mais forte. Aos pontos em que a palma da mão de Carter tocava na minha.

Caí em um estado de relaxamento tão profundo que quando chegamos à nossa última parada – um antigo bar de bambu de vários andares tocando um rock retumbante, churrasqueiras e um enorme pêndulo de cinco níveis – quase não saí da minha boia. Mas Carter e Jen insistiram, por isso todos nós fomos para a margem pegar copos de papel cheios de batatas fritas e um lugar num tronco que servia como mirante. Observamos outros turistas subirem uma escada para os galhos mais altos de uma vertiginosa árvore. Uma garota de biquíni se inclinou para agarrar uma barra de madeira e se arremessar sobre o lado da plataforma.

Só me imaginar no lugar dela fez meu coração saltar no peito e as palmas das minhas mãos suarem. E se você escorregasse da escada ou plataforma e caísse nas raízes na base da árvore? Ou de mau jeito no rio? Havia lido que alguns viajantes perfuraram o tímpano caindo do modo errado e, para se chegar ao hospital moderno mais próximo, era preciso pegar um avião para Bangcoc.

Não há quem me faça subir lá.

Quando partilhei esse pensamento com Carter, ele interpretou minha afirmação como um desafio e usou de todos os artifícios – adulação, barganha e até mesmo suborno – para me fazer mudar de ideia. Finalmente, apenas para ele se calar (ou talvez impressioná-lo), concordei de má vontade em pular.

Meus membros tremiam enquanto eu subia, e ficaram como gelatina quando cheguei à plataforma no topo e olhei para baixo. *Merda.* Por que havia concordado em fazer isso? Um homem à minha direita usou um gancho para puxar a barra em minha direção. Eu me segurei em uma viga atrás de mim enquanto me esticava, com o peito tremendo, na direção da cavilha de madeira. Quando minha mão esquerda se levantou para segurá-la, meu peso foi **arrastado** para frente e me vi indo na direção da borda e voando **sobre** a água em um grande arco, meus dedos agarrando desesperadamente a corda que me suspendia acima dela.

Ahhhhhhhhh!

– Solte! Amanda, solte! Solte! – gritou Carter da margem enquanto Jen me incentivava. Olhando abaixo dos meus pés para a água, fiz conforme me instruíram e caí ruidosamente.

Sim... consegui! Voltando à superfície, nadei para a margem e subi, com um sorriso enlevado no rosto.

– Isso... foi... incrível! – Jen bateu a palma da mão dela contra a minha e se dirigiu à escada.
– Sensacional! – disse Carter, sorrindo enquanto eu me aproximava. – Está pronta para fazer de novo?
Parei, com a água escorrendo do meu rabo de cavalo para minha espinha dorsal.
– O quê? Está maluco? Não há a menor chance de eu ao menos pensar em...
Não tive a chance de completar meu pensamento. Carter pôs sua mão atrás da minha cabeça molhada e me puxou para um beijo inesperado.
– Me desculpe... Eu não podia esperar mais – disse ele antes de me beijar de novo.
Eu tinha quase me esquecido de que não estávamos sozinhos quando ouvi palmas batendo e assovios vindos do rio. Abri os olhos e me virei para ver os membros restantes de nosso comboio flutuante passando por nós e apreciando nosso pequeno show. Carter lhes ergueu um polegar em sinal de aprovação e sorriu antes de se virar para me dar um último beijo – do qual definitivamente não se desculpou.

Mais tarde naquela noite, depois de nosso grupo ter ido jantar em um dos bares de Friends' e a uma festa com o tema "espaçonauta", oferecida por um dos bares (com chapéus de estanho em forma de cone, mantos de plástico e outras fantasias improvisadas), puxei Jen de lado e lhe perguntei se ela se importava de eu voltar para a pousada mais cedo com Carter.
– Não seja boba! É claro que não – respondeu. – Na verdade, acho que percebi que isso ia acontecer antes de você.
– Mas tem certeza de que vai ficar bem? Não quero que se sinta abandonada se eu for embora.
– Amanda, a pousada fica a um quarteirão e meio daqui. Mas se isso a fizer se sentir melhor voltarei com uma das garotas do grupo. E lembre-se – acrescentou ela – de que quero saber de todos os detalhes de manhã.

Carter me esperava perto da entrada da festa. Enquanto caminhávamos juntos, parando de vez em quando para nos beijarmos, revi mentalmente meu encontro com a monja, alguns dias antes. Suas palavras, antes tão surpreendentes, agora pareciam totalmente sem sentido. Ficar longe dos homens? Como eu podia ter levado isso a sério, ao menos por um segundo?

Ergui os olhos para Carter, o primeiro homem por quem realmente me sentia atraída em um longo tempo, e me deixei ser puxada para seus braços. Ele queria que eu estivesse ali, e eu queria estar com ele. Ao caminharmos de volta para a pousada de mãos dadas, senti meu pulso acelerado. Carter me fez entrar no quarto escuro na frente, e imediatamente tropecei na mochila que ele havia deixado ao pé da cama. Dei um salto no ar e caí de um modo nada sedutor sobre um colchão duro como tijolo. Carter, que só notara que eu havia assumido uma posição um pouco horizontal, precipitou-se sobre mim, envolvendo-me com seu corpo atlético e imediatamente prosseguindo com a sedução que começara no rio mais cedo naquele dia.

Essa é a parte em que devo explicar, ou pelo menos insinuar, como consumamos o ato, mas para minha própria surpresa não o consumamos. Mesmo enquanto nossas roupas eram rapidamente tiradas, vi-me murmurando minha regra de "não transar com mochileiros" e perguntando quando tinha sido o último teste de DST dele. Essa era uma pergunta que eu sempre fazia em Nova York, mas aqui, em uma cabana à beira do rio no meio do nada no Laos, pareceu um pouco compulsiva. Quando as palavras saíram da minha boca como balas de um revólver, lamentei ser tão neurótica. *Cale a boca! Cale a boca!* Não admirava que eu não ficasse nua com um homem havia tanto tempo!

Carter respondeu às minhas perguntas e depois continuou como se eu não tivesse dito nada, insistindo, mas não muito agressivamente, em que eu mudasse de ideia. Como não mudei, nós dois dormimos.

Achei que depois daquela noite Carter pegaria o próximo ônibus para fora da cidade. Mas, na manhã seguinte, não muito depois de eu sair envergonhadamente de seu quarto, ele foi ao meu para ver se poderia levar a mim e a Jen para tomarmos o café da manhã. E então, mais tarde, ele sugeriu que descêssemos o rio de novo em boias. E, em seguida, propôs irmos às cavernas ao norte da cidade. Naquela noite, depois que Jen e eu saímos à procura de um lugar que vendesse panquecas para o jantar, Carter foi atrás de nós e perguntou se podia trazer uma almofada para pôr no chão.

Jen mal disse uma palavra quando Carter decidiu viajar conosco para Luang Prabang.

– Desde que você esteja se divertindo – observara ela, enquanto enrolávamos nossas roupas e as colocávamos em nossas mochilas. – Mas queria saber... ele a faz se lembrar de alguém?

– Hum... Acho que parece aquele ator de *Marcação cerrada*.

– Eu sabia que não era isso que Jen estava pensando, mas fingi não notar.

Havia algo em Carter – seu corpo de zagueiro de futebol americano e sorriso sexy, o modo como parecia à vontade em qualquer ambiente social – que me lembrava Baker. Quando percebi isso, minha reação instintiva tinha sido deixar a comparação de lado. Afinal de contas, Carter era uma pessoa totalmente diferente e eu não deixaria o fantasma de um relacionamento passado me impedir de aproveitar o presente.

Antes de Jen poder responder, ou talvez me chocar com sua revelação, Carter chegou para nos levar para o ponto de ônibus. Olhei para seu perfil, e ele se virou e me viu olhando.

Bem antes de nós três fazermos a vertiginosa viagem através das montanhas para a antiga cidade real de Luang Prabang, ouvimos muitos relatos sobre seus encantos. Os viajantes falavam do local como uma espécie de Shangri-lá, uma utopia dos tempos modernos onde a população local vivia em perfeita harmonia no encontro dos rios Khan e Mekong, cercada de montanhas ondulantes verdes e aveludadas sob um céu manchado de cor-de-rosa. As pessoas da cidade caminhavam sem pressa e nunca pareciam envelhecer. Até mesmo as crianças falavam em sussurros melódicos.

Devido a esses efusivos elogios, presumi que a cidade seria uma total decepção, como um filme independente tão exaltado por todos que só poderia ser desapontador. Esse não foi o caso. Poucos lugares que tinha visitado até então despertavam tamanha sensação de exotismo, curiosidade, mistério e romance como Luang Prabang.

De manhã, o sol se erguia justamente quando os monges e seus noviços saíam dos pátios dos templos para a alvorada com o perfume da flor de frangipana, a luz âmbar aquecendo as costas dos benfeitores que punham arroz e outras oferendas em suas tigelas. Quando a cidade acordava, o cheiro de baguetes frescas, bolo de chocolate e café expresso torrado aquecia o ar. O cheiro, como a arquitetura do século XIX, era um sutil lembrete de que o país um dia fora uma colônia francesa. Agora uma nação independente, o Laos conservava ao mesmo tempo as partes civilizadas da cultura europeia e sua própria cultura tradicional.

Ao perambularmos pela cidade, homens encostados em táxis vazios sugeriam que ficariam felizes em nos levar aonde quiséssemos por apenas um dólar por pessoa. Mulheres passavam em bicicletas amarelas ou motocicletas vermelhas brilhantes, seus guarda-sóis posicionados de modo a proteger-lhes a pele da luz. Mais tarde, elas nos cumprimentaram timidamente quando nos aproximamos para comprar um dos bolos de manga, abacaxi ou banana que vendiam em mesas de armar.

Ao cair da noite a rua principal da cidade se transformava em um bem organizado mercado noturno. Fileiras de lâmpadas eram cuidadosamente distribuídas por toda a sua extensão como os declives e arcos de um carrossel; tecidos colocados de uma extremidade a outra cobriam as calçadas. Dentro de seus espaços particulares, famílias vendiam lenços de seda, roupões ricamente bordados, chinelos com motivos de elefantes e macacos, almofadas feitas à mão, colchas e edredons acolchoados, lanternas em forma de estrela perfuradas em pequenos padrões geométricos e guarda-sóis de papel que, vistos em conjunto, pareciam medusas pintadas a pastel flutuando na direção do céu noturno.

Quando as compras abriram nosso apetite, enchemos nossos estômagos com todos os tipos de guloseimas – bolinhos, curries, ensopados, macarrão, cones de arroz e outros pratos não identificáveis – por apenas cinquenta centavos de dólar a tigela. Mais tarde, quando a fadiga do dia se fez sentir, desabamos em macas em um dos spas locais e recebemos uma massagem de acupressão tão forte e revigorante que quase chorei devido à liberação de toxinas e emoções.

Após pagarmos três dólares por pessoa para dormir em uma pousada que me lembrou um chalé suíço, Carter e eu jantamos juntos em um bar ao ar livre com vista para um pôr do sol incandescente no Mekong. Decidi que esse lugar era o mais próximo de um paraíso de mochileiros a que jamais chegaria.

Não sei se foi o feitiço que a cidade me lançou, uma atmosfera de romance que me fez esquecer minhas apreensões anteriores ou apenas o modo paciente e tranquilo com que Carter me levou de volta para seu quarto naquela noite, o fato é que não hesitei mais quando fechamos a porta atrás de nós. Andando para trás nos braços de Carter na direção da cama e sentindo o beijo dele em meu pescoço, soube que finalmente estava pronta para quebrar as regras.

CAPÍTULO VINTE E UM

Holly

ÍNDIA/SHRADDHA ASHRAM
NOVEMBRO

Acordei tremendo, empapada de suor. O dormitório estava em silêncio. Lá fora os cães selvagens uivavam como se fosse lua cheia. Minha cama parecia uma montanha-russa e sempre que eu fechava os olhos tinha medo de cair no chão. Um caleidoscópio de cores explodia diante dos meus olhos. Provavelmente, enquanto dormia eu havia contraído o vírus que se alastrava pelo ashram. Pensei em acordar Chloe ou correr para pedir ajuda a um dos swamis. Subitamente tive muito medo de morrer ali sozinha em um ashram na Índia, a milhares de quilômetros de casa e de todos que amava. Uma parte de mim *sabia* que eu estava sendo irracional, que só me sentia doente e isolada no escuro em um país estrangeiro. Mas minha mente tinha sua própria força. Eu não queria morrer no escuro em um colchão encaroçado. Queria ser importante para algo. Para alguém. Em minha confusão febril, ocorreu-me que seria enterrada bem fundo: temi realmente não ser importante para ninguém. Se morresse naquela noite, seria apenas como um fantasma desaparecendo silenciosamente?

Consegui me arrastar para fora de meu mosquiteiro, joguei água fria em meu rosto e procurei no escuro meu uniforme para poder tirar meu pijama empapado de suor. Depois me arrastei de volta para a cama e perdi a consciência.

A próxima coisa de que me lembro foi de ter acordado com a luz do sol entrando no dormitório vazio. Tinha deixado minha mente hiperativa ir a extremos na escuridão e me sentia tola à luz do dia.

Ao me sentar devagar para ver se a tontura havia passado, senti minha respiração ficar suspensa quando vi uma tarântula preta – cujo corpo sozinho era do tamanho da minha mão – posicionada ameaçadoramente ao pé da minha cama. Não parei para pensar sobre se aquilo era um pesadelo, só consegui reagir. Meus olhos estavam inchados e vermelhos devido ao vírus, mas o puro medo me deu energia suficiente para pular da cama e correr através do dormitório.

Lembrei-me com detalhes muito vívidos de ter visto uma criatura peluda de oito pernas parecida quando limpava as cabines do banheiro, e depois ouvido o som de seu corpo sendo esmagado pela mulher indiana encarregada da carma ioga, que a matou com uma pedra depois que gritei.

Antes de ir para o ashram, eu sabia que aprender a me sentar comigo mesma, meditar, apenas *ser*, exigiria disciplina. Não seria fácil. Mas somando a isso o choque cultural, a febre causada pelo vírus e despertar com uma tarântula, eu estava perto de entender como um alcoólatra se sentia ao chegar ao fundo do poço – perdendo o controle.

Depois de me certificar de que a tarântula tinha ido embora, usei toda a minha força restante para me arrastar de volta para a cama, fraca demais para fugir. Não me movi durante horas até Chloe trazer chá e frutas depois que não apareci quando me esperou para o almoço. Então dormi de novo, imóvel como um dos iogues esculpidos em pedra perto do lago.

N o terceiro dia da doença finalmente tive energia para assistir a uma palestra. Sentada no chão, meu corpo às vezes parecia vibrar – e só pensar em assumir a posição de cachorro olhando para baixo me dava tontura. Mas eu estava melhorando, e pelo menos me sentia bem o suficiente para sair da cama.

A lição do dia era sobre carma. Os iogues acham que o corpo é apenas um veículo para a alma, sujeito à reencarnação, até você finalmente entender isso e se reunir com a consciência universal, ou Deus. Na terra da ioga, não há gratificação instantânea, e o caminho para cumprir seu carma pode demorar dúzias de vidas.

Como tive uma formação católica, o conceito de reencarnação era totalmente estranho para mim. Aprendi que só temos uma vida antes de irmos para o céu pelas graças de Deus, se seguirmos os ensinamentos de Jesus e fazermos os sacramentos, como a confissão dos pecados a um padre.

Ainda assim, encontrei conforto na noção de que, em vez de procurar um padre para intermediar um contato com Deus, segundo meu manual de ioga: "A autorrealização é a realização de Deus." Todo o objetivo da vida é encontrar seu caminho pessoal que o ajudará a se conectar com a centelha de divindade que todos trazem dentro de si. Interpretei isso como significando que todos têm dons diferentes. Dedicar tempo a descobrir as próprias paixões não é egoísmo, porque quando ouvimos nosso chamado nos sentimos como se tivéssemos um objetivo sólido e uma conexão com algo maior. Isso ajuda a nos trazer paz.

— Independentemente de sua religião, seu dever mais importante neste planeta é encontrar seu verdadeiro eu, e o regime de autodisciplina da ioga pode ajudá-lo nisso — disse o swami. — Somente quando você se conhece pode conhecer Deus, porque os dois não são separados, mas o mesmo.

Quando o swami terminou sua palestra, os estudantes com perguntas caminharam até um microfone na frente do átrio de orações. Chloe se levantou de seu lugar perto de mim.

— Swami, como explica por que algumas pessoas têm doenças como AIDS e câncer e outras não? — perguntou.

— As pessoas têm doenças como AIDS e câncer porque têm mentes impuras ou estão pagando o mau carma de uma vida passada — disse ele sem rodeios. Eu havia tentado conscientemente ser aberta às lições do ashram e reservar o julgamento para o final. De que outro modo aprenderia algo novo? Mas não ouviria o swami tentar dizer que as pessoas têm culpa de estar doentes. Pensei em Esther sendo deixada na porta da Irmã Freda quase morrendo de malária. Fiquei muito irritada, e pronta para ir embora.

– E quanto a esse vírus que está por aí? Qual é a causa de todas as pessoas no ashram adoecerem? – perguntou Chloe.

– Alguém que *não* ficou doente por favor pode levantar a mão? – perguntou o swami. Quando mais da metade dos estudantes fez isso ele deu de ombros como se seu argumento tivesse sido provado. – As pessoas adoecem devido ao carma, ou todas adoeceriam.

Sentindo-me como se os líderes do ashram me vissem como uma leprosa cármica, saí para me sentar nos degraus com minha cabeça entre os joelhos. Foi então que Vera, o indiano barbudo que servia como chefe da cozinha, veio para o meu lado.

– Holly, como está se sentindo? Como se estivesse com um peso na cabeça? – perguntou ele, pondo gentilmente a mão em meu ombro. Até mesmo Vera tinha contraído o vírus e passado a última semana escondendo seus olhos vermelhos como sangue atrás de óculos de sol.

– Vera, tenho de ir embora – eu disse, subitamente tomando essa decisão. Não sabia para onde iria, só sabia que não queria ficar ali. *Não podia* mais ficar.

Senti Chloe se sentando do meu outro lado.

– Holly, por favor, não vá – implorou. – Só falta uma semana e meia para cumprir o programa. Você pode ficar doente em qualquer lugar. Bem que poderia se recuperar aqui e pelo menos obter seu certificado de mestre.

Até então, o único tratamento que eu havia recebido para o vírus tinha sido gotas de água de rosas da clínica ayurvédica no local, que não ajudaram em nada e só fizeram meus olhos arderem e ficarem ainda mais vermelhos. Chloe se ofereceu para me levar ao hospital a fim de que eu pudesse obter uma receita para acelerar o processo de cura, mas Vera insistiu em que alguém da equipe me acompanhasse. Ao me ajudar a entrar no riquixá, Vera sussurrou-me que também havia desistido das gotas de água de rosas e melhorado mais rápido com remédios prescritos.

Algumas horas depois, ao sair da clínica com três tipos diferentes de pílulas, pomada e colírio, não voltei imediatamente para o ashram. Em vez disso, fui na direção oposta e me sentei perto do lago para pensar. Por que eu tinha vindo? Por que deveria ficar? Permanecer voluntariamente em uma situação em que me sentia péssima parecia idiotice, especialmente depois de ter visto o real sofrimento e saber o quanto era sortuda em ter tantas oportunidades. Desejei voltar correndo para o mundo, estar com outras pessoas e não apenas em minha própria cabeça.

Leões rugiram no parque de safári do outro lado e música indiana se fez ouvir por sobre a superfície lisa da água, vinda de minúsculos alto-falantes em uma das choças próximas. Minha camiseta estava colada em minhas costas devido ao suor e inclinei o rosto para pegar os raios de sol.

Sentia-me desanimada com tudo que minha mente e meu corpo rebeldes estavam fazendo no ashram. Usar toda a minha energia para tentar controlar meus impulsos tinha me deixado esgotada e vazia. Ironicamente, a pura exaustão emocional havia deixado minha mente mais silenciosa do que quando eu realmente tentara controlá-la.

Por que a escola de ioga parecia mais um campo de treinamento de recrutas ou um colapso emocional? Subitamente me lembrei da velha máxima dos Alcoólicos Anônimos: "Solte-se e se entregue a Deus." E se vir para o ashram fosse parte de um plano maior, uma lição que eu precisava aprender? A Irmã Freda desistiria porque não estava "feliz"? Iria embora quando se sentisse desconfortável?

Sentada ali, lembrei-me de como os swamis tinham comparado nossas mentes com o lago: emoções como preocupação, tristeza, felicidade e desejo criavam ondas que nos impediam de ver o fundo – nossos verdadeiros eus interiores. Eu poderia deixar o ashram, mas não fugir de mim mesma. Tinha de chegar ao fundo da minha inquietação se quisesse algum dia me sentar em paz comigo mesma.

Contemplei a água, clara e azul. Vi a luz do sol se refletir em um cardume bem abaixo da superfície, os corpos escorregadios dos peixes girando facilmente perto do fundo lamacento do lago. Uma flor passou transportada pelo vento, talvez uma oferenda vinda de um dos muitos santuários espalhados pelo terreno do ashram.

Frustrada, peguei uma pedra lisa e a atirei na água, vendo as ondulações partindo do centro ao quicar duas vezes. Observei a pedra começar a afundar. Quando atingisse o fundo, ficaria ali para sempre, na escuridão?

Há uma metáfora no budismo sobre a flor de lótus, que nasce no fundo de toda essa lama e depois sai da escuridão para a luz. Quando finalmente chega lá, se transforma no que deve ser, abrindo-se em algo belo. Mas a flor não se abre imediatamente; tem de passar pela escuridão para chegar à luz. Se eu fugisse de meus próprios momentos de escuridão, nunca me transformaria na pessoa que deveria ser?

Lembrei-me de outro sentimento budista de um livro de citações que li quando fui editora no departamento da "felicidade": "Só se podem cometer dois erros no caminho para a verdade: não ir até o fim e não começar."

Não sei exatamente por quanto tempo fiquei sentada ali sozinha olhando para o lago. Pegando outra pedra e mirando na água, levantei-me sem esperar que atingisse o fundo. Eu terminaria o que havia começado – ficaria na escola de ioga.

T udo no ashram se tornou mais fácil quando tomei os remédios prescritos e recuperei a saúde. Não havia aprendido a me sentar imóvel e aquietar minha mente, mas minha atitude mudara. Não lutaria mais contra mim mesma ou os swamis. Comecei a suspeitar que o horário rígido, as duas refeições por dia, seis horas de sono por noite e quatro horas de ioga tinham tanto a ver com levar os estudantes aos seus pontos de ruptura para revelar seus eus naturais verdadeiros quanto com disciplina. Mas o caminho para a iluminação deveria ser tão desconfortável? Depois da aula, quando os outros estudantes saíram, caminhei na direção do palco onde o swami estava sentado em sua costumeira posição de lótus.

Ele ergueu os olhos para mim e sorriu gentilmente.

– Parece que você está se sentindo melhor, Holly. – Eu lhe disse que havia me recuperado e perguntei o motivo de toda aquela autodisciplina.

– Está nos dizendo que temos de controlar o corpo e a mente para conhecer nossos verdadeiros eus e Deus. Mas nossos instintos e sentidos são basicamente programados para nos afastar do divino... comer, fazer sexo e dormir é bom. Por que Deus nos faria assim?

Os olhos cinzentos luminosos do swami se suavizaram.

– Essa realmente é uma questão existencial – disse. Subitamente senti pena dele porque tinha o difícil trabalho de ensinar autodisciplina a todos aqueles críticos.

– Não estamos falando em ter uma vida sem graça. Estamos dizendo que os apegos e desejos diminuem o prazer, porque você não pode apreciar totalmente algo que teme perder. – Eu não estava certa de que era possível amar totalmente algo ou alguém sem ter apego. Elan entendeu isso, e foi por esse motivo que me deixou ir em minha jornada? Meus próprios apegos ao meu relacionamento tinham me impedido de estar totalmente presente na estrada?

Fui me sentar no átrio de orações para assimilar a resposta dele. Pela primeira vez entendi. Os swamis não estavam dizendo que tínhamos de levar uma vida austera para nos conectarmos com Deus. Aquilo não tinha a ver com se abster de diversão, evitar o amor e banir os alimentos saborosos para sempre. Em vez disso, tinha a ver com mergulhar totalmente naquelas coisas sem medo de que terminassem. Porque, inevitavelmente, tudo chega a um fim.

Pensei que já tinha aprendido essa lição na estrada. Não havia me sentido mais viva quando parei para comprar cartões-postais de Padma do lado de fora do Taj do que quando tentei evitar os mendigos? Até mesmo a ansiedade tinha um significado se eu prestasse atenção a ela em vez de fingir que não existia.

Quando faltavam apenas dois dias para nos formarmos, caminhei pesadamente para o átrio de orações escuro para a meditação matutina e me sentei de pernas cruzadas no chão, como fazia havia um mês em quase todas as manhãs. O incenso enchia o ar e tudo estava em silêncio. Exceto, é claro, minha mente.

Preparei-me para outra hora sentada comigo mesma. Não silenciosa e confortavelmente, mas acho que esse é o motivo de chamarem isso de "prática" de meditação – porque não é perfeito. Apenas prestei atenção ao ar entrando e saindo dos meus pulmões. Tinha desistido de tentar fazer algo acontecer enquanto ficava sentada lá. Só aceitara me dedicar a ficar sentada, e essa aceitação de algum modo fez isso parecer menos difícil. Parei de lutar. Relaxei e me entreguei a Deus.

Subitamente, caí dentro de mim mesma. Não sei como mais descrever isso. Não houve luzes brilhantes ou sensações de formigamento. Eu estava consciente de que o mundo fora da minha mente continuava girando, mas pelo mais breve dos momentos, me senti bem-aventurada, quieta e envolta em uma sensação de leveza e paz. Senti que sorria internamente e nada fora de mim mesma me completaria, porque nada estava faltando.

CAPÍTULO VINTE E DOIS

Amanda

ILHAS DA TAILÂNDIA
DEZEMBRO

— Então... O que aconteceu? Vocês finalmente transaram? Eu estava sentada com Beth, minha amiga e companheira de quarto de Nova York, em um avião da Air Asia que ia de Bangcoc para Phuket. Entre os serviços de bebida e comida, contava em voz baixa a história do que acontecera entre mim e Carter no Laos. Adoro as companhias aéreas estrangeiras subsidiadas pelo governo – até mesmo em voos com uma hora de duração oferecem-lhe bebida, comida e toalhas quentes.

– E aí, o que aconteceu? – perguntou ela com os olhos arregalados.

– Sim. Nós transamos, mas... Ah, Beth, não foi o que eu esperava. – Suspirei, contraindo involuntariamente os músculos ao me lembrar de como as coisas tinham sido. – Esperei durante tanto tempo para conhecer alguém e quando conheci... quando transamos... foi simplesmente... *péssimo*.

Beth pareceu horrorizada. Expliquei que Carter não devia ter tido muitos relacionamentos duradouros, ou sua última namorada havia sido uma boneca inflável, caso contrário saberia que a tática de sexo exageradamente selvagem tão prevalente em filmes pornô não correspondia aos anseios de uma mulher de verdade.

– Realmente o fiz parar no meio e lhe pedi para ir mais devagar – contei. – Não demorou dez segundos para ele começar tudo de novo.

Eu tinha sido pega de surpresa. Nada nos beijos incríveis ou na natureza protetora de Carter poderia ter me preparado para nosso sexo rude e sem emoção. Assim que ele dormiu, voltei silenciosamente para minha cama. Não conseguiria dormir ao seu lado depois disso.

– Ele falou alguma coisa no dia seguinte? – perguntou Beth.

– Quero dizer, tinha de notar que algo estava errado se você fugiu no meio da noite.

Jen despertou de seu cochilo e entrou na conversa.

– Na verdade, essa é a parte estranha. Carter realmente não pareceu achar que algo estava errado, além do fato de Amanda subitamente não querer mais sair com ele. Durante todo o tempo em que estivemos em Luang Prabang, ele nos seguiu por toda parte... Nos encontrava onde estivéssemos. Íamos tomar café da manhã e lá estava Carter na mesa ao lado. Saíamos para passear e encontrávamos Carter na mesma trilha. Quando fomos ao spa fazer uma massagem nos pés, Carter estava na cadeira perto de nós. Ele se transformou do nada em um caçador à espreita. Uma loucura. Mas você se lembra. Parece que esse tipo de coisa só acontece com Amanda.

Beth assentiu com a cabeça. Durante o tempo em que moramos juntas, ela havia visto meus ex saírem de onde menos se esperava com força total e me telefonarem ou mandarem mensagens de texto sem parar. Cheguei à conclusão de que devia haver algum aspecto da minha personalidade que atraía homens que nunca desistiam e interpretavam qualquer comunicação da minha parte – até mesmo pedidos para sumirem – como um sinal de incentivo.

É claro que eu não estava sozinha nisso; cada uma de minhas amigas tinha um tipo. Algumas eram atraídas por pássaros feridos que exigiam eternos mimos, outras eram alvos de preguiçosos que tiravam vantagem de suas boas índoles, e outras ainda não conseguiam escapar daqueles tipos arrogantes de Wall Street em busca de uma namorada para exibir como troféu. Eu me considerava uma mulher de sorte. Pelo menos meus homens eram coerentes e podia contar com que telefonariam – sem parar.

Embora normalmente eu tentasse ficar quieta e ignorar o assédio, isso tinha sido impossível em Luang Prabang. Embora a pequena cidade fosse encantadora, não oferecia muitos lugares onde me esconder. Depois que Jen e eu escapamos em uma rápida excursão de dois dias de caminhadas e passeios de caiaque pelas aldeias montanhosas hmong ao norte da cidade, voltamos para nossa pousada. Encontramos Carter pensativo na varanda, dando mecanicamente pedaços de pão dormido para uma coruja que os proprietários mantinham em uma gaiola do lado de fora. Ele parecia não ter comido ou ao menos se movido desde que partimos. Olhou por sob as sobrancelhas para mim e Jen enquanto nós tirávamos rapidamente nossos sapatos e os deixávamos nos cubículos ao pé da escada.

Senti uma pontada de culpa por estar ignorando-o e decidi apenas falar com ele, explicar o que havia dado errado. Talvez Carter até mesmo apreciasse um ponto de vista feminino honesto. Nós subimos para seu quarto e eu me desculpei por ter partido sem dizer uma só palavra. Ele resmungou um reconhecimento e quis saber exatamente o que tinha feito para eu fugir. Sentada na beira da cama, tentei, o mais delicadamente possível, explicar o quanto me sentira desconfortável na outra noite.

– Bem, por que você não me disse isso na hora? – perguntou ele, claramente ofendido. – Eu teria feito alguma coisa. Consertado isso.

– Eu *disse*. Mais de uma vez. Você me ouviu por alguns segundos e depois voltou a... hum... Bem, você se lembra. Quero dizer, foi como se eu nem estivesse no quarto.

– Ora, vamos, não foi tão ruim assim – disse ele estupidamente.

– Está brincando comigo? Onde você estava? Foi *horrível*.

Eu soube que tinha ido longe demais em minha honestidade. Carter disse que eu devia ser frígida ou ter um problema mental ou sexual bizarro, porque havia sido a única garota que já lhe dissera que ele não era ótimo na cama.

– E só para você saber, porque estou *certo* de que vai querer... A última mulher com quem dormi foi uma prostituta tailandesa

– disse ele quase com orgulho, deixando essa nova informação pairar no ar por um segundo. – E ela me disse que eu era incrível. O melhor que já teve.

Todo o meu corpo ficou gelado e não consegui sentir minhas mãos ou meus pés. Meu cérebro, por outro lado, funcionou em ritmo acelerado, revendo rapidamente os outros detalhes desagradáveis de nossa noite juntos e se fixando na única coisa que agora parecia importante.

Ah, meu Deus! Obrigada, Jesus. Tínhamos usado uma camisinha.

Agora foi Carter quem soube que tinha ido longe demais. Olhando para mim e depois para seus pés, ele perguntou o que eu estava pensando.

Eu apenas fiquei ali, incapaz de transformar minhas emoções em frases coerentes. Finalmente, quando consegui falar, perguntei como ele pôde ter escondido aquela informação de mim.

Carter ficou imediatamente na defensiva. Falando sério, esse não era um problema *tão* grande. Afinal de contas, as prostitutas asiáticas usavam camisinha e provavelmente se protegiam melhor de DSTs do que a mulher nova-iorquina típica que saía com homens pela cidade. Além disso, muitos outros homens faziam o que ele fez, só que nunca o admitiam para suas esposas e namoradas. Aquilo tinha acontecido antes de nos conhecermos. Que diferença poderia fazer agora?

Quando me dirigi à porta, Carter tentou me puxar de volta. Minha expressão deve ter bastado para convencê-lo a largar minha mão.

– Sinto muito, Amanda. Talvez eu devesse ter lhe contado, mas... Não vá embora assim. Deixe-me explicar.

Carter ainda estava falando quando desci rapidamente as escadas. Bati a porta do meu quarto, comecei a jogar roupas em minha mochila e disse a Jen que tínhamos de dar o fora de Shangri-lá.

Quando contei a Beth o último detalhe, e nosso avião tocou a pista de asfalto brilhante, decidi que queria deixar tudo aquilo para trás. Considerando-se que estava em um país totalmente novo, com 1.600 quilômetros entre Luang Prabang, Carter e mim, isso parecia quase possível. Tentei pensar em nossas férias de inverno.

Meses antes, Jen, Beth e eu havíamos decidido passar o Natal e Ano-Novo nas ilhas da Tailândia. Os mesmos amigos que elogiaram Luang Prabang recomendaram veementemente que evitássemos o destino turístico de Phuket, dizendo que sua beleza natural já fora prejudicada pela intensa atividade comercial, mas decidíramos ver isso por nós mesmas.

Durante os 45 minutos de carro do aeroporto, vi a área totalmente colonizada por empresas multinacionais, as cabanas originais com telhados de sapê substituídas por negócios mais rentáveis. As ruas estreitas eram margeadas por enormes resorts – JW Marriott, Sheraton, Novotel, Banyan Tree, Hilton – protegidos por grandes muros de concreto. Por mais que essas barreiras parecessem formidáveis, não foram fortes o bastante para conter o mais mortal e inesperado dos invasores.

Nosso motorista, Ying, contou-nos que o tsunami de 2004 (que dizimou mais de 4 mil vidas na Tailândia e mais de 230 mil na região) causara sérios danos aos resorts em Phuket, particularmente aos das partes ocidental e meridional da ilha.

Olhando para o mar de Andaman refletindo diamantes de luz diante de nós e sem ver nenhuma pétala fora de lugar no cenário bem cuidado, pareceu quase impossível que uma parede de água do mar de seis metros tivesse atingido a costa como um trem desgovernado, destruindo tudo em seu caminho. Lembrei-me de ter assistido horrorizada a vídeos, à interminável cobertura da CNN mostrando pessoas agarradas a placas de rua enquanto o dilúvio aumentava ao redor delas, pais histéricos à procura dos filhos, vilas arrasadas ou arrastadas para o mar. Praticamente todos os países banhados pelo oceano Índico foram afetados – e em alguns casos destruídos – pela força do maior terremoto submarino registrado na história moderna. Como as pessoas aqui tinham salvado o que restara, recomeçado suas vidas quando havia tão pouco com que fazer isso?

– Foi terrível. Muitos, muitos tailandeses perderam suas famílias e seus empregos. – Ying balançou a cabeça. – Mas tudo em Phuket foi reconstruído rápido, ficou bom de novo. Precisamos que *farangs* venham aqui, comprem hotéis, usem táxis, comam em restaurantes, visitem bares de garotas. Eles voltam, nós recomeçamos.

Quando chegamos à grande porte-cochère do Chedi, um lugar que parecia saído de uma das revistas de viagens impressas em papel brilhante de que eu tanto gostava, o motorista saiu para nos ajudar com nossa bagagem. Eu lhe paguei a corrida e dei mais cinquenta bahts de gorjeta. Ele me agradeceu profusamente, dizendo que apenas nos hospedando ali, indo a Phuket e gastando nosso dinheiro, minhas amigas e eu estávamos ajudando a população local. Subindo a escada do luxuoso hotel que tínhamos nos permitido escolher para a chegada de Beth e aceitando um drinque tropical de boas-vindas oferecido por uma jovem tailandesa, esperei que – pelo menos de um pequeno modo – ele estivesse certo.

De onde estávamos sentadas na varanda de nosso bangalô – uma casa entre galhos de árvore bem acima de uma faixa de areia sombreada por bosques de coqueiros – era difícil ver por que tantas pessoas nos avisaram para evitarmos Phuket. É verdade que o lugar não era exatamente um paraíso inexplorado, mas isso não parecia o suficiente para inspirar aversão. Então o que a inspirava?

Até mesmo a pesquisa mais superficial no Google teria respondido à minha pergunta, mas eu passava todos os meus momentos livre tentando terminar meu artigo sobre "Segredos de Cura de Todo Mundo". Enquanto Jen e Beth se sentavam perto da piscina, tomando drinques enfeitados com botões de hibisco e fatias de frutas, usei a conexão Wi-Fi no alpendre ao ar livre e trabalhei no artigo o mais rápido que pude. De algum modo, a ideia de ser uma glamourosa repórter internacional em terras estrangeiras escrevendo matérias do outro lado do planeta não havia se revelado o que eu esperava. Minha editora não parecia entender que eu não ficava sentada diante de uma escrivaninha o dia inteiro, com um telefone e uma conexão de alta velocidade à minha disposição. Ela fazia exigências maiores a cada revisão ("Você acha que poderia voltar ao Laos e tirar fotos melhores da monja que entrevistou? Ela parecia um pouco, você sabe, *insignificante* nas fotos. Ah, e poderia encontrar um curandeiro tradicional queniano diferente com quem pudéssemos checar os fatos? Ótimo – obrigada!"). O mais importante era que meu coração saíra do jogo.

Estava sentada ali com o suor escorrendo de minhas axilas, minhas costas e meus joelhos em vez de com a amiga que atravessara meio mundo para nos encontrar. Vi-me desejando poder entrar em uma máquina do tempo e deletar a proposta que enviara no Quênia. O que eu tinha pensado? Enviei a minuta do artigo (que esperava ser a final) quando o sol estava se pondo.

Somente mais tarde naquela noite, quando Jen, Beth e eu entramos em um ônibus circular para explorar a lendária vida noturna na próxima Patong (uma cena enigmaticamente descrita pelo gerente de nosso hotel como "tudo brilhante, com muitas luzes pisca-pisca, sons e atividade constante"), finalmente conhecemos o alterego de Phuket: um indesculpável parque de diversões para adultos claramente voltado para a prostituição.

Embora no início os restaurantes, as cafeterias, lojas de suvenires e barracas de camisetas e DVDs ao longo da Beach Road parecessem razoavelmente legais (Starbucks, Häagen-Dazs e McDonalds também se estabeleceram ali), as coisas tomaram um rumo lascivo quando entramos na rua de pedestres de Bangla. A rua larga estava lotada de gente e a noite se tornou dia com marquises fluorescentes de néon, lanternas penduradas, luzes vermelhas teatrais e um enorme letreiro dando boas-vindas aos visitantes com luzes natalinas verdes, vermelhas e âmbar.

Nas portas e na rua, mulheres tailandesas usando tops tomara que caia, shorts microscópicos, saias kilt de colegiais e blusas brancas abotoadas até a metade, usavam vozes infantis para chamar possíveis clientes: europeus barrigudos queimados de sol, estudantes parecendo nervosos segurando latas de cerveja Singha, casais jovens de olhos arregalados, empresários japoneses e velhos que pareciam veteranos de guerra esquecidos. Dentro das dúzias de cervejarias, dos bares de dançarinas e das boates ao longo de Bangla e nas ruas transversais menores, as garotas giravam, rebolavam os quadris, davam risadinhas e faziam o possível para ser provocantes. Algumas dançavam enganchando os braços e as pernas em canos, outras ficavam nas esquinas mais escuras e feias. Várias pareciam se divertir, posando para homens que as filmavam enquanto outras não se esforçavam muito para esconder o tédio.

De volta à rua, travestis vistosos seminus, também conhecidos como *katoeys,* desfilavam pelo bairro de prostituição. Vi um travesti em um enorme vestido de festa de tule se aproximar de um grupo de homens, todos usando camisetas Same Same but Different, e pedir que tirassem uma foto juntos. Obviamente os homens não perceberam que a mulher na verdade era um homem, porque quando ela se virou e levantou sua anágua eles se assustaram – e aquele momento ficou registrado para sempre na câmera digital de alguém.

Embora isso tivesse sido desconcertante (pelo menos para os homens heterossexuais envolvidos), não o achei tão desagradável de testemunhar quanto as "ligações amorosas" ao nosso redor. Garotas muito novas, algumas das quais não pareciam ter mais de 15 ou 16 anos, se espremiam contra homens muito mais velhos, com talvez o triplo ou quádruplo de suas idades. Em sua maioria, os parceiros nessas aventuras de maio–dezembro pareciam totalmente à vontade. As garotas flertavam e davam risadinhas e os homens mais velhos pareciam extasiados, como se não pudessem acreditar que tinham deparado com uma versão real de suas fantasias pornográficas.

Mais tarde ficamos sabendo que Patong é um dos três lugares famosos na Tailândia (os outros dois sendo Bangcoc e Pattaya) em que os turistas podem usar os serviços das prostitutas sem medo de serem julgados ou presos. Dezenas – se não centenas – de sites explicam exatamente onde arrumar uma "namorada" tailandesa, quanto se deve esperar pagar por serviços sexuais de "curta" e "longa" duração, e como um *farang*, ou ocidental, deve evitar ser drogado ou enganado por elas. Segundo os sites, essas jovens errantes são mestres em manipulação que veem seus clientes como caixas automáticos ambulantes. Os sites avisam para ter cuidado, porque uma garota dirá ou fará qualquer coisa para tirar mais dinheiro de sua carteira: fingirá chorar e que sua mãe está com uma doença terminal ou prometerá parar de trabalhar em bares se você lhe enviar dinheiro todos os meses. É claro que ela conta a mesma história a todos os clientes de quem consegue arrancar um endereço de e-mail.

Devido à natureza aberta do comércio sexual em Patong, você poderia presumir que a prostituição é legal, mas foi proibida na década de 1960. Porém, embora vender o próprio corpo ou comprar o corpo de alguém tecnicamente seja crime, a polícia local fecha os olhos quando as pessoas envolvidas estão acima da idade legal para atividades sexuais: 15 anos se você for uma garota tailandesa "normal" e 18 se for uma prostituta. É claro que isso pode parecer um pouco contraditório, mas considerando-se o grande volume de dinheiro movimentado todos os anos pela indústria do sexo (segundo um relatório, 4,3 bilhões de dólares por ano, ou 3% da economia tailandesa), ninguém se preocupa com pequenos detalhes.

Apesar da sordidez geral de Bangla e suas ruas transversais, Jen, Beth e eu não nos sentimos inseguras ali. Além do travesti ocasional gritando para nós ao passar ou do homem tentando nos convencer a assistir a uma luta de Muay Thai, ninguém prestou atenção em nós. Havia muitos rostos bonitos e corpos disponíveis para atrairmos mais do que olhares de relance. Ainda assim, me senti desconfortável andando por essas ruas com uma atmosfera de carnaval exagerado e risos falsos ressoando em estéreo.

Finalmente perguntei se poderíamos parar e sentar em um dos bares mais iluminados para pensar no que faríamos depois. Nós três estávamos andando em Bangla havia apenas uma hora, mas eu já tinha visto o bastante. Sentada tomando sua cerveja, Beth ficou totalmente em silêncio. Percebi que essa era a primeira vez em que ela via algo assim. Infelizmente, Jen e eu já havíamos visto.

Nós tivemos nosso primeiro curso rápido sobre a universalidade da prostituição em Diani Beach, no Quênia, logo após concluirmos nosso programa de voluntariado na Pathfinder. Minhas amigas e eu passamos nossa primeira noite na cidade no bar Forty Thieves, indicado por nosso guia para turistas, tentando descobrir por que duas garotas locais na mesa ao lado estavam com dois alemães feios e carecas, um dos quais tinha uma risada irritante e uma verruga do tamanho de uma tampa de garrafa.

– Bem, talvez eles já se conheçam – disse Holly, dando-lhes o benefício da dúvida. – Essas mulheres poderiam ser suas namoradas.

– Ah, vai – observou Irene em voz baixa. – Não pode ser. Elas são prostitutas.

Tentamos não olhar quando as garotas se levantaram e saíram com os homens. Elas voltaram uma hora depois e começaram uma conversa com outro grupo de homens no bar. Naquela noite, vimos transações parecidas ocorrendo ao redor. Embora o Forty Thieves não alugasse quartos – bebidas, cigarros e pratos como o sugestivo nome de Bang-Bang Chicken, Galinha Pistoleira, eram os únicos itens no cardápio oficial – claramente tinha a dupla função de bordel.

Pagamos a conta, escandalizadas. Na volta, dentro da *matatu*, Irene se queixou de como os homens podiam ser horríveis e nojentos, ter coragem de explorar aquelas mulheres.

Mas foi no dia seguinte, quando vimos várias mulheres europeias solicitando os serviços dos onipresentes "garotos da praia", que o choque realmente nos emudeceu. Na areia imaculada, senhoras de cabelos azulados com gordura saltando de seus trajes de banho com saiote andavam de braços dados com jovens musculosos com cabelos rastafári e abdomens sarados. Perto da piscina, garotas loiras de vinte e poucos anos com cabelos trançados rente às suas cabeças e couros cabeludos queimados de sol aceitavam aplicações de óleo de bronzear de quenianos de peito nu e sorrisos brilhantes que pronunciavam palavras em seis idiomas diferentes. Até mesmo deparamos com a famosa gostosona octogenária que aceitava favores sexuais de vários garotos da praia e depois tentava lhes pagar com caramelos ingleses em vez de dinheiro. O sexo era vendido em Diani Beach – e, aparentemente, comprado por homens e mulheres.

Fiquei chocada com toda a cena, e ainda mais desconcertada com a ideia de "turismo sexual". Por que alguém voaria para outro continente – especialmente um em que o HIV já havia ceifado milhões de vidas – para ter alguns orgasmos ilegais e arriscados?

Aparentemente, os especialistas da ONU estavam igualmente desconcertados. Rachel, uma queniana de 25 anos que conhecemos uma noite durante o jantar, confidenciou-nos que se apresentara como voluntária para a ONU em um estudo sobre turismo sexual na área. Seu papel fora o de se infiltrar em boates e bares ao longo da costa e aprender os "detalhes" do negócio. Quais eram os preços médios cobrados pelos vários serviços? Como homens e mulheres se iniciavam no ramo? Como tentavam se proteger de doenças?

Por meio de suas operações secretas, Rachel ficou sabendo que muitas das prostitutas vinham de aldeias paupérrimas e sua entrada no ramo era uma medida extrema para alimentar seus filhos quando seus maridos as deixavam ou morriam. O dinheiro que podiam ganhar em algumas noites era mais do que ganhariam em um mês em casa, se conseguissem trabalho. Alguns homens também achavam mais fácil ganhar a vida trabalhando na praia em vez de viajando para procurar emprego como trabalhadores braçais.

Segundo Rachel, as pessoas que se prostituem estão bem conscientes do HIV e se preocupam muito mais em usar camisinha do que os quenianos típicos. Elas recebem muito pouco pelos seus serviços ("Os alemães dizem que pelo preço para tocar em um seio na Alemanha eles podem tocar em um corpo inteiro em Diani") e trabalham ao ar livre em vez de em um sujo quarto dos fundos. Mas, embora as mulheres precisassem de muitos clientes para sobreviver, os homens frequentemente eram contratados por uma semana inteira para dar ao "relacionamento" tempo para se desenvolver. Às vezes nem mesmo lhes era pedido sexo, porque suas clientes com frequência estavam mais interessadas em companheirismo. Além disso, em geral eles recebiam mais por seus serviços do que as mulheres. Na época, essa disparidade pareceu injusta, e senti compaixão das mulheres. Tentei imaginar o quanto uma garota queniana devia se sentir desesperada para vender seu corpo como seu último bem precioso. Pensei em Naomi e na luta que ela enfrentaria para se tornar uma queniana instruída, em vez de uma vítima das circunstâncias.

Agora, segurando um copo longo úmido em Phuket e olhando para as três garotas fazendo striptease em um palco na rua, não senti mais compaixão ou empatia. Só senti uma pontada de tristeza e nojo. Não exatamente das mulheres – imaginei que as de Patong provavelmente enfrentavam situações parecidas com as de Diani Beach –, mas de todo o espetáculo. A Tailândia é chamada de "país dos sorrisos", mas, mesmo de onde estava, tive a impressão de que os estampados nos rostos das mulheres eram falsos, canhestros em seus excessos.

Também me perguntei: Foi a este lugar que Carter veio na semana antes do nosso encontro?

Ainda faltava muito para a meia-noite do primeiro dia de férias de Beth, mas quando sugeri irmos embora, ninguém se opôs. Pegamos um táxi e as luzes pisca-pisca de Patong ficaram no espelho retrovisor. Desabei no banco de poliéster e me lembrei, como havia me lembrado muitas vezes durante a viagem, de não fazer julgamentos apressados do que acabara de ver. Aquilo era apenas uma imagem de cartão postal, uma realidade unidimensional que eu não poderia começar a entender em uma única visita.

Esse era um dos problemas de viajar tão rapidamente de um lugar para outro. Você mal tinha tempo de conhecer sua pousada, quanto mais os meandros de uma cultura totalmente diferente, antes de partir de novo.

Ainda assim, embora eu estivesse disposta a reconhecer minha ingenuidade ocidental, estava bastante certa de uma coisa: lugares como Diani Beach, Patong e inúmeros outros não poderiam existir se os Johns (e Carters) do mundo não suprissem a demanda que os mantinha vivos e prosperando.

No dia seguinte, Jen, Beth e eu permanecemos no bem cuidado santuário do Chedi Phuket, instaladas em espreguiçadeiras forradas com tecido atoalhado pedindo drinques que nós (pelo menos Jen e eu) não podíamos realmente pagar. Sabia que minhas amigas e eu estávamos nos isolando do mundo do outro lado dos muros, fingindo que o espetáculo vulgar e efervescente com o brilho de néon em Patong existia em um universo paralelo, não a 24 quilômetros da praia. Da minha parte, tentava esquecer que ele tinha, de um modo pequeno e assustador, afetado minha vida.

Olhando além da piscina de azulejos cor de ônix e dos guarda-sóis de lona cuidadosamente espaçados para um oceano em degradê de azul-turquesa, azul-celeste e lápis-lazúli, percebi que, se não fosse pela musicalidade das vozes tailandesas ao fundo, minhas amigas e eu poderíamos estar em qualquer outro lugar do mundo. E, por apenas um segundo, foi exatamente onde eu quis estar.

CAPÍTULO VINTE E TRÊS

Holly

BOSTON, MASSACHUSETTS/CAMBOJA
DEZEMBRO-JANEIRO

F iquei parada na calçada, hipnotizada pelo concreto salpicado de gelo lembrando diamantes e margeado de abetos enfeitados com luzes natalinas. Nas ruas, o trânsito fluía em perfeita ordem: todos os carros que seguiam na mesma direção permaneciam em uma pista, em vez de ir para a oposta a fim de evitar vacas perambulando ou riquixás caprichosos.

Eu não tinha esperado sentir tanto assombro mais cedo naquele dia, quando passei meu cartão de débito por um dos muitos caixas automáticos na Huntington Avenue. Sem nenhum imprevisto, a máquina cuspiu uma pilha de notas novas de vinte dólares, a imagem familiar de Andrew Jackson com seu cabelo bufante caindo certeiramente em minhas mãos. Entre rupias indianas, reais brasileiros, soles peruanos e xelins quenianos, havia começado a sentir que estava jogando Banco Imobiliário. Era confortador estar de volta à minha terra natal com esteios como beisebol, molho de cranberry e sinais de trânsito funcionando. E, quando entrei em uma delicatéssen naquela manhã para pedir café com leite, foi exatamente o que recebi – sem precisar primeiro folhear um dicionário de bolso. Tinha me esquecido de como as coisas podiam ser fáceis.

Mas eu me preocupei que outras coisas mais importantes poderiam passar facilmente despercebidas como um par de luvas surradas. O som de botas na neve na calçada atrás de mim interrompeu meus pensamentos e fez com que eu me escondesse de meu perseguidor, espremendo meu corpo no vão da porta de uma loja de vinhos. Agora eu estava em fuga. Só esperava ter me movido rápido o suficiente para despistar o homem que me seguia de perto e não ser vista.

Crunch, crunch, crunch. Os passos estavam quase chegando até mim. Todo o meu corpo tremeu e prendi a respiração, tentando sem sucesso reprimir o riso que ameaçava explodir de meus pulmões. Apertei as mãos contra a boca para evitá-lo e pedacinhos de lã de minhas luvas grudaram em meu bálsamo para lábios com sabor de hortelã.

Crunch, crunch, crunch. Uma sombra do toldo se projetou em meu rosto e vi que era um casal que havia passado por mim, não o homem de cabelos cacheados de quem estivera correndo. Eles usavam cachecóis felpudos e protetores de orelhas e andavam de braços dados para a mulher não escorregar no gelo. Pus minha cabeça para fora, esticando o pescoço para olhar para o quarteirão. No mesmo instante, o rosto de Elan se materializou detrás de outro vão de porta, a vinte metros de mim. Escondi minha cabeça de novo, mas era tarde demais. O riso que tentara tanto reprimir explodiu e fiquei ofegante me segurando na porta. As lágrimas em meus olhos começaram a congelar nos cílios.

Em uma fração de segundo, Elan correu pelo quarteirão e parou ao me ver curvada rindo na porta. Ele pôs os braços ao redor da minha cintura, girando-me na calçada até as luzes, árvores, pessoas e flocos de neve se misturarem em um turbilhão de cores. O casal na nossa frente parou para olhar, sorrindo. Outras pessoas também se viraram para ver o motivo daquela comoção: apenas duas pessoas apaixonadas, agindo como crianças eufóricas, brincando de esconde-esconde em vãos de porta escuros.

Quando Elan me colocou no chão, com seu braço ao redor da minha cintura, fiquei nas pontas dos pés para beijar-lhe o rosto; sua pele fria e macia fez meus lábios latejarem. Desejei permanecer naquele mundo de neve protegido, mas a tristeza anuviou meu momento de felicidade. Logo estaria de volta ao calor escaldante, explorando ruínas antigas como em um filme de Indiana Jones, enquanto Elan estaria se encontrando com seu agente e indo a incontáveis audições. Esses pequenos momentos poderiam ser perfeitos, mas o quadro geral não. A dicotomia de nossas vidas estava nos separando. E-mail e Skype não eram substitutos para um relacionamento e o afastamento entre mim e Elan tinha sido maior do que apenas a distância.

Depois de me formar na escola de ioga e passar alguns dias comemorando com Chloe e Marta nas praias de Kovalam – fazendo massagens ayurvédicas e engolindo qualquer refeição feita com cebola ou alho – tinha voado de Bangalore para passar o feriado em Boston, onde Elan conseguira um papel em uma peça de Tchekhov.

Embora uma parte de mim sentisse que voltar para casa era trapacear em meu compromisso de passar um ano fora, a outra parte sabia que só estaria enganando a mim mesma se não fizesse um esforço para ver Elan de novo – deitar ao seu lado, sentir seu cheiro e ouvi-lo me contar sobre seu dia. E, quando meus pais se ofereceram para dividir entre eles o preço de uma passagem aérea como meu presente de Natal, considerei a decisão tomada.

Em pé ali, nos braços de Elan, não pude evitar pensar na velha pergunta: "É possível voltar para casa?" Agora eu sabia que minha casa não era um lugar. Era onde estavam as pessoas mais importantes.

Mas, se as pessoas mudam, isso significa que nossa casa nunca é permanente?

Eu tinha fingido que o espaço entre mim e Elan não existia. Que as noites tomando vinho quente em bares à luz de velas e nos beijando nas ruas significavam que o tempo e a distância não podiam diminuir nosso amor. Tentei acreditar que adormecer com minha cabeça no peito de Elan sentindo o ritmo de seu coração era o modo como nosso relacionamento sempre deveria ser.

Mas, enquanto eu estava explorando o mundo, Elan se transformara em um exemplo perfeito do "aspirante a ator" – comendo sanduíches de manteiga de amendoim e geleia no café da manhã, almoço e jantar; trabalhando como garçom depois de fazer audições todos os dias; juntando trocados nos vidros em cima de nossa geladeira para pagar o aluguel. Então, se percebi um pouco de ressentimento, achei que o merecia. Se ele não pudesse ir me visitar durante meu ano fora, bem, era *eu* quem tinha partido. Muitas vezes durante minha visita, me vi perguntando: foi errado partir? Ficar teria sido mais errado? Eu me preocupava com a possibilidade de que permanecer sempre em movimento me impedisse de encontrar as respostas que procurava – não tinha acabado de aprender no ashram que a verdade tende mais a se revelar na quietude?

Não podia tomar essa decisão para todo o meu futuro, mas sabia o que queria agora. No meio daquela calçada gelada, peguei a mão de Elan e o fiz parar. Enterrei minha cabeça em seu peito e simplesmente fiquei imóvel.

Alguns dias, alguns longos voos e uma curta parada em Bangalore depois, finalmente cheguei a Bangcoc para me reunir com Jen e Amanda. Estávamos separadas havia mais de um mês. No fundo, acho que elas ficaram um pouco surpresas (e aliviadas) por eu não ter ficado nos Estados Unidos.

– Estávamos preocupadas achando que você não ia querer voltar depois de ver Elan! – brincou Jen quando me encontrei com elas no albergue Big John's.

Olhando para seus rostos quando elas puseram as cabeças para fora de seus beliches – rostos que eu conhecia tão bem quanto o meu – também entendi o quanto você precisa ser dedicada para viajar com duas pessoas durante um ano de sua vida. De certo modo, essa viagem exigia tanto compromisso quanto meu relacionamento de longo prazo. Significava fazer o que eu disse que faria. Ficar com elas quando um lugar perdia seu brilho, mesmo quando não concordávamos e sentíamos vontade de gritar. No segundo em que entrei em nosso minúsculo quarto triplo sem janela e me senti aliviada ao ver seus sorrisos de novo, soube que minha casa, pelo menos por enquanto, era na estrada, com Jen e Amanda.

Como sempre, nós tínhamos mais tempo do que dinheiro para gastar, por isso pegamos um ônibus em vez de um avião de Bangcoc para o Camboja. Aparentemente, escolher a rota barata teria um custo.

– Tenho uma página inteira com espaço para o carimbo – disse Jen, afirmando o óbvio para o policial de fronteira cambojano. Ele devolveu seu passaporte depois de folheá-lo e parar com sobrancelhas erguidas na profusão de carimbos. De um desenho de Machu Picchu a um retângulo contendo as palavras "Boa viagem ao Quênia", havia carimbos multicoloridos em todas as páginas, exceto na última. Jen pôs seu dedo no meio do pequeno livro azul, mantendo-o aberto na página vazia, que só esperava por tinta fresca.

– Não, não posso carimbar a última página – disse o oficial balançando firmemente a cabeça. Não entendemos a lógica disso: se havia espaço físico para o visto cambojano, por que ele não podia usá-lo?

Amanda e eu ficamos de guarda uma de cada lado de Jen. Nós duas tínhamos duas páginas em branco – o resultado de técnicas de carimbagem mais eficientes (ou superposição) usadas pelos oficiais da alfândega brasileira.

– Não vi nada sobre cotas de páginas em branco no guia para turistas – eu disse para as garotas, totalmente consciente de que poderiam não deixar Jen entrar no país. E isso significaria, é claro, que Amanda e eu voltaríamos para Bangcoc com ela. Esperando que um pedido de desculpas funcionasse melhor, virei-me para o oficial e disse: – *Sohm to* (Sinto muito). O que podemos fazer?

– Devem obter mais páginas de passaporte na Tailândia – disse ele, inabalável. Estávamos com nossos cabelos cobertos de poeira e nossas camisetas suadas. Tínhamos nos preparado para tirar nossas mochilas do compartimento de bagagens do ônibus e carregá-las através da fronteira para Poi Pet, uma das cidades de entrada por terra para o Camboja, mas não contávamos com a possibilidade de enfrentarmos a viagem de *volta* para Bangcoc, sacolejante e que exigia o uso de tops esportivos, se é que conseguiríamos encontrar um ônibus que nos levasse até lá.

Amanda deixou sua mochila cair ruidosamente no chão e se sentou em cima dela. Se chegássemos a passar pela alfândega cambojana, obviamente isso demoraria algum tempo.

– Mas estávamos tão ansiosas por ver seu lindo país – tentei de novo. Afinal de contas, aquilo era verdade.

– Está bem, vocês pagam – disse o oficial, cruzando os braços sobre o peito.

Embora a bajulação pudesse não levar você a lugar algum, o suborno podia levá-lo a qualquer lugar – nesse caso, através da fronteira cambojana. Jen pegou um guia para turistas na fina bolsa de pano que havia trazido da Índia, o abriu na parte marcada, "Frases Úteis em Khmer", e disse:

– *Th'lai pohnmaan* (Quanto?)
– Dez dólares.
– Só tenho três – disse Jen, pegando três notas verdes com o rosto de George Washington em seu cinto de dinheiro. Sabendo que ela estava blefando, perguntei-me se o oficial pegaria as algemas, tentaria regatear ou simplesmente nos mandaria embora.

O oficial olhou para as notas durante um minuto inteiro e depois as dobrou duas vezes antes de colocá-las no bolso de sua camisa abotoada de alto a baixo. Olhou para a esquerda e direita e falou em uma voz baixa.

– OK, mas deve pegar mais páginas na embaixada em Phnom Penh. E escrever um bilhete de permissão para carimbar a última página.

Ele arrancou uma página de papel pautado de um caderno de notas velho e a empurrou sobre a escrivaninha na direção de Jen. Ela pegou uma caneta esferográfica e prontamente escreveu um cartão de "Saída da Tailândia Grátis (Quase)":

Prezada Patrulha da Fronteira Cambojana,

Dou ao governo cambojano permissão para carimbar a última página do meu passaporte.

Atenciosamente,

Jennifer Baggett

O oficial pegou a permissão assinada e a lançou em uma gaveta da escrivaninha, onde provavelmente ficaria perdida para sempre, antes de nos dispensar com um aceno de mão.

– *Awk koun!* (Obrigada) – dissemos juntas. Então Jen e eu ajudamos Amanda a pôr sua mochila nos ombros tão automaticamente como se estivéssemos afastando um fio de cabelo dos olhos. Não dissemos uma só palavra enquanto erguíamos o peso, gratas por termos superado mais um dos obstáculos na viagem que nunca prevíamos.

Com passaportes carimbados na mão e o sol queimando nossos couros cabeludos, entramos em um novo país. Eufórica por termos conseguido subornar um oficial corrupto, dei vivas a nós mesmas quando cruzamos a fronteira. Tinha percorrido um longo caminho desde aquela manhã no Brasil em que tentara dormir em um quarto separado do de Jen e Amanda, temendo que toda a viagem se transformasse em uma grande festa.

A África tinha nos tornado humildes, nos feito apreciar mais umas às outras e fortalecido nossos laços após dormirmos com a cabeça virada para os pés uma da outra a fim de fugir de uma infestação de baratas. Nunca a força de nosso relacionamento fora mais clara do que quando caminhamos por uma rua perto de uma das maiores favelas de Nairóbi. Interrompemos bruscamente nosso costumeiro bate-papo quando um *Bang! Bang! Bang!* ensurdecedor fez o chão estremecer sob nossos pés.

Antes de descobrirmos se o barulho era de tiros, uma explosão ou outra coisa, a população local começou a correr como gazelas perseguidas por um leão. Seguindo a multidão, nós três corremos enquanto mulheres seguravam bebês junto ao peito e homens deixavam cair suas sandálias de dedo para se mover mais rápido. No pânico em massa que se seguiu, nos separamos em uma bifurcação na estrada – Jen correndo em zigue-zague (ela disse que achou que isso diminuiria as chances de ser atingida por uma bala) para a direita e Amanda para a esquerda, agachada junto ao chão protegendo a cabeça com as mãos (deduziu que quanto mais se abaixasse, mais segura ficaria). Disparei para frente a fim de segurar Amanda e levá-la na direção de Jen. Naquele segundo, escolher a direita ou a esquerda não era uma opção – tive de escolher os dois lados para me certificar de que ficaríamos juntas e nenhuma de nós seria deixada para trás.

O perigo se revelou imaginário. Enquanto nossos seis pés batiam no calçamento ao mesmo tempo, os quenianos subitamente pararam de correr e deram uma risada nervosa coletiva. ("Foram só fogos de artifício", disse uma jovem mãe com um leve sorriso, tirando um cobertor da cabeça de seu bebê). Fiquei tão aliviada em descobrir que meu instinto sob fogo era manter o grupo junto quanto momentos antes ficara apavorada.

Agora, depois de mais de um mês longe, eu havia voltado para o grupo e estava mais do que nunca certa de que todas nós seguíamos na mesma direção. Começamos como amigas, mas após bons e maus momentos nosso relacionamento se aprofundou mais do que eu jamais esperei. É claro que Jen e Amanda tiveram alguns bate-bocas na estrada por causa de trabalho, e precisei interferir para pôr fim àquilo. E talvez tivesse escapado algumas vezes de conflitos indo correr em vez de dizendo exatamente *por que* não poderia passar mais nenhum segundo ouvindo Jen e Amanda debaterem quantas calorias havia em um rolinho primavera. Quando cruzamos a fronteira do Camboja (a custo), quaisquer ideias românticas que pudéssemos ter tido sobre nossa viagem ao redor do mundo, ou sobre nós mesmas, há muito haviam sido descartadas na estrada. Em seu lugar havia um grupo de amigas reais e perfeitamente imperfeitas.

A mulher sabia que morreria logo, mas ainda assim sorria. Seus olhos inchados encontraram os meus por trás do vidro que protegia a foto no museu do genocídio de Tuol Sleng – um rosto em preto e branco entre as centenas de outros na vitrine.

Tínhamos chegado a Phnom Penh, a capital do Camboja, mais cedo naquela manhã, após passarmos alguns dias andando de bicicleta pelas antigas ruínas de Angkor Wat. Eu nunca havia ouvido falar em Tuol Sleng, mas sabia sobre os campos de extermínio próximos devido ao famoso filme do mesmo nome. A cidade de Phnom Penh, que cresceu ao redor de um monastério budista, fora transformada em um horrível local de assassinatos em massa em 1975, pelo Partido Comunista do Khmer Vermelho. O Khmer Vermelho tinha ordenado a evacuação da cidade e usado uma de suas escolas secundárias – renomeada Tuol Sleng – como uma prisão/câmara de tortura para milhares de pessoas. Hoje a cidade é muito viva, embora um lugar de extremos. Círculos de drogas e prostituição podem ser encontrados em uma extremidade e bares exóticos à beira do rio na outra.

Depois de fazermos nosso check-in em um albergue, contratamos imediatamente um tuk-tuk para nos levar aos campos de extermínio. Nosso motorista, um homem de fala mansa chamado Sok, nos conduziu experientemente em meio à confusão de pedestres, ciclorriquixás e carros ziguezagueando pelas ruas e nos entregou máscaras para ajudar a bloquear as nuvens de poluição que ameaçavam nos sufocar. Quando saímos dos limites da cidade, o mundo passou em videoclipes de campos verdes de arroz, crianças com cabelos cor de ônix brincando com água em poças e choças simples de madeira.

Ao vermos crianças correndo atrás umas das outras perto da estrada, foi quase possível esquecer que a guerra, em vez de a paz, havia prevalecido tão recentemente no Camboja. Minha aula de geografia mundial no ensino médio não havia revelado muito sobre o país, mas li uma versão resumida de sua história em uma enciclopédia. Visitando o lugar eu estava aprendendo mais do que qualquer livro ou aula poderia ensinar.

Um país fraco espremido entre outros mais poderosos como a Tailândia e o Vietnã, durante décadas o Camboja fora repetidamente invadido por países que tentavam aumentar sua influência na península da Indochina, inclusive Tailândia, França, Japão e Vietnã. Os norte-americanos arrasaram o país com bombas durante a Guerra do Vietnã. Mas todos os conflitos e as guerras que o Camboja enfrentou pareciam menores comparados com o derramamento de sangue de 1975. O Partido do Khmer Vermelho havia assumido o poder e seu líder, Pol Pot, ordenara o assassinato de mais de 2 milhões de cambojanos.

Quando chegamos aos campos de extermínio, um museu ao ar livre que um dia havia sido um pomar e antigo cemitério chinês, Sok esperou pacientemente do lado de fora. Depois que o Khmer Vermelho assumiu o controle do país, o lugar foi transformado em um centro de execução em massa de "traidores" considerados contrários ao regime do Khmer Vermelho. Entre os que o partido via como uma ameaça havia médicos, professores, diplomatas e outras pessoas instruídas, assim como qualquer um que usasse óculos.

Depois de esperar minha vez na fila para acender incenso em um santuário na frente do memorial – um estupa de vidro fechado com cerca de 8 mil crânios humanos –, nosso guia recomendou que fôssemos ao museu do genocídio de Tuol Sleng assim que voltássemos para a cidade. Essa foi a primeira vez em que ouvi falar na escola secundária transformada em prisão onde os cambojanos eram interrogados e torturados antes de serem enviados para execução. Sabíamos que aquilo seria demais para um dia, mas quando saímos dos campos de extermínio pedimos a Sok para nos levar a Tuol Sleng.

O museu estava assustadoramente silencioso quando perambulamos pelas salas de aula transformadas em celas onde presos haviam sido algemados a camas de solteiros. Buracos de bala e manchas de sangue formavam padrões horripilantes nas paredes.

Depois de uma hora, Amanda e Jen esperaram do lado de fora em um banco no pátio cercado de arame farpado, mas não consegui evitar ver todas as fotos exibidas em memória das vítimas. O Khmer Vermelho tinha usado as imagens, junto com biografias gravadas, para provar que havia capturado seus "inimigos". Agora esses documentos servem como um lembrete das atrocidades infligidas pelo homem. Passando pelas fotos, examinei cada rosto. De vez em quando deparava com um preso que olhava corajosamente para as lentes e até mesmo sorria levemente para a câmera.

Se aquelas pessoas sabiam que estavam prestes a serem torturadas, estupradas ou assassinadas, como e por que sorriam? É claro que nunca saberei o que pensavam ou sentiam, mas olhando para seus olhos rebeldes as imaginei dizendo: "Você pode tirar minhas roupas, minha casa e minha vida. Mas não há nada que possa fazer para quebrar meu espírito." Seus sorrisos me impressionaram como um ato final de desafio, um legado para aqueles ainda vivos, provando que todos temos uma parte de nós mesmos que ninguém pode roubar.

Saí ao encontro de Amanda e Jen no banco. Ficamos sentadas em silêncio por alguns minutos, chutando a terra sob nossas sandálias de dedo.

– Está pronta para ir, Hol? – perguntou Jen. Apenas assenti com a cabeça. Atravessamos os portões de arame farpado e fomos ao encontro de Sok, que nos esperava em um turbilhão de fumaça de automóveis, vendedores de rua e tuk-tuks.

– Para onde devo levar vocês agora? – perguntou ele, quando subimos no tuk-tuk. Para onde vocês *vão* depois de ver tamanho horror? O que *fazem*? Tudo parecia muito trivial, como se nada realmente importasse.

Quando nenhuma de nós disse nada, ele perguntou:
– Querem comer? Conheço um bom restaurante.

Eu não estava com nenhuma fome, mas não aguentaria voltar para o quarto do albergue de paredes finas, com apenas uma cama e lâmpada pendurada, e ficar olhando para o teto rachado. Jen, Amanda e eu nos entreolhamos, e assenti com a cabeça. Provavelmente ele nos levaria ao restaurante de algum amigo que lhe renderia alguma comissão, mas por nós tudo bem.

– Sim, vamos lá. – Antes de Amanda poder ao menos terminar sua frase, Sok acelerou o tuk-tuk e entrou no fluxo de trânsito. Vi carrinhos de comida, crianças vendendo livros e um homem vendendo papéis. A vida acontecendo ao redor, as pessoas seguindo em frente, se afastando do passado. Em uma questão de minutos estávamos perto do Museu Nacional no centro da cidade. Sok parou tão abruptamente quanto havia acelerado e apontou para um letreiro onde se lia: MITH SAMLANH RESTAURANT. Fora do prédio em estilo colonial francês havia um pátio cheio de mesas e decorado com murais vermelhos, azuis e amarelos que pareciam ter sido pintados por crianças. O lugar era aconchegante e transmitia uma sensação de segurança.

– O nome significa em inglês "Restaurante dos Bons Amigos" – disse Sok. Ele explicou que o restaurante fazia parte de uma organização que usava os lucros para abrigar crianças de rua e treiná-las em hospitalidade e culinária para poderem iniciar carreiras. Quase toda a equipe era composta de antigos moradores de rua que trabalhavam como garçons, cozinheiros e gerentes.

– Entrem. Esperarei aqui – disse ele.

Nós entramos e um rapaz com não mais de 16 anos nos conduziu a uma mesa ao ar livre. Por toda parte ouvíamos copos tinindo. Garçons carregavam rolinhos primavera e saladas arrumadas com delicadeza em pratos imaculadamente brancos. Ouvi um garçom adolescente perguntar a um cliente se poderia praticar seu inglês com ele, e depois: "Por que dizem que está chovendo canivetes?"*

O restaurante era um foco de esperança em um país onde as feridas da história ainda eram visíveis, rudes e reais. Tínhamos passado por mais de uma criança na rua sem uma perna, vítima de uma mina terrestre. E notamos a ausência de pessoas mais velhas, porque muitas foram mortas durante o período turbulento de Pol Pot, apenas uma geração antes. Era fácil para mim me sentir deprimida com aquele horror, e era apenas uma visi-

---

* Tradução literal da expressão inglesa "*raining cats and dogs*", que em português equivale a "chover canivetes". (N. da T.)

tante de passagem. Mas aqueles jovens conviviam com os lembretes diários do passado violento e não tinham nenhuma escolha além de seguir em frente. Mais uma vez pensei em Esther e na Irmã Freda, que me mostraram que é possível nos transformarmos em algo maior do que nosso sofrimento, e que a vida continua apesar da dor.

Pedi licença para ir ao banheiro. Fiquei em pé à porta observando os adolescentes cambojanos trabalhando. Imaginei-os querendo as mesmas coisas que nós: se sentir seguros em um mundo imprevisível. Trabalhar em algo que fosse importante. Conhecer o amor. Fazer parte. Eu os observei de meu lugar, de fora, imóvel.

Quando mais tarde pagamos a conta, saímos para encontrar Sok à nossa espera sorrindo.

– Vocês gostaram do restaurante do meu amigo? – perguntou ele.

– Sim, Sok, gostamos muito – respondi.

CAPÍTULO VINTE E QUATRO

Jen

SAPA, VIETNÃ
JANEIRO

Encolhida congelando no colchão, afastei o cobertor de lã do meu rosto apenas tempo suficiente para perguntar a Amanda como ela estava se saindo em sua tentativa de produzir fogo.

– Bem, a madeira está úmida, há uma corrente de ar no cano da chaminé que fica apagando a chama e perdi toda a sensibilidade na ponta dos meus dedos. Isso é assustador.

– Certo, só precisamos de algo seco para fazer o fogo pegar – respondi, me enrolando em meu casulo de cobertores e andando penosamente para a porta a fim de buscar na recepção uma pilha de folhetos do albergue. Olhando para meu reflexo em um espelho no corredor, suspirei ao ver a garota triste que parecia um zumbi e *nem um pouco* aquecida.

Não era que eu não estivesse gostando de estar no Vietnã, mas com a agitação das viagens de ônibus e rápidas excursões que Amanda, Holly e eu havíamos feito nas últimas semanas, nos esquecêramos de fazer nosso dever de casa. Por isso, ficamos totalmente chocadas ao depararmos com fortes rajadas de vento e temperaturas congelantes quando saímos do avião em Hanói. Aparentemente, ao contrário do sul do Vietnã, onde fizemos nossa primeira parada na cidade de Ho Chi Minh (antiga Saigon), o norte do país realmente esfria nos meses de inverno. Tínhamos nos acostumado tanto com os eternos verões que até então seguíramos através do planeta que não estávamos preparadas para lidar com um frio de matar.

Mas, depois de passarmos alguns dias procurando roupas de frio essenciais no agitado bairro antigo de Hanói e descansarmos nossos ossos cansados da viagem em uma aconchegante pousada, ansiávamos por fazer um dos passeios que tinham nos atraído para essa região do Vietnã: uma caminhada espetacular pelas montanhas enevoadas de Sapa, uma cidade fantástica perto da fronteira com a China. Então contratamos uma excursão de quatro dias oferecida pela Kangaroo Café, uma das operadoras de turismo mais famosas de Hanói e um dos poucos lugares na cidade que servem café em canecas enormes (ao contrário das xícaras do tamanho de um dedal que são o padrão local). Não só faríamos uma caminhada pesada como também teríamos a oportunidade única de ficar com uma família hmong em uma das aldeias tribais ao longo da trilha.

Felizes em trocar a poluição da cidade pelo ar fresco do campo, arrumamos nossas mochilas pequenas de fim de semana, guardamos as grandes no depósito e embarcamos em uma viagem de trem de oito horas para Lao Cai, onde pegaríamos uma van para Sapa.

Comparada com muitas de nossas viagens de trem anteriores, a pelo norte do Vietnã foi fácil. Nosso pequeno vagão-dormitório era equipado com travesseiros e abajures com cúpulas de verdade, cobertores felpudos, garrafas extras de água e, mais importante ainda, sem baratas. Embora tivéssemos chegado à estação às absurdas cinco horas da manhã, sentíamo-nos surpreendentemente bem e prontas para explorar a aldeia local. Bem, isso até realmente pormos os pés do lado de fora e percebermos que o "clima ligeiramente mais frio" que nos disseram para esperar estava mais para uma Antártica pós-apocalíptica.

Melodramático, talvez, mas qualquer um que me conheça há mais de cinco segundos pode atestar o fato de que, quando a temperatura cai abaixo do ponto de congelamento (que, em minha opinião, ocorre a 12º C), me transformo na "Estranha" mais rápido do que Carrie na noite do baile. E, depois de passar os últimos sete meses em países onde era possível fritar ovos nas calças, quem poderia me culpar por estar um pouco debilitada? Mas minha pele fina provavelmente voltaria a se fortalecer após um dia em nosso novo ambiente. E, se isso não acontecesse, nosso albergue teria uma lareira acesa e quartos quentes aconchegantes, certo?

Infelizmente, a única fonte de (suposto) calor em nosso quarto duplo era um forno em miniatura escavado em um canto coberto de teias de aranha suficientes para aprisionar um gato pequeno. Voltando rapidamente para o quarto, usei um dos cinco palitos de fósforos restantes para atear fogo em um folheto que mostrava um bonito casal tomando vinho à beira de uma lareira em nosso mesmo albergue. Quando seus rostos sorridentes se incendiaram, fiquei esperançosa. Mas ainda assim a madeira não pegou fogo.

– Já acendi fogueiras enormes debaixo de chuvas torrenciais em acampamentos na Trilha dos Apalaches e nunca foi tão difícil – lamentei.

– Ah, sim, e eu costumava andar uma centena de quilômetros descalça na neve para ir à escola – disse Holly, surgindo no vão da porta. – Então, finalmente tenho fogo em meu quarto, mas ou você se senta diretamente sobre as brasas ou não fica tão quente assim. Acho que o único modo de não virarmos blocos de gelo é sair daqui e movimentar nossos corpos.

– Está dizendo que realmente quer se *exercitar* agora? Ainda não são nem oito horas da manhã – protestei.

– Acho que isso é melhor do que virar picolé no quarto – disse Amanda.

– Definitivamente. Por que não vamos até a cachoeira de Cat Cat, que fica a apenas três quilômetros daqui? Então poderíamos tomar um enorme café da manhã com panquecas, ovos e tudo que quiserem – disse Holly.

Embora eu ainda estivesse irritada, pensar em comida me animou o bastante para concordar.

– Está bem, desde que eu seja a primeira na fila do café – disse antes de nós três nos agasalharmos e sairmos.

N a manhã seguinte, logo após o raiar do dia, acordamos com com uma forte batida na porta. O pequeno fogo que havíamos conseguido acender antes de dormir havia muito se transformara em uma pilha de cinzas. Relutando em pôr meus pés com meias grossas de lã na minha câmara criogênica, atravessei tropegamente o quarto para ver quem estava batendo.
– Bom-dia! Olá! Vocês têm de tomar café da manhã agora. E depois encontrar o guia para a caminhada, OK? – disse o animado proprietário, que fizera nosso check-in no dia anterior.
– Ah, está bem. Obrigada. Uhh... *cam on* – balbuciei em vietnamita, mas ele já tinha ido para o quarto contíguo, de Holly.

Pusemos rapidamente em nossas mochilas pequenas os poucos itens que ainda não estavam em nossos corpos e subimos um longo lance de escadas de pedra para a sala de café do albergue. Embora um pouco do denso nevoeiro típico de Sapa tivesse se dissipado à luz do dia, um barulho ensurdecedor ecoou no céu cor de carvão e gotas de chuva começaram a formar poças no vão da escada ao ar livre. Sentando-nos no banco de madeira mais próximo do fogareiro de ferro redondo, Amanda, Holly e eu seguramos sonolentamente canecas de chocolate quente. Olhamos para fora das janelas panorâmicas, procurando em vão o vago contorno de Fan Si Pan, a montanha mais alta do país e o último principal pico da cordilheira do Himalaia.

– Vocês são Jennifer, Amanda e Holly? – perguntou uma voz alegre.

Nós nos viramos ao mesmo tempo e fomos cumprimentadas por uma jovem local de um metro e meio, mas com uma aparência vigorosa e traços faciais marcantes. Ela usava um vestido envelope tingido de preto, avental, polainas, pulseiras de prata, cachecóis coloridos e fitas amarradas ao redor do pescoço, da cintura e da parte superior das meias.

– Sou Tsu – disse ela. – Guiarei vocês na viagem.

Com um sotaque inglês quase perfeito, Tsu (pronunciava-se Su), se apresentou rapidamente. Trabalhava como guia havia quase três anos, tinha crescido em uma aldeia vizinha onde ainda vivia com sua família, tivera aulas de hospitalidade e turismo em uma escola da cidade e atualmente estava solteira – mas à procura de alguém –, e adorava filmes e música norte-americana. Como sugeriam seus trajes, Tsu era membro do subgrupo tribal hmong negro, o mais proeminente da região (também há o hmong branco, verde, vermelho e listrado). Uma das maiores minorias étnicas da nação, acredita-se que os hmong descendam do povo do sul da Índia que se estabeleceu nas regiões fronteiriças do Vietnã, do Laos e de Mianmar. Em impressionante contraste com os aldeões hmong que Amanda e eu tínhamos encontrado durante uma excursão no Laos, Tsu estivera perto de ocidentais durante a maior parte de sua vida, e com sua natureza calma e sagacidade era uma favorita entre os guias indicados pelo Kangaroo Café.

Depois de pôr alguns pedaços de omelete e pão em nossas bocas, fomos para as ruas agora encharcadas e nos juntamos a vários outros grupos prontos para começar a caminhada. Examinando nossas roupas, Tsu sugeriu que passássemos rapidamente pela loja de uma amiga sua para comprar capas de chuva, que acabaram sendo nossa salvação. Com nossas mochilas cheias por baixo de capas de plástico amarelo e apenas nossas cabeças aparecendo sob os capuzes, Amanda, Holly e eu parecíamos uma estranha linhagem de tartarugas mutantes pisando em poças e começando devagar a primeira das muitas subidas íngremes.

Não demorou muito para descobrirmos que o passo de tartaruga era realmente uma tática de sobrevivência necessária se não quiséssemos despencar pela beira do caminho. Depois de várias horas de chuva, as encostas estavam cobertas de grossas e escorregadias camadas de lama e a trilha se transformara em uma pista de obstáculos digna de um episódio de *Real World/Road Rules Challenge Gauntlet*.

Alguns movimentos bruscos de braços, balanços estranhos de quadris e tombos depois, Amanda, Holly e eu tínhamos inventado sem querer uma nova dança: Sapa Slide. Ao contrário de suas predecessoras cafonas, como Electric Slide, Macarena ou

Mambo Nº 5, a Sapa Slide, basicamente uma dança em que se escorrega, não exigia partituras imperfeitas, habilidades coreográficas e nem mesmo coordenação mãos/olhos. O sucesso era medido simplesmente pela sua capacidade de (a) fazer papel de idiota, (b) evitar morte súbita ou desmembramento e (c) manter o inevitável suor sob controle, particularmente considerando-se o grande número de jovens impressionáveis que tinham se juntado ao nosso grupo.

– Agora se lembrem, crianças, de que somos profissionais treinadas, por isso por favor não tentem fazer nossos movimentos em casa sem... super... visão de adultos – consegui dizer depois que a raiz em que me agarrava quebrou e escorreguei um metro trilha abaixo.

Apesar de nossos melhores esforços para popularizar nossos novos movimentos de dança, eles não pareciam empolgar os locais. Todos – de Tsu às hordas de crianças em idade escolar residentes e às avós enrugadas que haviam se juntado à nossa caravana – eram capazes de percorrer a trilha como supermodelos em um desfile de moda. Andando graciosamente para o final do caminho, eles se viravam para oferecer palavras e gestos de incentivo, ao mesmo tempo tentando educadamente reprimir seus risos de nossas tentativas espasmódicas. Enquanto prosseguiam facilmente, algumas das garotas mais velhas até mesmo teciam sem esforço pequenos brinquedos e intricadas coroas com grama recém-cortada e espinhos. Mas, apesar das óbvias discrepâncias no nível de habilidade, juntos formávamos o time perfeito: eles nos ajudavam a subir as encostas escorregadias e nós os mantínhamos entretidos.

Depois de cerca de uma hora, Holly, Amanda e eu finalmente pegamos o jeito da coisa e até mesmo conseguimos conversar com nossos amigos hmong e olhar para cima de vez em quando. Com a chuva finalmente diminuindo e as nuvens cinzentas se afastando para revelar um céu mais azul, as garotas e eu chegamos ao alto de uma subida particularmente escorregadia e examinamos o cenário que finalmente se tornou visível diante de nós. Terraços de arroz verticais se erguiam na direção do céu enquanto vastos campos de arroz cobriam os declives mais baixos das montanhas Hoang Lien. O cenário digno de um conto de fadas de Hans Christian Andersen se estendia infinitamente através das encostas onduladas. Senti muita saudade de um tempo em que minha bicicleta de selim alongado podia me fazer voar para qualquer lugar, almofadas de sofá serviam para construir castelos e gigantes vagavam livremente no quintal. Até mesmo em minha idade "adulta" atual, quase esperava ver criaturas estranhas da floresta surgirem da névoa ou um dos muitos porcos tomando um banho de lama vespertino se sentar e começar a falar conosco.

Não sei se era devido a uma crise temporária de meio de viagem, mas nas últimas semanas eu andava exausta – e um pouco cansada da vida de mochileira e das incessantes demandas de aventuras "que só se tem uma vez na vida". Mas naquele momento fiquei alegremente surpresa de me sentir revigorada e de novo interessada. Apesar do cansaço da estrada, essa caminhada era realmente uma experiência notável da qual sem dúvida sentiria saudade quando voltasse para casa. Mas, embora isso possa parecer intuitivo, tive de lembrar a mim mesma de saborear esses momentos sempre fugazes. Fazendo um esforço consciente para desfrutar do ambiente que despertava minhas fantasias, eu (por essa vez) mantive um relativo silêncio durante todo o tempo de nossa jornada.

Algumas horas depois, o caminho se tornou nivelado e Tsu nos conduziu a uma pequena casa de fazenda onde passaríamos a noite. Claramente acostumada a hospedar ocidentais diariamente, a família anfitriã ficou imperturbável quando empilhamos na entrada nossas botas cobertas de lama e gotas de água de nossas capas formaram poças no chão de terra. Várias ferramentas de jardinagem, cestas de plantas e vegetais, enormes sacos de estopa cheios de arroz, milho e grãos se estendiam por todo o perímetro da sala principal. Apoiada nos caibros acima havia uma grande plataforma acessível por uma escada. Perto da parede dos fundos, cinco crianças pequenas e uma mulher idosa se aconchegavam em um sofá puído, seus olhos grudados em um incongruente aparelho de TV por satélite. Convidando-nos a entrar, a mãe nos levou a um abrigo adjacente onde o pai e possivelmente um tio ou avô conversavam em um canto enquanto picavam e preparavam alimentos.

Depois de nos instalarmos em bancos de três pernas ao redor de um pequeno forno escavado no chão de terra, Tsu nos apresentou a Hai, um jovem guia, e seus dois contratantes, um casal australiano, Karen e David, que estavam em uma lua de mel prolongada. Admito que minha lua de mel ideal não incluía nenhum tipo de animal de quintal, mas invejei sua capacidade de tirar um mês inteiro de folga do trabalho e me surpreendi com seu conhecimento da cultura local e dos princípios do turismo responsável.

Desde que Amanda, Holly e eu tínhamos chegado ao Peru e encontrado centenas de crianças pequenas vendendo chicletes e cigarros, enfrentávamos questões de responsabilidade social por parte dos turistas. Embora fosse um pouco desconcertante ver meus dólares produzirem futuras gerações MTV entre crianças da antiga tribo hmong, segundo David e Karen a alternativa frequentemente era muito pior. Na ausência da renda de hospedagem de turistas, muitos povos minoritários só contavam com o milho e o arroz que plantavam para se alimentarem. E, como o plantio do arroz exigia muito trabalho e só produzia uma colheita anual, os habitantes de muitas comunidades eram subnutridos. Tsu concordou, mas também salientou que muitas crianças estavam abandonando totalmente a escola para vender quinquilharias nas trilhas.

– Felizmente algumas empresas de turismo criam programas educativos para resolver esse problema. E de fato é muito melhor que pessoas como vocês venham a aldeias como esta – acrescentou ela.

Apoiar organizações que ajudavam a comunidade local e oferecer voluntariamente nosso tempo e dinheiro certamente era um início, mas não mudava o fato de que no final das contas, teríamos de voltar à nossa vida confortável de classe média, com suas infinitas oportunidades, enquanto a maior parte da população mundial não tinha alimentos, roupas ou proteção suficientes.

Vi um dos garotos se levantar do sofá e atravessar o chão de terra para mudar o canal de televisão.

Observando-o, lembrei-me de um garotinho particularmente doce na aldeia hmong que Amanda e eu tínhamos visitado no Laos. Ele usava camisa de manga comprida e colete, mas nenhuma roupa na parte de baixo. Nosso guia tinha explicado que isso era porque não havia opções viáveis de fraldas, então era mais fácil para os pais deixarem as crianças seminuas para poderem usar o banheiro sem precisar serem limpas depois.

A princípio eu tinha ficado arrasada e um pouco revoltada com a ideia, mas na verdade parecia que a solução dos pais era a mais prática. Após passar a tarde brincando com as crianças, notei que todas riam e pulavam como se não tivessem nenhuma preocupação. Brincavam alegremente com varetas e bolas de borracha, e em vez de subirem em cavalos de pau montavam em perus vivos, erguendo-os e esticando seus pescoços como se fossem feitos de massa de modelar sem que as aves dessem um único gorgolejo em protesto. E, embora seus pais e avós tivessem dificuldade em alimentá-los, não havia falta de amor ou abraços. É claro que meu primeiro instinto tinha sido voltar imediatamente para a cidade e organizar um movimento para arrecadar alimentos e roupas. Mas a experiência me fez questionar se nossos ideais ocidentais realmente eram superiores aos valores que eles já tinham aprendido.

Na verdade, viajar para nações em desenvolvimento com frequência levantava questões como aquela em minha mente, especialmente em lugares como Sapa, onde os turistas passavam algumas noites e raramente ficavam tempo o suficiente para ver os frutos, ou possíveis danos, de suas viagens. Mas, ao observar nossos anfitriões comendo no jantar as mesmas grandes porções de batata frita, carne fatiada com gengibre e vegetais que nós –, em vez de uma pequena quantidade de arroz ou milho – pareceu que nossa presença tinha um efeito mais positivo do que negativo.

Depois que os residentes se retiraram para seus próprios aposentos em uma parte diferente da casa de fazenda, Amanda, Holly e eu ficamos ao redor do fogo com David, Karen, Tsu e Hai. A consumada antropóloga cultural Holly os encheu de perguntas sobre suas tradições, onde tinham sido criados, como começaram a trabalhar como guias turísticos, suas famílias e seus critérios para o casamento.

– Nós podemos namorar quem quisermos e escolher nossos futuros maridos ou esposas. Geralmente conhecemos pessoas no mercado e depois saímos para fazer uma refeição. Mas eu costumo ficar apenas com minhas amigas porque não há homens muito bons em minha aldeia – disse Tsu.

– Tsu, nós entendemos muito bem isso – respondeu Amanda.

– Também não há muitos homens bons em nossa aldeia.

– É por isso que Hai e eu adoramos fazer excursões, porque assim conhecemos muitas pessoas. E agora teremos uma sobremesa especial – acrescentou Tsu, tirando uma garrafa de sua bolsa. Descrevendo aquilo como vinho de arroz feito em casa, ela e Hai nos serviram doses e nos instruíram a tomá-las de um único gole. Com uma parte de líquido mais suave e duas partes de puro álcool, ou pelo menos o que pareceu ser para nossas gargantas e estômagos, essa bebida local popular acabou com qualquer frio restante em nossos ossos e provavelmente produzia efeitos indesejáveis.

– Vamos, vocês têm de beber mais – incentivou Hai, enchendo nossos copos. Meu Deus, eu iria morrer bem ali, não é?

Felizmente, após aceitarmos educadamente várias doses dessa bebida aparentemente letal, todo o grupo ainda estava vivo e rindo muito. E quanto mais conversávamos com Tsu, mais ela nos lembrava nossas amigas em casa. Com seu humor afiado e sua notável capacidade de beber rápido, ela poderia se encaixar facilmente na vida de Nova York. Na verdade, suas características faciais e seus maneirismos eram praticamente idênticos aos de minha produtora favorita dos meus tempos de televisão.

Não era a primeira vez que eu fazia esse tipo de reconhecimento comparativo na estrada. Mas nunca havia deixado de me surpreender com o fato de que, não importava o quanto estivéssemos longe de casa ou fosse isolado o canto do planeta que explorávamos, as pessoas eram inerentemente as mesmas.

Depois de um excelente café da manhã caseiro de panquecas de grande altitude que, embora mais achatadas do que suas equivalentes do nível do mar, eram igualmente saborosas, começamos cedo o que Tsu nos avisou que seria uma caminhada pesada de cinco horas. Sem problemas. O tempo estava limpo e de qualquer modo já estávamos dançando bem melhor a Sapa Slide. Infelizmente, não tínhamos como prever o desafio à nossa frente.

A tempestade do dia anterior havia danificado seriamente as trilhas, que agora estavam um total desastre. Galhos de árvores quebrados, pedras escorregadias e até mesmo camadas mais grossas de lama se estendiam por quilômetros. Até mesmo as pessoas do lugar desciam a passos de bebê alguns dos declives mais traiçoeiros, muitas realizando a Sapa Slide ao tentarem carregar cestas de gravetos às costas. Justamente quando pensei que o pior tinha ficado para trás – ou melhor, grudado em nossas nádegas –, chegamos a um grande arrozal. Andando na fina faixa de relva que era o único caminho para atravessá-la, Tsu fez um gesto para que a seguíssemos. Empoleiradas precariamente na saliência folhosa, Holly, Amanda e eu só tínhamos 15 centímetros de espaço para pisar sem nos tornarmos "parte" da plantação de arroz inundada lá embaixo. Em um delicado ato de equilíbrio digno de artistas circenses, atravessamos devagar a ponte improvisada, oferecendo mãos salvadoras umas às outras nos momentos de quase desastre. Em um determinado ponto Amanda e eu escorregamos na direção uma da outra, o que quase enviou a câmera dela para uma morte por afogamento. Com os olhos fixos em nossos pés encharcados durante todo o difícil percurso de cem metros para a segurança, conseguimos chegar ao caminho que continuava do outro lado.

Daquele ponto em diante, finalmente tivemos a autêntica experiência de caminhada pela qual ansiávamos. A trilha agora circundava uma série de colinas íngremes, mas felizmente secas, entre florestas exuberantes repletas de bambus e formações rochosas irregulares. Apesar de nosso difícil começo, terminamos a caminhada quase uma hora antes do programado. Junto com dúzias de outros caminhantes, nosso grupo se sentou em uma das várias mesinhas de plástico instaladas no meio de um campo, para jantar enormes tigelas de sopa de macarrão e chá quente. Como Tsu e Hai continuariam a pé para outra aldeia, tivemos de cumprir todo o nosso cerimonial de abraços e gorjetas antes de nossa van chegar.

– Está bem, garotas maluquinhas. Aproveitem sua noite em Sapa e visitem o mercado amanhã. Talvez gostem mais dos homens de lá do que eu – disse Tsu piscando um olho antes de se juntar a outro grupo que desceria a colina. Uma rápida parada no "arbusto feminino" e estávamos prontas para enfrentar a viagem sacolejante de duas horas de volta para a cidade. Infelizmente, ainda não estávamos preparadas para as acomodações árticas que sabíamos estar nos esperando em Sapa.

Incapazes de aguentar outra noite de temperatura abaixo de zero em nosso albergue, tomamos a decisão coletiva de ir embora. Perdemos os poucos dongs vietnamitas gastos em nosso quarto e nos mudamos para um dos outros albergues baratos no quarteirão que forneciam aos hóspedes espaços mais quentes. Já tínhamos provado que podíamos suportar os rigores da trilha. Além disso, Holly e Amanda perceberam sabiamente que era do interesse delas tomar todas as precauções necessárias contra o surgimento de Jen, a Estranha.

Na manhã seguinte, depois de acordarmos em um quarto quente e aconchegante, nós três praticamente saltitamos pelas ruas de paralelepípedos, bem descansadas e motivadas a fazer o máximo possível antes do anoitecer. Entrando no centro da cidade, deparamos com um animado mercado que se estendia pela rua em declive. Força vital do comércio do lugar, o mercado estava lotado de hmongs que vendiam tudo, de roupas tradicionais e artesanato a animais e cestas cheias de ameixas e repolhos.

Depois de visitar várias barracas de artesanato e fazer algumas compras indispensáveis de bijuterias, subimos a estrada Thac Bac para encontrar a Baguette & Chocolat, um palacete em estilo francês dublê de hotel-butique e cafeteria com fama de ter a melhor padaria da cidade. Sentadas em um sofá de couro branco com almofadas felpudas enfileiradas, passamos mais de vinte minutos lendo cuidadosamente o grande cardápio antes de fazer um simples pedido de panini tostado, saladas gourmet, suflê de chocolate e framboesa para dividirmos e chocolate quente caseiro.

– Vocês já beberam isso antes? – perguntou um jovem francês de aparência exótica com surpreendentes cabelos pretos cacheados sentado sozinho em uma mesa perto da nossa. – É absolutamente fantástico. Meu favorito em toda Sapa – acrescentou, com um sotaque que confirmava sua nacionalidade.

Aparentemente saído da tela de um filme de arte, Emanuel era um personagem fascinante que logo se tornou a quarta companhia em nosso jantar. Logo depois de ter se formado, dois anos antes, ele tinha aceitado um cargo de curador júnior em uma galeria impressionista em Hanói, onde atualmente dividia uma casa com cinco outros expatriados. Estava em um breve feriado em Sapa para visitar alguns amigos e voltaria para Hanói naquela noite no mesmo trem que nós. Como nossa van nos pegaria no albergue dali a uma hora, oferecemos-lhe uma carona até a estação. Enquanto ele corria para pegar sua bagagem no hotel, pagamos a conta. Ficamos sabendo que a Baguette & Chocolat foi fundada como uma escola vocacional para treinar jovens em situação desvantajosa e minorias tribais das montanhas em serviços de hotel e restaurante. Por isso, como sempre havíamos feito no passado, Holly, Amanda e eu deixamos algumas notas extras na mesa antes de sairmos.

Embora no início eu não tivesse me entusiasmado com Sapa, quando atravessamos a praça, agora banhada pela luz de lampiões a gás, não pude evitar sentir certo carinho por essa cidade montanhosa gelada. Certamente ela não tinha sido a fuga esplêndida que eu esperara que fosse, mas temporariamente havia tirado Amanda, Holly e eu do leve desânimo que nos acometera em nossos primeiros dias em Hanói. E, embora ainda não tivéssemos conseguido descansar nossos ossos errantes, havia um alívio à vista. Dali a menos de duas semanas, nós três voltaríamos para Bangcoc e depois nos separaríamos por um breve tempo – Amanda e Holly voariam para férias em Mianmar com a família de Amanda, e eu atravessaria o Atlântico para visitar meus pais na nova casa deles na Flórida. Aquela era uma pausa muito necessária que eu sabia que seria boa para nós, mas até lá Amanda, Holly e eu calçaríamos nossas botas enlameadas, içaríamos nossas mochilas e continuaríamos nossa caminhada.

CAPÍTULO VINTE E CINCO

Amanda

HANÓI, VIETNÃ
JANEIRO

O calçamento sob nossos pés estava escorregadio devido à chuva quando desembarcamos do trem em Hanói, o céu tão negro que obscurecia as estrelas. Às quatro da manhã, a única luz provinha de uma longa fileira de lâmpadas entre os trilhos. Seu brilho âmbar gasoso incidia em nós refletido através dos longos e lisos painéis do trem e das poças abaixo, transformando o mundo em uma assustadora câmara escura para revelação de negativos.

– Senhoritas, foi um prazer conhecê-las. Vamos permanecer em contato, não é? – perguntou Emanuel, beijando os dois lados de nossos rostos antes de sair apressadamente em busca de sua motocicleta.

Fora da estação, um grupo de homens fumava envolto em uma névoa azul leitosa. Quando nos viram, jogaram foras seus cigarros e se puseram em ação. Cercaram-nos gritando preços, segurando nossas mochilas e tentando nos levar na direção de veículos escondidos em ruas escuras. Emanuel tinha nos dito para encontrar um motorista que usasse taxímetro ("Caso contrário eles roubarão vocês – não paguem mais de 35 mil dongs por uma corrida para casa, OK?"), mas a maioria se recusava a usar. Outros pareciam ofendidos por ousarmos mencionar essa palavra.

Quando estávamos prestes a desistir, um motorista saiu das sombras e concordou em usar seu taxímetro. Cedendo ao cansaço, nem mesmo consultamos umas às outras antes de aceitar e seguimos o homem de camisa social bege desbotada até um beco. Ele pôs minha mochila dentro do porta-malas, o fechou com força e depois pulou para o banco do motorista. Nós três nos acomodamos no banco de trás justamente quando ele ligou o carro.

– Taxímetro, certo? – confirmei, e ele resmungou em resposta, batendo na pequena caixa preta sobre o painel. Observei atônita os dígitos vermelhos brilhantes começarem a subir rapidamente... ao que parecia a cada meio segundo ou 1/100 quilômetro percorrido... para 20 mil dongs, 32 mil dongs, 45 mil dongs. Os números aumentavam de um modo que me pareceu absurdo. Que preço deveríamos pagar? Em meu torpor, aquilo não fazia sentido, mas Jen, possivelmente em suas horas de maior lucidez antes do amanhecer, imediatamente somou dois mais dois.

O taxímetro havia sido adulterado. Tinham nos dito que motoristas de táxi inescrupulosos frequentemente os regulavam para registrar preços cinco, dez e até mesmo trinta vezes maiores do que os normais, mas ainda assim caímos no golpe.

– Estamos vendo que seu taxímetro está errado – disse Jen sem rodeios. – O senhor pode nos levar para nossa pousada pelo preço justo de 40 mil dongs ou nos deixar sair.

O homem não disse uma só palavra. Em vez disso, pisou no acelerador fazendo o veículo disparar pelas ruas de mão única nevoentas.

– Desculpe-me, senhor, gostaríamos que parasse o carro – continuou Jen, tornando sua voz mais enérgica. – Pare o carro e nos deixe sair.

Ele a ignorou e eu repeti o pedido de Jen. Nenhuma resposta. Olhei para fora, tentando descobrir exatamente onde estávamos. Em cerca de duas horas autorriquixás, motocicletas, táxis-triciclos, carros, ônibus, caminhões, vendedores e pedestres ocupariam cada centímetro daquele calçamento, mas agora as ruas estavam totalmente desertas. Os prédios densamente enfileirados estavam com as janelas fechadas e trancados, com portões cobrindo entradas como dentes de aço.

Jen repetiu seu pedido várias vezes, sua voz se tornando mais alta enquanto o taxista ganhava velocidade. À minha esquerda, uma agora lúcida Holly agarrava a porta, pronta para pular no segundo em que o táxi desacelerasse o suficiente para lhe permitir rolar para o meio-fio.

– Ouça, sei que o senhor pode me ouvir! – gritou Jen. – Mesmo se não entende minhas palavras, entende meu tom! Pare este carro *imediatamente*!

Ela estava gritando, e finalmente o motorista pareceu entender a mensagem. Mas, quando ele pisou no freio perto do lago central Hoan Kiem, a corrida já havia passado de 100 mil dongs.

Quando Jen pegou 40 mil dongs em seu cinto de dinheiro, determinada a não pagar mais, ocorreu-me que tínhamos um problema. Todos os meus documentos e objetos de valor ainda estavam no porta-malas, em minha mochila. No segundo em que Jen pôs o dinheiro na palma da mão do homem, ele explodiu.

– Não, *não*! Eu disse 100 mil dongs! Cem mil! *Quero o meu dinheiro!* – Ele se virou totalmente em seu banco, nos dando uma visão melhor dos globos de carvão em brasa onde deveriam estar seus olhos. Aquela não era uma situação comum de regatear preço. Jen, que já havia visto filmes policiais na TV suficientes em sua vida para merecer um distintivo de espectadora honorária, mais tarde comparou o comportamento dele com o de um viciado em heroína louco por uma dose: a única coisa no caminho de sua satisfação próxima era nosso dinheiro. Holly se recuperou rapidamente e abriu sua porta, pronta para sair correndo para um lugar seguro.

– Espere, não posso deixar minhas coisas aqui! – implorei, soando como uma daquelas garotas idiotas em filmes de terror que merecem ser mortas logo após os créditos de abertura. Eu poderia abandonar tudo em minha mochila... dinheiro, câmera, cartões de crédito, cheques de viagem, passagens de avião restantes, até mesmo o maldito laptop, mas não o visto de que precisava para entrar em Mianmar.

Obter permissão para entrar na nação notoriamente fechada e governada por militares tinha exigido esforços extraordinários, para não mencionar algumas mentiras brancas sobre minha formação em jornalismo. Eu não havia conseguido substituir a tempo a etiqueta atualmente fixada em meu passaporte. Minha família, que tinha passado por suas próprias dificuldades nos Estados Unidos para obter seu visto de entrada, daria meia-volta ao mundo para se encontrar com Holly e comigo lá dali a duas semanas.

Jen eu insistimos em que o motorista tirasse minhas coisas do porta-malas, enquanto Holly continuava com metade do corpo para fora do carro, mas o homem estava determinado a reter a bagagem até lhe entregarmos o resto do dinheiro. Não sei ao certo por que simplesmente não jogamos os 60 mil dongs restantes (cerca de 3,50 dólares) no banco, pegamos minhas coisas e corremos, mas naquele momento ceder às exigências de um lunático não pareceu uma opção.

Pensando como uma ocidental, sugeri procurarmos um policial para intervir. Foi então que o motorista passou de uma reação balística para uma totalmente nuclear. Sem dizer uma só palavra, ele se virou em seu banco, pisou com força no acelerador e partiu conosco sob um manto de escuridão nevoenta.

– Ah, meu Deus, *temos* de sair! – gritou Holly. – Este homem pode estar nos levando a qualquer lugar! Definitivamente *não* estamos seguras aqui!

Seu pânico contagiou todas nós. O homem, totalmente em silêncio, disparou por uma rua transversal preta como piche que bem poderia ser uma janela para o inferno. Embora um homem só talvez não conseguisse machucar nós três, poderia facilmente estar nos levando para um lugar onde outras pessoas conseguissem. Poderia pedir reforço por rádio, nos arrastar sob a sombra restante da noite e praticar uma vingança terrível de nossa tentativa de não lhe entregar seu dinheiro. Holly se inclinou para fora da porta aberta; eu a puxei de volta antes de ela pular do carro em movimento.

– Senhor! Está nos assustando. Queremos que pare este carro agora! – disse Jen. – Se não parar, vou abrir esta janela e gritar por ajuda o mais alto que puder!

O motorista a ignorou e não se desviou de seu caminho original.

– SOCOOOOOORROOOOO! SOCOOOOOORRO! – Jen usou uma força atômica nos pulmões que eu não sabia que ela possuía para avisar todo homem, toda mulher e toda criança em um raio de trinta quilômetros de nossa situação. O motorista pisou no freio. Virou-se rapidamente para trás e tentou atingir Jen com seu punho, o que só a fez gritar mais alto. Ele saiu em um rompante do banco dianteiro, abriu a porta de trás e puxou Jen para fora. Ela ficou em pé ali, com os pés plantados no chão, surpreendendo a Holly e a mim com sua força e determinação.

– Abra o porta-malas agora. *Agora.* Deixe a gente tirar nossas coisas e lhe daremos o resto do dinheiro – disse raivosamente, agarrando e erguendo um punhado de notas.

A confirmação visual do dinheiro abriu uma brecha na insanidade do motorista. – Vão me dar o dinheiro?

Jen assentiu com a cabeça e ele deu a volta e abriu o porta-malas. Peguei a pesada mochila e, sem pensar, me virei para subir a rua. O motorista ficou com medo de que eu tentasse correr ou apenas louco por seu dinheiro. Partiu para cima de Holly, que estava mais perto, e levantou um pé na direção do estômago dela.

Jen e eu reagimos prontamente. Sem nenhum plano claro em mente além de defender Holly, corremos para o motorista. Vendo duas mulheres furiosas se aproximando, ele recuou. Depois pensou melhor e cobrou de novo, atirando uma enorme bola de catarro no rosto de Jen.

Foi a vez de Holly perder a paciência. Meteu-se entre Jen e o motorista para protegê-la. Ele recuou e depois se preparou para cuspir em nós de novo. Finalmente, o motorista esquizofrenicamente instável voltou para o carro e deslizou para trás do volante.

Não esperamos para ver o que aconteceu depois. Jen e eu agarramos Holly, jogamos algumas notas sobre nossos ombros e corremos desabaladamente na direção do lago.

Nosso confronto com o taxista nos abalou, para dizer o mínimo. Holly, que achava que deveríamos ter deixado a cena muito antes, se tornou distraída e fechada em si mesma. Jen, que acreditava que em nenhum momento havíamos corrido um perigo real, não se arrependia de termos nos mantidos firmes e recuperado minhas coisas. E eu, grata por minhas duas amigas terem ficado do meu lado na crise, me sentia terrivelmente culpada por ter comprometido a segurança delas. Revi repetidamente a cena em minha mente, questionando se poderia ter agido de um modo diferente. Finalmente, Jen me disse para parar de me censurar. Tínhamos recuperado minhas coisas e estávamos seguras, por isso poderíamos deixar aquilo tudo para trás. E, depois que nos reinstalamos no Hotel Quanghiep e tivemos algumas horas intermitentes de sono, foi exatamente isso que tentamos fazer.

Segundo a planilha de horário cuidadosamente elaborada por Jen no Excel, tínhamos quase duas semanas para explorar Hanói, o maior tempo que já dedicáramos a uma cidade grande desde que começamos a viajar. Embora cidades menores e áreas rurais me agradassem mais do que metrópoles densamente populosas (há uma monotonia nas grandes cidades, esteja você falando de Hong Kong, Nairóbi ou Nova York), fiquei fascinada com Hanói, um lugar que durante sua história milenar foi o centro do antigo reino Viet, a joia da coroa da Indochina Francesa, incubador do socialismo, quartel-general do comunismo e, mais recentemente, a capital cultural e política da República Socialista do Vietnã.

Como muitas cidades asiáticas, enfrenta grandes dificuldades de transição. Antes de receber seu nome atual não muito criativo de Hà Nôi (que significa "entre os rios"), a cidade se chamava Thang Long, que significa "dragão ascendente" ou "ascender e florescer", dependendo de onde você puser o acento. Seja como for, o nome parece adequado. A Hanói dos tempos modernos ressurgiu de seu passado de terceiro mundo empobrecido e devastado pela guerra como uma das cidades mais cosmopolitas e em ascensão do continente.

Também é uma das mais jovens. Graças ao rápido aumento no índice de natalidade depois do fim da Guerra do Vietnã (chamada por aquelas bandas de "Guerra Americana"), quase metade da população tem menos de trinta anos e um quarto menos de 15 – uma mudança demográfica que percebemos assim que saímos do Quanghiep, um pouco mais tarde, para dar uma caminhada pelo bairro antigo.

Adolescentes com cabelos espetados modernos estavam por toda parte – passavam ruidosamente em motocicletas cromadas brilhantes, conversavam animadamente em telefones celulares microscópicos e se espremiam em cibercafés para jogar on-line jogos de dança e futebol. Até mesmo dançavam break na praça Lenin na versão enxuta politicamente correta de hip-hop da nação. Os jovens nem se davam conta da presença imponente do velho Vladimir enquanto faziam movimentos sinuosos que desafiavam a gravidade aos pés da estátua de bronze de seis metros de altura.

Enquanto Jen e eu observávamos os dançarinos, Holly conversava com Allen, um professor universitário em uma viagem de campo com alguns estudantes de comunicação de Maryland. Ele explicou que a estátua, junto com centenas de outros monumentos construídos pelos russos na última metade do século XX, basicamente havia se tornado uma relíquia do passado político do Vietnã.

Embora o país tecnicamente respalde sua ideologia no comunismo, nas últimas duas décadas concedeu aos seus cidadãos cada vez mais liberdade econômica e pessoal. Nos meados dos anos 80, o governo instituiu uma série de reformas conhecidas como Dôi Mói (renovação), que basicamente permitiram às pessoas ter seus próprios negócios de livre mercado e o comércio internacional. Isso não só ajudou a nação a melhorar as relações com o Ocidente capitalista como, em última análise, transformou sua economia em uma das que crescem mais rápido na Ásia, atrás apenas da China. O capitalismo e o turismo se expandiram quase na mesma proporção, com o número de turistas de outros países quadriplicando na última década.

Quando Holly, Jen e eu perambulamos pelo labirinto de ruas ao norte do lago, vimos como o empreendedorismo tinha deixado de ser malvisto e se tornado o nome do jogo. Novas empresas – albergues, pousadas, boates, bares, restaurantes, galerias de arte, lojas de roupas, lojas de suvenires, operadoras de turismo e agências de viagens – foram abertas para atender ao fluxo de turistas, e tivemos a clara sensação de que todos queriam uma fatia do bolo. E por que não? Como explicara Tsu em Sapa, atender aos turistas frequentemente é mais lucrativo do que, digamos, cultivar arroz ou tingir tecidos. Do ponto de vista financeiro, faz sentido para os jovens trocar as atividades realizadas por suas famílias há gerações por outras com um lucro cinquenta vezes maior. E esse é o paradoxo do turismo: quanto maior a popularidade de um destino, menos autêntico ele se torna.

Em poucos lugares a proliferação do turismo ocorreu mais rápido do que no bairro antigo de Hanói, um labirinto de 36 vielas e passagens situado logo acima de Hoan Kiem, ou lago da Espada Devolvida.

Embora o bairro antigo só tenha um quilômetro quadrado, há humanidade mais do que suficiente nele para fascinar um observador durante meses, se não anos. Restavam-nos menos de duas semanas para explorar Hanói. Por isso, todas as manhãs, depois de nos lavarmos e vestirmos nosso único mal combinado conjunto de roupas de inverno, saíamos do tumulto familiar de nossa pousada para o pandemônio do lado de fora da porta. Buzinas tocando, campainhas de bicicleta, gritos em altos decibéis e o sempre presente fluxo intenso de trânsito forneciam a trilha sonora ao atravessarmos as muitas passagens entre nosso alojamento e o lago.

Séculos atrás, essa área – um ponto de comércio estrategicamente localizado entre a Cidadela Real a oeste e o rio Vermelho a leste – funcionava como o coração econômico e a alma da cidade. Hábeis artesãos e comerciantes trabalhavam juntos em ruas específicas que acabaram recebendo os nomes dos produtos ali vendidos – os compradores sabiam o que encontrariam nas ruas Batata-Doce, Sombra de Bambu ou Peixe com Picles. Eles viviam com suas famílias em prédios ultrafinos conhecidos como casas-tubo. Como os habitantes pagavam impostos sobre a largura de suas propriedades, muitas casas e lojas eram construídas com apenas 2,75 a 3 metros de largura, mas chegavam a ter cinco andares e 45 metros de altura.

Naqueles tempos as ruas eram mercados frenéticos onde os vendedores apregoavam seus produtos em gritos ensurdecedores, fechavam negócios com rapidez para vencer concorrentes vizinhos e substituíam apressadamente mercadorias expostas assim que eram vendidas. Hoje, além da ameaça de ser atingido por uma lambreta desgovernada ou perder a audição devido ao buzinar incessante, a única coisa que realmente havia mudado era a variedade de produtos oferecidos.

Em vez de encontrar ataúdes, carvão, molho de peixe e frangos nas ruas que levavam seus nomes, Jen, Holly e eu encontramos bolsas de mão falsificadas, escarpins elaborados, DVDs piratas, brinquedos de plástico baratos, caixas de balas com sabor de frutas, latas de chocolate, leques e lanternas de papel, pipas, bonés de beisebol e pilhas de roupas esportivas produzidas em massa provavelmente na China.

O comércio congestionava todas as passagens. Carrinhos de mão, bancas e mesas cheias de mercadorias ocupavam espaço ao longo das artérias principais. Barbeiros ofereciam serviços de corte de cabelo (completos, com cadeiras, espelhos e toalhas) bem na calçada. Trabalhadores rurais com chapéus cônicos passavam por entre a multidão equilibrando nos ombros mastros finos de madeira. Ao longo do caminho, tentavam tirar sua produção – banana, vagem, tomate, abacaxi e uva – das cestas de bambu suspensas nas extremidades dos mastros. E, como aprendi do modo difícil, se você quisesse tirar uma foto deles, tinha de pôr o chapéu, segurar o mastro e lhes comprar alguns pedaços de fruta.

O pouco espaço na calçada não ocupado por bicicletas estacionadas, motos e cestas era usado por bares improvisados. Cadeiras de plástico infantis e bancos em miniatura não maiores do que uma nádega se situavam ao redor de mesas igualmente minúsculas sob oleados azuis brilhantes. Perto, homens passavam pasta de peixe sobre tiras de carne frita e picavam vegetais dentro de woks; mulheres se agachavam sobre panelas do tamanho de calotas de automóveis cheias de arroz grudado e cuidavam de enormes caldeirões de sopa *pho bo* em fogões a lenha ao ar livre. Enquanto a comida era preparada, uma densa fumaça com aroma de canela, cardamomo e alho subia em círculos pelo ar, seduzindo a todos. Desde quando chegamos, eu tinha ficado quase maníaca por tomar sopa sempre que possível. Até mesmo havia pensado em tomá-la no café da manhã, um procedimento operacional padrão para os vietnamitas.

Não existiam sinais de trânsito, o que tornava a travessia das maiores ruas ao redor de Hoan Kiem um desejo diário de morrer – a espera de uma pausa no trânsito poderia ser eterna. O único modo de atravessar com segurança era ir do meio-fio diretamente para um rio caudaloso de aço cromado e encarar motoristas de capacete que então se afastavam de nossos corpos como se fôssemos Moisés e eles fossem o mar Vermelho. Sempre que conseguíamos atravessar sem sermos atingidas ou arrastadas pelas rodas dos veículos enlouquecidos, parecia que tínhamos experimentado um milagre.

Depois de nossa corrida com o motorista de táxi louco por heroína (cuja reputação assumira proporções quase míticas no relato dos acontecimentos), nós três estávamos motivadas a criar uma conexão mais positiva com Hanói. Em todos os nossos meses de viagem, ainda não tínhamos ido a nenhum lugar de que não gostássemos – ou pelo menos com que não conseguíssemos lidar –, mas, quanto mais tentávamos entrar no lado bom de Hanói, mais éramos rejeitadas.

Ainda mal equipadas para as temperaturas congelantes, aventuramo-nos no bairro que vendia roupas com descontos para comprar ainda mais casacos, suéteres, luvas, cachecóis e calças. No início, tínhamos nos divertido escolhendo entre as pilhas de roupas uma combinação ridícula de cores, padrões e texturas, mas fui apanhada desprevenida quando as mulheres que trabalhavam em uma banca não me deixaram experimentar um par de calças, dizendo que meu 1,64 metro e 57 quilos eram grandes demais para caber nelas. Considerando que uma boa porcentagem das mulheres ao meu redor mal tinha um metro e meio e pesava quarenta quilos com suas botas calçadas, podia entender que elas temessem que eu esticasse, rasgasse ou danificasse de algum modo a mercadoria. Mas quando finalmente encontrei calças de ginástica tamanho XXL de lycra *stretchy* capaz de entrar em um elefante tremendo de frio, uma das mulheres as tirou de mim, gritando algumas frases em vietnamita enquanto outra estendia as mãos diante dos meus quadris na linguagem internacional para "traseiro gordo". Holly tentou me garantir que ser chamada de gorda era um cumprimento no Vietnã ("Embora isso não seja nem de longe verdade! Você está maravilhosa!"), mas minha obesidade era claramente uma afronta para elas.

A estranheza não parou com a compra de roupas. Vendedores com carrinhos de madeira e bancas ao longo da rua Ngoc Quyen atendiam rapidamente clientes locais, mas com frequência me ignoravam quando eu tentava fazer um pedido. Um homem concordou friamente em me vender duas laranjas com um aspecto horrível por várias vezes o preço local, mas quando lhe propus um número mais razoável ele me expulsou de seu carrinho. Barganhar e negociar, uma parte integrante dos mercados públicos em todo o mundo, não parecia ser universalmente aceito ali. Sabíamos que não era incomum vendedores cobrarem um preço de habitantes locais e outro de turistas, mas ali a discrepância quase parecia uma forma de punição, uma retribuição à ofensa geral representada por nossas peles brancas, nossos quadris largos e narizes grandes.

Enquanto alguns vendedores não queriam nos atender, outros estavam firmes em sua determinação de nos vender alguma coisa, não importava o quão educada e repetidamente a recusássemos. Todas as tardes, quando caminhávamos ao redor do lago, homens com olhos de laser apregoando fotocópias ilegais de guias para turistas e livros brochados atravessavam nosso caminho, usando suas cópias de *Lonely Planet: Vietnam, The Killing Fields* e *A Short History of Nearly Everything* para barrar nossos movimentos.

Em certo momento, frustrada por não conseguir andar cem metros sem ser abordada, Jen decidiu que não se desviaria do seu caminho, não importava o que acontecesse. Por alguns segundos, ela e um dos homens que vendia guias para turistas ficaram de frente um para o outro em uma parte da calçada. Ele a pressionou, dizendo-lhe freneticamente os nomes dos livros em uma longa e ininterrupta sequência de palavras; ela continuou olhando para frente, não mais interessada em comprá-los agora do que estava em suas primeiras três voltas ao redor do lago. No último segundo, quando eles estavam a centímetros de colidir e lançar milhares de páginas mal fotocopiadas diretamente na água, o vendedor se afastou para a esquerda e proferiu alguns "dane-se" na direção de Jen. Foi como se ela tivesse cometido a pior das ofensas apenas tratando da própria vida. Para minha surpresa, na vez seguinte em que demos a volta ao lago o mesmo vendedor tentou novamente se aproximar de nosso grupo. Nós saímos do caminho e demos a tarde por encerrada antes que terminasse em briga.

Em todos os casos, nós três nos perguntamos se poderíamos estar imaginando coisas – o sentimento subjacente de hostilidade, a sensação estranha de que certos ocidentais eram tolerados desde que estivessem dispostos a entregar seus dólares em todas as oportunidades possíveis – ou, pior ainda, se estávamos fazendo algo para atrair incompreensão e má sorte. Tínhamos viajado em um ritmo vertiginoso nos últimos meses, nos espremido em quartos minúsculos em cima umas das outras e ficado nervosas e cansadas da estrada. A novidade e animação do início da viagem há muito tinham acabado e as reservas de humor e energia que tão frequentemente usávamos – para rechaçar especuladores agressivos, cambistas, operadoras de turismo, vendedores de cartões-postais, garotos de praia, vendedores ambulantes de camisetas e taxistas – tinham se esgotado. Tentávamos o máximo possível evitar as maçãs podres e manter a calma independentemente do quanto a interação fosse frustrante, mas nem sempre conseguíamos.

Tínhamos decidido permanecer em Hanói pelo tempo que permanecemos em parte para nos dar uma chance de descansar e repor nossas reservas antes de continuar a viagem. Mas havíamos escolhido ficar na parte mais comercial da cidade, que mais tarde soubemos ser famosa pela prevalência e sofisticação de seus patifes. A maioria das tentativas de extorquir dinheiro dos visitantes envolve cobrar excessivamente por passeios, dar o troco errado ou redirecionar os viajantes para um restaurante ou hotel diferente do que pretendiam visitar. Outras eram mais diretas: a bolsa de Holly foi cortada enquanto ela caminhava por um dos mercados.

– Aquela mulher ficou o tempo todo esbarrando em mim – disse Holly mais tarde, ao contar a história. – Lembro que fiquei irritada por ela estar andando tão perto de mim, mas achei que seria indelicado lhe dizer para se afastar. Finalmente fiquei farta, me virei e a olhei bem nos olhos. Foi quando ela se virou e correu. Eu não soube exatamente o motivo... até alguns segundos depois, quando senti minha carteira caindo no chão. – Aparentemente a mulher tinha cortado a bolsa de ombro de Holly enquanto ela caminhava, mas não conseguiu roubar seu conteúdo antes de ser pega.

Depois disso, pensamos sobre se seria sensato continuarmos tentando forçar um relacionamento que obviamente não estava dando certo.

– Quero dizer, é irreal acharmos que temos de adorar todos os lugares que visitamos – observou Jen. – Talvez Hanói simplesmente não seja nosso tipo de cidade.

Nós ruminamos aquela ideia por alguns minutos, e eu me senti um pouco derrotada. Era possível que realmente tivéssemos diferenças tão irreconciliáveis com uma *cidade* inteira? Nós três consideramos em silêncio arrumar nossas coisas e voltar para Bangcoc. E poderíamos ter feito isso – ido embora quase uma semana antes do planejado, tentando durante todo o caminho para casa entender nossa partida apressada –, exceto pelo fato de que, como descobrimos depois, Hanói não estava pronta para desistir de nós.

Naquela noite, em busca do que poderia ser nossa última refeição na cidade, entramos em um pequeno e misterioso bar pelo qual havíamos passado meia dúzia de vezes em nossos passeios pelo bairro. Fiquei surpresa ao encontrar o bar cheio, quente e enfumaçado. Nossos olhos ainda não tinham se acostumado com a penumbra do lugar, iluminado por algumas velas espalhadas, quando ouvimos nossos nomes sendo gritados. Consegui distinguir o contorno dos cachos revoltos e o sotaque francês antes mesmo de ver o rosto.

– Jennifer! Holly! Amanda! Vocês estão aqui? Pensei que já tinham ido! – gritou Emanuel, atirando beijos em todas as direções. Ele havia tentado enviar e-mails para Holly, mas as mensagens voltaram.

– Mas isso não importa agora. Venham conhecer meus amigos – insistiu ele, puxando-nos para sua mesa e nos apresentando a um grupo de habitantes de Hanói com ares modernos, alguns dos europeus que moravam com ele e um bonito norte-americano com um boné de beisebol azul. Emanuel explicou que o grupo estava comemorando o primeiro número de uma revista nacional que seus amigos vietnamitas Ngoc e Tuan tinham ajudado a lançar.

– Sim, por favor, sentem-se – disse Tuan, enquanto todos abriam espaço para nós. Vários exemplares enormes da revista estavam espalhados entre copos e taças de vinho cheias pela metade. Não resisti e folheei um. Vi imagens de garotas em vestidos tubinho desconstruídos e fotos sensuais dentro de bares e boates. Não importava muito o fato de eu não conseguir ver as letras miúdas ou ao menos decifrar as palavras vietnamitas à luz pálida. Havia algo de emocionante em segurar uma revista recémimpressa em papel brilhante, uma sensação que me remetia diretamente à sexta série, quando coloquei pela primeira vez as mãos na revista *Seventeen* de minha prima.

Naquela época a promessa das páginas – de que, apenas lendo-as, você poderia obter um conselho crucial que a transformaria em uma pessoa totalmente nova, mais bonita e popular – havia instigado minha mente de 11 anos. Eu não sabia quem dizia aquelas grandes verdades sobre a vida, garotos, moda e batom, mas estava certa de que eram deusas oniscientes, com acesso a um banco de conhecimentos que nós, meras mortais, nunca teríamos. Somente anos depois, após conseguir meu primeiro emprego de assistente editorial e perceber que as mulheres que escreviam aquelas peças extraordinárias de literatura tinham 24 anos como eu, me senti um pouco enganada. O que descobriria a seguir – que *The Wall Street Journal* era escrito por estudantes de administração?

Ainda assim, nunca perdi totalmente meu fascínio pelas páginas impressas e pessoas que escreviam as matérias, e tanto Holly quanto eu estávamos morrendo de vontade de perguntar a Ngoc e Tuan sobre suas experiências profissionais no ramo editorial no Vietnã. Eles estavam igualmente curiosos a respeito de nosso trabalho em revistas na América, em saber se trabalhar em Nova York era realmente como *O diabo veste Prada*. Quase sem perceber, nós três entramos na conversa, contando nossas histórias de longas jornadas de trabalho e chefes difíceis e aprendendo que as coisas não eram muito diferentes daquele lado do Pacífico.

Algumas garrafas de Tiger Beer depois, acabei entabulando uma conversa paralela com o rapaz norte-americano com uma beleza infantil e um boné de beisebol virado para trás. Andy, um fotojornalista expatriado de San Francisco, nos últimos anos vivia entrando e saindo de Hanói cumprindo longas missões para pesos-pesados editoriais como *The New York Times, Newsweek* e *International Herald Tribune*. Seu trabalho o havia levado a todo o Vietnã, onde tinha coberto questões sociais e, com a ajuda de um tradutor, explorado recantos do país a que a maioria dos habitantes nunca vão. Havia tirado fotos de órfãos do Agente Laranja, documentado as condições enfrentadas pelos camponeses nos hospitais rurais e o horrível trabalho feito nos matadouros vietnamitas ("do tipo que revira o estômago de um vegetariano", me contou).

Seu rosto brilhava no display digital enquanto ele me mostrava foto após foto de cenas que esperara horas, às vezes dias, para conseguir. Fiquei fascinada – com sua paixão pelo trabalho, seu profundo respeito pela população local e seu senso de silenciosa determinação e objetivo. Esse era um norte-americano que literalmente havia visto o Vietnã de milhares de ângulos diferentes através das lentes de sua câmera e, como resultado disso, desenvolvido um maior apreço pelo país. Andy admitiu que mesmo agora, depois de anos andando por todo o Vietnã, ainda tinha muito a aprender sobre a cultura, a língua, a interação social e o povo.

Isso me fez pensar. As garotas e eu mal havíamos saído do bairro antigo e já tínhamos decidido que víramos o suficiente de Hanói para cruzar a fronteira e ir embora mais cedo. Subitamente percebi que isso poderia ser um grande erro.

Embora tivéssemos tido um pouco de má sorte ali, também cometêramos alguns erros de principiantes. Havíamos deixado a exaustão levar a melhor sobre nós. Levado as diferenças culturais para o lado pessoal. E baseado a maioria das nossas suposições sobre o Vietnã em nossas experiências limitadas no bairro antigo, um único quilômetro quadrado que provavelmente revelava tanto sobre o Vietnã quanto a Times Square revela sobre o resto da América.

Embora não nos restasse muito tempo (até mesmo pelos cálculos originais de Jen no Excel), esperei que pudéssemos ficar em Hanói e ter uma oportunidade de ver outro lado da cidade. Achei que precisaria de um pouco de lábia para convencer Holly e Jen, mas, para minha surpresa, elas concordaram rapidamente em que ficássemos. Enquanto eu estivera envolvida com Andy (quero dizer, com suas fotografias e histórias), Emanuel e sua colega de quarto escocesa Katie tinham apresentado a Jen e Hol

um novo ponto de vista sobre nossas experiências nas duas últimas semanas.
Katie confirmou que a hostilidade não era imaginária e disse que quando se mudou para Hanói tinha enfrentado muita frieza.

– Por mais que pareça estranho, não consigo levar isso para o lado pessoal. As mulheres jovens, especialmente as que viajam sem um marido ou um homem, não são muito respeitadas aqui. Em muitos casos, os homens ainda preferem negociar com outros homens. Isso é triste, mas é um fato.

– E se você parecer uma mochileira desmazelada, definitivamente será tratada como tal – acrescentou Emanuel. – Aqui os vendedores sabem que os mochileiros sempre tentam pagar menos do que as coisas realmente valem, por isso não querem negociar com eles. Dos turistas comuns só cobram um preço absurdo esperando que paguem.

Nossos amigos explicaram que o melhor modo de você ser respeitado em Hanói é evitar parecer que acabou de sair da cama com seu moletom. Capriche um pouco no vestir, sorria educadamente para a pessoa com quem está negociando e nunca, nunca perca a calma. Se agir como se as pessoas fossem enganá-la (e, aparentemente, muitos ocidentais como nós agiam), elas provavelmente a tratarão com igual negatividade ou simplesmente agirão como se você não existisse.

– E se você realmente quiser ficar em pé de igualdade com os habitantes locais – disse Emanuel –, alugue uma motocicleta. Não há um modo melhor de ver a cidade e evitar ser perturbado por vendedores de guias para turistas e cartões-postais do que ter seu próprio conjunto de rodas.

Emanuel nos pediu para ficarmos na cidade pelo menos até o fim de semana, para fazermos uma visita a ele e aos amigos com quem dividia uma casa nos arredores do Lago Oeste. Fariam um jantar para nós e nos mostrariam outro lado da cidade.

– Vocês serão as únicas norte-americanas em quilômetros – garantiu-nos. Prometemos que iríamos.

Na manhã seguinte nós nos levantamos cedo, vestimos as roupas que geralmente reservávamos para ocasiões especiais, arrumamos nossos cabelos e saímos para um dos dias de inverno mais quentes que já tínhamos visto desde que chegamos à cidade. Demos uma longa caminhada ao sul do lago Hoan Kiem, deixando pela primeira vez o bairro antigo. Passamos pelo teatro lírico de Hanói, todos os pontos de referência reconhecíveis, museus e atrações turísticas em direção a um ponto distante e indeterminado. Nossos pés atravessaram quarteirão após quarteirão e finalmente a agitação do trânsito, um som que eu ouvia à noite, tornou-se distante. Não consegui mais localizar nossa exata posição no mapa da cidade.

Pessoas na rua, sentadas na calçada e em pé dentro de lojas nos observavam enquanto passávamos. Espiavam para fora de portas, sobre tabuleiros de xadrez e panelas de ensopados, seus olhares revelando mais curiosidade do que qualquer outra coisa. Talvez achassem que estávamos perdidas ou éramos refugiadas de outro país, mas ninguém nos importunou. Sempre que sorríamos para as pessoas – estudantes, vendedores de frutas, mecânicos de bicicletas, avós cuidando de netos –, algumas pareciam surpresas, mas muitas sorriam de volta.

Depois, naquela tarde, passamos por uma pequena butique com vestidos de seda, lenços de pescoço e bolsas na vitrine. Atrás do vidro, duas vendedoras riam e conversavam enquanto dobravam quadrados de panos em cores ricas e os colocavam sobre uma mesa.

– Podemos entrar? – perguntou Holly esperançosamente, já se dirigindo à porta.

Pequenas campainhas tocaram para avisar que clientes haviam chegado. As vendedoras ergueram os olhos.

– *Sin jow* – disse Holly, "boa-tarde" em vietnamita. Emanuel tinha anotado algumas frases e sua pronúncia para complementar as do nosso guia para turistas, e estávamos tentando usá-las o máximo possível.

– *Xin chào* – respondeu a garota usando um casaco acolchoado branco.

– *Cay neigh gee-ah...* – disse Holly, tentando se lembrar do resto da frase para "quanto custa isto?" enquanto apontava para um dos vestidos que vira na vitrine.

– *Cái này bao nhiêu tiên?* – A garota de casaco branco se aproximou para ver para o que Holly estava apontando. Ela começou a falar em vietnamita e Holly balançou a cabeça para lhe mostrar que não entendia. A mulher fez um gesto indicando que esperasse e depois gritou algo para uma sala nos fundos. Alguns segundos depois surgiu uma jovem com um blazer preto.

– Olá. Sou Lan. Vocês... ah... precisam de ajuda? – disse ela tão devagar quanto se aproximou. Holly indicou que gostaria de experimentar um vestido e lhe mostrou qual. A mulher assentiu com a cabeça, pegando um similar em uma arara próxima e o entregando para ela.

– Vocês são australianas? – perguntou Lan. – Inglesas? Alemãs?

– Americanas – respondeu Jen.

– Ah, é? Americanas? – respondeu ela, parecendo mais curiosa do que qualquer outra coisa. A garota de casaco acolchoado perguntou algo a Lan, e ela traduziu a pergunta. – Vocês três são... hum... irmãs?

Nós sorrimos e nos entreolhamos. Como Jen e eu tínhamos um tom de pele parecido e a mesma altura, as pessoas frequentemente pensavam que éramos irmãs (às vezes até mesmo gêmeas, dependendo do país onde estávamos), mas ninguém já havia pensado isso de nós três. Adorei a ideia de sermos todas da mesma família, mas respondemos que éramos apenas amigas.

– E vocês são? – perguntou Holly, olhando para as jovens. – São irmãs?

Lan traduziu e as outras duas caíram na risada.

– Não, somos amigas. Boas amigas. Como vocês.

Eu gostaria de dizer que em nossos últimos dias em Hanói as garotas e eu passamos por um momento incrível que nos forçou a ver os erros em nossos modos de agir. Não passamos. Em vez disso, esses dias foram uma série constante de interações simples e positivas – como as com nossos amigos da revista Ngoc e Tuan, o fotógrafo Andy, as mulheres na loja de roupas, as pessoas que encontramos em nossas caminhadas e até mesmo Emanuel e o quinteto que morava com ele – que sutilmente mudou nossa impressão negativa do país e nos ajudou a nos sentirmos mais à vontade em um lugar que no início parecera tão hostil. Quando deixamos a cidade, nós três nos perguntamos se algum dia voltaríamos. E se, depois de tudo que vivenciamos, tínhamos nos enganado. Talvez afinal de contas Hanói fosse nosso tipo de cidade.

CAPÍTULO VINTE E SEIS

Jen

BANGCOC, TAILÂNDIA
FEVEREIRO

Desde que eu me entendo por gente, sou uma garota em uma missão, com uma reserva infinita de grandes planos. Quando tinha dez anos, fiquei obcecada com a ideia de um internato, por isso convoquei uma reunião urgente da família para discutir minha possível ida para um. Embora amasse meus pais, tinha dúvidas sobre se minha cidade natal de periferia poderia me proporcionar aventuras suficientes no ensino médio. Como sempre, meus pais foram solidários comigo, mas disseram que sentiriam muita falta de mim para me deixarem ir. Ah, o peso de ser a única filha e a alegria da família! Mas, com outras ambições no horizonte, como viagens com meu grupo de acampamento, testes para o clube de arte dramática e ligas esportivas, segui em frente.

Na sétima série, estava muito envolvida com uma carreira promissora no futebol e almejava como caloura uma posição no time do ensino médio. Planejava um currículo de cursos avançados para maximizar minha média geral de notas. Durante toda a universidade foi difícil encaixar em meu horário futebol, fraternidade, especialização em administração e um namorado que morava longe. Então, com apenas algumas malas e um colchão de ar para encher no chão de Amanda, parti para Nova York em busca de uma carreira na televisão. Logo estava traçando um caminho de Vendas para Marketing, de rede para cabo e um curso de GMAT. Justamente quando achava que tinha sossegado, surgiu a viagem ao redor do mundo e voltei aos negócios com o maior plano de todos.

Mas subitamente ali, em um Boeing 757 na fronteira de Bangcoc, ocorreu-me que pela primeira vez em quase duas décadas meu futuro estava 100% em aberto, sem nenhum caminho definido a seguir. A menos que um marido e dois filhos estivessem à minha espera nos Estados Unidos, não havia nenhuma próxima fase na qual entrar naturalmente. Eu não tinha a mínima ideia de onde viveria ou o que faria dali a alguns meses.

– Então você voltará para Manhattan quando sua grande aventura terminar? – perguntou Daniel, meu companheiro de voo irlandês. Nas poucas horas desde que havíamos deixado Londres... minha parada vinda dos Estados Unidos, onde acabara de passar duas semanas e meia visitando minha família... partilháramos pequenas histórias de vida, por isso ele sabia sobre Amanda, Holly e nossas viagens pelo mundo.

– Ainda não sei ao certo – respondi devagar, com visões de corretores imobiliários franzinos, um saldo bancário zerado, nenhum namorado e emprego invadindo meu cérebro como ondas de dor de cabeça.

– Fui lá uma vez quando era criança e adorei. E que legal você trabalhar na televisão.

– Sim, foi legal. Talvez eu volte. Não tenho certeza – eu disse. Mas velhas imagens de mim e de Brian nos encontrando no prédio de escritórios em que trabalhávamos para almoçar ou contar histórias sobre projetos e contatos profissionais enquanto comíamos quentinhas passaram rapidamente diante dos meus olhos, tentando-me a pegar o saquinho de vômito para emergências no bolso no assento.

– Ei, não se preocupe. Você pensará em algo quando voltar para casa – disse ele, o que foi outro triste lembrete de que meus pais recentemente tinham vendido a casa da minha infância em Maryland para se aposentar e morar na Flórida. – Por isso, não faz sentido se afligir agora. E como poderia, quando a comissária de bordo está nos dando todas estas garrafas extras? – acrescentou ele com um sorriso, encostando sua quarta minigarrafa de uísque em minha taça de vinho em um brinde.

Por mais que eu tentasse guardar em minha bagagem de mão e levar comigo a atitude despreocupada de Daniel ao sair do avião, nossa inocente sessão de perguntas e respostas abriu uma caixa de neurose latente. Como estava sozinha em meu dormitório no albergue Big John's, meus demônios interiores saíram em fúria. Em menos de quatro meses nossa viagem terminaria. E depois? Onde eu viveria? No que trabalharia? Como poderia começar minha carreira de encontros aos 29 anos, quando a maioria das minhas amigas estava quase encerrando as delas? E se o "Homem Certo" fosse uma fantasia da minha imaginação excessivamente romântica e eu nunca me casasse e tivesse filhos?

Tentei dizer a mim mesma que aquilo era apenas meu cansaço falando. Entre um voo de seis horas de Tampa para Gatwick, uma baldeação de ônibus para Heathrow, uma espera de nove horas, um voo de 12 horas para a Tailândia, alfândega, recolhimento de bagagem e a ida de táxi para o Big John's, eu havia ficado acordada e em movimento por só Deus sabia quanto tempo. Tinha perdido a noção do tempo em algum ponto na Inglaterra. Mas, se dormisse um pouco, as coisas pareceriam melhores de manhã. Infelizmente, a manhã demoraria a chegar neste lado do mundo. Faltava pouco para as 17 horas e eu sabia que logo o quase deserto albergue se encheria de mochileiros voltando de um dia de passeios para se sentar em sofás no saguão e assistir a filmes, ir ao bar no andar de baixo ou se preparar para uma saída noturna.

Tanto quanto eu detestava sair de minha confortável cama de plataforma, fazia sentido ficar acordada mais algumas horas e dormir mais tarde com todos os demais. Além disso, provavelmente me faria bem dar uma volta, clarear minha mente e comer alguma coisa. Também precisava enviar e-mails para as garotas avisando que havia chegado bem e combinar me encontrar com Amanda e sua família no dia seguinte ou com Holly em Koh Tao, onde ela estava obtendo seu diploma de mergulho.

Quando as camadas de poeira da viagem foram levadas de meu corpo para o ralo do chuveiro comunitário, vesti meu uniforme do Sudeste Asiático (camiseta regata, saia diáfana e sandálias de dedo) e subi a rua para meu pavilhão de compras favorito. Ao contrário da rua Khao San, o abominável gueto onde Leonardo DiCaprio obteve o mapa para *A praia* e ainda se encontram a maioria das acomodações acessíveis, o Big John's ficava no bairro elegante de Sukhumvit – uma área antes pobre recentemente revitalizada com escritórios modernos, restaurantes da moda, boates, galerias de arte e butiques para noivas, e entremeada de barracas de macarrão intermitentes, spas com cheiro de capim-limão e pontos de tuk-tuk.

Instalei-me em uma espreguiçadeira na área ao ar livre da Au Bon Pain, que, junto com a Starbucks, era o lugar preferido de artistas e designers locais. Bebericando um latte gelado à sombra de um guarda-sol listrado, observei a dura rotina diária da comunidade se desacelerando aos poucos. Esposas ricas se encontravam com seus bem-vestidos maridos empresários para jantar, adolescentes seguindo a última moda punk/moderna percorriam corredores de lojas de discos, crianças em idade escolar mordiscavam espetos de banana caramelada e expatriados colocavam compras de supermercado em BMWs e Mercedes.

Embora as implicações das perguntas de Daniel no voo ainda estivessem no fundo da minha mente, sentada nesse canto tranquilo da cidade me senti muito mais relaxada e não pude evitar apreciar a loucura da minha vida. Menos de 48 horas atrás estava deitada no sofá de meus pais assistindo a filmes antigos e agora estava em outro país quase do outro lado do mundo, relaxando junto com uma multidão de hipsters tailandeses.

– Com licença, você sabe se este é o caminho certo para o Skytrain? – perguntou uma loura esguia em pé na calçada a apenas alguns metros de distância, apontando para a rua.

– Ah, sim, é – respondi, percebendo que ela estava falando comigo. – É só seguir até o *final* da rua e virar à direita. Verá os trilhos acima de você e escadas para a entrada.

– Ótimo. Você salvou a minha vida. Obrigada – disse a garota.

Embora Bangcoc fosse uma cidade incrivelmente amigável ao usuário, as *sois* (ruas) com nomes e números parecidos podiam realmente confundir. Amanda, Holly e eu tínhamos nos perdido algumas vezes antes de aprender a andar nela. Mas agora, mesmo com meu pouco senso de direção, eu era capaz de usar o transporte público para chegar à maioria dos locais importantes.

Depois de ingerir cafeína suficiente para ficar acordada por mais um pouco, voltei para o Big John's, onde uma típica cena de albergue já se desenrolava: recém-chegados agrupados no saguão fazendo perguntas sobre preços e instalações, hóspedes sentados lendo ou usando a internet grátis, homens absortos em um jogo de rúgbi na TV e a equipe entregando garrafas de Chang Beer e tortas ao estilo australiano (de carne, não frutas) em mesas de mochileiros e voltando correndo à recepção para distribuir chaves e promover pacotes turísticos.

Sem Amanda e Holly lá como agentes sociais, subitamente me senti exposta e autoconsciente, como se fosse meu primeiro dia em uma nova escola e todos estivessem olhando para mim e pensando: "Nossa, olhem para aquela nerd, ela não tem nenhum amigo com quem se sentar." Como todos os computadores do saguão estavam ocupados, encontrei um lugar em uma mesa vazia, peguei imediatamente um cardápio e fiquei estudando a parte do jantar como se contivesse o segredo da felicidade eterna. Durante a longa e torturante espera por minha refeição, tentei projetar a imagem de uma solitária misteriosa. Sim, perambulei por campos dourados de trigo contemplando a beleza trágica do universo. Sim, despejei minha angústia poética em diários com capa de couro enquanto sorvia bourbon em bares clandestinos!

Mas, após alguns olhares estranhos da garçonete, presumi que estava parecendo mais louca do que ousada, por isso desisti. Mesmo depois de comer um prato de pad thai um fio de macarrão de cada vez, ir à recepção perguntar o preço da lavagem de roupas e escrever em meu caderno de notas algumas listas inúteis de coisas a fazer na viagem, ninguém parecia prestes a abandonar seu teclado e eu fazia o possível para parecer ocupada.

Jesus, Jen, controle-se. Você poderia subir a escada correndo e pegar um livro, comprar um biscoito ou talvez até mesmo...
– Há alguém sentado aqui? – perguntou um homem musculoso com um sotaque norte-americano um pouco afetado. Uau! Eu estava salva.
– Não, fique à vontade – respondi no meu tom mais indiferente.
– Ótimo. Obrigado – disse ele, sentando-se perto de mim e tirando uma câmera que parecia cara ao redor de seu pescoço.
– Droga, estou suando. Realmente deveria trocar de camisa. Sabe, há um restaurante na descida da rua com um jardim, muitos leques e...
– Ah, meu Deus, Frank. Você perdeu isso. Aquele motorista de tuk-tuk deu uma guinada e quase atingiu aquela barraca que vende café em copos de plásticos – disse com voz entrecortada uma garota baixa de cabelos muito cacheados que subitamente entrou pela porta, seguida de três rapazes e outra garota.
– Calma, Libby, é só eu deixar você por alguns minutos para o inferno se instalar. Bom, desde que minhas amigas estejam bem... – respondeu meu colega de mesa. – Esse é meu lugar favorito para ir de manhã. Você já foi lá? Serve o melhor café. Precisa experimentar – disse ele, dirigindo-se a mim.

Em menos de cinco minutos todo o grupo estava ao redor da mesa contando suas aventuras do dia. Libby, uma hippie israelense criada na Pennsylvania e recém-formada na Universidade da Califórnia (UCLA). Dan, de Vancouver, que havia chegado no dia anterior a Bangcoc vindo do Camboja. Brad, que parecia um surfista californiano, mas na verdade era inglês e tinha conhecido Dan no ônibus para a cidade. Charlotte, uma loura com óculos de aro metálico e um forte sotaque irlandês. Peter, um inglês de fala mansa em um descanso sabático de um emprego de engenheiro. E o hilário Frank, um norte-americano que nos últimos anos dava aulas na China, mas estava tirando um tempo de folga. Surpreendentemente, fora Frank e Libby, que pareciam estar no meio de uma aventura, ninguém mais já se conhecia. Eles tinham se encontrado por acaso e criado um círculo de amigos improvisado.

E, ao que parecia, o fato de eu estar sozinha me deu credibilidade imediata junto ao grupo de solteiros, porque não demorou muito para eles me contarem histórias pessoais e de seus passados.

Entre banhos, trocas de roupa e rodadas de cerveja do grupo, descobri que Frank nunca havia planejado lecionar na China, mas durante umas férias tinha se apaixonado por uma mulher de lá e decidido ficar. Eles haviam rompido um ano depois, mas Frank não se arrependera. Peter era um alcoólatra e aquela viagem marcava seu quinto ano de sobriedade. Charlotte, que tinha sido casada mas agora, com 32 anos, estava solteira e feliz, achava Brad maravilhoso e planejava flertar com ele a noite toda. E Libby recentemente decidira adiar em alguns meses sua volta aos Estados Unidos, porque sua jornada existencial não seria completa se não fosse ao Sri Lanka – e isso irritaria sua madrasta.

Embora tirar férias sozinha sempre tivesse me agradado tanto quanto um tratamento de canal, na presença de pessoas claramente bem-sucedidas em viagens independentes, perguntei a mim mesma se precisava de um ajuste de atitude. De fato, dedicar alguns dias a uma autoanálise obrigatória poderia me tornar uma pessoa mais forte. Ajudar-me a vencer meus medos... preparar-me para enfrentar um futuro incerto com graça e dignidade... redescobrir a criança precoce em mim que havia implorado aos pais para que a deixassem partir sozinha para uma escola preparatória distante. Ou, no mínimo, me ajudar a dominar minha aparência de solitária misteriosa.

Considerando que Amanda estava totalmente envolvida na coordenação de férias com a família e Holly a quase um dia de viagem em outra longa combinação de ônibus e balsa, esse era o momento perfeito para meu voo solo. Se eu tinha sido capaz de indicar a uma mochileira perdida o caminho para uma estação de transporte público, certamente encontraria um modo de me divertir sozinha em Bangcoc por uma semana, certo? Antes de poder perder a fé em mim mesma, corri para um computador vazio e avisei a Amanda e Holly do meu plano, selando meu destino como viajante solitária.

Como frequentemente é o caso com os saltos ousados, o universo encontrou um modo de recompensar a fé. Desde o momento em que me comprometi a ser uma garota sozinha na vasta capital da Tailândia, toda possível solidão foi rapidamente chutada para escanteio. Se ficasse na área comum do albergue por mais de vinte minutos, alguém inevitavelmente se sentava perto de mim e puxava conversa. Sempre que encontrava com pessoas do meu grupo inicial do Big John's, elas me perguntavam sobre meus planos e me faziam convites sinceros para sair com elas, uma atitude que talvez não tivesse sido tão instintiva se eu fizesse parte de um grupo pré-formado.

Não me entendam mal: Amanda, Holly e eu conhecemos um monte de pessoas em nossa viagem, mas uma panelinha de três produzia uma vibração totalmente diferente. Quando não estávamos dispostas a falar com estranhos, evitávamos contato com eles. Em nossos raros momentos de quietude, ficávamos tão confortáveis com o silêncio umas das outras quanto um velho casal em cadeiras de balanço paralelas. Mas estar sozinha me dava um maior incentivo para sair e tentar fazer novas amizades, por isso enfrentei esse novo desafio com o mesmo vigor com que me lançava em projetos especiais no trabalho.

Logo me vi com um novo calendário social. Frank, Peter e Charlotte se tornaram meus companheiros de passeios mais compatíveis e fazíamos quase tudo juntos. Se o dia estava bonito, íamos para nosso local de corrida preferido, o parque Lumpini (que recebeu o nome do lugar onde Buda nasceu). Dávamos uma volta pelo espaço verde exuberante, passando por mestres de tai chi, pessoas com roupas de lycra se exercitando em aulas de dança de jazz e músicos de rua que competiam com oradores públicos tocando melodias nativas ecléticas – e o hino nacional às 18 horas, todos os dias. Se estávamos com preguiça, Charlotte e eu passeávamos pelos quiosques em Little Siam, uma discreta rua lateral perto do megacomplexo de lojas Siam Center em busca de peças modernas de vestuário urbano e joias personalizadas baratas. E sempre que podíamos entrávamos em um dos inúmeros salões de massagem que anunciavam "sessenta minutos com óleo perfumado por 250 bahts", os melhores oito dólares que eu já gastara.

No terceiro dia de minha aventura "solo", nós quatro conseguimos esquadrinhar dúzias de lojas no centro da cidade, assistir a uma matinê de Babel no multiplex do Siam Center e fazer a indispensável peregrinação à rua Khao San. Embora o labirinto de pousadas decadentes e bares mal-afamados ainda estivessem ao fundo, a verdadeira "Bourbon Street de Bangcoc" agora fervilhava com pubs bem iluminados, restaurantes, agências de viagens e vendedores apregoando tudo, de DVDs piratas e falsas carteiras de motorista a antibióticos com desconto e queimadores de incenso. Apesar de eu me sentir feliz por estar no santuário de Sukhumvit, não havia nada mais retrô do que a rua Khao San.

No quarto dia, quase precisei de um Palm Pilot para cumprir meu horário cheio. Amanda e a família dela tinham voltado para a cidade na noite anterior, depois de uma caminhada de três dias perto de Chiang Mai, por isso fui ao seu encontro para jantar e acabei desabando ao pé da cama king macia de Amanda e sua irmã, Jennifer, no hotel delas. Depois de um delicioso café da manhã quatro estrelas (e grátis), tive de voltar apressadamente ao Big John's para encontrar Frank, que havia se oferecido para me pagar um café se eu passasse todas as fotos que tiramos do nosso grupo para um CD, porque ele acidentalmente apagara todo o seu cartão de memória no dia anterior.

Depois disso, eu me encontraria com Peter e Charlotte para assistir pela primeira vez a uma luta profissional de Muay Thai no Ratchadamnoen Stadium, e a seguir com Mark, um professor norte-americano em Bangcoc que fizera faculdade com minha amiga Stephany, de Maryland. Ela própria, uma ávida desbravadora do mundo, havia enviado e-mails para alguns de seus contatos no exterior para dizer quando eu estaria naquela parte do planeta. Quando decidi ficar na cidade sozinha, achei que não faria mal nenhum avisá-lo. É claro que quando ele me enviou o e-mail eu não esperava estar tão ocupada que mal tinha tempo para tomar um drinque rápido, mas sempre ficava feliz em encontrar um amigo de Steph. E ela se juntaria a mim, Amanda e Holly em Bali na semana seguinte, de modo que eu não teria de esperar muito para lhe agradecer pessoalmente pela conexão em Bangcoc.

Cheguei ao Big John's uma hora antes da marcada para me encontrar com Mark no saguão. Depois de uma chuveirada e troca de roupa, desci correndo a escada e me sentei em um dos bancos do bar para esperar o "louro alto que pareceria estar procurando alguém", como dissera ele brincando em seu e-mail. Menos de cinco segundos se passaram desde que vi Mark entrando pela porta e ele me avistou do outro lado da sala, mas nesse curto espaço de tempo, eu soube que aquele estranho maravilhoso estava prestes a virar meu mundo de cabeça para baixo.

Quando Mark veio em minha direção, seus olhos fixos esperançosamente nos meus, pude ouvir meu coração pulando no peito. *Ah, meu Deus, não posso acreditar que esse seja o amigo de Steph. Não estava esperando nada parecido.* Ao confirmar quem eu era, de fato a Jen que ele procurava, um sorriso deliberado e incrivelmente charmoso se espalhou pelo seu rosto, como se estivesse pensando a mesma coisa. Quando saímos pela porta para a noite quente, subitamente aquilo pareceu menos um encontro casual e mais um primeiro encontro, com nós dois reiterando animadamente a sorte que tinha sido Steph ter nos colocado em contato.

Caminhando lado a lado em uma rua agradavelmente iluminada, eu ainda não podia acreditar no quanto Mark era bonito, com seus fartos cabelos louros, sua camisa de futebol e pele bronzeada (mas não daquele modo exagerado e forjado que imediatamente me desagradava nos homens "em alta" prototípicos). À primeira vista Mark era uma surpreendente combinação de atleta norte-americano e caubói rude, mas também tinha aquela qualidade doce e despretensiosa do "rapaz da casa ao lado" pela qual eu sempre me sentira irresistivelmente atraída (que minhas amigas chamavam de meu complexo de Bryan MacKenzie, porque eu adorava o noivo em *O pai da noiva*). Meu Deus, Steph realmente deveria ter me avisado, pensei, enquanto Mark e eu nos instalávamos em uma mesa para dois em um bar de jazz badalado do outro lado da rua.

Como Mark na manhã seguinte teria de acordar cedo para dar aulas, presumi que contaríamos algumas histórias engraçadas e isso seria tudo. Mas as horas se passaram sem que eu percebesse e ainda queríamos saber mais um sobre o outro. Um fluxo ilimitado de conversa despreocupada surgiu entre nós – sobre para onde tínhamos viajado no mundo, os lugares que ainda queríamos visitar, nossos times de futebol na universidade, nossas carreiras, amizades, vidas dentro e fora dos Estados Unidos, tudo pelo qual éramos apaixonados. Em um determinado ponto até mesmo fomos para o pátio da frente para não ter de gritar por cima da banda ao vivo, e continuar nossa intensa discussão sobre a eficácia dos programas de voluntariado norte-americanos no exterior *versus* as organizações dirigidas localmente.

Nunca em minha vida eu havia me sentido atraída tão imediatamente por alguém, e ainda mais uma pessoa que me desafiava e intrigava tanto quanto Mark. Ele não só estivera em quase o dobro de países do que eu como também se interessava muito por causas sociais, adorava crianças e era um astro do futebol em seu tempo livre. Era realizado, gentil, aventureiro e sonhador – o tipo de homem que eu não podia acreditar que existia. Mas enquanto Mark me falava animadamente sobre suas experiências de professor em escolas no interior dos Estados Unidos e estabelecimentos de ensino mais elegantes no exterior, suas sobrinhas e seus sobrinhos e seu desejo mais recente de fundar um orfanato na América do Sul, pela primeira vez na vida eu soube que era capaz de me apaixonar loucamente por alguém que acabara de conhecer. Porque se eu tivesse uma chance com Mark, seria exatamente isso que aconteceria. Infelizmente, podia sentir a noite terminando, e tive de me controlar para não arrancar a toalha da mesa e me sentar na calçada com ele até o amanhecer.

De algum modo pressentindo meus pensamentos, Mark olhou desapontadamente para seu relógio. Ele ainda não queria ir embora, mas dali a algumas horas teria de estar descansado e pronto para impressionar seus alunos, por isso provavelmente logo teria de ir. Mas... *sim, há um "mas"...* ele acrescentou que realmente gostaria de me ver de novo e insinuou que eu não conheceria a "verdadeira" Bangcoc enquanto não saísse com alguém que vivia na cidade – como ele, por exemplo. Ao ouvir as palavras "realmente gostaria de ver você de novo", eu nos imaginei de mãos dadas e abraçados em um tuk-tuk, mas não fazia sentido mencionar essa pequena fantasia. O importante era que essa noite com Mark não seria a última.

Durante todo o dia seguinte, me senti como uma criança na véspera de Natal, cheia de energia, nervosa e saltitante antecipando meu encontro com Mark no centro da cidade. Talvez fosse tolice dar tanto valor àquilo, mas eu não ia a nenhum encontro havia quase meia década e aproveitaria cada segundo da experiência, mesmo se fosse na versão mochileira. De qualquer modo, isso era uma boa desculpa para aposentar minhas velhas sandálias Reef por uma noite e usar meu único par de sandálias de salto baixo. E qualquer melhora em minha rotina de beleza na estrada – usar bálsamo para lábios, protetor solar e faixa em volta da cabeça – faria com que eu me sentisse uma nova mulher.

O plano era encontrar Mark do outro lado da cidade, na estação Sala Daeng, perto do parque Lumpini. Por isso, após um rápido jantar no Big John's, entrei no Skytrain e tomei o rumo oeste. Como eu não tinha um telefone celular, nós recorremos à velha tática da escola de marcar uma hora em um lugar específico. Exatamente às 21 horas, cheguei ao grande centro de fitness que Mark descrevera em seu e-mail, e ele estava em pé na esquina da Silom e Soi Convent tão adorável como quando eu o tinha deixado.

Nós nos movemos na noite com o êxtase de um jovem casal em lua de mel conversando, rindo e revelando cada vez mais partes de nossas personalidades. Embora Mark fosse por natureza um humanitário, isso não o impedia de ter um senso de humor peculiar e toque perfeito de sarcasmo. Antes que eu me desse conta disso, estávamos envolvidos em uma competição para classificar as dançarinas em Patpong – onde estávamos – como mulheres por nascimento, mulheres por cirurgia ou travestis com disfarces impressionantes.

Originalmente estabelecido na década de 1960 como o bairro da luz vermelha para soldados durante a Guerra do Vietnã, Patpong era agora um agitado centro turístico famoso por seu mercado noturno e animado ambiente social. Repleto de lojas, restaurantes, bares de sinuca, estabelecimentos com música ao vivo, bares de garotas e dançarinas (ou dançarinos, ou sabe-se lá o quê), Patpong era um lugar divertido para eu explorar com Mark, que, após viver em Bangcoc há quase dois anos, conhecia bem a área e gostava de mostrá-la.

No decorrer da noite, o espaço entre nós diminuíra de uma maneira natural: Mark pondo a mão protetoramente na minha cintura ao me conduzir através da rua lotada; eu dando tapinhas afetuosos no braço dele durante uma de nossas histórias engraçadas. Cada toque era mais sedutor do que o último. Sentados na área externa de um bar popular com nossos joelhos encostados sob a mesa, a química entre nós era real como o ar perfumado. A paixão em nossos debates também se revelava em nossos sentimentos. Em algum ponto entre a importância de viajar para países do terceiro mundo, preocupações com a volta para casa e a necessidade de nos cercarmos de pessoas que nos entendiam, o olhar de Mark se intensificou e ele deslizou sua mão através da mesa e a colocou sobre a minha.

Mark olhou nos meus olhos, passou os dedos pelo meu queixo e me puxou em sua direção. Suas mãos seguraram firmemente meu rosto e ele me deu um beijo profundo, lento e estonteante. Fiquei momentaneamente sem ar e depois o senti descendo pela minha garganta como mel quente. Com minhas mãos subindo pelo peito de Mark e envolvendo-lhe o pescoço, eu me apertei contra ele, com todos os sentimentos que achava que só existiam em filmes me invadindo em ondas incomensuráveis. Os sons frenéticos da cidade, transeuntes, turistas rindo nas mesas ao redor – tudo isso desapareceu. Temporariamente me afastando dos seus lábios, Mark olhou para mim e sorriu.

– Espero que esteja tudo bem, eu simplesmente não pude evitar – disse com um piscar de olhos. Depois disso precisei de toda a minha força de vontade para construir frases coerentes, mas de algum modo consegui discutir um plano experimental que envolvia voltar para o apartamento dele, abrir uma garrafa de Riesling e sentar na sacada para ver as estrelas.

Se essa proposta não fosse suficiente para me cativar, o que ele disse a seguir certamente foi. Tínhamos acabado de pagar a conta quando Mark parou e explicou que, embora adorasse a ideia de eu ir para o apartamento dele, isso não significava que as coisas precisavam ou deveriam ir longe demais. Não que ele não estivesse seriamente tentado. Mas queria saber se pensávamos da mesma maneira antes de partirmos. Fiquei em pé ali atordoada por alguns segundos. Até ele mencionar aquilo, eu não tinha pensado em ir muito além de um encontro sensual tomando uma garrafa de vinho. Mas ei, nunca disse que era uma santa. E considerando-se que tinha passado a maior parte da última década em dois relacionamentos de longo prazo, certamente não me opunha a um tórrido romance com um homem maravilhoso em um país exótico. Mas por maior que fosse minha atração física por Mark, ele significava mais para mim do que uma aventura seguida de um adeus. E, embora tivéssemos acabado de nos conhecer, eu estava totalmente atraída por tudo nele. O modo como me olhava e tocava. Seus beijos pecaminosos. Poderíamos apenas fazer aquilo a noite inteira e eu ficaria mais do que satisfeita. Então... foi exatamente o que fizemos.

Com as luzes de Bangcoc cintilando como pequenos vagalumes no horizonte distante, Mark e eu nos deitamos juntos em sua cama banhada pelo luar, discutindo nossos passados, temores em relação ao futuro e o que queríamos da vida. Nunca senti uma ligação tão forte com outra pessoa tão rapidamente, e sabia, bem no fundo da minha alma, que tínhamos entrado na vida um do outro por um motivo. Beijos, aconchego e lindos momentos de silêncio ocuparam o espaço até o amanhecer. Com minha cabeça em seu peito e seus braços em minhas costas, acabamos dormindo. Mas, logo antes disso, Mark afastou os cabelos do meu rosto e sussurrou que não tentaria me acordar quando estivesse se aprontando para sair para a escola e me levaria para jantar naquela noite. Confortada pela promessa de que só teria de esperar algumas horas para revê-lo, finalmente caí no sono.

— Onde *você* esteve a noite toda, senhorita? – perguntou Frank timidamente quando entrei pela porta da frente do albergue com cara de quem tinha acabado de sair da cama, roupas amassadas e um grande sorriso no rosto.

– Ah, certo. Você teve um encontro na noite passada. Como foi? Ótimo, ao que parece – interrompeu Charlotte.

– Nem posso descrever o quanto foi perfeito. Falando sério. Mudou minha vida – eu disse.

– Parabéns, Jen. Você realmente está progredindo no mundo. Entrando com cara de quem acabou de acordar no Big John's. Adoro isso! – disse Frank.

– Você fala por experiência própria, não é, Frank? – disse Charlotte, antes de acrescentar que tinha de sair logo para pegar seu ônibus para o Camboja.

Aquilo é que era estranho na vida de mochileiro. Em um determinado momento alguém estava ali e no outro se fora. Charlotte e eu já tínhamos trocado endereços de e-mail naquela semana, por isso não restava nada a fazer além de lhe desejar boa sorte e ajudá-la a sair com suas coisas pela porta.

– Não posso acreditar que este é meu último dia em Bangcoc. Estou realmente deprimida – eu disse, voltando para a mesa e puxando uma cadeira para perto de Frank.

– Ah, puxa! Eu não sabia disso. Quando vai embora?

– Nosso voo só sai às três horas, por isso minhas amigas e eu vamos pegar um táxi aqui por volta da meia-noite. Elas vão

chegar às 18 horas, mas como vou jantar com Mark mais tarde, provavelmente terei de arrumar minhas coisas antes.
– Mark? O homem que mudou sua vida, certo? – disse Frank.
– Então arrume logo suas coisas e vamos sair para comemorar. Não é todo dia que encontramos alguém que muda nossa vida. Acredite em mim, sei do que estou falando. Quero dizer, eu fui morar na China por causa de uma mulher que tinha acabado de conhecer.
– Está bem, você me convenceu. Podemos nos encontrar aqui daqui a 45 minutos? – perguntei. – E talvez agir como turistas e fazer algo realmente cultural para variar.

Após um rápido banho de chuveiro, separei uma roupa para usar depois, coloquei tudo o mais na mochila e desci a escada para checar meus e-mails. Na caixa de entrada havia um e-mail de Mark confirmando nosso jantar e sugerindo um local de encontro, o que me deixou atordoada e exultante de novo. Então era isso que acontecia quando um homem realmente lhe "telefonava" para marcar um segundo encontro?

– É bom darmos uma volta, porque estou com muita energia contida – eu disse para Frank enquanto respondia rapidamente para Mark que também ansiava por nossa saída noturna.

Frank havia sugerido que fôssemos a Wat Pho, o maior e mais velho templo na cidade e lar do Buda reclinado, o que significava que teríamos de ir ao píer central da cidade e pegar um barco. Amanda, Holly e eu tínhamos pegado um daqueles barcos do canal (*khlong*) para o Mercado das Flores, um reino encantado perto da ponte Memorial em Thanon Chakphet, e adorei a experiência. Considerando-se que Bangcoc recebera o apelido de "Veneza do Leste", esse certamente era o modo mais autêntico de viajar e, além disso, havia o bônus do sol e dos borrifos de água. Depois de passarmos rapidamente pelas margens de Saen Saeb, saltamos no píer Tha Tien e fomos em busca do grande homem na área do templo.

Um das atrações mais visitadas da cidade, o Buda reclinado mede 46 metros de comprimento e 15 metros de altura e representa a passagem de Buda para o nirvana, o que provavelmente explica o sorriso sereno em seu rosto. Com o corpo totalmente banhado de ouro e madrepérola incrustada nos olhos e nas solas dos pés, o Buda reclinado sobre seu lado direito é uma visão impressionante. Frank e eu passamos horas em Wat Pho, tentando captar digitalmente todos os ângulos largos do Buda e tirando o máximo de fotos que podíamos das mais de mil imagens de Buda no local.

Enquanto o dia passava, eu me sentia continuamente amargurada com minha iminente partida. Tinha passado a gostar da vida que criara para mim em Bangcoc. Pela primeira vez desde que havia deixado nossas alunas na Pathfinder, no Quênia, estava realmente triste em me despedir de um lugar e, mais importante ainda, das pessoas que conhecera ali.

Por outro lado, *estava* feliz em ver Amanda e Holly e voltar para a estrada, especialmente porque nossa próxima parada era Bali. Era estranho pensar que depois de uma semana na Indonésia daríamos adeus a uma viagem "difícil" e entraríamos em um país de língua inglesa pela primeira vez em quase nove meses. A partir desse ponto teríamos apenas quatro semanas na Nova Zelândia e oito semanas na Austrália antes de tudo terminar. Mal podia acreditar em como a viagem estava sendo rápida. De certo modo, pareceu que tínhamos ido embora para sempre, mas ao mesmo tempo eu me lembrava como se fosse ontem de quando estava sentada no chão do aeroporto no Peru esperando a bagagem perdida de Holly. Tivemos tantos momentos extraordinários em nossa jornada que eu ansiava por congelá-los e revê-los para sempre. E no segundo em que vi Mark de novo mais tarde naquela noite, acrescentei outro à lista.

Cheguei ao lugar marcado alguns minutos mais cedo e me sentei em um banco próximo para esperar por Mark. Em um mar de habitantes baixos é difícil não ver um homem forte e louro de 1,82 metro, por isso eu o avistei quando ele ainda estava a uns cinco metros de distância. Como na primeira vez em que ele entrou no Big John's, meu coração foi parar na boca. Quando me viu, ele sorriu e andou mais rápido. Eternizando uma cena de cinema, eu me levantei, corri para Mark e, quando nos encontramos, ele me ergueu do chão e me beijou enquanto eu colocava os braços ao redor do seu pescoço e ficava com os pés pendurados no ar, como deveria ser. Com uma sacola de futebol pendurada em um dos ombros, o rosto recém-barbeado e os cabelos ainda molhados do banho depois do jogo, ele me desarmava em todos os sentidos da palavra.

Como nós dois tínhamos experimentado sintomas de abstinência de comida indiana, Mark escolhera um restaurante próximo que servia frango masala. Ainda estava um pouco cedo para o jantar, por isso éramos as duas únicas pessoas no restaurante. Dividindo alguns pratos do cardápio, esticamos o jantar por várias horas. Em comparação com nossa antecipação nervosa na noite anterior, subitamente era a coisa mais natural do mundo estarmos jantando juntos em Bangcoc, dando as mãos e tendo conversas do tipo: "Como foi seu dia, querida?" Logo o relógio de parede dourado com a figura de Ganesha indicou que era hora de irmos embora. Mas antes pedi à garçonete que tirasse uma foto nossa com minha câmera. Assim, quando eu acordasse no dia seguinte em um país totalmente diferente a milhares de quilômetros de Mark, teria a prova de que não havia sonhado. De que ele e tudo que fizemos juntos era real.

Enquanto íamos de mãos dadas para o Skytrain, não conseguí parar de pensar na diferença que uma semana havia feito na minha vida. Eu não tinha dissipado magicamente todas as minhas preocupações ou incertezas sobre voltar para casa, começar tudo de novo e encontrar o homem com quem deveria ficar, mas saber que havia alguém como Mark me fez acreditar que isso *era* possível. Embora a incorrigível romântica em mim tivesse desejado desesperadamente acreditar que toda Julieta tinha seu Romeu, eu começara a perder a fé em que isso poderia acontecer comigo.

Mas subitamente ali estava eu em um vagão de trem em Bangcoc fortemente abraçada a um homem que conseguira me conquistar no momento em que nos conhecemos. Foram precisos 28 ⅚ anos para experimentar aquela noção fugaz de amor à primeira vista, mas, meu Deus, valera a pena esperar. E agora eu sabia que nunca poderia me contentar com menos.

Enquanto o trem corria pelos trilhos, Mark se recostou na porta e me segurou contra seu peito. Logo o trem começou a desacelerar. Quando nos aproximamos da parada de Mark, ele olhou para mim e sorriu.

– Sabe de uma coisa, Jen? Não sei ao certo quando ou onde no mundo, mas tenho a estranha sensação de que nossos caminhos se cruzarão de novo.

Com isso ele me puxou para um último beijo delicioso antes de as portas se abrirem e ele sair. Vendo a silhueta de Mark desaparecer na distância, eu soube que ele estava certo.

CAPÍTULO VINTE E SETE

Holly

BALI
MARÇO

Depois de nossa agitada excursão pelo Sudeste Asiático, nenhuma de nós ficou motivada a se mover durante dias. Tínhamos disputado albergues e evitado vendedores de rua em todos os pontos turísticos "obrigatórios" de Angkor Wat à baía de Halong. Quando você se vê olhando para obras dignas do título de "maravilha do mundo" e pensando "*Outra* escultura daquele deus com cara de elefante?", *sabe* que está fazendo algo errado. Precisávamos parar antes de poder continuar, e as praias de Bali eram o lugar perfeito para isso. Tínhamos conseguido essa parada como um bônus grátis quando reservamos nossas passagens ao redor do mundo em uma empresa sediada em San Francisco chamada AirTreks, e não podia ter vindo em uma melhor hora.

Depois de apenas alguns dias de relaxamento, nosso quarto de hotel em Kuta Beach parecia um dormitório de universidade depois das provas finais. Havia revistas jogadas no chão de madeira, como ladrilhos aleatoriamente espalhados. DVDs empilhados sobre a TV como blocos em um jogo Jenga. Sacos de pipoca descartados, embalagens de Snickers e latas de Coca-Cola diet na mesa de cabeceira. Lençóis embolados e travesseiros deformados sobre as duas camas de solteiro. A única coisa que faltava era um barril vazio.

– Prestem atenção à hora! – gritou Amanda do banheiro, e eu a ouvi balançando o frasco de musse que usava para domar seus cachos.

– Faltam dez minutos para Jen e Stephany chegarem. Mas posso estar pronta em cinco – eu disse. Nosso trio havia se transformado em uma dupla: a amiga de Jen do ensino médio por acaso estava em Bali a negócios e tinha mantido Jen "cativa" na noite anterior em seu elegante hotel em Nusa Dua. Contudo, logo nos tornaríamos um quarteto.

Tirei da parte de cima de minha mochila o vestido de algodão cor de laranja que comprara por cinco dólares em uma das barracas na rua principal. Combinando-os com meus chinelos de borracha, eu definitivamente seria incluída na lista das mais malvestidas de *Glamour*.

– Estou usando a mesma roupa há cinco dias. Vou quebrar o recorde da viagem do maior tempo sem trocar de roupa – eu disse para Amanda.

– Eu quebrei o recorde do maior tempo na cama – disse Amanda. Desde que eu havia me reunido com as garotas depois da escola de ioga, uma parte de Amanda parecia ter morrido e renascido, como se ela tivesse conseguido deixar para trás o esforço contínuo que a afligia. Até mesmo seu humor, antes fácil de se inflamar sempre que estranhos demonstravam querer tirar vantagem de nós, havia melhorado. Ela disse que desistira de trabalhar depois que a missão de seus sonhos se revelou um monstro que exigia muito tempo e pesquisa. Fiquei surpresa, mas ainda não convencida.

– Então você *nunca* mais vai oferecer matérias durante toda a viagem? – perguntei quando ela fez seu anúncio, olhando-a diretamente nos olhos à procura de qualquer sinal de hesitação.

– Não – prometeu ela. Essa palavra sozinha não foi suficiente para me convencer, mas suas ações falaram mais alto. Ela parou de blogar todas as noites e passar tardes em cibercafés com sua estação de trabalho cheia de copos de café e cadernos de notas rasgados. Em vez disso, dormia profundamente por muito tempo, evitando qualquer desejo restante de ser produtiva e se levantando apenas para ter aulas de surfe.

E Amanda não tinha sido a única a mudar enquanto estivemos separadas. Jen não só tinha nos surpreendido com um voo solo em Bangcoc como também se livrara de seu medo de nunca encontrar o amor depois que se apaixonou por Mark, o amigo de Stephany. Nós podíamos estar falando sobre qualquer coisa que ela sempre encontrava um modo de mencionar Mark na conversa. Por exemplo, quando eu comentei que minha irmã nos visitaria na Austrália, ela disse: "*Mark* tem uma irmã!" Jen não conseguia dizer o nome dele sem sorrir. Era como se minhas duas amigas tivessem mergulhado em águas curativas e emergido em versões mais leves de si mesmas. Quanto a mim, ainda esperava voltar para Elan.

– Jen, Amanda não acorda – observei, surpresa, no terceiro dia depois de chegar de uma tarde e encontrar Amanda ainda usando sua máscara para dormir. – O que você acha que deveríamos fazer?

– Que tal uma maratona de filmes? – sugeriu Jen.

– OK.

Jen parou, agora surpresa.

– Jura? Você não quer escalar um vulcão ou algo no gênero? Eu sorri.

– Não, preciso começar a assistir àquela lista de filmes clássicos que você fez para aprender sobre cultura popular. Além do mais, por que escalar um vulcão quando sei que Indiana Jones faria isso melhor?

Embora eu tivesse passado grande parte do meu tempo me instruindo sobre saúde e fitness, cultura popular nunca fora meu ponto forte – e minha ignorância sempre se revelava em conversas desajeitadas em jantares ou reuniões no escritório. Eu olhava inexpressivamente quando alguém citava um filme ou seriado cômico na TV que todos menos eu pareciam ter visto. Aquilo remontava à minha infância – de junho a agosto, minha mãe costumava dizer a mim e às minhas irmãs mais novas, Sara e Kate, que a televisão estava quebrada. (Na verdade só estava fora da tomada, mas obviamente não éramos as crianças mais espertas do mundo.) Então ela nos *pagava* para lermos livros.

Eu preferia usar minha imaginação para entrar na pele dos personagens a fechar a mente diante da TV e teria lido de graça. Quando cheguei à adolescência, não podia me importar menos com TV e passava horas e mais horas lendo feliz da vida perto da lareira, mesmo quando a TV não estava "quebrada". Não tinha do que me queixar, mas ainda assim ser a única pessoa que não entendia uma referência a *Seinfeld* estava se tornando um pouco obsoleto.

Por isso, pelo menos por um dia, eu ficaria feliz em acompanhar Jen e alugar um aparelho de DVD.

– Ei, Pressy e Corby! – disse Jen, entrando no quarto com sua bolsa de praia a tiracolo e uma mulher a reboque que presumi ser Stephany.

– Oi, Stephany! Sou Holly. Prazer em conhecê-la – eu disse, indo abraçá-la. Ela era uns 15 centímetros mais alta do que eu, tinha cabelo louro-escuro, olhos castanhos e um rosto fino vermelho de sol. Amanda, que já havia conhecido Steph quando visitara Jen na universidade, a cumprimentou ao sair do banheiro.

– Como foi viver no luxo por uma noite? – perguntei a Jen, caçoando dela. Tinha imaginado uma cama de balanço e janelas com vista para o oceano Índico. Talvez ela tivesse comido panquecas de banana na cama em uma cortesia do serviço de quarto antes de receber uma massagem à beira da piscina. Jen respondeu me entregando um dos chocolates que os hotéis cinco estrelas às vezes deixam nos travesseiros durante o serviço de abertura de cama.

Steph havia convidado todas nós para ficarmos à beira de uma das dúzias de piscinas de seu resort mais tarde naquela semana, mas hoje iríamos passear – finalmente. Passamos pela piscina margeada de flores, atravessamos os portões e fomos para a rua. Herman, um dos vendedores balineses sorridentes do outro lado da rua de nossa pousada, estava sentado como de costume nos degraus do lado de fora do escritório de um só cômodo de sua família. Com ele, não sentíamos que tínhamos de ficar em guarda para evitar ser enganadas.

A experiência com o apavorante taxista de Hanói administrara uma dose de cautela em nós três. Apesar de não ter havido feridos (exceto talvez os tímpanos do motorista depois dos gritos ensurdecedores de Jen), passáramos por uma espécie de processo de luto para entender uma situação que fora em parte trapaça descarada, diferença cultural e violência gratuita.

Tive pesadelos sobre o episódio como qualquer pessoa com um leve caso de desordem de estresse pós-traumático, mas sabia que aquele incidente era apenas uma pequena ruga no pano dos acontecimentos tecido em nossa viagem até agora. Em vez de me fazer perder a fé nas pessoas, nossa jornada provou que para cada uma que tentava tirar vantagem de você outra praticava um ato aleatório de bondade.

Nenhum país que havíamos visitado ilustrou isso tão claramente quanto o Vietnã. Quando uma mulher jovem esbarrou em mim antes de cortar minha bolsa no mercado do bairro antigo de Hanói, uma idosa veio em meu socorro. No momento em que a ladra desapareceu na multidão (consegui assustá-la quando fiz contato visual com ela e peguei minha carteira antes que caísse no chão), a idosa demonstrou indignação e pegou meu cotovelo. Com seus cerca de 1,40 metro de altura e cabelos prateados brilhantes, ela me conduziu por entre prateleiras com cestas, objetos de laca e bolsas bordadas à mão. Entregou-me uma xícara de chá, costurou o corte em minha bolsa tão naturalmente quanto respirava e se desculpou várias vezes em vietnamita. Fiquei grata por sua bondade e por ela ser um lembrete muito necessário de que a escuridão projetada por alguns dá a outros a chance de brilhar.

Não experimentei a mesma ostensiva rudeza nos balineses. Em vez de o leve ressentimento subjacente em relação aos mochileiros no bairro antigo de Hanói, senti hospitalidade em Bali. De donas de casa pondo flores de presente em carros a vendedores sorridentes como Herman, e crianças rindo e saltitando nas vielas, a atitude geral dos balineses parecia leve e alegre – como açúcar de confeiteiro ou creme chantilly fresco. É claro que essa visão unidimensional escondia as dificuldades que eles podiam enfrentar, fossem lutar para alimentar suas famílias ou cuidar de parentes doentes. Mas eu me enchia de impressões profundas sobre as pessoas sempre que entrava em um novo país. Vistas de fora os balineses pareciam calmos, equilibrados e gentis.

Ao nos ver, Herman sorriu, sua pele cor de café se enrugando nos cantos dos olhos.

– Bom-dia, Panteras! Vocês estão com uma nova amiga hoje!

– Uma imagem da santíssima trindade hindu (Bramha, Vishu e Shiva) olhou para nós pela janela de seu escritório em formato de caixa.

– Selamat pagi [bom-dia], Herman! – Depois de apresentar Steph, eu lhe perguntei quanto custaria nos levar para dar uma volta pela ilha.

– O que vocês gostariam de ver? – perguntou Herman.

– Há templos onde a gente possa caminhar? – perguntei.

Amanda explicou para Steph:

– Holly gosta de se exercitar sempre que passeamos.

– Por mim tudo bem. Seria bom fazer um pouco de exercício – disse Steph alegremente.

Sem parar para pensar, Herman disse:

– Eu poderia levar vocês para Pura Luhur Uluwatu, um dos templos mais sagrados de Bali. – Ele explicou que o templo era dedicado aos espíritos do mar e ficava no alto de um penhasco sobre o oceano Índico.

Herman nos disse para voltarmos dali a uma hora para ele poder pegar o jipe com seu irmão. Fomos tomar café da manhã, com Steph ao nosso lado.

Acrescentar uma quarta pessoa ao nosso trio foi como erguer um espelho: começamos a nos ver mais claramente através do reflexo nos olhos de uma pessoa de fora. Nós três tínhamos nos acostumado tanto com nossas idiossincrasias que não mais as notávamos. Com Steph por perto, os papéis que tínhamos assumido para viajar de um modo mais eficiente e nossos hábitos de dissipar tensão com humor entraram novamente em foco.

Kuta Beach, a faixa de 13 quilômetros de areia, mercados e salões de massagem onde a maioria dos turistas ficavam na ilha, desapareceu atrás do jipe na fumaça do cano de descarga. Desprezando o ar-condicionado, abrimos as janelas para deixar o ar úmido e salgado fazer cócegas em nossos rostos, os raios de sol queimando nossas bochechas quando o astro amarelo subiu mais alto no céu. "Hips Don't Lie" fazia estremecer os alto-falantes e nós cantamos junto com o rádio até chegarmos ao templo em Pura Luhur Uluwatu.

Quando subimos os degraus para o local sagrado, vi um macaco pular de uma árvore, aterrissar na cabeça de uma mulher e pegar os óculos de sol dela. A mulher girou como um dervixe enquanto seu namorado gritava e corria na direção oposta. O cavalheirismo estava mesmo acabando, pensei.

Alguns segundos depois, outro macaco me atacou por trás, batendo em minha mão e esperando a fruta cair. As pessoas alimentavam os animais na esperança de recompensas divinas, o que os tornava deuses travessos. Bali é a única ilha hindu no arquipélago da Indonésia de maioria muçulmana, e na cultura hindu os macacos são considerados sagrados como representações do deus Hanuman. Esperei que os devotos estivessem obtendo benefícios em troca de suas generosas ofertas de alimento, porque estava achando os macacos bem gordos.

– Holly, chegue mais perto do grandão para eu tirar uma foto! – Amanda estava posicionada nos degraus acima com sua câmera apontada para mim.

– Está *maluca*? – Eu não confiava em macacos. Eles já tinham roubado minhas mangas no Quênia, agarrado meus cabelos enquanto eu subia os 777 degraus para o templo no monte Popa em Mianmar e mordiscado meus ombros na Amazônia como cervos faziam com o milho.

Disparei escada acima na direção de Amanda justamente quando outro macaco agarrou-lhe a mão e quase conseguiu roubar sua câmera.

– Aqui se faz aqui se paga! – exclamei rindo, enquanto Amanda gritava e passava correndo por Steph e Jen.

Nós só paramos para respirar quando chegamos ao topo, mas então ficamos paralisadas. O sol rosa flamingo estava se pondo atrás de rochedos escarpados cravados no mar, a luz se refletindo em ondas pontudas como os espinhos de um ouriço-do-mar.

– Nunca vi um pôr do sol tão lindo – disse Steph, com os olhos brilhando. – Gostaria de poder seguir com vocês pelo resto da viagem. Cada dia deve ser uma grande aventura!

– Venha conosco, Steph! – incentivei-a.

– Bem, primeiro eu teria de deixar meu emprego e depois convencer meu marido a também deixar o dele – disse ela, dando um último olhar saudoso para o pôr do sol. Eu parei por um segundo. Por que nada nem ninguém havia mantido nós três em casa? Steph se virou para nós, seus cabelos fustigados pelo vento que subia do oceano. Apoiada no muro de pedra, ela perguntou:

– O que vocês vão fazer quando voltarem?

Entreolhando-nos com nossos corpos retesados, nós três parecemos um pouco mais altas. Pela primeira vez naquele dia, não falamos umas por cima das outras para nos fazer ouvir. Tínhamos feito aquela viagem em busca de insights do que fazer a seguir, mas mesmo tendo percorrido mais da metade do caminho ainda não podíamos responder à pergunta aparentemente simples de Steph.

Tínhamos dormido sob as estrelas nos Andes. Cantarolado ao pôr do sol no ashram na Índia. Navegado por colunas de calcário no Vietnã. Rezado nos campos de extermínio do Camboja. Mergulhado entre as ilhas da Tailândia. Agora, em pé no alto de um templo em Bali, o futuro parecia o lugar mais distante de todos.

– Quantos anos você tem? – perguntou a balinesa baixinha que se apresentara como Nyoman, servindo-me uma xícara de café. Eu estava sentada a uma mesa de restaurante no

pátio de um jardim. Grandes folhas me protegiam como guarda-sóis do sol já quente.
– Vinte e nove – respondi.
– É casada?
Não, essa pergunta de novo! Sorri e respondi:
– Não, mas tenho um namorado nos Estados Unidos.
Ela pareceu aliviada por eu não estar perambulando pelo lugar totalmente descomprometida. A família é o laço que une a sociedade balinesa, com todos os membros tendo papéis e deveres específicos de acordo com o sexo e a ordem de nascimento. O irmão mais velho, por exemplo, tradicionalmente planeja todas as cerimônias religiosas não só para sua própria esposa e filhos como também para as famílias de seus irmãos mais novos. Contudo, são as mulheres que fazem as oferendas para os deuses nessas cerimônias.

E eu tinha a impressão de que os balineses preferiam fazer a maioria das coisas juntos, em multidões reunidas nos *warungs* (restaurantes tradicionais dirigidos por famílias) todas as tardes e grupos de donas de casa andando pelos mercados todas as manhãs. Uma mulher viajando sem um marido devia parecer uma alma perdida. Muitos ilhéus consideravam seu dever aliviar minha solidão, puxando conversa sempre que eu estava longe de Jen e Amanda.

Depois de pouco mais de uma semana em Kuta Beach, havíamos acabado de chegar a Ubud, o centro cultural de Bali. As garotas e eu tínhamos decidido ficar na cama naquela manhã, mas eu estava excitada demais para dormir e queria explorar a cidade, cercada de campos de arroz verde-amarelados e ladeada de galerias de arte.

– Você é casada? – perguntei a Nyoman.
– Sim. Vivo com meu marido e a família dele, e temos dois filhos – respondeu ela. As mulheres balinesas tipicamente vão morar com os parentes de seus maridos em um complexo que também abriga os pais, os irmãos, as cunhadas dele, e os filhos deles. Além disso, adoram os ancestrais dos maridos no templo da família construído dentro dos muros do complexo. Eu me

perguntei por quanto tempo aguentaria viver perto de meus parentes.
– Olhe o cardápio e eu voltarei – disse Nyoman. Fiquei aliviada pelo cardápio apresentar traduções em inglês de pratos como omelete de frutos do mar, arroz frito coberto com ovo e vegetais com leite de coco e curry.

Canções saíam de um alto-falante invisível como uma torrente metálica de sinos de vento, gongos e címbalos – conhecidas como música gamelan balinesa. Sorvendo meu café, observei Nyoman em pé diante de um santuário de pedra na beira do pátio. Ela acendeu um bastão de incenso e o girou ao redor como se em uma oração antes de colocá-lo em uma tigela ao lado de uma pilha de bananas. A fumaça subiu na direção do céu e se misturou com o perfume de frangipana, jasmim e gardênia.

Os pequenos atos de devoção diária realizados pelos balineses me cativaram ainda mais do que alguns dos maiores monumentos da fé – dos templos de Ankgor Wat às ruínas de Machu Picchu – que eu havia visitado naquele ano, talvez porque ver pessoas em atos de adoração fazia a fé parecer mais real. Ao chegar a Bali, tinha topado com pilhas de flores, folhas de coqueiro, biscoitos de arroz e incenso nas ruas e calçadas. Pareciam bonitos demais para ser lixo e casuais demais para ser sagrados, e não ouvira falar nada sobre eles ao estudar o hinduísmo no ashram na Índia. Então me aproximei de Herman, que estava sentado em seus degraus como de costume, para lhe perguntar o que eram.

– São chamados de *canang sari*. Oferendas para proteger contra os espíritos malignos e trazer a sorte dos bons espíritos – explicou Herman sem rodeios.

Desde então descobri que os balineses praticam o hinduísmo com um viés de adoração da natureza. Eles acreditam que o mundo abriga bons e maus espíritos que podem ser mantidos em equilíbrio com rituais como oferendas de frutas, danças e pinturas. Para permanecer em harmonia, os balineses acham que é preciso manter um bom relacionamento com os espíritos, outras pessoas e a natureza. Senti uma onda de entusiasmo e proteção observando as donas de casa balinesas convergindo todos os dias para o divino, pondo oferendas nos santuários da família. E topar regularmente com montes de manifestações caseiras de devoção me lembrava de que eu estava andando por uma ilha de fiéis.

Depois de fazer as oferendas para os espíritos, Nyoman se aproximou de minha mesa, equilibrando um prato fumegante de bananas fritas. – Isto é um presente para você provar – disse ela. – *Matu suksama* [obrigada]. – O açúcar caramelado fez cócegas em minha língua. Uma mulher idosa se aproximou com um bebê nos braços.

– Esta é minha sogra – disse Nyoman. – Ela cuida do meu filho enquanto eu trabalho, mas preciso alimentá-lo agora. – Uma das vantagens de viver com parentes é a ajuda diária. O que você perde em privacidade ganha em cooperação, convivência familiar e a segurança de não ter de enfrentar os desafios da vida sozinha.

Despejei leite condensado em meu café, observando o branco criar no preto a forma de uma flor de lótus se abrindo.

O equilíbrio entre a escuridão e a luz permeava toda a vida em Bali. Eu só esperava poder demonstrar o mesmo equilíbrio – em uma bicicleta. Tinha lido que as estradas nas colinas ao redor de Ubud proporcionavam um passeio pitoresco com uma bela vista dos arrozais. Além disso, queria ver como era a vida fora da cidade e achei que pedalando cobriria um território maior do que correndo.

– Você sabe onde posso alugar uma bicicleta? – perguntei a Nyoman quando ela voltou.

– O irmão do meu marido aluga. Se você caminhar até a estrada da Floresta dos Macacos, encontrará bicicletas estacionadas.

Depois de terminar meu café da manhã, paguei minhas rupias, empurrei minha cadeira para trás e saí. As pinturas das fachadas das lojas estavam inundadas de cores primárias e texturas espalhadas em centenas de telas. Pintores sentados nos degraus da frente de suas lojas davam com seus pincéis toques suaves como os de asas de borboletas. Até mesmo as paredes de concreto no labirinto de vielas estavam artisticamente decoradas com padrões tie-dye, transformando um espaço de outro modo comum em algo lindo. Sombras se projetaram nas paredes. Olhei para cima, vi nuvens encobrindo o sol e percebi que o ar cheirava a chuva pesada.

Sem querer me demorar com uma ameaça de aguaceiro, encontrei facilmente as fileiras de bicicletas estacionadas entre a profusão de galerias de arte, lojas de produtos orgânicos e centros de meditação. Por dois dólares, aluguei uma bicicleta por um dia.

Sentei no selim alongado e coloquei minha bolsa a tiracolo diagonalmente ao meu corpo para evitar que caísse. Senti-me como meu eu infantil subindo em minha bicicleta para descobrir os segredos de terras estranhas: o playground da escola, o estacionamento da igreja, o jardim da minha avó. Estava novamente livre e dona de mim mesma.

Com o vento fustigando minhas orelhas e fazendo meus olhos lacrimejarem, pedalei com força, a lama dos pneus respingando em minhas pernas. Afastei-me da Floresta dos Macacos com seus deuses à espera de dádivas de bananas. Passei por um templo nas margens da cidade com colunas de pedra esculpida sombreadas por folhas de palmeira. Subi uma íngreme colina e passei por casas onde crianças jogavam bola no quintal e paravam para gritar "Oláááá!", quando eu me aproximava. Homens estavam sentados nos degraus da frente de suas casas com telhados de sapê comendo bolinhos de arroz com as mãos. Mulheres carregavam jarros de água, rindo enquanto caminhavam juntas.

Pedalei cada vez mais rápido enquanto o céu escurecia, tentando me antecipar à chuva. Estou livre, repetia para mim mesma a cada respiração. As casas foram se tornando mais espaçadas e os arrozais transformaram a paisagem em um bolo de casamento de camadas verdes. Palmeiras pontilhavam os declives relvados e um rio corria através disso tudo.

Estou livre. Risadas de crianças foram ouvidas de um complexo isolado. Virei minha cabeça e vi uma mulher pondo um bastão de incenso fumegante no santuário de sua família. Pedalei mais rápido.

BUUM! Um trovão explodiu alguns segundos antes de tentáculos de luz formarem fissuras brilhantes nas nuvens.

Uma pessoa sensata teria voltado na direção da cidade para evitar possíveis dilúvios – especialmente ao pedalar em um país estrangeiro sem ter a menor ideia de para onde ia e sem que ninguém soubesse onde estava. Em vez disso, fui compelida a seguir em frente para me antecipar aos relâmpagos. Contraí meus músculos abdominais e pedalei tão rápido que o mundo se diluiu em riscas como o tie-dye que admirara na cidade.

Estou livre. Gotas de chuva caíram, lavando o suor que escorria de minha testa. Eu podia fazer qualquer coisa, ir a qualquer lugar, pensei ao chegar ao topo de uma colina e começar a ganhar ainda mais velocidade na descida.

O que vocês vão fazer quando voltarem? A pergunta de Stephany passou pela minha cabeça como uma fria corrente de ar enquanto o mundo passava velozmente.

Estou livre.

Steph também tinha perguntado, ao voltarmos para casa de um pub irlandês rindo e suadas de dançar em sua última noite na ilha:

– O que realmente as fez viajar?

Eu tinha dado minha resposta padrão: "Como eu poderia *não* viajar? Tinha duas amigas querendo cruzar o mundo comigo e uma pequena poupança no banco. Realmente não tive escolha." Eu a vi examinando meu rosto pelo canto do olho e percebi que não estava totalmente convencida.

– Sim, mas você disse que estava feliz com seu trabalho. E parece que está totalmente apaixonada por seu namorado. Nem mesmo olha para outros homens. E *mora* com ele em um apartamento legal. Falando sério, por que decidiu partir por um ano inteiro?

Eu devia saber a resposta, caso contrário, por que *tinha* trocado meu plano de aposentadoria 401(k) por dívidas no cartão de crédito, meu closet por uma mochila e minha cama com um homem que amava por um catre diferente todas as noites? Amanda queria alavancar sua carreira escrevendo sobre viagens e Jen estava fugindo de um relacionamento com o homem errado. Quanto a mim, estava naquilo apenas pela aventura. Ou era o que dizia para mim mesma.

Estou livre, eu repeti meu mantra pedalando ainda mais rápido. Stephany não podia viajar por um ano porque estava presa ao marido. Nyoman nunca poderia dar um passeio de bicicleta no meio do dia porque tinha um trabalho a fazer e um bebê do qual cuidar. Eu não estava presa a ninguém. Estava livre. E sozinha.

Ouvi a voz de Elan ecoar na minha cabeça enquanto meus pneus reviravam seixos na estrada. "Vou sentir sua falta, Hol." Lembrei-me de como eu tinha ficado feliz e rido quando ele rodopiou comigo na neve naquela calçada de Boston. Pensei em como tinha me sentido segura nas noites em que ficamos acordados na cama conversando até o céu passar de preto para cinza. De quando ele havia me ajudado pela primeira vez a pôr minha mochila nas costas e depois me visto de cima em nosso pátio entrar em um táxi a caminho do aeroporto para começar minha jornada.

Então, mais rápido do que um raio explodindo nas nuvens, eu não quis mais estar livre, não quis mais realizar a jornada da vida sozinha.

Swish, swish, o som dos pedais cortando o ar atenuou o da chuva caindo no chão.

Eu tinha ganhado tanta velocidade que finalmente parei de pedalar e freei, quase dando um cavalo de pau com minha bicicleta. Junto com beber a água e ostentar produtos eletrônicos caros em público, andar de bicicleta em estradas rurais sem um mapa durante uma tempestade provavelmente fazia parte da lista de *Lonely Planet* do que *não* fazer ao viajar.

Antes de minha bicicleta cair em uma vala transformada em rio, recuperei meu equilíbrio. Ao mesmo tempo, um raio de sol penetrou através das nuvens. Os arrozais estavam iridescentes, com gotas de chuva salpicando o verde como se os espíritos tivessem aplicado *strass* na paisagem.

Desacelerei o suficiente para pôr um dos pés no chão e depois voltei na direção da qual viera.

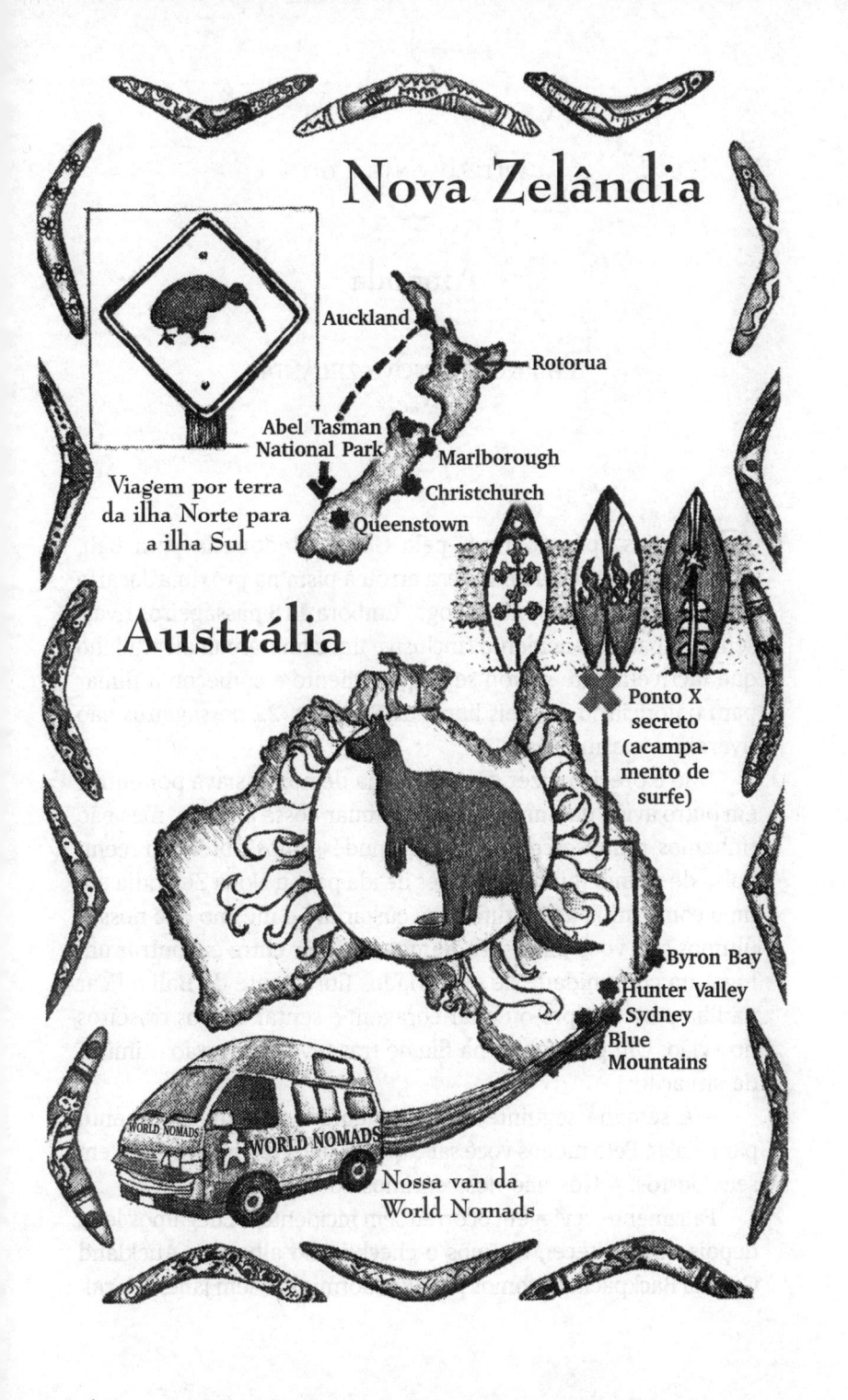

Nova Zelândia

Auckland
Rotorua
Abel Tasman National Park
Marlborough
Christchurch
Queenstown

Viagem por terra da ilha Norte para a ilha Sul

Austrália

Ponto X secreto (acampamento de surfe)

Byron Bay
Hunter Valley
Sydney
Blue Mountains

Nossa van da World Nomads

CAPÍTULO VINTE E OITO

Amanda

ILHA NORTE, NOVA ZELÂNDIA
MARÇO

Seis dias após voarmos pela Garuda Indonesia para Bali, um dos aviões da empresa errou a pista na próxima Jacarta e explodiu em uma bola de fogo. Embora 118 passageiros tivessem escapado do acidente (inclusive um cameraman australiano que incrivelmente salvou seu equipamento e começou a filmar para o noticiário das seis horas de Sydney), 22 passageiros não tiveram a mesma sorte.

Não é preciso dizer que nenhuma de nós ansiava por entrar em outro avião da Garuda para continuar nossa jornada, mas não tínhamos muita escolha. Embora pudéssemos obter um reembolso de último minuto, bilhetes de ida para a Nova Zelândia em uma companhia aérea diferente custariam o mesmo que nossos últimos seis voos juntos. Podíamos escolher entre encontrar um lugar na comunidade de expatriados florescente de Bali e ficar na ilha para sempre ou criar coragem e sentar nossos traseiros no avião. Um passageiro na fila de trás teve uma visão otimista da situação:

– A semana seguinte a um acidente é o melhor momento para viajar. Pelo menos você sabe que os pilotos não dormirão em seus postos. – Nós não nos sentimos confortadas.

Felizmente, a viagem ocorreu sem incidentes. Chegamos logo depois do anoitecer, fizemos o check-in no albergue Auckland Central Backpackers, fomos para um dormitório sem janelas e caímos em um sono comatoso até o despertador de uma de nossas colegas de quarto disparar, logo após as sete horas. Jen e Holly mal se mexeram, mas não consegui convencer meu cérebro a dormir de novo. Vesti calças de corrida, amarrei meus tênis de caminhada imundos e saí.

Não estava preparada para o brilho intenso do início da manhã lá fora: o céu estava tão deslumbrantemente azul e sem nuvens que a luminosidade quase feriu meus olhos. O sol subia no horizonte da cidade e as ruas largas de Auckland começavam a se encher de pessoas indo para o trabalho. O relógio digital de um banco marcava a temperatura, 17º C. Eu tinha saído para um daqueles dias de outono incrivelmente perfeitos que fazem você parar, respirar fundo e se sentir grata por estar viva e poder experimentá-lo (particularmente quando foi uma passageira da Garuda).

Não precisei do mapa que tinha posto em meu casaco esportivo para encontrar o caminho para a área portuária. Passando por contêineres na parte industrial do porto, ao norte da cidade, e chegando às águas azul-pavão de Judge's Bay, senti meus passos se alongarem e meu corpo ganhar velocidade. Mais ou menos um quilômetro e meio depois, percebi que tinha me esquecido de ligar meu iPod. Por que me dar ao trabalho de fazer isso agora? Tinha ouvido todas aquelas músicas um zilhão de vezes. Havia mais novidade no silêncio.

Enquanto eu corria, pensei em Jen e Holly, ainda dormindo no albergue ou começando seus rituais matutinos. Àquela altura eu conhecia melhor as duas do que a mim mesma – seus traços de personalidade, suas mudanças de humor, suas bobeiras e sua bondade. Elas eram meus braços esquerdo e direito, meu compasso e guia. Tínhamos nos tornado a mais unida das equipes. Contudo, às vezes eu me perguntava o quanto essa viagem poderia ter sido diferente se eu – ou qualquer uma de nós – tivesse decidido ir sozinha.

Embora definitivamente a união fizesse a força, estar em grupo às vezes nos fazia tender menos a nos aproximarmos de pessoas novas. Ou fazia estranhos bem-intencionados tenderem menos a se aproximarem de nós. Eu ficava intrigada com os viajantes solitários, tão flexíveis e autônomos, sempre cheios de histórias de amizades recentes com habitantes locais que os haviam abrigado, alimentado, apresentado às suas famílias e convidado para casamentos. Eles tinham de se esforçar muito mais para realizar todas as tarefas que Jen, Holly e eu geralmente dividíamos (descobrir horários de trem, reservar quartos em albergues, negociar preços, carregar produtos de higiene e eletrônicos), mas em última análise suas viagens pareciam valer os desafios.

Holly tinha feito uma viagem solo em um ponto de sua vida; fora uma mochileira solitária na Costa Rica durante várias semanas depois do curso universitário. Ela salientou que, embora viajar sozinha pudesse ser libertador, fazê-lo durante muito tempo exigia instintos aguçados e uma disposição, particularmente por parte das mulheres, de correr riscos consideráveis. Você nem sempre podia usar dinheiro para resolver problemas – ficando em um bom hotel ou pegando táxis em todos os lugares. Por necessidade, tinha de acreditar em estranhos, por isso era melhor ter um talento especial para estudar as pessoas.

Apesar dos possíveis inconvenientes, eu cada vez mais pensava na possibilidade de estender a viagem além da data determinada para seu término e organizar uma aventura em algum lugar na Austrália – sozinha. Sabia que minhas duas amigas, especialmente Holly, queriam voltar para casa, mas agora que eu finalmente havia cumprido minha promessa de parar de escrever artigos e apenas *viajar*, a última coisa que queria fazer era voltar à minha antiga vida.

Ao andar pesadamente de volta para a cidade (ao contrário de Holly, não tinha preparo físico para maratonas matutinas completas), vi-me bem no meio da hora do rush matinal em Auckland. Na verdade, "rush" não era uma palavra apropriada, já que ninguém parecia estar com pressa. Homens bonitos, bem barbeados e usando ternos impecáveis subiam a rua Customs, enquanto mulheres lindamente vestidas saíam da Starbucks com lattes na mão. As pessoas riam e conversavam com amigos ou colegas de trabalho. Ninguém pisava na faixa de cruzamento para pedestres enquanto o sinal não o permitia e, se uma pessoa esbarrasse em alguém vindo da direção oposta, se desculpava. Aquilo parecia uma representação artística de uma cidade imaculada e bem organizada do futuro, um lugar em que pessoas bem-vestidas pareciam gostar de dividir espaços públicos. Só que isso não era um desenho ou modelo digitalizado: era a maior e mais populosa cidade da Nova Zelândia.

— Estão brincando comigo. Realmente *gostam* daqui? – disse nossa companheira neozelandesa quando nos pegou no dia seguinte em seu Toyota Marino cinza-chumbo. Tínhamos conhecido a garota de 24 anos pela internet depois que ela topou com nosso blog. Quando ficou sabendo que iríamos à Nova Zelândia, enviou-nos um e-mail perguntando se gostaríamos que bancasse nossa motorista e guia turística durante nossa estada em sua cidade. Nossa resposta foi um unânime sim. Tínhamos planejado ficar em Auckland por apenas quatro dias – o suficiente para passar algum tempo com amigos locais de Holly –, mas na opinião de Carmi um dia bastava.

— Do que vocês gostam em Auckland? – perguntou ela totalmente incrédula.

— A cidade parece muito *habitável* – disse Holly. Depois de passarmos nosso primeiro dia explorando, havíamos ficado impressionadas com a grande quantidade de parques, caminhos e espaços ao ar livre, para não falar nas paisagens praianas. A cidade fora construída em uma estreita faixa de terra entre dois portos que separavam o mar da Tasmânia e o Pacífico. Cada baía e enseada era repleta de barcos brancos brilhantes, de diminutos esquifes a iates. Não foi difícil entender por que fora apelidada de Cidade das Velas.

O que não conseguíamos entender era por que os habitantes pareciam ter uma impressão tão neutra de sua cidade natal. Eles expressavam as mesmas queixas da maioria dos habitantes de outras cidades: excesso de tráfego, preços altos de imóveis, grande expansão urbana nos últimos anos. Como os habitantes de Auckland podiam ser tão pouco conscientes do quanto sua cidade era impressionante em comparação com todas as outras?

– Esperem até começarem a viajar pelo resto do país – disse Carmi. – Então verão por que não deveriam ficar tanto tempo aqui.

Ela explicou que as ilhas Norte e Sul eram repletas de maravilhas naturais de proporções dignas de IMAX. Florestas tropicais, florestas de pau-brasil, florestas decíduas, glaciares azuis eletrizantes, regiões de formações calcárias, montanhas pontiagudas como facas, vulcões borbulhantes, fiordes profundos, piscinas de enxofre fumegantes e praias cristalinas de água verde-azulada ocupavam um território menor do que o da Itália. Um total de 4 milhões de pessoas vivem na Nova Zelândia – um terço das quais em Auckland –, o que a torna um país de cidades pequenas com uma das menores densidades populacionais do mundo. Na maioria dos lugares, você realmente pode deixar sua porta da frente destrancada. Há dez ovelhas para cada habitante.

– Ei, vocês acham que algum dia experimentariam algo como isso? Nunca fui, mas ouvi falar que é *sweet as* – disse Carmi, apontando para a Sky Tower de Auckland. Parecia a Space Needle de Seattle, exceto pelo fato de que, segundo Jen, nosso guia para turistas ambulante, era 143 metros mais alta –, a maior torre do hemisfério Sul.

– *Sweet as* o quê? – perguntou Holly, apertando os olhos para ver as diminutas figuras se lançando do lado da torre em uma proeza comparável a praticar BASE jumping com uma corda em vez de um paraquedas.

– É uma expressão e é melhor que se acostumem com ela. Os neozelandeses dizem muito isso.

– Ei, Amanda, vamos fazer isso! Querem ir esta tarde? – perguntou Jen ansiosamente, sempre pronta para experimentar algo que proporcionasse uma descarga de adrenalina e do que pudesse se gabar.

– *Nem pensar* – eu disse. Jen havia tentado me convencer a praticar algum tipo de bungee jump famoso na ilha Sul e eu dera

uma resposta parecida. Meus dias de experiências malucas de quase-morte estavam prestes a terminar.
– Holly? – perguntou Jen.
– Sinto muito. Neste ponto, por princípio acho que minha empresa de cartão de crédito não aprovaria.
– OK, então isso está resolvido – disse Carmi. – Para onde vocês gostariam de ir?
– Aaah! Eu sei! Vamos fazer compras!

Holly, que ansiava por visitas a supermercados estrangeiros como discípulos religiosos anseiam por uma peregrinação a Meca ou ao Muro das Lamentações, pediu para que nossa primeira parada fosse no supermercado New World, pelo qual havíamos passado a caminho da cidade, para conferir os alimentos incomuns e exóticos consumidos pelos neozelandeses.

– Ela está falando sério? – perguntou-me Carmi enquanto Holly deslizava para o banco de trás.

– Totalmente. Isso é quase um vício.

Depois de uma rápida volta pelos corredores, Holly comprou alguns produtos básicos e saímos em busca de um pouco de cultura real em Auckland. Visitamos a maioria dos locais na lista de Carmi, inclusive o imponente e recém-reformado Auckland Museum, Viaduct Harbour e o mercado da rua Queen, dançando entre as paradas ao som de uma combinação de músicas que Carmi havia preparado para nós com artistas locais como Brooke Fraser, Dave Dobbyn e seu favorito Fat Freddy's Drop.

– Os neozelandeses *realmente* vivem para a música – disse ela apaixonadamente. – Nós saboreamos cada canção. E nossas bandas não ficam nada a dever às outras no mundo. Somos bons em fazer música, mas ainda melhores em dançá-la.

Como depois ficamos sabendo, Carmi era uma fonte de informações sobre tudo na Nova Zelândia. Enquanto íamos para Mission Bay, a área em frente à praia de restaurantes e bares da moda, Holly lhe fez as mesmas perguntas sobre casamento e relacionamentos que fazia a mulheres de todo o planeta:

– Como as pessoas se conhecem aqui? Com que idade se casam? Com que idade têm filhos?

Respondendo com a rapidez e a precisão de um tenista profissional rebatendo bolas, Carmi nos fascinou com suas revelações sobre a cultura neozelandesa.

Sobre os papéis dos sexos:
– Depois de décadas provando que as mulheres são iguais aos homens, os relacionamentos são muito progressistas. É comum ver homens cuidando de bebês e os levando para passear em carrinhos enquanto a mãe sai para trabalhar e ganhar a vida.

Sobre conhecer homens:
– Nós definitivamente não vamos a "encontros" como vocês fazem nos Estados Unidos. Não temos nada de *Sex and the City*. Um homem não se aproxima de você em um bar e a convida para sair. Em geral você conhece alguém através de amigos. Isso é tudo.

Sobre o casamento:
– Vocês encontrarão muitas pessoas que moram juntas há anos, mas não são casadas. O casamento em si realmente não parece ser uma prioridade como era antes.

Nós ouvimos atentamente essas informações, as assimilamos e arquivamos para futura referência. No caso de alguma de nós algum dia abandonar a vida em Nova York em busca de um futuro na terra do kiwi, era exatamente isso que precisávamos saber.

Depois, naquela tarde, Carmi nos deixou na casa de Nora e Eric, um casal que Holly conheceu através de uma amiga de uma amiga do ensino médio. Embora eles nunca realmente tivessem visto Holly, nos convidaram para ficar em sua casa por algumas noites.

Nora e Eric tinham o que parecia ser um relacionamento neozelandês bastante idílico (e prototípico, segundo os padrões de Carmi). Recentemente tinham aberto um estúdio de pilates em um bairro badalado de Auckland e se mudado para um confortável bangalô de dois quartos a um quarteirão da praia. Tinham uma filha adorável de um ano com cachos platinados chamada Madison. Nós tivemos curiosidade em saber se eles eram casados ou se Nora simplesmente não tinha adotado o nome do marido (talvez aquilo fosse uma das atitudes de independência das mulheres neozelandesas), mas logo ela dirimiu nossas dúvidas.

– Ah, Eric e eu não somos casados. Bem, ainda não – disse ela, enquanto nos instalava alegremente em seu quarto de hóspedes. – Nós falamos sobre isso, mas com tudo que está acontecendo... vocês sabem, o bebê, o estúdio... ainda não encontramos tempo para isso.

Ela se virou para sorrir para a menina loura angelical em seu quadril.

– Não é, minha querida? Mamãe e papai estão simplesmente ocupados demais!

Madison olhou para sua mãe por um segundo antes de explodir em risadas e estender a mão para acariciar-lhe o queixo. Nora entregou o bebê para Holly a fim de pegar uma pilha de toalhas.

– Então vocês três estão instaladas, certo? Jen, arrumaremos uma cama para você esta noite no sofá antes de irmos dormir. Ah, mais uma coisa.

Ela apontou para um pequeno botão vermelho na parede, perto da luminária na cabeceira.

– Por alguma razão, as últimas pessoas que moraram aqui instalaram esse alarme no caso de alguém tentar entrar. Mas não se preocupem. Auckland é tão segura que Deus me livre de algum dia precisarmos usá-lo. Só tentem não esbarrar nele caso se levantem no meio da noite.

Nós prometemos que tomaríamos cuidado e agradecemos novamente a Nora por sua hospitalidade.

– Ah, parem com isso. – Nora agitou sua mão. – Sempre adoramos ter hóspedes. E Eric está preparando um pequeno jantar esta noite, portanto se aprontem. Ele é um bom cozinheiro.

O "pequeno jantar" se revelou um banquete, e para a segunda noite Eric e Nora tiveram planos ainda maiores para nós. Seu amigo Ryan, do Texas, e sua esposa grávida, Kim, dariam um jantar para alguns casais com filhos, e fomos convidadas. Eu estava começando a achar que os neozelandeses não eram apenas amigáveis aos visitantes – realmente competiam para ver quem era mais obsequioso.

– Não se preocupem, vocês não serão as únicas pessoas solteiras lá – disse Nora. – Ryan falou que convidará seu amigo solteiro Cameron para vocês poderem conversar com ele se o resto de nós tiver de se afastar para cuidar daquelas coisas entediantes de bebês.

Ah, o simbólico homem solteiro. Subitamente tive uma visão de Mark Darcy em um ridículo suéter de rena na festa de Natal no filme *O diário de Bridget Jones*. Só que, em nossa versão, haveria duas solteironas para brigar por ele.

– Ele é meu, senhoritas – brinquei. – Nem pensem nisso.
– Desista, Pressy – disse Jen. – Eu já disse que ele era meu cinco minutos atrás.

O misterioso Cam não se parecia em nada com o malvestido e tenso Mark Darcy. Estava mais para um belo Paul Rudd, brincando com todas as crianças quando chegamos. Perguntei-me se Jen ou eu realmente brigaríamos pelo homem: além de ser superbonito, ele parecia incrivelmente doce.

Por outro lado, a anfitriã, Kim, pareceu irritadiça e agitada no segundo em que entramos pela porta. Não levamos aquilo para o lado pessoal – ela estava quase no final da gravidez. Mas fiquei um pouco surpresa quando ela imediatamente nos colocou na cozinha cortando salsichas, cubos de pão e queijo.

– Ah, e vocês se importariam de lavar os pratos depois? – perguntou, saindo sem esperar uma resposta.

– Ei, estou ouvindo sotaques americanos? – A julgar pela fala arrastada, percebi que a voz era do marido dela, Ryan, que nos seguira até a cozinha. Ele ficou encostado no vão da porta com uma cerveja na mão enquanto trabalhávamos. Eu havia passado metade da minha infância no Texas, e esse era realmente um bom e velho texano... grande, musculoso e barulhento. Pude facilmente imaginá-lo bebendo até tarde da noite no tipo de lugar em que cascas de amendoim no chão eram consideradas uma bela decoração.

– Então me digam, senhoritas. O que as trouxe aqui? Como vieram? Eu me perguntei o mesmo sobre ele. Uma mistura neozelandesa-texana parecia muito incomum. E depois de nos falar sobre tudo em sua terra natal de que sentia falta ("O verdadeiro molho barbecue. E que hambúrguer com batata frita! Ah, e os bares abertos até depois da meia-noite."), Ryan foi até a geladeira e perguntou se, já que estávamos com as mãos sujas, poderíamos temperar sua carne. Todas nós olhamos pasmadas ele tirar um pedaço de filé de um quilo e meio e colocá-lo sobre a tábua de carne perto da pia.

Ryan riu da própria piada e prometeu que ele mesmo faria isso. Mas ouvindo seu comentário da sala ao lado, Kim imediatamente reapareceu para nos dizer que provavelmente deveríamos nos juntar aos outros convidados na sala de estar.

Àquela altura todos os casais haviam chegado e ficamos com mães e pais jovens, que em sua maioria pareciam interessados em ouvir nossas histórias da viagem.

– Vamos, contem todas as melhores partes – disse Alice, cujo filho de três anos, Kieran, corria pela casa como um avião. – Agora todos nós somos pais e mães, por isso realmente não temos a chance de...

Ela se interrompeu ao ouvir um barulho, seguido de um gemido. – Ah, droga. Me desculpem... já volto.

Logo nós nos sentamos para uma orgia de muitos pratos, vinhos, saladas, acompanhamentos cremosos, carnes grelhadas fatiadas e uma fofa sobremesa de merengue chamada Pavlova. Os neozelandeses à mesa nos fizeram prometer que, quando fôssemos para o país vizinho maior do outro lado do mar da Tasmânia, não acreditaríamos naqueles "filhos da mãe australianos" que tentam dizer que inventaram a sobremesa.

– Ela sempre foi nossa. Eles ficam dizendo que não – disse Ted, o marido de Alice.

– Ah, chega dessa velha rivalidade por causa da Pavlova! – bramiu Ryan, sentado na nossa frente perto de Cam. A cada prato (e cerveja consumida), ele se tornava cada vez mais barulhento ao expressar a falta que sentia dos "bons e velhos Estados Unidos da América". Agora voltava sua atenção para nossas vidas pessoais. – O que quero saber é... qual de vocês não tem namorado?

– Querido... *por favor* – disse uma exasperada Kim, que tinha nos dado olhares de esguelha nas últimas duas horas e agora parecia pronta para nos expulsar. Ou matar seu marido. Ou as duas coisas.

– O que foi? O que fiz de errado agora? Só estou fazendo a essas gentis senhoritas uma pergunta do interesse do meu bom amigo Cam, que a propósito está *totalmente disponível* – disse ele, cutucando seu amigo, que ficou vermelho e deu de ombros como se dissesse: "Desculpem-me, realmente não conheço esse homem."

– Tenho uma ideia. – Kim ignorou o comentário dele, fazendo certo esforço para se levantar. – Acho que está na hora trocarmos de lugar para todos terem uma chance de conversar. Quero dizer, não precisamos ficar com todos os americanos em um pequeno grupo em um lado da mesa. Vamos, levantem-se.

Todos olharam para Kim por um segundo, sem saber ao certo se deveriam seguir suas instruções. Kim as repetiu e, quando o grupo se levantou devagar, Ryan nos mandou sentar de novo. Disse que não trocaria de lugar. Kim mudou de tática, vindo para nossa ponta da mesa e pondo uma cadeira entre Ryan e Cam.

– Então, *senhoritas*, também quero saber mais a seu respeito. Nenhuma de vocês é casada, certo? Puxa! Qual é mesmo a idade de vocês?

Holly disse nossas idades, e Kim continuou a nos interrogar – sobre nossas vidas em casa, o rompimento de Jen, o relacionamento a distância de Holly e se estávamos preocupadas com a possibilidade de uma viagem de um ano nos deixar alguns anos atrás no jogo do namoro e casamento.

– Quero dizer, vocês *realmente* desejam ter filhos, não é? – perguntou ela, agora incrivelmente preocupada com nosso bem-estar e nossa saúde. – Sabem que isso se torna mais arriscado com a idade, certo?

Depois de vários longos minutos tentando produzir respostas inofensivas enquanto um bêbado Ryan zombava de sua esposa, Eric e Nora vieram em nosso socorro, dizendo que tinham de ir embora para pôr Madison na cama.
– Bem, posso levar as garotas para casa depois. Realmente não há nenhum problema – disse Ryan com a voz arrastada, insistindo em que nós três continuássemos nossa noite com ele e Cam em um bar na rua. Eu não consegui nem mesmo olhar para Kim. Nós declinamos a oferta (várias vezes, na verdade). Cam nos abraçou e disse para o procurarmos se algum dia voltássemos à cidade. Kim ficou atrás de seu marido na sala de estar enquanto saíamos e sentávamos com Madison no banco de trás do carro.
– Acho que isso deu muito certo – brincou Eric, saindo pela entrada de carros.
– Vou telefonar para ela amanhã – disse Nora, e foi a última coisa que falamos sobre o jantar.

Mais tarde naquela noite, caí em um sono intermitente no quarto de hóspedes e sonhei que estava em uma corrida atrás de Cam, desesperada por pegá-lo para que pudesse ser pai dos meus filhos. Acabei pegando-o, mas quando ele se virou se transformou em Kim, que estava furiosa comigo por tentar ter um caso com seu marido. Acordei suando, tentei acender a luz e ouvi o som de sirenes na casa. Holly se ergueu de um pulo na cama perto de mim e tirou sua máscara para dormir.
– O que foi? O que está acontecendo?
Eric entrou rapidamente no quarto, abriu um painel na parede e acabou com o barulho.
De algum modo, apesar dos avisos de Nora, eu havia apertado o botão do pânico.

Depois disso, chegamos à conclusão de que Carmi estava certa. Era hora de seguir em frente. Agradecemos a Eric e Nora por sua hospitalidade e começamos a planejar nossa viagem por terra.

Após sérias considerações, decidimos contra o entra e sai da excursão de ônibus de mochileiros pelas ilhas Norte e Sul (conhecida como "Kiwi Experience") e a favor de alugar nosso próprio veículo. O ônibus custava um pouco menos, mas o carro ofereceria mais liberdade e flexibilidade. Estávamos fartas de ônibus, trens e horário de voos. Mal podíamos esperar para viajar por terra, donas de nossos próprios destinos.

E quando fizemos a viagem de quatro horas de Auckland para a cidade vulcânica de Rotorua, percebemos que havíamos tomado uma decisão sábia. Ao fazermos o check-in no albergue Hot Rock, vimos um monstruoso ônibus verde parar no estacionamento. Sessenta mochileiros sujos e suados parecendo estudantes do ensino médio ou da universidade saíram, curvados sob o peso de mochilas, sacolas plásticas cheias de salgadinhos, cereais, barras de chocolate recheadas e pães. Aquilo teria parecido uma viagem dos sonhos no verão após a universidade (ou, hum... alguns meses atrás?), mas todo aquele conceito simplesmente não me agradava mais tanto.

A maioria dos mochileiros ficava um dia ou no máximo dois em Rotorua. Nós havíamos planejado ficar quatro. "Isso é tempo demais! Sigam viagem!", praticamente podia ouvir Carmi gritando. Mas Jen, Holly e eu estávamos cansadas de entrar e sair de lugares a uma velocidade maior do que a da luz. Como tínhamos aprendido na última metade de nossa jornada pelo Sudeste Asiático, pôr demais em sua lista de "tem que ver" é o modo mais rápido de você ficar exausta, indisposta e totalmente desnorteada.

Uma das primeiras coisas que notamos quando nos aproximamos de Rotorua: a cidade e tudo o mais em um raio de dez quilômetros tinha o cheiro de um balde de fraldas. Logo ficamos sabendo que toda a área está localizada sobre um platô vulcânico, e as mesmas forças subterrâneas que exalam do fundo da terra um cheiro sulforoso e de ovo podre também produzem gêiseres, fumarolas fumegantes, lagos de lama grudenta, cachoeiras ferventes e fontes borbulhantes de água quente.

Depois de alguns dias tomando banhos de lama e descendo voluntariamente a mais alta cachoeira navegável do mundo em uma balsa (sugestão de Jen, é claro), Holly decidiu que queria se juntar a um grupo de mochileiros que faria a Maori Twilight Cultural Tour. Jen e eu optamos por não ir. Não só porque não gostávamos de pacotes de programas de música e dança. Eu queria conversar com Jen sobre o próximo ano – e o que ela achava que poderíamos fazer quando voltássemos para os Estados Unidos.

Tínhamos planejado andar ao redor do lago Rotorua, mas a falta de um caminho e o forte cheiro de enxofre nos forçou a voltar. Depois de falar com um casal que também havia saído para uma caminhada, ficamos sabendo que havia um parque nacional muito mais pitoresco e menos fétido a apenas dez minutos de carro do centro da cidade.

Redwoods Whakarewarewa Forest se revelou uma deslumbrante World's Fair de árvores entremeadas de quilômetros de trilhas para caminhada e ciclismo. Jen e eu pretendíamos caminhar, mas após uma breve olhada no mapa de trilhas e uma para a outra, resolvemos correr. Seguimos ao longo e ao redor de curvas suaves na trilha coberta de folhas, desacelerando apenas para beber em uma clareira na floresta com uma vista particularmente exuberante.

– Nossa, Holly vai ficar... totalmente arrasada... por não ter visto isto – eu disse, tomando fôlego enquanto nossos passos se tornavam arrastados. Raios de luz dourados e alaranjados passavam pelas árvores à medida que o sol descia progressivamente no céu.

– Eu sei. Talvez possamos... trazê-la aqui... amanhã? – sugeriu Jen, embora nós duas soubéssemos que provavelmente teríamos de pegar a estrada de novo.

Caminhamos em silêncio por alguns minutos para tomar fôlego, finalmente toquei no assunto da "volta" com Jen. A volta para os Estados Unidos ainda parecia muito distante, mas eu sabia que o tempo passaria em um piscar de olhos. Depois da Nova Zelândia, só faltava visitarmos a Austrália – e o que faríamos a seguir?

– Ah, não sei – disse ela, desacelerando ainda mais. – Tenho pensado muito sobre isso desde que voltamos da Tailândia, desde Mark. Sabe, toda aquela experiência com ele... realmente abriu meus olhos.

— Como assim? — perguntei, tirando minha blusa de manga comprida e a amarrando ao redor da cintura. O ar sob a cobertura de árvores estava fresco e ligeiramente úmido, e me revigorou como uma compressa fria na nuca.

— Bem, conhecê-lo me fez pensar duas vezes sobre se quero voltar para Manhattan. É um ótimo lugar para construir uma carreira, subir a escada profissional. Não para encontrar o amor de sua vida, se estabelecer. — Jen soltou seu rabo de cavalo e prendeu os cabelos em um pequeno nó no alto da cabeça. — Em Nova York, nunca conheci alguém que me surpreendesse como Mark. Nem uma vez em cinco anos.

— Mas você tinha Brian — salientei, enquanto Jen parava e depois escolhia o lado esquerdo de uma bifurcação na trilha. — Não estava em uma posição de se surpreender.

— Sim, talvez. Mas diz algo o fato de eu ter ficado com ele tanto tempo. No fundo sabia que não éramos certos um para o outro. — Ela examinou diretamente o chão na frente de seus pés e depois olhou para mim com uma expressão triste e quase defensiva. — É só que eu via todas as minhas amigas passando por um verdadeiro inferno em encontros na cidade, e não queria passar por isso. Escolhi o caminho seguro.

— Isso não é necessariamente ruim — eu disse, tentando tranquilizá-la. — Você teve dois relacionamentos saudáveis que duraram quatro anos e um pouco de experiência em fazer as coisas darem certo. Os únicos relacionamentos que tive deram errado.

Ela desacelerou por um segundo, tirou a tampa de sua garrafa de água e deu um gole.

— Sim, mas você *namorou*. Realmente, realmente namorou. Viu o que há lá fora e teve a chance de descobrir do que gosta e do que não gosta. Além de meus dois namorados, nunca alguém me chamou para sair.

— Mas chamará, quando voltarmos — eu disse, dando um gole de minha própria garrafa. — Além disso, aonde os meus namoros me levaram? Estamos exatamente no mesmo ponto agora.

– Sim, acho que sim.
Olhei para o pedaço de céu que podia ver entre as árvores e percebi que estava começando a escurecer rápido. Não é preciso dizer que retomamos nosso ritmo.
– Bem, o que você quer fazer? Está pronta para voltar para a cidade? Ou está pensando em outro lugar? – perguntou Jen.
Era sobre isso que eu queria falar com Jen. A ideia de voltar à minha vida em Nova York me fazia querer entrar na floresta de pau-brasil e começar uma nova carreira como reclusa.
Fomos muito longe no mundo e eu tinha a impressão de que *apenas* começara a explorar um lado diferente de mim mesma, estabelecer uma identidade além do meu currículo e do meu cartão de visita. Durante muito tempo temera desperdiçar minha vida se não conquistasse algo concreto que me fizesse ser respeitada pelas pessoas. Agora começava a entender que me voltar totalmente para o trabalho poderia me tornar uma mulher muito solitária dali a uma década. Todos os títulos de artigos e itens de currículo do mundo não compensariam o tempo não passado com familiares, amigos, um homem... ou apenas comigo mesma. Em última análise, não me fariam feliz. Uma sensação de real satisfação – do tipo que sentira pela primeira vez dando aulas de ginástica e anos depois com as garotas na Pathfinder – realmente não provinha de um lugar externo.
Finalmente aceitei que essa percepção era o motivo de me sentir tão em conflito em relação à volta para Nova York. Disse a Jen que mais cedo naquele dia tinha recebido um e-mail de uma editora para quem trabalhara como freelancer me perguntando se eu estaria interessada em trabalhar para ela quando voltasse para os Estados Unidos – se planejasse voltar. Havia uma boa chance de ela ter uma posição de nível sênior vaga no final do verão e queria conversar comigo sobre ocupá-la.
Os velhos traços de personalidade são duros de matar. Sua sugestão me deixara muito animada – aquilo seria uma *enorme* promoção, uns quatro degraus acima na escada editorial, e eu nunca teria de ser assistente de novo! Mas também me apavorava. Sabia como seria fácil voltar aos meus velhos hábitos de

trabalhar demais. Não queria me ver de novo presa a uma cadeira aos 29... 30... e 31 anos. Por mais que ficasse grata pela proposta de emprego, não sabia como Manhattan se encaixaria em minha vida ou como eu me encaixaria em Manhattan. Poderia ter uma carreira – e tudo o mais que também desejava?

Não tinha me dado conta dos meus sentimentos até agora, mas eles me atingiram com toda força: realmente estava pronta para algo mais do que apenas um emprego. Queria o que no fundo a maioria das mulheres secretamente (ou não tão secretamente) querem – me apaixonar, ser uma namorada ou esposa, voltar para casa com alguém que quisesse estar em casa comigo. Nunca realmente tinha aberto muito espaço em minha vida para essas coisas. E embora não soubesse onde moraria quando a viagem terminasse, de uma coisa estava certa: queria que minha vida fosse muito diferente do que era no ano antes da minha partida.

Jen me trouxe de volta para o presente perguntando quando começaria o trabalho editorial.

– Não sei – eu disse, aliviada ao ver à frente um espaço aberto nas árvores. – Ela não mencionou uma data.

– Bem, parece que você tem algum tempo para pensar nisso. Não recuse o emprego ainda – recomendou Jen, seus passos se tornando ainda mais decididos enquanto nos dirigíamos para o início da trilha.

Respirei um pouco aliviada. Parecia que tínhamos escolhido o lado certo da bifurcação a que havíamos chegado mais cedo.

– Não recusarei – prometi. – Mas às vezes me pergunto se realmente é possível atingir um equilíbrio em Nova York. Você nunca se pergunta se algumas coisas, como encontrar um ótimo homem ou um emprego das nove às cinco, poderiam ser mais fáceis em outra cidade?

Jen riu.

– O tempo *todo*. Aposto que seria mais fácil encontrar todas essas coisas em *qualquer* outra cidade.

Eu sorri.

– Sim. Quando eu ia às conferências sobre saúde e nutrição em Chicago, podia jurar que todo o lugar estava cheio de rapazes

maravilhosos e saudáveis ansiosos por pegar o número do seu telefone e a convidarem para sair.
– Concordo totalmente... E quanto a Denver? Uma das minhas colegas de trabalho me contou que lá não só há muitos guerreiros de fim de semana lindos como as pessoas vão de bicicleta para o trabalho e saem do escritório exatamente às cinco da tarde – acrescentou Jen.

Quando chegamos à clareira e voltamos para nosso carro, Jen e eu falamos sobre todas as cidades que poderiam apresentar uma vantagem romântica ou profissional sobre Nova York: San Diego, Washington, Boston, Austin, Portland.

– Ei, não vamos escolher uma cidade por enquanto – eu disse, agora totalmente empolgada com a ideia de me mudar para outro lugar. – Como já desenraizamos nossas vidas e neste ponto somos viajantes profissionais, por que não fazemos uma excursão a *todos* os lugares antes de escolhermos um?

– Adorei isso! Poderíamos chamá-la de Cruzando Fronteiras Estaduais para o Amor ou Nova-Iorquinas sem Fronteiras – sugeriu Jen.

– Não, espere, já sei! – eu disse abrindo as portas e me sentando atrás do volante. – Encontrando um Parceiro nos Cinquenta Estados.

– Ei, ótimo – disse Jen, sorrindo ao se sentar no carro perto de mim. – Talvez você pudesse começar uma carreira de escritora.

– Tenho pensado sobre isso.

CAPÍTULO VINTE E NOVE

Jen

ILHA SUL, NOVA ZELÂNDIA
MARÇO-ABRIL

Amanda, Holly e eu havíamos seguido o caminho costeiro do Abel Tasman National Park por quase quatro horas quando chegamos a uma bifurcação. Fincada no chão havia uma placa avisando da travessia à frente. As instruções eram diretas: SIGA À ESQUERDA DURANTE A MARÉ BAIXA (40 MINUTOS). PERMANEÇA À DIREITA DURANTE A MARÉ ALTA (1,5 HORA).

– Hum, acho que esqueci minha tábua de marés em casa. Deveríamos presumir que está alta ou arriscar? – perguntou Holly.

– Não sei, e isso não está escrito em nenhum lugar – respondi, me ajoelhando para inspecionar cada centímetro quadrado da placa e a chance de termos perdido um horário.

– Bem, os dois caminhos levam ao mesmo lugar. Um é muito longo – acrescentou Amanda, lendo atentamente o mapa da trilha que pusera em seu bolso. – Acho que não deveríamos atravessá-lo tão perto do anoitecer.

Desde que entramos nesse paraíso ricamente colorido em um barco chamado Vigour, havíamos seguido um ritmo tranquilo, parando para apreciar a água azul-celeste, florestas cor de esmeralda e praias de areia dourada em nossos 360 graus de visão panorâmica. Mas agora, perto do crepúsculo, decidimos que fazia mais sentido seguir a rota mais curta e esperar que a maré ainda estivesse a uma distância segura da terra. Nós partimos em uma corrida maluca pelo caminho do oeste. Mas, como logo descobrimos, não fizemos a escolha certa.

Em menos de trinta minutos, chegamos a uma clareira e vimos a entrada para o acampamento uns duzentos metros à frente. Infelizmente, a enseada rochosa que nos separava de nosso destino já estava inundada de ondas.

– Bem, acho que agora já sabemos a que horas a maré sobe – eu disse, examinando a área para ver se havia uma rota alternativa.

– Ah, puxa vida! O que devemos fazer? Voltar e seguir o outro caminho? – perguntou Holly.

– Acho que não temos tempo. Vamos demorar duas horas para voltar e seguir a trilha da maré baixa até o final, e não gosto da ideia de caminharmos tão perto da beira do penhasco com apenas nossas lanternas de cabeça – respondeu Amanda.

– Bem, você está certa. E a cabana está bem ali. Não parece tão fundo – disse Holly, andando até a beira para inspecionar a água.

– Eu atravessarei se vocês duas atravessarem.

– Não há como saber qual é a profundidade no meio, mas aqui não chega a um metro. Então acho que devemos tentar – disse Amanda, olhando para mim em busca de aprovação.

– Que droga! Na pior das hipóteses voltaremos – eu disse, me abaixando para desamarrar minhas botas de caminhada.

Como Amanda, Holly e eu tínhamos criado nosso próprio pacote turístico, combinando uma caminhada independente e um pernoite com uma excursão de caiaque guiada na manhã seguinte, as únicas roupas que trouxemos eram as dos nossos corpos e um conjunto extra em nossas pequenas mochilas, que serviria como pijama e para usar no barco. Não seria um grande problema se tudo ficasse ensopado, mas isso não era o ideal, considerando-se o clima cada vez mais frio. E em vista do fato milagroso de meu iPod ainda estar funcionando depois de quase uma dúzia de países e inúmeros aviões, trens e autorriquixás, não se estragaria agora. Nós três concordamos em abaixar atrás de algumas pedras e pôr nossas roupas de banho. Com tudo o mais guardado em nossas mochilas ou preso na parte externa pelas tiras, começamos nossa lenta travessia.

– Adoro saber que somos as únicas que sobraram em toda a trilha e de algum modo conseguimos nos meter na água gelada

durante a maré alta. Isso é a nossa cara – disse Holly, sempre a primeira a rir de nosso último de uma longa série de apuros.
– Não se preocupem. Podemos fazer isso, garotas. Acredito em nós. Isto é *Carruagens de fogo* – respondeu Amanda, recorrendo a um de seus mantras clássicos da viagem. – Só tomem cuidado nesta parte. Está realmente escorregadia – acrescentou, enquanto a água subia de seus quadris para acima de sua cintura.
– Ah, para mim parece mais *Conta comigo*. Isto é terrível – eu disse. – Só que graças a Deus não há sanguessugas. Ei, já contei a vocês de quando encontrei uma sanguessuga em meu pé no acampamento de verão?
– Um monte de vezes – brincou Holly. – Mas estou tão feliz por viver uma de suas montagens de cinema, Baggy!
As garotas tinham passado a esperar minha série constante de comparações de certos momentos ou eventos com cenas de meus filmes favoritos, e sempre reagiam com o mesmo sarcasmo. Mas, durante nosso tempo juntas na estrada, tínhamos aprendido a apreciar nossos vários métodos de expressão criativa pelo que eram, um modo de ver o mundo.
É claro que eu tinha muitas de minhas próprias interpretações originais de nossas viagens. Mas, quando estava em uma situação que parecia épica ou nostálgica o suficiente para ser digna de um filme, sentia-me mais viva. E estranhamente confortada. Como se eu fosse uma personagem em uma versão romantizada de minha própria história de vida e alguém ou algo maior do que eu estivesse observando e torcendo por mim. Quando era criança, sempre fantasiava sobre realizar uma jornada inesquecível para regiões remotas com meus melhores amigos, como no clássico romance de formação de Stephen King. E agora aqui estava eu, fazendo uma travessia a vau com Amanda e Holly e vivendo uma aventura ainda maior. É claro que meu traseiro estava totalmente dormente devido à água gelada e as solas dos meus pés estavam sendo feridas por pedras afiadas como navalhas, mas apesar disso aquele era um momento de cinema.
– *And darlin', darlin', stand by me* – cantei alto. – *Ohh, stand by meee*... droga, maldita pedra, tomem cuidado! – gritei enquan-

to tropeçava e minha mochila começava a escorregar da minha cabeça.

— OK, você está proibida de cantar se for para cair durante esse processo — disse Holly, agarrando minhas coisas e evitando que caíssem na água antes de nós duas rirmos histericamente.

— Sim, e Jen, você não sabe que esse não é nosso tema musical de hoje? — perguntou Amanda. — Deveria ser... *In high tide or in low tide. I'll be by your side. I'll be by your side* — cantou ela com um sotaque afetado de Bob Marley enquanto nós três continuávamos a atravessar ruidosamente a água até chegarmos ao outro lado.

Rindo à visão de nós mesmas tremendo em biquínis e com os pés cheios de lama, subimos com dificuldade a encosta relvada rumo às barracas comunitárias onde passaríamos a noite. Foi então que percebemos que não éramos as únicas a rir. Um grupo de caminhantes, que claramente havia seguido a rota mais longa e seca para o acampamento, observara nossa louca travessia de uma mesa de piquenique sob as árvores. Quando nos aproximamos, eles irromperam em vivas e aplausos.

— Vocês se saíram bem, garotas. Nem por um segundo tivemos certeza de que conseguiriam atravessar — disse um homem mais velho com barba branca, rindo.

— Ah, nós sabíamos que íamos conseguir — disse Holly. — E também foi um bom substituto para um chuveiro.

— Você está certa. E é muito mais divertido do que o modo como chegamos — respondeu ele. — Bem, seja como for, fico feliz por estarem aqui. Ainda há mais algumas camas lá dentro. Não temos eletricidade. Mas temos um fogareiro a querosene se precisarem cozinhar.

Depois de nos secarmos com uma única toalha de rosto e vestirmos nossas roupas de caminhada semissecas, pegamos nosso estoque de comida e preparamos um jantar de sanduíches de manteiga de amendoim e geleia, sopa, maçãs e barras de chocolate. Surpreendentemente, muitos de nossos colegas de quarto já tinham jantado e ido dormir havia muito tempo, por isso fomos para um canto distante da área comum para não acordar ninguém.

Sentadas em um semicírculo com nossas lanternas de cabeça, nós nos entretivemos como de costume folheando uma revista na mesa e conversando sobre tudo que nos vinha à cabeça. Você acharia que após dez meses viajando juntas não teríamos mais nenhum assunto do qual falar, mas tínhamos. Às vezes nossas conversas eram sem sentido: o jogo de seis graus de separação e o de "você preferiria" ("... dormir com dez aranhas enormes ou um grande rato?"). Em outras ocasiões, os temas eram mais sérios: poderíamos fundar uma organização sem fins lucrativos focada em questões femininas e infantis? Debates sobre o meio ambiente e os Estados Unidos não assinarem o protocolo de Quioto. Reafirmar nosso voto de tirar férias juntas uma vez por ano pelo resto de nossas vidas e "discutir" sobre nosso primeiro destino pós-viagem. Mas essa noite foi reservada para nosso passatempo favorito: perguntar aleatoriamente umas às outras detalhes e histórias pessoais que naquele ponto todas nós deveríamos conhecer.

Amanda: – Quais foram os dois empregos que Holly teve na universidade? – Ding. Eu: – Entregadora de pizza e testadora de tintas que podiam causar envenenamento por chumbo. – Correto.

Eu: – Qual foi o nome ridículo que Amanda deu ao gato branco que teve na infância? Pontos adicionais para a pronúncia certa. – Ding. Holly: – W-Y-T-E-K-A-T? – Correto!

Holly: – Amanda, com qual personagem de desenho animado Jen era mais parecida na infância? – Ding. Amanda: – Annie? – Holly: – Errado! Rá! Ela queria *ser* Annie, mas *parecia* a Moranguinho. – Correto!

Ainda mais surpreendente do que nossa capacidade de nos entretermos em qualquer hora e lugar – sem nem mesmo tentar – era o fato de que tínhamos passado a conhecer todos os detalhes bobos umas sobre as outras que à primeira vista pareciam insignificantes, mas em conjunto representavam quem éramos como pessoas. Amanda e eu sempre tínhamos dito que embora só tivéssemos nos tornado amigas íntimas na casa dos vinte, em nossa memória coletiva éramos companheiras desde o playground. E nesse ponto Holly estava totalmente pintada naquele cenário conosco, correndo para pegar o melhor lugar no balanço e depois decidindo de repente que o meu parecia mais divertido do que o dela e me pedindo para trocar.

Antes da viagem, eu conhecia Holly como a garota linda, atlética, brilhante e animada que todos diziam ser uma das melhores pessoas que já tinham conhecido. E, embora ela ainda fosse tudo isso, eu havia passado a vê-la como uma confidente extremamente interessada, consciensiosa, paciente e solidária que permanecia firme em suas convicções e tinha uma incrível capacidade de enxergar o melhor em todas as pessoas e encontrar o lado bom de quase todas as situações – algo que não era muito fácil para mim. Até hoje, ainda me surpreendia com o fato de Holly ter feito a viagem apesar de todos os obstáculos, como manter um relacionamento a distância, ver sua coluna na revista terminar e mal ter fundos suficientes para dar a volta ao mundo. Mas Amanda estava certa naquele dia no consulado da Índia quando disse que a viagem não daria certo sem Holly, que Amanda e eu precisávamos dela para nos equilibrar. E que em se tratando de nossa aventura ao redor do mundo, haver três Garotas Perdidas era definitivamente melhor do que apenas duas.

Tínhamos frustrado planos covardes de ladrões de bolsas, defendido umas às outras de motoristas de táxi maníacos, convencido funcionários de embaixada a pôr um "urgente" em pedidos de visto e corrido para clínicas no meio da noite para aplacar temores de parasitas. Portanto, atravessar uma enseada com a maré alta estava na agenda do dia. E eu mal podia esperar para fazer tudo isso de novo amanhã.

Embora nós certamente tivéssemos realizado um número impressionante de atividades radicais durante nosso tempo na Nova Zelândia – descido de balsa uma cachoeira de mais de seis metros e as encostas íngremes do monte Tongariro, ido a uma festa pirata de Abel Tasman e caminhado pelo lendário glaciar

Franz Josef nos Alpes do Sul – eu esperava me arriscar mais em nossa próxima parada: Queenstown, a capital da aventura do país. Descendo a pitoresca State Highway 6, nós três assumimos nossa posição típica na estrada: eu ao volante sintonizando o rádio, Amanda do meu lado com os pés sobre o painel cantando comigo – muito mais afinadamente – e Holly com tampões para ouvido e máscara para dormir cochilando no banco de trás. Geralmente, oito segundos e meio depois de chegarmos aos quartos de albergues, o conteúdo de nossas mochilas estava espalhado pelo chão, em cabeceiras de camas, maçanetas de porta e todas as superfícies disponíveis. Para sermos justas, tratamos nosso carro do mesmo modo. Roupas molhadas secavam ao sol nas janelas, rolos de papel higiênico e frascos de higienizadores de mãos enchiam os bancos, uma coleção de garrafas com restos de refrigerante, barras de chocolate variadas e papéis de pirulito estavam espalhados sobre tênis enlameados, guias para turistas e estranhas pinças maori (possivelmente para saladas, quem poderia saber?) que Holly simplesmente *teve* que comprar em Rotorua. Para nós, essa cena resumia a liberdade da viagem de carro, que estávamos adorando depois de meses escravas do transporte público. E, com as horas ininterruptas passadas juntas, vieram paradas improvisadas, momentos de pura bobeira e conversas frequentes sobre nossos futuros precários.

– Sei que só estávamos brincando naquele dia na floresta de pau-brasil, mas estou começando seriamente a me perguntar se morar cm outra cidade depois da viagem seria bom para mim – disse Amanda, abaixando o volume até a música se tornar um murmúrio ao fundo. – Quero dizer, se fôssemos para o Colorado, a vida seria cheia de caminhadas, esqui e rafting. Como aqui.

– Eu sei. Seria ótima. Por mais que eu goste de cidades grandes, realmente sinto falta de vida ao ar livre e equilibrada. Quero dizer, o ano todo antes de viajarmos consistiu principalmente em acordar tarde, comer quentinhas repugnantes e beber demais em happy hours, o que me levava a um excesso de sanduíches de presunto, ovo e queijo na manhã seguinte e a ficar preguiçosamente no apartamento de Brian em roupas de moletom. Eu ficava *péssima*! – eu disse, abrindo a janela para inalar o ar embriagantemente puro.

– Bem, pelo menos você tinha um namorado e arranjava algum tempo para os amigos. Até eu conhecer Jason, só ficava sentada em casa escrevendo artigos e recusava todos os convites sociais. Falando sério, não posso deixar isso acontecer de novo – disse Amanda, prendendo seus cachos fustigados pelo vento em um coque frouxo. – Você se lembra da nossa lista? Precisamos fazer outra.

A lista era uma folha de papel que havíamos pendurado na geladeira no primeiro apartamento que dividimos em Manhattan, com todas as coisas que queríamos fazer naquele verão na cidade e alguns futuros objetivos de vida: ter aulas de jazz no Broadway Dance Center. Conseguir ingressos pela metade do preço para *Rent* e *Les Misérables*. Entrar para o clube de corredores Niketown; tomar drinques no Rainbow Room. Trabalhar como voluntárias para New York Cares. Ser promovidas em menos de um ano. Ir a um encontro no Central Park. A lista era interminável, e fora alguns itens tínhamos feito tudo e continuado a acrescentar mais. Mas, infelizmente, aquele pedaço de papel tinha desaparecido anos atrás.

Com lagos em um tom claro de azul, montanhas envoltas em nuvens à nossa frente e Holly cochilando no banco de trás, Amanda e eu discutimos a logística de nossa possível mudança para outra cidade e de um recomeço. Precisaríamos comprar um carro? Poderíamos nos dar a esse luxo depois de gastar todo o nosso dinheiro? Tínhamos um ótimo círculo de amizades em Nova York. Seria tolice abrir mão disso? Haveria oportunidades de trabalho suficientes em nossa área? Talvez devêssemos apenas passar um verão em outro lugar... E assim por diante.

– Ah, meu Deus, vocês duas são hilárias – disse Holly, saindo de seu cochilo. – Estou semiacordada há 15 minutos ouvindo vocês falarem, e até mesmo minha cabeça está entrando em parafuso com todos os seus enredos.

– Eu sei: surpresa! Eu sou um pouco neurótica – disse Amanda. – Mas só estamos nos divertindo fantasiando. Não tenho a menor ideia do que farei daqui a alguns meses.

– Acredite em mim, Hol, se eu tivesse um namorado e um apartamento para o qual voltar como você, correria para Nova York com os braços abertos, mas neste momento isso parece assustador.

– Bem, nunca se sabe o que acontecerá quando eu for para casa. Mas sei que se vocês duas voltarem para Nova York e, sim, por favor, voltem por mim – ela sorriu –, conseguirão tudo que querem. Com toda a certeza isso será um desafio, mas quando troquei de revista e me mudei para o Brooklyn com Elan, tive a sensação de que estava vivendo em uma cidade totalmente diferente. Portanto, se vocês apenas se reinventarem, isso será maravilhoso. Poderemos fazer churrascos no meu pátio dos fundos, vocês poderão se juntar à equipe de hóquei de rua, que tem muitos homens bonitos, e nós nos forçaremos a sair do trabalho às seis horas da tarde todos os dias e correr no parque. Vocês encontrarão o amor de suas vidas e compraremos apartamentos no mesmo prédio.

Sempre que Holly começava a divagar entusiasmadamente, eu me sentia muito melhor, como se de algum modo sua confiança em mim me garantisse um futuro bem-sucedido e feliz.

– Bem, se você está dizendo isso, Hol, eu acredito – eu disse.

– Só tenho de descobrir como marcar encontros, porque nunca realmente fiz isso. Vocês duas terão de me ensinar.

– Está bem, Jen. Prometo que apresentarei a você minhas infinitas pérolas de sabedoria a esse respeito se me fizer um favor.

– Ela se interrompeu. – Pare naquela banca de maçãs – disse, inclinando-se para frente entre os dois bancos dianteiros e apontando para a placa na estrada em que se lia: MAÇÃS ORGÂNICAS.

Depois de escolher entre a enorme caixa das melhores maçãs Fiesta e Akane da Nova Zelândia, vendidas para o público passante com um jarro de dinheiro e uma tabuleta anunciando três unidades por um dólar, voltamos para o carro e continuamos para Queenstown, com o som a toda a altura e nós três cantando a plenos pulmões.

À luz pálida do amanhecer, tentei encontrar um par de jeans e uma blusa de moletom no chão do quarto do albergue sem acordar Amanda ou Holly. Hoje era o dia de minha maior aventura até hoje, a que mais me inundaria de adrenalina, três saltos de bungee jump. Meu coração já estava batendo mais rápido. Embora Queenstown oferecesse infinitas atividades esportivas e de aventura (mais por metro quadrado do que qualquer outra cidade no mundo de tamanho parecido, conforme ficamos sabendo) a todas as pessoas suficientemente corajosas para aceitar o desafio, essas mesmas bravas almas precisavam levar suas carteiras cheias. Tudo, de jet boating a canyon swinging, rafting em corredeiras e river surfing, era muito caro. E considerando-se que mal estávamos conseguindo sobreviver com cinquenta dólares por dia (quase o dobro de nosso orçamento antes da Nova Zelândia), tínhamos de escolher sabiamente nossos luxos.

Como Holly era quem tinha menos dinheiro sobrando, ela havia optado por evitar experiências caras, mas destinado um horário para caminhadas gratuitas e excursões de jipe off-road para compensar. Mas, por mais que eu tivesse adulado e suplicado a Amanda para que se juntasse a mim nessa série de saltos únicos na vida, ela não cedera. Eu estava em pé diante do espelho do banheiro, passando protetor solar, quando ouvi uma leve batida na porta semiaberta. Amanda estava lá com seus pijamas amarrotados e sua máscara para dormir um pouco afastada para o lado.

– Decidi que, se você realmente vai fazer isso, não pode ir sozinha. Vou com você – sussurrou.

– É mesmo? – murmurei, sem conseguir acreditar.

– Sim, mas se eu morrer, você será a responsável.

– Com certeza. Mas sabe, Pressner, se você quiser viver a aventura máxima, terá que pagar o preço máximo.

– Tudo bem, agora não é hora para citações de *Caçadores de emoção*, Baggett. Estou um pouco aflita – disse ela, estendendo a mão para pegar sua escova de dentes no balcão.
– OK. Mas, falando sério, você vai adorar. Juro por Deus que isso mudará sua vida – eu disse, saindo do banheiro antes que ela me fuzilasse com os olhos.

Sendo Amanda, ela de algum modo nos conseguira um cupom de desconto de alguém no escritório de turismo, quase a metade do preço do pacote Thrillogy da AJ Hackett, que fornecia três experiências únicas de bungee jump em um só dia. Junto com dúzias de outros viciados em adrenalina, entramos em um ônibus no escritório principal da empresa e nos dirigimos ao primeiro local, a ponte Kawarau, o primeiro e mais famoso local de bungee jumping do mundo. Com apenas 43 metros, era uma brincadeira de criança comparado com os próximos dois locais, mas foi um bom aquecimento para nos manter animadas. E, com a opção de tocar ou até mesmo imergir totalmente na água lá embaixo, era o chamado para despertar pelo qual eu ansiava.

Depois de assinarmos a renúncia ao nosso direito de processar a AJ Hackett no caso de morte acidental ou desmembramento, o amigável assistente nos pesou, anotou nossos quilos com pincel atômico em nossas mãos para os especialistas na base poderem ajustar a corda adequadamente e nos instruiu a sair, atravessar a ponte e esperar na fila com os outros saltadores.

– Acho que vou desistir. Não sei se consigo fazer isso – disse Amanda, enquanto a fila andava.
– Sim, você pode. Só olhe direto para frente. Caminhe até a beira e, antes de pensar demais, simplesmente se deixe cair. Garanto que ficará tão cheia de endorfinas quando for puxada de novo para cima que vai querer fazer isso de novo imediatamente.
– Está bem. Falando sério. De onde você veio? E o que fez com minha amiga Jen? Quero dizer, você nem mesmo está com medo. Como isso é possível?

Embora Amanda não estivesse totalmente certa (eu estava com um pouquinho de energia nervosa), minha falta de verdadeiro medo não me surpreendeu. Embora sempre tivesse ficado paralisada de medo à ideia de minha casa pegar fogo ou uma tarântula chegar a até mesmo três metros de mim, desde que me entendo por gente anseio por uma boa dose de emoção induzida por adrenalina, como um viciado anseia por uma injeção de heroína. Mas nenhuma de minhas aventuras mais extremas (skydiving na Suíça e descidas bruscas no Xtreme Skyflyer em parques de diversão) tinha ocorrido na presença de Amanda, por isso podia entender a incredulidade dela.

– Olhe, é normal ficar nervosa, mas você me verá ir primeiro e como é divertido – eu disse, enquanto o lindo membro da equipe da AJ Hackett prendia firmemente meu equipamento. Considerando-se que a empresa havia sido fundada pelo pai do Bungee Jumping, Alan John Hackett, e tinha um histórico impecável de segurança, eu achava que estávamos nas melhores mãos possíveis em uma aventura dessas.

Quando eu estava com todo o equipamento e minha corda foi ajustada para me permitir tocar no rio com meus dedos, caminhei para a borda da plataforma e, sem hesitação, voei. No segundo em que vi a água vindo na direção do meu rosto, senti o tranco pelo qual esperava.

– Iuhuuuuuuuu! Iuhuuuuuuuu! – gritei, enquanto era puxada por um quarto do caminho pelo qual viera. Depois de mais alguns bons trancos, dois homens em uma balsa se aproximaram e estenderam uma corda para eu agarrar. Puxando-me devagar para dentro da balsa, eles retiraram meu equipamento e o enviaram de volta para cima, para Amanda. Senti-me como uma mãe orgulhosa quando minha pequena Pressner voou para o céu claro distante pela primeira vez. E embora seus gritos fossem muito mais altos do que os meus, ela também enfrentou o salto.

– Droga, estou tremendo – disse Amanda ofegante, subindo as escadas para a plataforma de observação para se juntar a mim.
– Não posso acreditar que acabei de fazer isso.
– Você se saiu muito bem. Falando sério, estou orgulhosa de você – eu disse, abraçando-a. – Isso não foi impressionante? Está com vontade de fazer de novo?

– Ainda não decidi, mas vou lhe dizer quando chegar ao Nevis. Minha pulsação se acelerou à ideia de que eu estava prestes a fazer algo com que havia sonhado desde que decidimos ir à Nova Zelândia. Apesar de ser uma grande fã de *O senhor dos anéis*, as excursões temáticas que proliferavam nas ilhas não eram para mim. Em vez disso, após ver Orlando Bloom se arremessar do lendário Nevis Highwire Bungy em um dos extras do DVD, jurei que faria o mesmo quando tivesse a chance. Finalmente, o momento que eu havia esperado chegara.

Ao contrário de uma aventura de bungee comum, em que você caminha para a beira de uma ponte ou o alto de outra massa de terra firme, a experiência do Nevis exige que entre em um teleférico especial preso a cabos que a leva através de um vasto desfiladeiro para uma plataforma suspensa no meio. Pendurado a 124 metros do chão, o Nevis fornece uma queda livre alucinante de oito segundos e meio através do vale de um rio de tirar o fôlego. E embora não seja a plataforma mais alta do mundo (outra invenção da AJ Hackett, a Macau Tower, na China, que tem incríveis 232 metros de altura), o Nevis certamente rivaliza com ela.

Quando éramos as próximas da fila do teleférico, há muito eu tinha parado de tentar convencer Amanda de que bungee jumping era a melhor coisa do mundo. Nesse ponto, só esperava evitar que ela hiperventilasse. Tinha de admitir que, por mais que eu estivesse animada a dar o salto radical, o Nevis era muito intimidador. Ainda mais angustiante do que saltar da plataforma era subir nela. Com um vento forte soprando da ravina, me senti como uma pata sentada ali, podendo ser soprada para fora se perdesse o equilíbrio por um segundo.

Felizmente, eu tinha chegado ao ponto sem volta. Dava para ouvir meu coração batendo. Esperei o sinal, abri os braços e me deixei ser levada pela brisa. Muitas coisas podem passar pela sua mente em nove segundos (E se o cabo elástico partir? Minhas bochechas estão se ondulando. Preste atenção ou não verá a paisagem), mas a única coisa que passava pela minha era que isso era o mais perto que eu já tinha chegado de voar. Por alguma razão, ver a água lá embaixo se aproximando rapidamente do meu rosto era mais emocionante do que assustador. E, com uma queda tão longa, senti um forte tranco e voltei voando na direção do céu. Ao subir, apreciei a sensação temporária de ausência de peso, ao mesmo tempo me preparando mentalmente para a parte técnica da queda.

Antes de você saltar, os guias a instruem a fazer uma miniabdominal no seu segundo arremesso, erguer a mão e puxar uma corda especial presa aos seus pés. Isso a faz virar para cima de modo a poder ficar sentada em um arreio semelhante a um balanço com os pés pendurados na direção da água e a cabeça na direção do teleférico. Um pobre rapaz que foi antes de mim não conseguiu seguir as instruções direito, por isso ficou com a cabeça para baixo com o sangue correndo para ela durante toda a subida. Embora não fosse perigoso subir assim, eu estava determinada a não fazer isso. Felizmente, quando me virei para cima, senti a corda em meus dedos e a puxei, o que foi um modo muito mais bonito e agradável de subir flutuando de novo. Além disso, me deu tempo extra para apreciar totalmente a vista antes de ser erguida para a plataforma pelos assistentes.

Mais uma vez Amanda corajosamente me imitou e, depois de apenas alguns pequenos ataques de nervos, saltou de cabeça. Embora tivesse confessado que ficara apavorada, sorriu orgulhosamente e fez pose para as fotos do grupo que tiramos depois de voltar em segurança à terra firme.

Tínhamos um intervalo de duas horas antes de nosso último salto, por isso pegamos o ônibus de volta para a cidade e fizemos um lanche leve antes de nos dirigirmos a Ledge Bungy, o único bungee jump urbano no coração de Queenstown. Depois do Nevis, era bom dar um descanso às nossas glândulas de adrenalina, embora o lado negativo fosse a inevitável queda em seus níveis. Mas depois de algumas Coca-Colas diet e um passeio de gôndola quatrocentos metros acima da cidade, estávamos novamente prontas para a aventura. Ao nos aproximarmos do topo do complexo Skyline, que abrigava um restaurante, uma loja de presen-

tes, espaços para eventos privados e centros de conferência, vimos Holly esperando por nós na entrada.
– Ei, suas malucas! Vocês sobreviveram – gritou ela.
– Por pouco, mas foi incrível – respondeu Amanda. – Mas como conseguiu nos encontrar?
– Tenho meus meios – provocou ela.
– Bem, estou muito feliz por você finalmente estar aqui para me proteger dela – acrescentou Amanda, inclinando a cabeça na minha direção.
– Ah, por favor! Você arrasou, Pressner. Só falta mais um salto e depois poderemos sair e comemorar. O jantar e as bebidas serão por minha conta.
– Isso vale para mim também? – perguntou Holly e, em meu estado de êxtase, eu respondi que sim.

Aninhada entre pinheiros com vistas panorâmicas do lago Wakatipu, a longa plataforma servia como uma verdadeira passarela para os saltadores fazerem suas próprias poses originais. Com um equipamento especial que permite saltos-mortais, voltas e outros movimentos inovadores, o Ledge Bungy prometia uma experiência totalmente diferente dos primeiros dois saltos e o final perfeito para meu dia perfeito.

– Você também pode virar de frente para o guia e saltar de costas – disse um dos membros da equipe enquanto esperávamos na fila para pôr o equipamento.
– Sim. Isso é incrível. Sou totalmente a favor de fazer.
– Certo. Só avise ao homem quando chegar à plataforma e ele fará os ajustes necessários. E quanto a você? – perguntou ele a Amanda.
– Tenho sorte de ter chegado até aqui. Acho que não conseguirei saltar sem saber o que está à minha frente – respondeu Amanda.

Talvez tivesse sido devido às fortes descargas de adrenalina em minhas veias durante o dia inteiro, mas em pé lá com Holly e Amanda olhando para o horizonte infinito, senti o peso do mundo temporariamente sair dos meus ombros. Embora não estivesse de fato pronta para celebrar meu compromisso de voltar imediatamente para Nova York após a viagem, sabia que o que Holly dissera no carro era verdade. Independentemente de onde todas nós terminássemos, sempre teríamos o poder de dar um rumo totalmente diferente às nossas vidas. De usar todas as lições aprendidas na estrada sobre quem realmente éramos ou esperávamos nos tornar, e o que mais queríamos, e de abrir um novo e melhor caminho para nós mesmas. Talvez isso não funcionasse na primeira ou até mesmo na décima vez, mas continuaríamos a fazê-lo até dar certo.

Por enquanto, tudo que podíamos fazer era nos arriscar... e saltar.

CAPÍTULO TRINTA

Amanda

SYDNEY, AUSTRÁLIA
ABRIL

Com o toque das rodas na pista de pouso em Sydney, tudo mudou. As pessoas se movimentaram pelos corredores, como sempre fazem no instante em que o comandante apaga o aviso de APERTEM OS CINTOS. Mas Jen, Holly e eu não nos mexemos. Só nos entreolhamos. Essa era a Última Parada.

Durante o ano e meio que antecedera a viagem, e até mesmo meses após nossa partida, estivemos convencidas de que algo aconteceria e nos impediria de completar nossa jornada juntas. Coisas surpreendentes como ofertas de emprego, promoções e propostas de casamento. Coisas assustadoras como problemas de saúde, colunas canceladas ou contas bancárias vazias. Mesmo agora, eu não podia acreditar que tínhamos ido tão longe e nos tornado mais unidas do que algum dia imaginei ser possível em Nova York.

Vários dos mochileiros que tínhamos conhecido pareceram chocados – talvez um pouco céticos – em relação a continuarmos amigas durante toda a viagem. Como viajáramos tanto sem imaginar secretamente uma de nós desistindo antes da hora? Explicamos que, embora nosso tempo juntas não tivesse sido *exatamente* livre de brigas, fizemos aquilo funcionar simplesmente porque a alternativa era inaceitável. Nada era importante a ponto de nós três ficarmos dispostas a jogar fora uma amizade – ou a chance de completar essa jornada juntas – só para afirmarmos nossa razão.

Mas havia outro motivo maior para nos darmos tão bem: a Lista de Verificação.

Desde o início, relacionamos secretamente tudo que havíamos sacrificado como indivíduos para manter a paz como um grupo. Durante meses, ninguém mencionara seus "créditos" por abrir mão da parte de baixo do beliche ou se sentar perto do homem com um cheiro horrível de suor, mas todas nós tínhamos mantido o escore em nossas cabeças (pelo que eu conhecia de Jen, ela usava planilhas do Excel).

– Vamos, garotas, vocês sabem que todas nós fazemos isso – finalmente salientara Jen no Vietnã. – E está certo. Como filha única, nunca entendi como irmãos podiam brigar por pequenas coisas estúpidas, como quem ganhou mais suco ou se sentou no banco da frente do carro, mas agora entendo totalmente.

De algum modo, *tínhamos* voltado a ser crianças. Sido forçadas a dividir absolutamente tudo – camas, banheiros, vagões de trem, carregadores de bateria, espaço para respirar – e ainda assim raramente queríamos nos separar. Não só porque adorávamos a companhia uma da outra. Também temíamos perder algo realmente interessante se as outras duas saíssem sozinhas por um dia.

É claro que toda essa proximidade também podia ser sufocante. Às vezes eu lutava contra meu desejo subconsciente de comparar meu comportamento com o de Jen e Holly e o sentimento ligeiramente paranoico de que elas poderiam estar me avaliando. Os defeitos que eu tentava tanto disfarçar nos Estados Unidos – o fato de poder ser impaciente, esquecida, neurótica e falar coisas estranhas dormindo – eram impossíveis de esconder com tanta proximidade.

Porém, logo percebi que acontecia o mesmo com os traços de personalidade menos cativantes de minhas amigas. Estando tão envolvida com as vidas diárias não censuradas de Jen e Holly, vendo as mulheres que são em seus momentos surpreendentes, comuns, de depressão e privação de sono, finalmente entendi o significado de "ninguém é perfeito". E do melhor modo possível: apreciar suas imperfeições como partes delas me fez perceber que podia apreciar as minhas como partes de mim.

O resto do avião estava vazio. Então nós três finalmente saímos de nosso último voo internacional antes de voltarmos para casa. Enquanto ziguezagueávamos pela área de desembarque internacional, comecei a imaginar como seria minha vida diária sem Jen e Holly. Gostasse ou não disso, logo estaríamos sozinhas de novo, tomando decisões e vagando pelo mundo sem contar com nossas duas salva-vidas.

Não seríamos mais as Garotas Perdidas... Seríamos simplesmente nós mesmas.

Cruzando a linha invisível do ar-condicionado do terminal para o ar quente e salgado da Austrália, me senti aliviada. Ainda faltavam quase dois meses para isso acontecer.

Anoitecia rapidamente enquanto estávamos no beco atrás da Travellers Auto Barn, olhando para o que parecia ser uma enorme motor home de dois andares em uma "viagem" de LSD. Todo o veículo fora pintado em cores psicodélicas e enfeitado com mais emblemas internacionais e adesivos de patrocinadores do que um carro de corrida.

Holly e Jen tinham conhecido o diretor de promoções da empresa seguradora World Nomads, sediada na Austrália, quase oito meses antes, na Adventures in Travel Expo. Eles propuseram o que pareceu um ótimo negócio: a empresa daria a nós três um ano de seguro-viagem se concordássemos em dirigir sua totalmente equipada "Ambassador Van" durante as sete semanas e meia em que ficaríamos na Austrália, postando nossas experiências no site da empresa. Além de transporte grátis, a World Nomads também nos forneceria um laptop novo em folha e um telefone celular para mantermos contato com nossos novos patrões, e um cartão especial que nos daria acesso a internet gratuita em lugares por toda Oz. O único problema? Não parecia *haver* nenhum.

Quando Jen e Holly apertaram as mãos selando o acordo, nós três ainda estávamos no modo multitarefa de Nova York. O que a World Nomads nos pedia para fazer – postar no blog três vezes por semana e vídeos diários em seu site – pareceu moleza.

Somente quando chegamos a Sydney, um ano e cerca de 80 mil quilômetros depois, finalmente percebemos todo o alcance da tarefa – e do mecanismo – com que tínhamos concordado em lidar.

– Essa é a *van*? – disse Holly, enquanto todas nós piscávamos fortemente os olhos à visão do pesado e fosforescente veículo.

– É tão... tão... *grande*.

Atrás de nós, um homem riu, divertido.

– Bem, vocês sabem, ouço isso o tempo todo. Depois de algumas voltas, posso garantir que se acostumarão.

A voz pertencia a Chris Ford, o representante de publicidade da Travellers Auto Barn, um homem que ocupava o pouco espaço deixado pela van. Com 1,90 metro de altura, ele parecia um tanque de guerra com um peito à prova de balas e braços musculosos onde a artilharia pesada deveria estar. Seu comentário não chegou a me surpreender. Apenas um dia antes, durante uma reunião com os executivos da World Nomads, o diretor de vendas da empresa tinha perguntado se planejávamos fazer guerras de travesseiro nuas dentro da van durante nossas viagens – e, nesse caso, poderíamos por favor fazer uma videoconferência com ele para que todo o escritório nos visse em ação? Olhei imediatamente para Christy, a única mulher que trabalhava para aquele bando de homens sujos. Ela esboçou um sorriso e ignorou o comentário, e fizemos o mesmo. Estávamos em Sydney havia menos de quarenta horas, mas eu já tinha a impressão de que a era pós-Clarence Thomas de correção política que tínhamos como certa nos Estados Unidos ainda não chegara ali.

Christy nos havia instruído a pegar a van com Chris Ford na Auto Barn e enviar um e-mail para eles com a lista dos lugares na Austrália que planejávamos visitar.

– Para onde vocês querem que a gente vá? – perguntei-lhe, ansiosa por voltar à estrada. – Topamos qualquer coisa.

– Para onde vocês quiserem – respondeu Christy. – Desde que devolvam a van inteira, por nós podem atravessar o Outback para Perth e voltar. Na verdade, provavelmente preferiríamos que fizessem isso, porque poderiam fazer postagens melhores no blog.

— Quer dizer que não deveríamos apenas ficar aqui e rodar por Sydney até voltarmos para casa? — disse Holly, um pouco em tom de brincadeira.

Foi a única vez em nossa refeição com duas cervejas que os executivos não riram.

Na tarde seguinte, quando Chris terminou de nos mostrar a van, o beco já estava quase totalmente escuro. Ele explicou brevemente as regras da Auto Barn.

O óleo e o fluido refrigerador devem ser completados diariamente.

Não sentar atrás.

Não dar carona.

— Essa última é apenas em meu próprio benefício. Isso me ajudaria a dormir melhor à noite — disse Chris de um modo protetor e um pouco afetuoso.

E, com isso, estávamos prontas para partir — exceto por um pequeno problema.

— Ei, garotas, qual de vocês sabe passar marchas? — perguntou Holly.

Eu fiz um sinal negativo com a cabeça. Mal havia dirigido um carro automático desde que me formara na universidade e nunca aprendera a usar câmbio manual. Jen disse sem muito entusiasmo que havia feito isso algumas vezes quando era adolescente, mas provavelmente àquela altura se esquecera de como era. Então a última possibilidade passou a ser Holly, a menos inclinada de nós a operar equipamentos eletrônicos, máquinas ou qualquer outra coisa vendida com um manual de instruções. Ela até mesmo recorria a mim e a Jen quando surgiam dificuldades técnicas com sua câmera ou seu iPod. Mas agora, como a única de nós que tinha uma noção básica de câmbios manuais, cabia a ela se sentar atrás do volante da besta de alumínio psicodélica.

Chris pareceu um pouco apreensivo ao entregar as chaves para Holly. — Vocês assinaram todos os seus formulários de seguro, certo?

Nós lhe garantimos que sim. Holly lhe fez um sinal de OK com a mão, tentou ligar o motor e conseguiu afogá-lo apenas uma vez antes de partirmos.

Chefes, empregos e veículos que exigiam atenção não foram as únicas responsabilidades que assumimos em nossos últimos meses na estrada. Também conseguimos uma sublocação de dois meses com Simone, uma australiana que tinha namorado Jeff, um amigo do meu ex-namorado Baker. Eu havia conhecido Sim quase dois anos antes, depois que me enviara um e-mail do nada perguntando se ela e Jeff, que moravam juntos nas ilhas Cayman, poderiam ser "terrivelmente audaciosos" e me pedir para se instalarem em meu futon em Nova York quando fossem passar férias lá. Eu só tinha visto Jeff uma ou duas vezes antes, e não tinha nenhuma intimidade com sua nova namorada. Impressionada com a coragem dela (e talvez para mostrar a Baker que os amigos dele ainda desejavam minha companhia depois de termos rompido), não só preparei o futon para meus hóspedes como também planejei um fim de semana de jantares, festas e eventos sociais para eles. Ao abrir minha porta da frente, soube imediatamente que adoraria Simone. Ela era uma gregária e carismática força da natureza que passara os últimos seis anos vivendo em vários lugares glamourosos ao redor do planeta. Era organizada e cooperadora de todos os modos em que eu não era e tinha a mesma paixão que eu por viagens.

Nos meses seguintes, visitei Simone e Jeff nas ilhas Cayman e depois novamente em Vegas, no aniversário de 27 anos de Simone. Embora o casal tivesse se separado pouco depois de nossa viagem à Cidade do Pecado, ela e eu continuamos em constante contato por e-mail, dizendo em tom de brincadeira que, se nossos ex-namorados não tivessem feito mais nada, poderíamos lhes agradecer por nos unirem. E, quando ela ouvira falar que nossos caminhos se cruzariam de novo em Sydney, onde agora morava, nem quis ouvir falar em ficarmos em outro lugar.

– A pessoa com quem divido meu apartamento se mudará justamente quando vocês chegarem. É o destino!

Quando ela se ofereceu para nos alugar seu quarto vazio, onde nós três poderíamos dormir em um par de colchões de ar, aceitamos imediatamente. Embora o aluguel fosse de mil dólares por mês (uma quantia enorme comparada com o que pagáramos para dormir no Sudeste Asiático), valia a pena dividi-lo. Seria mais barato – e infinitamente mais confortável – do que pagar cerca de trinta dólares por noite nos albergues de Sydney.

Somente depois da reunião com os executivos da World Nomads me ocorreu que tínhamos um problema. Se pagássemos a Simone os dois meses inteiros de aluguel que lhe havíamos prometido e tirássemos total vantagem de nossa situação de vida permanecendo nos arredores de Sydney, não haveria como cumprirmos a missão de dirigir e blogar através de Oz.

Nesse ponto, todas nós estávamos com o dinheiro curto. De tão no vermelho Holly quase tinha se tornado magenta. Jen havia gasto muito mais do que poupara para a viagem, e nós três dependíamos de cartões de crédito para preencher a lacuna financeira. Assinar um cheque para Simone e desembolsar dinheiro para andar de um lado para o outro do continente nos levaria muito além de nossos limites orçamentários. Nesse ritmo, nem mesmo poderíamos pagar nossos voos para casa.

Não cumprir o prometido a Simone não era uma opção. Ela estava contando conosco para pagar seu aluguel. Mas também não poderíamos simplesmente devolver a van para a equipe da World Nomads. Não era a primeira vez que ficávamos divididas entre a vida urbana e nosso desejo de pegar a estrada.

Quanto mais nos sentávamos à mesa da cozinha de Simone tentando descobrir o melhor curso de ação, mais tensas as coisas se tornavam entre nós. Um pouco de estresse se espalhava pelo nosso grupo. Tentávamos inutilmente fingir que não estávamos totalmente angustiadas com o fato de que por algum motivo aceitáramos uma sublocação, um grande veículo que somente uma de nós poderia dirigir, um trabalho de escrita, um telefone celular e mais um laptop dois meses antes de ao menos pensarmos sobre reentrar em nossas vidas "normais".

Finalmente, após alguns dias cheios de conflitos, chegamos a um meio-termo: ficaríamos no apartamento de Simone por seis semanas (mas lhe pagaríamos oito) e usaríamos a van da World

Nomads para fazer longas viagens de fim de semana para locais em New South Wales e uma última viagem por terra para Byron Bay. Não era o ideal, mas só nos restava esperar que nossas habilidades de blogar dignas de um Pulitzer compensassem o fato de não percorrermos os 2.030 quilômetros até Alice Springs (a capital não oficial do Outback australiano) e 3.300 quilômetros até Perth.

Eu estava desapontada por termos ido tão longe ao redor do planeta somente para deixar de visitar os lugares mais icônicos do continente, mas havia um lado positivo nisso: quando tomamos a decisão de intercalar nossa estada em Sydney com curtas viagens por terra, parecemos sair do estado de pânico em que havíamos entrado. Jen começou a organizar aventuras urbanas com renovado vigor ("Podemos blogar sobre a escalada da Harbor Bridge, certo?"). Holly foi ao shopping Bondi Junction, a vinte minutos de distância, checar o preço das mensalidades da academia de ginástica ("Se vamos ser novamente garotas da cidade, também podemos tirar vantagem dos seus confortos – além disso, eles estão oferecendo um grande desconto este mês", e eu fiz o possível para descobrir quais ofertas turísticas eram genuinamente australianas.

Uma tarde, depois de terminarmos uma excursão pela Opera House de Sydney e passarmos por uma série de lojas de suvenires que vendiam relógios com motivos aborígenes, chaveiros de bumerangue, coalas de pelúcia e chapéus de Crocodilo Dundee, sugeri que seguíssemos o conselho de Simone de visitar o famoso Australian Heritage Hotel, um local histórico em que se podia pedir uma pizza com carne de canguru, crocodilo de água salgada, cordeiro ou ema. Holly não suportaria cravar os dentes em uma versão anteriormente fofa e antípoda de Bâmbi. Então nos levou para saciar nossa fome no Sushi Train, um restaurante em que saladas de algas e combinados de sushi de quatro peças chegavam às nossas mãos transportados por uma gigantesca esteira rolante.

Aquilo não era exatamente exótico ou particularmente australiano. Mas quando pegamos um California roll e depois um

Boston roll de um carrinho giratório, senti que pelo menos naquela noite queria saborear algo familiar. Sydney não era mais apenas outro lugar que estávamos visitando – nas próximas semanas, seria nosso lar.

Não muito depois de pendurarmos o pouco conteúdo de nossas mochilas nos armários da casa de Simone, comecei a perceber que algo estava acontecendo com Holly. Não sabia ao certo o que era, mas ela estava agindo de modo diferente.

Holly era uma das mulheres mais calmas e despreocupadas que eu já havia conhecido, mas agora estava aprendendo que nossa eterna otimista era como um lago tranquilo com uma corrente profunda de emoções. Embora ela deixasse o mundo ver seu estilo brilhante, sua genuína bondade e compaixão, raramente revelava os estados de humor mais sombrios de raiva, depressão ou desapontamento. Eu sabia que ela processava seus sentimentos de um modo diferente de nós, que gostávamos de falar até esgotarmos nossas emoções (e as de todos ao redor) e ficarmos prontas para seguir em frente. Foi somente porque eu havia convivido tanto com Hol no último ano que percebi que ela estava passando por algo novo. E suspeitei que aquilo não tinha nada a ver com colchões de ar barulhentos ou contas bancárias vazias.

Preocupada com a possibilidade de ela não aproveitar nossas últimas semanas de liberdade, esperei que quisesse falar sobre isso. Perguntei-lhe se desejava fazer a caminhada litorânea de Bondi para Bronte. O passeio de três quilômetros e meio entre as duas praias populares é possivelmente o mais espetacular em Sydney e, segundo os guias turísticos, um dos mais pitorescos do mundo. Construído na década de 1930 como um projeto do governo, o caminho começa no alto da enseada de areia branca cheia de turistas de Bondi e segue para o sul através de penhascos de calcário com vista para o mar da Tasmânia.

O nome da praia provém de uma palavra aborígene que significa "o som da água batendo na pedra". Certamente é adequado. Mesmo enquanto caminhávamos, eu podia ouvir as ondas batendo na linha da costa, enchendo enormes piscinas de água salgada escavadas diretamente na rocha. As ondulações eram perfeitas para os surfistas que tentavam voltar para a praia. Eu sabia que Holly adorava essa caminhada. Ela havia dito que se sentia renovada pelo sol aquecendo seu rosto e enlevada à visão de famílias jovens espalhando toalhas de piquenique pelos espaços relvados nos parques públicos. Ela até mesmo gostara da pequena cidade de barracas que um hippie tinha construído ao longo da linha da costa na década de 1970 e existe até hoje. Devido a um estranho detalhe técnico governamental de zoneamento, o homem não pôde ser expulso.

– Talvez devêssemos pedir para ficar com ele em vez de pagar aluguel para Simone – brincara Jen no primeiro dia em que todas nós fizemos a caminhada juntas. – Ele tem uma bela vista indevassável da praia.

Naquele dia Holly tinha ficado de ótimo humor, mas agora estava introspectiva enquanto nos afastávamos do caminho para tirar fotos em preto e branco de salva-vidas no Bondi Surf Bather's Life Saving Club.

Nadar e surfar ao longo dos 44 mil quilômetros do litoral da Austrália pode ser perigoso – se fortes correntes ou recuos de ondas não a arrastarem para o mar, você poderá receber um abraço extremamente doloroso ou um beijo fatal de uma água-viva mortal –, por isso a formação de clubes de salva-vidas se tornou absolutamente essencial ali. Muitas das técnicas ainda usadas para evitar afogamentos foram desenvolvidas por homens – e mais tarde por mulheres – que trabalharam nos clubes de salva-vidas da Austrália.

Ao passarmos pelas fotos da virada do século de homens sérios de braços cruzados em roupas de banho com listras pretas e brancas e toucas combinando, eu me virei para Holly e mencionei casualmente que ela me parecia um pouco distante ultimamente. Estava bem?

Holly ficou calada por alguns segundos olhando para uma das fotos.

– Não é estranho que em todas essas fotos antigas os salva-vidas pareçam realmente severos, quase irritados? – disse ela. – Mas em todas as modernas pareçam muito felizes, como se não tivessem nenhuma preocupação no mundo?

Eu olhei para as fotos e vi que Holly estava certa. As mulheres e os homens bronzeados com roupas vermelhas e amarelo-canário dos anos atuais pareciam como se tivessem tomado um frasco de Prozac logo antes de cada salvamento.

Certa vez Simone me dissera que os australianos adoravam o fato de os estrangeiros os considerarem as pessoas mais felizes e bem ajustadas da Terra. O mundo acreditava que na Austrália tudo tinha a ver com sol, surfe, espetinho de camarão e a busca do verão sem fim. Que nada de mau poderia acontecer na terra mágica de Oz. "Na verdade, temos exatamente os mesmos desapontamentos e sofrimentos que a maioria das pessoas têm", dissera ela. "Só os escondemos melhor."

Isso foi o mais perto que Simone jamais chegou de se referir ao quanto ficara arrasada com o rompimento com Jeff. Somente depois de chegar a Sydney e ver a mulher animada que eu passara a conhecer melhor bebendo vinho tinto sozinha na varanda todas as noites, comecei a entender a profundidade de seu sofrimento. Sempre que eu ia lá fora para falar com ela sobre isso, toda a sua expressão facial e conduta mudavam. Simone se empertigava imediatamente e insistia em que tudo estava "simplesmente maravilhoso, querida! Realmente!". E explicava que só estava exausta devido a um longo dia de trabalho.

Nunca realmente pressionei Simone para que me revelasse seus sentimentos – achava que isso seria muito intrusivo com alguém que ainda estava conhecendo –, mas sabia que precisava tentar de novo com Holly. O fato de não ter me respondido me dizia que havia mais acontecendo abaixo da superfície do que eu imaginara.

Esperei até subirmos as escadas que se erguiam acima do Bondi Icebergs Winter Swimming Club e seguirmos o caminho para os penhascos de arenito em Mackenzie's Point. Dali podíamos ver toda a curva de Bondi e avistar pela primeira vez Bronte, um

ponto mais calmo a cerca de um quilômetro de distância. Dessa vez, Holly confirmou em voz baixa que estava tudo bem – só se sentia um pouco solitária ultimamente, e se apressou a explicar:
– Não tem nada a ver com você ou Jen.

Eu sabia que poderia estar entrando no terreno da indiscrição, mas dei um passo adiante e lhe perguntei sobre as coisas em casa – ela tinha falado com Elan ultimamente? Jen e eu havíamos notado que, desde que Holly voltara de Boston depois do Ano-Novo, falava cada vez menos em Elan, a não ser para dar notícias sobre a última audição dele ou o filme que tinha começado a rodar em Chicago.

– É simplesmente muito difícil com Elan no local da filmagem e sem que eu consiga falar com ele pelo Skype – explicou Holly, dizendo que conseguira pouco mais do que estática quando tentou falar com Elan usando nosso laptop. – E, com a diferença de fuso horário entre Sydney e os Estados Unidos, há algum tempo realmente não temos uma boa e longa conversa.

Holly admitiu que nas últimas semanas – talvez até mesmo os últimos meses – vinha se perguntando se ela e Elan realmente algum dia se conectariam do mesmo modo como quando se conheceram. Às vezes ela se sentia mais em sincronia com ele do que imaginara ser possível com qualquer pessoa. Contudo, nos últimos tempos eles não conseguiam nem mesmo concordar sobre um horário para conversarem pelo telefone.

Pensei na manhã antes da nossa iniciação na tribo massai, no Quênia, quando Holly havia admitido timidamente que pensara que Elan realmente poderia ser o homem com quem queria passar o resto de sua vida. Isso tinha sido uma percepção forte para ela – como se presumisse ser uma daquelas garotas independentes que só se casariam mais tarde na vida –, mas, depois de quase quatro anos juntos, eles nunca tinham tido uma conversa séria sobre casamento e filhos.

Aquilo havia chocado a Jen e a mim (mais uma vez, faríamos o possível para resolver todos os problemas emocionais), mas eu também entendia o raciocínio de Holly. Como uma tradicionalista enrustida, ela queria que Elan a perseguisse, prendesse e convencesse a finalmente se tornar adulta. Mas até agora ele não tinha feito isso. Como Holly aos 27 anos, ele estava focado principalmente em perseguir seus próprios sonhos e ambições criativas.

Pelo que eu sabia de Elan, ele estava realmente apaixonado por Holly, tanto que lhe dera todo o seu apoio quando ela decidiu viajar. Lembrei de quando ele me mostrou orgulhosamente o mapa colorido que havia comprado e pregado em um mural para seguir a rota de Holly ao redor do mundo. Logo antes de chegarmos a Sydney, eu tinha dito a Holly que ansiava pelo que ela tinha: um relacionamento amoroso e evoluído, um apartamento confortável e uma visão partilhada do futuro.

Só que agora, pelo que Holly estava me dizendo, ela não estava tão certa da existência do último elemento na equação.

– Não se preocupe, Holly – eu disse, abraçando-a antes de descermos os degraus para Bronte Beach. – Quando você voltar para Nova York e vocês ficarem sob o mesmo teto, se conhecerão de novo. E se apaixonarão outra vez.

Esperei que Holly concordasse ou ao menos confirmasse que era isso que queria, mas ela ficou novamente em silêncio enquanto descíamos para o nível do mar. Finalmente se virou e me deu um de seus sorrisos vitoriosos, do tipo que geralmente convencia nossos amigos de que estava se saindo bem e, de fato, no topo do mundo. Só que agora eu a conhecia muito melhor.

Depois de uma semana na van da World Nomads, tínhamos quebrado todas as três regras de Chris Ford. Não havíamos completado o óleo ou fluido refrigerador (nenhuma de nós se lembrava de como fazer isso). Como o banco dianteiro era feito para duas pessoas e absurdamente apertado para três, nós nos revezamos na poltrona de trás ("Será que se estivéssemos andando apenas em ruas transversais isso não seria muito importante?"). E demos carona na estrada durante nossa primeira saída da cidade, para Blue Mountains.

OK, Adam não se qualificava exatamente como um carona. Holly havia conhecido o bombeiro alto e forte no aeroporto a caminho de Sydney, e ele se oferecera para levar nós três em uma excursão pelo parque nacional perto de sua cidade natal, Katoomba. Como Adam não tinha telefone celular e insistiu em que seria complicado nos explicar o caminho para sua casa, fez com que concordássemos em pegá-lo no acostamento da rodovia.

– Será que é assim que eles economizam tempo na Austrália? – observou Holly, parando perto do homem de calça cáqui desbotadas e camiseta preta justa que estava esperando próximo a uma das saídas.

– Ou ele mora com uma namorada – disse Jen maliciosamente.

– Vocês tinham razão. É totalmente impossível não ver esta coisa – disse Adam rindo e pulando para a parte de trás de nosso outdoor móvel. Quando nos aproximamos de nosso destino, ele nos contou a história do que estávamos prestes a ver.

Em 1788, um grupo de 11 navios apelidados de Primeira Frota saiu da Grã-Bretanha para a Austrália com 1.400 pessoas a bordo, mais da metade das quais era condenada. Uma colônia penal foi estabelecida no que agora é o centro da cidade de Sydney. Para impedir que os prisioneiros tentassem fugir para o oeste através das Blue Mountains, foi espalhado um boato de que toda a área ao redor da colônia era totalmente impenetrável. Por pelo menos dez anos a história se manteve – até que um prisioneiro liberto chamado John Wilson voltou para Sydney contando que havia descoberto um caminho através das montanhas supostamente intransponíveis. Na década seguinte, o governo conduziu várias expedições para confirmar a melhor rota pelas montanhas para as terras mais férteis do lado oposto. Incrivelmente, apenas 26 anos depois de a Primeira Frota chegar a Sydney, os prisioneiros construíram uma estrada através dos contrafortes na mesma direção em que seguíamos agora.

Enquanto Adam contava a história do país em que tinha crescido eu ouvia com o interesse de uma criança no jardim de infância sentada na fila da frente. Sempre adorei aprender sobre os lugares que visitávamos, mas havia algo no início não auspicioso de Oz que eu realmente achava irresistível. Muitas coisas nesse país de brigas de foice me lembravam o meu.

Tanto os Estados Unidos quanto a Austrália começaram como colônias britânicas ainda relativamente inexploradas (pelo menos pelos colonos) quando foram descobertas. Também eram surpreendentemente grandes, e o espírito pioneiro e autoconfiante que fez os colonos norte-americanos se espalharem para o oeste de Plymouth Rock até o Pacífico foi o mesmo que levou os australianos a fincar estacas em postos avançados desolados e infestados de animais selvagens, onde nenhuma pessoa em sã consciência deveria ousar pisar. Os primeiros colonos australianos e norte-americanos tinham ultrapassado os limites do possível, dado um salto de fé – e frequentemente assumido enormes riscos – na esperança de uma recompensa desconhecida. E, embora a jornada de Jen, Holly e eu não pudesse ser comparada com a deles, eu entendia a mentalidade que os fizera seguir seu caminho.

Eu não estava pronta para essa jornada terminar.

Depois de nossas primeiras reuniões para discutir estratégias em Sydney, tomei conhecimento de que minhas amigas planejavam voltar para casa no início de junho, pouco menos de um ano depois da data de nossa partida. Eu sabia que provavelmente faria sentido reservar uma passagem no mesmo avião. Mas algo me dizia que precisava permanecer na Austrália por pelo menos mais algumas semanas, sozinha.

Não que eu ansiasse por solidão ou quisesse ficar ali sem minhas amigas. Era exatamente o oposto. Eu não podia suportar a ideia de dizer adeus a elas, ajudá-las pela última vez a erguer suas mochilas e vê-las desaparecer no terminal. Achava que a jornada pessoal que realizara nesse ano só terminaria, e suas lições só seriam totalmente assimiladas, quando eu entregasse o laptop para Jen e Holly e pusesse o pé na estrada sozinha.

A ideia de estar o mais longe possível de casa sem tarefas para preencher meu dia e nenhuma missão profissional ainda me assustava? Provavelmente não tanto quanto me assustaria no ano antes da nossa partida. Na verdade, uma parte de mim mal podia esperar para ver o que aconteceria quando eu viajasse sem um itinerário, objetivo ou plano de contingência. Quando isso acontecesse, seria apenas eu comigo mesma – sem distrações.

Quando viajei com Jen para a Europa após a universidade, meu pai tentara me convencer a permanecer no continente o máximo que meu orçamento permitisse. Eu me recusei, 100% certa de que "todos os bons empregos seriam ocupados" se eu não voltasse para Nova York no início do verão. Agora, sete anos depois, não queria cometer o mesmo erro.

Nós deixamos a van para trás e seguimos Adam para Echo Point, um mirante vários metros acima de Jamison Valley. Nós três tínhamos visto algumas paisagens impressionantes em nossa viagem, mas algo nessa nos fez ficar em silêncio – pelo menos por alguns minutos. Comecei a pegar minha câmera e depois mudei de ideia ao me dirigir à grade para admirar a vista. De qualquer modo, seria impossível enquadrar todo o panorama – as ondulações aveludadas da floresta se estendendo por muitas centenas de milhares de hectares de contrafortes de montanhas baixas.

Ao me aproximar da beira, pensei na primeira vez em que minha mãe e seu namorado de longa data, Bruce, levaram a mim e a minha irmã para ver o Grand Canyon. Eles tinham nos ajudado a subir em uma grade como essa e nos segurado firmemente por trás enquanto olhávamos para o desfiladeiro cavado na terra pelo fluxo da água durante milhões de anos. Como uma garota de nove anos, lembro que fiquei impressionada com tudo aquilo, como se percebesse pela primeira vez a vastidão do mundo e o quanto eu era pequena dentro dele. Em pé aqui agora, encostada na grade com Jen e Holly ao meu lado, tive um sentimento parecido de humildade e conexão com a terra.

Adam apontou para uma formação rochosa que eu havia notado à nossa esquerda, três torres de calcário que se erguiam dramaticamente do chão e se estreitavam como agulhas de torres de igreja.

– Essas são as Three Sisters – disse ele, inclinando-se sobre a grade. – Segundo uma lenda aborígene, elas eram três irmãs da tribo katoomba que se apaixonaram por três irmãos da tribo vizinha nepean.

Ele explicou que a lei tribal não permitia que os casais se unissem, mas os irmãos não aceitaram um não como resposta. Resolveram capturar suas noivas, o que provocou uma grande guerra dos dois lados. Como as vidas das irmãs estavam em perigo, um curandeiro-feiticeiro as transformou em três rochas para protegê-las. Infelizmente, ele morreu na guerra antes de poder desfazer o feitiço e devolver às mulheres sua antiga beleza.

– E aqui estão elas até hoje. Embora sejam de pedra, eu diria que ainda são muito bonitas. – Adam sorriu quase para si mesmo.

– Sempre gostei dessa história quando era criança. Achava que se usasse magia, ou pelo menos um desejo forte o suficiente, poderia torná-las reais de novo.

Nós rimos e zombamos um pouco dele por causa disso, e Adam deu de ombros, ansioso por mudar de assunto.

– Por que não caminhamos um pouco para vê-las de perto?

Nosso grupo de quatro se dirigiu à arcada na frente da Giant Stairway, uma série de oitocentos degraus e trilhas que levavam ao fundo do vale, logo após as Three Sisters. Adam nos fez um sinal para irmos em frente. Quando chegamos mais perto, vimos que as formações individuais eram tão altas – cada qual com quase trezentos metros – que não havia como terem conseguido ficar em pé sozinhas. Mas de algum modo deviam ter apoiado umas às outras mantendo o grupo erguido enquanto o resto da rocha ao redor erodia.

Jen e Holly, já no estreito conjunto de degraus de pedra esculpidos na rocha, pararam, esperando que eu me juntasse a elas. Dei os últimos poucos passos até onde estavam. Mais uma vez em nossa própria formação, seguimos juntas pelo resto do caminho.

CAPÍTULO TRINTA E UM

Holly

SYDNEY, AUSTRÁLIA

ABRIL

Apesar de sua distância dos Estados Unidos, a Austrália parecia inesperadamente familiar. Bem, "parece igual, mas não é", como dizem na Tailândia. "Igual" porque todos falavam inglês. As pessoas moravam em casas, cortavam seus gramados e transportavam seus bebês em carrinhos, em vez de nas costas. Amanda, Jen e eu nos juntávamos ao nosso recém-descoberto círculo de amizades para happy hours. Ficávamos estranhamente fascinadas quando passávamos por portas automáticas de supermercados com ar-condicionado e encontrávamos ovos *refrigerados* à venda. Bebíamos água da torneira de novo sem adoecer. E, alugando um quarto no apartamento de Simone, tecnicamente não éramos mais mochileiras. Tínhamos uma base domiciliar.

A Austrália era "diferente" porque os astros estavam de cabeça para baixo. As estações eram invertidas. Os carros eram dirigidos do lado oposto da rua. As pessoas diziam "*heaps*" em vez de *a lot*.* Preferiam comer suas torradas com Vegemite (uma pasta salgada com sabor de malte), em vez de geleia. As cidades tinham nomes que soavam estranhos como Katoomba e Maroo-

---

* Os dois termos têm o mesmo significado em português: "muitos". *Heaps of* significa, literalmente, "montes de". (N. da T.)

chydore. Os animais também, como se fossem personagens dos Muppets: *wombat*,* *platypus*,** *wallaby*.***
Fora as diferenças, a vida dos australianos era muito parecida com a dos norte-americanos: as pessoas iam para o trabalho, levavam suas famílias para a praia nos fins de semana e aproveitavam os feriados para passar um tempo com entes queridos e amigos. Embora sentíssemos falta do Memorial Day, pudemos celebrar um feriado nacional australiano, o ANZAC Day.
– Ele recebeu esse nome por causa de algum tipo de biscoito? – perguntou Amanda na primeira vez em que o ouviu, seus olhos brilhando à perspectiva de um dia reservado para comer um produto feito com aveia em flocos e açúcar cristal.
– Quee-rida, não seja boba. Essa é a sigla de Australian and New Zealand Army Corps – disse Simone, explicando que o feriado era em memória dos soldados mortos na Primeira Guerra Mundial. Os australianos transformam esse dia em uma festividade que vai além do típico churrasco no quintal ou piquenique na praia dos norte-americanos. O jogo é uma base da cultura popular australiana, com cassinos, corridas e "*pokies*" (máquinas caça-níqueis eletrônicas), sendo tão comuns quanto a Starbucks em Nova York. Na verdade, os australianos perdem mais dinheiro no jogo do que os habitantes de qualquer outro país do mundo. Isso explica por que muitos – quero dizer, *heaps* – australianos vão aos bares locais comemorar bebendo cerveja e jogando um jogo viciante chamado two-up.
E foi assim que Amanda, Jen e eu chegamos no meio do caos ao Road Hotel de Bondi Beach, ao meio-dia de uma quarta-feira. Nosso plano era evitar a multidão, mas a loucura já estava instalada. Abrindo as portas, deparamos com um forte cheiro de chope e muita animação. O centro das atividades não era o bar, mas um círculo de pessoas em torno de um espaço vazio.

---

* *Vombatidae*, uma família de marsupiais pequenos e muito peludos. (N. da T.)
** Ornitorrinco. (N. da T.)
*** Pequeno canguru. (N. da T.)

Homens usando shorts de praia e sandálias de dedo e mulheres em vestidos de verão balançavam dinheiro acima de suas cabeças como se fizessem lances em um leilão e gritavam: "Vinte na cara!" ou "Cinquenta na coroa!" Um homem com um microfone ficava no meio do círculo, balançando grandes moedas em cima de uma pequena espátula. A tensão aumentava e o silêncio se seguia quando o anunciador atirava as moedas para o ar. Agindo como um único organismo, o círculo se movia para frente, tentando ver como as moedas cairiam.

– Cara! – gritou ele, e os gritos e gemidos dos perdedores ecoaram como um trovão.

Naquele momento, ouvi Amanda se desculpar com um homem de olhos azuis e chapéu de beisebol em que aparentemente esbarrara.

– Não se preocupe. Gosto do seu sotaque. De onde vocês são? – perguntou ele.

– Nova York – respondeu ela.

– Nova York? Como *Sex in the City*? Como Carrie Bradshaw?

Nesse ponto da viagem, estávamos acostumadas com os homens ligarem um grupo de amigas de Nova York ao infame seriado da HBO, e Amanda a Carrie com sua juba de leoa.

– Mais ou menos isso – respondeu Amanda.

Subitamente alguns homens formaram seu próprio círculo ao nosso redor, provavelmente curiosos a respeito de um grupo de norte-americanas saindo para comemorar o feriado australiano. O engraçado é que a viagem tinha me ensinado tanto sobre meu próprio país quanto sobre os países que visitei – principalmente porque me permitiu ver como os norte-americanos eram vistos pelos estrangeiros. Aprendemos rapidamente que nosso sotaque era uma vantagem, porque os homens australianos se apressavam a nos pagar uma rodada de bebidas e conversar sempre que nos aventurávamos em um pub local. Ou então ainda havia cavalheirismo na Austrália.

– Você gostaria de jogar two-up? – perguntou um homem com cabelos louros espetados que se apresentou como David.

– Eu adoraria, mas não tenho a menor ideia de como se joga.
– Eu queria seguir a tradição australiana, mas não parecer a estrangeira boba que fazia tudo errado.

David explicou que o two-up envolve balançar uma nota no ar, encontrar um parceiro que esteja segurando a mesma quantia e apostar em que as moedas cairão na posição de cara ou coroa. Se você acertar, ficará com o dinheiro do seu parceiro.

Aquilo pareceu bastante fácil, como se tudo dependesse de sorte e não estratégia.

– Então eu tenho 50% de chance de ganhar?
– Sim – disse ele. – As apostas começam em cinco dólares. Apostarei contra você na primeira vez, se quiser. Cara ou coroa?
– Coroa! – respondi, pegando uma nota de cinco dólares e o seguindo até a parte externa do círculo.

O anunciador recrutou um voluntário para atirar as três moedas. Uma caiu na posição de cara e as outras duas na de coroa.

– Ganhei! Ganhei! – gritei, fazendo um gesto para Amanda e Jen, que conversavam perto do bar, para que viessem ver. – Dobrei minha aposta!

O anunciador ouviu meu sotaque norte-americano, apesar das palmas ensurdecedoras. Ele apontou para mim e me perguntou de onde eu era.

– Nova York! – gritei. Mais palmas. Aquela era uma multidão fácil de agradar.

– Temos uma nova-iorquina aqui! Você gostaria de atirar as moedas? – A voz dele ressoou no microfone. Pareceu que praticamente todos no bar gritaram ainda mais alto, e caminhei timidamente através da multidão para o centro do círculo, com todos os olhares fixos em mim. Amanda me seguiu com a câmera de vídeo na mão, registrando meu primeiro ANZAC Day e meus 15 (ou cinco) minutos de fama.

O anunciador fez pose para o vídeo de Amanda, erguendo as mãos e gritando:
– Iuhuuuu!
– Você está em *Candid Camera*! – disse ela.
Ele se virou para mim.

– OK, está pronta?

Assenti com a cabeça. Coloquei uma das mãos na minha coxa, abaixei a espátula, tomei fôlego e atirei as moedas em um gigantesco arco. Elas pareceram cair em câmera lenta e depois mais rápido, girando ao acaso. As pessoas na primeira fila do círculo recuaram, seus olhos seguindo as moedas antes de caírem fora do lugar.

A multidão suspirou, impaciente. Eu definitivamente não seria aplaudida por minha falta de coordenação entre mão e olhos.

– Bem, teremos de jogar de novo – disse o anunciante.

Ele me sussurrou algumas dicas rápidas sobre atirar as moedas mais baixo para permanecerem dentro do círculo enquanto outro jogador as pegava e entregava de novo para mim. Tomei fôlego de novo e atirei cuidadosamente as moedas. Dessa vez elas caíram no lugar certo.

– Coroa! – anunciou ele, e o dinheiro começou a farfalhar trocando de mãos enquanto a multidão bebia cerveja.

– Bom trabalho, Nova York – disse David, dando-me um tapinha nas costas.

Amanda e Jen ergueram suas notas e atravessaram a multidão para apostar, fazendo meia dúzia de novas amizades em uma questão de minutos. Namorar pela internet não era nada perto de jogar two-up, o modo mais simples e conveniente que eu já havia descoberto de conhecer pessoas.

Estava quente dentro do bar na praia, mas aquele era um calor confortável e aconchegante. À medida que o sol abaixava lá fora, as apostas se tornavam mais altas.

– Como você está se saindo, David? – perguntei, olhando para o rolo de dinheiro crescente em sua mão.

– Ganhei 750 dólares. – Ele sorriu quando arregalei os olhos.

– Realmente este é um ótimo ANZAC Day.

As coisas mundanas que um dia pareceram aborrecidas, como ir ao supermercado, lavar louça e dobrar roupa lavada se tornaram inesperadamente confortadoras quando Jen, Amanda e eu voltamos à vida doméstica no apartamento de Simone. Estocamos a geladeira com sorvete com cookies, penduramos cuidadosamente nossas poucas e amassadas roupas em um armário e arrumamos nossos protetores solares na prateleira do banheiro como se exibíssemos obras de arte. Havia até mesmo um pequeno espelho acima da pia, onde coloquei meu hidratante para olhos, minha loção com cheiro de baunilha e meu brilho labial com sabor de morango. Com vergonha de ter produtos não essenciais extravagantes, eu os deixei durante muito tempo nas divisões de minha mochila. As garotas tinham protagonizado repetidas intervenções em estações de pesagem de aeroportos, sua abordagem purista contrastando com minha filosofia: você podia levar todas as coisas que lhe dessem conforto na estrada. Para mim, eram livros e cosméticos. (As garotas *realmente* conseguiram me fazer tirar meu um tanto irônico exemplar de *How to Pack** da divisão com zíper de minha mochila, o que reduziu seu peso em cerca de sessenta gramas.) Pincelar um traço cor de esmeralda perto dos meus olhos ou brilho cor de pêssego em minhas bochechas fazia com que eu me sentisse limpa e bonita – não importava o quanto estivesse coberta de poeira. E agora não tinha mais de esconder essas coisas. Simplesmente poder acordar e fazer café com nossa própria cafeteira (sim, a de Simone) e depois segurar uma caneca fumegante nas mãos enquanto assistíamos ao noticiário matutino parecia tão especial quanto o Natal, o Ano-Novo e a Páscoa juntos.

Depois de ter me exercitado tantas vezes em uma academia sem janelas após um dia passado no escritório – só podendo sonhar com correr em uma praia ou caminhar nas montanhas –, surpreendi-me tentando convencer Jen e Amanda a se matricularem em uma academia no shopping Westfield, perto de Bondi Junction. Programei um horário semanal e o prendi na geladeira como um lembrete. Juntar-me aos grupos de pessoas que se exercitavam na sala de aula espelhada, com suas fileiras de estei-

---

* Como fazer as malas (tradução literal). (N. da T.)

ras de ioga e bolas vermelhas enfileiradas na parede, fazia com que eu me sentisse segura em vez de confinada. Nosso voo de volta para Nova York seria dali a apenas seis semanas, e fiquei chocada em descobrir que queria fazer coisas "normais" quando minha vida "normal" estava tão próxima. Ansiava pela normalidade à qual dissera tão alegremente adeus quando embarcamos nessa jornada ao redor do mundo.

E foi com o mesmo desejo de familiaridade que as garotas e eu aceitamos entusiasticamente um convite para nos juntarmos aos amigos de Simone em sua festa mensal do clube do livro. Era um daqueles domingos reluzentes de verão que pareciam típicos de Sydney. A água no porto brilhava sob um sol cor de caramelo. Nós nos sentamos a uma mesa de piquenique de madeira no deque do iate clube em Rose Bay, que servia comida e drinques surpreendentemente baratos apesar de seu nome elegante.

Não sei dizer o título do livro que motivou a reunião, porque não foi mencionado. Chegamos com Simone e encontramos meia dúzia de mulheres no final da casa dos vinte sentadas em lados opostos de duas mesas de piquenique. Elas usavam óculos de sol com lentes tão grandes que cobriam suas bochechas. Duas garrafas de vinho estavam gelando em baldes prateados brilhantes.

Depois que Simone nos apresentou, Jen, Amanda e eu ocupamos nossos lugares nos espaços vazios entre as mulheres. Em vez de nos sentarmos juntas, nós três nos dispersamos, cada qual conversando com a nova pessoa ao seu lado.

Durante a maior parte do ano, nosso círculo social consistira no número da sorte três. E, de um modo talvez parecido com um casamento, havíamos cumprido papéis que iam bem além da frivolidade de um flerte casual. Viajar por países estrangeiros nos transformara em contadoras, conselheiras, organizadoras, enfermeiras e salva-vidas umas das outras. Também tínhamos nos tornado um pouco codependentes.

Isso ficou claro quando nossas vidas "reais" se tornaram mais próximas, com cada uma de nós tentando assimilar o fato de que, em breve, voltaríamos a fazer escolhas sozinhas não baseadas no bem do grupo. Até mesmo as decisões mais mundanas, como sobre o que comer no café da manhã, se tornariam novamente atividades solitárias sem necessidade da concordância do grupo.

Senti que estávamos nos expandindo, tentando deitar raízes mais profundas em nossos mundos individuais e marcar um território só nosso.

Fiquei perto de Leonie, uma mulher de cabelo louro-escuro, olhos azuis-acinzentados e uma voz grossa que parecia ao mesmo tempo efervescente e sexy.

– Quer uma taça de vinho, querida? – perguntou ela. – Geralmente prefiro tinto, mas pedimos branco porque hoje o dia está muito quente.

Fiz um sinal afirmativo com a cabeça. Ela pegou uma garrafa do balde de gelo e encheu uma taça vazia com o líquido claro.

– Temos *heaps* de vinícolas na Austrália. Você deveria fazer uma excursão por Hunter Valley – disse ela.

Eu lhe disse que, antes da viagem, só sabia distinguir se os vinhos eram tintos ou brancos. Contudo, ao pedalar pelos estabelecimentos vinícolas na Nova Zelândia, descobri a arte de cultivar e amadurecer uvas até ficarem com a doçura certa, e combinar diferentes variedades.

– Estive na Nova Zelândia quando viajei como mochileira – disse ela. – Não fiz excursões por regiões vinícolas, mas *realmente* transei com um *hobbit*.*

Ela disse isso enquanto eu tomava um gole, o que me fez engasgar, e me estendeu calmamente um guardanapo.

Leonie se apressou a explicar que sua ligação não tinha sido com um *hobbit* real, mas com um ator que fazia esse papel. Por acaso estava na ilha Norte quando *O senhor dos anéis* foi filmado. Conheceu um homem em um bar que trabalhava no set e concordou em ajudar na montagem das fantasias para ganhar um dinheiro extra na estrada. Provavelmente foi o carisma de Leonie que a fez ser convidada para a festa oferecida aos atores e à produção, onde o *hobbit* a convidara para ir ao quarto de hotel dele.

---

* Uma das criaturas apresentadas em *O senhor dos anéis*. (N. da T.)

– É claro que isso foi depois de muitas taças de vinho – disse Leonie.

– O vinho grátis nessas festas pode ser um perigo. Meu namorado é ator – eu disse, pensando em Elan à primeira menção de atores.

Foi a vez de Leonie me encher de perguntas. Há quanto tempo nós namorávamos? Morávamos juntos? Como era ficarmos tão longe um do outro? O que ele estava fazendo agora?

– Ele iria para Los Angeles enquanto eu estava viajando porque há muito mais oportunidades para atores lá, mas as coisas não correram conforme o planejado. Acabou fazendo uma peça em Boston e rodando um filme sobre futebol em Chicago – eu disse, percebendo enquanto falava o quanto de contato havia perdido com Elan, sua vida diária e quem ele estava se tornando (e vice-versa). Uma onda de tristeza me fez tremer apesar do sol quente no céu.

Estava errada em perseguir meu sonho de viajar pelo mundo, deixar para trás o homem que amava? Eu o tinha abandonado quando ele precisava de mim nessa transição da formatura para o trabalho no mundo real? Ou um tempo longe um do outro poderia fortalecer nosso relacionamento?

Foi então que Simone, que estivera entretida em uma conversa com Amanda, se inclinou sobre a mesa para encher de novo a taça de Leonie. Ela parou e anunciou:

– Gostaria de fazer um brinde. Leonie e Mike estão *noivos*!

Abaixei os olhos e vi um diamante brilhando ao sol no dedo anelar de Leonie. Ela deu um sorriso largo enquanto erguíamos nossas taças, dávamos um gole e depois as colocávamos na mesa para bater palmas.

– Você vai ser uma mãe linda – exclamou Simone, o nível de decibéis em seu entusiasmo dez pontos mais alto do que o de uma pessoa comum. Na verdade, aquilo era contagioso. Não havia como ver a taça vazia pela metade com Simone irradiando alegria.

Jen pediu para ver o anel de Leonie.

– Quer experimentar? – perguntou Leonie.

Os olhos de Jen brilharam ainda mais do que o próprio diamante quando ela aceitou a oferta de Leoni, deslizando a pedra para seu dedo anelar e estendendo o braço para admirá-la.

– Antes eu queria uma lapidação princesa, mas agora estou achando que uma lapidação almofada talvez seja melhor. – Sempre me surpreendi com a capacidade que Jen tinha de falar como se estivesse fazendo uma citação de *Modern Bride*.

– O que é uma lapidação almofada? – perguntei. Jen olhou em minha direção e riu.

– Hol, você me faz rir. Realmente nunca pensou em que tipo de anel de diamante queria? – perguntou.

– Na verdade não quero um diamante – admiti, e os olhos de Jen quase saltaram das órbitas. Percebi que eu não tinha pensado muito nisso, mas achava que simplesmente não fazia sentido gastar milhares de dólares em uma joia quando podia gastá-los descobrindo o mundo, e meu parceiro, em uma viagem de lua de mel. Ou dá-los como sinal para a compra de um apartamento. Eu não necessariamente me recusaria a aceitar um grande anel, mas não precisava de um para impressionar minhas amigas ou como prova do amor de um homem.

Enquanto o anel de Leonie passava ao redor do círculo de mulheres, que o experimentavam e examinavam à luz, pensei em como algo tão pequeno podia carregar tanto simbolismo. Mas exatamente o que simbolizava era diferente para pessoas diferentes. Para muitas simbolizava amor. Também podia representar pertencer e a conquista do que talvez fosse o maior marco da vida adulta. Um anel podia significar uma promessa. Um compromisso. Segurança. Servir como um marcador de posição em um relacionamento. Conheci mulheres que usavam anéis dados por seus namorados em um esforço para ganhar tempo após anos de namoro, sem estar prontas para casar ou romper com eles. O anel de uma mulher podia significar uma vida inteira de liberdade encontrada nos braços de alguém, o de outra ser um grilhão que a impedia de se tornar quem poderia ter sido.

O anel percorreu todo o círculo e chegou a mim. Tentei devolvê-lo para Leoni, mas Jen disse:

– Holly, pelo menos o experimente!
Não posso explicar por que, mas uma onda de pânico me invadiu ao experimentá-lo, como se uma das mulheres tivesse me entregado seu bebê recém-nascido e eu não soubesse exatamente o que fazer com ele. Não sabia se estava pronta para ter todos aqueles significados ao redor do meu dedo ou se experimentar aquele anel parecia tão estranho somente porque não era para mim. Mike o dera para Leonie, e apenas ela.

Apoiei-me em um poste de iluminação de metal na rua, ansiando absorver um pouco do seu frescor enquanto esperava o homem com shorts esfiapados e uma lata de cerveja acabar de usar o telefone público. Eu achava que ninguém além de mim ainda usava telefones públicos.

Quase uma semana se passara desde que eu havia falado com Elan, e me comunicar com ele pelo Skype do meu laptop no apartamento de Simone só resultava em estática. Não me importei em ir para a rua comprar um cartão telefônico em um dos minimercados perto da praia. O início da tarde estava quente e eu queria ficar longe dos ouvidos de minhas colegas de quarto (como gostava de me referir a Jen e Amanda agora que tínhamos uma residência fixa) para ter um pouco de privacidade.

O sol já havia se posto no horizonte, mas os surfistas continuavam a ir e vir, flutuando em suas pranchas em um oceano que se estendia além do horizonte – talvez eternamente. Observei a espuma do mar em uma onda que se formava e depois caía sobre si mesma, espalhando-se cristalina pela areia até a força maior das marés a puxar de volta para o corpo de água do qual viera.

Três anos antes tinha visto uma cena parecida, mas com um oceano e céu diferentes, deitada na areia perto de Elan, no Havaí. Ou talvez o oceano e o céu fossem os mesmos. Lembrei de que eram da mesma cor – a água azul-escura e o céu amarelo-canário salpicado de nuvens que se tornavam mais negras com o cair da noite. Naquela época os surfistas tinham parecido igualmente serenos, flutuando em suas pranchas, à vontade em sua solidão, esperando pacientemente pela onda certa.

Tínhamos voado de Nova York para Oahu para o casamento da mãe de Elan e comemorado acampando na praia. O novo marido dela, Randy, era um pescador experiente. Fez uma fogueira com pedaços de madeira trazida pelas ondas que nós o ajudamos a juntar antes de assar sua pesca do dia, temperada com alho. Nós comemos sentados em cadeiras de praia com garfos de plástico e pratos de papel, e o peixe estava melhor do que qualquer outro que eu já comera em pratos de porcelana de um restaurante chique.

Elan e eu terminamos nosso jantar na praia e nos sentamos na areia para ver as ondas quebrarem. Esticamos as pernas à nossa frente e ele pegou minha mão. Abaixei os olhos e vi que nossa pele estava bronzeada, mas a base de nossas unhas continuava branca. Eu o olhei pelo canto do olho e sorri, seus cachos escuros embaraçados pela água salgada depois de um dia praticando body surf. Quando joguei meu rosto para trás, o vento quente tocou minha pele ao vir do oceano para a terra.

– Elan? – eu disse.
– Sim, Hol?
– Estou realmente feliz agora. – Ele apenas sorriu em resposta e pôs o braço ao redor dos meus ombros, sua pele bronzeada irradiando calor e me causando arrepios.

As primeiras estrelas começaram a surgir no céu como pontos de luz inseridos com uma agulha em veludo azul. Uma estrela cadente traçou um caminho luminoso na escuridão. Apertei a mão de Elan e fiz um pedido enquanto a luz se tornava mais fraca até desaparecer. Perguntei-me para onde tinha ido. Ficamos sentados ali olhando para o céu em silêncio, juntos.

Bang, bang, bang. Virei-me para a fonte do som e vi o telefone pendurado em seu fio balançando à brisa e batendo na cabine de metal. O homem tinha terminado sua conversa e eu estivera absorta demais em meu devaneio para notar.

Onde estava meu cartão telefônico? Procurei na bolsa da Eagle Creek entre os dongs vietnamitas e xelins quenianos res-

tantes. Disquei o número de Elan e o telefone começou a fazer a chamada. Por favor, esteja aí, rezei em silêncio.
Ring. Ring. Ring. Ring.
Quando eu estava prestes a desligar, antes que a chamada caísse no correio de voz e fosse cobrada, ouvi a voz dele.
– Alô. Hol?
– Elan? Sim, sou eu! Estou ligando de um telefone público.
– Ei, e aí?
E aí? Subitamente me senti inibida e sem saber o que dizer. Deveria lhe contar que tinha aprendido a jogar two-up, visto um canguru ou provado Vegemite pela primeira vez? Ou simplesmente lhe dizer que sentia sua falta? E que mal podia esperar para pôr minha cabeça em seu ombro de novo?
Em vez disso, eu disse:
– Nada de mais. Estamos em um apartamento agora!
– Isso é ótimo, Hol. – Ele pareceu distraído.
– Como estão as coisas no nosso apartamento? Como está seu irmão?
– Bem, bem. Tudo está bem. Evan e eu começamos a fazer um jardim no pátio... Olhe, eu queria falar sobre uma coisa com você. – O tom dele estava sério.
– Sim. O que é?
– Tenho pensado muito sobre isso ultimamente e eu preciso me mudar para Los Angeles agora.
Meu estômago revirou quando ele usou a palavra "eu". Não disse "nós". Não estava pensando em "nós". Senti o sangue bombeando nas veias em minha garganta. Só consegui ouvi-lo dizer que teria uma chance melhor de emprego como ator se fosse para Hollywood. Poderia dormir no sofá de um amigo para economizar dinheiro e agora era a vez dele de se arriscar, enquanto ainda era jovem. Não queria ficar em Nova York fazendo bicos para pagar o aluguel quando deveria ir a audições que realmente poderiam levá-lo a algum lugar.
Eu sabia que tudo isso fazia total sentido para sua carreira, mas foi como se meus sentimentos tivessem deixado meu corpo, desaparecido em uma nuvem de fumaça. Não conseguia respirar.

Depois de meu ano como nômade pensava no lar não como um lugar físico, mas como estar com ele.

Subitamente me lembrei do verão, anos antes, em que Elan me pediu para ir morar comigo, sublocando temporariamente seu próprio apartamento até a faculdade recomeçar, no outono. Quando o outono chegou e as folhas verdes se tornaram douradas, Elan voltou para seu antigo apartamento. Fiquei em minha cama sobre as cobertas, sozinha no espaço, sem querer que ele soubesse que tinha chorado. Elan voltou alguns dias depois, dizendo: "Hol, posso voltar para cá? Meu lar é com você." Ele voltou. E era.

A voz de Elan ficou falhada ao telefone.

– O que *você* acha de Los Angeles, Hol? – Sua voz soou distante, como se viesse do outro lado de um túnel cujo fim eu não podia ver.

Um torpor gelado atravessara meu cérebro como uma cobra, comprimindo-o e interrompendo meus pensamentos. Antes de poder ser dominada pelo vazio, fui golpeada pela verdade que queria ignorar: não podia ir com ele e tinha de deixá-lo ir. Então concordei em que Elan tinha de ir para Los Angeles, mas lhe pedi para esperar algumas semanas, até eu voltar.

Não tive pensamentos racionais bem formados. Só tive a consciência de que ele havia me permitido viver meu sonho. Agora era minha vez de deixá-lo viver o dele. Nunca me permitiria ser seu grilhão – eu o amava demais.

Não consigo me lembrar de como a conversa terminou. Só me lembro do som do telefone batendo na cabine de metal pendurado ao vento e de ver uma estrela cadente no céu.

O fato é que eu havia pensado que quando voltasse da viagem teria meu futuro traçado – Elan e nosso apartamento para o qual voltar. Ao contrário de Jen e Amanda, havia acreditado que minha jornada ao redor do mundo terminaria exatamente onde começara.

CAPÍTULO TRINTA E DOIS

Jen

HUNTER VALLEY, AUSTRÁLIA
MAIO

Coberturas de chocolate, marshmallows polvilhados com cacau, trufas recheadas com creme. Holly estava agachada diante do balcão de vidro da loja de chocolates de Hunter Valley, descrevendo-me detalhadamente quais doces artesanais valia a pena provar. Nós pediríamos tudo que ela quisesse, pensei. Eu ficava feliz só em ver aquele brilho familiar em seus olhos.

– Garotas, vocês realmente vão gostar de ouvir isto – disse Amanda, fechando o telefone celular de nosso grupo e se juntando a nós no balcão. – Acabei de falar com a mulher no escritório da Balloon Aloft e todas nós faremos um passeio de balão movido a ar quente amanhã de manhã... E ela nos dará um desconto pelo aniversário de Jen!

– Mas meu aniversário já passou e vocês já me deram uma festa cor-de-rosa – eu disse. Algumas semanas antes, eu tinha ido para a sala de estar em meu estado matutino normal de preguiça e encontrado todo o espaço decorado com balões, bandeirolas e confetes cor-de-rosa. Holly estava na cozinha assando muffins para mim e Amanda me entregou uma sacola cheia de balas, chinelos felpudos com PRINCESS bordado e, adivinhem, um *Rough Guide to Chick Flicks** e uma pilha de meus filmes favoritos alugados em uma videolocadora. Depois da festa de Amanda em

---
* Um guia de filmes a que as mulheres adoram assistir. (N. da T.)

Lima, Peru, e do jantar e da festa dançante de Holly em Hanói, Vietnã, esse era nosso terceiro e último aniversário na estrada.

– Eu sei, mas isso é nosso presente para você – respondeu Amanda.

– Sim, definitivamente. É o modo perfeito de terminar nossas férias no Hunter Valley. E também estou muito feliz por ficarmos em um hotel de verdade esta noite – disse Holly, antes de voltar sua atenção para os chocolates.

– Está bem... se vocês insistem – eu disse sorrindo. *Sempre quis andar de balão.* Mas, se estivéssemos todas juntas e nos divertindo, não me importava com o que fizéssemos.

Desde que tínhamos chegado à renomada região vinícola da Austrália, dois dias antes, a sombra sutil que pairava sobre nosso trio desaparecera. Na primeira vez em que escolhemos a majestosa terra de Oz como nossa última parada, achei que esse seria o fim tranquilo e perfeito para a história de nossa aventura épica. Mas com Holly enfrentando uma situação difícil com Elan e todas nós tentando, frequentemente sem conseguir, diminuir a ansiedade em relação à volta para casa, nosso final feliz estava perigosamente perto de não ocorrer.

Mesmo quando Holly se fazia de corajosa e insistia em que estava bem, Amanda e eu sentíamos a dor e a insegurança por trás de seus sorrisos e suas tentativas de brincar. Fazíamos o possível para ficar perto dela, tomando a decisão crítica de que estava na hora de deixarmos de lado nosso *Lonely Planet: Sydney and New South Wales* e fazer o que era nosso primeiro objetivo: viajar. E não fazer apenas uma viagem de ida e volta no mesmo dia para as Blue Mountains; precisávamos de algo mais substancial.

Seduzidas pela promessa de vinhedos ondulantes, trilhas pitorescas, degustações de vinho, cavalgadas e restaurantes gourmet, subimos em nosso leal corcel multicolorido e saímos da agitação da cidade para a tranquilidade da região vinícola. Com muitos folhetos, mapas e horários de eventos locais, passamos os primeiros dias passeando nos arredores idílicos, provando Semillons de classe internacional, fazendo piqueniques perto de campos de uvas exuberantes e vendo cangurus lutando boxe ao pôr do sol. Até mesmo recebemos um certificado oficial da Wine School por nosso impressionante conhecimento de técnicas de cultivo e rodas de aromas. E agora, revigoradas por uma boa dose de chocolate, sairíamos em busca de um vinhedo famoso próximo.

Aquela era outra tarde clara e incrível em Hunter Valley, e Amanda, Holly e eu seguimos alegremente em nossa van da World Nomads. O sol brilhava, os pássaros cantavam e as pessoas do lugar se cumprimentavam com grandes sorrisos e um "Bom-dia, amigo". Até mesmo os dingos percebiam seus erros e devolviam graciosamente bebês roubados. E, além disso, eu havia dominado a delicada arte de dirigir com câmbio manual em menos de uma semana e estava operando nossa besta arco-íris como uma profissional. Sim, naquele momento a vida era perfeita.

Agora eu só tinha de descobrir exatamente para onde estava indo. Chegáramos a um dos grandes resorts no vale e eu estava um pouco perdida.

– Estou confusa. Como saio daqui? – perguntei a Amanda, que estava na frente com o mapa. – Ah, esperem. Já sei – eu disse, ao perceber que tudo que tinha de fazer era seguir o caminho de cascalho na frente do hotel próximo e sair pelo portão. Assobiei alegremente enquanto engatava a segunda marcha, preparando-me para passar devagar debaixo do pórtico de madeira e pela entrada para carros circular.

Colisão, sacudida, estalido, estrondo!!!
Ah, meu Deus! O que estava acontecendo? Subitamente todo o telhado desabou sobre nós. Enquanto Holly e Amanda gritavam e cobriam os olhos com as mãos, agarrei firmemente o volante, tentando manter o controle da van e rezando para sairmos do outro lado ilesas. Enormes pedaços de madeira caíram sobre o veículo e partículas felpudas de fibra de vidro flutuaram como neve na direção de nossas cabeças. Naquele instante, o sol se escondeu atrás das nuvens, os pássaros pararam de cantar, os dingos começaram a roubar bebês de novo e percebi que, em menos

de cinco segundos, eu havia destruído nosso único meio de transporte e estragado um dia perfeito.

Quando a poeira abaixou, consegui me recompor o suficiente para desligar a van e sair envergonhadamente pela porta. A dona do hotel veio correndo ao encontro da turista maluca que desfigurara sua propriedade. Talvez devido à minha expressão chocada ou à série de pedidos de desculpas, ela imediatamente ficou com pena de nós, perguntou se estávamos bem e tentou fazer com que eu me sentisse melhor. Como eu estava quase catatônica, Amanda assumiu o comando e seguiu a mulher até o interior do hotel. Elas trocaram informações de contatos, voltaram e tiraram algumas fotos para a seguradora. Holly ficou perto de mim, com o braço sobre meus ombros.

– Está tudo bem, Jen. Se fosse eu que estivesse dirigindo, faria o mesmo. Falando sério. E o estrago não parece tão grande. Tenho certeza de que conseguiremos consertar.

Olhei para o estrago como uma corça olharia para faróis.

– Só não consigo acreditar que eles não tinham uma placa de altura máxima permitida. Quero dizer, a van nem é muito alta, e o telhado não parecia muito baixo – balbuciei, totalmente consciente de que o dano ia além do que poderia simplesmente ser desamassado. Apesar disso, por um momento fiquei esperançosa. Entrei na van e empurrei o mais forte que pude o teto acarpetado, agora pendurado como uma sacola. Mas ele não se moveu.

– Talvez eu pudesse dizer que um canguru desgarrado pulou de uma ponte e caiu em cima da van – eu disse, enquanto um dos zeladores caminhava em nossa direção.

– Vocês estão bem? Estou vendo que seu teto ficou bastante danificado. Sabem, não são as primeiras que batem nessa cobertura. Acontece o tempo todo. Por isso tentem não se sentir tão mal.

Aparentemente placas de altura máxima permitida são tão populares na Austrália quanto cerveja Foster's (ou seja, surpreendentemente *im*populares), porque eu não conseguia entender como outras pessoas haviam batido no telhado e eles não puseram uma placa. Tive de me esforçar para não olhar de cara feia para o homem.

– Não deixem isso estragar este lindo dia – disse ele enquanto Amanda voltava dizendo que podíamos ir embora e obtivera informações de como chegar ao nosso hotel.

– Agora só temos de ir para lá, fazer o check-in e relaxar um pouco antes de decidirmos o que fazer – disse ela. Assenti com a cabeça e murmurei um baixo "OK".

Percebendo que eu estava sem condições de me sentar de novo ao volante, Holly foi para o banco do motorista, nos tirou da cena do crime e foi para a estrada principal. Tínhamos percorrido apenas alguns quilômetros quando visões de uma franquia de centenas de dólares e a vergonha de confessar para os representantes da World Nomads que eu havia destruído sua van começaram a me atormentar. Tive um ataque de pânico.

– Parem o carro! – gritei. – Estou tendo um treco!

Holly imediatamente parou no acostamento da estrada de cascalho. Ela e Amanda ficaram sentadas lá, deixando-me pacientemente descarregar. Eu nunca havia tido culpa em um acidente. Não era uma daquelas garotas malucas que não podiam dirigir. Até mesmo meus amigos do sexo masculino podiam atestar isso. Estávamos nos divertindo tanto e eu havia arruinado tudo... e blá-blá-blá.

– Jen, quando assinamos aqueles formulários de seguro, nossa franquia era de quatrocentos dólares, o que em dólares australianos é ainda menor. Realmente não será o fim do mundo se tivermos de rachar isso – disse Holly.

– Não. Não. Não, isso não é verdade. Eu me lembro de que havia outra coluna em que estava escrito novecentos dólares. E estou bastante certa de que era para certos danos maiores ou algo cuja culpa fosse do motorista – respondi, remexendo no porta-luvas, agora desesperada para determinar meu pior cenário.

– Sim, mas realmente acho que fomos cobertas pelo plano de quatrocentos dólares – disse Amanda, pegando o livro de minhas mãos trêmulas e o folheando. Parando em uma página, ela a examinou várias vezes e ficou em silêncio. – Bem, aqui diz que dano ao teto ou chassi não está coberto, mas tecnicamente *não* foi o teto. Foi apenas uma parte superior sobreposta, por isso talvez esteja. Seja como for, acho que o conserto não será muito caro. Realmente não está tão ruim, Jen. Tenho certeza de que tudo vai dar certo.

Eu quase comecei a hiperventilar. E se isso custasse milhares de dólares? Eu pagaria essa van estúpida até chegar aos quarenta anos. Apesar de todas as suas óbvias preocupações, as garotas continuaram a tentar me acalmar.

– Essa história vai dar um sabor especial ao nosso reinado como embaixadoras da World Nomads, certo? – Na pior das hipóteses, contaremos a história do canguru. – Um dia você ainda vai rir disso tudo – disseram elas.

Com o teto praticamente tocando em nossas cabeças e raios de sol entrando pelos buracos na fibra de vidro, não consegui achar graça na situação. Mas Amanda e Holly estavam me dando tanto apoio que tentei pôr um sorriso forçado em meu rosto. O lado bom era que o acidente tinha sido no dia em que pernoitaríamos em um hotel.

Depois de estacionarmos nosso veículo recém-avariado na vaga mais longe possível do hotel, fizemos o check-in e fomos para nosso quarto. Continuando a manter o controle da situação, Amanda telefonou para o escritório da World Nomads para arcar com as consequências por mim. Holly e eu ficamos em silêncio, ouvindo com a respiração presa os "hum-hums", "OKs" e "não, está apenas *um pouco* amassada". Quando Amanda desligou, disse que eles não tinham parecido muito preocupados e nos instruíram a levar a van de volta à oficina da Auto Barn assim que pudéssemos para darem uma olhada.

– Ah, não! – eu disse. – Temos de levá-la de volta agora. Não podemos continuar a dirigir assim. Tudo isso é culpa minha, e arcarei com a despesa sozinha para que a gente possa alugar um carro para Holly e a irmã dela. Sinto muito ter estragado nossas férias. – A irmã de Holly chegaria de avião a Sydney na próxima semana e viajaria conosco, e eu tinha arruinado tudo, pensei.

– Jen, não seja ridícula. Todas nós vamos contribuir com um pouco de dinheiro e encontrar uma solução. Mas realmente não podemos nos preocupar com isso agora – respondeu Holly.

O que mais me surpreendia em Holly era sua capacidade de enfrentar com bom humor uma crise emocional. Como meus pais podem atestar, sou uma atriz dramática desde que nasci. Admito que às vezes tendo a ter uma reação um pouco exagerada, mas esses momentos eram poucos e espaçados. É claro que sempre foi útil contar com uma força tranquilizadora como Hol quando não eram. E, se ter calma não adiantasse, eu tinha Amanda para intervir e pôr as coisas em ordem. Quando ficamos amigas, lembro-me de que pensei: puxa, alguém capaz de enfrentar diretamente meu mau humor. Ou nós seríamos ótimas amigas, ou nos estrangularíamos. E até agora aquilo tinha funcionado perfeitamente bem: geralmente, quando eu ficava nervosa, Amanda ficava calma, e vice-versa.

– Sim, concordo com Hol. Na verdade, sugiro que depois de nosso passeio de balão amanhã a gente deixe a van e acampe em um dos parques nacionais pelos quais passamos a caminho daqui. De qualquer modo, será o fim de semana. A Auto Barn pode esperar – disse Amanda.

Em um ponto ela tinha razão. Eu realmente ainda não estava pronta para voltar a Sydney. E, Deus me livre, se tivesse arruinado nossas chances de fazer uma viagem final por terra pela costa, pelo menos teríamos uma última noite de diversão. Então concordei com a proposta, com uma condição: de que elas dirigiriam por todo o caminho de volta.

Embora me levantar antes do nascer do sol fosse a última coisa que eu normalmente desejaria fazer em férias, flutuar acima das nuvens em uma cesta aberta era um enorme incentivo. Então, exatamente às 5:30, chegamos ao escritório da Balloon Aloft, ansiosas por voar. Segurando uma xícara de café extra, olhei para as fotos brilhantes de outros heróis voadores penduradas na parede, o que me deu um ânimo ainda maior do que a cafeína.

— Então, garotas, se escrevêssemos um post sobre isso para a World Nomads, sei como deveríamos chamá-lo – eu disse. – *As mágicas de Oz*. Entenderam? Porque, no filme, o mágico flutua sobre a cidade de Esmeralda em um balão movido a ar quente e a Austrália é chamada de Oz. Ah, sou hilária. – Fiz um sinal afirmativo com a cabeça aprovando a mim mesma, impressionada com minha criatividade do início da manhã.

— Ugh, isso é pior do que a mugidora do capim – respondeu Holly, se referindo ao espirituoso apelido que eu pusera na vaca no Quênia que sempre ficava do lado de fora de nossa cabana mastigando relva ruidosamente.

— Sim, mas se isso a fizer se importar menos com a van estamos de acordo – disse Amanda.

Sendo a piada ridícula ou não, eu estava me sentindo melhor em relação a todo o acidente. Mas infelizmente nossa má sorte não acabara. Tínhamos sido avisadas pelo dono da empresa de que havia uma pequena possibilidade de mau tempo, por isso eles monitorariam os ventos durante toda a manhã para se certificarem de que seria seguro voar. Após esperarmos quase duas horas, o alerta ainda permanecia. Então, para nossa decepção, o voo foi cancelado. Quando nos preparávamos a contragosto para ir embora, vimos alguns funcionários da Balloon Aloft ao redor da van examinando o dano.

— Isso foi obra sua? – perguntou um deles com um sorriso.

— Sim – respondi. – Por acaso sabe como desamassar? – O homem estava usando um macacão azul parecido com o de um mecânico. Então pensei: não custa nada perguntar.

— Não. Acho que você precisará de um profissional para isso. Mas sabe que há uma boa chance de chover, não é? Estávamos justamente falando que por enquanto vocês deveriam pelo menos remendar aquele rasgão ali na frente – apontou ele.

Ah, droga, eu não tinha pensado nisso. Se começasse ao menos a chuviscar, o interior da van ficaria alagado e, com toda a

certeza, nosso seguro não cobriria isso. Dessa vez até mesmo Amanda e Holly pareceram em pânico.
— O que deveríamos fazer? — perguntou Amanda. — Talvez comprar uma lona impermeável ou algo no gênero?
— Bem, a tempestade está indo para o norte, por isso sugiro que nos deixem tentar remendar com fita e depois sigam direto para o sul. Ei, Aaron! — gritou ele para outro dos funcionários.
— Temos algo no escritório que possa servir?
— Não temos fita de vedação? — perguntou Holly.
— Sim, tem razão. Coloquei meu rolo debaixo da pia — respondeu Amanda, entrando na van para olhar sob nossa minipia de lavar pratos. — Vejam, eu disse que isto poderia ser útil.
Em um instante todos os três funcionários da Ballon Aloft se puseram em ação. Trazendo uma escada para chegar às áreas altas, eles formaram uma linha de montagem ao redor da van, cortando e colando longas tiras do rolo e impermeabilizando cuidadosamente todo o veículo. Meu remendo favorito foi de longe o em forma de ferradura virada para baixo apontada para o adesivo VIAJE EM SEGURANÇA abaixo da janela traseira.
— Falando sério, vocês são nossos heróis — exclamei! Abraçando todos eles. — Não sei o que faríamos se não estivessem aqui.
— Ah, não foi nada, ficamos felizes em ajudar. Temos de manter nossa reputação nacional, sabia? — disse Aaron.
Felizmente ainda sem chuva, saímos da cidade em busca do local de acampamento perfeito.

Horas depois, entramos em um vale tranquilo ladeado de uma densa floresta e picos rochosos. Antes que anoitecesse, tratamos de fazer imediatamente uma fogueira na caixa de areia fornecida pelo parque nacional.
Não demorou muito para um inferno flamejante lançar fagulhas no céu da meia-noite, estalando em meio ao farfalhar das árvores. Abrindo uma garrafa de Sauvignon Blanc, formamos um semicírculo ao redor do perímetro, colocando marshmallows

no centro até dourarem. Com as labaredas aquecendo nossos rostos, ficamos sentadas por horas, lembrando de todas as incríveis aventuras que havíamos partilhado e avaliando o que nos esperava do outro lado de nossa jornada.

É estranho, mas quando a viagem ainda era apenas um castelo no ar, uma ideia maluca que Amanda, Holly e eu tivemos durante nossas férias na Argentina, pude nos ver juntas na estrada tão claramente como se aquilo já tivesse acontecido. E de repente era igualmente fácil nos imaginar discutindo juntas novos empregos, namorados e pensamentos sobre o futuro durante um brunch em Nova York. Brindando aos casamentos umas das outras. Em férias em grupo com nossos maridos e filhos. Tirando férias juntas, apenas nós três. Talvez um dia até mesmo escrevêssemos um livro sobre a viagem, como de vez em quando fantasiávamos fazer. Quem sabia?

Mas, embora eu não pudesse prever detalhes de nosso futuro mais do que pudera antes, agora via o quão rápido tudo passava. Logo voltaríamos para os Estados Unidos e o último capítulo dessa história estaria completo. Embora tivéssemos deparado com alguns obstáculos inesperados em nossas últimas semanas na Austrália, de certo modo aquilo parecia positivo. Porque não era naqueles momentos perfeitos que eu aprendia mais sobre mim mesma; era nas partes mais difíceis da viagem, quando nós três e eu ficávamos lado a lado e uma se recusava a deixar a outra cair. Certamente eu não tinha obtido todas as respostas que procurava quando parti, mas olhando através da fogueira para Amanda e Holly soube que encontrara algo ainda melhor.

Perto do início da viagem, eu havia confessado para as garotas que um dos meus maiores medos era de que algo acontecesse com meus pais e eu ficasse órfã, sem irmãos com quem dividir a tristeza. E, embora tivesse sido abençoada com as melhores amigas que podia esperar ter, bem no fundo sempre me sentiria só até formar uma família minha, ter pessoas para as quais eu seria a maior prioridade e vice-versa.

Mas, depois de tudo que nós três passamos juntas, pela primeira vez eu não tinha mais medo. Sabia que nunca teria de caminhar sozinha neste planeta. Acontecesse o que acontecesse – algo pouco importante como um pequeno acidente de carro ou grave como perder um ente querido –, Amanda, Holly e eu sempre estaríamos ali uma para a outra.

Na verdade, de muitos modos me sentia tão perdida agora quanto quando partimos em nossa aventura, mas não estava perdida sozinha. E ficaria sentada ali com minhas irmãs até as últimas brasas apagarem.

CAPÍTULO TRINTA E TRÊS

Holly

AUSTRÁLIA
MAIO

Ao passar pelos carros esportivos brilhantes na Harbour Bridge de Sydney, nossa van era como um homem gordo em um concurso de beleza – totalmente incompatível. Não apenas devido aos jatos de tinta espalhados como se um arco-íris tivesse vomitado sobre ela, mas à cratera assimétrica no teto e à fita de vedação prateada que segurava tudo no lugar.

Eu tinha sofrido tantos pequenos acidentes de trânsito que meu pai certa vez me perguntou se eu havia confundido a rodovia com uma pista de bate-bate de um parque de diversões. Estava surpresa por ter sido Jen – e não eu – quem batera com a van.

Jen estava sentada no banco do passageiro ao meu lado, parecendo totalmente desanimada.

– Não posso entrar na Auto Barn e encarar Chris depois de ter batido com a van. E a World Nomads com certeza vai nos despedir.

– Jen, acidentes acontecem. Se esse é o pior problema que enfrentamos depois de um ano na estrada, somos abençoadas – eu disse, tentando tranquilizá-la. – E não se preocupe com a franquia. Estamos nisso juntas e vamos rachar a despesa.

– Hol, você nem mesmo tem dinheiro para comprar uma passagem de avião para casa – disse ela.

– Isso é só um detalhe – eu disse, antes de Amanda erguer a cabeça no banco de trás.

– Vire aqui! A Auto Barn fica à direita – ordenou ela. Eu automaticamente virei o volante para a direita, fazendo alguns carros se desviarem com buzinadas raivosas. Jen agarrou o cinto de segurança, com os nós dos dedos brancos.
– Deve ser aqui à esquerda – disse Amanda.
Quando entramos na garagem, Jen soltou seu cinto, com o rosto vermelho de vergonha. Tenho de admitir que a sensação em meu estômago foi a de ter ingerido gasolina. Deveríamos estar espalhando boa vontade, não destruindo a van.
– Temos dinheiro para pegar um táxi? – perguntei, pronta para descarregar nossas bagagens e voltar para o apartamento de Simone. Jen cobriu o rosto e Amanda apenas assentiu com a cabeça.
Passei com dificuldade pela porta estreita da garagem – tudo de que não precisávamos era que eu amassasse ainda mais a van ao devolvê-la – e parei. Um pequeno grupo esperava por nós. Chris estava lá, assim como Christy, da World Nomads, o proprietário da Auto Barn e alguns mecânicos.
– Ah, meu Deus, eles pediram apoio – sussurrou Amanda, parecendo nervosa.
Desliguei o motor e nós três saímos da van, preparando-nos para o furioso ataque.
Depois de o grupo examinar por alguns segundos em silêncio a van em toda a sua decrépita glória, irrompeu em aplausos. Chris fingiu pular para o lado protegendo dramaticamente seu rosto de um desastre imaginário. Nós nos entreolhamos, sem entender.
– Bem, vocês não são as primeiras embaixadoras da World Nomads a se envolverem em um acidente, mas certamente foram as que se saíram melhor nele! – disse Chris rindo.
– Aquilo é... fita de vedação? – perguntou um dos mecânicos incredulamente.
– Sim – disse Jen. O grupo irrompeu em outra rodada de aplausos.
– Como conseguiram destruir todo o teto? Vocês se distraíram com um jovem musculoso à beira da estrada? – brincou Chris.

Jen imediatamente começou a se desculpar, dizendo que tudo era culpa dela e pagaria sozinha pelo prejuízo. Enquanto os mecânicos se juntavam ao redor do veículo, tirando a fita e passando os dedos pela fibra de vidro despedaçada para avaliar o dano, Chris nos deu um abraço apertado.

– Fico feliz por todas vocês estarem bem – disse ele. Olhei para Amanda. Ela apenas deu de ombros. Essa não era a recepção que tínhamos esperado.

Então Phil, o dono da Auto Barn, um homem com olhos castanhos que se enrugavam quando ele sorria, se manifestou.

– Parece que o prejuízo é de uns oito mil dólares – disse solenemente.

Jen ficou paralisada e temi que ela desmaiasse. Apertei seu braço para confortá-la. Oito mil dólares representavam quase metade de seu orçamento para a viagem. Como a Austrália era nossa última parada, esse dinheiro há muito fora gasto.

Justamente quando eu estava pensando em como poderíamos aumentar o limite do meu cartão de crédito, Phil acrescentou:

– Mas vocês só terão de pagar a franquia de quatrocentos dólares.

– O quê? – perguntou Jen. Também não tive certeza de que havia ouvido direito. Aquele homem realmente estava nos salvando de uma enrascada?

– Se vocês pagarem a franquia mínima, cuidaremos do resto – disse Phil. Agora Jen parecia ter recebido uma segunda chance de vida.

Christy se aproximou e completou:

– Já discutimos a logística. Chris providenciará outro veículo para vocês. Um menor e automático.

Eu tinha me preparado para agarrar minha mochila e pegar um táxi, mas em vez disso nossos "empregadores" estavam nos *recompensando* por destruir o veículo deles? Aquilo não parecia fazer sentido.

– Vocês realmente fariam isso por nós? – perguntou Jen.

– Então não estamos despedidas? – perguntou Amanda simultaneamente, provavelmente se lembrando de seus tempos de assistente editorial.
 – Não, é claro que não! Nós lhe daremos o carro, mas vocês terão de continuar a blogar para nós. – Christy sorriu. – Não podem deixar que um pequeno acidente as impeça de explorar a Austrália. Acabaram de chegar aqui, e há muitas coisas que têm de ver.
 Os australianos tinham fama de serem calmos e despreocupados, e descobrimos que esse estereótipo na maioria das vezes era verdadeiro. É claro que nossos salvadores tinham seus próprios motivos para nos darem outro veículo – queriam que promovêssemos seu blog. Mas o humor com que lidaram com a situação e a generosidade que demonstraram conosco mostrou que a vida às vezes pode ser tão difícil – ou fácil – quanto nós decidirmos torná-la.
 – Tenho um amigo que dirige um acampamento de surfe a algumas horas daqui. Podemos telefonar para ele se vocês estiverem interessadas em ficar lá por algumas noites – propôs Chris.
 Nós três respondemos sim ao mesmo tempo. Nossa viagem por terra definitivamente estava mudando para melhor.
 – Está bem, com uma condição – disse Chris. Eu sabia que tinha de haver uma, pensei. Olhei para ele desconfiadamente.
 – Vocês têm de gravar um vídeo da van avariada para colocarmos no site.
 Aquela foi uma tarefa que Amanda e eu realizamos com zelo. Enquanto Phil usava o zoom da câmera para aproximar as rachaduras espalhadas pelo teto como raízes de uma árvore, Amanda brincou:
 – Se você for um estrangeiro e não souber dirigir, telefone para a Auto Barn!
 Assim, não foi por nossas habilidades literárias ou aventuras inspiradoras que nos tornamos famosas no site da World Nomads. Em vez disso, foi por uma foto da van com o título: "A van Ambassador sobrevive a acidente com as Garotas Perdidas."

O sol desaparecia no oceano, e Amanda e Jen flutuavam em suas pranchas de surfe ao meu lado. Apertando os olhos para examinar o horizonte, não consegui ver um único resort – muito menos uma única pessoa – na larga faixa de areia em forma de lua crescente que se estendia pela linha irregular da costa até o que parecia ser o infinito. Além da garça azul agindo como uma sentinela do litoral, só havia nós três.

Chris não tinha revelado a localização exata do "Ponto X Secreto", que ficava em algum lugar ao norte de Coffs Harbour e sul de Byron Bay, até ligar para nosso telefone celular emprestado e nos instruir sobre como chegar lá, quando estávamos a apenas alguns quilômetros de distância. Achei que combinava conosco não sabermos para onde íamos, porque a viagem estava quase terminando e, bem, não sabíamos para onde íamos. Eu não sabia o que aconteceria com Elan, nosso apartamento e minha vida profissional quando voltasse para casa. Descobriria tudo isso na hora certa e não havia nada que pudesse fazer a esse respeito do outro lado do oceano.

Estávamos gratas pela colisão com a van ter inesperadamente nos levado ao acampamento de surfe, em vez de à falência. Minha irmã mais nova, Kate, havia feito um voo de mais de vinte horas de Syracuse, Nova York, para se encontrar comigo em nosso destino final. Embora às vezes me sentisse a irmã mais nova perto de Jen e Amanda devido ao estilo obstinado delas, com Kate eu era a irmã mais velha protetora.

A caminho do acampamento de surfe, olhei pelo espelho retrovisor e vi Kate e Jen no banco de trás, fortalecendo-se com cereal Weetabix em meio a uma pilha de guias para turistas. Apesar de o rosto de Kate – agora com quase 24 anos – ter perdido seu formato redondo infantil, eu ainda a via como uma garotinha com olhos negros como carvão, bochechas rosadas e cachos pretos.

Desde criança Kate era explosiva. Dançava durante horas pela casa e balançava os braços dramaticamente imitando Bette Midler no filme *Amigas para sempre*. Detestava dever de casa, por isso eu brincava de "professora" com ela, passando-lhe ditados e a premiando com M&M's a cada palavra que acertava. Na infância, ela gostava de me seguir aonde quer que eu fosse, por isso tinha de levá-la nas costas através dos campos atrás de nossa casa, com Corby, nosso labrador amarelo, correndo em círculos atrás de nós. Eu não havia percebido o quanto sentia falta dela até vê-la saindo do avião na Austrália.

Estar com uma das minhas irmãs biológicas, e com as duas mulheres que tinham chegado o mais perto possível de ser minhas irmãs, fazia com que eu me sentisse mais forte. Além de Sara e Kate, eu sabia que Jen e Amanda sempre estariam ao meu lado. Ri pensando em como provavelmente tinha conhecido o verdadeiro eu de oitenta anos de Amanda – do qual ouvira falar muito nesse último ano – e também o de Jen.

No acampamento de surfe, nós quatro caímos em uma confortável rotina. Quando o sol voltava ao nosso lado do mundo, acordávamos, nos lavávamos nos banheiros comunitários, entrávamos na fila com os outros alunos de surfe para um café da manhã de ovos fritos e torradas e íamos para o mar ter nossas aulas matutinas. Aprendemos sobre recuos de ondas e praticamos pular sobre as pranchas na praia antes de subir na crista de uma onda. À tarde, jogávamos cartas em toalhas na areia ou líamos em uma das redes penduradas em tecas. Kate e eu corríamos descalças na praia, com Amanda e Jen caminhando atrás e conversando sem parar. O tempo parecia denso e passar devagar. E nós nos sentíamos leves.

Quando o ar esfriava, pegávamos nossas blusas de moletom e entrávamos na fila para um churrasco ao ar livre, comendo nossos hambúrgueres com salada de repolho em uma mesa de piquenique sob um toldo em forma de A. Depois nos reuníamos ao redor da fogueira, trocando histórias com outros viajantes.

Não demorava muito – talvez quando a lua estava na metade de sua subida no céu – para as garotas e eu escapulirmos, ansiosas por entrar em nossos sacos de dormir e continuar a conversar. Nenhuma história da infância deixou de ser contada, e eu secretamente me admirava com o fato de que depois de um ano em que Amanda, Jen e eu nos vimos em nossos melhores e piores momentos, ainda estávamos unidas – e tínhamos muito do que falar. Os dias em que Jen era apenas uma conhecida e Amanda uma colega de trabalho pareciam lembranças de outro tempo. Estávamos em frente da fogueira, em nossa última noite, e o sol começava a descer. As sombras do fogo se tornavam mais altas, parecendo arte rupestre aborígene. Kate jogava cartas com alguns surfistas e eu me deixara cair no chão na frente das duas cadeiras em que Amanda e Jen se sentavam.

– Vocês se lembram de quando acampamos na Trilha Inca, no Peru? A Austrália parecia muito distante naquele tempo, no ano passado – eu disse.

– Ah, Hol, não fique tão sentimental conosco em nossa última noite aqui – disse Amanda. Por mais que às vezes ela bancasse a durona, agora eu sabia que no fundo era uma molenga.

– Ei, garotas – disse Jen, com as bochechas vermelhas devido ao calor do fogo. – Quero surfar mais uma vez antes de irmos embora. Vocês querem?

Eu hesitei por um minuto, perguntando-me se deveríamos ficar onde era confortável e quente. Mas o oceano estava bem ali, e ainda havia luz suficiente para irmos para a água.

– OK, vamos – eu disse, me levantando e tirando a areia dos meus jeans. Amanda e Jen empurraram suas cadeiras para trás, deixando marcas no chão, e fomos vestir nossas roupas de mergulho já penduradas para secar em uma corda do lado de fora das janelas da cabana.

Pusemos as pranchas debaixo do braço e descemos até a praia para remar juntas. Nossos pés pisaram em areia fina seguida de areia dura como pedra, e depois fomos surfar. A água e o ar estavam quase na mesma temperatura, e esperei o líquido frio encher minha roupa de mergulho antes de o calor do meu corpo aquecê-lo.

Nós três flutuamos em nossas pranchas e olhamos para a água se estendendo na direção do sol poente. Trazia paz não fazer nada além de subir e descer ondas ali com Jen e Amanda.

Sempre sonhei em surfar na Austrália, mas nunca realmente acreditei que o faria.

Lembranças e sonhos. Sonhos e lembranças. Eu estava em um mar deles. A viagem tinha terminado. Depois de toda a minha busca por algo em que acreditar, e se percebesse que a jornada em si fosse o maior ato de fé? Viajar para qualquer lugar desconhecido inevitavelmente significava que eu tinha de acreditar na bondade de estranhos. Para me aventurar no mundo, tinha de ter fé na bondade das pessoas – e de ser aberta às lições que cada nova pessoa poderia trazer. Havia novamente a mulher quéchua na Trilha Inca devolvendo a Amanda sua carteira perdida. A brasileira pegando minha mão para me mostrar o pôr do sol. Esther me fazendo um sinal de adeus no colo da Irmã Freda. Chloe me trazendo comida quando eu estava doente no ashram. Os garotos de rua transformados em garçons no restaurante do Camboja. E sempre havia Jen e Amanda, prontas para dividir comigo suas camas, suas roupas e sua coragem.

Ao flutuar ali, agarrei-me à fé. Porque você não sabe quem pode atravessar seu caminho ou tirar seu fôlego. Não sabe que amigas realmente podem se tornar irmãs porque permaneceram ao seu lado. Não sabe quando haverá uma viagem inesperada que a levará ao lugar onde sempre teve de estar.

Olhei de relance para Jen e Amanda, deitadas em suas pranchas enquanto as ondas passavam. Ficamos assim por um momento, desfrutando daquela fração de segundo de silêncio antes de a próxima onda quebrar. Então as ondas começaram a se tornar mais altas e fortes. Olhei para trás, vi uma vaga se formando e senti seu impulso empurrar minha prancha para frente. Hora de ir.

Virei-me para Jen e Amanda e disse:

– O sol está quase se pondo. Vamos pegar esta e voltar.

Epílogo

SANTA CATALINA, PANAMÁ
MAIS DE DOIS ANOS DEPOIS

Nos últimos dias de nossa viagem fizemos uma promessa – na verdade, um pacto – de que nossas explorações juntas não poderiam e não *iriam* terminar com um carimbo de reentrada. Juramos que, independentemente de para onde nossos caminhos individuais nos levassem, viajaríamos juntas todos os anos pelo resto de nossas vidas para garantir que o laço que formáramos permaneceria forte. Demorou mais do que esperávamos, mas 26 meses após voltarmos para casa pegamos nossas velhas mochilas, nos certificamos de que nossos passaportes tinham folhas em branco suficientes e pusemos o pé na estrada de novo. Nosso primeiro destino pós-viagem: Santa Catalina, uma vila de pescadores transformada em paraíso de surfistas na costa do Pacífico, no Panamá.

Depois de cinco horas de voo, seis horas de ônibus, 45 minutos de táxi e dez minutos na parte de trás de um caminhão de gado, chegamos ao Oasis Surf Camp, um conjunto de bangalôs rústicos em uma praia de areia vulcânica isolada. Bem, quase. Quando nosso motorista parou no chão arenoso coberto de madeira trazida pela água e cascas de coco quebradas, apontou para o banco de areia distante. Como a maré estava alta, não podia prosseguir. Tivemos de percorrer o resto do caminho a pé. Então, apesar de nossas roupas secas e mochilas, fizemos o que sempre fazíamos em uma situação como essa: arregaçamos nossos shorts, pusemos as mochilas em nossas cabeças e atravessamos o rio a vau.

Após pegarmos as chaves de nosso quarto triplo – pequeno, mas limpo, com beliches, chão de concreto e um chuveiro de água fria –, fizemos algo que quase nunca fazíamos: escolhemos um colchão e imediatamente caímos em um sono profundo.

A tarde se tornara quase noite quando acordamos com o som de vozes animadas. Nós nos arrastamos para fora e fomos cumprimentadas pelos vizinhos da porta ao lado, Paul e Itzel, de Miami, e Juan, um panamenho que administrava uma fazenda de gado de cerca de sessenta hectares próxima. Um pouco envergonhadas de estarmos saindo da cama às seis da tarde, explicamos que tínhamos acabado de sofrer um acidente.

Mais cedo naquele dia, a apenas três quilômetros de Santa Catalina, nosso motorista tinha lançado seu táxi para a pista oposta – no exato momento em que um caminhão fazia a curva. Quando nós três percebemos que bateríamos de frente, só pudemos fazer a prece mais rápida do mundo e esperar o impacto. Apesar do grande susto, nós – junto com todos os outros envolvidos no acidente – escapamos com apenas arranhões, contusões profundas e um leve caso de torcicolo.

Mal tínhamos proferido duas frases de nossa história quando Itzel nos interrompeu.

– Ah, meu Deus, foram *vocês*? – Ela estava com uma expressão horrorizada ao se inclinar para frente em sua cadeira de plástico branca. Embora só tivessem se passado algumas horas desde que aquilo acontecera, eles, e aparentemente todos na cidade de 350 habitantes, já tinham ouvido falar no acidente.

– Sim, aqueles carros sofreram perda total – disse Paul, ecoando os sentimentos de sua amiga. – Vocês têm muita sorte de estar aqui agora.

Paul abriu uma garrafa de rum e sugeriu que brindássemos a termos sobrevivido – e encontrado o caminho para o Oasis. Todas nós decidimos dizer algumas palavras para nossos amigos sobre nossa saúde e segurança e prosseguir em nossa jornada, houvesse o que houvesse. Mas foi Juan, fazendo seu brinde em espanhol, que se expressou melhor.

– *Hoy es el día que ustedes nacieron. Bienvenido al resto de su vida.*

Hoje é o dia em que vocês nasceram. Bem-vindas ao resto de suas vidas.

Depois de nossa experiência no táxi naquela amanhã, nossa primeira reação foi querer pegar o primeiro voo para os Estados Unidos e voltar para a segurança e a intimidade do lar. Resistimos, e nossa viagem se revelou exatamente a reunião que havíamos antecipado. Nos dez dias seguintes, praticamos mergulho na deserta Isla Coiba, exploramos praias escondidas, cavalgamos com Paul, e surfamos todas as manhãs e noites. Não fomos embora, porque, se havia uma lição clara que havíamos aprendido em nosso ano na estrada, era que não podíamos mais tomar decisões baseadas no medo. Não voltaríamos correndo para casa ao primeiro sinal de problema ou permaneceríamos em uma situação estagnada somente porque temíamos desafiar o *status quo*.

Quando começamos a nos chamar de Garotas Perdidas, um apelido irônico que inventamos muito antes de sairmos do país, presumimos que o objetivo da jornada seria *não* nos perdermos. Achamos que a viagem forneceria o tipo de epifanias que sacodem a terra, desafiam valores e ecoam em montanhas. Que nos ajudaria a descobrir o que queríamos em nossa breve existência neste planeta. Que a viagem mudaria instantaneamente nossas vidas. Queríamos nos *encontrar*.

Ao pensar nisso agora, talvez tivéssemos imposto muita pressão ao universo – e a nós mesmas. Embora todas nós houvéssemos tido algumas epifanias ao longo do caminho, nos perguntávamos: Tínhamos aprendido o suficiente? Realmente mudado? Manteríamos nossas novas atitudes após a volta para casa?

E ficou provado que sim.

Depois de viajar sozinha por um mês na Austrália (e finalmente apreciar sua vida livre de produtos eletrônicos), Amanda voltou para Nova York, enfrentando seu medo de se tornar novamente uma workaholic estressada. Aceitou a posição de editora sênior que lhe foi oferecida, mas negociou um horário mais flexível com menos horas passadas atrás de uma escrivaninha. Talvez graças a essa mudança de atitude – ou apenas de ritmo – descobriu que seu coração estava aberto a novas amizades, novas paixões e, logo após seu retorno, seu próximo grande amor. Depois de escrever um artigo sobre um programa de dança em benefício de garotas jovens no Spanish Harlem, ela decidiu recomeçar suas atividades interrompidas no Quênia e agora instrui e aconselha em programas para a juventude em toda a cidade.

Holly voltou ao seu velho apartamento, mas não à sua velha vida. Embora ela e Elan ainda residam em costas diferentes, eles se mantêm em contato. Para viver de acordo com suas prioridades, ela começou a passar mais tempo com as pessoas que ama e a realizar as atividades que considera mais importantes. Decidiu recusar ofertas de emprego e seguir uma rota menos segura como jornalista freelancer. Agora passa seu tempo livre viajando para Syracuse para visitar sua família. Treinou para sua segunda maratona e seu primeiro triatlo e continua a praticar ioga algumas vezes por semana. Continua em contato com a Irmã Freda para ajudar na instrução de Esther. Além disso, colocou mais destinos em sua lista de desejos de viagem: caminhar na garganta do Tigre Saltador na China; nadar com arraias nas Bahamas; e visitar seu sétimo e último continente, a Antártica.

Apesar do temor de que Manhattan pudesse ser como uma kriptonita para as mulheres solteiras, Jen voltou para a cidade, onde se atirou de cabeça em encontros. Para sua surpresa, logo teve um romance... e não deu certo... Depois outro... e também não deu certo. Até finalmente relaxar e se lembrar de uma das lições mais importantes que aprendera na estrada: é bom ficar sozinha por algum tempo. É claro que, quando aceitou isso, encontrou o verdadeiro amor pelo qual procurava. Além de imediatamente conseguir o trabalho de seus sonhos num canal de cinema independente, dedicou uma parte do seu tempo para ser voluntária com crianças em escolas de áreas carentes da cidade. Embora ainda não seja fã de cibercafés ou de trabalhar na estrada, continua a criar planilhas no Excel e itinerários de viagens, e agora planeja sua próxima fuga internacional.

Para nós três, as amizades passaram a ter um significado muito maior – e não apenas entre nosso trio. Em vez de cancelar planos, começamos a fazê-los de novo. Por mais que isso possa parecer impossível, nós nos tornamos ainda mais próximas em uma nova jornada juntas: escrever este livro sobre nossas aventuras. E essas aventuras não terminaram – não estão nem perto disso.

Quando dávamos os toques finais neste livro, soubemos que *A Tree Grows in Kenya*, a peça que escrevemos com Irene na Pathfinder, estava agora sendo distribuída em todo o país. Garotas de todo o Quênia a representam e transformaram Wangari Maathai, uma mulher antes totalmente desconhecida para elas, em um exemplo a ser seguido. Isso é algo que não teria ocorrido se tivéssemos permanecido em nosso caminho consagrado em Nova York – se nunca decidíssemos que nossos sonhos eram maiores que nossos medos.

Embora não possamos prever para onde a estrada nos levará, de uma coisa estamos certas: promover uma reviravolta em nossas vidas e seguir um caminho não convencional foi uma das coisas mais difíceis que já fizemos, mas a experiência nos ensinou que se perder não é algo a evitar, mas a aceitar. Os únicos saltos de fé que você lamentará são aqueles que não deu.

Agradecimentos

Estaríamos realmente perdidas sem...

NOSSOS PAIS:

April Baggett, minha melhor amiga: antes de tudo obrigada por inspirar minha loucura por viagens. Por sempre me ouvir onde quer que eu estivesse no país (ou no mundo) pelo tempo que eu precisasse; **Bruce Baggett**: meu herói faz-tudo, parceiro no crime e modelo de dança. Agradeço a você por sempre estimular minha imaginação e me ensinar o valor do trabalho duro. Certa vez você me escreveu, "siga seus instintos e seu coração", o que tento fazer até hoje. E a vocês dois, **meus sempre pacientes pais**: por me fazerem acreditar que um casamento pode durar para sempre – e que criar filhos sem televisão a cabo pode levá-los a lugares com que apenas jamais sonharam.

Kathy Barone Corbett, obrigada por deixar a porta de casa sempre aberta e me mostrar o amor incondicional. Tudo que tenho ou algum dia terei na vida devo às lições que você me ensinou.

Patrick Corbett, por sempre apoiar meus sonhos sem julgamentos. Fosse me ajudando a mudar de cidade pela vigésima vez ou me comprando uma passagem de avião para casa, você nunca me deixou perdida ou à deriva.

Maureen Pressner, por sempre apoiar minha carreira de escritora mesmo quando eu estava trabalhando com lápis de cor. Nem todos podiam entregar às suas mães capítulos para editar, mas você foi uma verdadeira profissional, nunca julgando o conteúdo do livro (ou meu caráter!) ao me dar alegremente suas notas. Obrigada também por criar os mapas maravilhosos neste livro! Robert Pressner, por me encorajar a viajar agora e trabalhar depois. E por me dar o conselho: "Faça o que adora e o dinheiro virá." E depois me emprestar alguns dólares nos momentos em que ele não veio.

Nosso superagente, **Kenneth Wright**. Obrigada por se arriscar com três escritoras e Garotas Perdidas desconhecidas, nos guiando através do frequentemente tumultuado processo de publicar nosso primeiro livro, e achar engraçado (em vez de irritante!) quando nós três falávamos ao mesmo tempo nas reuniões.

Todos na **HarperCollins** que acreditaram no nosso projeto, especialmente **Jonathan Burnham** e **Serena Jones**. E somos imensamente gratas à nossa editora, **Stephanie Meyers**, por aceitar de todo o coração nosso projeto e deixar nossas vozes individuais serem ouvidas.

Todos os amigos que nos inspiraram, aconselharam, forneceram espaço de armazenagem em seus sótãos e porões, nos ofereceram seus futtons para descansarmos, compraram coquetéis muito necessários, leram nossos rascunhos (até mesmo os primeiros mais toscos) e/ou facilitaram nossa transição quando voltamos ao mundo "real": **Aimee** e **Mike Stafford**; **Bindu Swamy**; **Catherine Hanson**; **Chantel Arroyo**, **Courtney Dubin**; **Courtney Scott**; **Courtney Thom**; **Dean Arrindell**; **Jenna Autuori**; **Jenny Depper**; **Kateri Benjamin**; **Kristin Luna**; **Jessica Rosenzweig**; **Marco Antonio Palomino**; **Melissa Braverman**; **Mike Bristol**; **Nadji Kirby**; **Nyoman Neuva Reviannossa Suastha**; **Pierre P. Lizee, Ph.D.**; **Sarah** e **Pete Wildeman**; **Steph** e **Danny Spahr**; **Stephanie Davis**; **Stephanie Sholtis**; **Stephen Bailey**; e **Trisha Posen**.

Aos amigos e "personagens" que se juntaram a nós nessa viagem e àqueles até então desconhecidos que encontramos ao longo do caminho: **Beth Frey**; **Carmi Louw**; **Chloe Douglas**; **Eric Pain** e **Nora Thompson**; **Hugh Williams**; **Irene Scher**; **Kate Corbett**; **Marlena Krzesniak**; **Sam Effrom**; **Sarah Bailey**; **Simone Morgan**; **Stephany Foster Spahr**, as Garotas Perdidas Irlandesas (**Geórgia**, **Suzie** e **Sadhbh**); e **Paul Meyer** e **Itzel Diaz**.

Agradecemos aos tipos criativos, profissionais de mídia e gurus de viagem que nos ajudaram a lançar LostGirlsWorld.com e nos apoiaram desde o início de nossa jornada: **Alan Phillips**; **Jodi Einhorn**; **Mark Ledbetter**; **Molly Fergus**; **Nina Lora**; **Patty Hodapp**; **Patrick Sasso**; e **Tracy Schmitt**.

A **Shana Greene** e todos no Village Volunteers que se dedicam a ajudar os outros, especialmente **Joshua Machinga**; **Mama Sandra**; **Emmanuel** e **Lillian Taser**; **Irmã Freda Robinson** e aos homens e mulheres notáveis que apoiam sua clínica médica.

Chris Noble e **Christy McCarthy**, da World Nomads, e **Chris Ford**, da Auto Barn. Somos gratas por terem nos perdoado tão rápida e totalmente por destruirmos o teto de sua van Ambassador, e depois nos fornecerem outro veículo para podermos chegar à praia e ao acampamento de surfe (e "continuar a viajar em segurança").

Lulu, o malcheiroso mas adorável boston terrier e mascote das Garotas Perdidas.

Também somos imensamente gratas a...

JEN:

Minhas consumadas figuras maternas e paternas – **Sharon** e **Wes Andrews**, **Lil Slebodnick** e **Patrick Gibbons**, e **Nic** e **Brigitte Monjo** – por nunca me julgarem quando usei o mesmo pijama durante dias a fio e tornarem meus retiros autoimpostos para escrever um pouco menos solitários. **Kevin Brennan**. Quem diria que eu viajaria ao redor do mundo para encontrar o que estava procurando bem do outro lado do rio Hudson – quem? Agradeço a você por fazer a longa jornada valer tanto a pena.

HOLLY:

Minha irmã **Sara**, por ser minha contadora e terapeuta durante minhas viagens, e minha irmã **Kate**, por sempre se encontrar comigo em minhas jornadas. Minha vida é infinitamente mais completa porque vocês duas fazem parte dela. **Meg Foye**, minha colega Garota Perdida, por ser uma ótima editora e se transformar em uma amiga ainda melhor. Meg, você *é* a rocha! **Enver**, por me ensinar a amar e deixar ir. **Sophie, Frank, Adam** e **Barry Barone**, por me lembrarem de que a vida é curta e o momento para viver é agora.

AMANDA:

Jeff Cravens, que ficou ao meu lado durante todos os passos do processo. Obrigada por partilhar sua energia, paixão e criatividade. Eu não poderia ter completado esse capítulo da minha vida sem você. **Jennifer Pressner**, minha primeira e sempre grande amiga e companheira de aventura. Talvez eu nunca tivesse aprendido a explorar (e certamente me metido em tantas encrencas!) se você não tivesse me mostrado como. **Nadine Pressner**, que me convidou a ir à Carolina do Norte para poder terminar as páginas realmente difíceis e me emprestou Mia quando precisei de companhia. **Tia Karen** e **tio Eddie**, que repetidamente me deixaram guardar meus bens materiais em seu porão e me nutriram durante minhas paradas temporárias em Nova York. **Bruce Kirk**, um exemplo a ser seguido, que me ensinou tudo, de fazer a estrela perfeita a sobreviver no deserto. **Jeff Baker**, que me ajudou a inspirar minhas viagens e se ofereceu generosamente para editar tudo o que eu escrevesse, fosse um romance ou uma lista de supermercado.

Este livro foi impresso na Editora JPA Ltda.,
Av. Brasil, 10.600 – Rio de Janeiro – RJ,
para a Editora Rocco Ltda.